唐宋詞譜校正

謝桃坊　編著

修訂本

上海古籍出版社

圖書在版編目(CIP)數據

唐宋詞譜校正 / 謝桃坊編著. —修訂本. —上海：
上海古籍出版社，2021.5
ISBN 978-7-5325-9932-5

Ⅰ.①唐… Ⅱ.①謝… Ⅲ.①詞譜-中國-唐宋時期
Ⅳ.①I207.23

中國版本圖書館 CIP 數據核字(2021)第 062397 號

唐宋詞譜校正(修訂本)

謝桃坊 編著

上海古籍出版社出版發行

(上海瑞金二路 272 號 郵政編碼 200020)

(1) 網址：www.guji.com.cn

(2) E-mail：guji1@guji.com.cn

(3) 易文網網址：www.ewen.co

蘇州市越洋印刷有限公司印刷

開本 890×1240 1/32 印張 25.125 插頁 6 字數 550,000

2021 年 5 月第 1 版 2021 年 5 月第 1 次印刷

印數：1—2,100

ISBN 978-7-5325-9932-5

I·3550 定價：128.00 元

如有質量問題，請與承印公司聯繫

謝桃坊，1935年生，成都人。1960年畢業於西南師範學院中文系。現爲四川省社會科學院文學研究所研究員。著有《柳永》《蘇軾詩研究》《宋詞概論》《中國詞學史》《宋詞辨》《詞學辨》《中國市民文學史》《敦煌文化尋繹》《詩詞格律教程》《唐宋詞譜粹編》《四川國學小史》《國學論集》等。

作者手稿

序論

詞，或稱曲子詞，是中國韻文形式中最精巧和格律最嚴密的一種體裁，它屬於中國音樂文學樣式之一，亦屬於中國古典格律詩體之一。從與音樂的關係而言，它是配合唐代以來的新音樂——燕樂的歌辭。新燕樂是受西域音樂——胡樂影響而形成的流行音樂，其初期基本上是以舞曲形式流行的。初唐時漸有詩人試給這種音樂配辭，而樂工歌妓則選取七言絶句和五言絶句之名篇作爲歌辭，它們都是齊言的詩，因其入樂而稱爲聲詩。盛唐時期格律詩體的藝術形式臻於成熟，燕樂已經盛行，這爲長短句的格律化的新體燕樂歌辭的産生創造了條件。唐宋時代的詞人們依據當時流行樂曲的節拍和旋律的特點譜寫歌辭，是爲「倚聲填詞」，所以要求詞人必須精通音律。當某個樂曲被詞人選用爲詞調而譜上歌詞，這稱爲創調之作。此後的文人可以依據創調之作的句式、聲韻作詞，逐漸形成了格律。唐宋的燕樂譜是用燕樂「半字」符號記音的音譜；其通行的用以歌唱的詞譜是在歌詞的右旁標注有譜字的。今存唐代燕樂音譜是敦煌文獻（伯三八〇八）琵琶譜二十五曲，有《傾杯樂》、《西江月》、《心事子》、《伊州》、《水鼓子》等燕樂曲，皆以燕樂半字譜抄録，爲聲樂琵琶音譜，有音無辭。《宋史》卷二〇二《藝文志》著録沈括《三樂譜》一卷，蔡攸《燕樂》三十四册，趙佶《黄鍾徵角調》二卷，鄭樵《系聲樂譜》二十四卷，無名氏《歷代歌詞》六卷，皆佚。宋初編的《韶樂集》，南宋修内司刊行的《樂府渾成集》，宋季張樞旁綴音譜的詞集《寄閑集》，這些歌譜亦毀於宋末戰火之中。今存之南宋詞人姜夔自度曲十七曲旁綴音譜，但它並非宋時通行之詞譜。明代萬曆三十八年（一六一〇）戲曲家王驥德於《曲律》雜論裏保存了《渾成集》的一點資料。他記述在京都時見到宫廷文淵閣藏書《樂府渾成》一册，刻本，收録林鍾商歌詞二百餘闋。他記下了目録並抄録了《娋聲》譜字五個和《小品》譜兩段。這是今存宋詞歌譜的唯一標本。詞樂在南宋滅亡後散佚了，自此詞體的音樂文學性能喪失，僅是一種古典文學形式。元代和明代的文人們依然采用詞體進行創作，然而由於失去了音樂的準度，而詞體的聲韻格律又未整理出來，以致詞體缺乏規範，失去了古典文學形式的意義。明代學者們嘗試總結詞的體制與聲韻格律的經驗，以期重建新的規範，促使詞體的復興。弘治七年（一四九四）周瑛編的《詞學筌蹄》問世，第一次製訂了純文學體式的詞譜，試圖爲初學填詞者提供詞體格律標準。此編共八卷，收詞調一百七十七調，詞三百五十三首。每調先列圖，以圓圈（○）表示平聲，以方框（□）表示仄聲，圖後附名篇一首或數首爲譜。此後，張綖的《詩餘圖譜》初刊於萬曆二十二年（一五九四），原書六卷：小令三卷，中調一卷，長調二卷。詞調以字數爲序排列，每調首列圖，以白圈（○）表示平聲，以黑圈（●）表示仄聲，平聲而可仄者爲◒，仄聲而可平者爲◓；注明句與韻，分段標注；圖後附唐宋詞名篇爲譜。程明善的叢刻《嘯餘譜》於萬曆四十七年（一六一九）刊行，此是音樂、舞曲、詞、樂語、音韻、散曲等譜的匯編，其中的《詩餘譜》二十四卷爲詞譜。目録中凡一調數體者皆依數序標明第一體或第二體。詞調下注明體數、體制，依次匯列各體。凡一體所録之詞，於每句下注明幾字、句或韻，可平可仄之字亦於該字下注明；詞之左旁，凡平聲標一竪符號（—），仄聲字不標注；分段處用圓圈隔開。清初賴以邠編的《填詞圖譜》六卷，續集一卷，收入查培繼的《詞學全書》，於康熙十八年（一六七九）刊行，其詞調分類編排及圖式均遵循《詩餘圖譜》之例，詞調分體則依《嘯餘譜》之例。康熙二十六年（一六八七）萬樹編著的《詞律》二十卷問世，是詞體格律集大成之著，具有很高的學術價值。《詞律》計收六百六十調，一千一百八十體。詞調排列以字數爲序。每調注明字數、體制，選名篇爲譜，於右側注明句、讀、韻，凡字聲可平可仄者則注於左旁，不遍注平仄。詞例之後附有較詳的考辨。康熙五十四年（一七一五）王奕清等奉旨編訂的《詞譜》四十卷，收八百二十六調，二千三百零六體。詞調以字數爲序排列，調下注明宫調、體制、字數、句數、用韻。詞字右旁以白圈、黑圈和半黑半白圈表示平聲、仄聲和可平可仄之字，句下小字注明句或韻。這是在《詞律》的基礎上經過考訂而成的較完備之譜。此後凡研究詞體和填詞，皆以《詞譜》爲法式，因其體備、簡明而適用。道光二十四年（一八四四）謝元淮編著的《碎金詞譜》六卷刊行。他是依據《新定九宫大成南北詞宫譜》內所録之唐宋詞音譜（大都爲明人所製，屬崑曲音樂系統），參證《詞律》和《詞譜》訂正的新詞譜。每調下注明宫調，説明體制，詞字右旁注明工尺譜字，左旁注明字聲平仄。他欲恢復詞樂，但實際上已不可能了。近百年來通行的各種簡易詞譜均是根據《詞律》與《詞譜》摘編的，而關於詞體格律的研究則極爲薄弱，這大大地制約了現代詞學的進一步發展。近十年來我陸續進行詞體研究，發表了系列論文，對存在的問題作了清理與探討，兹僅述一得之見：

（一）詞調收録的範圍。詞體興於唐代，至宋代建立了其音樂文學和古典文學樣式的規範，它是中國文學史上特定時期的文學樣式。宋以後當其音樂文學性質喪失，詞體藝術的發展過程結束了。唐宋時期流行的燕樂曲之用爲詞調，它們是在詞體文學歷史的傳統中形成的。當這種音樂不存在時，其他元人自創的新調和明清文人的自度曲等等，皆非傳統的詞調。《詞譜》所收元人新創詞調如《南鄉一剪梅》、《緱山月》、《三奠子》、《番槍子》、《南州春色》、《小聖樂》、《玉女迎春慢》、《望雲間》、《玲瓏玉》、《陌上花》、《長壽仙》、《秋色横空》、《西湖月》、《奪錦標》、《菩薩蠻慢》、《紫萸香慢》、《子夜歌》、《解紅慢》等，有的是元代新聲，有的是自度曲，它們皆非傳統的詞調。此外明清的種種自度曲如王世貞的《小諸皋》、沈謙的《東風無力》、毛先舒的《二十字令》、納蘭成德的《玉連環影》、陳維崧的《拍欄干》、蔣敦復的《采白吟》、張鴻卓的《采蒓秋煮碧》、顧貞觀的《紅影》等等，亦不能視爲傳統的詞調。我們若重新編訂詞譜應限於唐宋時期的詞調，爲了不致於在概念上相混，宜名爲「唐宋詞譜」，此「譜」即選用爲某調聲韻格律標準之詞，可以作爲我們填詞之典範者。

（二）律詞的規範。詞調是詞體研究的基本對象，如果對它的認定缺乏標準，導致詞體與其他諸種韻文文體的界域模糊，必然難以統計出準確的數目，便不可能真正建立詞體規範。一九九四年洛地於《文學評論》第二期發表《詞之爲「詞」在其律——關於律詞起源的討論》，第一次提出「律詞」的概念，次年他又在《詞樂曲唱》（人民音樂出版社，一九九五年）裏對此概念作了補充論證。洛地關於詞體構成的見解，我是對它持異議的，但對其「律詞」的概念則極爲贊同，因它有助於在理論上指導詞體規範的建立。「詞律」與「律詞」是兩個相關而不相同的概念：詞律是指詞體的格律；律詞是指合格律的詞，或具有格律規範的詞。凡律詞必須具備的條件是：

一、依調定格；二、每調有字數的規定；三、分段；四、長短句式；五、字聲平仄的規定；六、用韻的規定。我們只有確認每個詞調自成特殊的格律，才可能引發律詞的概念。由此可將其他中國音樂文學史上諸種歌辭和格律詩的諸種詩體排除於律詞之外，以突顯詞體的古典民族文學形式的個性特徵。然而我們持律詞概念以清理唐宋詞調時，不可避免地會遇到自《花間集》以迄《詞譜》等詞籍與詞譜的傳統因襲，而在辨析詞調時存在若干較爲困難的問題，即是詞與聲詩、大曲、佛曲、元曲的區別。

盛唐時期格律詩體成熟，長短句的格律化的新體燕樂歌辭——曲子詞産生。當時燕樂歌辭存在兩種形式——聲詩與長短句並行。唐人崔令欽在《教坊記》裏記録的盛唐朝廷教坊習用的樂曲，其中《南歌子》、《望月婆羅門》、《漁父引》、《何滿子》、《浣溪紗》、《楊柳枝》、《拋球樂》、《後庭花》、《鵲踏枝》、《柘枝引》、《采桑子》、《甘州曲》、《烏夜啼》、《浪淘沙》、《拜新月》、《鳳歸雲》、《蘇幕遮》、《三臺》、《竹枝子》等，它們的歌辭既有齊言的聲詩，也有長短句的曲子詞。唐人流行的絶句詩，往往被樂人改换題目，重新組織，擇配樂曲，遂成聲詩。聲詩與詞體的區别是：一、曲子詞是倚聲而製的，先有樂曲，以音樂爲準度而配製歌辭；聲詩是先有詩，然後隨意擇配樂曲的。二、聲詩是齊言的五言或七言絶句；詞是由長短句按詞調規定組成的，而它又與雜言詩有性質的不同。三、齊言的絶句詩可以勉强配合任何燕樂雜曲或大曲；詞則以詞調（樂曲）爲準而構成格律，每調的字數、句數、分段、字聲、用韻皆有自己的規定。四、聲詩與曲子詞雖同時並行，但其體性歸屬在歷史文獻中淵源自别。唐人聲詩與詞體的淆混是由來已久的複雜的文學現象。《花間集》中已混入《竹枝》、《楊柳枝》、《采蓮子》、《浪淘沙》、《漁父》、《八拍蠻》等三十首聲詩。今傳之《尊前集》乃宋初所編，爲聲詩與曲子詞混編的集子，收入李白、劉禹錫、白居易、皇甫松等十一家聲詩一百一十三首，占全集作品的百分之四十。此後各種詞選集及詞譜皆出現不同程度的誤收聲詩的現象。

大曲是歌唱與舞蹈相結合的大型樂舞曲，它始於南北朝，盛於唐宋時期。今存宋代大曲有董穎《薄媚》、曹勛《法曲》及史浩《采蓮》、《采蓮舞》、《太清舞》、《柘枝舞》、《花舞》、《漁父舞》等大曲與舞曲。其體制複雜，組織龐大，多爲長短句形式。宋人曾慥在《樂府雅詞》裏收入了大曲《薄媚》等。大曲是詞調的來源之一。詞人們從大曲中摘取某一段爲詞調，如《梁州令》、《伊州令》、《水調歌頭》、《六州歌頭》、《齊天樂》、《法曲獻仙音》、《隔浦蓮近拍》、《薄媚摘遍》、《泛清波摘遍》、《氐州第一》、《霓裳中序第一》等都是摘取自大曲與法曲的。當大曲之某一段被詞家采用後，該段始成爲詞調，而大曲則非詞調。《詞譜》卷四十收録之《清平調》、《水調歌》、《涼州歌》、《伊州歌》、《陸州歌》、《調笑令》、《九張機》、《梅花曲》、《薄媚》，它們大都爲唐宋大曲，《詞譜》的編者們將它們作爲附録，而不作爲詞調。

敦煌文獻中保存了許多佛教歌辭，它們可分爲兩類：一類是佛教徒内部有關戒律和佛理的；一類是佛教徒以歌辭形式勸善入佛的。近世羅振玉在《敦煌拾零》裏收入《十二時》、《五更轉》等十七首稱爲「俚曲」，任二北在《敦煌曲初探》裏則稱之爲「佛曲」；此類歌辭約四百餘首。《十二時》、《五更轉》、《百歲篇》、《十恩德》等在體制形式上以三三七七七七七、三三七七七或七七七七句式爲基本形式，用韻而不講究字聲平仄。其中《十二時》一組計一三四首，《五更轉》一組計十五首。此類「佛曲」或「歌辭」實爲三七言句式之韻文，以一種簡單的腔調唸唱，並未形成某調的嚴密格律，未構成律詞，而是俚俗的唸唱辭。王重民輯《敦煌曲子詞集》不收入此等佛曲是固守詞體觀念的。

元人詞集如元好問《遺山樂府》、張雨《貞居詞》、倪瓚《雲林樂府》已混入一些散曲。元曲雜入詞選集始於明人楊慎，他於嘉靖間編的《詞林萬選》和《百琲明珠》裏誤收元曲。他於《百琲明珠》卷五選入元人劉秉忠《乾荷葉》後評云：「此詞曲秉忠自度之腔，四首專詠乾荷葉，猶有唐詞之意也。」此後陳耀文編的詞選集《花草粹編》和朱彝尊編的《詞綜》均沿楊慎之例收入一些元曲。《詞譜》亦承誤而收入元曲《慶宣和》、《憑欄人》、《梧葉兒》、《壽陽曲》、《天净沙》、《喜春來》、《金字經》、《平湖樂》、《殿前歡》、《水仙子》、《茅山逢故人》、《醉高歌》、《黄鶴洞仙》、《木笪》、《折桂令》、《鸚鵡曲》等以爲詞調。我們區分詞與曲的界限可依據以下原則：一、詞與曲雖同爲音樂文學，同爲長短句形式，却分屬不同時代的文學，凡金元以來出現的曲調而不見於唐宋詞者可斷定爲元曲曲調；二、凡見於元曲諸選集之曲調皆爲元曲而非詞調；三、元曲聲韻屬近代音系，平聲分陰陽，入聲消失，音值變化，可據以區分詞與曲；四、體制方面，元曲的字數、句式變化極大，且有襯字。

從上述可見，我們只有堅持律詞觀念才可能切實把握詞體特徵，將混雜入詞調中的聲詩、大曲、佛曲和元曲予以區分，給予詞調以規範。此次我在編訂此譜時，按照律詞的觀念對唐宋詞調作了全面的清理與核實：一、唐五代詞調共一一五調，其中爲宋人沿用者八一調；二、宋詞共八一七調，除去沿用唐五代者，宋人創七三六調；三、唐宋詞共有八五一調，《詞譜》經核實之詞調爲七三八調，比唐宋詞實用之調少收一一二調。

（三）詞調的量化分類。清初朱彝尊在《詞綜發凡》裏説：「宋人編集歌詞，長者曰慢，短者曰令。」這屬於臆測，因爲在宋人編的詞選集和別集裏從未將詞調分爲「令」與「慢」兩類，而所謂「長者」和「短者」之間没有規定性。近世詞學家據張炎《詞源》上卷的《謳曲旨要》「歌曲令曲四掯勻，破近六均慢八均」，以「均拍」分詞調爲「令」、「引」、「近」、「慢」四類。現在詞調標名爲令、引、近、慢的，由於音譜不存，它們的詞已是純文學作品。張炎所説的「掯」和「均」難以詳考，若以指音樂節拍或韻數，則很難解釋諸多矛盾的現象。詞調標明「令」、「慢」者計一百一十四調，我們對其餘的調又怎樣分類呢？若以「均」——韻數分類，則《梁州令》十二韻，《師師令》和《韻令》十韻，《兀令》十二韻，《勝州令》二十二韻，《隔浦蓮近拍》十二韻，《江城梅花引》十三韻，《劍器近》十五韻，它們皆已超出所謂「慢」的八韻的常規。「慢」的本義是樂曲節奏的符號，例如敦煌琵琶譜中的《傾杯樂》有「慢」，又有「急曲」。唐代關於詞調的分類，從《教坊記》所録曲名來看，是分爲雜曲與大曲兩類。宋人關於詞調的分類，據《宋史·樂志》和《樂府渾成集》殘譜來看，是以宮調分類的，每一宮調之樂曲又按音樂性質分類，再列大曲。一個詞調可以分屬不同宮調，表明其音譜不同。今存宋人別集中只有柳永的《樂章集》是按宮調分類編集的。現在我們談論詞調，它僅具有體制形式的意義，與音樂不存在任何聯繫，因此不可能采取音樂分類的方法。明代嘉靖二十九年（一五五〇）上海顧從敬重編《草堂詩餘》，首次采用分調類編：卷一爲「小令」，録《搗練子》（二十七字）至《小重山》（五十八字）；卷二爲「中調」，録《一剪梅》（五十九字）至《夏雲峰》（九十字）；卷三和卷四爲「長調」，録《東風齊著力》（九十二字）至《戚氏》（二百一十二字）。這是以字數對詞調作量化分類。自此詞學家們接受了新的詞調分類概念。陳耀文萃選的《花草粹編》、沈際飛評點的《草堂詩餘》、張綖的《詩餘圖譜》、賴以邠的《填詞圖譜》均依顧氏之例。清初毛先舒在《填詞名解》裏總結分調的字數標準説：「凡填詞五十八字以内爲小令，自五十九字始，至九十字止爲中調，九十一字以外者俱長調也。此古人之定例也。」萬樹表示反對的意見，他説：「愚謂此亦就《草堂》所分而拘執之。所謂『定例』有何依據？若以少一字爲短，多一字爲長，必無是理。如《七娘子》有五十八字者，有六十字者，將名爲小令乎，抑中調乎？如《雪獅兒》有八十九字者，有九十二字者，將名之曰中調乎，抑長調乎？」（《詞律發凡》）因此他整理《詞律》時按詞調字數爲序，不再分類。然而萬樹又遇到新的問題：有的詞調既有小令，又有中調和長調，怎樣確定此調的字數標準呢？他采取了以該調某體字數最少者定位，其餘的均作别調處理。例如《浪淘沙》以皇甫松的二十八字的聲詩定位，後列李煜的五十四字體、周邦彦和柳永的一百三十三字體。這將不同體制的各調歸并，在體制上造成混亂。王奕清等編訂《詞譜》，對萬樹的體例作了修正，使「小令」與「慢詞」分開，如《浪淘沙》的二十八字體仍名《浪淘沙》，五十四字體者名《浪淘沙令》，一百三十三字體者名《浪淘沙慢》，分别單列，並予許多長調如柳永的《應天長》、《定風波》、《木蘭花》、《長相思》、《早梅芳》，周邦彦的《拜星月》、《夜飛鵲》等均加上「慢」。雖然如此，《詞譜》亦不采取分調的方法。自《詞律》行世，表明詞的體制及聲韻是可以通過比較與歸納而求得規律的。詞調從最短到最長的，它們的體制的宏細與容量的大小是存在很大差别的。按詞調字數的多少而考察每調的長短，將它們進行大致分類，這有助於我們認識詞調的體制結構，從而可以探討詞體的規律和藝術表現的特點。因此，我們重編詞譜應當采用毛先舒的意見，將詞調分爲小令、中調和長調，每類再以字數爲序排列各調。

（四）詞調别體的簡化。詞調的分體是編訂詞譜的最重要和最困難的工作。詞既是格律化的，理應同一詞調之所有作品在字數、句數、分段、字聲平仄和用韻等方面是完全一致的，不能出現例外的情况，然而實際上詞人們的作品却出現大量的例外現象。今存早期的詞集《雲謡集》和《花間集》裏即出現一詞調的衆多作品在字數、句數等方面參差不齊的情形，而且即使在詞體成熟的宋代亦有此類情形發生。因此，凡是某詞調體制方面出現差異的形式，在詞學上稱爲「别體」。《詞律》收詞調六百六十調，一千一百八十體；《詞譜》收八百二十六調，二千三百零六體：這樣平均一調約有三體之多。詞調分體始於《嘯餘譜》，此後愈分愈細，以致繁瑣，如下表之例：

詞調	嘯餘譜	詞律	詞譜
酒泉子	一三	二〇	二二
喜遷鶯	三	七	一七
憶秦娥	一	六	一二
品令	一	七	一二
少年游	四	一〇	一五
河傳	一二	一七	二七
臨江仙	七	一四	一一
念奴嬌	九	三	一二

别體的産生是由倚聲製詞的差異、樂曲的改製和音譜不同所造成的。每一詞調是有音譜的，詞人倚聲製詞時對音節的理解和處理不盡相同。敦煌《雲謡集》内四首《鳳歸雲》的句式、句群各不相同，但其中三首前後段各四平韻。《花間集》收顧敻《酒泉子》七首，其中四十、四十一、四十二、四十四字各一首，四十三字三首，它們各自爲體。柳永的《滿江紅》四首俱屬仙吕宫，其

中三首字數、句式各不相同，但俱用仄聲韻，各九韻。從音樂角度來看，某調之諸詞在體制上的差異，皆倚聲所致，並不妨礙詞的音樂性，凡節拍規範內的自由不會影響演唱。某調的樂曲在流傳中發生變異，如增加一個樂句，成重複半個樂句，此爲攤破；減少樂句，此爲偷聲；改變宮調，此爲轉調；加快節奏，此爲促調。因樂曲的變異，詞人倚聲時因句群組織變化而出現《攤破浣溪沙》、《減字木蘭花》、《轉調踏莎行》、《促拍采桑子》等，這也形成詞調別體。此外某一詞調因存在不同的音譜，如柳永的《女冠子》、《鶴冲天》、《定風波》、《洞仙歌》、《安公子》、《尾犯》、《引駕行》、《望遠行》、《鳳歸雲》，這些調的作品分屬不同的宮調，格律相異，產生不少的別體。由於以上原因，唐宋詞調形成諸多別體，編訂詞譜必須進行分體的工作。《詞律》和《詞譜》的分體爲求備而趨於繁瑣，我們有必要對之審訂與清理。詞調的分體可依據以下原則：一、某調存在小令、中調或長調，則以調類歸屬，不視爲別體，如《望遠行》五十三字者爲小令，一百零六字者爲長調；二、凡一調內出現段式差異者爲別體，如《望江南》單調二十七字，其五十四字變調者爲別體。三、凡一調用韻存在平韻、仄聲韻或入聲韻者均應分體，如《蝶戀花》以六十字仄韻爲正體，石孝友詞於首句和第四句用平韻，此偶然失誤現象，可以不視爲別體。四、句式長短不同應分體，如《臨江仙》通用體爲雙調平韻五十八字和六十字兩體，其差別是前後段首句一爲六字句，一爲七字句。此外某詞調之作品出現某句多一字或少一字，句式之微小變化，非韻位之句偶然用韻，某些句之字聲平仄之差異，等等情形，可以視爲變例而不必細分別體。分體的工作經《詞譜》編者們的努力已很細緻，但若完備，則尚可再分若干體。這樣的分體，有助於我們認識詞調的變異與體制的多樣性，却又不利於詞體建立規範。詞調的求異工作難，而求同亦難。

我們很有必要在對詞調之各體考察後確立通用之正體，以創調之作或名篇爲譜例，重編規範而適用之新詞譜。

（五）圖譜的形式。詞譜由圖與譜兩部分組成，處理二者的方式有兩種：一是圖與譜分列，先列圖，後列譜，如《詞學筌蹄》、《詩餘圖譜》和《填詞圖譜》；一是圖譜合一，於譜旁注字聲平仄符號，如《嘯餘譜》、《詞譜》。圖與譜分列，在使用時須得對照圖與譜，可能出現顧此失彼之感。若只看圖則感茫然一片，無所適從；若只看譜則須辨識字聲平仄；凡此均很不方便。圖譜合一在使用時立即將譜的字聲平仄與符號聯繫，不再去辨析比較，因而有簡便實用之效，不致影響填詞思路的進行。字聲平仄的標注常見有四種符號：一是以圓圈（○）表示平聲，方框（□）表示仄聲；二是白圈（○）表示平聲，黑圈（●）表示仄聲，半白圈（◓）半黑圈（◒）表示可仄或可平；三是以竪綫（｜）表示平聲，仄聲不標注，或以横綫（—）表示平聲，竪綫（｜）表示仄聲；四是直書「平」、「仄」、「可平」、「可仄」、或平⃝表示平而可仄，仄⃝表示仄而可平。字聲平仄的標注自明代以來已采用符號，不必再用直書平仄的方式；其餘三種符號當以黑白圈最簡易明顯，故《詞譜》采用。《詞律》是圖譜合一的，但不遍注平仄，僅於可平可仄之字聲以小字直書於詞字之旁。我們重新編訂詞譜，宜於采用黑白圈以標注字聲平仄，圖譜合一，而於可平可仄之字則不標注符號，這樣使用譜者更易於辨識，亦使符號更爲簡化。

（六）聲韻的標準。唐代以來中國格律詩在區別字聲的四聲、平仄和韻部皆以《廣韻》音系所代表的中古音爲標準。詞體的聲韻亦屬《廣韻》音系。唐宋詞人作詞並無專門的韻書，大致參照詩韻而略寬。詞體的字聲同格律詩一樣只分平仄，詞韻則略異於詩韻。詞韻分三類，即平聲、仄聲和入聲。詞韻可用鄰韻，可以用方言音叶韻，但每一調有自己獨特的用韻規則，因此詞的用韻又比詩韻複雜得多。明代學者們開始整理詞韻，自胡文焕《會文堂詞韻》以來，各種韻書相繼問世，最後集大成者是戈載的《詞林正韻》。清代道光元年（一八二一）《詞林正韻》刊行後，爲詞韻確立了標準，詞韻的建構工作似完成了。戈載以數序分部，用宋代《集韻》韻部標目，並在注釋方面力求準確，但和清初沈謙的《詞韻略》基本相同。其第一部至第十四部分平聲韻和仄聲（上聲、去聲）韻，第十五部至十九部爲入聲韻。關於詞韻的分部，閉口韻兩部在宋代詞人用韻時已將它們分别并入其他韻部，而戈載以詩韻的觀念保留了它們；在入聲韻方面，與閉口韻相配的入聲韻兩部亦發生變化而并入其他入聲韻部，戈載却將緝韻并入第十七部，又將合盍業洽狎列爲第十九部。這都與宋詞用韻之實際不符。「入派三聲」是元代《中原音韻》的編者根據元曲用韻和現實語音的概括，然而入聲在宋代語音中是存在的。戈載却在陰聲韻各部仿《中原音韻》之例詳列入派三聲的韻字。這些情形説明：戈載是以詩韻和曲韻觀念來指導和總結詞韻的，既不符合唐宋詞用韻規律，並在音韻學理論上陷入邏輯的混亂。元人陶宗儀留下一篇《韻記》，見存於清初沈雄編的《古今詞話·詞品》，又見於張德瀛《詞徵》卷三。陶氏所述南宋初年詞人朱敦儒所擬的詞韻十六條，爲宋人馮取洽繕録增補本。陶氏將朱敦儒詞韻與《中原音韻》比較之後，發現朱氏閉口韻消失，十六條之内存在入聲四部。朱敦儒詞集《樵歌》存詞三百四十六首，我曾根據《韻記》提供的綫索從《樵歌》歸納其韻部，恰得十六部。兹表示如後：

韻部	平聲	仄聲	入聲
一	東冬	董腫送宋	
二	江陽	講養絳漾	
三	支微齊	紙尾薺置未霽	
四	魚虞	語麌御遇	
五	佳灰	蟹賄泰卦隊	
六	真文元侵	軫吻阮寢震問願沁	
七	寒刪先覃鹽咸	旱潸銑感儉豏翰諫霰勘艷陷	
八	蕭肴豪	篠巧皓嘯效號	
九	歌	哿個	
一〇	麻	馬禡	
一一	庚青蒸	梗迥敬徑	
一二	尤	有宥	
一三			屋沃
一四			覺藥
一五			質陌錫職緝
一六			物月曷黠屑葉合洽

朱敦儒詞韻的復原爲我們研究詞韻提供了新的依據。詞韻是詞體研究的重要對象之一，我們依據朱氏詞韻綫索重新復原的宋人詞韻宜附詞譜以行，以便填詞時之參考。

我們若在吸取前輩學者成果的基礎上，重新對唐宋詞調進行增補、考訂和辨析，以整理出新的詞譜，這將重建詞體規範。自清初以來，詞學界關於詞體的起源、聲詩與詞的關係、詩詞的分界、詞調的分類、詞調的分體、詞體的定格和詞韻的標準等問題的争議，皆由於缺乏高度學術規範的詞譜所致。我相信由於詞譜的重新訂正，詞體這一古典文學樣式將具新的學術規範，亦將是中國詞學發展的新的起點。

謝桃坊二〇一一年春節於成都

凡例

一　唐宋詞調今存八百餘調，其中將近半數爲一調僅有一詞之孤調，常用之詞調約兩百調。本編選取四百九十七調，包括一般、較僻、常用之調，以及少數著名之孤調。此雖非全編，亦足以供研究詞體和填詞者之用。

一　本編采用分調類編方式，以五十八字以内者爲小令，計收一百六十二調；五十九字至九十字者爲中調，計收一百二十調；九十一字以上者爲長調，計收二百一十五調。每類之調以字數爲序排列。

一　本編選取唐宋詞中之始詞、名篇或合格律之優秀作品以爲格律標準之譜，采取圖譜合一方式，於譜之右旁以白圈（○）表示平聲，以黑圈（●）表示仄聲，凡可平可仄之字則不標注，以使符號簡明，避免淆混。

一　本編於每調下注明體制，於譜後附關於調名來源、宫調，及聲情與體制特點之簡要説明。

一　本編力求從每調中確立典範而通行之正體以作爲格律之標準，避免繁瑣地匯列别體，而於某些調確有重要之别體者列爲又一體。

一　本編注重增强詞譜之文學性質，故於譜後，尤其於常用名調之後選録此調此體典範之作或不同風格之作以附，藉以供填詞之藝術借鑑。凡譜後所選附之詞，其標點采用《全宋詞》之例，即叶韻處用句號，句用逗號，讀用頓號。凡分段之處亦采用《全宋詞》之例僅空一格。

一　本編於所選譜例之文字、分句、分段、字聲平仄、用韻，均參考詞總集、別集及同調之作品進行校訂，若有歧義者則於譜後略爲辨析。

一　本編於字聲僅辨平仄，以《廣韻》音系之《禮部韻略》（平水韻）爲字聲平仄之標準。

一　本編爲使詞譜與詞韻合一，以便填詞時之用韻參考，特附録復原之宋人詞韻。

目録

序論……一
凡例……一
詞譜……一
小令……三
蒼梧謡……三
南歌子……四
荷葉杯……五
摘得新……七
望江南……七
搗練子……九
南鄉子……一〇
十樣花……一一
醉吟商小品……一二
蕃女怨……一二
憶王孫……一三
遐方怨……一四
抛球樂……一五
湘靈瑟……一七
如夢令……一七
訴衷情……一九
西溪子……二〇
思帝鄉……二一
天仙子……二二
風流子……二四
歸自謡……二五

定西蕃……二六
長相思……二七
相見歡……二八
風光好……二九
何滿子……三〇
調笑……三一
望梅花……三二
醉太平……三四
感恩多……三五
長命女……三六
春光好……三七
生查子……三九
楊柳枝……四〇
醉公子……四二
昭君怨……四三
上行杯……四四
玉蝴蝶……四五
女冠子……四六
紗窗恨……四七
醉花間……四八
點絳唇……四九
戀情深……五一
浣溪沙……五一
中興樂……五五
醉垂鞭……五六
清商怨……五七
霜天曉角……五八
歸國遥……六〇
菩薩蠻……六一
聞鵲啼……六三
采桑子……六四
後庭花……六六
減字木蘭花……六七
卜算子……六九
酒泉子……七一
謁金門……七二

柳含烟……七四
好事近……七四
天門謡……七五
好女兒……七六
彩鸞歸令……七八
一落索……七八
清平樂……八〇
憶秦娥……八二
更漏子……八四
巫山一段雲……八六
望仙門……八七
憶少年……八八
西地錦……八九
喜遷鶯……九〇
阮郎歸……九二
甘草子……九三
畫堂春……九四
相思引……九五
烏夜啼……九六
三字令……九八
鬲溪梅令……九九
秋蕊香……一〇〇
胡搗練……一〇一
桃源憶故人……一〇三
朝中措……一〇四
慶春時……一〇六
眼兒媚……一〇七
人月圓……一〇八
喜團圓……一〇九
武陵春……一一〇
海棠春……一一二
憶餘杭……一一四
賀聖朝……一一五
陽臺夢……一一七
河瀆神……一一八
柳梢青……一一九

慶金枝……一二二
燭影摇紅……一二三
月中行……一二六
太常引……一二七
雙燕兒……一二八
應天長……一二九
滿宫花……一三一
少年游……一三三
偷聲木蘭花……一三五
滴滴金……一三六
憶漢月……一三七
西江月……一三八
惜春令……一四〇
留春令……一四一
梁州令……一四二
鹽角兒……一四五
歸田樂……一四六
惜分飛……一四七
折丹桂……一四九
城頭月……一五〇
四犯令……一五一
思越人……一五二
探春令……一五三
瑶池宴……一五五
鳳來朝……一五七
秋夜雨……一五八
燕歸梁……一五九
雨中花令……一六一
迎春樂……一六二
青門引……一六三
菊花新……一六四
醉花陰……一六六
歸去來……一六七
品令……一六八
玉團兒……一七〇
傾杯令……一七一

上林春令……一七一
紅窗迥……一七二
紅羅襖……一七四
浪淘沙……一七四
金錯刀……一七六
端正好……一七八
杏花天……一七九
戀繡衾……一八〇
擷芳詞……一八一
河傳……一八四
木蘭花……一八六
睿恩新……一八七
芳草渡……一八八
金鳳鈎……一八九
鷓鴣天……一九〇
亭前柳……一九二
夜行船……一九三
虞美人……一九五
玉樓春……一九七
鵲橋仙……二〇〇
茶瓶兒……二〇二
步蟾宫……二〇三
鳳銜杯……二〇四
一斛珠……二〇五
夜游宫……二〇六
梅花引……二〇七
臨江仙……二〇八
恨春遲……二一二
小重山……二一二
踏莎行……二一四
宜男草……二一六
繫裙腰……二一七
東坡引……二一八
中調……二一九
接賢賓……二一九

望遠行……二二〇
蝶戀花……二二二
朝玉階……二二五
七娘子……二二五
秋蕊香引……二二七
一剪梅……二二七
尋梅……二三〇
錦帳春……二三一
唐多令……二三二
鞓紅……二三三
賀明朝……二三四
撥棹子……二三五
玉堂春……二三六
柳青娘……二三七
破陣子……二三八
金蕉葉……二四〇
定風波……二四二
漁家傲……二四四
蘇幕遮……二四六
促拍醜奴兒……二四八
甘州遍……二五〇
瑞鷓鴣……二五一
海月謡……二五三
黄鍾樂……二五四
握金釵……二五四
麥秀兩岐……二五五
侍香金童……二五六
脱銀袍……二五八
淡黄柳……二五九
錦纏絆……二六〇
慶春澤……二六一
行香子……二六三
解佩令……二六六
垂絲釣……二六七
謝池春……二六九
聲聲令……二七〇

青玉案……二七一
感皇恩……二七三
獻忠心……二七五
鳳凰閣……二七六
看花回……二七七
殢人嬌……二七九
兩同心……二八〇
月上海棠……二八二
惜黄花……二八三
江城子……二八四
千秋歲……二八七
歸田樂引……二八九
三登樂……二八九
檐前鐵……二九〇
離亭宴……二九一
連理枝……二九二
惜奴嬌……二九四
憶帝京……二九六
于飛樂……二九七
撼庭竹……二九八
粉蝶兒……二九九
西施……三〇〇
師師令……三〇一
隔浦蓮……三〇二
郭郎兒近拍……三〇三
臨江仙引……三〇四
百媚娘……三〇五
傳言玉女……三〇六
碧牡丹……三〇七
訴衷情近……三〇九
下水船……三一一
解蹀躞……三一二
撲蝴蝶……三一三
風入松……三一五
荔枝香……三一八
婆羅門引……三二〇

千年調 …… 三二二
祝英臺近 …… 三二三
四園竹 …… 三二五
側犯 …… 三二五
剔銀燈 …… 三二七
御街行 …… 三二八
一叢花 …… 三三〇
陽關引 …… 三三二
小鎮西 …… 三三三
山亭柳 …… 三三四
紅林檎近 …… 三三五
金人捧露盤 …… 三三六
過澗歇近 …… 三三九
安公子 …… 三四〇
柳初新 …… 三四二
鬥百花 …… 三四三
最高樓 …… 三四五
倒垂柳 …… 三四七
拂霓裳 …… 三四八
驀山溪 …… 三四九
千秋歲引 …… 三五一
早梅芳 …… 三五二
新荷葉 …… 三五三
迷仙引 …… 三五五
促拍滿路花 …… 三五六
洞仙歌 …… 三五八
踏歌 …… 三六一
秋夜月 …… 三六三
蕙蘭芳引 …… 三六四
鶴冲天 …… 三六五
祭天神 …… 三六七
踏青游 …… 三六八
夢玉人引 …… 三六九
清波引 …… 三七〇
婆羅門令 …… 三七一
華胥引 …… 三七二

離別難……三七三
江城梅花引……三七五
八六子……三七八
惜紅衣……三七九
醉思仙……三八一
魚游春水……三八二
卜算子慢……三八三
石湖仙……三八四
謝池春慢……三八五
醜奴兒慢……三八六
探芳信……三八八
長調……三九一
夏雲峰……三九一
醉翁操……三九二
法曲獻仙音……三九四
勸金船……三九六
金盞倒垂蓮……三九七
塞翁吟……三九八
錦園春三犯……四〇〇
意難忘……四〇一
遠朝歸……四〇三
露華……四〇四
東風齊著力……四〇五
滿江紅……四〇六
凄涼犯……四一〇
卓牌兒……四一一
四犯剪梅花……四一二
探芳新……四一三
惜秋華……四一四
玉漏遲……四一六
尾犯……四一八
雪梅香……四二〇
古香慢……四二一
六幺令……四二二
一枝春……四二四

塞孤……四二五
水調歌頭……四二六
掃花游……四二九
滿庭芳……四三一
徵招……四三三
倦尋芳……四三五
鳳凰臺上憶吹簫……四三七
黃鶯兒……四三九
天香……四四一
漢宮春……四四二
劍器近……四四五
塞垣春……四四六
步月……四四七
八聲甘州……四四八
迷神引……四五二
醉蓬萊……四五三
慶清朝……四五五
暗香……四五七
夢芙蓉……四五九
西子妝慢……四五九
玉京謡……四六一
長亭怨慢……四六二
聲聲慢……四六四
瑶臺第一層……四六六
留客住……四六八
晝夜樂……四六九
雨中花慢……四七〇
萬年歡……四七二
宴春臺……四七四
八節長歡……四七五
黃河清慢……四七六
芰荷香……四七七
揚州慢……四七八
雙雙燕……四八〇
孤鸞……四八一
夏日燕黌堂……四八二

應天長慢……四八三
三部樂……四八六
玲瓏四犯……四八七
夢揚州……四八九
秋宵吟……四九〇
月下笛……四九一
丁香結……四九二
瑣窗寒……四九三
大有……四九六
燕山亭……四九七
聒龍謠……四九八
金菊對芙蓉……四九九
無悶……五〇一
十月桃……五〇二
三姝媚……五〇四
玉蝴蝶慢……五〇六
新雁過妝樓……五〇八
月華清……五〇九
國香……五一一
六橋行……五一二
夜合花……五一四
引駕行……五一六
定風波慢……五一八
鳳簫吟……五一九
念奴嬌……五二〇
解語花……五二六
繞佛閣……五二八
渡江雲……五二九
蠟梅香……五三二
絳都春……五三三
琵琶仙……五三五
東風第一枝……五三六
惜花春起早慢……五三八
高陽臺……五三九
錦堂春慢……五四一
鳳歸雲……五四二

木蘭花慢……五四四
滿朝歡……五四七
桂枝香……五四八
金盞子……五五〇
剪牡丹……五五一
翠樓吟……五五二
玉燭新……五五三
真珠簾……五五五
曲江秋……五五七
霓裳中序第一……五五八
西平樂……五六〇
花發狀元紅慢……五六三
水龍吟……五六四
鬥百草……五六九
石州慢……五七〇
上林春慢……五七二
宴清都……五七三
慶春宮……五七五
憶舊游……五七七
花犯……五七九
側犯……五八一
瑞鶴仙……五八二
齊天樂……五八五
晝錦堂……五八九
氐州第一……五九〇
瑶華慢……五九二
曲游春……五九三
喜遷鶯慢……五九四
竹馬子……五九七
雨霖鈴……五九八
還京樂……六〇〇
雙頭蓮……六〇二
憶瑶姬……六〇三
情久長……六〇五
西江月慢……六〇六
探春慢……六〇七

眉嫵……六〇八
湘江静……六一〇
龍山會……六一一
長相思慢……六一二
歸朝歡……六一三
宴瓊林……六一六
永遇樂……六一七
二郎神……六二〇
傾杯樂……六二二
雙聲子……六二四
拜星月慢……六二五
澡蘭香……六二七
綺寮怨……六二七
花心動……六二九
向湖邊……六三一
霜花腴……六三二
愛月夜眠遲……六三三
綺羅香……六三四
送我入門來……六三六
西湖月……六三六
陽春曲……六三七
合歡帶……六三八
尉遲杯……六四〇
花發沁園春……六四二
南浦……六四三
西河……六四六
秋霽……六四八
春從天上來……六五〇
解連環……六五一
内家嬌……六五三
夜飛鵲……六五六
楚宮春慢……六五八
泛清波摘遍……六五九
望海潮……六六〇
青門飲……六六二
落梅花……六六三

飛雪滿群山……六六四
一寸金……六六五
擊梧桐……六六七
折紅梅……六六九
薄倖……六七〇
惜黃花慢……六七二
一萼紅……六七四
杜韋娘……六七六
大聖樂……六七八
江城子慢……六七九
八寶妝……六八一
疏影……六八二
慢卷紬……六八四
過秦樓……六八五
霜葉飛……六八七
五彩結同心……六八八
女冠子慢……六八九
透碧霄……六九一
輪臺子……六九二
小梅花……六九三
長壽樂……六九五
沁園春……六九七
丹鳳吟……七〇〇
瑤臺月……七〇一
八歸……七〇二
摸魚兒……七〇三
賀新郎……七〇六
金明池……七一〇
笛家弄……七一一
白苧……七一二
翠羽吟……七一四
十二時……七一五
蘭陵王……七一六
大酺……七一九
破陣樂……七二一
瑞龍吟……七二二

浪淘沙慢……七二五
玉女摇仙佩……七二六
多麗……七二八
六醜……七三〇
六州歌頭……七三二
夜半樂……七三六
寶鼎現……七三七
箇儂……七三八
三臺……七三九
哨遍……七四一
戚氏……七四三
鶯啼序……七四五

附録……七四九
詞韻……七五一

後記……七六九

詞譜

小令

蒼梧謠

蔡伸

單調，十六字，四句，三平韻。

天韻 休使圓蟾照客眠韻 人何在句 桂影自嬋娟韻

蒼梧，山名，又名九嶷。相傳古舜帝葬於蒼梧之野。地在今湖南寧遠縣境。此調當爲湘中民間樂曲。蔡伸之詞爲創調之作。袁去華詞首句爲「歸」，兩首同，因改調名爲《歸字謠》。元人周玉晨將此調改名爲《十六字令》。周詞首句爲三字句，乃誤。此爲最短之詞調，宋人作此詞者僅三家，格律相同。此調全用奇句，音節短促，尤其一字句極難處理；宜抒寫瞬間的一小點內心感受。

南歌子

單調，二十三字，五句。三平韻。　温庭筠

手裏金鸚鵡句胸前繡鳳凰韻偷眼暗形相韻不如從嫁與句作鴛鴦韻

唐代教坊曲。唐代崔令欽在《教坊記》裏記録了盛唐時期朝廷教坊習用的樂曲三百二十四曲的曲名，凡見於其中者爲教坊曲。由於隋代以來燕樂的流行，唐代初年即於禁中置教坊以教習音樂。如意元年（六九二）改爲雲韶府，開元二年（七一四）在宫中置内教坊，京都置左右教坊。此調《詞譜》列七體：單調兩體，雙調五體。温庭筠詞七首，平仄相同，爲創調之作。宋人多用雙調，作者甚衆。

又一體

雙調，五十二字。前後段各四句，三平韻。　蘇軾

寸恨誰云短句綿綿豈易裁韻半年眉緑未曾開韻明月好風閑處讀是人猜韻　春雨消殘凍句温風到冷灰韻尊前一曲爲誰哉韻留取曲終一拍讀待君來韻

蘇軾用此調作詞十七首，内容涉及游賞、湖景、寓意、諧謔、贈酬、節序、感舊，可見此調之適應範圍極廣。歐陽修以此調描述少婦情態，甚有風趣，詞云：「鳳髻金泥帶，龍紋玉掌梳。走來窗下笑相扶。愛道畫眉深淺、入時無。　弄筆偎人久，描花試手初。等閑妨了繡功夫。笑問雙鴛鴦字、怎生書。」此調上下段結句爲九字句，須一氣連貫。單調第一、二句，雙調上下段第一、二句要求對偶，如温詞：「臉上金霞細，眉間翠鈿深」，「轉盼如波眼，娉婷似柳腰」；蘇詞：「山與歌眉斂，波同醉眼流」，「冉冉中秋過，蕭蕭兩鬢華」，「溪女方開眼，山僧莫皺眉」，「紫陌尋春去，紅塵拂面來」，「柳絮風前轉，梅花雪裏春」。

荷葉杯

單調，二十三字，六句，四仄韻，二平韻。

温庭筠

一點露珠凝冷仄韻　波影韻　滿池塘平韻　緑莖紅艷兩相亂換仄韻　腸斷韻　水風涼平韻

唐代教坊曲。五代後蜀趙崇祚輯《花間集》，收録二十餘家詞，這些詞人被稱爲「花間詞人」，他們多用此調。單調以温庭筠三首爲創調之作。顧敻九首爲二十六字體，句式略異，結句叠三字句，如：「春盡小庭花落。寂寞。凭檻斂雙眉。忍教成病憶佳期。知麽知。知麽知。」温詞爲正體。雙調有韋莊兩首。

又一體

雙調，五十字。前後段各五句，兩仄韻，三平韻。　　韋莊

記得那年花下仄韻深夜韻初識謝娘時平韻水堂西面畫簾垂韻攜手暗相期韻　惆悵曉鶯殘月換仄韻相別韻從此隔音塵換平韻如今俱是異鄉人韻相見更無因韻

此調用韻頗複雜，每句用韻，平韻與仄韻交換。單調兩換仄韻；第三句平韻，與結句叶韻，其間包孕兩仄韻。雙調每段兩仄韻，三平韻；前後段凡四換韻。單調有六字句、二字句、三字句、七字句；雙調有六字句、二字句、五字句、七字句。故此調句式極富變化，奇句與偶句相間，尤以二字句使此調特色突出。由於用韻與句式的複雜，使此調音節曲折多變，宜於表現片時苦澀的沉鬱的感情。此調格律嚴密，形式精巧，初學者不宜填作。宋人僅許棐作有雙調一首，可見此調在宋代已不流行。

摘得新

單調，二十六字，六句，四平韻。

皇甫松

摘得新韻　枝枝葉葉春韻　管弦兼美酒句　最關人韻　平生都得幾十度句　展香茵韻

晚唐詞人皇甫松此調兩首，格律相同。調名用起句爲名，爲創調之作。皇甫松兩詞均爲花間尊前應歌之作，其另一詞云：「酌一卮。須教玉笛吹。錦筵紅蠟燭，莫來遲。繁紅一夜經風雨，是空枝。」這在晚唐詞中甚爲罕見。詞由三、五、七句式組成；雖有三個三字句，但配合恰當，故不急促，聲韻仍和婉諧美。

望江南

單調，二十七字，五句，三平韻。

皇甫松

蘭燼落句　屏上暗紅蕉韻　閑夢江南梅熟日句　夜船吹笛雨瀟瀟韻　人語驛

邊橋韻

宋代詞學家王灼《碧鷄漫志》卷五云：「《望江南》，《樂府雜録》云：李衛公爲亡妓謝秋娘撰《望江南》，亦名《夢江南》，白樂天作《憶江南》三首：第一『江南好』，第二、第三『江南憶』。自注云：『此曲亦名《謝秋娘》，每首五句。』予考此曲，自唐至今皆南吕宫，字句亦同。止是今曲兩段，蓋近世曲子無單遍者。」李德裕所作《望江南》已佚，因爲謝秋娘而作，故又名《謝秋娘》。皇甫松以此調名《夢江南》，白居易所作又名《憶江南》。白居易詞云：「江南好，風景舊曾諳。日出江花紅勝火，春來江水緑如藍。能不憶江南。」宋人用此調加一叠而爲雙調，作者亦衆，故有兩體。

又一體

雙調，五十四字。前後段各五句，三平韻。　蘇軾

春未老句風細柳斜斜韻試上超然臺上看句半壕春水一城花韻烟雨暗千家韻　寒食後句酒醒却咨嗟韻休對故人思故國句且將新火試新茶韻詩酒趁年華韻

此調以抒情見長，如皇甫松兩詞，又如温庭筠兩詞。温詞其一云：「梳洗罷，獨倚望江樓。過盡千帆皆不是，斜暉脈脈水悠悠。腸斷白蘋州。」自白居易用以詠杭州風物，宋人多仿

此，如詠「維揚好」，「成都好」，「安陽好」。王安石四首皆是禮贊佛法之作，如「歸依法」、「歸依佛」。陳朴九首爲道家内丹訣。晚唐易靜有七百二十首爲講論兵法之作。凡此可見此調尚具應用的功能，適應範圍很廣。宋人多用雙調，但後世仍有用單調者，如清初屈大均四首。單調及雙調前後段之第三、四句，可不對偶，但以對偶爲工，如白居易的「山寺月中尋桂子，郡亭枕上看潮頭」；温庭筠的「山月不知心裏事，水風空落眼前花」；歐陽修的「身似何郎全傅粉，心如韓壽愛偷香」；仲殊的「柳葉已如烟黛細，桑條何似玉纖柔」。

搗練子

單調，二十七字，五句，三平韻。

李　煜

深院静句小庭空韻斷續寒砧斷續風韻無奈夜長人不寐句數聲和月到簾櫳韻

此詞又傳爲馮延巳作。此調是在平起式七言絶句的基礎上，破首句爲兩個三字句——平仄仄、仄平平，因而聲韻變異，形成獨特格律。「練」爲白色熟絹，搗之使柔軟。《搗練子》是婦女搗練時所唱歌曲。敦煌曲子詞存此調十首，皆叙述孟姜女故事，句式與格律基本上相同，如「孟姜女，杞梁妻。一去燕山便不歸。造得寒衣無人送，不免自家送征衣。」此調又名

《如夜年》、《夜搗衣》、《古搗練子》、《杵聲齊》、《剪征袍》。宋人李石四首均爲雙調，其餘宋人作此調者較少。

南鄉子

單調，二十八字，五句，兩平韻，三仄韻。　馮延巳

細雨泣秋風平韻　金鳳花殘滿地紅韻　閑蹙黛眉慵不語仄韻　情緒韻　寂寞相思知幾許韻

唐代教坊曲。馮延巳此調三首，兩首單調，一首雙調。歐陽炯八首、李珣十首皆單調，詠南方風物。調當屬南方民間樂曲。馮延巳雙調五十六字體不換韻，爲宋人所沿用。

又一體

雙調，五十六字。前後段各五句，四平韻。　辛棄疾

何處望神州韻　滿眼風光北固樓韻　千古興亡多少事句　悠悠韻　不盡長江滾滾流韻

年少萬兜鍪韻　坐斷東南戰未休韻　天下英雄誰敵手句　曹劉韻　生

子當如孫仲謀韻

此體宋人作者甚衆，除抒情外，已有寫景言志之作。蘇軾十五首，其中有《梅花詞和楊元素》、《席上勸李公擇酒》、《重九涵輝樓呈徐君猷》、《送述古》等應酬之作。宋季詞人汪夢斗《初入都門漫賦》亦如辛詞表達深沉的愛國情懷，詞云：「西北有神州。曾倚斜陽江上樓。目斷淮南山一抹，何由。載淚東風灑汴流。　何事却狂游。直駕驢車渡白溝。自古幽燕爲絶塞，休愁。未是窮荒天盡頭。」此調以七字句爲主，用平韻甚密，形成音節響亮，氣勢奔放的藝術效果。前後段各一個兩字句，又使奔放的氣勢略頓，產生回環意味。

十樣花

單調，二十八字，六句，四仄韻。

李彌遜

陌上風光濃處韻第一寒梅先吐韻待得春來也句香消減句態凝佇韻百花休漫妒韻

南宋李彌遜以此調作十首，每詞詠一花，因以名調。

醉吟商小品

姜夔

雙調，二十九字。前段三句，兩仄韻；後段三句，三仄韻。

正是春歸句 細柳暗黄千縷韻 暮鴉啼處韻 夢逐金鞍去韻 一點芳心休訴韻 琵琶解語韻

南宋詞人姜夔自度曲，詞序云：「石湖老人謂予云：『琵琶有四曲，今不傳矣，曰《濩索梁州》、《轉關綠腰》、《醉吟商胡渭州》、《歷弦薄媚》也。』予每念之。辛亥之夏，予謁楊廷秀丈於金陵邸中，遇琵琶工解作《醉吟商胡渭州》，因求得品弦法，譯成此譜，實雙聲耳。」宋詞中此調僅此一詞，是爲孤調，但不失爲宋詞名篇。姜夔自度曲於詞字旁注有燕樂譜字。現代音樂家楊蔭瀏已將姜夔自度曲十七首譯爲今譜，可以配樂演唱。此曲音節緩慢低沉，甚爲優雅。清人張奕樞刊本《白石道人歌曲》於此詞分段，是爲雙調。

蕃女怨

温庭筠

單調，三十一字，七句，四仄韻，兩平韻。

萬枝香雪開已遍仄韻 細雨雙燕韻 鈿蟬箏句 金雀扇韻 畫梁相見韻 雁門消息不歸來平韻 又飛迴韻

蕃國泛指外國。從温詞所描寫的内容來看，蕃女是指西域婦女，樂曲乃西域傳入者。此調僅有温詞兩首，其另一詞云：「磧南沙上驚雁起。飛雪千里。玉連環，金鏃箭。年年征戰。畫樓離恨錦屏空。杏花紅。」此首用韻略異。

憶王孫

單調，三十一字，五句，五平韻。

李重元

萋萋芳草憶王孫韻 柳外樓高空斷魂韻 杜宇聲聲不忍聞韻 欲黄昏韻 雨打梨花深閉門韻

南朝詩人謝靈運《悲哉行》：「萋萋春草生，王孫游有情。」唐代詩人白居易《賦得古草原送別》：「又送王孫去，萋萋滿別情。」調名取此詩意。此調興起於北宋末年，李重元此調四詞，此首爲創調之作。調又名《憶君王》、《豆葉黄》、《怨王孫》，皆抒寫離情別緒。此調每句用韻，五句中有四個七字句，其中三個句式均爲律句「仄仄平平仄仄平」，構成獨特格律，音節却並不急促，因嵌入一個平韻三字句而使詞調和婉。宋末汪元量以此調作集句詞九首，抒寫對南宋故宮的懷念，自言「甚淒婉，情至可觀」，如：「離宮別苑草萋萋。對此如何不淚垂。滿檻山川漾落暉。昔人非。惟有年年秋雁飛。」

遐方怨

單調，三十二字，七句，四平韻。　　温庭筠

憑繡檻句　解羅幃韻　未得君書句　斷腸瀟湘春雁飛韻　不知征馬幾時歸韻　海棠花謝也句　雨霏霏韻

唐代教坊曲。此調有兩體，單調者僅温詞兩首，格律相同。其另一詞云：「花半拆，雨初晴。未捲珠簾，殘夢惆悵聞曉鶯。宿妝眉殘粉山横。約鬟鸞鏡裏，繡羅輕。」兩詞，一寫離愁，一寫閨情。

又一體

雙調，六十字。前後段各六句，四平韻。　　顧敻

簾影細句篁紋平韻象紗籠玉指句縷金羅扇輕韻嫩紅雙臉似花明韻兩條眉黛遠山橫韻

鳳簫歇句鏡塵生韻遼塞音書絕句夢魂長暗驚韻玉郎經歲負娉婷韻教人爭不恨無情韻

此體僅兩詞，另一詞爲孫光憲作，格律相同。後段與前段格律句式相同，是爲重頭曲。此調於《花間集》存四詞，宋人不用。

拋球樂

單調，三十三字，七句，三平韻，一疊韻。

皇甫松

金蹙花球小句真珠繡帶垂韻繡帶垂疊幾回衝鳳蠟句千度入香懷韻上客終須醉句觥盂且亂排韻

唐人於酒筵中拋花球以行酒令之燕樂曲，亦屬教坊習用者。唐代詩人劉禹錫此調兩首聲詩詠拋球，其一云：「五色繡團圓，登君玳瑁筵。最宜紅燭下，偏稱落花前。上客如先起，應須贈一船。」唐代歌者選用五言或七言絕句名篇，配合燕樂以歌唱，這叫「聲詩」；詩人用燕樂曲名所作之齊言體詩以入樂亦是「聲詩」，它們皆非詞體。皇甫松兩首爲詞體，詠拋球游戲；其另一詞云：「紅撥一聲飄。輕裘墜越綃。墜越綃。帶翻金孔雀，香滿繡蜂腰。少少抛分數，花枝正索饒。」

又一體

單調，四十字，六句，四平韻。

無名氏

珠淚紛紛濕綺羅韻少年公子負恩多韻當初姊姊分明道句莫把真心過與他韻子細思量著句淡薄知聞解好麽韻

敦煌曲子詞兩首，另一首第五句爲七字句，其餘格律相同，詞云：「寶髻釵横墜鬢斜。殊容絶勝上陽家。蛾眉不掃天生緑，蟬臉能匀似明霞。無端略入後園看，羞煞庭中數樹花。」此首爲變體。馮延巳此調八首與四十字體相同。馮詞皆抒寫花間尊前情懷，爲應歌之作，如寫酒筵散後一詞：「坐對高樓千萬山。雁飛秋色滿欄干。燒殘紅燭暮雲合，飄盡碧梧金井寒。咫尺人千里，猶憶笙歌昨夜歡。」八首之中，第三、四句爲對偶。宋人用此調者極少。柳永一詞爲長調，與此體迥異。

湘靈瑟

無名氏

雙調，三十三字。前段四句，四平韻；後段四句，三平韻。

霜風摧蘭韻銀屏生曉寒韻淡掃眉山韻臉紅殷韻　瀟湘浦句芙蓉灣韻相思數聲哀嘆韻畫樓尊酒閒韻

《楚辭・遠游》：「使湘靈鼓瑟兮，令海若舞馮夷。」唐代詩人錢起《省試湘靈鼓瑟》有云：「流水傳湘浦，悲風過洞庭。曲終人不見，江上數峰青。」湘靈指湘水舜妃。調名取此。南宋洪邁《夷堅乙志》卷十四録江西新淦驛中無名氏此詞，是爲創調之作。宋末劉壎詞題爲《故妓周懿葬橋南》，詞云：「酸風泠泠。哀笳吹數聲。碎雨冥冥。泣瑶英。花心路，芙蓉城。相思幾回魂驚。腸斷墳草青。」此調僅存兩詞，格律相同。清代王奕清等編《詞譜》未收此調。

如夢令

李清照

單調，三十三字，七句，五仄韻，一疊韻。

昨夜雨疏風驟韻濃睡不消殘酒韻試問卷簾人句却道海棠依舊韻知否韻

知否。叠應是緑肥紅瘦。韻

此調本名《憶仙姿》，創調之作是五代後唐莊宗李存勖詞，詞存《尊前集》：「曾宴桃源深洞。一曲清風舞鳳。長記欲別時，和淚出門相送。如夢。如夢。殘月落花烟重。」蘇軾用此調時改名《如夢令》，其詞序云：「元豐七年十二月十八日，浴泗州雍熙塔下，戲作《如夢令》兩闋。此曲本唐莊宗製，名《憶仙姿》，嫌其名不雅，故改爲《如夢令》。」《詞譜》以唐莊宗詞爲譜，將第三句「長記欲別時」改爲「長記別伊時」以合律句「仄仄仄平平」。《尊前集》與《苕溪漁隱叢話》後集卷三十九録此詞均爲「欲別」。蘇軾四首，其中三首此句之平仄同莊宗，但宋人多作仄仄仄平平，如秦觀五首爲「睡起熨沉香」、「夢破鼠窺燈」、「遥想酒醒來」、「桃李不禁風」、「孤館悄無人」。宜從。此調兩個二字叠句最難處理，而且必須上下句意連貫。《詞譜》此句第一字作可平可仄，但當依《詞律》此句作「平仄」，如秦觀作「消瘦」、「無寐」、「回首」、「腸斷」、「無寐」。此調四個六字句，俱爲「仄仄平平仄仄」，兩個二字句爲「平仄」；六句用仄韻，僅一個五字句之末字爲平聲。這樣使此調聲情低沉凝重。此調在五代僅唐莊宗兩詞，宋人作者甚衆，一般用以抒情與寫景，自蘇軾用以游戲和表曠達之情後，亦有用於言志者。蘇軾詞：「水垢何曾相受。細看兩俱無有。寄語揩背人，盡日勞君揮肘。輕手。輕手。居士本來無垢。」朱敦儒詞：「真個先生愛睡。睡裏百般滋味。轉面又翻身，隨意十方游戲。游戲。游戲。到了元無一事。」

訴衷情

單調，三十三字，九句，六平韻，兩仄韻。

韋莊

燭燼香殘簾半卷（句）夢初醒（平韻）花欲謝（仄韻）深夜（韻）月籠明（平韻）何處按歌聲（韻）輕輕（韻）舞衣塵暗生（韻）負春情（韻）

唐代教坊曲。《花間集》有單調三體，雙調一體。韋莊此調兩詞，格律全同，可見律極嚴。其另一詞云：「碧沼紅芳烟雨靜，倚蘭橈。垂玉佩。交帶。裊纖腰。鴛夢隔星橋。迢迢。越羅香暗銷。」此調於平韻中插入兩仄韻，短句頗多，極富變化。宋人用此調者甚衆，但通行雙調。

又一體

雙調，四十四字。前段四句，三平韻；後段六句，三平韻。

仲殊

湧金門外小瀛洲（韻）寒食更風流（韻）紅船滿湖歌吹（句）花外有高樓（韻）

晴日暖（句）淡烟浮（韻）恣嬉游（韻）三千粉黛（句）十二闌干（句）一片雲頭（韻）

《唐宋諸賢絶妙詞選》卷九云：「仲殊之詞多矣，佳者固不少，而小令爲最，小令之中，《訴衷情》一調又其最，蓋篇篇奇麗，字字清婉，高處不減唐人風致也。」宋僧仲殊此調五詞，推爲絶作，今所録者題爲《寒食》。其《寶月山作》詞云：「清波門外擁輕衣。楊花相送飛。西湖還又春晚，水樹亂鶯啼。閑院宇，小簾幃。晚初歸。鐘聲已過，篆香才點，月到門時。」又其《春詞》云：「長橋春水拍堤沙。疏雨帶殘霞。幾聲脆管何處，橋下有人家。宫樹緑，晚烟斜。噪閑鴉。山光無盡，水風長住，滿面楊花。」此調前段多平仄字不拘者，後段三個三字句和三個四字句極不易處理，如仲殊均造佳境。陸游此調兩詞，皆言志與抒情結合之作，如其名篇云：「當年萬里覓封侯。匹馬戍梁州。關河夢斷何處，塵暗舊貂裘。胡未滅，鬢先秋。淚空流。此身誰料，心在天山，身老滄洲。」此調後段句式與前段相異，後段與前段起句句式不同，被稱爲换頭曲。

西溪子

單調，三十三字，八句，四仄韻，一叠韻，兩平韻。　牛嶠

捍撥雙盤金鳳仄韻　蟬鬢玉釵搖動韻　畫堂前句　人不語换仄韻　弦解語叠　彈到昭君怨處韻　翠蛾愁平韻　不擡頭韻

唐代教坊曲。此體三换韻。《花間集》内毛文錫一體爲三十五字，其第七句爲五字句，多兩字，用韻亦略異。

思帝鄉

單調，三十三字，八句，四平韻。　　　　韋　莊

雲髻墜句鳳釵垂韻髻墜釵垂無力句枕函攲韻翡翠屏深月落句漏依依韻
説盡人間天上句兩心知韻

唐代教坊曲。韋莊另一詞句式略異，多一字：「春日游。杏花吹滿頭。陌上誰家年少，足風流。妾擬將身嫁與，一生休。縱被無情棄，不能羞。」此調創調之作爲温庭筠詞：「花花。滿枝紅似霞。羅袖畫簾腸斷，卓香車。廻面共人閑語，戰篦金鳳斜。唯有阮郎春盡，不歸家。」《花間集》内此調三體，故有「花間無定體」之説，這是因當時詞人倚聲製詞，其字句略有出入所致。今依《詞律》以韋詞第一首爲式。此調《花間集》存五詞，作者較少。

天仙子

單調，三十四字，六句，五仄韻。　皇甫松

躑躅花開紅照水韻鷓鴣飛繞青山觜韻行人經歲始歸來句千萬里韻錯相倚韻懊惱天仙應有以韻

唐代教坊曲。皇甫松兩詞中均有「天仙」，爲創調之作。其另一詞云：「晴野鷺鷥飛一隻。水葓花發秋江碧。劉郎此日別天仙，登綺席。淚珠滴。十二晚峰高歷歷。」兩詞格律相同。韋莊此調五首格律相同，均寫閨情，如：「蟾彩霜華夜不分。天外鴻聲枕上聞。繡衾香冷懶重薰。人寂寂，葉紛紛。纔睡依前夢見君。」敦煌曲子詞中已有雙調。

又一體

雙調，六十八字。前後段各六句，五仄韻。　無名氏

鷰語啼時三月半韻烟蘸柳條金綫亂韻五陵原上有仙娥句携歌扇韻香爛漫韻留住九華雲一片韻　犀玉滿頭花滿面韻負妾一雙偷淚眼韻淚珠若

得似珍珠 句 拈不散 韻 知何限 韻 串向紅絲應百萬 韻

此首爲敦煌曲子詞，已用雙調。宋人皆用雙調。張先四詞，一首屬仙吕調，兩首屬般涉調，另一首屬中吕調。中吕調者題爲《時爲嘉禾小倅以病眠不赴府會》，詞云：「水調數聲持酒聽。午睡醒來愁未醒。送春春去幾時回，臨晚鏡。傷流景。往事後期空記省。 沙上並禽池上暝。雲破月來花弄影。重重簾幕密遮燈，風不定。人初静。明日落紅應滿徑。」此爲宋詞名篇。劉過《初赴省别妾》云：「别酒醺醺容易醉。回過頭來三十里。馬兒只管去如飛，牽一會。坐一會。斷送殺人山共水。 是則青衫終可喜。不道恩情拚得未。雪迷村店酒旗斜，去也是。住也是。煩惱自家煩惱你。」此詞流暢通俗，别是一種風格。此調以七字句爲主，用仄韻，韻密；前後段插入兩個三字句，故調勢流暢，聲情却低沉，多用以抒寫離情，亦用於酬贈。張先四詞，共用三個宫調，這在唐代和宋初是常見的。宋詞中僅柳永、張先、周邦彦、吴文英詞集注有宫調，此外姜夔自度曲注明宫調，可供研究詞樂之參考。凡一詞調因宫調不同，其音樂亦不相同。中國古代音樂的「宫調」是包涵音高、調式和結聲的一個概念，它由音階與律吕相配而成。隋唐燕樂與傳統音樂的區别主要在於宫調。漢代用六十宫調，隋初鄭譯創燕樂八十四調，這都屬理論的推演，與音樂實際脱離的。唐代燕樂實用二十八調，見於段安節《樂府雜録》，又見於《新唐書·禮樂志》記載。宋代燕樂，朝廷大宴「所奏凡十八調」（《宋史》卷一四二），柳永《樂章集》用十五調，周邦彦《片玉集》亦用十五調。南宋末張炎《詞源》卷上保存雅俗常用宫調七宫十二調，共十九調：黄鍾宫、仙呂宮、正宮、高宮、南呂宮、中呂宮、道宮、大石調、小石調、般涉調、歇指調、越調、仙呂調、中呂調、正平調、高平調、雙調、黃鍾羽、商調。這可見宋人宮調比唐人狹小，即調式較少。然而宋代樂律的標準音的絕對高度是高於唐代的。

風流子

單調，三十四字，八句，六仄韻。　　孫光憲

樓倚長衢欲暮韻　瞥見神仙伴侶韻　微傅粉句　攏梳頭句　隱映畫簾開處韻　無語韻　無緒韻　慢曳羅裙歸去韻

唐代教坊曲。《花間集》存孫詞三首，格律相同。另兩詞其一：「茅舍槿籬溪曲。鷄犬自南自北。菰葉長，水葓開，門外春波漲渌。聽織。聲促。軋軋鳴梭穿屋。」其二：「金絡玉銜嘶馬。繫向緑楊陰下。朱户掩，繡簾垂，曲院水流花謝。歡罷。歸也。猶在九衢深夜。」全調四個六字句均爲「仄仄平平仄仄」。配合兩個二字句均爲「平仄」，故音節單一低沉，適於敘事。宋人此調發展爲長調，與單調之格律全異。

歸自謠

雙調，三十四字。前後段各三句，三仄韻。　馮延巳

何處笛韻終夜夢魂情脉脉韻竹風檐雨寒窗隔韻　離人數歲無消息韻今頭白韻不眠特地重相憶韻

曾慥《樂府雅詞》卷上録此調兩詞，另一詞云：「春艷艷。江上晚山三四點。柳絲如剪花如染。　春歸寂寞門半掩。愁眉斂。淚珠滴破胭脂臉。」作者爲歐陽修，乃誤。南唐馮延巳《陽春集》收此調三詞，除見於《樂府雅詞》兩首外，其另一詞云：「江水碧。江上何人吹玉笛。扁舟遠送瀟湘客。　蘆花千里霜月白。傷行色。來朝便是關山隔。」馮詞三首題作《歸國遥》，但與四十三字體之《歸國遥》迥異，故當從《樂府雅詞》調名。《詞譜》卷二特指出：「《詞律》編入《歸國謡》者誤。」此調每句用韻，共四個七字句，兩個三字句，前後段句式組合不同，宜於即景抒情，並以用入聲韻最能體現此調特色。

定西蕃

無名氏

雙調，三十五字。前後段各四句，兩平韻。

事從星車入塞句衝沙磧句冒風寒韻度千山韻　三載方達王命句豈辭辛苦艱韻爲布我皇綸綍句定西蕃韻

此首敦煌曲子詞爲創調之作，以結句「定西蕃」爲調名。西蕃，蕃部，唐時指西域至中亞一帶少數民族。此調《詞譜》列五體，其中温庭筠與韋莊體實同敦煌曲子詞。温詞：「漢使昔年離別，攀弱柳，折寒梅。上高臺。千里玉關春雪，雁來人不來。羌笛一聲愁絶，月徘徊。」詞中「別」、「雪」、「絶」非用韻處。韋詞：「芳草叢生縷結，花艷艷，雨濛濛。曉庭中。塞遠久無音問，愁銷鏡裏紅。紫燕黃鸝猶生，恨何窮。」詞中「問」、「生」非韻字。此調由抒寫邊塞之情逐漸轉爲寫征婦之怨。

又一體

張　先

雙調，四十一字。前段五句，兩平韻；後段四句，兩平韻。

捍撥紫檀金襯句雙秀萼句兩回鸞韻齊學漢宮妝樣句競嬋娟韻　三十六

弦蟬鬧句小弦蜂作團韻聽盡昭君幽怨句莫重彈韻

此詞題爲《執胡琴者九人》。宋人只有張先此調三詞：一詞屬高平調，二詞屬般涉調。三詞格律相同。

長相思

馮延巳

雙調，三十六字。前後段各四句，三平韻，一疊韻。

紅滿枝韻緑滿枝叠宿雨厭厭睡起遲韻閑庭花影移韻　憶歸期韻數歸期叠夢見雖多相見稀韻相逢知幾時韻

調名出自《古詩十九首》：「客從遠方來，送我一端綺。相去萬餘里，故人心尚爾。文彩雙鴛鴦，裁爲合歡被。著以長相思，緣以結不解。以膠投漆中，誰能別離此。」《長相思》爲樂府舊題，南朝蕭統、陳後主、徐陵、陸瓊、江總等均有詩作。唐代爲教坊曲，多抒寫離別相思之情。此調由三、七、五句式組成，每句用韻，前後段各有一疊韻，音節響亮，表情由熱烈而趨和婉。唐代白居易兩首《閨怨》爲始詞。其一：「汴水流。泗水流。流到瓜洲古渡頭。吴山點點愁。　思悠悠。恨悠悠。恨到歸時方始休。月明人倚樓。」其二：「深畫眉。淺畫眉。蟬鬢鬅鬙雲滿衣。陽臺行雨迴。　巫山高，巫山低。暮雨瀟湘人不歸。空房獨守時。」此調自白居易之後皆沿其體。諸家所作均三十六字，句式亦同，但字聲平仄略有變化。馮延巳詞與白居易兩首，字聲平仄相同，是爲正體。歐陽修兩詞最能體現此調特點，如其一：「深花枝。淺花枝。深淺花枝相並時。花枝難似伊。玉如肌。柳如眉。愛著鵝黃金縷衣。啼妝更爲誰。」

相見歡

雙調，三十六字。前段三句，三平韻；後段四句，兩仄韻，兩平韻。　　李　煜

林花謝了春紅平韻太匆匆韻無奈朝來寒雨讀晚來風韻　胭脂淚仄韻留人醉韻幾時重平韻自是人生長恨讀水長東韻

《南唐二主詞》於李煜此詞及「無言獨上西樓」一首均題作《烏夜啼》，但此調實爲《相見歡》。薛昭藴一首和馮延巳一首《相見歡》，與李詞格律完全相同。薛詞云：「羅襦繡袂香紅。畫堂中。細草平沙蕃馬、小屏風。　捲羅幕。凭妝閣。思無窮。暮雨輕烟魂斷、隔簾櫳。」馮詞云：「曉窗夢到昭華。阿瓊家。欹枕殘妝一朵、卧枝花。　情極處。却無語。玉釵斜。翠閣銀屏回首、已天涯。」李煜另有四十七字體之《烏夜啼》。此調每句用韻，後段與前段句式略異。後段第一、二句換仄韻，自第三句又爲平韻之本部韻。前後段結句爲九字句，須

語氣連貫。此調聲韻極富變化，音節響亮，而又流暢優美，音樂性很强。薛昭蘊與馮延巳詞均寫閨情，語意輕快。李煜兩詞則抒發悲傷而沉鬱之情，最能體現此調聲情特點。南宋朱敦儒七首，多抒寫感時傷世之情，如：「金陵城上西樓。倚清秋。萬里夕陽垂地、大江流。　中原亂。簪纓散。幾時收。試倩悲風吹淚、過揚州。」

風光好

雙調，三十六字。前段四句，四平韻；後段四句，兩仄韻，兩平韻。

陶穀

好因緣平韻　惡因緣韻　只得郵亭一夜眠韻　別神仙韻　琵琶撥盡相思調仄韻　知音少韻　待得鸞膠續斷弦平韻　是何年韻

陶穀此詞乃出使江南爲歌妓秦弱蘭作，《玉壺清話》卷四與《苕溪漁隱叢話》前集卷二四記載此段軼事，詞調爲《春光好》，乃誤。此詞與宋人歐良輯《撫掌集》所載無名氏《風光好》詞格律相同，乃同調之詞。無名氏詞云：「柳陰陰。水沉沉。風約雙鳧不自禁。碧波心。　孤村斷橋人迷路。舟横渡。旋買村醪淺淺斟。更微吟。」此調僅此兩詞，均極佳。此調由三個七字句，與五個三字句組成，過變换仄韻，再轉平韻，每句用韻。故音節明快，以三字句作頓，因而又含蓄收斂，歸於和婉，音韻極爲和諧流美。《花間集》收録《春光好》諸詞，與此調迥異。

何滿子

單調，三十七字，六句，三平韻。 孫光憲

冠劍不隨君去句江河還共恩深韻歌袖半遮眉黛慘句淚珠旋滴衣襟韻惆悵雲愁雨怨句斷魂何處相尋韻

中亞撒馬爾罕西北六十英里有何國，又名屈霜你加國，隋唐時期其音樂傳入中國。唐代何國在長安的歌者有何勘與何滿子。《何滿子》爲中亞何國樂曲。唐代詩人元稹《張南湖座爲唐有熊作》：「何滿能歌能宛轉，天寶年中世稱罕。嬰刑繫在囹圄間，下調哀音歌憤懣。梨園子弟奏玄宗，一唱承恩羈網緩。便將何滿爲曲名，御譜親題樂府纂。」白居易《何滿子》詩云：「世傳滿子是人名，臨就刑時曲始成。一曲四詞歌八疊，從頭便是斷腸聲。」自注云：「滄州有歌者何滿子，臨刑進此曲以贖死，上竟不免。」此爲唐代教坊曲，其辭既有聲詩，又有長短句。《花間集》有單調和雙調兩體。此體以六字句爲主，三個用韻之句實爲「平平仄仄平平」式，句式與音節沉緩簡單。和凝詞云：「正是破瓜年幾，含情慣得人饒。桃李精神鸚鵡舌，可堪虛度良宵。却愛藍羅裙子，羨他長束纖腰。」毛文錫詞云：「紅粉樓前月照，碧紗窗外鶯啼。夢斷遼陽音信，那堪獨守空閨。恨對百花時節，王孫緑草萋萋。」此詞第三句少一字。此調花間詞人多用以寫閨情。

又一體

雙調，七十四字，前後段各六句，三平韻。　　杜安世

柳嫩不禁搖動句梅殘盡任飄零韻雨餘天氣來深院句向陽纖草重青韻寂寞小桃初綻句兩三枝上紅英韻　又見雲中歸雁句嗈嗈斷續和鳴韻年年依舊無情緒句鎮長冷落銀屏韻不語閑尋往事句微風頻動簾旌韻

此體乃單調之重疊爲雙調，宋人多用此體。花間詞人毛文錫已創爲雙調，其一云：「寂寞芳菲暗度，歲華如箭堪驚。緬想舊歡多少事，轉添春思難平。曲檻絲垂金柳，小窗弦斷銀箏。深院空聞燕語，滿園閑落花輕。一片相思休不得，忍教長日愁生。誰見夕陽孤夢，覺來無限傷情。」毛詞兩首均寫閨情，極爲含蓄。

調笑

單調，三十八字，七句，七仄韻。　　毛滂

城月韻冷羅襪韻郎睡不知鸞帳揭韻香凄翠被燈明滅韻花困釵橫時節韻

河橋楊柳催行色韻 愁黛有人描得韻

宋人毛滂《調笑》十首一組，前八首分詠古代八位女子，詞前各有七絕兩首介紹女子故事；後兩首爲「破子」，詠贊花間尊前樂事。晁補之一組，曾慥一組，結構均同。宋代一種歌舞相間者爲「傳踏」，亦名「轉踏」，亦謂「纏達」，以一曲——用《調笑》連續歌唱，詞前配詩，一首詠一事，若干首爲一組。晁詞、曾詞之格律與毛詞相同。「調笑」，嘲戲，取笑。東漢辛延年樂府詩《羽林郎》：「依倚將軍勢，調笑酒家胡。」唐人於酒席筵上拋打曲名謂之調笑。《樂府詩集》卷八二引《樂苑》云：「《調笑》，商調曲也。」戴叔倫謂之《轉應詞》。」戴氏詞云：「邊草。邊草。邊草盡來兵老。山南山北雪晴。千里萬里月明。明月。明月。胡笳一聲愁絕。」韋應物《調笑》二首，其一云：「胡馬。胡馬。遠放燕支山下。跑沙跑雪獨嘶。東望西望路迷。迷路。迷路。邊草無窮日暮。」戴詞與韋詞爲三十二字，八句，每句用韻，戴詞一換韻，韋詞兩換韻，《詞譜》稱爲《古調笑》。

望梅花

和　凝

單調，三十八字，六句，六仄韻。

春草全無消息韻 臘雪猶餘踪迹韻 越嶺寒枝香自拆韻 冷艷奇芳堪惜韻 何

事壽陽無處覓韻吹入誰家橫笛韻

《花間集》內此調存兩詞，另一首爲孫光憲詞：「數柳開與短牆平。見雪萼、紅跗相映，引起離人邊塞情。　簾外欲三更。吹斷離愁月正明。空聽隔江聲。」此爲雙調，三十八字。前段三句，兩平韻；後段三句，三平韻。此調爲唐代教坊曲，兩詞皆詠梅，但格律不同，是爲兩體。

又一體

雙調，七十二字。前後段各六句，四仄韻。　蒲宗孟

一陽初起韻暖力未勝寒氣韻堪賞素華長獨秀句不並開紅抽紫韻青帝只應憐潔白句不使雷同衆卉韻　淡然難比韻粉蝶豈知芳蕊韻半夜捲簾如乍失句只在銀蟾影裏韻殘雪枝頭君認取句自有清香旖旎韻

宋人此調兩詞，皆詠梅之作。另一首無名氏詞：「寒梅堪羨。堪羨輕苞初展。被天人、製巧妝素艷。群芳皆賤。碎剪月華千萬片。綴向瓊枝欲遍。　小庭幽院。雪月相交無辨。影玲瓏、何處臨溪見。謝家新宴。別有清香風際轉。縹緲著人頭面。」此詞亦雙調，字句與蒲詞略異。《詞譜》以此詞爲蒲宗孟作，乃誤。

醉太平

米芾

雙調，三十八字。前後段各四句，四平韻。

風爐煮茶韻霜刀剖瓜韻暗香微透窗紗韻是池中藕花韻　高梳髻鴉韻濃妝臉霞韻玉尖彈動琵琶韻問香醪飲麼韻

此詞爲創調之作。戴復古詞：「長亭短亭。春風酒醒。無端惹起離情。有黄鸝數聲。芙蓉繡茵。江山畫屏。夢中昨夜分明。悔先行一程。」此調用平韻，每句用韻，以四字句爲主，配和六字句與五字句，故音節明亮，調勢平穩，而又頗爲流暢，適於寫疏淡之景，亦宜抒發輕快之情。孫惟信詞調又名《醉思凡》，詞云：「吹簫跨鸞。香銷夜闌。杏花樓上春殘。繡羅衾半閑。衣寬帶寬。千山萬山。斷腸十二闌干。更斜陽暮寒。」張炎此調又名《四字令》，詞云：「鶯吟翠屏。簾吹絮雲。東風也怕花嗔。帶飛花趕春。鄰娃笑迎。嬉游趁晴。明朝何處相尋。那人家柳陰。」觀諸家所作，此調格律甚爲嚴整，平仄字聲均相同。

又一體

辛棄疾

雙調，四十六字。前後段各四句，四仄韻。

態濃意遠韻眉顰笑淺韻薄羅衣窄絮風軟韻鬢雲欹翠卷韻南園花樹春光暖韻紅香徑裏榆錢滿韻欲上秋千又驚懶韻且休歸怕晚韻

《詞律》録此詞於後段第二句「紅香徑裏榆錢滿」改作兩個三字句「香徑裏，榆錢滿」，乃誤。《高麗史・樂志》所存宋詞，内有《醉太平》一詞，與辛詞字數、句式組合均同，僅用韻略異：「厭厭悶著。厭厭悶著。奴兒近日聽人咬，把初心忘却。教人病深謾摧拙。憑誰與我分説破。仔細思量怎奈何，見了伏些弱。」此是俗詞，抒寫市井女子情緒，風格迥異。此調，諸家多用平聲韻三十八字體者。

感恩多

雙調，三十九字。前段四句，兩仄韻，兩平韻；後段五句，兩平韻，一叠韻。　牛嶠

兩條紅粉淚仄韻多少春歸意韻强攀桃李枝平韻斂愁眉韻陌上鶯啼蝶舞句柳花飛韻柳花飛叠願得郎心句憶家還早歸韻

唐代教坊曲。晚唐路巖在成都時於合江亭離宴上贈官妓行雲等作《感恩多》詞，今僅存斷句「離魂何處斷。烟雨江南岸。」事見《北夢瑣言》卷三。《花間集》今存牛嶠兩詞，其另一詞

云：「自從南浦別。愁見丁香結。近來情轉深。憶鴛衾。幾度將書托烟雁，淚盈襟。淚盈襟。禮月求天，願君知我心。」此詞换頭爲七字句，比前詞多一字。

長命女

和凝

雙調，三十九字。前段三句，三仄韻；後段四句，三仄韻。

天欲曉韻宮漏穿花聲繚繞韻窗裏星光少韻　冷露寒侵帳額句殘月光沉樹杪韻夢斷錦幃空悄悄韻强起愁眉小韻

唐代教坊曲。唐人將岑參五言律詩《宿關西客舍寄東山嚴許二山人時天寶初七月三日在學見有高道舉徵》之上半入樂而改名《長命女》。見《樂府詩集》卷八十。《碧雞漫志》卷五：「《西河長命女》，崔元範自越州幕府拜侍御史，李訥尚書餞於鑑湖，命盛小叢歌，坐客各賦詩送之。有云：『爲公唱作西河調，日暮偏傷去住人。』《理道要訣》：『《長命女西河》在林鍾商，時號平調。』今俗呼高平調也。《脞説》云：『張紅紅者，大曆初隨父歌匄食。過將軍韋青所居，青納爲姬。自傳其藝，穎悟絶倫。有樂工取古《西河長命女》加減節奏，頗有新聲。未進間，先歌於青。青令紅紅潛聽，以小豆數合記其拍，給云：女弟子久歌此，非新曲也。隔屏奏之，一聲不失。樂工大驚，請與相見，嘆伏不已。兼云：有一聲不穩，今已正矣。尋達上聽，召入宜春院，寵澤隆異。宮中號記曲小娘子，尋爲才人。』按此曲起開元以前，大曆間樂工加減節奏，紅紅又正一聲而已。《花間集》和凝有《長命女》曲，僞蜀李珣《瓊瑤集》亦有之，句讀各異。然皆今曲子，不知孰爲古製林鍾羽並大曆加減者。近世有《長命女令》，前七拍，後九拍，屬仙呂調，宮調、句讀並非舊曲。」和凝詞又名《薄命女》，毛晋本等《花間集》小注：「一名《長命女》。」王灼所説李珣之詞，已佚。王灼又言宋人有《長命女令》今亦佚。馮延巳一詞亦名《薄命女》，舊本亦於調下注：「一名《長命女》。」馮詞云：「春日宴。綠酒一杯歌一遍。再拜陳三願。一願郎君千歲，二願妾身常健。三願如同梁上燕。歲歲長相見。」此與和凝詞格律相同。

春光好

雙調，四十字。前段五句，三平韻；後段四句，兩平韻。

和凝

紗窗暖句畫屏閑韻嚲雲鬟韻睡起四肢無力句半春間韻　玉指剪裁羅勝句金盤點綴酥山韻窺宋深心無限事句小眉彎韻

唐代教坊曲。《碧雞漫志》卷五：「《羯鼓録》云：『明皇尤愛羯鼓玉笛，云八音之領袖。時春雨始晴，景色明麗，帝曰：對此豈可不與他判斷。命取羯鼓，臨軒縱擊，曲名《春光好》。回顧柳杏，皆已微坼。上曰：此一事不唤我作天公，可乎？』今夾鍾宫《春光好》唐以來多有此曲。或曰：夾鍾宫屬二月之律，明皇依月用律，故能判斷如神。予曰：二月柳杏坼久矣，此必正月用二月律催之也。《春光好》，近世或易名《愁倚闌》。」和凝詞兩首，另一首第四句多一字。

又一體

雙調，四十一字。前段五句，三平韻；後段四句，兩平韻。　歐陽炯

天初暖句日初長韻好春光韻萬彙此時皆得意句競芬芳韻　笱迸苔錢嫩綠句花偎雪塢濃香韻誰把金絲裁剪却句挂斜陽韻

歐陽炯詞八首，格律相同。此詞有「好春光」句，是爲創調之作，當以此體爲正體。歐陽炯詞多詠春景，其中有描述閨情者：「胸鋪雪，臉分蓮。理繁弦。纖指飛翻金鳳語，轉嬋娟。嘈囋如敲玉佩，清泠似滴香泉。曲罷問郎名個甚，想夫憐。」

又一體

雙調，四十二字。前段五句，三平韻；後段四句，三平韻。　晏幾道

春羅薄句酒醒寒韻夢初殘韻攲枕片時雲雨事句已關山韻　樓上斜日闌

干韻樓前路讀曾試雕鞍韻拚却一襟懷遠淚句倚闌看韻

晏詞三首格律相同，因此詞有「倚闌看」句遂改調名爲《愁倚闌令》。曾覩《春光好》三首與晏詞格律相同，其《感舊》云：「心下事，不思量。自難忘。花底夢迴春漠漠，恨偏長。閑日多少韶光。雕闌静、芳草池塘。風急落紅留不住，又斜陽。」

生查子

雙調，四十字。前後段各四句，兩仄韻。

朱淑真

年年玉鏡臺句梅蕊宮妝困韻今歲未還家句怕見江南信韻酒從別後疏句淚向愁中盡韻遥想楚雲深句人遠天涯近韻

唐代教坊曲。南宋女詩人朱淑真此詞爲傳世大曲十首之一，屬大石調，或誤作李清照與朱敦儒詞。朱氏另一詞爲宋詞名篇，詞云：「去年元夜時，花市燈如畫。月上柳梢頭，人約黃昏後。今年元夜時，月與燈依舊。不見去年人，淚滿春衫袖。」此調五言八句，有似詩體，但律句的組合自有特點，且分前後段，故是詞體。填此詞力求婉約而自然，與詩體別趣；後段一二句可以爲對偶。朱氏兩詞可爲法式。此調唐宋詞人作者甚衆，名篇亦多。花間詞人魏承班於此調每句第二字用仄聲：「烟雨晚晴天，零落花無語。難話此時心，梁燕雙來去。琴韻對薰風，有恨和琴撫。腸斷斷弦頻，淚滴黃金縷。」這最能體現此調特色。敦煌曲子詞有此調兩詞，皆表達爲國家建立功業之宏願，當是始詞。其一云：「三尺龍泉劍。匣裏無人見。落雁一張弓，百隻金花箭。爲國竭忠貞，苦處曾征戰。未忘立功勳，後見君王面。」歐陽修詞描寫一位彈箏女子：「含羞整翠鬟，得意頻相顧。雁柱十三弦，一一春鶯語。嬌雲容易飛，夢斷知何處。深院鎖黃昏，陣陣芭蕉雨。」南宋王千秋七首，其中表達人生感悟云：「功名竹上魚，富貴槐根蟻。三萬六千場，排日扶頭醉。高懷隘世間，壯氣橫天際。常是惜春殘，不會東君意。」辛棄疾十首，用以寫景，酬贈和言志。其《題京口郡治塵表亭》：「悠悠萬世功，矻矻當年苦。魚自入深淵，人自居平土。紅日又西沉，白浪長東去。不是望金山，我自思量禹。」此詞風格剛健，亦是佳作。若用此調言志或酬贈，在構思方面應不同於詩，以語意流暢爲尚。

楊柳枝

顧敻

雙調，四十字。前段四句，四平韻；後段四句，兩仄韻，兩平韻。

秋夜香閨思寂寥平韻　漏迢迢韻　鴛幃羅幌麝香銷韻　燭光搖韻

正憶玉郎游蕩去仄韻　無尋處韻　更聞簾外雨蕭蕭平韻　滴芭蕉韻

唐代教坊曲。《詞律》與《詞譜》均收温庭筠二十八字體：「館娃宮外鄴城西。遠映征帆近拂堤。繫得王孫歸意切，不關春草緑萋萋。」此乃詠柳之作，爲七言聲詩，非詞體。唐五代詩人與詞人多作此調詠柳之聲詩，顧詞乃詞體。《碧雞漫志》卷五云：「《鑑戒録》云：『《柳枝歌》，亡隋之曲也。』前輩詩云：『萬里長江一旦開，岸邊楊柳幾千栽。錦帆未落干戈起，惆悵龍舟更不回。』又云：『樂苑隋堤事已空，萬條猶舞舊東風。』皆汴渠事。而張祜《折楊柳》兩絶句，其一云：『莫折宮前楊柳枝，玄宗曾向笛中吹。傷心日暮烟霞起，無限春愁生翠眉。』即知隋有此曲，傳自開元。《樂府雜録》云：白傅作《楊柳枝》。予考樂天晚年與劉夢得唱和此曲詞，白云：『古歌舊曲君休聽，聽取新翻楊柳枝。』又作《楊柳枝二十韻》云：『樂童翻怨調，才子與妍詞。』注云：『洛下新聲也。』劉夢得亦云：『請君莫奏前朝曲，聽唱新翻楊柳枝。』蓋後來始變新聲。而所謂樂天作《楊柳枝》者，稱其别創詞也。今黄鍾商有《楊柳枝》曲，仍是七言四句詩，與劉白及五代諸子所製並同。但每句下各增一三字句，此乃唐時和聲，如《竹枝》、《漁父》，今皆有和聲也。舊詞多側字起頭，平字起頭者，十之一二。今詞盡皆側字起頭，第三句亦復側字起，聲度差穩耳。」此調是中唐時據清商曲改製的。五代詞人中僅張泌與顧敻各一首爲四十字體，前後段起句皆是仄起式句子，四個三字句爲「仄平平」句式。此即王灼所謂「今詞盡側字起頭」。宋人用此調者不多。許棐詞同此體：「冷迫春宵一半床。懶熏香。不如屏裏畫鴛鴦。永成雙。　重叠衾羅猶未暖。紅燭短。明朝春雨足池塘。落花忙。」第二段第一、二句換仄韻。

又一體

趙子發

雙調，四十字。前段四句，四平韻；後段四句，三平韻。

淅淅西風生暮寒韻　繡衣單韻　碧梧葉落藕花殘韻　恨前歡韻　月鏤虛櫺烟逗竹句　夢千山韻　玉簫清夜憶孤鸞韻　鎮長閑韻

宋人多用此體，不換韻。無名氏詞：「簌簌花飛一雨殘。乍衣單。屏風數幅畫江山。水雲間。　別易會難無計那，淚潸潸。夕陽樓上凭欄干。望長安。」敦煌曲子詞一首當是此調創調之作，同此體，但三字句改爲四字句與五字句：「春來春去春復春。寒暑來頻。月生月盡月還新。又被老催人。　只見庭前千歲月，長在長存。不見堂上百年人。盡總化爲塵。」此調宋人多用以寫景與抒情。

醉公子

顧夐

雙調，四十字。前後段各四句，兩仄韻，兩平韻。

漠漠愁雲淡仄韻　紅藕香侵檻韻　枕倚小山屏平韻　金鋪向晚扃韻　睡起橫波慢換仄韻　獨望情何限韻　衰柳數聲蟬換平韻　魂銷似去年韻

南宋中期陳模在《懷古録》卷中録有唐代無名氏詠醉公子辭：「門外猧兒吠，知是蕭郎至。剗襪下香階，冤家今夜醉。扶得入羅帷，不肯解羅衣。醉則從他醉，還勝獨睡時。」陳氏云：「前輩謂此可悟得詩法。」此是聲詩。《醉公子》爲唐代教坊曲，花間詞人所作凡四換韻，故又名《四換頭》。此調五言八句，用仄韻之四句實爲「仄仄平平仄」之律句；又四次換韻，仄韻與平韻相間，形成特殊聲韻，迥異於詩體。因此調頻頻換韻，詞意以富於轉折爲佳。薛昭蘊詞：「慢綰青絲髮。光砑吴綾襪。床上小熏籠。韶州新退紅。叵耐無端處。捻得從頭污。惱得眼慵開。問人閑事來。」此詞語意轉折，善於描述。宋人罕用此調，同此體者僅仇遠一詞：「曉入蓬萊島。松下鋤瑶草。貪看碧桃花。誤游金母家。一酌窪尊露。醉失歸來路。不見董雙成。隔花聞笛聲。」史達祖一詞爲長調，與此體迥異。

昭君怨

雙調，四十字。前後段各四句，兩仄韻，兩平韻。

蘇軾

誰作桓伊三弄仄韻 驚破緑窗幽夢韻 新月與愁烟平韻 滿江天韻 欲去又還不去換仄韻 明日落花飛絮韻 飛絮送行舟換平韻 水東流韻

此爲創調之作。王昭君，漢南郡秭歸人，名嬙。漢元帝宫人。竟寧元年（前三三），匈奴呼韓邪單于入朝，求美人爲閼氏，帝予昭君以結和親。此曲爲北宋民間新聲，用爲詞調。此調以六字句爲主，前後段各有一個五字句與三字句，而且四換韻，故聲情頗富變化，而不凝澀。此體爲宋人通用之體，適於寫景與抒情。郭應祥《醉別小妓麗華》：「歌舞籍中第一。情致人間第一。年紀不多兒。儘嬌癡。昨夜華嚴閣下。今夜海棠洞下。多少別離情。淚盈盈。」程過抒寫離愁：「試問愁來何處。門外山無重數。芳草不知人。翠連雲。欲看不忍重看。心事只堪腸斷。腸斷宿孤村。雨昏昏。」朱敦儒用以悼亡：「朧月黄昏亭榭。池上秋千初架。燕子説春寒。杏花殘。淚斷愁腸難斷。往事總成幽怨。幽怨幾時休。淚還流。」王從叔抒寫春愁：「門外春風幾度。馬上行人何處。休更捲珠簾。草連天。立盡海棠花月。飛到荼蘼香雪。莫怪夢難成。夢無憑。」以上數詞皆極婉約含蓄。

上行杯

雙調，四十一字。前段三句，三仄韻；後段五句，四仄韻。

韋　莊

芳草灞陵春岸韻柳烟深讀滿樓弦管韻一曲離聲腸寸斷韻　今日送君千萬韻紅縷玉盤金鏤盞韻須勸韻珍重意句莫辭滿韻

唐代教坊曲。韋莊兩詞皆勸酒之辭，爲創調之作。《詞律》於此調不分段，乃誤。明刊本

《花間集》於韋莊與孫光憲兩詞均分段，應從。

又一體

雙調，三十九字。前段三句，三仄韻；後段六句，五仄韻。　孫光憲

離棹逡巡欲動韻臨極浦讀故人相送韻去住心情知不共韻　金船滿捧韻綺羅愁句絲管咽換韻迴別韻帆影滅韻江浪如雪韻

孫光憲另一首格律略異。此調共五詞。馮延巳詞：「落梅著雨消殘粉。雨重烟輕寒食近。羅幕遮香。柳外秋千出畫牆。　春衫顛倒釵横鳳。飛絮入簾春睡重。夢裏佳期。祇許庭花與月知。」此詞格律又異。此調當以韋莊詞爲正體。

玉蝴蝶

雙調，四十一字。前段四句，四平韻；後段四句，三平韻。　温庭筠

秋風淒切傷離韻行客未歸時韻塞外草先衰韻江南雁到遲韻　芙蓉凋嫩臉句楊柳墮新眉韻搖落使人悲韻斷腸誰得知韻

此調在《花間集》僅有兩詞，另一詞乃孫光憲作，四十二字體，句式與用韻均異。孫詞云：「春欲盡，景仍長。滿園花正黃。粉翅兩悠揚。翩翩過短牆。　鮮飈暖。牽游伴。飛去立殘陽。無語對蕭娘。舞衫沉麝香。」此調之長調爲柳永創制。

女冠子

雙調，四十一字。前段五句，兩仄韻，兩平韻；後段四句，兩平韻。　韋莊

四月十七仄韻　正是去年今日韻　別君時平韻　忍淚佯低面句　含羞半斂眉韻

不知魂已斷句　空有夢相隨韻　除却天邊月句　沒人知韻

唐代教坊曲，出自道家樂曲。女冠，即女道士。《唐六典》卷三《户部尚書》：「凡道士給田三十畝，女冠二十畝；僧尼亦如之。」亦稱「女黃冠」，北宋宣和元年（一一一九）改稱「女道」。温庭筠兩詞詠女子入道之事爲創調之作。其一云：「含嬌含笑。宿翠殘紅窈窕。鬢如蟬。寒玉簪秋水，輕紗捲碧烟。　雪胸鸞鏡裏，琪樹鳳樓前。寄語青娥伴，早求仙。」其二云：「霞帔雲髮。鈿鏡仙容似雪。畫愁眉。遮語迴輕扇，含羞下繡幃。　玉樓相望久，花洞恨來遲。早晚乘鸞去，莫相遺。」唐代皇室及貴族之女有入道者，入道之後生活較爲自由，故唐代詩人每有與道女相戀的。晚唐五代詞人用此調詠道女之美，韋莊始用以寫戀

情。牛嶠詞三首，一首亦寫道女之美，其餘兩首則爲戀情詞。其一：「緑雲高髻。點翠勾紅時世。月如眉。淺笑含雙靨，低聲唱小詞。　眼看唯恐化，魂蕩欲相隨。玉趾迴嬌步，約佳期。」其二：「錦江烟水。卓女燒春濃美。小檀霞。繡帶芙蓉帳，金釵芍藥花。　額黃侵膩髮，臂釧透紅紗。柳暗鶯啼處，認郎家。」此調花間詞人諸作格律一致，没有别體。此調前段第一、二句用仄韻，自第三句以後轉平韻。前段第四、五句，與後段第一、二句爲仄起五言律句，每兩句爲對偶，但分段，配以仄韻及四字、六字、三字句而使此調聲韻及句式富於變化，音節流美而平穩，適於叙事及抒寫含蓄之情。宋人此調發展爲長調，乃另據音譜，與此迥異。

紗窗恨

雙調，四十一字。前段四句，兩仄韻，兩平韻；後段四句，兩平韻。

毛文錫

新春燕子還來至仄韻　一雙飛平韻　壘巢泥濕時時墜仄韻　涴人衣平韻　後園裏讀　看百花發句　香風拂讀　繡户金扉韻　月照紗窗句　恨依依韻

此爲創調之作，因有「月照紗窗，恨依依」而以爲調名。《花間集》此調僅有毛詞兩首。其另一詞云：「雙雙蝶翅塗鉛粉。咂花心。綺窗繡户飛來隱。畫堂陰。　二三月、愛隨風絮，伴落花、來拂衣襟。更剪輕羅片，傅黃金。」此詞比前詞於後段之「更剪輕羅片」句多一字，其餘格律相同。

醉花間

雙調，四十一字。前段五句，三仄韻，一疊韻；後段四句，三仄韻。　毛文錫

深相憶韻莫相憶疊相憶情難極韻銀漢是紅牆句一帶遥相隔韻　金盤珠露滴韻兩岸榆花白韻風摇玉佩清句今夕爲何夕韻

唐代教坊曲，雙調。此體毛文錫兩詞，另一詞云：「休相問。怕相問。相問還添恨。春水滿塘生，鸂鶒還相趁。　昨日雨霏霏，臨明寒一陣。偏憶戍樓人，久絕邊庭信。」此詞後段第一句不押韻，與前首小異，屬可押韻，亦可不押韻，不宜另立一體。此調除毛詞兩首外，馮延巳四詞，乃另一體。

又一體

雙調，五十字。前段四句，三仄韻；後段六句，四仄韻。　馮延巳

獨立階前星又月韻簾櫳偏皎潔韻霜樹盡空枝句腸斷丁香結韻　夜深寒不徹韻凝恨何曾歇韻憑闌干欲折韻兩條玉筯爲君垂句此宵情句誰共説韻

馮詞四首，其二云：「月落霜繁深院閉。洞房人正睡。桐樹倚雕檐，金井臨瑤砌。　曉風寒不啻。獨立成憔悴。閑愁渾未已。人心情緒自無端，莫思量，休退悔。」此體與毛詞頗異。

點絳唇

雙調，四十一字。前段四句，三仄韻；後段五句，四仄韻。

汪　藻

新月娟娟句夜寒江静山銜斗韻起來搔首韻梅影横窗瘦韻　好個霜天句閑却傳杯手韻君知否韻亂鴉啼後韻歸興濃於酒韻

調名用南朝江淹《詠美人春游詩》：「江南二月春，東風轉綠蘋。不知誰家子，看花桃李津。白雪凝瓊貌，明珠點絳唇。行人咸息駕，争似洛川神。」此調馮延巳一首爲創調之作，詞云：「蔭緑圍紅，夢瓊家在桃源住。畫橋當路。臨水雙朱户。　柳徑春深，行到關情處。

顰不語。意憑風絮。吹向郎邊去。」其他唐五代詞人不用此調。宋人用此調者極多。汪詞與馮詞格律相同，爲宋人通用之體。汪詞是名篇，南宋初年黄公度和詞序云：「汪藻彦章出守泉南，移知宣城，内不自得，乃賦詞云……公時在泉南簽幕，依韻作此送之。」或傳此詞爲蘇過作，乃誤。此調九句，七句用韻，用仄韻，韻密。主要句式爲四個四字句。此外三個五字句，一個七字句，一個三字句。這樣構成此調平緩凝重，適於表達苦澀情緒。蘇軾五首，用以酬贈、寫景和節序，表情亦苦澀，如《庚午重九》：「不用悲秋，今年身健還高宴。江村海甸。總作空花觀。　尚想横汾，蘭菊紛相半。樓船遠。白雲飛亂。空有年年雁。」辛棄疾詞抒寫曠達之情：「身後虚名，古來不换生前醉。青鞋自喜。不踏長安市。　竹外僧歸，路指霜鐘寺。孤鴻起。丹青手裏。剪破松江水。」蔡伸十一首皆甚佳，如其一：「背壁燈殘，卧聽檐雨難成寐。井梧飄墜。歷歷蛩聲細。　數盡更籌，滴盡羅巾淚。如何睡。甫能得睡。夢到相思地。」姜夔《丁未冬過吴松作》亦是宋詞名篇，詞云：「燕雁無心，太湖西畔隨雲去。數峰清苦。商略黄昏雨。　第四橋邊，擬共天隨住。今何許。凭闌懷古。殘柳參差舞。」宋季仇遠抒寫旅途的凄苦之情：「黄帽椶鞋，出門一步爲行客。幾時寒食。岸岸梨花白。　馬首山多，雨外青無色。誰禁得。殘鵑孤驛。撲地春雲黑。」此調之題材廣泛，名篇甚多，宋代無論婉約詞人，或豪放詞人，皆喜用之。

戀情深

雙調，四十二字。前段四句，兩仄韻，兩平韻；後段四句，三平韻。　毛文錫

滴滴銅壺寒漏咽仄韻醉紅樓月韻宴餘香殿會鴛衾平韻蕩春心韻　真珠簾下曉光侵韻鶯語隔瓊林韻寶帳欲開慵起句戀情深韻

此詞因結句爲調名，乃始詞。毛文錫此調兩詞，另一首云：「玉殿春濃花爛漫。簇神仙伴。羅裙窣地縷黃金。奏清音。　酒闌歌罷兩沉沉。一笑動君心。永願作鴛鴦伴，戀情深。」此詞後段第三句本六字句，兩首俱同，但《詞律》以爲是折腰句，改句式爲「永願作，鴛鴦伴」，而另立一體。此調僅一體，亦僅毛氏兩詞。此調爲唐代教坊曲。

浣溪沙

雙調，四十二字。前段三句，三平韻；後段三句，兩平韻。　晏殊

一曲新詞酒一杯韻去年天氣舊亭臺韻夕陽西下幾時回韻　無可奈何花

落去句似曾相識燕歸來韻小園香徑獨徘徊韻

唐代教坊曲。敦煌《雲謡集雜曲子》六首題作《涣沙溪》，「涣沙」乃「浣紗」之誤。《詞律》卷三：「按調名『沙』字與《浪淘沙》不同，又應作『紗』，或又作《浣紗溪》，則尤應爲『紗』。」浣紗溪爲若耶溪之别名，在浙江紹興南若耶山下。《方輿勝覽》卷六：「浣紗石在諸暨南五里苧蘿山下，相傳云西施浣紗處。」諸暨屬紹興，詞調原爲江南民間樂曲。《詞譜》共列六體，晏殊此詞爲正體。此調七言六句，分前後段。其中五句用韻，音節響亮。又其中四句均爲「平平仄仄仄平平」式之律句，故有重複回環之藝術效果，格律迥異於唐人律詩。此調風格委婉，區别於詩體。清人王士禎在《花草蒙拾》裏談到詩、詞、曲的分界，即以「無可奈何花落去，似曾相識燕歸來」爲例，以説明此兩句上不似詩，下不似曲。因此不能以作詩的方法作此調。唐宋詞人用此調者極衆，名篇亦極多。花間詞人韋莊五首可稱典範，如其一：「惆悵夢餘山月斜。孤燈照壁背窗紗。小樓高閣謝娘家。暗想玉容知何似，一枝春雪凍梅花。滿身香霧簇朝霞。」其二：「夜夜相思更漏殘。傷心明月凭闌干。想君思我錦衾寒。咫尺畫樓深似海，憶來唯把舊書看。幾時攜手入長安。」此兩詞均是懷舊之作。花間詞人歐陽炯用以寫艷情，如其：「相見休言有淚珠。酒闌重得叙歡娱。鳳屏鴛枕宿金鋪。蘭麝細香聞喘息，綺羅纖縷見肌膚。此時還恨薄情無。」晏殊此調十三詞，爲宋人此調典範，如其一：「小閣垂簾有燕過。晚花紅片落庭莎。曲闌干影入凉波。一霎好風生翠幕，幾回疏雨滴圓荷。酒醒人散得愁多。」此寫極静之園景。其又一詞則抒寫人生之感悟，但形象與情感均豐滿：「一向年光有限身。等閑離别易銷魂。酒筵歌席莫辭頻。滿目河山空念遠，落花風雨更傷春。不如憐取眼前人。」晏幾道此調二十一詞，其中抒寫歌妓人生感慨一首極爲深刻：「日日雙眉鬥畫長。行雲飛絮共輕狂。不將心嫁冶游郎。濺酒滴殘歌扇字，弄花熏得舞衣香。一春彈淚説凄涼。」南宋詞人用此調者亦衆，但佳作不多，吴文英一詞抒寫懷舊之情，晦澀而極優美：「門隔花深夢舊游。夕陽無語燕歸愁。玉纖香動小簾鈎。落絮無聲春墮淚，行雲有影月含羞。東風臨夜冷於秋。」以上諸例皆能體現此調之聲情特色，可悟得詩體與詞體之别。自蘇軾此調四十三首，擴大題材，以言志、寫景、叙事、酬贈，風格曠達，時有以詩爲詞之傾向，例如：「傾蓋相看勝白頭。故山空復夢松楸。此心安處是菟裘。賣劍買牛吾欲老，乞漿得酒更何求。願爲同社宴清秋。」又如：「萬頃波濤不記蘇。雪晴江上麥千車。但令人飽我愁無。翠袖倚風縈柳絮，絳唇得酒爛櫻珠。樽前呵手鑷霜鬚。」此調後段第一、二兩個七字句，可以不對偶，如張泌的「雲雨自從分散後，人間無處到仙家」。然而花間詞人已開始對偶，如薛昭藴的「意滿如同春水滿，情深還似酒杯深」，顧敻的「寶帳玉爐殘麝冷，羅衣金縷暗塵生」，孫光憲的「目送征鴻飛杳杳，思隨流水去茫茫」。宋以來此兩句多用對偶，以工穩巧妙爲佳。

又一體

李璟

雙調，四十八字。前段四句，三平韻；後段四句，兩平韻。

菡萏香銷翠葉殘韻　西風愁起緑波間韻　還與韶光共憔悴句　不堪看韻　細雨夢回鷄塞遠句　小樓吹徹玉笙寒韻　多少淚珠何限恨句　倚闌干韻

此體以《浣溪沙》之兩七字結句，破爲兩十字，故又名《攤破浣溪沙》，又另名《山花子》。李璟此體兩詞及敦煌曲子詞此體諸作均作《浣溪沙》，因而非另一詞調。李璟另一詞云：「手捲真珠上玉鈎。依前春恨鎖重樓。風裏落花誰是主，思悠悠。青鳥不傳雲外信，丁香空結雨中愁。回首緑波三楚暮，接天流。」此兩詞均寫離情别緒，情致極婉約含蓄，爲此體典範。前後段兩結句，須語意連貫流暢，始能表現此體特點。此體始於敦煌曲子詞，題材與風格多樣，如寫漁父江湖之趣：「五兩竿頭風欲平。張帆舉棹覺船行。柔艣不施停却棹，是船行。滿眼風波多陝汋，看山却是走來迎。子細看山山不動，是船行。」又如表達邊地將帥向君主祝頌之忱：「好是身霑聖主恩。紫寧初降耀朱門。合郡人心銜喜賀，拜君恩。竭節盡忠扶社稷，指山爲誓保乾坤。看著風苗雙旌擁，賀明君。」宋代賀鑄詞調名《攤破浣溪沙》，詞描述舞女情態：「錦韉朱弦瑟瑟徽。玉纖新擬鳳雙飛。縹緲燭烟花幕暗，就更衣。約略整環釵影動，遲回顧步佩聲微。宛是春風胡蝶舞，帶香歸。」劉辰翁此體爲《山花子》，題爲《春暮》，詞云：「東風解手即天涯。曲曲青山不可遮。如此蒼茫君莫怪，是歸家。閶闔相迎悲最苦，英雄知道鬢先華。更欲徘徊春尚肯，已無花。」辛棄疾此體四首名《添字浣溪沙》，如《三山戲作》：「記得瓢泉快活時。長年耽酒更吟詩。驀地捉將來斷送，老頭皮。繞屋人扶行不得，閑窗學得鷓鴣啼。却有杜鵑能勸道，不如歸。」

中興樂

雙調，四十二字。前段四句，三平韻；後段五句，三平韻。　牛希濟

池塘暖碧浸晴暉韻濛濛柳絮輕飛韻紅蕊凋來句醉夢還稀韻　春雲空有雁歸韻珠簾垂韻東風寂寞句恨郎抛擲句淚濕羅衣韻

毛文錫一首，四十一字，平韻中插入仄韻，格律略異，詞云：「豆蔻花繁烟艷深。丁香軟結同心。翠鬟女。相與。共淘金。　紅蕉葉裏猩猩語。鴛鴦浦。鏡中鸞舞。絲雨。隔荔枝陰。」

又一體

雙調，八十四字。前後段各九句，六平韻。　李珣

後庭寂寞日初長韻翩翩蝶舞紅芳韻繡簾垂地句金鴨無香韻誰知春思如狂韻憶蕭郎韻等閑一去句程遥信斷句五嶺三湘韻　休開鸞鏡學宮妝韻可能更理笙簧韻倚屏凝睇句淚落成行韻手尋裙帶鴛鴦韻暗思量韻忍辜

前約句教人花貌句虛老風光韻

《花間集》此調共三詞。李珣一體乃就牛希濟體加一疊而成雙調。

醉垂鞭

雙調，四十二字。前後段各五句，三平韻，兩仄韻。　張先

朱粉不須施平韻花枝小仄韻春偏好韻嬌妙近勝衣平韻輕羅紅霧垂韻琵琶金畫鳳換仄韻雙條重韻倦眉低平韻啄木細聲遲韻黃蜂花上飛韻

此調張先共三詞，兩詞屬正宮，一詞屬般涉調，格律均相同。此詞題爲《贈琵琶娘年十二》，屬正宮，另一詞亦描寫歌妓情態，詞云：「雙蝶繡羅裙。東池宴。初相見。朱粉不勝匀。閑花淡淡春。細看諸處好。人人道。柳腰身。昨日亂山昏。來時衣上雲。」宋詞此調僅三詞。

清商怨

雙調，四十二字。前後段各四句，三仄韻。　晏幾道

庭花香信尚淺韻最玉樓先暖韻夢覺春衾句江南依舊遠韻　回紋錦字暗剪韻漫寄與讀也應歸晚韻要問相思句天涯猶自短韻

周邦彦詞名《傷情怨》，調屬林鍾，實即《清商怨》。漢魏樂府有清商曲辭，音極哀怨，宋人因以爲調名。周詞與晏詞格律相同，其詞云：「枝頭風勢漸小。看暮鴉飛了。又是黄昏，閉門收返照。江南人去路渺。信未通、愁已先到。怕見孤燈，霜寒催睡早。」此調用仄韻，調勢平緩。前段第二句爲上一下四句法，後段第二句爲上三下四句法。此調適於表述淡淡哀愁。

又一體

雙調，四十三字。前後段各四句，三仄韻。　歐陽修

關河愁思望處滿韻漸素秋向晚韻雁過南雲句行人回淚眼韻　雙鸞衾裯悔展韻夜又永讀枕孤人遠韻夢未成歸句梅花聞塞管韻

此詞首句有「關河」，因又名《關河令》。趙師俠兩詞即改調名爲《清遠軒遠望》，詞云：「亭皋霜重飛葉滿。聽西風斷雁。閑凭危闌，斜陽紅欲斂。行人歸期太晚。誤彷彿、征帆幾點。水遠連天，愁雲遮望眼。」

霜天曉角

雙調，四十三字。前後段各四句，三仄韻。　劉過

霜天曉角韻夢回滋味惡韻酒醒不禁寒力句紗窗外讀月華薄韻　擁衾思舊約韻無情風透幕韻惟有梅花相伴句不成是讀也吹落韻

此詞以首句爲調名，但非始詞。始詞乃北宋初年林逋詞：「冰清玉潔。昨夜梅花發。甚處玉龍三弄，聲摇動、枝頭月。　夢絶。金獸熱。曉寒蘭燼滅。更捲珠簾清賞，且莫掃、階前雪。」此詞後段第一、二句爲一個兩字句，一個三字句，且前句用韻，與劉詞之五字句相異。辛棄疾兩詞同劉詞，其一：「吴頭楚尾。一棹人千里。休説舊愁新恨，長亭樹、今如此。宦途吾倦矣。玉人留我醉。明日落花寒食，得且住、爲佳耳。」《詞譜》於此調共列九體，但南宋諸家所用者以劉過、辛棄疾此體爲主，是爲正體。角乃古代樂器，出於西北地區游牧民族。《晋書·樂志》云：「胡角者本以應胡笳之聲，後漸用之横吹，即胡樂也。」角多用作

軍號。霜天之角聲特別清徹而悲壯，故此調多用以表達曠放、惆悵或悲凉之情。黃機《金山吞海亭》云：「長江千里。中有英雄淚。却笑英雄自苦，興亡事、類如此。　浪高風又起。歌悲聲未止。但願諸公強健，吞海上、醉而已。」劉子寰《春愁》云：「橫陰漠漠。似覺羅衣薄。正是海棠時候，紗窗外、東風惡。　惜春春寂寞。尋花花冷落。不會這些情味，元不是、念離索。」此兩詞均能體現調情。此調以五字句與六字句爲主，字聲多可平可仄者。前後段結尾兩句須語意連貫，結一句爲六字句但作折腰式，爲此調顯著之句式特點。調勢流暢活潑，因用仄聲韻故多宣泄煩亂抑鬱之情。

又一體

雙調，四十三字。前後段各四句，三平韻。　　黃機

玉粲冰寒韻月痕侵畫欄韻客裏安愁無地句爲徙倚讀到更殘韻　問花花不言韻嗅香香欲闌韻消得個温存處句山六曲讀翠屏閒韻

黃機此調四首詞，三首用仄韻，一首用平韻。兩體字數、句式相同，僅用韻相異。蔣捷一詞同此體，詞云：「人影窗紗。是誰來折花。折則從他折去，知折去、向誰家。　檐牙枝最佳。折時高折些。說與折花人道，須插向、鬢邊斜。」

歸國遥

雙調，四十三字。前後段各四句，四仄韻。

韋莊

金翡翠韻為我南飛傳我意韻罨畫橋邊春水韻幾年花下醉韻　別後只知相愧韻淚珠難遠寄韻羅幕繡帷鴛被韻舊歡如夢裏韻

此調於《花間集》，僅有韋莊三詞，温庭筠二詞。宋人不用此調。宋人沈堯述《歸國謡》二首，又劉辰翁《歸國遥》一首，皆與五代馮延巳同調名之三首格律相同，實爲《歸自遥》，與《樂府雅詞拾遺》卷上所收無名氏之《歸自遥》一體同。韋詞三首爲此調典範之作，又如其一：「春欲晚。戲蝶游蜂花爛熳。日落謝家池館。柳絲金縷斷。　睡覺緑鬟風亂。畫屏雲雨散。閑倚博山長嘆。淚流沾皓腕。」温庭筠兩詞起句爲兩字句，比韋詞少一字。其一：「香玉。翠鳳寶釵垂䍿𦋈。鈿筐交勝金粟。越羅春水淥。　畫堂照簾殘燭。夢餘更漏促。謝娘無限心曲。曉屏山斷續。」其二：「雙臉。小鳳戰篦金颭艷。舞衣無力風斂。藕絲秋色染。　錦帳繡幃斜掩。露珠清曉簟。粉心黄蕊花靨。黛眉山兩點。」此調每句用仄韻，以六字句和五字句爲主。韋體以三字句起，適於表達壓抑而又强烈之情。温詞以二字句起，適於描述。然而此調以韋詞最能體現調情之特點。

菩薩蠻

雙調，四十四字。前後段各四句，兩仄韻，兩平韻。

温庭筠

小山重疊金明滅仄韻　鬢雲欲度香腮雪韻　懶起畫蛾眉平韻　弄妝梳洗遲韻

照花前後鏡換仄韻　花面交相映韻　新貼繡羅襦換平韻　雙雙金鷓鴣韻

唐代教坊曲，屬中吕羽，俗名正平調。中亞女國樂曲，唐代傳入中國。唐人蘇鶚《杜陽雜編》卷下：「大和初（八一七），女蠻國貢雙龍犀，有二龍，鱗鬛爪角悉備；明霞錦，云煉水香麻以爲之也，光耀芬馥著人，五色相間，而美麗於中國之錦。其國人危髻金冠，瓔珞被體，故謂之菩薩蠻。當時倡優遂製《菩薩蠻》曲，文士亦往往聲其詞。」女國是接受佛教文化的，其進獻之舞伎的妝飾宛如女菩薩。此曲在盛唐時已流行，敦煌曲子詞存十六首，其中多言志之作，風格雄健豪放，如其一：「敦煌自古出神將。感得諸蕃遥欽仰。效節望龍庭。麟臺早有名。只恨隔蕃部。情懇難申吐。早晚滅狼烟。一齊拜聖顔。」又如：「數年學劍攻書苦。也曾鑿壁偷光路。塹雪聚飛螢。多年事不成。每恨無謀識。路遠關山隔。權隱在江河。龍門終一過。」其三：「自從宇内充戈戟。狼烟處處熏天黑。早晚豎金鷄。休磨戰馬蹄。淼淼三江水。半是儒生淚。老尚逐經才。問龍門何日開。」此詞結句多一字。以上敦煌曲子詞之題材與風格，在後來此調之作品中已罕見。《花間集》中温庭筠此調十四詞影響極大，皆是佳作，除選録一首爲範式外，其他如：「玉樓明月長相憶。柳絲裊娜春無力。門外草萋萋。送君聞馬嘶。　畫羅金翡翠。香燭銷成淚。花落子規啼。緑窗殘夢迷。」又如：「南園滿地堆輕絮。愁聞一霎清明雨。雨後却斜陽。杏花零落香。　無言匀睡臉。枕上屏山掩。時節欲黄昏。無聊獨倚門。」這些詞皆描寫閨情，著色穠艷。《花間集》中韋莊此調五詞則長於主觀抒情，表達强烈的懷舊之情，且富於人生之感慨。如其一：「紅樓别夜堪惆悵。香燈半掩流蘇帳。殘月出門時。美人和淚辭。　琵琶金翠羽。弦上黄鶯語。勸我早歸家。緑窗人似花。」其二：「人人盡説江南好。游人只合江南老。春水碧於天。畫船聽雨眠。　壚邊人似雪。皓腕凝雙雪。未老莫還鄉。還鄉須斷腸。」其三：「洛陽城裏風光好。洛陽才子他鄉老。柳暗魏王堤。此時心轉迷。　桃花春水淥。水上鴛鴦浴。凝恨對殘暉。憶君君不知。」南唐李煜此調四詞，其中一首乃名篇：「人生愁恨何能免。銷魂獨我情何限。故國夢重歸。覺來雙淚垂。　高樓誰與上。長記秋晴望。往事已成空。還如一夢中。」唐宋詞人用此調者極衆，但以唐五代詞的藝術成就最高。北宋詞人晏幾道此調九詞。其中兩詞甚爲流美。一首描述彈箏女子：「哀箏一弄湘江曲。聲聲寫盡湘波緑。纖指十三弦。細將幽恨傳。　當筵秋水慢。玉柱斜飛雁。彈到斷腸時。春山眉黛低。」另一首抒寫離情：「相逢欲話相思苦。淺情肯信相思否。還恐漫相思。淺情人不知。　憶曾携手處。月滿窗前路。長到月來時。不眠猶待伊。」蘇軾此調十八詞，有節序、酬贈、回文等題材。辛棄疾此調亦十八詞，有登臨、應酬、詠物、寫景等題材。其中以《書江西造口壁》之思想最含蓄而深刻，詞云：「鬱孤臺下清江水。中間多少行人淚。西北望長安。可憐無數山。　青山遮不住。畢竟東流去。江晚正愁余。山深聞鷓鴣。」此調以五言句子爲主，配合兩個七字句；每句用韻，每兩句換韻，平韻與仄韻相間。故句式單調却又形成富於轉折變换之聲韻效果。因基本句子爲五字句，易流於以詩筆入詞，難至諧婉。因用韻多變换，則難語意自然流暢。此調適應之題材極廣，但嚴忌以詩爲詞。

聞鵑啼

雙調，四十四字。前後段各五句，三仄韻。　王質

眼將穿句腸欲裂韻聲聲似向春風説韻春色飄零句自是人間客韻　不成淚句都成血韻朝朝暮暮何曾歇韻叫徹斜陽句又見空山月韻

南宋初年王質兩詞，題爲《聞鵑啼》，失調名，兹據詞題補調。王質另一詞云：「夜茫茫，春寂寂。寒烟叫裂空山石。吸盡東風，化作垂紅滴。　漏將闌，情轉極。月明繞樹聲聲急。無數閑花，盡染啼痕濕。」兩詞格律相同，用入聲韻，聲韻急切悲咽，適於表達悲傷之情。《詞律》與《詞譜》未收此調，謹補。

采桑子

雙調，四十四字。前後段各四句，三平韻。　晏殊

時光只解催人老句不信多情韻長恨離亭韻淚滴春衫酒易醒韻　梧桐昨夜西風急句淡月朧明韻好夢頻驚韻何處高樓雁一聲韻

唐代教坊曲有《楊下采桑》，調名本此；又名《醜奴兒》、《羅敷媚》。漢代樂府詩《陌上桑》：「秦氏有好女，自名爲羅敷。羅敷喜蠶桑，采桑城南隅。」此調應是樂府舊曲《采桑》而入燕樂者。晚唐和凝詞爲創調之作，詞云：「蝤蠐領上訶梨子，繡帶雙垂。椒户閑時。競學樗蒲賭荔枝。　叢頭鞋子紅編細，裙窣金絲。無事嚬眉。春思翻被阿母疑。」南唐馮延巳此調十三詞，描述離情别緒和抒寫宫怨，詞情婉約，藝術成就很高。如其一：「小堂深静無人到，滿院春風。惆悵牆東。一樹櫻桃帶雨紅。　愁心似醉兼如病，欲語還慵。日暮疏鐘。雙燕歸棲畫閣中。」其二：「西風半夜簾櫳冷，遠夢初歸。夢過金扉。花謝窗前夜合枝。　昭陽殿裏新翻曲，未有人知。偷取笙吹。驚覺寒蛩到曉啼。」宋人用此調者甚衆。晏殊此調十二詞，除列爲譜一首之外，其餘名篇尚多，如：「紅英一樹春來早，獨占芳時。我有心期。把酒攀條惜絳蕤。　無端一夜狂風雨，暗落繁枝。蝶怨鶯悲。滿眼春愁説向誰。」又如：「陽和二月芳菲遍，暖景溶溶。戲蝶游蜂。深入千花粉艷中。　何人解繫天邊日，占

取春風。免使繁紅。一片西飛一片東。」晏殊此調多抒寫傷春情緒與人生感悟，改變僅寫閨情的局限，而且其詞之每段實爲兩個意群，即兩句表達一個場景或一點感受，突破韻的限制，因而語意流暢連貫，使此調的特點得以充分表現。歐陽修此調十三詞，主要描寫潁州（安徽阜陽）西湖四時景色。他還有一首抒發晚年的人生感慨：「十年前是尊前客，月白風清。憂患凋零。老去光陰速可驚。　鬢華雖改心無改，試把金觥。舊曲重聽。猶是當年醉裏聲。」晏幾道此調二十五首，多寫花間尊前的情景及感舊之情，其中佳作亦多。其感舊之作如：「誰將一點凄涼意，送入低眉。畫箔閑垂。多是今宵得睡遲。　夜痕記盡窗間月，曾誤心期。準擬相思。還是窗間記月時。」其描寫一位歌妓的風塵感慨：「雙螺未學同心綰，已占歌名。月白風清。長倚昭華笛裏聲。　知音敲盡朱顏改，寂寞時情。一曲離亭。借與青樓忍淚聽。」辛棄疾此調八首，改調名爲《醜奴兒》，前後段兩個四字句爲疊句，如：「少年不識愁滋味，愛上層樓。愛上層樓。爲賦新詞强說愁。　而今識盡愁滋味，欲說還休。欲說還休。却道天涼好個秋。」此調由四個七字句和四個四字句組成，前後段相同，每段之四字句處於七字句之間，使詞氣和緩；用韻甚密，而又使音節瀏亮。此調宜於抒情與寫景，既可表現婉約風格，又可表達曠達之意。

後庭花

雙調，四十四字。前後段各四句，四仄韻。　毛熙震

鶯啼燕語芳菲節韻瑞庭花發韻昔時歡宴歌聲揭韻管弦清越韻　自從陵谷追游歇韻畫梁塵黦韻傷心一片如珪月韻閑鎖宮闕韻

唐代教坊曲，又名《玉樹後庭花》。《隋書·樂志》：「陳後主於清樂中造《黄鸝留》及《玉樹後庭花》、《金釵兩鬢垂》等曲。與幸臣等製其歌詞，極於輕蕩。男女唱和，其音甚哀。」陳後主叔寶《玉樹後庭花》：「麗宇芳林對高閣，新妝艷質本傾城。映户凝嬌乍不進，出帷含態笑相迎。妖姬臉似桃花露，玉樹流光照後庭。」此曲爲樂府清商曲，五代以來用爲詞調，創調者爲毛熙震。毛氏三詞，此詞借以抒寫亡國之感，其餘兩詞則寫花間尊前歌妓情態，如：「越羅小袖新香蒨。薄籠金釧。倚欄無語搖輕扇。半遮勻面。春殘日暖鶯嬌懶。滿庭花片。争不教人長相見。畫堂深院。」此調於《花間集》尚有孫光憲兩詞，但均於後段第一句加一字或二字，如其懷古之詞：「石城依舊空江國。故宮春色。七尺青絲芳草碧。絶世難得。玉英凋落盡，更何人識。野棠如織。只是教人添怨憶。悵望無極。」宋人用此調者僅有三詞。南宋許棐一首與毛詞格律全同，詞云：「一春不識西湖面。翠羞紅倦。雨窗和淚搖湘管。意長箋短。知心惟有雕梁燕。自來相伴。東風不管琵琶怨。落花吹

遍。」宋人另兩詞爲張先作，調名爲《玉樹後庭花》。

又一體

雙調，四十四字。前後段各四句，三仄韻。　張先

寶床香重春眠覺韻　魫窗難曉韻　新聲麗色千人句　歌後庭清妙韻　青驄一騎來飛鳥韻　靚妝難好韻　至今落日寒蟾句　照臺城秋草韻

張先此詞乃懷古之作，另一詞題爲《上元》。此體前後段第三句爲六字句，第四句爲五字句，與毛體句式略異。

減字木蘭花

雙調，四十四字。前後段各四句，兩仄韻，兩平韻。　魏夫人

西樓明月仄韻　掩映梨花千樹雪韻　樓上人歸平韻　愁聽孤城一雁飛韻　玉人何處換仄韻　又見江南春色暮韻　芳信難尋換平韻　去後桃花流水深韻

韋莊《木蘭花》：「獨上小樓春欲暮。愁望玉關芳草路。消息斷，不逢人，却斂細眉歸綉户。坐看落花空嘆息。羅袂濕斑紅淚滴。千山萬水不曾行，魂夢欲教何處覓。」此爲創調之作，五十五字體，用仄聲韻，後段换韻。宋人將七言八句仄韻之《玉樓春》誤作《木蘭花》，又於其第一、三、五、七句，每句减三字，成爲四字句，創爲《减字木蘭花》。始詞爲柳永作，屬仙吕調，詞云：「花心柳眼。郎似游絲常惹絆。慵困誰憐。繡綫金針不喜穿。深房密宴。争向好天多聚散。緑鎖窗前。幾日春愁廢管弦。」歐陽修此調五首，其一悼亡：「傷離懷抱。天若有情天亦老。此意如何。細似輕絲渺似波。扁舟岸側。楓葉荻花秋索索。細想前歡。須著人間比夢間。」其又一詞描述歌妓的情態：「樓臺向曉。淡月低雲天氣好。翠幕風微。宛轉梁州入破時。香生舞袂。楚女腰肢天與細。汗粉重匀。酒後輕寒不著人。」蘇軾此調十九首，題材廣泛，有寫景、酬贈、詠物、游戲、節序諸作。其《送東武令趙昶失官歸海州》：「賢哉令尹。三仕已之無喜愠。我獨何人。猶把虚名玷縉紳。不如歸去。二頃良田無覓處。歸去來兮。待有良田是何時。」其《彭門留别》：「玉觴無味。中有佳人千點淚。學道忘憂。一念還成不自由。如今未見。歸去東園花似霰。一語相開。匹似當初本不來。」此兩首皆是以詩爲詞。南宋沈瀛此調四十八首，多談人生哲理之感悟，如《貪》：「貪而忘止。貪即生瞋逢飽喜。一逐貪風。恨不當初嫁鄧通。殘杯剩酒。食籍名中猶折壽。若使兼何。他日陰司罪過多。」辛棄疾此調三詞，其第一、二首爲放曠閑適之作，第三首《長沙道中壁上有婦人題字若有恨者用其意爲賦》：「盈盈淚眼。往日青樓天樣遠。秋月春花。輪與尋常姊妹家。水村山驛。日暮行雲無氣力。錦字偷裁。

立盡西風雁不來。」此詞甚佳。此調由四字句與七字句相間組成，每句用韻，仄韻與平韻交互，每兩句爲一意群，詞意轉折，適於各種題材，故宋人用此調者極多。

卜算子

雙調，四十四字。前後段各四句，兩仄韻。

蘇軾

缺月挂疏桐句 漏斷人初静韻 誰見幽人獨往來句 縹緲孤鴻影韻 驚起却回頭句 有恨無人省韻 揀盡寒枝不肯棲句 寂寞沙洲冷韻

初唐詩人駱賓王作詩好以數爲對，如其《帝京篇》之「山河千里國，城闕九重門」、「秦塞重關一百二，漢家離宫三十六」、「且論三萬六千是，寧知四十九年非」。人們稱他爲「算博士」或「卜算子」。調名本此，屬般涉調。此調之始詞爲張先作。宋人用此調者甚衆，别體亦多，但以蘇軾此體爲通用者。南宋陸游詠梅之作爲宋詞名篇：「驛外斷橋邊，寂寞開無主。已是黄昏獨自愁，更著風和雨。無意苦争春，一任群芳妒。零落成泥碾作塵，只有香如故。」如晦《送春》：「有意送春歸，無計留春住。畢竟年年用著來，何似休歸去。目斷楚天遥，不見春歸路。風急桃花也似愁，點點飛紅雨。」南宋官妓嚴蕊之作在民間流傳很廣，詞云：「不是愛風塵，似被前緣誤。花落花開自有時，總是東君主。去也終須去，住也如何住。若得山花插滿頭，莫問奴歸處。」此三詞皆意脈貫串，流美含蓄，甚能體現此調平和婉轉的特點。辛棄疾此調十三首善爲詞論，如《飲酒敗德》：「盗跖倘名丘，孔子還名跖。跖聖丘愚直到今，美惡無真實。簡策寫虛名，螻蟻侵枯骨。千古光陰一霎時，且進杯中物。」其《用莊語》：「一以我爲牛，一以我爲馬。人與之名受不辭，善學莊周者。江海任虛舟，風雨時飄瓦。醉者乘車墜不傷，全得於天也。」此兩詞風格恣肆。此調可平可仄之處較多，以五字句爲主，配合兩個七字句，易流於以詩爲詞之弊，故應力求婉約。此調八十九字者爲中調，或稱《卜算子慢》，與此小令者全異。

又一體

張　先

雙調，四十六字。前段四句，兩仄韻；後段四句，三仄韻。

夢短寒夜長句坐待清霜曉韻臨鏡無人爲整妝句但自學讀孤鸞照韻　樓臺紅樹杪韻風月依前好韻江水東流郎在西句問尺素讀何由到韻

此體前後段結句爲折腰六字句。黃庭堅一首俗詞，但後段首句不用韻，詞云：「要見不得見，要近不得近。試問得君多少憐，管不解、多於恨。禁止不得淚，忍管不得悶。天上人間有底愁，向個裏、都諳盡。」無名氏一詞改調名爲《眉峰碧》，同張先體，但後段結句多一字，詞云：「蹙破眉峰碧。纖手還重執。終日相看未足時，忍便使、鴛鴦隻。薄暮投村驛。風雨愁通夕。窗外芭蕉窗裏人，分明葉上心頭滴。」相傳柳永偶然得到此詞，反復體味而悟得作詞的方法。

酒泉子

雙調，四十五字。前段四句，兩平韻；後段四句，三平韻。

晏殊

春色初來句遍拆紅芳千萬樹句流鶯粉蝶鬥翻飛韻戀香枝韻　勸君莫惜縷金衣韻把酒看花須强飲句明朝後日漸離披韻惜芳時韻

唐代教坊曲。酒泉，郡名，漢置，以城有金泉，味如酒。相傳漢武帝嘉獎將軍霍去病在河西戰役的功績，特遣使賞賜美酒。霍去病將酒倒入泉内，同將士共飲，於是人們稱此泉爲酒泉。始詞見敦煌曲子詞無名氏一首，僅存殘句：「砂多泉頭，伴賊寇槍張怒起，語報恩住裴氏暉威。」此乃贊頌唐代調露元年（六七九）裴行儉經營西域事。此調《詞譜》列二十二體，均爲雙調。晏殊此調兩詞，格律相同，是爲宋人常用之體，而《詞譜》失收。辛棄疾《無題》同晏殊體，詞極沉鬱優美：「流水無情，潮到空城頭盡白，離歌一曲怨殘陽。斷人腸。東風官柳舞雕牆。三十六宮花濺淚，春聲何處説興亡。燕雙雙。」此調花間詞人之作句式與字數頗多差異，確如明代詞學家沈際飛所言，尚未定體。填此調者依晏詞格律即可。

又一體

無名氏

雙調，四十六字。前段四句，兩平韻；後段四句，兩仄韻，兩平韻。

每見惶惶句隊隊雄軍驚御輦句驀街穿巷犯皇宮韻祇擬奪九重韻　長槍短劍如麻亂仄韻爭那失計無投竄韻金箱玉印自携將換平韻任他亂芬芳韻

敦煌曲子詞另兩詞格律亦相同，其一：「紅耳薄寒，搖頭弄耳擺金轡，曾經數陣戰場寬。用勢却還邊。　入陣之時汗流似血。齊喊一聲而呼歇。但則收陣卷旗幡。汗散卸金鞍。」此詞後段第一句多一字。其二：「三尺青蛇，斬新鑄就鋒刃快，沙魚裹欛用銀裝。寶見七星光。　曾經長蛇偃月陣。一遍離匣神鬼遁。鴻門會上佑明王。勝用一條槍。」此體諸家詞譜未收。

謁金門

韋莊

雙調，四十五字。前後段各四句，四仄韻。

空相憶韻無計與傳消息韻天上嫦娥人不識韻寄書何處覓韻　新睡覺來無力韻不忍把伊書迹韻滿院落花春寂寂韻斷腸芳草碧韻

唐代教坊曲。金門，爲金馬門之省稱。漢武帝得大宛馬，乃命京東門以銅鑄像，立馬於魯班門外，因稱金馬門。後世沿用爲官署的代稱。此調於敦煌曲子詞内存四首，其一：「常伏氣。住在蓬萊宮裏。緑竹桃花碧溪水。清齋長晚起。　聞道諸仙來至。服裏琴書歡喜。遠謁金門朝帝美。不辭千萬里。」此詞爲創調之作，因有「遠謁金門」句，遂以爲調名。南唐馮延巳此調三首，其中一首爲傳世名篇：「風乍起。吹皺一池春水。閑引鴛鴦香徑裏。手挼紅杏蕊。　鬥鴨闌干獨倚。碧玉搔頭斜墜。終日望君君不至。舉頭聞鵲喜。」此調用仄韻，每句用韻，因有三個六字句，使表情壓抑或悲咽。韋莊詞最能體現調情，爲唐宋詞人通用之體，作者甚衆。陳克此調八首，其一表述離情云：「春漏促。誰見兩人心曲。罨畫屏風銀蠟燭。淚珠紅蔌蔌。　懊惱歡娛不足。只許夢中相逐。今夜月明何處宿。畫橋春水緑。」劉過一詞抒寫旅愁：「秋興惡。愁怯羅衾風弱。雨綫垂垂晴又落。輕烟籠翠箔。　休道旅懷蕭索。生怕香濃灰薄。桂子莫教孤酒約。詩情渾落魄。」王平子一首代言體《春恨》：「書一紙。小砑吴箋香細。讀到別來心下事。蹙殘眉上翠。　怕落傍人眼底。握向抹胸兒裏。針綫不忺收拾起。和衣和悶睡。」劉辰翁賦海棠云：「花露濕。紅淚浥成珠粒。比似昭陽恩未得。睡來添醉色。　一笑嬌波滴滴。再顧羞潮拂拂。恨血千年明的皪。千年人共憶。」縱觀諸家所作，此調宜於抒情、寫景與詠物。

柳含烟

毛文錫

雙調，四十五字。前段五句，三平韻；後段四句，兩仄韻，兩平韻。

河橋柳句占芳春平韻映水含烟拂路句幾回攀折贈行人韻暗傷神韻樂府吹爲橫笛曲仄韻能使離腸斷續韻不如移植在金門平韻近天恩韻

唐代教坊曲。僅《花間集》存毛文錫四詞，因此詞前段而以爲調名。毛詞皆詠柳而有所寄意，四詞格律相同。其另一詞云：「章臺柳，近垂旒。低拂往來冠蓋，朦朧春色滿皇州。瑞烟浮。直與路邊江畔別。免被離人攀折。最憐京兆畫蛾眉。葉纖時。」

好事近

秦觀

雙調，四十五字。前後段各四句，兩仄韻。

春路雨添花句花動一山春色韻行到小溪深處韻有黃鸝千百韻飛雲當面化龍蛇句夭矯轉空碧韻醉臥古藤陰下句了不知南北韻

北宋新聲，始詞爲張先二詞，屬仙吕宮。此調作者甚衆，題材廣泛，凡寫景，抒情、酬贈、祝頌、詠物均適用。鄭獬寫離情：「把酒對江梅，花小未禁風力。何計不教零落，爲青春留得。　故人莫問在天涯，尊前苦相憶。好把素香收取，寄江南消息。」趙彦端抒寫旅懷：「一沮寄江干，十載山青水碧。山水大無餘意，有故情難識。　故情難識有誰知，衣殘更頭白。别後是人安穩，只吴楚行客。」洪咨夔記述春行：「二十四番風，纔見一番花鳥。已有行人春瘦，正遠山横峭。　踏青底用十分晴，半陰晴方好。深院日長睡起，又海棠開了。」朱敦儒表述放曠情懷：「我不是神仙，不會煉丹燒藥。只是愛閑湛酒，畏浮名拘縛。　種桃李一園花，真處怕人覺。受用現前活計，且行歌行樂。」此調之調勢平緩，音節低沉，秦觀《夢中作》一首乃宋詞名篇，最能體現調情。此調可平可仄之處較多，但前後段結句之五字句必須是一四句法，不能作二三句法。諸家之作皆如此。

天門謡

雙調，四十五字。前後段各四句，四仄韻。　　賀鑄

牛渚天門險韻限南北讀七雄豪占韻清霧斂韻與閑人登覽韻　待月上潮

平波灩灩韻 塞管輕吹新阿濫韻 風滿檻韻 歷歷數讀 西州更點韻

賀鑄詞爲創調之作，因首句以爲調名。宋人用此調者僅另有李之儀《次韻賀方回登采石蛾眉亭》一詞：「天塹休論險。盡遠目、與天俱占。山水斂。稱霜晴披覽。　正風靜雲閑平瀲灩。想見高吟名不濫。頻扣檻。杳杳落、沙鷗數點。」前段第三句，後段結句，兩個七字句俱爲上三下四句法。前段結句之五字句爲上一下四句法。

好女兒

雙調，四十五字。前段四句，三平韻；後段五句，三平韻。　黃庭堅

粉淚一行行韻 啼破曉來妝韻 懶繫酥胸羅帶句 羞見繡鴛鴦韻 擬待不思量韻 怎奈向讀 目下恓惶韻 假饒來後句 教人見了句 却去何妨韻

此調黃庭堅兩首爲始詞，其另一改調名《繡帶子》：「小院一枝梅。衝破曉寒開。晚到芳園游戲，滿袖帶香回。　玉酒覆銀杯。盡醉去、猶待重來。東鄰何事，驚吹怨笛，雪片成堆。」曾覩一首名《繡帶兒》：「瀟灑隴頭春。取次一枝新。還是東風來也，猶作未歸人。　微月淡烟村。謾佇立、惆悵黃昏。暮寒香細，疏英幾點，儘奈銷魂。」三詞格律相同。

又一體

雙調，六十二字。前段六句，三平韻；後段六句，兩平韻。　晏幾道

緑遍西池韻梅子青時韻儘無端讀盡日東風惡句更霏微細雨句惱人離恨句滿路春泥韻　應是行雲歸路句有閑淚讀灑相思韻想旗亭讀望斷黄昏月句又依前誤了句紅箋香信句翠袖歡期韻

此體始自晏幾道兩詞，其兩詞格律相同。賀鑄此調四首分别題作《國門東》、《九回腸》、《月先圓》、《綺筵張》。其《國門東》：「車馬匆匆。會國門東。信人間、自古銷魂處，指紅塵北道，碧波南浦，黄葉西風。　堠館娟娟新月，從今夜、與誰同。想深閨、獨守空床思，但頻占鏡鵲，悔分釵燕，長望書鴻。」《月先圓》：「才色相憐。難偶當年。屢逢迎、幾許纏綿意，記秋千架底，摴蒲局上，祓禊池邊。　收貯一春幽恨，細書遍、砑綾箋。算蓬山、未抵屏山遠，奈碧雲易合，彩霞深閉，明月先圓。」此體作者較少，但甚有特點，前後段結尾均一字領三個四字句，韻甚稀，詞情甚宛轉。宋季仇遠一詞描寫閨情：「恨結眉峰。兩抹青濃。不忺人、昨夜曾中酒，甚小蠻緑困，太真紅醉，肯嫁東風。　無奈游絲墮蕊，盡日裏、逐飛蓬。把西園、鬬草芳期阻，怕明朝微雨，庭莎翠滑，濕透蓮弓。」

彩鸞歸令

雙調，四十五字。前段四句，四平韻；後段四句，三平韻。　張元幹

珠履争圍韻小立春風趁拍低韻態閑不管樂催伊韻整銖衣韻　粉融香潤隨人勸句玉困花嬌越樣宜韻鳳城燈夜舊家時韻數他誰韻

張元幹此調僅一詞，爲創調之作。宋詞中袁去華一首改名《青山遠》，與張詞格律相同。袁詞：「花竹亭軒。曲徑通幽小洞天。翠幃冉冉隔輕烟。鎖嬋娟。　畫圖初試春風面，消得東君著意憐。到伊歌扇舞裙邊。要前緣。」此調只此兩詞，均描述舞女情態。

一落索

雙調，四十六字。前後段各四句，三仄韻。　周邦彦

眉共春山争秀韻可憐長皺韻莫將清淚濕花枝句恐花也讀如人瘦韻　清潤玉簫閑久韻知音稀有韻欲知日日倚闌愁句但問取讀亭前柳韻

一落索，一連串之意，宋人俗語。《朱子語類輯略》卷五：「只如孔子答顔子：克己復禮爲仁。據他説時，只這一句已多了，又况有下頭一落索。」調名用俗語。周邦彦兩詞，屬雙調。其另一詞云：「杜宇思歸聲苦。和春催去。倚闌一霎酒旗風，任撲面、桃花雨。　目斷隴雲江樹。難逢尺素。落霞隱隱日平西，料想是、分携處。」此調歐陽修名《洛陽春》，張先名《玉連環》，辛棄疾名《一絡索》。此調《詞譜》共列九體，均大同小異，當以周詞爲正體。此調以偶句爲主，調勢極平緩；前後段結句乃折腰之六字句，必須遵從。朱敦儒傷春詞兩首，其一：「一夜雨聲連曉。青燈相照。舊時情緒此時心，花不見、人空老。　可惜春光閑了。陰多晴少。江南江北水連雲，問何處、尋芳草。」其二：「慣被好花留住。蝶飛鶯語。少年場上醉鄉中，容易放、春歸去。　今日江南春暮。朱顔何處。莫將愁緒比飛花，花有數、愁無數。」陸游亦有一詞抒寫傷春情緒，却歸於曠放：「滿路游絲飛絮。韶光將暮。此時誰與説新愁，有百囀、流鶯語。　俯仰人間今古。神仙何處。花前須判醉扶歸，酒不到、劉伶墓。」仇遠表達感舊情緒：「盡日西闌凭醉。新寒難睡。䄂爐烟冷帳雲寬，倩倩倩、先温被。　空對短屏山水。清清無寐。却思十里小紅樓，應不報、平安字。」此調宜於即景抒情。

清平樂

雙調，四十六字。前段四句，四仄韻；後段四句，三平韻。　李煜

別來春半仄韻觸目愁腸斷韻砌下落梅如雪亂韻拂了一身還滿韻　雁來音信無凭平韻路遥歸夢難成韻離恨恰如春草句更行更遠還生韻

唐代教坊曲。王灼《碧鷄漫志》卷五：「此曲在越調，唐至今盛行。今世又有黃鍾宮、黃鍾商兩音者。」唐代李白《清平調》三首爲聲詩，與《清平樂》異體，亦非同一樂曲。「清平」，即太平。漢代班固《兩都賦序》：「臣竊見海内清平，朝廷無事。」此調之始詞乃温庭筠二首，其一云：「上陽春晚。宮女愁蛾淺。新歲清平思同輦。争奈長安路遠。　鳳帳鴛被徒熏。寂寞花鎖千門。競把黃金買賦，爲妾將上明君。」詞中有「新歲清平」因以爲調名。此調前段用仄韻，後段用平韻，韻雖密但以六字句爲主，故音節平緩；可平可仄之處較多，唐宋詞人用者甚衆，適於之題材亦廣泛。因此調平緩而韻密，又兼句式單一，故初學者易流於拼凑生澀，宜注意語意連貫，努力求得自然流暢。　韋莊此調四詞，其一寫春愁：「春愁南陌。故國音書隔。細雨霏霏梨花白。燕拂畫簾金額。　盡日相望王孫。塵滿衣上淚痕。誰向橋邊吹笛，駐馬西望銷魂。」其二寫離情：「鶯啼殘月。繡閣香燈滅。門外馬嘶郎欲別。正是落花時節。　妝成不畫蛾眉。含愁獨倚金扉。去路香塵莫掃，掃即郎去歸遲。」此兩詞

均自然而流暢。晏殊此調五首，其中抒寫感舊之情者婉約而意象優美，如其一：「春來秋去。往事知何處。燕子飛歸蘭泣露。光景千留不住。　酒闌人散忡忡。閑階獨倚梧桐。記得去年今日，依前黄葉西風。」其二：「紅箋小字。説盡平生意。鴻雁在雲魚在水。惆悵此情難寄。　斜陽獨倚西樓。遥山恰對簾鈎。人面不知何處，緑波依舊東流。」晏幾道十八首多寫花間尊前兒女情事，如其一：「暫來還去。輕似風頭絮。縱得相逢留不住。何況相逢無處。　去時約略黄昏。月華却到朱門。别後幾番明月，素娥應是銷魂。」其二：「沉思暗記。幾許無憑事。菊靨開殘秋少味。閑却畫闌風意。　夢雲歸處難尋。微凉暗入香襟。猶恨那回庭院，依舊月淺燈深。」南宋女詞人孫道絢吟雪詞，將此調表現得流美而婉約，是爲宋詞名篇。其詞云：「悠悠颺颺。做盡輕模樣。半夜蕭蕭窗外響。多在梅邊竹上。　朱樓向曉簾開。六花片片飛來。無奈熏爐烟霧，騰騰扶上金釵。」辛棄疾十五首，有寫景、言志、酬贈、祝壽、詠物等作。其《獨宿博山王氏庵》：「遶床飢鼠。蝙蝠翻燈舞。屋上松風吹急雨。破紙窗間自語。　平生塞北江南。歸來華髮蒼顏。布被秋宵夢覺，眼前萬里江山。」其《題上盧橋》：「清泉奔快。不管青山礙。十里盤盤平世界。更着溪山襟帶。　古今陵谷茫茫。市朝往往耕桑。此地居然形勝，似曾小小興亡。」此兩詞意境闊大，風格曠放。劉克莊一詞則甚爲粗豪：「風高浪快。萬里騎蟾背。曾識姮娥真體態。素面元無粉黛。　身游銀闕珠宫。俯看積氣濛濛。醉裏偶摇桂樹，人間唤作凉風。」

憶秦娥

雙調，四十六字。前後段各五句，三仄韻，一叠韻。　李白

簫聲咽韻秦娥夢斷秦樓月韻秦樓月叠年年柳色句灞陵傷別韻樂游原上清秋節韻咸陽古道音塵絶韻音塵絶叠西風殘照句漢家陵闕韻

此爲創調之作，詞有「秦娥夢斷秦樓月」因以爲調名，故又名《秦樓月》。此詞不見於李白集，亦不見於《花間集》和《尊前集》，爲北宋民間所傳，擬托李白之詞。南宋初年邵博《邵氏聞見後録》卷十九録此詞後云：「予嘗秋日餞客咸陽寶釵樓上，漢諸陵在晚照中，有歌此詞者，一座凄然而罷。」北宋後期李之儀有《憶秦娥·用太白韻》，可見此詞流傳已早。南唐馮延巳一詞格律頗異，其詞云：「風淅淅。夜雨連雲黑。滴滴。窗外芭蕉燈下客。除非夢魂到鄉國。免被關山隔。憶憶。一句枕前怎忘得。」此調《詞律》列十一體，但李詞爲通用之體，此外尚有平韻一體。諸家所作多爲仄韻者。此調前後段各一個叠句，須與上句連貫而又有遞進之意，是爲此調顯著之特點，甚不易處理。李詞乃用入聲韻，諸家多從。南宋康與之一詞爲此調名篇：「春寂寞。長安古道東風惡。東風惡。胭脂滿地，杏花零落。臂消不奈黄金約。天寒猶怯春衫薄。春衫薄。不禁珠淚，爲君彈却。」劉辰翁五詞，其上元感舊一詞最爲悲咽：「燒燈節。朝京道上風和雪。風和雪。江山如舊，朝京人絶。百年

短短興亡別。與君猶對當時月。當時月。照人燭淚，照人梅髮。」以上諸詞皆用入聲韻。詞韻與詩韻不同。詞韻分三類，即平聲、仄聲和入聲。某些詞調要求用入聲韻，而有的詞調則用仄聲韻或入聲韻均可。《憶秦娥》以用入聲韻最切合調情，但亦有用仄聲韻者，如万俟詠《別情》：「千里草。萋萋盡處遥山小。遥山小。行人遠似，此山多少。　天若有情天亦老。此情説便説不了。説不了。一聲喚起，又驚春曉。」

又一體

雙調，四十六字。前後段各五句，三平韻，一叠韻。　鄭文妻

花深深韻　一鉤羅襪行花陰韻　行花陰叠　閑將柳帶句　細結同心韻　日邊消息空沉沉韻　畫眉樓上愁登臨韻　愁登臨叠　海棠開後句　望到如今韻

此體用平韻，始於北宋詞人賀鑄。鄭文妻之詞乃名篇。元人李有《古杭雜記》：「（宋）太學服膺齋上舍鄭文，秀州人。其妻寄以《憶秦娥》云……此詞爲同舍見者傳播，酒樓妓館皆歌之。」此體之表情與仄韻體頗異。高觀國兩詞皆平韻，其《舟中書事》云：「歌聲閑。蘭舟只隔芙蓉灣。芙蓉灣。扇摇波影，風卷雲鬟。　餘音嫋嫋留餘歡。雙鴛飛處傳情難。傳情難。曲終人去，愁寄湖山。」翁元龍寫離情：「三月時。楊花飛盡無花飛。無花飛。不教春去，争得春歸。　高樓望斷黄金羈。緑窗眉黛傷新離。傷新離。好將別後，長做歸時。」

更漏子

雙調，四十六字。前段六句，兩仄韻，兩平韻；後段六句，三仄韻，兩平韻。

温庭筠

玉爐香句　紅蠟淚仄韻　偏照畫堂秋思韻　眉翠薄句　鬢雲殘平韻　夜長衾枕寒韻　梧桐樹換仄韻　三更雨韻　不道離情正苦韻　一葉葉句　一聲聲換平韻　空階滴到明韻

古時視刻漏以報更，故稱銅壺刻漏爲更漏，亦常用以指夜晚的時間。唐人許渾《韶州驛樓宴罷》：「主人不辭下樓去，月在南軒更漏長。」調名以此。温庭筠此調六詞均寫婦女夜間之離情別緒，且常言及更漏，如：「柳絲長，春雨細。花外漏聲迢遞。驚塞雁，起城烏。畫屏金鷓鴣。　香霧薄。透簾幕。惆悵謝家池閣。紅燭背，繡帷垂。夢長君不知。」此調《詞譜》列八體，温詞六首格律一致，爲唐五代詞人通用之體。馮延巳五首與温詞格律相同，亦全寫離情。其一：「金剪刀，青絲髮。香墨蠻箋親札。和粉淚，一時封。此情千萬重。　垂蓬鬢。塵青鏡。已分今生薄命。將遠恨，上高樓。寒江天外流。」其二：「夜初長，人近別。夢斷一窗殘月。鸚鵡睡，蟪蛄鳴。西風寒未成。　紅蠟燭。半棋局。床上畫屏山緑。搴繡幌，倚瑶琴。前歡淚滿襟。」此調共十二句，其中三字句即八句，故音節急促；又因凡四换韻，調勢富於轉折變化。用此調時構思應綿密如綫，以不致詞意斷裂。

又一體

雙調，四十六字。前後段各六句，兩仄韻，兩平韻。　　晏幾道

欲論心句先掩淚仄韻零落去年風味韻閑卧處句不言時平韻愁多只自知韻

到情深句俱是怨换仄韻惟有夢中相見韻猶似舊句奈人禁换平韻偎人説寸心韻

此體始於韋莊一詞，與温庭筠詞比較，字數、句式均相同，惟後段首句不押韻。宋人多用此體。張先兩詞屬林鍾商。晏殊此調四詞描述花間尊前情態。晏幾道六詞均寫離情别緒。無名氏兩詞亦表述離情，却極含蓄而又自然流美，應是此調之佳作。其一：「絳紗籠，金葉盞。向曉燈花猶在。冰未結，小琉璃。隴梅香滿枝。　雪無香，花有意。不是江南新寄。霜月盡，碧天寒。玉樓人倚欄。」其二：「解語花，斷腸草。諳盡風流煩惱。歡會少，離别多。此情無奈何。　帳前燈，明如月。記得那年時節。繡被剩，畫屏空。如今在夢中。」此調宜於寫景和表述離情。

巫山一段雲

李曄

雙調，四十六字。前段四句，三平韻；後段四句，兩仄韻，兩平韻。

蝶舞梨園雪句 鶯啼柳帶烟平韻 小池殘日艷陽天韻 苧蘿山又山韻 青鳥不來愁絶仄韻 忍看鴛鴦雙結韻 春風一等少年心換平韻 閑情恨不禁韻

樂府舊題有《巫山高》，唐人吴兢《樂府古題要解》卷上：「其詞大略言江淮水深，無梁可渡，臨水遠望，思歸而已。若齊王融『想像巫山高』、梁范雲『巫山高不極』，雜以陽臺神女之事，無復遠望思歸之意。」《巫山一段雲》當爲南朝舊曲而入燕樂者。唐代教坊曲，宮調爲雙調。唐昭宗李曄兩詞，其另一首《留題寶鷄驛壁》云：「縹緲雲間質，盈盈波上身。袖羅斜舉動埃塵。明艷不勝春。　翠鬢晚妝烟重。寂寂陽臺一夢。冰眸蓮臉見長新。巫峽更何人。」此詞借詠巫山神女事，爲創調之作。柳永五詞同此體，皆詠道情，如其一：「琪樹羅三殿，金龍抱九關。上清真籍總群仙。朝拜五雲間。　昨夜紫微詔下。急唤天書使者。令齎瑶檢降彤霞。重到漢皇家。」五詞皆後段結兩句换平韻。唐宋詞人用此調者甚少，而此體僅柳永與李詞同。

又一體

毛文錫

雙調，四十四字。前後段各四句，三平韻。

雨霽巫山上句雲輕映碧天韻遠風吹散又相連韻十二晚峰前韻暗濕啼猿樹句高籠過客船韻朝朝暮暮楚江邊韻幾度降神仙韻

此詞詠巫山神女事。此體全用平韻，後段第一、二句改爲五字句，而且爲對偶。花間詞人皆用此體。李珣兩詞皆詠本事，其一：「有客經巫峽，停橈向水湄。楚王曾此夢瑶姬。一夢杳無期。塵暗珠簾卷，香消翠幄垂。西風回首不勝悲。暮雨灑空祠。」其二：「古廟依青嶂，行宫枕碧流。水聲山色鎖妝樓。往事思悠悠。雲雨朝還暮，烟花春復秋。啼猿何必近孤舟。行客自多愁。」宋季仇遠於王氏樓記事云：「酒力欺酒薄，輕紅暈臉微。雙鴛誰袖出青閨。剗襪步東西。倦蝶棲香懶，雛鶯調語低。釵盟惟有燭花知。半醉欲歸時。」

望仙門

雙調，四十六字。前段四句，四平韻；後段五句，三平韻，一叠韻。

晏　殊

玉池波浪碧如鱗韻露蓮新韻清歌一曲翠眉顰韻舞華茵韻滿酌蘭英酒句須知獻壽千春韻太平無事荷君恩韻荷君恩叠齊唱望仙門韻

此爲創調之作，結句有「望仙門」因以爲調名。此調僅晏殊三詞，皆祝頌題材。三首格律相同。

憶少年

雙調，四十六字。前段五句，兩仄韻；後段四句，三仄韻。 晁補之

無窮官柳句無情畫舸句無根行客韻南山尚相送句只高城人隔韻 罨畫園林溪紺碧韻算重來讀盡成陳迹韻劉郎鬢如此句況桃花顏色韻

宋人此調有四詞。南宋康與之一詞，調名爲《憶少年令》，句式略異。

又一體

雙調，四十七字。前段五句，兩仄韻；後段四句，三仄韻。 万俟詠

隴雲溶洩句隴山峻秀句隴泉嗚咽韻行人暫駐馬句已不勝愁絶韻 上隴首讀凝眸天四闊韻更一聲讀塞雁凄切韻征書待寄遠句有知心明月韻

此首題作《隴首山》。曹組一詞與此體同，詞云：「年時酒伴，年時去處，年時春色。清明又近也，却天涯爲客。　念過眼、光陰難再得。想前歡、盡成陳迹。登臨恨如此，把闌干暗拍。」前後段結句爲上一下四之五字句句法，後段之八字句爲上三下五句法，又七字句爲上三下四之句法。兩詞皆同。

西地錦

雙調，四十六字。前後段各五句，三仄韻。　無名氏

重過黃粱古驛韻 著一鞭春色韻 長亭細柳句 青青尚淺句 不禁攀折韻　且醉章臺風月韻 莫歸鞍催發韻 紫泥詔下句 朝天去了句 如何來得韻

此詞題作《章臺留客》。此調宋人存六詞，句式略有差異。蔡伸一詞與此體同，詞云：「寂寞悲秋懷抱。掩重門悄悄。清風皓月，朱欄畫閣，雙鴛池沼。　不忍今宵重到。惹離愁多少。蓬山路杳，藍橋信阻，黃花空老。」周紫芝一詞後段結句句式略異，詞云：「細雨欲收還滴。滿一庭秋色。闌干獨倚，無人共説，這些愁寂。　手把玉郎書迹。怎不教人憶。看看又是黃昏也，斂眉峰輕碧。」

又一體

雙調，四十八字。前後段各五句，三仄韻。　石孝友

回望玉樓金闕韻正水遮山隔韻風兒又起句雨兒又急句好愁人天色韻
兩岸荻花楓葉韻爭舞紅吹白韻中秋過也句重陽近也句作天涯孤客韻

此詞前後段結句爲五字句，共添兩字。

喜遷鶯

雙調，四十七字。前段五句，四平韻；後段五句，兩仄韻，兩平韻。　夏竦

霞散綺句月沉鉤平韻簾捲未央樓韻夜涼河漢截天流韻宮闕鎖清秋韻　瑤階曙句金盤露仄韻鳳髓香和烟霧韻三千珠翠擁宸游換平韻水殿按涼州韻

《詩經·小雅·伐木》：「伐木丁丁，鳥鳴嚶嚶。出自幽谷，遷於喬木。」嚶爲鳥鳴之聲。自唐代以來常以嚶鳴出谷之鳥爲黄鶯，以鶯遷爲擢升或遷居之頌詞。唐代白居易《東都冬日會諸同年宴鄭家林亭》：「桂折應同樹，鶯遷各異年。」夏竦此詞爲宋詞名篇。吴處厚《青箱

雜記》卷五：「景德中，夏公初授館職，時方早秋，上夕宴後庭，酒酣，遽命中使詣公索新詞。公問：『上在甚處？』中使曰：『在拱宸殿按舞。』公即抒思，立進《喜遷鶯》詞。」韋莊詞賀進士及第爲此調始詞，詞云：「街鼓動，禁城開。天上探人回。鳳銜金榜出雲來。平地一聲雷。　鶯已遷，龍已化。一夜滿城車馬。家家樓上簇神仙。争看鶴冲天。」此詞與夏詞格律相同。此調有小令和長調兩類。《詞律》於此調小令列六體，互有很小差異，當以夏詞爲通用之體。花間詞人薛昭藴有兩詞詠進士及第之喜慶，如其一：「清明節，雨晴天。得意正當年。馬驕泥軟錦連乾。香袖半籠鞭。　花色融，人競賞。盡是繡鞍朱鞅。日斜無計更留連。歸路草和烟。」李煜一詞抒寫傷春情緒：「曉月墜，宿雲微。無語枕頻攲。夢回芳草思依依。天遠雁聲稀。　啼鶯散，餘花亂。寂寞畫堂深院。片紅休掃儘從伊。留待舞人歸。」宋人此調用長調者衆，用小令者較少。晏殊五詞，其中三首爲壽詞，其一抒情之作乃宋詞名篇，詞云：「花不盡，柳無窮。應與我情同。觥船一棹百分空。何處不相逢。　朱弦悄，知音少。天若有情應老。勸君看取名利場。今古夢茫茫。」許棐一詞寫晚春之情：「鳩雨細，燕風斜。春悄謝娘家。一重簾外即天涯。何必暮雲遮。　釧金寒，釵玉冷。薄醉欲成還醒。一春梳洗不簪花。孤負幾韶華。」此體後段首句可用韻，亦可不用韻。此調四個三字句，三個五字句，兩個七字句，一個六字句，以奇句爲主，用平韻，後段插入仄韻而以平韻爲結，故音節流暢而富於變化，適於祝頌、寫景、抒情。韋莊詞有「鶴冲天」句，故亦名《鶴冲天》；和凝詞有「飛上萬年枝」句，故亦名《萬年枝》。

阮郎歸

雙調，四十七字。前段四句，四平韻；後段五句，四平韻。　　李　煜

東風吹水日銜山韻春來長是閑韻落花狼藉酒闌珊韻笙歌醉夢間韻　春睡覺句晚妝殘韻凭誰整翠鬟韻留連光景惜朱顔韻黄昏人倚闌韻

阮郎，指阮肇。相傳東漢永平年間，浙江剡縣人劉晨和阮肇到天台山采葯迷路，遇到兩位仙女，被邀至家中。半年後回家，子孫已過七代。他們重入天台尋訪仙女，踪迹已杳。事見《太平廣記》卷六十一。此調創調之作爲李煜詞，但此詞或傳爲馮延巳、晏殊、歐陽修作。周邦彦此調名《醉桃源》，屬大石調。晏幾道五詞，其中寫重陽感懷一首爲宋詞名篇：「天邊金掌露成霜。雲隨雁字長。緑杯紅袖趁重陽。人情似故鄉。蘭佩紫，菊簪黄。殷勤理舊狂。欲將沉醉换悲凉。清歌莫斷腸。」此調韻密，但音韻平和諧婉，宋人用者甚衆。秦觀四詞，其抒寫旅愁一首亦爲名篇：「湘天風雨破寒初。深沉庭院虚。麗譙吹罷小單于。迢迢清夜徂。鄉夢遠，旅情孤。峥嶸歲又除。衡陽猶有雁傳書。郴陽和雁無。」南宋趙子發一首亦寫旅情：「馬蹄踏月響空山。梅生烟壑寒。水妃去後淚痕乾。天風吹佩蘭。紉香久，怕花殘。與君聊據鞍。一枝欲寄北人看。如今行路難。」史達祖《月下感事》抒寫懷舊之情：「舊時明月舊時身。舊時梅萼新。舊時月底似梅人。梅春人不春。

香入夢，粉成塵。情多多斷魂。芙蓉孔雀夜温温。愁痕即淚痕。」吴文英沿周邦彦改調名爲《醉桃源》，其《會飲豐樂樓》云：「翠陰濃合曉鶯堤。春如日墜西。畫圖新展遠山齊。花深十二梯。　風絮晚，醉魂迷。隔城聞馬嘶。落紅微沁繡鴛泥。秋千教放低。」此調以抒情與寫景爲主，亦可詠物或言志。

甘草子

柳　永

雙調，四十七字。前段五句，三仄韻；後段四句，四仄韻。

秋盡韻葉剪紅綃句砌菊遺金粉韻雁字一行來句還有邊庭信韻　飄散露華清風緊韻動翠幕讀曉寒猶嫩韻中酒殘妝慵整頓韻聚兩眉離恨韻

北宋新聲，屬正宫。柳永兩詞格律相同，爲創調之作。寇準一詞前段第四句押韻：「春早。柳絲無力，低拂青門道。暖日籠啼鳥。初坼桃花小。　遠望碧天淨如掃。曳一縷、輕烟縹緲。堪惜流年謝芳草。任玉壺傾倒。」此調宋人僅四詞，柳詞與寇詞外尚有楊无咎詞：「秋暮。永夜西樓，冷月明窗户。夢破櫓聲中，憶在松江路。　敧枕試尋曾游處。記歷歷、風光堪數。誰與浮家五湖去。儘醉眠秋雨。」

畫堂春

雙調，四十七字。前段四句，四平韻；後段四句，三平韻。　秦　觀

落紅鋪徑水平池韻　弄晴小雨霏霏韻　杏花憔悴杜鵑啼韻　無奈春歸韻　柳外畫樓獨上句　凭闌手捻花枝韻　放花無語對斜暉韻　此恨誰知韻

畫堂，堂名，在漢代未央宮中，因有畫飾故稱；亦泛稱有畫飾的廳堂。南朝梁簡文帝《餞廬陵内史王脩應令》：「回池瀉飛棟，濃雲垂畫堂。」此調爲北宋新聲，張先詞爲創調之作，屬般涉調。宋人多用以寫景，或即景抒情。盧祖臯詞：「柳塘風緊絮交飛。漾花一水平池。暖香飄徑日遲遲。何處荼蘼。　蝴蝶夢中寒淺，杜鵑聲裏春歸。鏡容不似舊家時。羞對清溪。」詞中後段兩個六字句爲對偶。盧詞其餘兩首亦對偶：「雲羽未回征雁，鏡花空舞雙鸞」，「夜雨可無歸夢，晚風何處征鞍」。此兩句如秦觀詞亦可不對偶。此調雖然韻密，但有三個六字句，而且前後段結句均爲四字句，故調勢平穩和諧，聲韻流美。姜特立寫春景：「故園二月正芳菲。紅紫團枝。一番草緑謝郎池。人醉如泥。　底事江鄉風物，年年獨殿芳時。無情燕子背人飛。似愧春遲。」鄭域《春思》：「東風吹雨破花慳。客氈曉夢生寒。有人斜倚小屏山。蹙損眉彎。　合是一釵雙燕，却成兩鏡孤鸞。暮雲修竹淚留連。翠袖凝斑。」朱埴寫離情：「緑窗睡起曉妝殘。玉釵低垂雲鬟。回紋枉寄見伊難。心緒闌珊。

翠袖兩行珠淚，畫樓十二闌干。銷磨今古霎時間。恨殺青山。」此調多用以寫春景和抒情。

又一體

雙調，四十九字。前段四句，四平韻；後段四句，三平韻。　黃庭堅

摩圍小隱枕蠻江韻蛛絲閑鎖晴窗韻水風山影上修廊韻不到晚來涼韻
相伴蝶穿花徑句獨飛鷗舞溪光韻不因送客下繩床韻添火炷爐香韻

此體前後段結句爲五字句，增兩字。宋人用此體者甚少。王詵詞名《畫堂春令》，同此體：「畫堂霜重曉寒消，南枝紅雪妝成。捲簾疑是弄妝人。粉面帶春酲。　最愛北江臨岸，含嬌淺淡精神。微風不動水紋平。倒影鬥輕盈。」前段首句不入韻。

相思引

雙調，四十八字。前段五句，四仄韻；後段四句，四仄韻。　無名氏

柳烟濃句梅雨潤韻芳草綿綿離恨韻花塢風來幾陣韻羅袖沾香粉韻　獨

上小樓迷遠近韻不見浣花人信韻何處笛聲飄隱隱韻吹斷相思引韻

此詞結句有「相思引」，因以爲調名，或名《鏡中人》。無名氏詠梅詞兩首，前段第四句爲七字句，多一字，如其一：「半苞紅，微露粉。瀟灑早梅猶嫩。香入夢魂殘酒醒。芳意相牽引。　不畏曉霜侵手冷。欲折一枝芳信。折得却無人寄問。争信相思損。」

又一體

袁去華

雙調，四十六字。前段四句，三平韻；後段四句，兩平韻。

皓齒清歌絶代音韻眼波斜處寄情深韻東風吹散句雲雨杳難尋韻　試手羅箋花樣在句唾窗茸綫暗塵侵韻向來多事句觸緒碎人心韻

袁詞兩首格律相同，其另詞云：「曉鑑胭脂拂紫綿。未忺梳掠髻雲偏。日高人静，沉水裊殘烟。　春老菖蒲花未著，路長魚雁信難傳。無端風絮，飛到繡床邊。」此調作者甚少，共存五詞。

烏夜啼

趙令時

雙調，四十八字。前後段各四句，兩平韻。

樓上縈簾弱絮句牆頭礙月低花韻年年春事關心事句腸斷欲棲鴉韻　舞鏡鸞衾翠減句啼珠鳳蠟紅斜韻重門不鎖相思夢句隨意繞天涯韻

唐代教坊曲，本樂府清商曲而入燕樂者。《樂府古題要解》卷上：「宋臨川王義慶造也。宋元嘉中，徙彭城王義康於豫章郡。義慶時爲江州，相見而哭。文帝聞而怪之，徵還宅。義慶大懼，妓妾聞烏夜啼，叩齋閣云：『明日應有赦。』及旦，改南兗州刺史，因此作歌。故其和云：『籠窗窗不開，夜夜望郎來。』」此調在唐五代有聲詩和長短句兩體，詞體創調之作爲李煜詞。此體前後段相同，爲重頭曲，由四個六字句，兩個七字句和兩個五字句組成，音節平緩低沉，適於抒寫抑鬱之情。程垓《醉枕不能寐》寫悲秋情緒：「白酒欺人易醉，黄花笑我多愁。一年只有秋光好，獨自却悲秋。　風急常吹夢去，月遲多爲人留。半黄橙子和詩卷，空自伴床頭。」盧祖皋抒寫春愁：「徑蘚痕沿碧甃，檐花影壓紅欄。今年春事尚無幾，游冶懶情慳。　舊夢鶯鶯沁水，新愁燕燕長干。重門十二簾休捲，三月尚春寒。」盧祖皋此調六詞，格律相同，均爲佳作，其另一詞抒寫離情：「段段寒沙淺水，蕭蕭暮雨孤篷。香羅不共征衫遠，砧杵客愁中。　別恨慵看楊柳，歸期暗數芙蓉。碧梧聲到紗窗曉，昨夜幾秋風。」此體前後段第一、二句爲六言律句——「仄仄平平仄仄，平平仄仄平平」，而且爲對偶，這是此調特點，以上諸詞皆同。

又一體

李　煜

雙調，四十七字。前後段各四句，兩平韻。

昨夜風兼雨句簾幃颯颯秋聲韻燭殘漏斷頻敧枕句起坐不能平韻　世事漫隨流水句算來夢裏浮生韻醉鄉路穩宜頻到句此外不堪行韻

此詞爲此調之始詞。李煜另有兩詞格律與此體異，調名却題作《烏夜啼》，如其一：「無言獨上西樓。月如鉤。寂寞梧桐深院、鎖清秋。　剪不斷，理還亂，是離愁。別是一番滋味、在心頭。」其又一首之首句即「林花謝了春紅」。此兩詞實爲《相見歡》，見《花草粹編》卷一，而宋人黃昇《唐宋諸賢絶妙詞選》卷一誤作《烏夜啼》，以致如辛棄疾等詞人均將《相見歡》誤爲《烏夜啼》。李詞此體前段首句少一字，爲五字句。朱敦儒一詞與李詞格律相同，寫春景：「剪勝迎春後，和風入律頻催。前回下葉飛霜處，紅綻一枝梅。　正遇時調玉燭，須添酒滿金杯。尋芳伴侶休閑過，排日有花開。」歐陽修兩詞改調名爲《聖無憂》，其一云：「世路風波險，十年一別須臾。人生聚散長如此，相見且歡娛。　好酒能消光景，春風不染髭鬚。爲公一醉花間倒，紅袖莫來扶。」歐詞兩首風格曠達。

三字令

雙調，四十八字。前後段各八句，四平韻。　歐陽炯

春欲盡句日遲遲韻牡丹時韻羅幌卷句翠簾垂韻彩箋書句紅粉淚句兩心

知韻　人不在句　燕空歸韻　負佳期韻　香燼落句　枕函攲韻　月分明句　花淡薄句　惹相思韻

此爲創調之作，《花間集》僅此一詞。此調前後段相同，爲重頭曲。全調每句三字，因以爲調名。句式極單一，句子之字聲平仄亦極單一，僅有「平仄仄」、「仄平平」兩個句式。由韻位的各種變化而使此調略有起伏。宋人用此調者僅向子諲一詞：「春盡日，雨餘時。紅蔌蔌，綠漪漪。花滿地，水平池。烟光裏，雲影上，畫船移。　文鴛並，白鷗飛。歌韻響，酒行遲。將我意，入新詩。春欲去，留且住，莫教歸。」此於歐體第三句前加三字，後段亦同。所加兩個三字句使韻位更少一些變化，而調勢則更爲單一了。用此調當以歐詞爲式。

鬲溪梅令

雙調，四十八字。前後段各四句，四平韻。

姜夔

好花不與殢香人韻　浪粼粼韻　又恐春風歸去讀　綠成陰韻　玉鈿何處尋韻

木蘭雙槳夢中雲韻　小橫陳韻　漫向孤山山下讀　覓盈盈韻　翠禽啼一春韻

南宋詞人姜夔自度曲，屬仙呂調。題爲《丙辰冬自無錫歸作此寓意》。宋詞中僅此一詞，是爲孤調。此調前後段相同，爲重頭曲，韻密。今此詞音譜尚存，從旋律來看前後段起句之音即趨高亢，至第二句之三字句而達極致，此後樂音漸趨低緩。詞情亦由激越而漸沉鬱。此詞之情緒與音樂之配合甚爲和諧，表情一致，含蓄地表達强烈的感舊的遺憾之情。此雖孤調，但甚精美。

秋蕊香

雙調，四十八字。前後段各四句，四仄韻。　晏殊

梅蕊雪殘香瘦韻羅幕輕寒微透韻多情只似春楊柳韻占斷可憐時候韻

蕭娘勸我杯中酒韻翻紅袖韻金烏玉兔長飛走韻争得朱顔依舊韻

北宋新聲，宫調爲雙調，晏殊兩詞表現花間尊前留連光景，乃創調之作。周邦彦一詞寫閨情：「乳鴨池塘水暖。風緊柳花迎面。午妝粉指印窗眼。曲裏長眉翠淺。問知社日停針綫。探新燕。寶釵落枕春夢遠。簾影參差滿院。」毛幵一詞描述春暮情景：「蕩暖花風滿路。織翠柳陰和霧。曲池門草舊游處。憶試春衫白苧。暗驚節意朱弦柱。送春去。曉來一陣掃花雨。惆悵薔薇在否。」宋季仇遠表達晚年閑適情趣：「三徑歸來秋早。門外金鋪誰掃。東籬不種閑花草。惱亂西風未了。霜華侵鬢淵明老。南山曉。啼紅怨緑鬟

鬆少。自采落英黃小。」此調用仄聲韻，每句用韻，其中四個六字句字聲平仄全同，爲「仄仄平平仄仄」，且前後段結句均爲六字句，故音節凝澀低沉，表情抑鬱，宋人多用以表述懷舊與感傷之情。南宋趙以夫九十七字體者爲長調，與此體迥異，音譜亦不同。柳永《秋蕊香引》亦與此調不同。

胡擣練

雙調，四十八字。前後段各四句，三仄韻。

晏　殊

小桃花與早梅花句盡是芳妍品格韻未上東風先拆韻分付春消息韻佳人釵上玉尊前句朵朵穠香堪惜韻誰把彩毫描得韻免恁輕拋擲韻

晏殊詞爲創調之作。杜安世一詞多兩字，因有錯訛，《詞譜》另列一體，實無必要，茲據《全宋詞》與《詞譜》校正：「數枝半斂半開時，洞閣曉妝新注。香格艷姿天賦。甘被群芳妒。狂風橫雨且相饒，恐有彩雲迎去。牽破少年心緒。無計爲長主。」「緒」字爲韻位所在，《全宋詞》誤爲「情」。韓維一詞名《胡擣練令》，表述惜春心情：「夜來風橫雨飛狂，滿地閑花衰草。燕子漸歸春悄。簾幕垂清曉。天將佳景與閑人，美酒寧嫌華皓。留取舊時歡笑。莫共秋光老。」晏幾道詠梅一詞亦同此體：「小亭初報一枝梅，惹起江南歸興。遥想玉溪風景。水漾横斜影。　異香直到醉鄉中，醉後還因香醒。好是玉容相並。人與花争瑩。」此調《詞譜》列三體，而實爲兩體，别體亦可存疑。

又一體

雙調，四十七字。前後段各四句，三仄韻。　晏幾道

小春花信日邊來句隴上江梅先坼韻今歲東君消息韻還自南枝得韻　素衣染盡天香句玉酒添成國色韻一自故溪疏隔韻腸斷長相憶韻

此亦晏幾道詠梅之作，但調名爲《望仙樓》。此詞與晏殊詞比較，惟後段首句少一字，其餘句式格律均同。《詞譜》從形式上比較二詞，列爲《胡搗練》之别體，姑從。然而晏幾道詠梅詞二首，爲何一首調名爲《胡搗練》，而另一首却名爲《望仙樓》。查宋人仇遠一詞與晏幾道此體全同，亦名《望仙樓》，詞云：「九仙山曉霧冥冥，一鶴飛來華表。銜得紅雲花島。雙蒂仙桃小。　破甖旋汲香泉，短钁閒鋤春草。愁種愁深多少。頭白鴛鴦老。」《全宋詞》存《胡搗練》與《望仙樓》僅此數詞，疑爲兩調，因音譜已佚，無從考辨二者音樂之區别。今僅從體制格律固可視《望仙樓》爲《胡搗練》之别體。

桃源憶故人

雙調，四十八字。前後段各四句，四仄韻。　秦觀

玉樓深鎖薄情種韻清夜悠悠誰共韻羞見枕衾鴛鳳韻悶則和衣擁韻　無端畫角嚴城動韻驚破一番新夢韻窗外月華霜重韻聽徹梅花弄韻

北宋新聲，又名《虞美人影》、《轉聲虞美人》，屬高平調。晏殊三首爲創調之作，均寫離情別緒，如其一：「碧紗影弄東風曉。一夜海棠開了。枝上數聲啼鳥。妝點愁多少。　妒雲恨雨腰支裊。眉黛不忺重掃。薄倖不來春老。羞帶宜男草。」王道亨詠梅：「劉郎自是桃花主。不許春風閑度。春色易隨風去。片片傷春暮。　返魂不用清香炷。却有梅花淡佇。從此鎮長相覷。不怨飄殘雨。」鄭域《春愁》：「東風料峭寒吹面。低下繡簾休卷。憔悴怕他春見。一任鶯花怨。　新愁不受詩排遣。塵滿玉毫金硯。若問此愁深淺。天闊浮雲遠。」此調用仄韻，每句用韻，前後段句式相同。每段兩個相同平仄的偶句包孕在七字句和五字句之間，故調情雖然低沉，却又較爲流動。此調適於寫景、抒情、詠物，亦適於言志、説理。朱敦儒一首表達人生感慨：「誰能留得朱顔住。枉了百般辛苦。爭似蕭然無慮。任運隨緣去。　人人放着逍遥路。只怕君心不悟。彈指百年今古。有甚成虧處。」詞以説理，風格曠達，異於其他宋人之作。陸游五詞，用以酬贈、感悟、寫景。其《題華山圖》則抒

寫悲壯沉鬱之情：「中原當日三川震。關輔回頭煨燼。淚盡兩河征鎮。日望中興運。秋風霜滿青青鬢。老却新豐英俊。雲外華山千仞。依舊無人問。」

朝中措

雙調，四十八字。前段四句，三平韻；後段五句，兩平韻。　歐陽修

平山欄檻倚晴空韻山色有無中韻手種堂前楊柳句別來幾度春風韻　文章太守句揮毫萬字句一飲千鍾韻行樂直須年少句尊前看取衰翁韻

北宋新聲，屬黃鍾宮。朝中，即朝廷，爲帝王接受朝見和處理政事的地方，亦用作中央政府的代稱。歐陽修詞爲創調之作。北宋嘉祐元年（一〇五六）歐陽修任翰林學士朝散大夫尚書吏部郎中知制誥充史館修撰，爲送友人劉敞守揚州而作。歐公曾於慶曆八年（一〇四八）知揚州。《嘉靖維揚志》卷七：「平山堂在州城西北五里，大明寺側，慶曆八年歐陽修建；江南諸山，拱列檐下，若可攀取，因目之曰平山。」此調爲換頭曲，前段流暢，後段穩重，聲韻平和，宜於表達較嚴肅之主題。歐詞風格豪健，爲此調定勢，並爲通行之體；宋人用此調者頗衆。李之儀一詞略有歐詞風格：「翰林豪放絶勾欄。風月感凋殘。一旦荊溪仙子，筆頭喚聚時間。　錦袍如在，雲山頓改，宛似當年。應笑溧陽衰尉，鮎魚依舊懸竿。」張

渠游平山堂作：「誰云萬事轉頭空。春寓不言中。底問楊柳在否，年年一度東風。憑高慨古，英雄亦淚，我輩情鍾。事業正須老手，清吟留與山翁。」此調朱敦儒十一詞，大都爲言志與閑適之作，風格曠達，其中金陵懷古一首思想甚爲深刻：「登臨何處自消憂。直北看揚州。朱雀橋邊晚市，石頭城下新秋。昔人何在，悲凉故國，寂寞潮頭。個是一塲春夢，長江不住東流。」此調亦表現婉約之情，亦宜於寫景。蔡伸寫傷春之情：「章臺楊柳月依依。飛絮送春歸。院宇日長人静，園林緑暗紅稀。庭前花謝了，行雲散後，物是人非。唯有一襟清淚，凭欄灑遍殘枝。」此詞後段首句多一字。郭世模抒寫懷舊之情：「青燈聽雨夜荒凉。歸夢苦難長。坐想玉奩鴛錦，空餘臂粉衣香。枕邊共語，窗前執手，簾外啼妝。也是平生薄倖，須還幾度思量。」南宋後期趙孟堅《客中感春》一詞，抒情意味極濃，使此調又具疏快清新之風格，詞云：「擔頭看盡百花春。春事只三分。不似鶯鶯燕燕，相將紅杏芳園。名繮易絆，征塵難浣，極目銷魂。明日清明到也，柳條插向誰門。」宋人亦有以此調爲壽詞者。

又一體

雙調，四十八字。前後段各四句，三平韻。　辛棄疾

年年金蕊艷西風韻人與菊花同韻霜鬢經春曾緑句仙姿不飲長紅韻　焚

香度日儘從容韻　笑語調兒童韻　一歲一杯爲壽句　從今更數千鍾韻

辛棄疾此調五詞，只此一首將後段三個四字句，改爲七言一句，五言一句，雖字數相同，但調情大異，並使句式變得單一。洪咨夔此調三詞，僅有《送同官滿歸》一詞同辛詞此體。

慶春時

雙調，四十八字。前段六句，兩平韻；後段五句，兩平韻。　晏幾道

倚天樓殿句　昇平風月句　彩仗春移韻　鸞絲鳳竹句　長生調裏句　迎得翠輿歸韻　雕鞍游罷句　何處還有心期韻　濃熏翠被句　深停畫燭句　人約月西時韻

晏幾道兩詞爲創調之作，均寫慶賞春時之宴樂。其另詞云：「梅梢已有，春來音信，風意猶寒。南樓暮雪，無人共賞，閑却玉闌干。　殷勤今夜，涼月還似眉彎。尊前爲把，桃根麗曲，重倚四弦看。」兩詞格律相同。此調僅此兩詞。

眼兒媚

雙調，四十八字。前段五句，三平韻；後段五句，兩平韻。

阮閱

樓上黃昏杏花殘韻　斜月小闌干韻　一雙燕子句　兩行歸雁句　畫角聲殘韻

綺窗人在東風裏句　灑淚對春閑韻　也應似舊句　盈盈秋水句　淡淡春山韻

北宋新聲。南朝何思澄《南苑逢美人》：「眼媚隨嬌合，丹脣逐笑分。」隋代盧思道《後園宴》：「媚眼臨歌扇，嬌香出舞衣。」調名以此。阮閱詞爲創調之作。阮閱爲元豐八年（一〇八五）進士。《苕溪漁隱叢話》前集卷十一，記叙此詞乃阮閱爲錢塘幕官時，曾眷戀一位營妓，罷官之後，作詞寄之。此詞乃宋詞名篇，或誤左譽作。此調爲重頭曲，但後段首句不入韻。每段由一個七字句，一個五字句，三個四字句組成，音節極爲柔婉，宋人多用以寫戀情。前後段各三個四字句，應爲一個意群，須語意連貫，意象優美，富於詩情畫意。無名氏一首抒寫春思，亦爲宋詞名篇，或誤爲王雱詞，詞云：「楊柳絲絲弄輕柔。烟縷織成愁。海棠未雨，梨花先雪，一半春休。　而今往事難重省，歸夢繞秦樓。相思只在，丁香枝上，豆蔻梢頭。」陳亮一詞題爲《春愁》：「試燈天氣又春來。難説是情懷。寂寞聊似，揚州何遜，不爲江梅。　扶頭酒醒爐香炧，心緒未全灰。愁人最是，黃昏前後，烟雨樓臺。」無名氏一首寫離情：「平生幾度怨長亭。不似這番深。霜收水瘦，風流帆飽，怎忍輕分。　闌干倚遍慵歸去，獨自個黃昏。荷横釵股，柳垂裙帶，總是銷魂。」宋徽宗趙佶於靖康二年（一一二七）被金兵俘虜北去，懷念故都，以此調作詞，甚爲凄婉：「玉京曾憶惜繁華。萬里帝王家。瓊林玉殿，朝喧弦管，暮列笙琶。花城人去今蕭索，春夢繞胡沙。家山何在，忍聽羌笛，吹徹梅花。」卓田《題蘇小樓》與以上諸詞風格頗異，以健筆抒發歷史感慨，詞云：「丈夫隻手把吴鉤。能斷萬人頭。如何鐵石，打作心肺，却爲花柔。嘗觀項籍并劉季，一怒世人愁。只因撞着，虞姬戚氏，豪傑都休。」

人月圓

王詵

雙調，四十八字。前段五句，兩平韻；後段六句，兩平韻。

小桃枝上春來早句初試薄羅衣韻年年此夜句華燈競處句人月圓時韻

禁街簫鼓句寒輕夜永句纖手同携韻夜闌人静句千門笑語句聲在簾帷韻

北宋新聲。王詵詞爲創調之作，因詞句有「人月圓時」而以爲調名。宋人多用此調詠元夕，王詵之作即元夕詞。史浩《元宵》詞云：「夕陽影裏東風軟，驕馬趁香車。看花妝鏡，藏春繡幕，百萬人家。夜闌歸去，星繁絳蠟，珠翠鮮華。笙歌不散，疏鐘隱隱，月在梅枒。」宋人亦多用以詠中秋，如趙鼎詞：「連環寶瑟深深願，結盡一生愁。人間天上，佳期勝賞，今夜中秋。雅歌妍態，嫦娥見了，應羨風流。芳尊美酒，年年歲歲，月滿高樓。」宋季汪夢斗一詞亦詠中秋：「尋常一樣窗前月，人只看中秋。年年今夜，爭尋詩酒，共上高樓。一奩明鏡，能圓幾度，白了人頭。良辰美景，賞心樂事，輸少年游。」北宋末年，吴激使金國被留。金人劉祁《歸潛志》卷八：「國初宇文太學叔通主文盟時，吴深州彦高（激）視宇文爲後進，宇文止呼爲小吴。因會飲，酒間有一婦人，宋宗室子，流落，諸公感嘆，皆作樂章一闋。宇文作《念奴嬌》，有『宗室家姬，陳王幼女，曾嫁欽慈族。干戈浩蕩，事隨天地翻覆。』次及彦高作《人月圓》詞云：『南朝千古傷心事，猶唱後庭花。舊時王謝，堂前燕子，飛向誰家。偶然相見，仙肌勝雪，雲鬟堆鴉。江州司馬，青衫淚濕，同是天涯。』」吴詞感傷悲慨，廣爲流傳，成爲此調名篇，因詞句有「青衫淚濕」，故調名又爲《青衫濕》。此調爲换頭曲，僅前段一個七字句與一個五字句外，其餘九句均爲四字句，音節甚有特點。由於吴激詞之影響，後世多用以抒寫感舊之情。

喜團圓

雙調，四十八字。前段五句，兩平韻；後段六句，兩平韻。

晏幾道

危○樓○静●鎖●句 窗○中○遠●岫●句 門○外●垂○楊○韻 珠○簾○不●禁●春○風○度●句 解●偷○送●餘○香○韻

眠思夢想句不如雙燕句得到蘭房韻別來只是句憑高淚眼句感舊離腸韻

晏詞爲創調之作。無名氏詠梅一詞將前段一個七字句與一個五字句改爲三個四字句，句式略異。詞云：「輕攢碎玉，玲瓏竹外，脱去繁華。尤殢東君，最先點破，壓倒群花。瘦影生香，黄昏月館，深淺溪沙。仙標淡佇，偏宜幺鳳，肯帶棲鴉。」無名氏另一首俗詞改調名爲《與團圓》，將晏詞前段第四、五句改爲一個四字句，一個九字句，多一字；其餘句式相同。詞云：「絞綃霧縠，没多重數，緊擬偷憐。孜孜覷着，算前生、只結得眼因緣。眼是心媒，心爲情本，裏外勾連。天還有意，不違人願，與個團圓。」此調僅三詞，當以晏詞爲式。

武陵春

雙調，四十八字。前後段各四句，三平韻。　晏幾道

烟柳長堤知幾曲句一曲一魂銷韻秋水無情天共遥韻愁送木蘭橈韻　熏香繡被心情懶句期信轉迢迢韻記得來時倚畫橋韻紅淚滿鮫綃韻

晋人陶淵明在《桃花源記》裏叙述晋代太元中武陵郡漁人入桃花源，見到洞中居民及生活情景，宛如另一世界。故桃花源又稱武陵源。唐人王維《桃源行》：「居人共住武陵源，還從物外起田園。」此調因以爲名。張先詞爲創調之作，宮調屬雙調。詞云：「秋染青溪天外

水，風棹采菱還。波上逢郎密意傳。語近隔叢蓮。相看忘却歸來路，遮目小荷圓。菱蔓雖多不上船。心眼在郎邊。」此調爲重頭曲，每段由七五七五句式組成，句式單一，但每段除第一句不用韻外，接連三句用韻，故音節較爲流動響亮。歐陽修一詞寫戀情：「寶幄華燈相見後，妝臉小桃紅。斗帳香檀翡翠籠。携手恨匆匆。金泥雙結同心帶，留與記情濃。却望行雲十二峰。腸斷月斜鐘。」向滈《藤州江月樓》表述離情：「長記酒醒人散後，風月滿江樓。樓外烟波萬頃秋。高檻冷颼颼。想見雲鬟香霧濕，斜墜玉搔頭。兩處相思一樣愁。休更照鄜州。」毛滂三詞均寫立春，其一云：「春在前村梅雪裏，一夜到千門。玉佩瓊琚下冷雲。銀界見東君。桃花髻暖雙飛燕，金字巧宜春。寂寞溪橋柳弄晴。老也探花人。」此調宜於表達戀情和寫景。

又一體

雙調，四十九字。前後段各四句，三平韻。　李清照

風住塵香花已盡句日晚倦梳頭韻物是人非事事休韻欲語淚先流韻　聞說雙溪春尚好句也擬泛輕舟韻只恐雙溪舴艋舟韻載不動讀許多愁韻

此詞題爲《春晚》，抒寫傷春之情。此體比晏詞後段結句多一字，爲折腰之六字句。宋人用此體者極少。南宋吴潛一詞同此體，詞寫悲秋情緒：「慘慘淒淒秋漸緊，風雨更瀟瀟。强

把爐薰寄寂寥。無語立亭皋。　客路十年成底事，水國更停橈。蒼烏橫飛過野橋。人不似、汝逍遥。」此體後段結句必須是折腰之六字句。

海棠春

無名氏

雙調，四十八字。前段四句，三仄韻；後段五句，三仄韻。

流鶯窗外啼聲巧韻睡未足讀把人驚覺韻翠被曉寒輕句寶篆沉烟裊韻

宿醒未解句宮娥報道韻別院笙歌會早韻試問海棠花句昨夜開多少韻

此詞見南宋初年曾慥《樂府雅詞拾遺》卷下，作無名氏詞，明代《類編草堂詩餘》誤作秦觀詞。詞中有「試問海棠花」句，因以爲調名；當是北宋新聲。《詞律》於後段第一、二、三句斷句爲「宿醒未解宮娥報韻道別院讀笙歌會早韻」，實與後《又一體》同體。於是《詞譜》沿襲，而將吴潛一詞列爲別體。吴潛《郊行》詞云：「天涯芳草迷征路。還又是、匆匆春去。烏兔裏光陰，鶯燕邊情緒。　雲梢霧末，溪橋野渡。盡是春愁落處。把酒勸斜陽，小向花間駐。」無名氏此詞若按今所斷句，則句式與之全同。柴元彪《客中感懷》亦是此體：「陽關可是登高路。算到底、不如歸去。時節近中秋，那更黄花雨。　酒病懨懨，羈愁縷縷。且是没人分訴。何似白雲深，更向深深處。」此體爲换頭曲，上下段之前半句式相異，結尾兩句相同。上段第二句之七字句必須是上三下四句法。此調句式富於變化，音韻和諧，當以此體爲正體。調又名《海棠春令》。

又一體

雙調，四十八字。前後段各四句，三仄韻。

史達祖

似紅似白含芳意韻錦宮外讀烟輕雨細韻燕子不知愁句驚墮黄昏淚韻
燭花偏在紅窗底韻想人怕讀春寒正睡韻夢着玉環嬌句又被東風醉韻

史達祖此詞名《海棠花令》，詠本題。此爲重頭曲，前後段句式相同，是爲一體。魏了翁於海棠花下飲酒作詞：「東君慣得花無賴。看不盡、冶容嬌態。擬傍小車來，又被輕陰紿。　陰晴長是隨人改。且特地、留花相待。榮悴故尋常，生意長如海。」吴潛此調共四詞，《郊行》一首同無名氏體，而《己未清明對海棠有賦》三首則同史達祖體，如其一云：「海棠停午沾疏雨。便一餉、胭脂盡吐。老去惜花心，相對花無語。　羽書萬里飛來處。報掃蕩、狐嗥兔舞。濯錦古江頭，飛景還如許。」此詞詠海棠却寄寓了愛國情懷。

憶餘杭

雙調，四十九字。前段四句，兩平韻；後段四句，兩仄韻，兩平韻。　潘閬

長憶西湖句盡日凭闌樓上望句三三兩兩釣魚舟韻島嶼正清秋韻笛聲依約蘆花裏仄韻白鳥數行忽驚起韻別來閑整釣魚竿換平韻思入水雲寒韻

潘閬此調十詞格律相同。此詞爲第四首。十首皆聯章詠杭州之作，其第十首云：「長憶觀潮，滿郭人争江上望，來疑滄海盡成空。萬面鼓聲中。弄濤兒向濤頭立。手把紅旗旗不濕。別來幾向夢中看。夢覺尚心寒。」宋詞此調僅潘閬十首。萬樹《詞律》卷三將此調作爲《酒泉子》之別體。清初沈雄《古今詞話·詞辨》上卷：「潘閬字逍遥，太宗朝人，狂逸不羈，坐事繫獄，往往有出塵之語。《詞品》曰：『有憶西湖《虞美人》一闋，於時盛傳，東坡愛之，書於玉堂屏風。』《詞綜》曰：『潘閬有《酒泉子》二闋，石曼卿見此詞，使畫工繪之作圖。』柳塘沈雄起而辯之，非《虞美人》，亦非《酒泉子》，乃自製《憶餘杭》也。」沈雄並未具體辨析，他認爲潘閬所作乃《憶餘杭》，其根據應是文瑩《湘山野録》卷下在詳記潘閬遺事之後談到：「閬有清才，嘗作《憶餘杭》一闋，曰：『長憶西湖……』錢希白愛之，自寫於玉堂後壁。」文瑩是北宋初年僧人，《湘山野録》成書於熙寧九年（一〇七六），所記是可信的。今傳之潘閬詞十首，出自明鈔本，調名爲《酒泉子》。《詞譜》卷七列《憶餘杭》潘詞兩體，實皆四十九字體，

而《詞譜》所據之本於「白鳥數行忽驚起」句落一「忽」字，故誤爲四十八字一體。《詞譜》認爲此詞之調應是《憶餘杭》：「見《湘山野録》，潘閬自度曲，因憶西湖諸勝，故名《憶餘杭》。《詞律》編入《酒泉子》者誤。」茲試比較《酒泉子》與《憶餘杭》格律之異同。《詞譜》列《酒泉子》二十二體，字數爲四十至四十五字，均雙調；前段起句均四字句，後段結句爲一個三字句者八體，爲兩個三字句者十四體；用韻方面通常前段平韻包孕仄韻，後段換仄韻再用平韻，用韻頗爲複雜。《憶餘杭》僅前段首句及後段兩仄韻與兩平韻有似《酒泉子》，而其字數、結句，以及用韻之複雜情況皆與《酒泉子》相異，因而不是同一詞調。今《全宋詞》將潘閬十詞作《酒泉子》，並每首前段第二句標爲韻位，皆誤。

賀聖朝

雙調，四十九字。前段四句，三仄韻；後段五句，三仄韻。　　葉清臣

滿斟緑醑留君住韻莫匆匆歸去韻三分春色二分愁句更一分風雨韻　花開花謝句都來幾許韻且高歌休訴韻不知來歲牡丹時句再相逢何處韻

唐代教坊曲。《詞譜》列此調十一體，均大同小異。此體爲宋人通用者。趙鼎《鎖試府學夜坐作》：「斷霞收盡黄昏雨。滴梧桐疏樹。簾櫳不捲夜沉沉，鎖一庭風露。　天涯人遠，心

期夢悄，苦長宵難度。知他窗兒促織兒，有許多言語。」韓元吉送別詞：「斜陽只向花梢駐。似愁君西去。清歌也便做陽關，更朝來風雨。　佳人莫道，一杯須近，總眉峰偷聚。明年歸詔上鸞臺，記別離難處。」趙詞與韓詞俱於後段第二句不用韻，亦可。馬子嚴《春游》：「游人拾翠不知遠。被子規呼轉。紅樓倒影背斜陽，墜幾聲弦管。　荼蘼香透，海棠紅淺。恰平分春半。花前一笑不須慳，待花飛休怨。」此詞後段第二句用韻，當以用韻者較佳。縱觀以上各詞前後段各兩個五字句，尤其兩結句之五字句皆爲上一下四句法，以使語勢頓住，故此調有一揚一抑之感，調情甚爲凝澀，多表達愁苦與遺憾之情。

又一體

雙調，四十七字。前段五句，三仄韻；後段六句，兩仄韻。　馮延巳

金絲帳暖牙床穩韻懷香芳寸韻輕顰輕笑句汗珠微透句柳沾花潤韻　雲鬢斜墜句春應未已句不勝嬌困韻半敧犀枕句亂纏珠被句轉羞人問韻

南唐馮延巳此詞爲創調之作，宋人所作各體均在馮詞基礎上加添字數而改變句式單一之缺憾。此體僅有馮詞一首。

陽臺夢

雙調，四十九字。前段四句，三仄韻；後段四句，兩仄韻。　李存勖

薄羅衫子金泥縫韻　困纖腰怯銖衣重韻　笑迎移步小蘭叢句　嚲金翹玉鳳韻　嬌多情脈脈句　差把同心撚弄韻　楚天雲雨却相和句　又入陽臺夢韻

此調爲後唐莊宗李存勖所創，結句有「又入陽臺夢」，因以爲調名。唐五代僅此一詞。

又一體

雙調，五十七字。前段五句，三仄韻，兩平韻；後段五句，兩仄韻，兩平韻。　解昉

仙姿本寓仄韻　十二峰前住韻　千里行雲行雨韻　偶因鶴馭過巫陽平韻　邂逅他讀　楚襄王韻　無端宋玉誇才賦仄韻　誣誕人心素韻　至今狂客到陽臺換平韻　也有癡心句　望妾入讀　夢中來韻

北宋解昉此詞詠巫山神女本事，與李詞格律全異。宋人此體僅一首。

河瀆神

雙調，四十九字。前段四句，四平韻；後段四句，四仄韻　温庭筠

河上望叢祠平韻廟前春雨來時韻楚山無限鳥飛遲韻蘭棹空傷別離韻

何處杜鵑啼不歇仄韻艷紅開盡如血韻蟬鬢美人愁絶韻百花芳草佳節韻

唐代教坊曲。河瀆神爲民間所祀江河之神，此民俗起於秦代。《漢書·郊祀志》：「秦并天下，令祠官所常奉天地名山大川鬼神可得而序也。自華以西，名山七，名川四。……江水，祠蜀。亦春秋泮涸禱塞如東方山川。而牲亦牛犢牢具圭幣各異。」先秦時期認爲天下的河流最重要的有四條：長江、黄河、淮水、濟水，稱爲四瀆。漢代以來此四瀆皆設有祠廟以祀江河之神。此調今存唐五代詞六首皆詠祀江瀆神之民俗並寄意詞人之感慨。創調者爲温庭筠詞三首，格律相同，爲此調之正體。温詞第二首寄寓離情，甚爲優美：「孤廟對寒潮。西陵風雨蕭蕭。謝娘惆悵倚蘭橈。淚流玉筯千條。　暮天愁聽思歸樂。早梅香滿山郭。回首兩情蕭索。離魂何處飄泊。」孫光憲兩詞，一寫祀汾水之神，一寫湘妃廟。其一：「汾水碧依依。黄雲落葉初飛。翠華一去不言歸。廟門空掩斜暉。　四壁陰森排古畫。依舊瓊輪羽駕。小殿沉沉清夜。銀燈飄落香灺。」宋人此調僅有辛棄疾一詞，亦寫祀河神之情形：「芳草緑萋萋。斷腸絶浦相思。山頭人望翠雲旗。蕙肴桂酒君歸。　惆悵畫檐雙燕

舞。東風吹散靈雨。香火冷殘簫鼓。斜陽門外今古。」此調之諸詞皆詠本題，各有寄意或感慨，以此異於其他各詞調。此調句式較爲單一，但每句用韻，前段用平韻，後段用仄韻，因而甚有特點。

又一體

張泌

雙調，四十九字。前段四句，四平韻；後段四句，兩平韻。

古樹噪寒鴉韻 滿庭楓葉蘆花韻 晝燈當午隔輕紗韻 畫閣珠簾影斜韻 門外往來祈賽客句 翩翩帆落天涯韻 回首隔江烟火句 渡頭三兩人家韻

此詞全用平韻，與此調諸詞相異。

柳梢青

仲殊

雙調，四十九字。前段六句，三平韻；後段五句，三平韻。

岸草平沙韻 吴王故苑句 柳裊烟斜韻 雨後寒輕句 風前香軟句 春在梨花韻 行人一棹天涯韻 酒醒處讀 殘陽亂鴉韻 門外秋千句 牆頭紅粉句 深院

誰○家○韻

北宋新聲，因詞有「柳裊烟斜」，以爲調名。此詞仲殊作，收入《唐宋諸賢絶妙詞選》卷九。《類編草堂詩餘》卷一誤爲秦觀作。仲殊詞題爲《吴中》，乃寫景之作，輕快優美，語意含蓄，是爲宋詞名篇。此調前段六句全爲四字句，但首句用韻而使韻位有變化；後段第一句爲六字句，第二句爲上三下四之七字句，餘爲四個四字句。此調以四字句爲主要句式，九個四字句中有六個均爲「仄仄平平」式。由於韻位的巧妙安排使此調之音節有和婉、響亮、流美的特點。每段後半三個四字句，甚有聲韻重疊的效果，此最能體現調情特點，要求語意排比而組成一個意群。石孝友描述一位歌妓於尊前的情態：「雲髻盤鴉。眉山遠翠，臉暈微霞。燕子泥香，鵝兒酒暖，曾見來那。 秋光已著黄花。又恰恨、尊前見他。越樣風流，惱人情意，真個寃家。」黄機抒寫離情：「征路迢迢，征旗獵獵，征袖徘徊。撲簌珠淚，怕聞別語，慵舉離杯。 春風花柳齊開。只唤做、愁端恨媒。一片衷腸，十分好事，等待回來。」此詞首句不用韻，但以用韻爲工。周晋《楊花》亦首句不用韻：「似霧中花，似風前雪，似雨餘雲。本自無情，點萍成緑，却又多情。 西湖南陌東城。甚管定、年年送春。薄倖東風，薄情游子，薄命佳人。」辛棄疾此調三詞，兩詞首句不用韻，一首用韻。其嘲道士長生術一詞有以文爲詞的特點，風格粗豪，首句入韻：「莫鍊丹難。黄河可塞，金可成難。休辟穀難。吸風飲露，長忍飢難。 勸君莫遠游難。何處有、西王母難。休采藥難。人沉下土，我上天難。」此詞多用兩韻。仲殊詞爲此調通用之式，宜悉遵從。此調宋人作者甚衆，適應之題材廣泛，然尤以寫景見長。

又一體

雙調，四十九字。前段六句，三仄韻；後段五句，兩仄韻。

蔡　伸

數聲鶗鴂韻可憐又是句春歸時節韻滿院東風句海棠鋪繡句梨花飄雪韻　丁香露泣殘枝句算未比讀愁腸寸結韻自是休文句多情多感句不干風月韻

此體用仄韻，句式與平韻體相同，但後段首句不用韻。宋人用此體者亦衆。謝逸《離別》：「香肩輕拍。尊前忍聽，一聲將息。昨夜濃歡，今朝别酒，明日行客。　後回來則須來，便去也、如何去得。無限離情，無窮江水，無邊行色。」張元幹一詞亦寫離情：「清山浮碧。細風絲雨，新愁如織。慵試春衫，不禁宿酒，天涯寒食。　歸期莫數芳辰，誤幾度、回廊夜色。入户飛花，隔簾雙燕，有誰知得。」宋人王明清《投轄録》記有一首鬼詞，情意極美而凄凉，當是民間之作。王明清記：「己未歲，虜人入我河南故地，大將張中孚、中彦兄弟，自陝右來朝行在所，道出洛陽建昌宫故基之側，與二三將士張燭夜飲於郵亭。忽有婦人衣服奇古而姿色絶妙，執役來歌於尊前曰：『曉星明滅。白露點點，秋風落葉。故址頹垣，荒烟衰草，溪前宫闕。　長安道上行客。念依舊、名深利切。改變容顏，銷磨今古，隴頭殘月。』中孚兄弟大驚異，詰其所自，不應而去。」此詞後段首句用韻。

慶金枝　張先

雙調，五十字。前段四句，四平韻；後段四句，三平韻。

青螺添遠山韻　兩嬌靨讀　笑時圓韻　抱雲勾雪近燈看韻　算何處讀　不堪憐韻　今生但願無離別句　花月下讀　繡屏前韻　雙蠶成繭共纏綿韻　更重結讀　後生緣韻

張先詞爲創調之作，屬中呂宮。《全宋詞》此詞前後段兩結句作五字句：「妍處不堪憐」、「更結後生緣」。如此則此詞少兩字。今從《詞譜》與《百家詞》本作折腰之六字句。無名氏梅詞一首同張先體，但後段首句用韻：「新春入舊年。綻梅萼、一枝先。隴頭人待信音傳。算楚岸、未香殘。　小枕風雪凭闌干。下簾幕、護輕寒。年華永占入芳筵。付尊酒、漸成歡。」

又一體　無名氏

雙調，四十八字，前後段各四句，三平韻。

莫惜金縷衣韻勸君惜讀少年時韻花開堪折直須折句莫待折空枝韻一朝杜宇纔鳴後句便從此讀歇芳菲韻有花有酒且開眉韻莫待滿頭絲韻

此詞見《高麗史·樂志》，調名爲《慶金枝令》。前後段兩結句作五字句，比張詞少兩字。宋人此調僅此三詞。

燭影摇紅

雙調，五十字。前段五句，兩仄韻；後段五句，三仄韻。

王詵

燭影摇紅句向夜闌句乍酒醒讀心情懶韻尊前誰爲唱陽關句離恨天涯遠韻

無奈雲沉雨散韻凭闌干讀東風淚眼韻海棠開後句燕子來時句黄昏庭院韻

北宋中期王詵此詞原調名爲《憶故人》。宋人吴曾《能改齋漫録》卷十七云：「徽宗喜其詞意，猶以不豐容宛轉爲恨，遂令大晟府别撰腔。周美成增損其詞，而以首句爲名，謂之《燭影摇紅》。」王詵此詞格律極嚴，《詞律》與《詞譜》所標注字聲平仄，一字不易，必須照填。王詞前段第二句「向」，第三句「乍」，《詞譜》疑爲歌者所添之字，原應爲四十八字體。此調北宋通行者確爲四十八字體，如賀鑄詞：「波影翻簾，淚痕凝蠟青山館。故人千里念佳期，襟佩如相款。　惆悵更長夢短。但衾枕、餘芬剩暖。半窗斜月，照人腸斷，啼鳥不管。」此將王詞前段第二、三句九字改爲一個七字句。王重、毛滂皆同賀詞句式。王重詞：「烟雨江城，望中緑暗花枝少。惜春長待醉東風，却恨春歸早。　縱有幽情歡會，奈如今、風情漸老。鳳樓何處，畫欄愁倚，天涯芳草。」毛滂三詞，如其一：「鬢緑飄蕭，漫郎已是青雲晚。古槐陰外小闌干，不負看山眼。　此意悠悠無限。有雲山、知人醉懶。他年尋我，水邊月底，一蓑烟短。」王詞乃宋詞名篇，流傳甚廣，用此調者宜依王詞格律。

又一體

雙調，九十六字。前後段各九句，五仄韻。　周邦彦

芳臉匀紅句黛眉巧畫宮妝淺韻風流天付與精神句全在嬌波眼韻早是縈心可慣韻向尊前讀頻頻顧盼韻幾回得見句見了還休句争如不見韻　燭影摇紅句夜闌飲散春宵短韻當時誰會唱陽關句離恨天涯遠韻争奈雲收雨散韻凭闌干讀東風淚滿韻海棠開後句燕子來時句黄昏深院韻

自周邦彦創此體後，宋人均沿用。此體屬黄鍾宮，即將四十八字體者重疊爲變調九十六

字。此體適應題材較廣，凡寫景、抒情、叙事、節序、祝賀等均可。張掄《上元有懷》：「雙闕中天，鳳樓十二春寒淺。去年元夜奉宸游，曾侍瑶池宴。玉殿珠簾盡卷。擁神仙、蓬壺閬苑。五雲深處，萬燭光中，揭天絲管。　馳隙流年，恍如一瞬星霜换。今宵誰念泣孤臣，回首長安遠。可是塵緣未斷。謾惆悵、華胥夢短。滿懷幽恨，數點寒燈，幾聲歸雁。」吴文英《元夕雨》一詞頗有豐容宛轉之度：「碧淡山姿，暮寒愁沁歌眉淺。障泥南陌潤輕酥，燈火深深院。入夜笙歌漸暖。彩旗翻、宜男舞遍。恣游不怕，羅襪塵生，行裙紅濺。　銀燭籠紗，翠屏不照殘梅怨。洗妝清靨濕春風，宜帶啼痕看。楚夢留情未散。素娥愁、天深信遠。曉窗移枕，酒困香殘，春陰簾卷。」劉辰翁《丙子中秋泛月》抒寫婉約而悲苦之情：「明月如冰，亂雲飛下斜河去。旋呼艇子載簫聲，風景還如故。嫋嫋余懷何許。聽尊前、嗚嗚似訴。近年潮信，萬里陰晴，和天無據。　有客秋風，去時留下金盤露。少年終夜奏胡笳，誰料歸無路。同是江南倦旅。對嬋娟、君歌我舞。醉中休問，明月明年，人在何處。」劉克莊以此調作豪氣詞：「拙者平生，不曾乞得天孫巧。那回添扈屬車來，豈是齊卿小。此膝不曾屈了。更休文、腰難運掉。前賢樣子，表聖宜修，申公告老。　凉簞安眠，絶勝儤直鈴聲攪。集中大半是詩詞，幸没潮州表。月夕花朝詠嘯。嘆人間、愁多樂少。蓬萊有路，辦個船兒，逆風也到。」此詞風格恣肆，是爲别調。

月中行

雙調，五十字。前段四句，四平韻；後段四句，三平韻。　周邦彦

蜀絲趁日染乾紅韻　微暖面脂融韻　博山細篆靄房櫳韻　靜看打窗蟲韻　愁多膽怯疑虛幕句　聲不斷讀　暮景疏鐘韻　團團四壁小屏風韻　啼盡夢魂中韻

周詞題爲《怨恨》。吴文英詞與周詞格律相同，亦寫怨恨之情：「疏桐翠井早驚秋。葉葉雨聲愁。燈前倦客老貂裘。燕去柳邊樓。　吴宫寂寞空烟水，渾不認、舊采菱洲。秋花旋結小盤虯。蝶怨夜香留。」此調宋人作者甚少。

又一體

雙調，四十九字。前段四句，四平韻；後段四句，兩平韻。　毛文錫

水晶宫裏桂花開韻　神仙探幾回韻　紅芳金蕊繡重臺韻　低傾瑪瑙杯韻　玉兔銀蟾争守護，姮娥姹女戲相偎韻　遥聽鈞天九奏句　玉皇親看來韻

《花間集》僅此調一詞，詠本題，詞調名《月宫春》。此爲創調之作。周詞名《月中行》，將毛

詞後段首句用韻，後段第二句改爲上三下四句式，第三句增一字。

太常引

雙調，五十字。前段四句，四平韻；後段五句，三平韻。　沈端節

三三五五短長亭韻都只解讀送人行韻天遠樹冥冥韻悵好夢讀纔成又驚韻　夜堂歌罷句小樓鐘斷句歸路已聞鶯韻應是困瞢騰韻問心緒讀而今怎生韻

南宋中期新聲。換頭曲，句式富於變化。前段第二句爲折腰之六字句，前後段結句爲上三下四句法。韓玉兩詞句式相同，如其一抒寫羈旅之情：「荒山連水水連天。憶曾上、桂江船。風雨過吳川。又却在、瀟湘岸邊。　不堪追念，浪萍踪迹，虛度夜如年。風外曉鐘傳。尚獨對、殘燈未眠。」此調有兩體。

又一體

雙調，四十九字。前段四句，四平韻；後段五句，三平韻。　辛棄疾

一輪秋影轉金波韻飛鏡又重磨韻把酒問姮娥韻被白髮讀欺人奈何韻乘風好去句長空萬里句直下看山河韻斫去桂婆娑韻人道是讀清光更多韻

辛棄疾此調四詞，兩詞五十字體，兩詞四十九字體。此體前段第二句爲五字句，比沈詞少一字。辛詞題爲《建康中秋夜爲吕叔潛賦》。盧祖皋《趨省聞桂偶成》：「夢回金井卸梧桐。嘶馬帶疏鐘。草面露痕濃。漸薄袖、清寒暗通。天低絳闕，雲浮碧海，殘月尚朦朧。吹面桂花風。峭不似、紅塵道中。」劉辰翁《和香巖上元韻》：「便晴也是不曾晴。不怕金吾禁行。風雨動鄉情。夢燈火、揚州化城。少年跌宕，誰家嬌小，繞帶到天明。昨夜月還生。但驚破、霓裳數聲。」此詞前段第二句爲六字句，但不作折腰句法，略異。

雙燕兒

雙調，五十字。前段五句，三平韻；後段五句，兩平韻。　張　先

榴花簾外飄紅韻藕絲罩讀小屏風韻東山別後句高唐夢短句猶喜相逢韻幾時再與眠香翠句悔舊歡讀何事匆匆韻芳心念我句也應那裏句蹙破

眉峰韻

張先詞一首，屬歇指調。

又一體

雙調，五十二字。前後段各四句，四平韻。

楊无咎

窮陰急景暗推遷韻減綠鬢讀損朱顏韻利名牽役幾時閑韻又還驚讀一歲圓韻　勸君今夕不須眠韻且滿滿讀泛觥船韻大家沉醉對芳筵韻願新年讀勝舊年韻

南宋楊无咎此調兩詞，一首已殘。此首題爲《除夕》。調名爲《雙雁兒》。朱敦復一首同此調此體：「尚志服事跛神仙。辛勤了、萬千般。一朝身死入黃泉。至誠地、哭皇天。　旁人苦苦叩玄言。不免得、告諸賢。禁法蝎兒不曾傳。吃畜生、四十年。」

應天長

韋莊

雙調，五十字。前後各五句，四仄韻。

別來半歲音書絕韻一寸離腸千萬結韻難相見句易相別韻又是玉樓花似雪韻暗相思句無處說韻惆悵夜來烟月韻想得此時情切韻淚沾紅袖黦韻

韋莊兩詞均寫離情，爲創調之作。其另一詞云：「緑槐陰裏黄鸝語。深院無人春晝午。畫簾垂，金鳳舞。寂寞繡屏香一炷。　碧雲天，無定處。空役夢魂飛來去。夜夜緑窗風雨。斷腸君信否。」兩詞格律相同。此調韻密，以七字句和三字句爲主，前段表情激切奔放，後段因有兩個六字句而有所收斂，故此調表情富於變化。五代詞人均以表訴離情爲主。此體爲正體。宋人用此調此體者僅許棐一詞：「濺紫飄紅風又雨。一刻韶芳留不住。燕吞聲，鶯辞語。待得晴來人已去。　怯新歌，憐舊舞。冷落艷腔芳譜。要識此時情緒。豆梅酸更苦。」

又一體

顧　敻

雙調，四十九字。前段五句，四仄韻；後段四句，四仄韻。

瑟瑟羅裙金綫縷韻輕透鵝黄香畫袴韻垂交帶句盤鸚鵡韻裊裊翠翹移玉步韻背人勻檀注韻慢轉橫波偷覷韻斂黛春情暗許韻倚屏慵不語韻

此體將韋詞後段第一、二兩句六字改爲五字句，比韋詞少一字，其餘格律相同。馮延巳五詞多寫離情與感舊，如其一：「石城山下桃花綻。宿雨初收雲未散。南去棹，北歸雁。水闊天遥腸欲斷。　倚樓情緒懶。惆悵春心無限。忍淚蒹葭風晚。欲歸愁滿面。」五代詞人用此體者較多。南唐李璟一詞寫春愁：「一鈎初月臨妝鏡。蟬鬢鳳釵慵不整。重簾静，層樓迥。惆悵落花風不定。　柳堤芳草徑。夢斷轆轤金井。昨夜更闌酒醒。春愁過如病。」宋人此體僅毛幵一詞，調名爲《應天長令》：「曲欄十二閑亭沼。履迹雙沉人悄悄。被池寒，香燼小。夢短女牆鶯唤曉。　柳風輕裊裊。門外落花多少。日日離愁縈繞。不知春過了。」此調或稱《應天長令》，以別於宋人長調。宋人長調或稱《應天長慢》，當是另據音譜而製，格律與小令全異。

滿宫花

雙調，五十字。前後段各五句，三仄韻。

尹鶚

月沉沉句人悄悄韻一炷後庭香裊韻風流帝子不歸來句滿地禁花慵掃韻

離恨多句相見少韻何處醉迷三島韻漏清宫樹子規啼句愁鎖碧窗春曉韻

詞中有「滿地禁花慵掃」句，因以爲調名。此始詞，寫宮怨。宋人此調僅許棐一詞，調名誤爲《滿宮春》，與尹詞格律相同：「懶摶香，慵弄粉。猶帶淺酲微困。金鞍何處掠新歡，偷倩燕尋鶯問。　柳供愁，花獻恨。衮絮獵紅成陣。碧樓能有幾番春，又是一番春盡。」此寫閨怨。

又一體

雙調，五十一字。前段五句，三仄韻；後段四句，三仄韻。　張泌

花正芳句樓似綺韻寂寞上陽宮裏韻細籠金鎖睡鴛鴦句簾冷露華珠翠韻　嬌艷輕盈香雪膩韻細雨黃鶯雙起韻東風惆悵欲清明句公子橋邊沉醉韻

此體將尹詞後段兩個三字句改爲七字句，多一字。此詞亦寫宮怨。魏承班兩詞同此體，均寫閨怨，如其一：「寒夜長，更漏永。愁見透簾月影。王孫何處不歸來，應在倡樓酩酊。　金鴨無香羅帳冷。羞更鴛鴦交頸。夢中幾度見兒夫，不忍罵伊薄倖。」《花間集》此調僅四詞，此體三詞，但以尹詞一體爲正體。

少年游

雙調，五十字。前段五句，三平韻；後段五句，兩平韻。

柳　永

參差烟樹灞陵橋韻風物盡前朝韻衰楊古柳句幾經攀折句憔悴楚宫腰韻夕陽閑淡秋光老句離思滿蘅皋韻一曲陽關句斷腸聲盡句獨自凭蘭橈韻

北宋初年新聲，屬林鍾商。始詞爲晏殊詞：「芙蓉花發去年枝。雙燕欲歸飛。蘭堂風軟，金爐香暖，新曲動簾幃。家人拜上千春壽，深意滿瓊卮。緑鬢朱顔，道家裝束，長似少年時。」此乃壽詞，因結句有「少年時」而以爲調名。晏殊四詞，兩首之首句爲七字句，又兩首之首句爲四字句，故爲兩體。《詞譜》於此調共列十五體，而宋人通用者爲此體，其次爲晏詞四字起者。此調宋人用者甚衆，以柳詞此體爲正體。柳詞表訴離情，境界宏大，沉鬱蒼涼，乃宋詞名篇。周邦彦兩詞屬黄鍾，與柳詞格律相同，如其寫春景：「朝雲漠漠散輕絲。樓閣淡春姿。柳泣花啼，九街泥重，門外燕飛遲。而今麗日明金屋，春色在桃枝。不似當時，小橋衝雨，幽恨兩人知。」陳允平四詞，其中同此體者三詞，寫春愁一詞：「翠羅裙解縷金絲。羅扇掩芳姿。柳色凝寒，花情殢雨，生怕踏青遲。碧紗窗外鶯聲嫩，春在海棠枝。別後相思，許多憔悴，惟有落紅知。」此乃和周詞。宋季蔣捷一詞抒寫晚年感慨：「楓林紅透晚烟青。客思滿鷗汀。二十年來，無家種竹，猶借竹爲名。春風未了秋風到，老去萬緣輕。只把平生，閑吟閑詠，譜作櫂歌聲。」此調奇句與偶句配置和諧，後段韻稀，有流暢婉約之特點。各家字聲平仄略有細微差異，用此體時可以柳詞爲式。

又一體

雙調，五十一字。前段六句，兩平韻；後段五句，兩平韻。　周邦彦

并刀○如水●句吳○鹽○勝●雪●句纖○手●破●新○橙○韻錦●幄●初○溫○句獸烟○不斷●句相○對●坐●調○笙○韻低○聲○問●向●誰○行○宿●句城○上●已●三○更○韻馬滑●霜○濃○句不如○休○去●句直是●少●人○行○韻

此詞屬商調，流傳極廣，乃宋詞名篇。此體將正體前段第一句之七字句，改爲兩個四字句。這樣共有六個四字句，而且韻稀，宜於叙事。南宋高觀國詠草一詞則善於寫景：「春風吹碧，春雲映緑，曉夢入芳裀。軟襯飛花，遠連流水，一望隔香塵。萋萋多少江南恨，翻憶翠羅裙。冷落閑門，凄迷古道，烟雨正愁人。」此調以四字起者，可依周詞爲式。宋人如晏殊、晏幾道、姜夔等以四字起者均與此體大同小異。

偷聲木蘭花

雙調，五十字。前後段各四句，兩仄韻，兩平韻。　　張先

畫橋淺映橫塘路仄韻　流水滔滔春共去韻　目送殘暉平韻　燕子雙高蝶對飛韻

風花將盡持杯送換仄韻　往事只成清夜夢韻　莫更登樓換平韻　坐想行思已是愁韻

偷聲爲創調的一種方法，即將原調減少字數，亦即改短樂句，使樂曲發生變化，而形成一種新調。《木蘭花》經減少字數，使樂曲變化而有「減字」與「偷聲」兩種。此調即在《木蘭花》（韋莊詞）的基礎上減少字數，改變用韻情況而形成之新聲。此調之始詞爲馮延巳一詞：「落梅著雨消殘粉。雲重烟輕寒食近。羅幕遮香。柳外秋千出畫牆。　春山顛倒釵橫鳳。飛絮入簾春睡重。夢裏佳期。祇許庭花與月知。」馮詞詞調誤刻爲《上行杯》，其格律實與張先此調完全相同，而與《上行杯》迥異。張先此調三詞，兩首屬仙吕調，一首屬般涉調，但格律均同。此調宋人用者甚少，張先之外僅謝薖存詠梅一詞：「景陽樓上鐘聲曉。半面啼妝匀未了。斜月紛紛。斜影幽香暗斷魂。　玉顏應在昭陽殿。却向前村深夜見。冰雪肌膚。還有斑斑雪點無。」

滴滴金

雙調，五十字。前後段各四句，四仄韻。　晏　殊

梅○花○漏●泄●春○消○息●韻　柳●絲○長○讀　草●芽○碧●韻　不●覺●星○霜○鬢●邊○白●韻　念●時○光○堪○惜●韻

蘭○堂○把●酒●留○佳○客●韻　對●離○筵○讀　駐●行○色●韻　千○里●音○塵○便●疏○隔●韻　合●有●人○相○憶●韻

北宋新聲。宋詞共存十三詞。《詞譜》於此調共列四體，但尚有其他句式相異者。晏殊詞一首，每句用韻，前後段之六字句爲折腰句法，兩結句爲上一下四句法，是爲此調之特點。此調當以晏詞爲正體。王質《晚眺》與晏詞格律相同，字聲平仄略有小異，詞云：「陰陰濕霧霜無汁。江氣逼、樹聲滴。荒林只見夕陽入。誰喚晚烟集。　漁翁猶把釣竿執。蓑共笠、時時葺。風剛浪猛早收拾。天外暮雲黑。」此詞兩結句不作上一下四句法。此調諸句式、用韻、字數，多有差異，當以晏詞爲式。

憶漢月

雙調，五十字。前段四句，三仄韻，後段四句，兩仄韻。　歐陽修

紅艷幾枝輕裊韻新被東風開了韻倚烟啼露爲誰嬌句故惹蝶憐蜂惱韻

多情游賞處句留戀向讀緑叢千繞韻酒闌歡罷不成歸句腸斷月斜人老韻

唐代教坊曲。柳永、李遵勖、晏殊詞調名《望漢月》，屬正平調。

又一體

雙調，五十二字。前後段各四句，三仄韻。　晏殊

千縷萬條堪結韻占斷好風良月韻謝娘春晚先多愁句更撩亂讀絮飛如雪韻　短亭相送處句長憶得讀醉中攀折韻年年歲歲好時節韻怎奈尚讀有人離別韻

晏殊詞調名《望漢月》乃詠柳詞。杜安世一詞詠杏花，調名《憶漢月》。兩詞格律相同。杜詞：「紅杏一枝遙見。凝露粉愁香怨。吹開吹謝任東風，恨流鶯、不能拘管。　曲池連夜

雨，緑水上、碎紅千片。直擬移來向深院。任凋零、不孤隻眼。」此調宋人五詞，《詞譜》計列四體，惟晏詞與杜詞格律全同。

西江月

雙調，五十字。前後段各四句，兩平韻，一叶韻。　蘇軾

世事一場大夢句人生幾度秋涼韻夜來風葉已鳴廊韻看取眉頭鬢上叶

酒賤常愁客少句月明多被雲妨韻中秋誰與共孤光韻把盞凄然北望叶

唐代教坊曲，屬中呂宮，敦煌琵琶譜存此曲音譜。李白《蘇臺覽古》：「只今惟有西江月，曾照吳王宮裏人。」調名取此。敦煌曲子詞存此調三詞，字數略有參差，但均爲前後段兩平韻兩叶韻者，如其一：「女伴同尋烟水。今宵江月分明。舵頭無力別船横。波面微風暗起。撥棹乘船無定止。拜詞處處聞聲。連天紅浪浸秋星。誤入蓼花叢裏。」五代歐陽炯兩詞爲五十一字體，其用韻同敦煌曲子詞：「月映長江秋水。分明冷浸星河。淺沙汀上白雲多。雪散幾叢蘆葦。　扁舟倒影寒潭裏。烟光遠罩清波。笛聲何處響漁歌。兩岸蘋香暗起。」此體每段兩個平聲韻包孕於仄韻之中，而且仄韻與平韻的韻母是不同的。此體宋人用者甚少，而通用之體即如蘇軾前後段兩平韻一叶韻者。一叶韻體起於宋初柳永，如其：「鳳

額繡簾高卷，獸環朱户頻摇。兩竿日影上花梢。春睡厭厭難覺。好夢狂隨飛絮，閑愁濃勝香醪。不成雨暮與雲朝。又是韶光過了。」宋人沈義父《樂府指迷》談到詞之句中韻説：「詞中多有句中韻，人多不曉。不惟讀之可聽，而歌時最要叶韻應拍，不可以等閑字而不押。」他以《西江月》爲例：「如平聲押東字，側聲須押董字、凍字韻方可。」這即是説此體中所用之仄聲韻，必須爲平聲韻之同韻者，於詞韻書中之同部韻。《詞譜》於此調共列五體，而以五十字、每段兩平韻一叶韻者爲宋人通用之正體。柳永與蘇軾均於每段第一、二句爲對偶，但也可以不對。此體可平可仄之處較多，宋人用此調者極衆。此調共八句，其中兩個七字句，其餘六個均爲六字句，但兩結句以同韻部之仄韻而使全調聲情於平緩中突然變化，産生曲折的藝術效應。此調之適應題材廣泛，凡議論、感懷、憑吊、懷古、言志、言理、戲謔、叙事、寫景均宜。蘇軾詞十三首，其中名篇較多，有助於定體。蘇軾詠梅詞：「玉骨那愁瘴霧，冰肌自有仙風。海仙時遣探芳叢。倒挂緑毛幺鳳。素面常嫌粉涴，洗妝不褪唇紅。高情已逐曉雲空。不與梨花同夢。」蘇軾在黄州，春夜醉卧溪橋所作：「照野瀰瀰淺浪，横空隱隱層霄。障泥未解玉驄驕。我欲醉眠芳草。可惜一溪明月，莫教踏碎瓊瑶。解鞍攲枕緑楊橋。杜宇一聲春曉。」蘇軾於揚州感念歐陽修而作的：「三過平山堂下，半生彈指聲中。十年不見老仙翁。壁上龍蛇飛動。欲吊文章太守，仍歌楊柳春風。休言萬事轉頭空。未轉頭時皆夢。」此外朱敦儒表述人生感悟之詞亦是宋詞名篇：「世事短如春夢，人情薄似秋雲。不須計較苦勞心。萬事原來有命。幸遇三杯酒好，况逢一朵花新。片時歡笑且相親。明日陰晴未定。」辛棄疾的遺興之作爲此調開拓新的風格：「醉裏且貪歡笑，要愁那得工夫。近來始覺古人書。信著全無是處。　昨夜松邊醉倒，問松我醉何如。只疑松動要來扶。以手推松曰去。」以上諸詞皆可供填此調者選取題材之參考。又，此調亦有用以言情者，如司馬光表述花間尊前的一段情意：「寶髻鬆鬆挽就，鉛華淡淡妝成。青烟翠霧罩輕盈。飛絮游絲無定。　相見争如不見，有情何似無情。笙歌散後酒初醒。深院月斜人静。」南宋朱淑真《春半》：「辦取舞裙歌扇，賞春只怕春寒。捲簾無語對南山。已覽緑肥紅淺。　去年惜花心懶，踏青閑步江干。恰如飛鳥倦知還。澹蕩梨花深院。」史達祖《閨思》：「西月澹窺樓角，東風暗落檐牙。一燈初見影窗紗。又是垂簾不下。　幽思屢隨芳草，閑愁多似楊花。楊花芳草遍天涯。繡被春寒夜夜。」以此調言情者是較少的。

惜春令

雙調，五十字。前後段各四句，三平韻。　杜安世

今夕重陽秋意深韻籬邊散讀嫩菊開金韻萬里霜天林葉墜句蕭索動離心韻

臂上茱萸新韻似舊年讀堪賞光陰韻一盞香醪且酬身句牛山會難尋韻

此調僅有宋人杜安世兩詞。另一詞云：「春夢無憑猶懶起。銀燭盡、畫簾低垂。小庭楊柳黄金翠，桃臉兩三枝。　妝閣慵梳洗。悶無緒、玉簫慵吹。飄絮紛紛人疏遠，空對日遲遲。」兩詞句式相同，但用韻略異。

留春令

雙調，五十字。前段五句，兩仄韻；後段四句，三仄韻。　晏幾道

海棠風横句醉中吹落句香紅强半韻小粉多情怨花飛句仔細把讀殘香看韻一抹濃檀秋水畔韻縷金衣新換韻鸚鵡杯深艶歌遲句更莫教讀人腸斷韻

此詞詠晚春，爲創調之作。晏幾道此調三詞，格律相同。如另一首：「畫屏天畔，夢回依約，十洲雲水。手撚紅箋寄人書，寫無限、傷春事。　別浦高樓曾漫倚。對江南千里。樓下分流水聲中，有當日、凭高淚。」史達祖詠物兩詞，其一《金林檎詠》：「秀肌豐靨，韻多香足，緑勻紅注。剪取東風入金盤，斷不買、臨邛賦。　宮錦機中春富裕。勸玉環休妒。等閑明朝酒消時，是閑澹、雍容處。」高觀國四詞，其《淮南道中》：「斷霞低映，小橋流水，一川

平遠。柳影人家起炊烟，彷彿是、江南岸。馬上東風吹醉面。問此情誰管。花裏清歌酒邊情，問何日、重相見。」以上三家詞格律相同。此調適於寫景、詠物、抒情。此體爲正體。

又一體

雙調，五十四字。前後段各四句，三仄韻。　黃庭堅

江南一雁橫秋水（韻）嘆咫尺（讀）斷行千里（韻）迴文機上字縱橫（句）欲寄遠（讀）憑誰是（韻）

謝客池塘春水未（韻）微微動（讀）短牆桃李（韻）半陰纔暖却清寒（句）是瘦損人天氣（韻）

南宋彭止一詞同此體：「夜來小雨三更作。近水處、小桃開却。玉女向曉掀朱箔。似與花枝有約。　綠池上、柳腰纖弱。燕子過、誰家院落。春衫試著香薄薄。無奈東風太惡。」此詞前後段第三句用韻，後段首句爲上三下四之七字句，前段第四句之六字句不折腰；與黃詞略異。此調作者較少，宋詞中僅存十二詞。

梁州令

雙調，五十字。前段四句，三仄韻；後段四句，四仄韻。　晏幾道

莫唱陽關曲韻淚濕當年金縷韻離歌自古最銷魂句聞歌更在魂銷處韻南橋楊柳多情緒韻不繫行人住韻人情却似飛絮韻悠揚便逐春風去韻

歐陽修一詞，調名爲《涼州令》，與《梁州令》同。《涼州》爲唐代教坊曲，有聲詩與長短句。唐人《涼州歌》五首爲聲詩，如其二：「朔風吹葉雁門秋，萬里烟塵昏戍樓。征馬長思青海北，胡笳夜聽隴山頭。」涼州，西漢置，轄境相當今甘肅、寧夏、青海、內蒙古納林河、穆林河流域；治所原在甘肅隴縣，後移治姑臧（甘肅武威）。《碧鷄漫志》卷三：「今《涼州》見於世者凡七宮曲，曰黃鍾宮、道調宮、無射宮、中吕宮、南吕宮、仙吕宮、高宮者是也。」《涼州》本是唐代大曲，入詞調者乃摘取其某一段。柳永《梁州令》爲此調之始詞，屬中吕宮。柳詞云：「夢覺紗窗曉。殘燈掩然空照。因思人事苦縈牽，離愁恨別，無限何時了。　憐深定是心腸小。往往成煩惱。一生惆悵情多少。月不長圓，春色易爲老。」此詞前後段結句爲一個四字和一個五字句；全詞共五十四字。晏詞前後段各少兩字。晁端禮一首俗詞與晏詞格律相同：「各自思量取。更莫冤他人做。如今剗地怕相逢，愁多正在相逢處。　人前不敢分明語。暗裏頻回顧。羅襟滴淚無數。匆匆又是空歸去。」此調宋詞存七首，而《詞譜》列四體，故用此調者當以晏詞爲正體。

又一體

雙調，一百四字。前後段各九句，六仄韻。

歐陽修

翠樹芳條颭韻的的裙腰初染韻佳人攜手弄芳菲句綠陰紅影句共展雙紋簟韻插花照影窺鸞鑑韻只恐芳容減韻不堪零落春晚句青苔雨後深紅點韻

一去門閑掩韻重來却尋朱檻韻離離秋實弄輕霜句嬌紅脈脈句似見胭脂臉韻人非事往眉空斂韻誰把佳期賺韻芳心只願依舊句春風更放明年艷韻

此詞見《歐陽文忠公近體樂府》，調名《凉州令》，題《東堂石榴》。此詞爲柳詞之重叠並改爲重頭曲，前後段兩結句於柳詞各減兩字，故爲一百四字體。歐陽修編《醉翁琴趣外篇》一首名《梁州令》，乃俗詞，同此體；詞云：「紅杏牆頭樹。紫萼香心初吐。新年花發舊時枝，徘徊千繞，獨共東風語。陽臺一夢如雲雨。爲問今何處。離情別恨多少，條條結向垂楊縷。此事難分付。初心本誰先許。竊香解佩兩沉沉，知他而今，記得當初否。誰教薄倖輕相誤。不信道、相思苦。如今都恁空追悔，元來也會憶人去。」後段第七、八句，每句比前詞多一字，其餘格律相同。晁補之一詞名《梁州令叠韻》，表明乃《梁州令》之重叠，其格律同歐詞。

鹽角兒

雙調，五十字。前段六句，兩仄韻；後段五句，三仄韻。

歐陽修

增之太長句減之太短句出群風格韻施朱太赤句施粉太白句傾城顔色韻

慧多多句嬌的的韻天付與讀教誰憐惜韻除非我讀偎著抱著句更有何人消得韻

《碧鷄漫志》卷五：「《鹽角兒》，《嘉祐雜志》云：『梅聖俞説，始教坊家人市鹽，於紙角中得一曲譜，翻之，遂以爲名。』今雙調《鹽角兒令》是也。歐陽永叔嘗製詞。」可見此調乃北宋新聲，始詞爲歐陽修作。歐詞兩首格律相同，見存於歐氏所編集之通俗歌詞《醉翁琴趣外篇》。其另一詞云：「人生最苦，少年不得，鴛幃相守。西風時節，那堪話別，雙蛾頻皺。暗消魂，重回首。奈心兒裏、彼此皆有。後時我、兩個相見，管取一雙清瘦。」此比前詞於後段第三句多一字。《詞譜》編者未見到歐詞，僅見到晁補之《亳社觀梅》一詞，因而以爲是孤調。晁詞：「開時似雪。謝時似雪。花中奇絶。香非在蕊，香非在萼，骨中香徹。　占溪風，留溪月。堪羞損、山桃如血。直饒更、疏疏淡淡，終有一般情別。」此詞前段首句用韻，第二句叠韻，稍異。此調於宋詞中僅存此三首，但調勢活潑，短句較多，並有兩個上三下四句法之七字句，故甚有特點，宜於爲通俗之詞。

歸田樂

雙調，五十字。前段六句，三仄韻；後段四句，兩仄韻。　晁補之

春又去句似別佳人幽恨積韻閑庭院句翠陰滿讀添晝寂韻一枝梅最好句至今憶韻　正夢斷讀爐烟裊句參差疏簾隔韻爲何事讀年年春恨句問花應會得韻

此調於宋詞中存八詞，《詞譜》分列五體，然實爲兩體，即如黄庭堅《山谷詞》所收《歸田樂令》（一首）與《歸田樂引》（兩首），前者爲小令，後者爲中調。其他諸詞人之作則僅標《歸田樂》而不別「令」或「引」。此調屬令詞者三首，而句式與字數互有差異，難以校勘。黄庭堅《歸田樂令》：「引調得、甚近日心腸不戀家。寧寧地、思量他。思量他。兩情各自肯，甚忙咱。意思裏、莫是賺人唦。嗽奴真個嘚、共人嘚。」此詞用平韻。蔡伸詞一首雖名《歸田樂》，而句式與諸家迥異：「風生蘋末蓮香細。新浴晚凉天氣。猶自倚朱闌，波面雙雙彩鴛戲。鸞釵委墜雲堆髻。誰會此時情意。冰簟玉琴横，還是月明人千里。」此詞爲重頭曲。

用此體者可依晁詞爲式。

又一體

雙調，七十字。前段六句，四仄韻，一疊韻；後段七句，五仄韻，一疊韻。

黄庭堅

暮雨濛階砌韻漏漸移讀轉添寂寞句點點心如碎韻怨你又戀你韻恨你惜你疊畢竟教人怎生是韻　前歡算未已韻奈何如今愁無計韻爲伊聰俊句銷得人憔悴韻這裏誚睡裏韻夢裏心裏疊一向無言但垂淚韻

黄庭堅另一詞之後段第六句多兩字，其餘格律相同；詞云：「對景還消瘦。被個人、把人調戲，我也心兒有。憶我又喚我，見我又嗔我，天甚教人怎生受。看承幸廝勾。又是尊前眉峰皺。是人驚怪，冤我忒撋就。拚了又搶了，定是這回休了，及至相逢又依舊。」前段用韻略異。此外晏幾道、仇遠、無名氏各一詞均同此體，但句式及字數亦略有差異。

惜分飛

毛滂

雙調，五十字。前後段各四句，四仄韻。

淚濕闌干花著露韻　愁到眉峰碧聚韻　此恨平分取韻　更無言語空相覷韻
短雨殘雲無意緒韻　寂寞朝朝暮暮韻　今夜山深處韻　斷魂分付潮回去韻

《玉臺新詠》卷九《東飛伯勞歌》有「東飛伯勞西飛燕」句，後因稱離別爲分飛，也叫「勞燕分飛」。毛滂此詞作於北宋元祐時期，爲離別歌妓瓊芳而作，題於富陽僧舍。宋人用此調多寫離情。毛滂此調四詞，其另首俗詞亦述離情：「恰則心頭托托地。放下了日多縈繫。別恨還容易。袖痕猶有年時淚。　滿滿頻斟乞求醉。且要時間忘記。明日劉郎起。馬蹄去便三千里。」柴元彪《客懷》：「候館天寒燈半滅。對著燈兒淚咽。此恨難分説。能禁幾度黄花別。　乍轉寒更敲未歇。蛩語更添凄惻。今夜歸心切。砧聲敲碎誰家月。」辛棄疾《春思》流露懷舊之情：「翡翠樓前芳草路。寶馬墜鞭暫駐。最是周郎顧。尊前幾度歌聲誤。　望斷碧雲空日暮。流水桃源何處。聞道春歸去。更無人管飄紅雨。」曹冠改調名爲《惜芳菲》，其《述懷》一詞同毛詞格律：「寓意登臨詩與酒。豪氣直冲牛斗。揮翰風雷吼。我生嗟在東坡後。　流水高山琴静奏。莫笑知音未偶。天意君知否。窮通在道吾何有。」此調韻密，每句用韻，每段爲七六五七句式，因全用仄韻，故音節急促而又壓抑，適於抒寫强烈的離情別緒。《詞譜》列五體，此體爲宋人通用之正體。

又一體

雙調，五十四字。前後段各四句，四仄韻。

張　先

城上層樓天邊路韻 殘照裏讀 平蕪緑樹韻 傷遠更惜春暮韻 有人還在高高處韻 斷夢歸雲經日去韻 無計使讀 哀弦寄語韻 相望恨不相遇韻 倚橋臨水誰家住韻

張先此詞屬中吕宫，調名爲《惜雙雙》。前後段第二句爲折腰之七字句，第三句爲六字句，比毛詞多四字。賀鑄一首調名爲《惜雙雙》則與五十字體者格律句式相同，詞云：「皎鏡平湖三十里。碧玉山圍四際。蓮蕩香風裏。彩鴛鴦覺雙飛起。　明月多情隨柁尾。偏照空床翠被。回首笙歌地。醉更衣處長相記。」

折丹桂

雙調，五十字。前後段各四句，三仄韻。

王之道

照人何處雙瞳碧韻 欲去江城北韻 過江風順莫遲留句 快雁序讀 飛聯翼韻 西湖花柳傳消息韻 知是東君客韻 預知仙籍桂香浮句 語祝史讀 休占墨韻

南宋新聲。晉人郤詵舉賢良對策列最優，自謂「猶桂林之一枝，崑山之片玉」。見《晉書·郤詵傳》。後世稱登科爲折桂。唐代白居易《和春深》詩之十：「折桂名慚郄，收螢志慕車。」郄，同郤，指郤詵。王之道三詞爲創調之作。此詞題爲《送蘧著邁三子庚辰年省試》。其餘兩首亦爲送友人參加省試之作，預示祝賀之意。此調於宋詞共存七首，多爲祝賀之詞及壽詞。張鎡一首題爲《中秋南湖賞月》：「玉爲樓觀銀爲地。秋到中分際。淡金光襯水晶毬，上碧虛、千萬里。　香風浩蕩吹蟾桂。影落澄波底。揭天簫鼓要詩成，任驚覺、魚龍睡。」

城頭月

雙調，五十字。前後段各五句，三仄韻。　馬天驥

城頭月色明如晝韻總是青霞有韻酒醉茶醒句飢餐困睡句不把雙眉皺韻

坎離龍虎勤交媾韻鍊得丹將就韻借問羅浮句蘇耽鶴侶句還似先生否韻

此詞爲南宋後期馬天驥贈廣州斗南樓道士青霞梁彌仙之詞，因首句而以爲調名。同時李

昴英有《和廣帥馬方山韻贈斗南樓道士青霞梁彌仙》；又有住持廣州斗南樓道士黎道靜和詞一首。此調僅此三詞，皆用道家語。三詞格律一致。《全宋詞》録馬天驥一詞，於後段第五句落「蘇耽」二字，兹據《詞譜》卷八補正。

四犯令

侯寘

雙調，五十字。前後段各四句，四仄韻。

月破輕雲天淡注韻夜悄花無語韻莫聽陽關牽離緒韻拚酩酊讀花深處韻

明日江郊芳草路韻春逐行人去韻不是荼蘼開獨步韻能著意讀留春住韻

中國古代音樂中之「犯」係指轉調，即宫調的轉變。此「四犯」即一曲中四次轉調，旋律較爲複雜。侯寘詞爲創調之作，乃南宋初年新聲。李處全改調名爲《四合香》，題爲《立春》：「香雪新苞偏勝韻。領袖催花信。華節良辰人有分。看士女、旛垂鬢。 莫向春風尋舊恨。樂事隨方寸。眉壽故應天下吝。浮大白、吾無悶。」與侯寘同時的關注一詞，調名《桂華明》：「縹緲神京開洞府。遇廣寒宫女。問我雙鬟梁溪舞。還記得、當時否。 碧玉詞章教仙侶。爲按歌宮羽。皓月滿窗人何處。聲永斷、瑶臺路。」關於此詞的本事，宋人張邦基《墨莊漫録》卷四記述：關注曾於北宋末年僑寓毗陵郡崇安寺古柏院，夢至一處，主人歌《太平樂》並使兩女子舞。數年後又夢至一處榜曰廣寒宮，二仙女引其升堂。仙女給其所書「新詞」，並歌之。關注夢醒後約略記得音譜，倚聲爲詞，調名之《桂華明》。關注此詞實爲《四犯令》，乃北宋末年新聲，感夢而爲之詞。此調僅此三詞，格律甚爲嚴整。

思越人

雙調，五十一字。前段五句，兩平韻；後段四句，四仄韻。

孫光憲

渚●蓮○枯○句宮○樹●老●句長洲○廢苑●蕭○條○韻想象●玉人○空○處●所●句月明○獨上●溪○橋○韻

經春○初敗●秋○風○起●仄韻紅蘭○緑蕙●愁○死●韻一片●風流○傷○心地●韻魂銷○目斷●韻西○子●韻

孫光憲兩詞格律相同，皆爲館娃宮懷古，凭吊越國美女西施遺迹，爲此調之始詞。張泌一詞亦詠本事，但甚爲含蓄；詞云：「燕雙飛，鶯百囀，越波堤下長橋。鬥鈿花筐金匣匼，舞衣羅薄纖腰。東風澹蕩慵無力。黛眉愁聚春碧。滿地落花無消息。月明腸斷空憶。」鹿虔扆一詞表述閨怨：「翠屏欹，銀燭背，漏殘清夜迢迢。雙帶繡窠盤錦薦，淚侵花暗香銷。珊瑚枕膩鴉鬟亂。玉纖慵整雲散。苦是適來新夢見。離腸争不千斷。」此調前段用平韻，後段用仄韻，韻密。調勢富於變化，表情凄咽。

又一體

無名氏

雙調，五十一字。前段五句，兩平韻；後段四句，兩平韻。

美東鄰句多窈窕句繡裙步步輕抬韻獨向西園尋女伴句笑時雙臉蓮開韻少年分手低聲問句匆匆恨闕良媒韻怕被顛狂花下惱句牡丹不折先回韻

敦煌曲子詞此調兩詞，另一詞已殘。此詞句式與孫詞同，但後段改用兩平韻，其表情與正體相異。宋人不用《思越人》調，但《鷓鴣天》之另稱《思越人》者爲另調，不能與五代之《思越人》相混。

探春令

趙佶

雙調，五十一字。前段五句，三仄韻；後段四句，三仄韻。

簾旌微動句峭寒天氣句龍池冰泮韻杏花笑吐香猶淺韻又還是讀春將半韻清歌妙舞從頭按韻等芳時開宴韻記去年讀對著東風句曾許不負鶯花願韻

北宋新聲。宋徽宗趙佶此詞寫春景，爲創調之作。此調爲換頭曲，句式富於變化，起頭三句一韻，結尾一個上三下四之七字句和一個七字句用一韻，中間連續四句每句用韻，且用仄韻。故調勢由紆徐至暢達，再歸於平緩，聲情雍容而和諧。最適於寫景，尤宜寫春景；亦宜詠物，尤宜詠梅。此調《詞譜》計列十三體，但實爲兩體，即以四字句起者，以七字句起者。四字句起者諸家句式與字數互有微小差異，當以趙佶詞爲式。楊无咎四詞，其一：「梅雪風柳，弄金勻粉，峭寒猶淺。又還近、三五銀蟾滿。漸玉漏、聲初短。尊前重約年時伴。揀燈詞先按。便直饒、心似蛾兒撩亂。也有春風管。」此詞前段第四句作七字句，後段多一韻，且結句句式相異。楊无咎四詞之後段用韻與句式均各異。趙長卿此調十二首一組詞，除前段起三個四字句與後段起一個七字句、一個五字句之外，其餘之句式與字數均有差異，《詞譜》爲之列有六體。趙長卿此調有《早春》、《尋春》、《立春》、《賞梅》諸題。其《尋春》云：「新元纔過，漸融和氣，先到簾幃。謾閑繞、柳徑花蹊裏。探看試、春來未。年時曾把春拋棄。與春光陪淚。待今春、日日花前沉醉。款細偎紅翠。」此體共存詞十九首，句式均有細微差異。

又一體

雙調，五十二字。前後段各四句，三仄韻。　　無名氏

緑楊枝上曉鶯啼（句）報融和天氣（韻）被數聲（讀）吹入紗窗裏（韻）又驚起（讀）嬌娥睡（韻）　緑雲斜軃金釵墜（韻）惹芳心如醉（韻）爲少年（讀）濕了鮫綃帕（句）上都是（讀）相思淚（韻）

此詞或作晏幾道詞，或作晏殊詞。韓淲《景龍燈》：「暗塵明月小桃枝，舊家時情味。問而今、風轉蛾兒底。有誰把、春衫試。　景龍燈火昇平世。動長安歌吹。這山城、不道人能記。甚村酒、偏教醉。」此詞與無名氏詞句式相同，唯後段第三句用韻。蔣捷一詞句式亦同，亦後段用韻略異。其詞云：「玉窗蠅字記春寒，滿茸絲紅處。畫翠鴛、雙展金蝴翅。未抵我、愁紅膩。　芳心一點天涯去。絮濛濛遮住。舊對花、彈阮纖瓊指。爲粉靨、空彈淚。」此體當以無名氏詞爲式。

瑤池宴

雙調，五十一字。前段七句，七仄韻；後段六句，六仄韻。　　蘇軾

飛○花○成○陣●韻　春○心○困●韻　寸●寸●韻　別●腸○多○少●愁○悶●韻　無○人○問●韻　偷○啼○自●搵●韻　殘○妝○粉●韻　抱●瑤○琴○讀　尋○出○新○韻●韻　玉●纖○趁●韻　南○風○未●解●幽○慍●韻　低○雲○鬢●韻　眉○峰○斂●暈●韻　嬌○和○恨●韻

瑤池，古代神話中神仙所居。《穆天子傳》卷三：「乙丑天子觴西王母於瑤池之上，西王母爲天子謠。」唐代李商隱《瑤池》：「瑤池阿母綺窗開，黃竹歌聲動地哀。」詞後段「未」，《全宋詞》作「來」，「鬢」，《全宋詞》作「鬟」，誤；今據蘇軾《雜書琴曲十二首》及《詞譜》校改。蘇軾《雜書琴曲十二首·贈陳季常》，其中談到《瑤池燕》：「琴曲有《瑤池燕》，其詞既不甚佳，而聲亦怨咽。或改其詞作《閨怨》云……此曲奇妙，季常勿妄以與人。」燕，同宴。蘇軾所説之琴曲舊詞即北宋初年蘇易簡的《越江吟》詞。文瑩《續湘山野録》：「太宗嘗酷愛宮詞中十小調子，乃隋賀若弼所撰，其聲與意及用指取聲之法，古今無能加者。十調者：一曰《不博金》，二曰《不換玉》，三曰《夾泛》，四曰《越溪吟》，五曰《越江吟》，六曰《孤猿吟》，七曰《清夜吟》，八曰《葉下聞蟬》，九曰《三清》；外一調最優古，忘其名，琴家祇命曰《賀若》。……命近臣十人各探一調撰一詞。蘇翰林易簡探得《越江吟》。」蘇易簡之詞在北宋時即傳兩種版本。一爲：「神仙神仙。瑤池宴。片片。碧桃零落春風晚。翠雲開處，隱隱金輦挽。玉麟背吟清風遠。」一爲：「非雲非烟。瑤池宴。片片。碧桃零落黃金殿。蝦鬚半捲天香散。春雲和、孤竹清婉。入霄漢。紅顔醉態爛熳。金輿轉。霓旌影亂。簫聲遠。」此兩詞見《苕溪漁隱叢話》前集卷十六。蘇軾即據《越江吟》首句有「瑶池宴」以改調名。賀鑄又改調名爲《燕瑶池》，詞云：「瓊鈎褰幔。秋風觀。漫漫。白雲聯度河漢。長宵半。參旗爛爛。何時旦。 命閨人、金徽重按。商歌彈。依稀廣陵清散。低眉嘆。危弦未斷。腸先斷。」此調多短句，韻密，調勢急促，確如蘇軾所感到的「聲亦怨咽」。此調存五詞，蘇軾與賀鑄詞格律完全相同，當以爲式。其餘蘇易簡詞、歐陽修詞及奚㴬詞之句式及字數各異。

鳳來朝

雙調，五十一字。前後段各四句，四仄韻。　周邦彦

逗曉看嬌面韻　小窗深讀弄明未遍韻　愛殘朱宿粉讀雲鬟亂韻　最好是讀帳中見韻
說夢雙蛾微斂韻　錦衾温讀酒香未斷韻　待起又讀如何拚韻　任日炙讀畫樓暖韻

北宋新聲，屬越調。周邦彦此詞爲創調之作，題爲《佳人》。後段第三句，《全宋詞》作五字句「待起難捨拚」，《清真集》作「待起又、如何拚」； 查史達祖詞及陳允平和詞，此句皆是六字句，如《詞譜》。此調中之兩個七字句、一個八字句、三個六字句皆作折腰句式，是爲此調

特點，故調勢甚爲凝澀，宜於表達抑鬱之情。此調僅存三詞，格律相同。史達祖《五日感事》云：「暈粉就妝鏡。掩金閨、彩絲未整。趁無人學指、鴛鴦頸。恨誰踏、蘚花徑。一夢蒲香葵冷。墮銀瓶、脆繩挂井。扇底并、團圓影。只此是、沈郎病。」此乃感懷端午之舊情。

秋夜雨

雙調，五十一字。前後段各四句，三仄韻。　吴　潛

雲頭電掣如金索韻　須臾天盡幃幕韻　一凉恩到骨句　正驟雨讀　盆傾檐角韻

桃笙今夜難禁也句　賴醉鄉讀　情分非薄韻　清夢何處托韻　又只是讀　故園籬落韻

南宋新聲。吴潛此詞小序：「客有道《秋夜雨》古詞，因用其韻，而不知『角』之爲『閣』也。併付一笑。」吴潛所説之「古詞」已不存，吴詞即爲此調之始詞。吴詞共七首，格律相同，其中五詞皆詠秋夜之雨。其《依韻戲賦傀儡》云：「腰棚傀儡曾懸索。粗瞞憑一層幕。施呈精妙處，解幻出、蛟龍頭角。誰知鮑老從旁笑，更郭郎、摇手消薄。歧路難準托。田稻

熟、只宜村落。」此調共十一詞，除吴詞外，尚有蔣捷四詞；其《秋夜》云：「黄雲水驛秋笳噎。吹入雙鬢如雪。愁多無奈處，謾碎把、寒花輕撚。紅雲轉入香心裹，夜漸深、人語初歇。此際愁更別。雁落影、西窗斜月。」此兩家詞皆用入聲韻，當是此調定格。

燕歸梁

蔣　捷

雙調，五十二字。前段四句，四平韻；後段四句，三平韻。

我夢唐宮春晝遲韻正舞到讀曳裙時韻翠雲隊仗絳霞衣韻慢騰騰讀手雙垂韻

忽然急鼓催將起句似彩鳳讀亂鶯飛韻夢回不見萬瓊妃韻見荷花讀被風吹韻

蔣捷詠風蓮之作，爲宋詞名篇。此體創自柳永，調屬中吕調。柳詞寫戀情：「輕躡羅鞋掩絳綃。傳音耗、苦相招。語聲猶顫不成嬌。乍得見、兩魂銷。匆匆草草難留戀，還歸去、又無聊。若諧雨夕與雲朝。得似個、有囂囂。」此調前後段各兩個折腰之六字句，配以兩個七字句，用平韻，故音節響亮、急促、熱烈，特點顯著。

又一體

雙調，五十一字。前段四句，四平韻；後段五句，三平韻。

晏　殊

雙燕飛歸繞畫堂韻似留戀虹梁韻清風明月好時光韻更何況讀綺筵張韻　雲衫侍女句頻傾桂醑句加意動笙簧韻人人心在玉爐香韻慶佳會讀祝延長韻

晏殊詞爲此調之始詞，因詞之第一、二句之意而爲調名。晏殊兩詞均爲壽詞。蔣詞乃將晏詞前段第二句之五字句破爲六字句，其後段第一句爲七字句，第二句爲六字句。此調宋人用晏殊此體者較多。張先兩詞屬高平調，宮調與柳詞異。兩詞皆是中秋詞，其一：「夜月啼烏促亂弦。江樹遠無烟。缺多圓少奈何天。愁只恐、下關山。　粉香生潤，衣珠弄彩，人月兩嬋娟。留連殘月惜餘歡。人月在、又明年。」謝逸一詞寫春愁：「六曲闌干翠幕垂。香爐冷金猊。日高花外囀黄鸝。春睡覺、酒醒時。　草青南浦，雲横西塞，錦字杳無期。東風只送柳綿飛。全不管、寄相思。」

雨中花令

雙調，五十二字。前後段各五句，三仄韻。 歐陽修

千古都門行路韻能使離歌聲苦韻送盡行人句花殘春晚句又別東君去韻醉藉落花吹暖絮韻多少曲堤芳樹韻且携手留連句良辰美景句留作相思處韻

北宋新聲，屬般涉調。創調者爲晏殊詞：「剪翠妝紅欲就。折得清香滿袖。一對鴛鴦眠未足，葉下長相守。莫傍細條尋嫩藕。怕緑刺、罥衣傷手。可惜許、月明風露好，恰在人歸後。」歐詞比晏詞多一字，句式略異。此調晏殊與歐陽修名《雨中花》，自張先而名《雨中花令》。此調各家所作句式與字數多有差異，《詞譜》共列十一體。另有長調，或名《雨中花慢》。

又一體

雙調，五十四字。前後段各五句，三仄韻。 程垓

聞說海棠開盡了韻怎生得讀夜來一笑韻顰緑枝頭句落紅點裏句問有愁

多少韻　小園閉門春悄悄韻禁不得讀瘦腰如嫋韻豆蔻濃時句荼蘼香處句試把菱花照韻

程垓三詞格律相同。用此調者可依此體爲式。此爲重頭曲，調勢平穩。其餘諸家句式大同小異。李之儀《王德循東齋瑞香花》：「點綴葉間如繡。開傍小春時候。莫把幽蘭容易比，都占盡、人間秀。　信是眼前稀有。消得千鍾美酒。只有些兒堪恨處，管不是、人長久。」楊无咎三詞格律相同，如其一：「惆悵紅塵千里。恨死撥、浮名浮利。欠我温存，少伊擱就，兩處懸懸地。　擬待歸來伏不是。更與問、孤眠子細。月照紗窗，曉燈殘夢，可噭惡滋味。」無名氏《改馮相三願詞》：「我有五重深深願。第一願、且圖久遠。二願恰如雕梁雙燕。歲歲後、長相見。　三願薄情相顧戀。第四願、永不分散。五願奴、收因結果，做個人宅院。」

迎春樂

雙調，五十二字。前段四句，四仄韻；後段五句，三仄韻。　周邦彦

桃溪柳曲閑踪迹韻俱曾是讀大堤客韻解春衣讀貰酒城南陌韻頻醉卧讀

胡姬側韻　鬢點吳霜嗟早白韻　更誰念讀　玉溪消息韻　他日水雲身句　相望處讀　無南北韻

北宋新聲，屬林鍾商，又屬夾鍾商。始詞爲晏殊作：「長安紫陌春歸早。嚲垂楊、染芳草。被啼鶯、語燕催清曉。正好夢、頻驚覺。　當此際、青樓臨大道。幽會處、兩情多少。莫惜明珠百琲，占取長年少。」詞首句有「春歸早」，因借以爲調名。周詞後段少一字，結尾句式略異。周詞兩首，其另首云：「清池小圃開雲屋。結春伴、往來熟。憶年時、縱酒杯行速。看月上、歸禽宿。　牆裏修篁森似束。記名字、曾刊新緑。見説別來長，沿翠蘚，封寒玉。」兩詞格律相同。方千里、楊澤民、陳允平三家和周詞均同。陳允平又一首：「依依一樹多情柳。都未識、行人手。對青青、共結同心就。更共飲、旗亭酒。　褥上芙蓉鋪軟繡。香不散、彩雲春透。今歲又相逢，是燕子、歸來後。」楊无咎一詞乃壽詞，格律與周邦彦同。此調各家句式略有差異，當以周詞爲式。此體前後段三個六字句均爲折腰句法，前段一個八字句爲上三下五句法，後段一個七字句爲上三下四句法；故此體語意停頓之處較多。

青門引

張　先

雙調，五十二字。前段五句，三仄韻；後段四句，三仄韻。

乍暖還輕冷韻風雨晚來方定韻庭軒寂寞近清明句殘花中酒句又是去年病韻　樓頭畫角風吹醒韻入夜重門靜韻那堪更被明月句隔牆送過秋千影韻

青門爲漢代長安城東南門，本名灞城門，俗因門色青，呼爲青門。西漢初年邵平種瓜於此，人稱青門瓜。唐宋詞調有一部分是從大型樂舞曲——大曲中摘取某一段而形成的。「引」是大曲的一部分。《碧鷄漫志》卷三：「凡大曲就本宮調製引、序、慢、近、令，蓋度曲者常態。」宋季詞學家張炎《詞源》卷上：「歌曲令曲四揩勻，破近六均慢八均。」詞學家們將「均」理解爲節拍，以爲「引」、「近」爲六拍，或六韻，但詳情已難考。令、引、近、慢，是詞調的音樂分類，與體制無關，後世已不易解。張先詞爲此調之始詞，屬般涉調，題爲《春思》。此調僅存三詞。王質一詞題爲《尋梅》，與張先詞格律相同，詞云：「尋遍江南麓。只有斑斑野菊。梅花不遇我心悲，一枝得見，便是一年足。　微香來自横崗竹。飛渡寒溪曲。落路尋人借問，謝他指向深深谷。」馬子嚴詠瓜一詞，後段第三句多一字。

菊花新

張　先

雙調，五十二字。前後段各四句，三仄韻。

墮髻慵妝來日暮韻家在柳橋堤下住韻衣緩絳綃垂句瓊樹裊讀一枝紅霧韻

院深池靜花相妒韻粉牆低讀樂聲時度韻長恐舞筵空句輕化作讀彩雲飛去韻

北宋新聲，屬中吕宮。柳永俗詞一首爲創調之作：「欲掩香幃論繾綣。先斂雙蛾愁夜短。催促少年郎，先去睡、鴛衾圖暖。須臾放了殘針綫。脱羅裳、恣情無限。留取帳前燈，時時待、看伊嬌面。」此調僅存四詞。杜安世兩詞均寫閨情，其一云：「坐卧雙眉鎮長斂。繡户初開花滿院。羅幃翠屏空，風微動、玉爐烟颭。兒夫心腸多薄倖，百計思、難爲拘檢。幾回向伊言，交今後、更休拋閃。」此詞後段首句未用韻。此調多寫閨情及艷情。《菊花新曲破》與此小令體調類相異，乃南宋初年之新曲。周密《齊東野語》卷四：「思陵（宋高宗）朝，掖庭有菊夫人者，善歌舞，妙音律，爲仙韶院之冠，宫中號爲菊部頭。然頗以不獲際幸爲恨，即稱疾告歸。宦者陳源以厚禮聘歸，蓄於西湖之適安園。一日德壽（宋高宗）按《梁州曲舞》，屢不稱旨。提舉官關禮知上意不樂，因從容奏曰：『此事非菊部頭不可。』上遂令宣唤，於是再入掖禁，陳遂憾恨成疾。有某士者頗知其事，演而爲曲，名之曰《菊花新》以獻之。陳大喜，酬以田宅金帛甚厚；其譜則教坊都管王公謹所作也。」此《菊花新》實爲《菊花新曲破》，今存南宋葛長庚詞一組九首，後三首分別爲後袞、歇拍、終袞，可與戲文《張協狀元》第十六出之《菊花新》相較。南宋初年所製之《菊花新》音譜即《菊花新曲破》。

醉花陰

雙調，五十二字。前後段各五句，三仄韻。　李清照

薄霧濃雲愁永晝韻瑞腦消金獸韻佳節又重陽句玉枕紗厨句半夜涼初透韻　東籬把酒黄昏後韻有暗香盈袖韻莫道不銷魂句簾捲西風句人似黄花瘦韻

此調爲重頭曲，前後段格律相同。宋人此調存三十三詞，僅此一體。此調每段前半韻密，後半韻稀，接連兩個平聲句脚，而以仄韻爲結，故調勢由流暢而揚，又歸於收斂，聲韻甚爲諧美。創調之作爲北宋中期舒亶詞，其《試茶》：「露芽初破雲腴細。玉纖纖親試。春雪透金瓶，無限仙風，月下人微醉。　相如消渴無佳思。了知君此意。不信老盧郎，花底春寒，贏得空無睡。」仲殊詠蘭詞：「輕紅蔓引絲多少。剪青蘭葉巧。人向月中歸，留下星鈿，彈破真珠小。　等閑不管春知道。多著繡簾圍繞。只恐被東風，偷得餘香，分付閑花草。」毛滂抒寫花間尊前的情趣：「金葉猶温香未歇。塵定歌初徹。暖透薄羅衣，一霎清風，人映團圓月。　持杯試聽留春闋。此個情腸别。分付與鶯鶯，勸取東君，停待芳菲節。」南宋陳亮兩詞，序云：「重九諸公招飲於茲者十有六人。偶掇《醉花陰》腔，折聖書之壁間，聊以志

時耳。」其詞頗爲豪放，如其：「姓名未勒慈恩寺。誰作山林意。杯酒且同歡，不許時人，輕料吾曹事。　可憐風月於人媚。那對花前醉。珍重主人情，聞說當年，宴出紅妝妓。」此調自李清照用以作重陽詞後，因是名篇，影響很大，故宋人多用以詠重陽節序。此調亦適於詠物、寫景、抒情、言志、祝頌、壽詞。

歸去來

雙調，五十二字。前後段各四句，四仄韻。　柳永

一夜狂風雨韻花陰墜讀碎紅無數韻垂楊漫結黃金縷韻儘春殘讀留不住韻　蝶稀蜂散知何處韻殢尊酒讀轉添愁緒韻多情不慣相思苦韻休惆悵讀好歸去韻

此調僅有柳永兩詞。此詞屬中呂調。另一詞屬正平調，詞云：「初過元宵三五。慵困春情緒。燈月闌珊嬉游處。游人盡、厭歡聚。　憑仗如花女。持杯謝、酒朋詩侶。餘醒更不禁香醑。歌筵舞、且歸去。」此比前詞少三字，句式略異。兩詞結句皆有「歸去」，因以爲調名。

品令

曹組

雙調，五十二字。前段四句，三仄韻；後段四句，兩仄韻。

乍寂寞韻簾櫳靜讀夜久寒生羅幕韻窗兒外讀有個梧桐樹句早一葉讀兩葉落韻　獨倚屏山欲寐句月轉驚飛烏鵲韻促織兒讀聲響雖不大句敢教賢讀睡不著韻

北宋中期民間新聲，始詞見於歐陽修編集之《醉翁琴趣外篇》，乃俗詞。宋人多以此調爲俳諧之詞，故字聲平仄與句式極不穩定，别體繁多。《詞譜》共列十二體。此體相對較爲穩定，爲通用之體。賀鑄一詞表述離情，語意粗率；詞云：「懷彼美。愁與淚、分占眉叢眼尾。求好夢、閑擁鴛鴦綺，恨啼鳥、喚人起。　目斷清淮樓上，心寄長洲坊裏。迢迢地、七百三十里，幾重山、幾重水。」顏博文《舟次五羊》，寄寓離情，語意亦粗率：「夜蕭索。側耳聽、清海樓頭吹角。停歸棹、不覺重門閉，恨只恨、暮潮落。　偷想紅啼緑怨，道我真個情薄。紗窗外、厭厭新月上，也應則、睡不著。」辛棄疾爲姑母祝壽亦用俳諧之語氣，題爲《族姑慶八十來索俳語》，詞云：「更休説。便是個、住世觀音菩薩。甚今年、容貌八十歲，見底道、纔十八。　莫獻壽星香燭，莫祝靈龜椿鶴。只消得、把筆輕輕去，十字上、添一撇。」此調題材較廣，但皆以俳諧或戲謔語氣爲之。以上四詞格律基本上一致，其餘諸家之作則句式、用韻、字數互有參差，如秦觀描寫一位歌妓：「掉又懼。天然個品格。於中壓一。簾兒下、時把鞋兒踢。語低低、笑咭咭。每得秦樓相見，見了無限憐惜。人前强不欲相沾識。把不定、臉兒赤。」李廌嘲笑一位老年歌者：「唱歌須是，玉人檀口，皓齒冰膚。意傳心事，語嬌聲顫，字如貫珠。老翁雖是解歌，無奈霜鬢霜鬚。大家且道，是伊模樣，怎如念奴。」此詞用平韻。

又一體

雙調，六十四字。前後段各七句，四仄韻。　無名氏

山重雲起韻斷橋外讀池塘水韻晚來風定句竹枝相亞句殘陽影裏韻多少風流句都在冷香疏蕊韻　江南千里韻間折得讀誰能寄韻幾番歸去句酒醒月滿句闌干十二韻且隱深溪句免笑等閑桃李韻

《梅苑》存無名氏此調詠梅詞三首，格律相同，但不作俳諧語。周紫芝兩詞與此體格律相同，亦不作俳諧語，如其一題爲《重九前一日飛卿携酒相過坐中歌空青送客詞因用其韻是日淮上賊軍退舍》，詞云：「西風持酒。誚不做、愁時候。機雲兄弟，坐中玉樹，瓊枝高秀。且莫勸人歸去，坐來未久。甘泉書奏。報幽障、沉烽後。明朝重九，茱萸休惱，淚霑襟

袖。怕衰黃花，也解笑人白首。」此詞僅前段結句句式略異，字數則相同。

玉團兒

雙調，五十二字。前後段各五句，三仄韻。　周邦彦

鉛華淡佇新妝束韻好風韻讀天然異俗韻彼此知名句雖然初見句情分先熟韻　爐烟淡淡雲屏曲韻睡半醒讀生香透肉韻賴得相逢句若還虛過句生世不足韻

此調之宮調屬雙調。周邦彦兩詞，用韻及格律相同。因兩詞未收入《清真集》，故方千里、楊澤民等無和詞。盧炳和詞一首，標明「用周美成韻」，詞云：「緑雲慢綰新梳束。這標致、諸餘不俗。邂逅相逢，情懷雅合，全似深熟。　耳邊笑語論心曲。把不定、紅生臉肉。若得同歡，共伊偕老，心事忒足。」周詞及盧詞均寫戀情。袁去華一詞抒發旅情：「吳江渺渺疑天接。獨著我、扁舟一葉。步襪凌波，芙蓉仙子，緑蓋紅頰。　登臨正要詩彈壓。嘆老去、都忘句法。劇飲狂歌，清風明月，相應相答。」張鎡一首詠桂花。此調共存五詞，僅一體，格律較嚴。諸家之作均用入聲韻。此調爲重頭曲，前後段格律相同，調勢活潑而又平

穩；前後兩結句之第二字宜用仄聲，韻宜用入聲。

傾杯令

雙調，五十二字。前段五句，三仄韻；後段四句，三仄韻。

呂渭老

楓葉飄紅句蓮房浥露句枕席嫩涼先到韻簾外蟾華如掃韻枝上啼鴉催曉韻秋風又送潘郎老韻小窗明讀疏螢淺照韻登高送遠惆悵句白髮新愁未了韻

唐代教坊曲有《傾杯樂》，宋人嘗是依舊曲而度新聲。此調僅有呂渭老兩詞，其另一首云：「隔座藏鈎，分曹射覆，燭艷漸催三鼓。箏按教坊新譜。樓外月生春浦。徘徊爭忍忙歸去。怕明朝、無情風雨。珍花美酒團坐，且作尊前笑侶。」

上林春令

雙調，五十三字。前後段各四句，三仄韻。

毛滂

蝴蝶初翻簾繡韻萬玉女讀齊回舞袖韻落花飛絮濛濛句長憶著讀灞橋別後韻濃香斗帳自永漏韻任滿地讀月深雲厚韻夜寒不近流蘇句只憐他讀後庭梅瘦韻

北宋新聲，屬中吕宮。上林，秦代苑名，漢武帝因舊苑擴建，周圍至三百里，有離宫十七所。苑中養禽獸，供帝王春秋時打獵。故址在今西安市附近。司馬相如作有《上林賦》。此調爲小令，另有長調《上林春》，與此調迥異。此調僅兩詞，毛滂詞題爲《十一月三十日見雪》；另首爲楊无咎作，乃壽詞。楊詞：「穠李夭桃堆繡。正暖日、如熏芳袖。流鶯恰恰嬌啼，似爲勸、百觴進酒。少年未用稱遐壽。願來歲、如今時候。相將得意皇都，同携手、上林春晝。」此調前後段各兩個上三下四句法之七字句，是爲顯著特點。

紅窗迥

雙調，五十三字。前段六句，五仄韻；後段四句，四仄韻。　無名氏

河可挽韻石可轉韻那一個愁字句却難驅遣韻眉向酒邊暫展韻酒後依舊見韻楓葉滿階紅萬片韻待拾來讀一一題寫教遍韻却倩霜風吹卷韻直

到沙島遠韻

北宋新聲，屬仙吕調。始詞爲周邦彦作，字數與無名氏詞相同，句式與用韻略異。周詞云：「幾日來，真個醉。早窗外亂紅，已深半指。花影被風摇碎。擁春醒未起。有個人人生濟楚，向耳邊問道，今朝醒未。情性慢騰騰地。惱得人越醉。」此詞不見《清真集》，爲補遺詞。《詞律》及《全宋詞》於前段第三句作「不知道、窗外亂紅」，《詞譜》卷十校云：「此詞坊刻向多脱誤，今從《詞緯》本改正。」此調今存五詞，各詞字數與句式互有差異，用此調者可依無名氏詞爲式。今存柳永一詞見南宋羅燁《醉翁談録》丙集卷二，乃書會先生依托之詞。南宋後期曹豳一詞爲俳諧語，句式亦異：「春闈期近也，望帝鄉迢迢，猶在天際。懊恨這一雙脚底。一日厮趕上，五六十里。　争氣。扶持我去，轉得官歸，恁時賞你。穿對朝靴，安排你在轎兒裏。更選個、宫樣鞋，夜間伴你。」又一無名氏詞亦是謔詞：「富春坊，好景致。兩岸盡是、歌姬舞妓。引調得、上界神仙，把凡心都起。　内有丙丁并壬癸。這兩尊神、爲你争些口氣。火星道，我待逞些神通，不怕你是水。」《碧鷄漫志》卷二：「元祐間曹組……潦倒無成，作《紅窗迥》及雜曲數百解，聞者絶倒，滑稽無賴之魁也。」可見曹組曾以《紅窗迥》作滑稽詞，但今曹組傳世之詞已無《紅窗迥》詞。

紅羅襖

雙調，五十三字。前段六句，兩平韻；後段四句，四平韻。　周邦彦

畫燭尋歡去句　羸馬載愁歸韻　念取酒東壚句　尊罍雖近句　采花南圃句　蜂蝶須知韻　自分袂讀　天闊鴻稀韻　空懷夢約心期韻　楚客憶江蘺韻　算宋玉讀　未必爲秋悲韻

北宋新聲，屬大石調。此調僅存兩詞。另一詞爲南宋後期陳允平和周詞韻：「別來書漸少，家遠夢徒歸。念去燕來鴻，愁隨秋到，舊盟新約，心與天知。　楚江上、木落林稀。西風尚隔心期。水闊草離離。更皓月、照影自傷悲。」

浪淘沙

雙調，五十四字。前後段各五句，四平韻。　李煜

簾外雨潺潺韻　春意闌珊韻　羅衾不耐五更寒韻　夢裏不知身是客句　一晌貪

歡韻　獨自莫憑欄韻　無限江山韻　別時容易見時難韻　流水落花春去也句

天上人間韻

唐代教坊曲，屬歇指調。此調聲詩與長短句并行。唐人劉禹錫聲詩九首，其一云：「九曲黄河萬里沙。浪濤風簸自天涯。如今直上銀河去，同到牽牛織女家。」調名取此。長短句之詞體始於五代李煜兩詞，均是名篇。其另一首云：「往事只堪哀。對景難排。秋風庭院蘚侵階。一桁珠簾閑不卷，終日誰來。金鎖已沉埋。壯氣蒿萊。晚涼天静月華開。想得玉樓瑶殿影，空照秦淮。」此調有小令和長調兩類，小令如李煜之作未標「令」，長調如周邦彦之作未標「慢」，二者音譜與體制均異。《詞譜》列小令六體，但以此體爲宋人通用之正體。此調爲重頭曲，每段由一個五字句、兩個四字句、兩個七字句組成，用平聲韻。全調用韻甚密，用韻之句末兩字均爲平聲，而且四個四字句均爲「仄仄平平」式，故音韻響亮，和諧流美，並有回環之藝術效果。宋人用此調者甚衆，名篇亦多。歐陽修洛城送别友人之作：「把酒祝東風。且共從容。垂楊紫陌洛城東。總是當年攜手處，游遍芳叢。聚散苦匆匆。此恨無窮。今年花勝去年紅。可惜明年花更好，知與誰同。」晏幾道表訴離情：「小綠間長紅。露蕊烟叢。花開花落昔年同。誰恨花前攜手處，往事成空。山遠水重重。一笑難逢。已拚長在别離中。霜鬢知他從此去，幾度春風。」仲幷贈歌妓之作：「趁拍舞初筵。柳嫋春烟。街頭桃李莫爭妍。家本鳳樓高處住，錦瑟華年。不用抹繁弦。歌韻天然。天教獨立百花前。但願人如天上月，三五團圓。」周文璞寫歲晚旅情：「還了酒家錢。

便好安眠。大槐宮裏著貂蟬。行到江南知是夢，雪壓漁船。盤礴古梅邊。也信前緣。鵝黃雪白又醒然。一事最奇君聽取，明日新年。」辛棄疾《賦虞美人草》聲情極爲悲壯：「不肯過江東。玉帳匆匆。只今草木憶英雄。唱起虞兮當日曲，便舞春風。兒女此情同。往事朦朧。湘娥竹上淚痕濃。舜蓋重瞳堪痛恨，羽又重瞳。」吴文英西園感舊一詞情意纏綿而沉痛：「燈火雨中船。客思綿綿。離亭春草又秋烟。似與輕鷗盟未了，來去年年。往事一潸然。莫過西園。凌波香斷緑苔錢。燕子不知春事改，時立秋千。」無名氏一首寫離情，詞意含蓄優美：「簾外五更風。吹夢無蹤。畫樓重上與誰同。記得玉釵斜撥火，寶篆成空。回首紫金峰。雨潤烟濃。一江春浪醉醒中。留得羅襟前日淚，彈與征鴻。」從此調之各名篇用韻情況來看，多選用陽聲韻，音韻特別洪亮。此調宜用於表現熱烈、悲壯、沉重之情。

金錯刀

雙調，五十四字。前後段各五句，三平韻。　馮延巳

雙玉斗句百●瓊○壺○韻佳○人○歡○飲●笑喧○呼○韻麒○麟○欲●畫●時○難○偶●句鷗○鷺●何○猜○興●不●孤○韻歌○宛●轉●句醉●模○糊○韻高○燒○銀燭●卧流○蘇○韻只消○幾覺●懵○騰○睡●句身外●功○

名○任●有●無○韻

金錯刀，錢幣名。《漢書・食貨志》下：「王莽居攝，變漢制，以周錢有子母相權，於是更造大錢，徑十二分，重二十銖。文曰『大錢五十』。又造契刀、錯刀。……錯刀，以黃金錯其文，曰『一刀值五千』。」漢代張衡《四愁詩》：「美人贈我金錯刀，何以報之英瓊瑶。」調名取此。馮延巳兩詞爲創調之作，其另一詞云：「日融融，草芊芊。黃鶯求友啼林前。柳條裊裊拖金綫，花蕊茸茸簇錦氈。鳩逐婦，燕穿簾。狂蜂浪蝶相翩翩。春光堪賞還堪玩，惱殺東風誤少年。」馮詞兩首不見《陽春集》，四印齋本補入。據明代胡震亨《唐音癸籤》卷一三，此調確爲馮延巳所創。宋人此調僅一詞，爲仄韻。

又一體

雙調，五十四字。前後段各五句，三仄韻，一疊韻。

葉李

君○來○路●韻吾○歸○路●疊來○來○去●去●何○時○住●韻公○田○關○子●竟●何○如○句國●事●當○時○誰○汝●誤●韻

雷○州○户●韻厓○州○户●疊人○生○會●有●相○逢○處●韻客●中○頗●恨●乏●羔○羊○句聊○贈●一●篇○長○短●句●韻

葉李爲南宋景定五年（一二六四）太學生，因上書攻擊賈似道而得罪，流竄漳州。此詞見《南村輟耕録》卷十九，乃葉李戲謔賈似道之詞，原無調名，《詞譜》列爲馮詞之別體。

端正好

雙調，五十四字。前後段各四句，四仄韻。　杜安世

每逢春來長如病韻玉容瘦讀薄妝相稱韻雙歡未經成孤令韻奈厚約讀全無定韻　衆禽啾唧聲愁聽韻相思事讀多少春恨韻孤眠帳外銀缸耿韻透一點讀爐烟暝韻

北宋新聲。杜安世四詞爲創調之作，四詞句式相同，個別字聲平仄略異，如其另一首：「露落風高桐葉墜。小庭院、秋涼佳氣。蘭堂聚飲華筵啓。罷令曲、呈珠綴。　晚天行雲凝香袂。新聲内、分明心意。玉爐初噴檀烟起。斂愁在、雙蛾翠。」此詞前段起句之字聲即略異。楊无咎三詞，調名爲《於中好》，與杜詞格律相同，如其一：「濺濺不住溪流素。憶曾記、碧桃紅露。別來寂寞朝朝暮。恨遮亂、當時路。　仙家豈解空相誤。嗟塵世、自難知處。而今重與春爲主。儘浪蕊、浮花妒。」楊詞三首亦存在個別字聲相異之處。此調句式結構甚爲單一，即一個七字句與一個上三下四句法之七字句爲一個句群，凡四次反復，調勢端正平穩。

杏花天

朱敦儒

雙調，五十四字。前後段各四句，四仄韻。

淺春庭院東風曉韻細雨打讀鴛鴦寒峭韻花尖望見秋千了韻無路踏青鬥草韻

人別後讀碧雲信杳韻對好景讀愁多歡少韻等他燕子傳音耗韻紅杏開也未到韻

南宋初年朱敦儒三詞爲創調之作，三詞字數、句式相同，字聲可平可仄之處較多。南宋詞人用此調者頗多。高觀國四詞，其詠杏花一首：「玉壇消息春寒淺。露紅玉、嬌生靚艷。小憐鬢濕胭脂染。只隔粉牆相見。　花陰外、故宮夢遠。想未識、鶯鶯燕燕。飄零翠徑紅千點。桃李春風已晚。」史達祖四詞，其一抒寫離恨：「扇香曾靠腮邊粉。舊塵埋、月輪有暈。南風未似愁來近。前事臨窗隱隱。　涼花畔、雲歌露飲。夢斷了、終難再問。鴛鴦帶上三生恨。將淚揩磨不盡。」吴文英於《重午》抒寫懷舊之情：「幽歡一夢成炊黍。知綠暗、汀菰幾度。竹西歌斷芳塵去。寬盡經年臂縷。　梅黃後、林梢更雨。小池面、啼紅怨暮。當時明月重生處。樓上宮眉在否。」江開表訴相思之情：「謝娘庭院通芳徑。四無人、花梢轉影。幾番心事無憑準。等得青春過盡。　秋千下、佳期又近。算畢竟、沉吟未穩。不成又是教人恨。待倩楊花去問。」周密描寫春景：「金池瓊苑曾經醉。是多少、紅情緑意。東風一枕游仙睡。換却鶯花人世。　漸暮色、鵑聲四起。正愁滿、香溝御水。一色柳烟三十里。爲問春歸那裹。」辛棄疾三詞，其中兩首寫春景，其一《嘲牡丹》風格别致：「牡丹比得誰顔色。似宫中、太真第一。漁陽鼙鼓邊聲急，人在沉香亭北。　買栽池館多何益，莫虚把、千金抛擲。若教解語應傾國，一個西施也得。」此詞後段首句不作折腰句法，稍異。此調宋人多以抒情、寫景，詠物。調内有三個上三下四之七字句，必須作此句法，是爲此調特點。

戀繡衾

雙調，五十四字。前段四句，三平韻；後段四句，兩平韻。　朱敦儒

木落江南感未平韻　雨瀟瀟讀　衰鬢到今韻　甚處是讀　長安路句　水連空讀　山鎖暮雲韻
老人對酒今如此句　一番新讀　殘夢暗驚韻　又是灑讀　黄花淚句　問明年讀　此會怎生韻

朱敦儒此詞爲創調之作，寫重九感懷。《詞譜》於此調列五體，此爲通用之正體，其餘少數

詞作句式偶有差異。此調前後段之後半韻稀，以一個折腰六字句與一個折腰之七字句爲結，語氣較爲流暢。陳允平一詞表訴相思之情：「銀鴛金鳳畫暗銷。曉簾櫳、新翠漸交。算多少、相思恨，被東風、吹上柳梢。羅窗夜夜梨花瘦，奈月明、香夢易消。便擬倩、題紅葉，趁落花、流過謝橋。」趙時奚寫離情：「江南烟水幾萬重。記玉人、花底舊容。待欲寄、飛鴻信，望前山、夕照冷紅。塞笳月下聲淒楚，怨百花、春事夢空。倩誰共、東君説，把陽和、分付朔風。」劉辰翁《宫中吹簫》寄寓故國之思：「胭脂不涴紫玉簫。認宫中、銀字未銷。但鳳去、臺空古，比落花、無第二朝。天涯流落哀聲在，聽烏烏、不是内嬌。漫身似、商人婦，泣孤舟、長夜寂寥。」蔣捷一詞爲代言體，表述春愁：「蒨金小袖花下行。過橋亭、倚樹聽鶯。被柳綫、低縈鬟，紺雲垂、釵鳳半横。紅薇影輕晴窗晝，漾蘭心、未到繡絣。奈一點、春來恨，在青蛾、彎處又生。」辛棄疾《無題》是一首俗詞，描述晚上煩亂情緒：「長夜偏冷添被兒。枕頭兒、移了又移。我自是、笑别人底，却元來、當局者迷。如今只恨因緣淺，也不曾、底死恨伊。合下手、安排了，那筵席、須有散時。」此詞於前段第三句多一字。

擷芳詞

無名氏

雙調，五十四字。前後段各七句，六仄韻。

風搖動韻雨濛茸韻翠條柔弱花頭重韻春衫窄換韻香肌濕韻記得年時句共伊曾摘韻都如夢韻何曾共韻可憐孤似釵頭鳳韻關山隔換韻晚雲碧韻燕兒來也句又無消息韻

宋人楊湜《古今詞話》：「政和間，京都妓之姥曾嫁伶官，常入内教舞，傳禁中《擷芳詞》以教其妓……人皆愛其聲，又愛其詞，類唐人所作也。張尚書帥成都，蜀中傳此詞競唱之。却於前段下添『憶、憶、憶』三字，後段下添『得、得、得』三字，又名《折紅英》。」詞中有「可憐孤似釵頭鳳」句，陸游用此調遂改名《釵頭鳳》。鳳釵爲古代婦女首飾，釵頭作鳳形。五代馬縞《中華古今注》卷中：「釵子，蓋古笄之遺象也……始皇又(以)金銀作鳳頭，以玳瑁爲脚，號曰鳳釵。」　此調自陸游於前後段各加三疊字之後，爲南宋人通用之六十字體。五十四字體之《擷芳詞》僅存此一首。用此調者可依陸詞爲式。

又一體

雙調，六十字。前後段各十句，七仄韻，兩疊韻。　陸　游

紅酥手韻黃縢酒韻滿城春色宮牆柳韻東風惡換韻歡情薄韻一懷愁緒句幾年離索韻錯韻錯疊錯疊　春如舊韻人空瘦韻淚痕紅浥鮫綃透韻桃花落換韻

閑池閣韻 山盟雖在句 錦書難托韻 莫韻 莫叠 莫叠

宋人周密《齊東野語》卷一：「陸務觀初娶唐氏，閎之女也，於其母夫人爲姑姪。伉儷相得，而弗獲於其姑。既出，即未忍絶之，則爲别館，時時往焉。姑知而掩之，雖先知挈去，然事不得隱，竟絶之，亦人倫之變也。唐後改適同郡宗子士程。當以春日出游，相遇於禹迹寺南之沈氏園。唐以語趙，遣致酒餚，翁悵然久之，爲賦《釵頭鳳》一詞。」此體前後段各四個三字句，三個一字叠句，短句較多，仄韻交互變化，音節急促。縱觀各家所作，前後段第一、二、三句所用之仄韻宜用上去聲韻，前後段應同一韻部；自第四句以下换韻當用入聲韻，亦前後段應同一韻部。此是重頭曲，雖用韻富於變化，但前後段之仄韻與入聲韻乃同一韻部，故有回環之藝術效果。此調宜於抒發激切與熱烈之情，且最宜表達孤獨、悲傷或沉痛之情。史達祖《寒食飲緑亭》：「春愁遠。春夢亂。鳳釵一股輕塵滿。江烟白。江波碧。柳户清明，燕簾寒食。憶。憶。憶。　鶯聲晚。簫聲短。落花不許春拘管。新相識。休相失。翠陌吹衣，畫樓横笛。得。得。得。」程垓一詞改調名爲《摘紅英》表訴離情：「桃花暖。楊花亂。可憐朱户春强半。長記憶。探芳日。笑憑郎肩，殢紅偎碧。惜。惜。惜。　春宵短。離腸斷。淚痕長向東風滿。憑青翼。問消息。花謝春歸，幾時來得。憶。憶。憶。」無名氏一詞改調名爲《玉瓏璁》：「城南路。橋南路。玉鈎簾卷香横霧。新相識。舊相識。淺顰低拍，嫩紅輕碧。惜。惜。惜。　劉郎去。阮郎住。爲雲爲雨朝還暮。心相憶。空相憶。露荷心性，柳花踪迹。得。得。得。」此首乃俗詞表述一位歌妓之苦悶情緒。唐婉答陸游一詞，每段前半改用入聲韻，後半不用入聲韻，而改用平聲韻：「世情薄。人情惡。雨送黄昏花易落。曉風乾。淚痕殘。欲箋心事，獨語斜欄。難。難。難。人成各。今非昨。病魂嘗似秋千索。角聲寒。夜闌珊。怕人尋問，咽淚裝歡。瞞。瞞。瞞。」此詞用韻迥異，不可爲式。用此調時當從以前諸家。

河傳

雙調，五十五字。前段七句，兩仄韻，五平韻；後段七句，三仄韻，四平韻。　温庭筠

湖上仄韻 閑望韻 雨瀟瀟平韻 烟浦花橋路遥韻 謝娘翠蛾愁不銷韻 終朝韻 夢魂迷晚潮韻 蕩子天涯歸棹遠換仄韻 春已晚韻 鶯語空腸斷韻 若耶溪換平韻 溪水西韻 柳堤韻 不聞郎馬嘶韻

此調爲隋煬帝將幸江都時所製，聲韻悲切。柳永兩詞自注仙吕調。《碧鷄漫志》卷四：「今世《河傳》乃仙吕調，皆令也。」此調頻頻換韻，每句用韻，但短句多，且有兩字句，以致音節沉滯曲折；本爲表述悲切之情，但唐宋詞人常用以寫景、抒情，甚至作俚語詞。《詞譜》於此調共列二十七體，但實爲兩體，即兩字句起者與四字句起者。五代孫光憲四詞，即兩體

各二詞；宋初柳永二詞，即兩體各一詞。唐五代詞人之作當以温庭筠詞爲創調之詞，亦是此之正體。温詞三首格律相同，均爲兩字句起者，如其另一詞：「同伴。相喚。杏花稀。夢裏每愁依違。仙客一去燕已飛。不歸。淚痕空滿衣。　天際雲鳥引晴遠。春已晚。烟靄渡南苑。雪梅香。柳葉長。小娘。轉令人意傷。」其他五代詞人凡兩字句起者與温詞大同小異。

又一體

雙調，六十一字。前後段各六句，四仄韻。　司馬槱

銀河漾漾韻正桐飛露井句寒生斗帳韻芳草夢驚句人憶高唐惆悵韻感離愁讀甚情況韻　春風二月桃花浪韻扁舟征棹句又過吴江上韻人去雁回句千里風雲相望韻倚江樓讀倍凄愴韻

關於此詞本事，《雲齋廣録》卷七云：「司馬槱赴闕調官，得餘杭幕客，挐舟東下。及過錢塘，因憶曩者夢中美人，自謂『妾本錢塘江上住』，今至於此，何所問耗。君意凄惻，乃爲詞以思之，調寄《河傳》……君謳之數四，意頗不懌。」宋人於此調多用此體。此體不換韻，亦無短句，聲情自異。秦觀兩詞同此體。其一寫離情：「亂花飛絮。又望空門合，離人愁苦。那更夜來，一霎薄情風雨。暗掩將、春色去。　籬枯壁盡因誰做。若説相思，佛也眉兒聚。

莫怪爲伊，底死縈腸惹肚。爲莫教、人恨處。」其二寫艷情：「恨眉醉眼。甚輕輕覷著，神魂迷亂。常記那回，小曲闌干西畔。鬢雲鬆、羅襪剗。　丁香笑吐嬌無限。語軟聲低，道我何曾慣。雲雨未諧，早被東風吹散。悶損人、天不管。」趙鼎《秋夜旅懷》：「秋光向晚。嘆羈游坐見，年華將換。一紙素書，擬托南來征雁。奈雪深、天更遠。　東窗皓月今宵滿。淺酌芳尊，暫倩嫦娥伴。應念長夜，旅枕孤衾不暖。便莫教、清影轉。」宋人用此調者較少。

木蘭花

雙調，五十五字。前段五句，三仄韻；後段四句，三仄韻。　韋莊

獨上小樓春欲暮韻　愁望玉關芳草路韻　消息斷句　不逢人句　却斂細眉歸繡戶韻　坐看落花空嘆息換韻　羅袂濕斑紅淚滴韻　千山萬水不曾行句　魂夢欲教何處覓韻

唐代教坊曲。木蘭，又名杜蘭，林蘭，狀如楠樹，質似柏而微疏，可造船。晚春先葉開花。

此詞前段第三、四句爲兩個三字句，後段換韻。

又一體

雙調，五十四字。前段六句，三仄韻；後段四句，三仄韻。　魏承班

小芙蓉句香旖旎韻碧玉堂深清似水韻閉寶匣句掩金鋪句倚屏拖袖愁如醉韻　遲遲好景烟花媚韻曲渚鴛鴦眠錦翅韻凝然愁望靜相思句一雙笑靨嚬香蕊韻

魏承班《木蘭花》一首，《玉樓春》兩首，乃兩調，體制各異。花間詞人此調僅韋莊、魏承班及毛熙震三詞。《尊前集》所載之《木蘭花》實爲《玉樓春》之誤。宋人將《玉樓春》皆誤爲《木蘭花》。魏承班詞前段首句破七字句爲兩個三字句，比韋詞少一字，且後段不換韻。

睿恩新

雙調，五十五字。前後段各四句，三仄韻。　晏殊

紅絲一曲傍階砌韻珠簾下讀獨呈纖麗韻剪絞綃讀碎作香英句分彩綫讀簇成嬌蕊韻　向晚群花欲悴韻放朵朵讀似延秋意韻待佳人讀插向釵

頭○句更●裊裊●讀低○臨○鳳●髻●韻

北宋新聲。此調僅晏殊兩詞，皆詠芙蓉。其另一詞云：「芙蓉一朵霜秋色。迎曉露、依依先拆。似佳人、獨立傾城，傍朱檻、暗傳消息。靜對西風脈脈。金蕊綻、粉紅如滴。向蘭堂、莫厭重新，免清夜、微寒漸逼。」此調前後段各三個上三下四句法之七字句，語氣多次停頓，調勢過於平穩而凝澀。

芳草渡

雙調，五十五字。前段八句，四平韻；後段八句，五仄韻，兩平韻。　馮延巳

梧○桐○落●句蓼●花○秋○平韻烟○初○冷●句雨●纔○收○韻蕭○條○風○物●正●堪○愁○韻人○去●後●句多○少●
恨●句在●心○頭○韻燕●鴻○遠●仄韻羌○笛●怨●韻渺●渺●澄○江○一●片●韻山○如○黛●句月●如○
鉤○平韻笙○歌○散●仄韻魂○夢●斷●韻倚●高○樓○平韻

此詞爲創調之作，或以爲是歐陽修詞。賀鑄一詞略同此體，但個別句式與用韻頗異：「留征轡，送離杯。羞淚下，撚青梅。低聲問道幾時回。秦筝雁促，此夜爲誰排。君去也，遠蓬萊。千里地，音信乖。相思成病底情懷。和煩惱，尋個便，送將來。」

又一體

雙調，五十七字。前後段各七句，四平韻。　張先

主人宴客玉樓西_韻風飄雪_句忽雰霏_韻唐昌花蕊漸平枝_韻浮光裏_句寒聲聚_句隊禽棲_韻　驚曉日_句喜春遲_韻野橋時伴梅飛_韻山明日遠霽雲披_韻溪上月_句堂下水_句併春暉_韻

張先兩詞，格律相同，屬般涉調。此調有小令與長調兩類。小令共存四詞。中調有周邦彦《别恨》，另據音譜，體制迥異。周詞云：「昨夜裏，又再宿桃源，醉邀仙侣。聽碧窗風快，珠簾半卷疏雨。多少離恨苦。方留連啼訴。鳳帳曉，又是匆匆，獨自歸去。愁睹。滿懷粉淚，瘦馬衝泥尋去路。謾回首、烟迷望眼，依稀見朱户。似癡似醉，暗惱損、憑欄情緒。澹暮色，看盡棲鴉亂舞。」此詞僅有陳允平和詞一首。宋人用此調者甚少。

金鳳鈎

雙調，五十五字。前後段各五句，五仄韻。　賀鑄

江南又嘆流寓_韻指芳物_讀伴人遲暮_韻攬晴風絮_韻弄寒烟雨_韻春去更無

尋處韻 石城樓觀青霞舉韻 想艇子讀 寄誰容與韻 斷雪荆渚韻 限潮溢浦韻 不見莫愁歸路韻

賀鑄詞爲創調之作。晁補之詞兩首，其一字數、句式與賀詞同，但前段少兩韻，後段少一韻，詞：「春辭我向何處。怪草草、夜來風雨。一簪華髮，少歡饒恨，無計殢春且住。春回常恨尋無路。試向我、小園徐步。一欄紅藥，倚風含露。春自未曾歸去。」晁補之另一詞前後段自第三句起句式變化，且少一字。此調宋人只此三詞，可以賀詞爲式。

鷓鴣天

雙調，五十五字。前段四句，三平韻；後段五句，三平韻。

晏幾道

彩袖殷勤捧玉鍾韻 當年拚却醉顏紅韻 舞低楊柳樓心月句 歌盡桃花扇底風韻 從別後句 憶相逢韻 幾回魂夢與君同韻 今宵剩把銀釭照句 猶恐相逢是夢中韻

唐人鄭嵎詩「春游雞鹿塞，家在鷓鴣天」，調名取此。鷓鴣，鳥名，形似雌雉，頭如鶉，胸前有白圓點如珍珠，背毛有紫赤浪紋。俗像其鳴聲曰「行不得也哥哥」。此調爲北宋初年新聲，始詞爲夏竦所作，柳永詞屬正平調。此調僅此一體，無別體。宋人作者極衆，題材亦十分廣泛。晏幾道十九首，其中名篇頗多，如：「小令尊前見玉簫。銀燈一曲太妖嬈。歌中醉倒誰能恨，唱罷歸來酒未消。　春悄悄，夜迢迢。碧雲天共楚宮腰。夢魂慣得無拘檢，又踏楊花過謝橋。」晏幾道用此調均寫花間尊前情事，宋人還用以叙事、寫景、祝頌、感懷、言志。無名氏一首寫閨情，甚爲婉美：「枝上流鶯和淚聞。新啼痕間舊啼痕。一春魚鳥無消息，千里關山勞夢魂。　無一語，對芳尊。安排腸斷到黄昏。甫能炙得燈兒了，雨打梨花深閉門。」黄庭堅抒寫江湖之趣：「西塞山邊白鷺飛。桃花流水鱖魚肥。朝廷尚覓玄真子，何處如今更有詩。　青箬笠，緑蓑衣。斜風細雨不須歸。人間底是無風波，一日風波十二時。」辛棄疾作豪氣詞：「壯歲旌旗擁萬夫。錦襜突騎渡江初。燕兵夜娖銀胡䩮，漢箭朝飛金僕姑。　追往事，嘆今吾。春風不染白髭鬚。却將萬字平戎策，换得東家種樹書。」劉克莊以作詞論：「詩變齊梁體已澆。香奩新製出唐朝。紛紛競奏桑間曲，寂寂誰知爨下焦。　揮彩筆，展紅綃。十分峭措稱妖嬈。可憐才子如公瑾，未有佳人敵小喬。」朱敦儒在靖康之難後，於江南重見北宋汴京名妓李師師而作感懷之詞：「唱得梨園絶代聲。前朝惟數李夫人。自從驚破霓裳後，楚奏吴歌扇裏新。　秦嶂雁，越溪砧。西風北客兩飄零。尊前忽聽當時曲，側帽停杯淚滿襟。」此調用平韻，韻較密，爲换頭曲，以七字句爲主。前段第一、四句，後段第五句均爲仄仄平平仄仄平式，並有兩個三字句，因此與七言律詩之音響格律迴異，而有流暢、響亮、熱烈、諧美之藝術效應。前段三、四句以對偶爲工，如晏幾道：「雲隨緑水歌聲轉，雪繞紅綃舞袖垂」，「西樓酒面垂垂雪，南苑春衫細細風」，「年年陌上生秋草，日日樓中到夕陽」，「風凋碧柳秋眉淡，露染黄花笑靨深」。因此調多七言句，切勿以詩法作詞，宜流動婉美，善於以意象表現。　賀鑄悼亡詞：「重過閶門萬事非。同來何事不同歸。梧桐半死清霜後，頭白鴛鴦失伴飛。　原上草，露初晞。舊棲新壠兩依依。空床卧聽南窗雨，誰復挑燈夜補衣。」因詞中有「梧桐半死清霜後」句，賀鑄名此調爲《半死梧》。

亭前柳

雙調，五十五字。前後段各六句，三平韻。　朱雍

拜月南樓上句面嬋娟讀恰對新妝韻誰憑闌干處句笛聲長韻追往事句遍凄涼韻　看素質讀臨風消瘦盡句粉痕輕讀依舊真香韻瀟灑無塵境句過橫塘韻度清影句在迴廊韻

南宋新聲。朱雍此調三詞，格律一致。其第二首用前韻：「佇立東風裏，放纖手、净試梅妝。眉暈輕輕畫，遠山長。添新恨，更凄涼。　當憶得、驛亭人別後，尋春去、盡是幽香。歸路臨清淺，在寒塘。同水月，照虛廊。」《詞譜》卷十二列朱雍詞兩體，乃所見之版本於此詞後段第一句「當憶得、驛亭人別後」落一「得」字，遂以爲有五十四字體；乃誤，今從《全宋

詞》補正。此調共六個三字句，兩個上三下四句法之七字句，句群組合甚有特點，頗具先滯緩而後流暢之調勢與聲情。

又一體

雙調，五十六字。前段八句，四平韻；後段六句，三平韻。　　趙師俠

晚秋天韻過暮雨句雲容斂句月澄鮮韻正風露淒清處句砌蛩喧韻更黄葉句舞翩翩韻

念故里讀千山雲水隔句被名韁利鎖縈牽韻莫作悲秋意句對尊前韻且同樂句太平年韻

趙師俠兩詞，調名爲《廳前柳》；兩詞格律一致，比朱詞多一字，句式亦略異。此調共存六詞，另石孝友一詞名《亭前柳》，其句式與以上兩體又異。用此調者當以朱雍詞爲式。

夜行船

雙調，五十五字。前後段各四句，三仄韻。　　歐陽修

滿眼東風飛絮韻催行色讀短亭春暮韻落花流水草連雲句看看是讀斷腸

南浦韻　檀板未終人去去韻　扁舟在讀　緑楊深處韻　手把金尊難爲别句　更那聽讀　亂鶯疏雨韻

北宋新聲，屬小石調。歐陽修兩詞格律相同。毛滂《餘英溪泛舟》：「弄水餘英溪畔。綺羅香，日遲風慢。桃花春浸一篙深，畫橋東、柳低烟遠。漲緑流紅空滿眼。倚蘭橈、舊愁無限。莫把鴛鴦驚飛去，要歌時、少低檀板。」石孝友兩首俗詞，其一：「昨夜特承傳誨。欲相見、奈何無計。這場煩惱捻着嚎，曉夜價、求天祝地。　教俺兩下不存濟。你莫却、信人調戲。若還真個肯收心，廝守着、快活一世。」其二：「漏永迢迢清夜。露華濃、洞房寒乍。愁人早是不成眠，奈無端、月窺窗罅。　心心念念都緣那。被相思、悶損人也。冤家你若不知人，這歡娱、自今權罷。」歐陽修編《醉翁琴趣外篇》有此調兩詞，句式略異。《詞譜》於此調列十一體，但實爲兩體，即以六字句起者，以七字句起者。

又一體

史達祖

雙調，五十六字。前後段各五句，三仄韻。

不剪春衫愁意態韻　過收燈讀　有些寒在韻　小雨空簾句　無人深巷句　已早杏花先賣韻　白髮潘郎寬沈帶韻　怕看山讀　憶他眉黛韻　草色拖裙句　烟光惹

鬢●句常記●故●園○挑○菜●韻

史達祖詞題爲《正月十八日聞賣杏花有感》。宋人用此體者較多，當以史詞爲正體。黄時龍寫花間尊前情趣：「十四弦聲猶未斷。星月上、西牆一半。却手休彈，含情微妒，報道春宵短。　銀燭紗籠須早辦。不住地、金蕉催勸。别院人歸，小窗燈静，自把花枝看。」周密抒寫悲秋情緒：「寒菊攲風棲小蝶。簾櫳静、半規涼月。夢不分明，恨無憑據，腸斷錦箋盈篋。　哀角吹霜寒正怯。倚瑶箏、暗愁誰説。寶獸頻添，玉蟲時剪，長記舊家時節。」此體比歐詞多一字，爲重頭曲，句式略異。此調聲韻和諧，韻之疏密有致，句式富於變化，調式平穩，適於抒情、寫景、詠物。

虞美人

雙調，五十六字。前後段各四句，兩仄韻，兩平韻。

李　煜

春花○秋月●何○時○了●仄韻往事●知○多○少●韻小樓○昨夜●又●東○風○平韻故國●不堪○回首●讀月●明○中○韻
雕欄○玉●砌●應○猶○在●換仄韻只是●朱○顏○改●韻問●君○能○有●幾●多○愁○換平韻恰似●一江○春水●讀向●東○流○韻

虞美人，秦末人，即虞姬。項羽之妾，常隨侍軍中。漢軍圍項羽於垓下，羽夜起飲帳中，悲歌慷慨；虞姬以歌和之。又草名，別稱麗春花、錦被花，花有紅、紫、白等色；傳説此花聞《虞美人》曲，便花枝舞動。王灼《碧鷄漫志》卷四：「《虞美人》、《脞説》稱起於項籍『虞兮』之歌。予謂後世以此命名可也，曲起於唐時，非也。曾子宣夫人魏氏作《虞美人草行》有云：『三軍散盡旌旗倒，玉帳佳人坐中老。香魂夜作劍光飛，青血化爲原上草。芳菲寂寞寄寒枝，舊曲聞來似斂眉。』又云：『當時遺事久成空，慷慨尊前爲起舞。』……然舊曲三，其一屬中呂調，其一中呂宮，近世轉入黄鍾宫。」此調爲唐代教坊曲，始詞見於敦煌曲子詞，詞云：「東風吹綻海棠開。香榭滿樓臺。香和紅艷一堆堆。又被美人和枝折，墜金釵。金釵釵上綴芳菲。海棠花一枝。剛被蝴蝶繞人飛。拂下深深紅蕊落，污人衣。」此詞全用平韻，後段换韻，前後段兩結句作七三句式。其他五代詞人所作大致同敦煌曲子詞。《詞譜》於此調列七體，當以李煜詞此體爲宋人通用之正體。此調以七字句和五字句爲主，配以一個九字句爲結，凡四换韻，仄韻與平韻相間，每句用韻，故音節明快響亮，氣勢奔放，以悲歌慷慨爲基本特色。顧卞賦此調本事，詞情極爲悲壯：「帳前草草軍情變。月下旌旗亂。褫衣推枕惜離情。遠風吹下楚歌聲。正三更。撫鞍欲上重相顧。艷態花無主。手中蓮蕚凛秋霜。九泉歸路是仙鄉。恨茫茫。」此詞用韻與句式同五代毛文錫體。宋人用李煜詞體者甚衆。黄大輿賦虞美人草云：「世間離恨何時了。不爲英雄少。楚歌聲起霸圖休。玉帳佳人血淚、滿東流。葛荒葵老蕪城暮。玉貌知何處。至今芳草解婆娑。只有當時魂魄、未銷磨。」蘇軾贈別友人而流露悲慨之情：「波聲拍枕長淮曉。隙月窺人小。無情汴水自東流。只載一船離恨、向西州。竹溪花浦曾同醉。酒味多於淚。誰教風鑑在塵埃。醖造一場煩惱、送人來。」辛棄疾亦賦虞美人草而引起悲歌：「當年得意如芳草。日日春風好。拔山力盡忽悲歌。飲罷虞兮從此、奈君何。　人間不識精誠苦。貪看青青舞。驀然斂袂却亭亭。怕是曲中猶帶、楚歌聲。」蔣捷抒寫整個一生的感慨，表達了晚年的孤獨與凄涼：「少年聽雨歌樓上。紅燭昏羅帳。壯年聽雨客舟中。江闊雲低斷雁，叫西風。　而今聽雨僧廬下。鬢已星星也。悲歡離合總無情。一任階前雨滴、到天明。」宋人亦用以抒寫兒女之情者，如何㮚詞：「分香帕子柔藍膩。欲去殷勤惠。重來直待牡丹時。只恐花知知後、故開遲。　別來看盡閑桃李。日日闌干倚。催花無計問東風。夢作一雙蝴蝶、繞芳叢。」宋季羅志仁贈女尼一詞寫出濃重的遺憾之情：「君王曾惜如花面。往事多恩怨。霓裳和淚換袈裟。又送鸞輿北去、聽琵琶。　當年未削青螺髻。知是歸期未。天花丈室萬緣空。結綺臨春何處、淚痕中。」蕭允之描述南宋亡後的一段悲痛的離情：「朱樓曾記回嬌盼。滿座春風轉。紅潮生面酒微醺。一曲情歌留住、半窗雲。　大都咫尺無消息。望斷青鸞翼。夜長香短燭花紅。多少思量只在、雨聲中。」此調適應之題材廣泛，但以抒情爲主。

玉樓春

晏　殊

雙調，五十六字。前後段各四句，三仄韻。

緑楊芳草長亭路韻年少抛人容易去韻樓頭殘夢五更鐘句花底離愁三月雨韻　無情不似多情苦韻　一寸還成千萬縷韻天涯地角有窮時句只有相思無盡處韻

此調之始詞見《尊前集》所載五代歐陽炯詞，因首兩句「日照玉樓花似錦。樓上醉和春色寢」，因以爲調名。自北宋初年重編之《尊前集》以來，《玉樓春》即與《木蘭花》兩調在體制上相混，或以二者爲同一詞調。《花間集》所收之《木蘭花》，《詞譜》編者爲與另體之《木蘭花》相區别而名爲《木蘭花令》。另體之《木蘭花》爲七言八句仄韻五十六字體，見於《尊前集》所收之歐陽炯一首，庾傳素、許岷、徐昌圖各一首。後三家前後段第一句第二字皆平聲，即平起式。歐陽炯詞則前段平起，後段仄起。《木蘭花》爲唐代教坊曲，但此體與後來之《玉樓春》在字數、句式和用韻完全相同，其區别即在於《木蘭花》前後段皆平起，而《玉樓春》前後段皆仄起。庾傳素《木蘭花》即平起式：「木蘭紅艶多情態。不是凡花人不愛。移來孔雀檻邊栽，折向鳳凰釵上戴。是何芍藥争風彩。自共牡丹長作對。若教爲女嫁東風，除去黄鶯難匹配。」魏承班《玉樓春》即爲仄起式：「寂寂畫堂梁上燕。高捲翠簾横數扇。一庭春色惱人來，滿地落花紅幾片。愁倚錦屏低雪面。淚滴綉羅金縷綫。好天凉月盡傷心，爲是玉郎長不見。」自南唐李煜以平起式作《玉樓春》遂使兩調相混。李煜詞：「晚妝初了明肌雪。春殿嬪娥魚貫列。笙簫吹斷水雲間，重按霓裳歌遍徹。臨風誰更飄香屑。醉拍闌干情味切。歸時休照燭花紅，待踏馬蹄清夜月。」宋初晏殊《木蘭花》十首，其中九首皆平起式，另一首後段爲仄起。但其《玉樓春》一詞又爲平起式。杜安世《玉樓春》七首仍皆爲仄起式。晏幾道《玉樓春》十三首則皆爲平起式。自此宋人完全將二調相混，但多名爲《玉樓春》並多用平起式。歐陽修《玉樓春》詞二十餘首，多寫花間尊前情事，亦有酬贈、寫景、詠物、離情等作。其寫離情之名篇如：「尊前擬把歸期説。未語春容先慘咽。人生自是有情癡，此恨不關風與月。離歌且莫翻新闋。一曲能教腸寸結。直須看盡洛城花，始共春風容易別。」蘇軾感懷歐公云：「霜餘已失長淮闊。空聽潺潺清潁咽。佳人猶唱醉翁詞，四十三年如電抹。草頭秋露流珠滑。三五盈盈還二八。與予同是識翁人，惟有西湖波底月。」周邦彦感舊之作亦是宋詞名篇：「桃溪不作從容住。秋藕絶來無續處。當時相候赤欄橋，今日獨尋黄葉路。烟中列岫青無數。雁背夕陽紅欲暮。人如風後入江雲，情似雨餘沾地絮。」此調柳永有大石調、林鍾商和仙吕調三宫調之詞，周邦彦四首皆爲大石調。此調體制似七言仄韻詩體，其中前後段第二句與第四句皆爲「仄仄平平平仄仄」式，共爲四句，而且共有六個句子用韻，故格律與詩體迥異。此調因仄聲韻較密，且有四個仄起律句，因而聲情較爲沉重壓抑，適於表達沉悶、惆悵、感懷之情。辛棄疾詞十七首，多爲酬贈，甚至有爲詞論之戲作：「有無一理誰差別。樂令區區猶未達。事言無處未嘗無，試把所無憑理説。伯夷飢采西山蕨。何異搗虀餐杵鐵。仲尼去衛又之陳，此是乘車穿鼠穴。」劉克莊用此調作豪氣詞：「年年躍馬長安市。客舍如家家似寄。青錢換酒日無何，紅燭呼盧宵不寐。易挑錦婦機中字。難得玉人心下事。男兒西北有神州，莫滴水西橋畔淚。」此首壯詞亦宋詞名篇。此調前段第三、四句可以爲對偶，如晏殊「旋開楊柳緑蛾眉，暗拆海棠紅粉面」，「海棠開後曉寒輕，柳絮飛時春睡重」，「長於春夢幾多時，散似秋雲無覓處」，「窗間斜月兩眉愁，簾外落花雙淚墮」，用以對偶，足見工致。

又一體

雙調，五十六字。前後段各四句，三仄韻。　　顧夐

拂水雙飛來去燕韻曲檻小屏山六扇韻春愁凝思結眉心句緑綺懶調紅錦薦韻話別多情聲欲顫韻玉筯痕留紅粉面韻鎮長獨立到黄昏句却怕良宵頻夢見韻

此體前後段爲仄起句式。宋人用此體者較少。

鵲橋仙

雙調，五十六字。前後段各五句，兩仄韻。　　秦觀

纖雲弄巧句飛星傳恨句銀漢迢迢暗渡韻金風玉露一相逢句便勝却讀人

問無數韻　柔情似水句佳期如夢句忍顧鵲橋歸路韻兩情若是久長時句又豈在讀朝朝暮暮韻

《文選·洛神賦注》：「牽牛爲夫，織女爲婦。牽牛、織女之星各處一旁，七月七日乃得一會。」牛郎與織女相會時，群鵲銜接爲橋以渡銀河。唐人韓鄂《歲華紀麗》談及七夕説：「鵲橋已成，織女將渡。」此調爲北宋新聲，始詞爲歐陽修作，其詞云：「月波清霽，烟容明淡，靈漢舊期還至。鵲迎橋路接天津，映夾岸、星榆點綴。　銀屏未卷，仙鷄催曉，腸斷去年情味。多應天意不教長，恁恐把、歡娱容易。」因詞中有「鵲迎橋路」、「仙鷄催曉」，取以爲調名。宋人以此調詠七夕者甚衆，但秦觀詞推爲絶唱，其體制與歐詞同。《詞譜》於此調小令列六體，當以秦詞爲通用之正體。此調用於節序之外，毛滂用以寫春景：「紅摧緑剉，鶯愁蝶怨，滿院落花風緊。醉鄉好夢恰曹騰，又泠落、一成吹醒。　柔紅不奈，暗香猶好，覷著翻成不忍。春心減盡眼長閑，更肯被、游絲牽引。」呂渭老表訴離愁：「西風不落，薄衾孤枕，記起花時些個。宿愁新恨兩關心，説道理、分疏不可。　别愁如絮，佳期何在，古屋蕭蕭燈火。打窗風雨又何消，夢未就、依前驚破。」陸游《夜聞杜鵑》：「茅檐人静，蓬窗燈暗，春晚連江風雨。林鶯巢燕總無聲，但月夜、常啼杜宇。　催成清淚，驚破殘夢，又揀深枝飛去。故山猶自不堪聽，况半世、飄然羈旅。」張孝祥寫戀情：「横波滴素，遥山蹙翠，江北江南腸斷。不知何處馭風來，雲霧裏、釵横鬢亂。　香羅叠恨，蠻箋寫意，付與瑶臺女伴。醉時言語醒時羞，道醒了、休教再看。」程垓《秋日寄懷》：「角聲吹月，風聲落枕，夢與柔腸俱斷。誰教當日太情濃，颺不下、新愁一段。　黃花開了，梅花開未，曾約那時相見。莫教容易負幽期，怕真個、孤他淚眼。」宋人又多以此調爲壽詞，如劉克莊十二首，其中十一首即是壽詞。此調前後段各兩個四字句平仄相同，其句意可爲對偶；兩結句爲七字句，但必須是上三下四之句法。

茶瓶兒

雙調，五十六字。前段五句，四仄韻；後段五句，五仄韻。　李元膺

去●年○相○逢○深○院●宇●韻海●棠○下●讀曾○歌○金○縷●韻歌○罷●花○如○雨●韻翠●羅○衫○上●句點●點●
紅○無○數●韻　今○歲●重○尋○攜○手●處●韻空○物●是●讀人○非○春○暮●韻回○首●青○門○路●韻亂●英○
飛○絮●韻相○逐●東○風○去●韻

北宋新聲，李詞爲創調之作。此調共存詞四首，其餘三首皆前後段首句爲六字句，共少兩字。

步蟾宮

蔣　捷

雙調，五十六字。前後段各四句，三仄韻。

玉窗掣鎖香雲漲韻　喚緑袖讀低敲方響韻　流蘇拂處字微訛句　但斜倚讀紅梅一餉韻　濛濛月在簾衣上韻　做池館讀春陰模樣韻　春陰模樣不如晴句　這催雪讀曲兒休唱韻

北宋新聲，始詞爲黄庭堅作。《詞譜》於此調列五體，以蔣詞爲宋人通用之正體。蔣捷此調兩詞格律相同，此詞題爲《春景》。其另一詞詠木犀：「緑華剪碎嬌雲瘦。剩妝點、菊前蓉後。娟娟月也染成香，又何况、纖羅襟袖。　秋窗一夜西風驟。翠匳鎖、瓊珠花鏤。人間富貴總腥膻，且和露、攀花三嗅。」章謙亨一詞題爲《守歲》：「團圞小酌醺醺醉。厮捱着、没人肯睡。呼盧直到五更頭，便鋪了、妝臺梳洗。　庭前鼓吹喧人耳。驀忽地、又添一歲。休嫌不足少年時，有多少、老如我底。」鍾過抒寫晚春感懷：「東風又送荼蘼信。早吹得、愁成潘鬢。花開猶是十年前，人不是、十年前俊。　水邊珠翠香成陣。也消得、燕窺鶯認。歸來沉醉月朦朧，覺花氣、滿襟猶潤。」此調七言八句，爲重頭曲，前後段第二句與第四句俱爲上三下四句法，故甚有特點。

鳳銜杯

雙調，五十七字，前段四句，四平韻；後段五句，四平韻。　晏　殊

留花不住怨花飛韻向南園讀情緒依依韻可惜倒紅斜白讀一枝枝韻經宿雨讀又離披韻　憑朱檻句把金卮韻對芳叢讀惆悵多時韻何況舊歡新恨讀阻心期韻空滿眼讀是相思韻

北宋新聲，屬大石調。晏殊詞三首爲創調之作，其中一首結句作五字句，少一字。另一首格律相同：「柳條花纇惱青春。更那堪、飛絮紛紛。一曲細絲清脆、倚朱唇。斟緑酒、掩紅巾。　追往事，惜芳辰。暫時間，留住行雲。端的自家心下、眼中人。到處裏、覺尖新。」此爲換頭曲，自前段第二句，後段第三句句式相同。前後段各一個九字句，一個上三下四句法之七字句，又一個折腰之六字句，句意停頓之處較多，調勢委宛而凝澀。柳永兩詞，前後段各多三字，即將九字句改爲一個五字句和一個七字句，共多六字。柳永一詞描述羈旅行役：「追悔當初孤深願。輕年價、兩成幽怨。任越水吴山，似屏如障堪游玩。奈獨自、慵擡眼。　賞烟花、聽弦管。圖歡笑、轉加腸斷。更時展丹青，强拈書信頻頻看。又争似、親相見。」此調僅五詞，當以晏詞爲式。

一斛珠

雙調，五十七字。前後段各五句，四仄韻。

李煜

晚妝初過韻沉檀輕注些兒個韻向人微露丁香顆韻一曲清歌句暫引櫻桃破韻羅袖裛殘殷色可韻杯深旋被香醪涴韻繡床斜憑嬌無那韻爛嚼紅茸句笑向檀郎唾韻

調名出自唐代梅妃故事。江采蘋於唐代開元中被選入宮，獲得唐玄宗寵幸。采蘋喜梅，玄宗名之曰梅妃。自楊玉環入宮後，梅妃寵愛日衰。玄宗在花萼樓，會夷使至，命封珍珠一斛密賜梅妃。梅妃不受，以詩付使者，曰：「爲我進御前也。」其詩云：「柳葉雙眉久不描，殘妝和淚污紅綃。長門盡日無梳洗，何必珍珠慰寂寥。」玄宗覽詩，悵然不樂，令樂府配以新曲，名《一斛珠》。事見無名氏《梅妃傳》。李煜之作爲始詞。此調爲換頭曲，前後段自第二句起句式相同，以七字句爲主，配以四字句，以五字句爲結，用韻較密，故調勢較爲流暢，聲韻諧美。晁端禮寫春愁：「傷春懷抱。清明過後鶯聲老。勸君莫向愁人道。又被香輪，碾破青青草。　夜來風雨連清曉。秋千院落無人到。夢回酒醒愁多少。猶賴春寒，未放花開了。」秦觀以代言體表述閨情：「碧雲寥廓。倚欄悵望情離索。悲秋自怯羅衣薄。曉鏡空懸，懶把青絲掠。　江山滿眼今非昨。紛紛木葉風中落。別巢燕子辭簾幕。有意東君，故把紅絲縛。」此調自宋初張先詞名《醉落魄》之後，宋人多改用新調名。張先詞屬林鍾商，其體制與李詞相同。張元幹寫旅懷：「雲鴻影落。風吹小艇敧沙泊。津亭古木濃陰合。一枕灘聲，客睡何曾著。　天涯萬里情懷惡。年華垂暮猶離索。佳人想見猜疑錯。莫數歸期，已負當時約。」晏幾道以代言體表述一位青樓女子的不幸命運：「天教命薄。青樓占得聲名惡。對酒當歌尋思著。月户星窗，多少舊期約。　相逢細語初心錯。兩行紅淚尊前落。霞觴且共深深酌。惱亂春宵，翠被都閑却。」諸家所作用入聲韻者聲韻尤美。蘇軾與周必大等用以酬贈友人或壽詞，風格又曠達老健。

夜游宮

周邦彦

雙調，五十七字。前後段各六句，四仄韻。

葉下斜陽照水韻卷輕浪讀沉沉千里韻橋上酸風射眸子韻立多時句看黃昏句燈火市韻　古屋寒窗底韻聽幾片讀井梧飛墜韻不戀單衾再三起韻有誰知句爲蕭娘句書一紙韻

北宋新聲，周邦彦詞注般涉調。創調之作爲秦觀的傷春詞：「何事東君又去。空滿院、落花飛絮。巧燕呢喃向人語。何曾解，說伊家，些子苦。　況是傷心緒。念個人、又成暌阻。一覺相思夢回處。連宵雨，更那堪，聞杜宇。」辛棄疾以此調作戲謔之俚詞《苦俗客》：「幾個相知可喜。纔廝見、說山說水。顛倒爛熟只這是。怎奈何，一回說，一回美。　有個尖新底。說底話、非名即利。說得口乾罪過你。且不罪，俺略起，去洗耳。」陸游《記夢寄師伯渾》是一首豪氣詞：「雪曉清笳亂起。夢游處、不知何地。鐵騎無聲望似水。想關河，雁門西，青海際。　睡覺殘燈裏。漏聲斷、月斜窗紙。有誰知，鬢雖殘，心未死。」吳文英寫春愁：「春語鶯迷翠柳。烟隔斷、晴波遠岫。寒壓重簾幔拕繡。袖爐香，倩東風，與吹透。　花訊催時候。舊相思、偏供閑晝。春澹情濃半中酒。玉痕銷，似梅花，更清瘦。」此調題材較爲廣泛，前後段第一句以下句式相同，以三字句爲主，另有兩個七字句和兩個上三下四句法之七字句；用仄聲韻，又以陰聲之仄韻爲主，故音節有凝塞低沉之效應。兩結之三個短句，語意必須連貫，有一再頓挫之感，則最能體現此調之特色。此調律寬，可平可仄之字較多，但定格之處必須嚴守。宋人用此調者不多。

梅花引

雙調，五十七字。前段七句，五平韻，一疊韻；後段六句，兩仄韻，兩平韻，一疊韻。　万俟詠

曉風酸平韻 曉霜乾韻 一雁南飛人度關韻 客衣單韻 客衣單叠 千里斷魂句 空歌行路難韻 寒梅驚破前村雪仄韻 寒鴉啼落西樓月韻 酒腸寬平韻 酒腸寬叠 家在日邊句 不堪頻倚欄韻

北宋新聲，此爲創調之作。格律極嚴，後段插入兩仄韻，前後段各一叠句極難處理。王炎一詞與此體同：「裁征衣。寄征衣。萬里征人音信稀。朝相思。暮相思。滴盡真珠，如今無淚垂。　閨中幼婦紅顏少。應是玉關人更老。幾時歸。幾時歸。開盡牡丹，看看荼蘼。」無名氏一首用韻頗異：「清陰陌。狂踪迹。朱門團扇香迎客。牡丹風。數苞紅。水香撲蕊，新妝爲誰容。　蠟燈春酒風光夕。錦浪龍鬚花六尺。月波寒。玉琅玕。無情又是，華星送寶鞍。」此調有小令、中調和長調。小令今存四詞。小令當以万俟詠詞爲式。

臨江仙

雙調，五十八字。前後段各五句，三平韻。　晏幾道

夢後樓臺高鎖句 酒醒簾幕低垂韻 去年春恨却來時韻 落花人獨立句 微雨燕雙飛韻　記得小蘋初見句 兩重心字羅衣韻 琵琶弦上説相思韻 當時明

月在句曾照彩雲歸韻

唐代教坊曲，屬仙吕調。敦煌曲子詞存兩首，但字句殘缺。今存創調之作爲五代毛文錫詞，詞有「楚山紅樹，烟雨隔高唐」，乃詠巫山神女。牛希濟七首皆詠仙女事，其一詠巫山神女：「峭壁參差十二峰。冷烟寒樹重重。瑶姬宫殿是仙踪。金爐珠帳，重靄畫偏濃。一自楚王驚夢斷，人間無路相逢。至今雲雨帶愁容。月斜江上，征棹動晨鐘。」閻選兩詞亦有云：「不逢仙子，何處夢襄王」；「十二高峰天外寒。竹梢輕拂仙壇」。始詞皆詠長江巫山神女，調名取此。關於神女事，《太平廣記》卷五十六引《集仙録》云：「雲華夫人，王母第二十三女，太真王夫人之妹也，名瑶姬。受徊風混合萬景煉神飛化之道。嘗東海游還，過江上，有神山焉，峰岩挺拔，林壑幽麗，巨石如壇，留連久之……其後楚大夫宋玉，以其事言於襄王。王不能訪道要以求長生，築臺於高唐之館，作陽臺之宫以祀之。宋玉作神仙賦以寓情。」《詞譜》於此調列八體。晏幾道七首格律相同。此體起於五代徐昌圖，宋人多用之。前後段第一、二兩個六字句，可以對偶，如晏詞：「鬥草階前初見，穿針樓上相逢」；「淺酒欲邀誰勸，深情惟有君知」；「渌酒尊前清淚，陽關叠裏離聲」；「旖旎仙花解語，輕盈春柳能眠」。前後段兩結句爲五字句，亦可以爲對偶，如晏詞：「靚妝眉沁緑，羞臉粉生紅」；「柳垂江上影，梅謝雪中枝」；「客情今古道，秋夢短長亭」；「風吹梅蕊鬧，雨細杏花香」。此體第一句爲六字句，全詞便有四個六字句，使音節平和，加以對偶句多，因有和諧精致之藝術效果。史達祖表述懷舊之情：「草脚青回細膩，柳梢緑轉苗條。舊游重到合魂銷。棹横春水渡，人憑赤欄橋。　歸夢有時曾見，新愁未肯相饒。酒香紅被夜迢迢。莫教無用月，來照可憐宵。」無名氏一詞表述閑適之情：「促坐熏燃絳蠟，香泉細瀉銀瓶。一甌月露照人明。清真無俗韻，久淡似交情。　正味能銷酒力，餘甘解助茶清。瓊漿一飲覺身輕。藍橋知不遠，歸卧對雲英。」此調宋人用者兩體，用此六字起者較少，常用爲七字起者。

又一體

陳與義

雙調，六十字。前後段各五句，三平韻。

憶昔午橋橋上飲句坐中多是豪英韻長溝流月去無聲韻杏花疏影裏句吹笛到天明韻　二十餘年如一夢句此身雖在堪驚韻閑登小閣看新晴韻古今多少事句漁唱起三更韻

此體前後段第一句爲七字句，比前體多兩字，使音節變化，遂別有特色。宋人用此體者最衆。蘇軾十二首即用以酬贈、感懷、寫景、抒情；辛棄疾二十四首多爲壽慶、戲謔、詠物、書懷，題材之適應面極廣。此體名篇亦多。秦觀描寫湖上深夜感受，詞意極爲纖麗：「千里瀟湘挼藍浦，蘭橈昔日曾經。月高風定露華清。微波澄不動，冷浸一天星。　獨倚危檣情悄悄，遥聞妃瑟泠泠。新聲含盡古今情。曲終人不見，江上數峰青。」劉彤表訴離情，詞意流暢自然：「千里長安名利客，輕離輕散尋常。難禁三月好風光。滿階芳草緑，一片杏花香。　記得年時臨上馬，看人眼淚汪汪。如今不忍更思量。恨無千日酒，空斷九回腸。」歐陽修兩詞爲傳世名篇，其一描寫夏景：「柳外輕雷池上雨，雨聲滴碎荷聲。小樓西角斷虹明。闌干倚處，待得月華生。　燕子飛來窺畫棟，玉鈎垂下簾旌。涼波不動簟紋平。水精雙枕，旁有墮釵横。」其一爲感舊：「記得金鑾同唱第，春風上國繁華。如今薄宦老天涯。十年歧路，空負曲江花。　聞説閬山通閬苑，樓高不見君家。孤城寒日等閑斜。離愁難盡，紅樹遠連霞。」此兩詞前後段第四句少一字，有此一體，但仍以陳詞爲式最宜。朱敦儒寫經南渡後之離亂情懷：「直至鳳凰城破後，擘釵破鏡分飛。天涯海角音信稀。夢回遼海北，魂斷玉關西。　月解重圓星解聚，如何不見人歸。今春還聽杜鵑啼。年年看寒雁，二十四番回。」劉克莊《己酉和實之燈夕》，乃豪氣詞：「玉笛鈿車當日事，東塗西抹都曾。等閑曲子壓和凝。縱游非草草，已醉强惺惺。　今向三家村送老，身如罷講吴僧。高樓百尺不須登。半爐燒葉火，一盞勘書燈。」劉辰翁《閑居感舊》寄寓興亡之慨：「昔走都門終夜雨，明朝泥淖堪驚。疏疏點點忽鷄鳴。數峰青似染，快活早來晴。　十五年間春夢斷，亂山寒食清明。無人挑菜踏青行。青鳩啼雨外，閑聽寺中聲。」此調以五字句與七字句爲主，用平韻，故蘇軾與辛棄疾諸作易於以詩法爲詞。用此調者宜多參究名家之作，避免以詩爲詞之弊。

恨春遲

雙調，五十八字。前後段各五句，兩平韻。　　張先

好夢纔成又斷句因晚起讀雲軃梳鬟韻秀臉拂新紅句酒入嬌眉眼句薄衣減春寒韻　紅柱溪橋波平岸句畫閣外讀落日西山韻不忿閑花並蒂句秋藕連根句何時重得雙蓮韻

北宋新聲，屬大石調。此調僅有張先兩詞，另一詞句式頗異：「欲借紅梅薦飲，望隴驛、音信沉沉。住在柳洲東岸，彼此相思，夢去難尋。　乳燕來時花期寢，淡月墜、將曉還陰。争奈多情易感，音信無憑，如何消遣得初心。」前詞首句爲六字句。《詞譜》於前詞首句爲「好夢纔成成又斷」，多一字，遂爲五十九字體，乃誤。茲據《全宋詞》校正。

小重山

雙調，五十八字。前後段各五句，四平韻。　　韋莊

一閉昭陽春又春韻夜寒宫漏永讀夢君恩韻臥思陳事暗銷魂韻羅衣濕句紅袂有啼痕韻歌吹隔重閣韻繞庭芳草緑讀倚長門韻萬般惆悵向誰論韻凝情立句宫殿欲黄昏韻

韋莊詞爲創調之作，抒寫宫怨。五代薛昭藴兩詞亦寫宫怨，如其一：「春到長門春草青。玉階華露滴，月朧明。東風吹斷紫簫聲。宫漏促，簾外曉啼鶯。愁極夢難成。紅妝流宿淚，不勝情。手挼裙帶繞階行。思君切，羅幌暗塵生。」賀鑄抒寫離情：「月月相逢只舊圓。迢迢三十夜，夜如年。傷心不照綺羅筵。孤舟裏，單枕若爲眠。茂苑想依然。花樓連苑起，壓漪漣。玉人千里共嬋娟。清瑟怨，腸斷亦如弦。」祖可描述春景，寄寓懷舊之情：「誰向江頭遺恨濃。碧波流不斷，楚山重。柳烟和雨隔疏鐘。黄昏後，羅幕更朦朧。桃李小園空。阿誰猶笑語，拾殘紅。珠簾捲盡落花風。人不見，春在緑蕪中。」趙長卿詠楊花，寄寓離恨：「枝上楊花糝玉塵。晚風拂起處，雪輕盈。撲人點點細無聲。誰能惜，撩亂滿江城。忍淚未須傾。十年追往事，嘆流鶯。曉來雨過轉傷情。鋪池緑，遺恨寄浮萍。」章良能抒發春日感懷：「柳暗花明春事深。小欄紅芍藥，已抽簪。雨餘風軟碎禽鳴。遲遲日，猶帶一分陰。往事莫沉吟。身閑時序好，且登臨。舊游無處不堪尋。無尋處，唯有少年心。」何夢桂表達濃重的離情别緒：「吹斷笙簫春夢寒。倚樓思往事，淚偷彈。别時容易見時難。相看處，惟有玉連環。人在萬重山。近來應不似，舊時顔。重門深院柳陰間。曾携手，休去倚危欄。」此調之聲情多愁怨，宋人諸名篇大都如此，但亦有用以叙事與祝頌的。南宋初年名將岳飛一詞乃深沉感慨之作，情調悲凉：「昨夜寒蛩不住鳴。驚回千里夢，已三更。起來獨自繞階行。人悄悄，窗外月朧明。　白首爲功名。舊山松竹老，阻歸程。欲將心事付瑶琴。知音少，弦斷有誰聽。」姜夔詞名《小重山令》，題爲《賦潭州紅梅》，格律同韋莊詞，情調亦哀怨：「人繞湘皋月墜時。斜横花樹小，浸愁漪。一春幽事有誰知。東風冷，香遠茜裙歸。　鷗去昔游非。遥憐花可可，夢依依。九疑雲杳斷魂啼。相思血，都沁緑筠枝。」此調爲换頭曲，前後段自第一句以下句式相同，聲韻平穩而又流美，宜於寫景與抒情。前後段第二句爲八字句，上五下三句法；又前後段結句，《詞譜》以爲是八字句，作上三下五句法，當從《詞律》作一個三字句，一個五字句爲當。

踏莎行

雙調，五十八字。前後段各五句，三仄韻。　秦　觀

霧失樓臺句月迷津渡韻桃源望斷無尋處韻可堪孤館閉春寒句杜鵑聲裏斜陽暮韻　驛寄梅花句魚傳尺素韻砌成此恨無重數韻郴江幸自繞郴

山句　爲誰流下瀟湘去韻

莎草是多年生植物，多生於潮濕地區河邊沙地上，葉條形，花穗褐色。地下塊根爲香附子，可入藥。唐人韓翃詩句「踏莎行草過春溪」，調名本此。此調爲重頭曲，前後段句式相同。每段由兩個四字句和三個七字句組成，第三句與第五句爲「平平仄仄平平仄」之律句，因而奇句與偶句較爲協調。每段兩個四字句可爲對偶，如晏殊的「細草愁烟，幽花怯露」，「帶緩羅衣，香殘蕙炷」；「祖席離歌，長亭別宴」，「畫閣魂銷，高樓目斷」；「碧海無波，瑶臺有路」，「綺筵凝塵，香閨掩霧」。此調爲北宋新聲。宋初陳堯佐爲感引進之恩所作之詞爲始詞。秦觀詞爲宋詞名篇，或題爲《郴州旅舍》，被譽爲詞意高絶，詞情凄婉之作。此調作者甚衆，名篇亦多。晏殊寫暮春之景：「小徑紅稀，芳郊緑遍。高臺樹色陰陰見。春風不解禁楊花，濛濛亂撲行人面。翠葉藏鶯，朱簾隔燕。爐香細逐游絲轉。一場愁夢酒醒時，斜陽却照深深院。」歐陽修寫旅情：「候館梅殘，溪橋柳細。草薰風暖摇征轡。離愁漸遠漸無窮，迢迢不斷如春水。寸寸柔腸，盈盈粉淚。樓高莫近危欄倚。平蕪盡處是春山，行人更在春山外。」以上兩詞俱是宋詞名篇，最能體現此調之聲情。蔡伸表述別情：「客裏光陰，傷離情味。玉觴未舉心先醉。臨歧莫怪苦留連，檣烏轉處人千里。恨寫新聲，雲箋密寄。短封難盡心中事。憑君看取紙痕斑，分明總是離人淚。」趙聞禮描寫閨情：「照眼菱花，剪情菰葉。夢雲吹散無踪迹。聽郎言語識郎心，當時一點誰消得。柳暗花明，螢飛月黑。臨窗滴淚研殘墨。合歡帶上舊題詩，如今化作相思碧。」陳璧訴説春愁：「江闊天低，樓高思迥。春烟蘸淡如秋景。今年芳草去年愁，分明又報明年信。燕子還來，歸期未定。可堪醉夢紅塵境。世間萬事儘消磨，水流不盡青山影。」辛棄疾《賦稼軒集經句》以文爲詞，風格恣肆：「進退存亡，行藏用舍。小人請學樊須稼。衡門之下可棲遲，日之夕矣牛羊下。去衛靈公，遭桓司馬。東西南北之人也。長沮桀溺耦而耕，丘何爲是棲棲者。」宋季王沂孫《題草窗卷》兼寓對友人周密之悼念：「白石飛仙，紫霞淒調。斷歌人聽知音少。幾番幽夢欲回時，舊家池館生青草。風月交游，山川懷抱。憑誰説與春知道。空留遺恨滿江南，相思一夜蘋花老。」此調適應之題材廣泛，可以抒情、寫景、叙事、詠物、祝頌、議論，但仍以抒情與寫景爲主。

宜男草

雙調，五十八字。前後段各四句，三仄韻。　范成大

舍北烟霏舍南浪韻雪傾籬讀雨荒薇漲韻問小橋讀別後誰過句惟有迷鳥羈雌來往韻

重尋山水問無恙韻掃柴荆讀土花塵網韻留小桃讀先試光風句從此芝草琅玕日長韻

此調僅范成大兩詞及陳三聘和詞兩首。宜男，萱草的別名。古代迷信，以爲孕婦佩之則生男，故名。《太平御覽》卷九九六引《本草經》：「萱，一名忘憂，一名宜男，一名歧女。」陳三聘和詞：「緑水黏天净無浪。轉東風、縠紋微漲。個中趣、莫遣人知，容我日日扁舟獨往。　平生書癖已無恙。解名韁、更逃羈網。春近也、梅柳頻看，枝上玉蕊金絲暗長。」范成大另一詞句式略異。

繫裙腰

雙調，五十八字。前段六句，四平韻；後段六句，三平韻。

無名氏

水軒檐幕透薰風（韻）銀塘外（讀）柳烟濃（韻）方床遍展魚鱗簟（句）碧紗籠（韻）小墀面（句）對芙蓉（韻）

玉人共處雙鴛枕（句）和嬌困（讀）睡朦朧（韻）起來意懶含羞態（句）汗香融（韻）繫裙腰（句）映酥胸（韻）

北宋新聲，屬般涉調。此詞爲創調之作，因後段第五句有「繫裙腰」，遂以爲調名。此爲俗詞，收入宋人歐陽修編集之《醉翁琴趣外篇》卷三。魏夫人一詞與無名氏詞句式相同，但用韻略異，詞云：「燈花耿耿漏遲遲。人別後、夜凉時。西風瀟灑夢初回。誰念我，就單枕，皺雙眉。　錦屏繡幌與秋期。腸欲斷、淚偷垂。　月明還到小窗西。我恨你，我憶你，你爭知。」此調共四詞，張先、劉仙掄又與以上二詞在字數、句式方面各異。用此調當以無名氏詞爲式。

東坡引

雙調，五十八字。前段五句，四仄韻，一疊韻；後段六句，四仄韻，一疊韻。　辛棄疾

玉纖彈舊怨韻還敲繡屏面韻清歌目送西風雁韻雁行吹字斷韻雁行吹字斷疊　夜深拜月句瑣窗西畔韻但桂影讀空階滿韻翠帷自掩無人見韻羅衣寬一半韻羅衣寬一半疊

南宋新聲。辛詞三首，另一詞格律相同：「君如梁上燕。妾如手中扇。團團清影雙雙伴。秋來腸欲斷。秋來腸欲斷。　黄昏淚眼，青山隔岸。但咫尺、如天遠。病來只謝旁人勸。龍華三會願。龍華三會願。」此調共存詞十一首，《詞譜》列五體，諸家所作，字數與句式略異。用此調者可以辛詞爲式。

中調

接賢賓

雙調，五十九字。前段四句，三平韻；後段七句，三平韻。　　毛文錫

香韉鏤襜五花驄韻值春景初融韻流珠噴沫躞蹀句汗血流紅韻　少年公子能乘馭句金鑣玉轡瓏璁韻爲惜珊瑚鞭不下句驕生百步千蹤韻信穿花句從拂柳句向九陌追風韻

《花間集》此調僅毛文錫一詞。此調共兩體，另一體爲柳永詞。

又一體

雙調，一百十七字。前段十句，五平韻；後段十句，六平韻。　　柳永

小樓深巷狂游遍句羅綺成叢韻就中堪人屬意句最是蟲蟲韻有畫難描雅態句無花可比芳容韻幾回飲散良宵永句鴛衾暖讀鳳枕香濃韻算得人間天上句惟有兩心同韻　近來雲雨忽西東韻誚惱損情悰韻縱然偷期暗會句長是匆匆韻爭似和鳴偕老句免教斂翠啼紅韻眼前時讀暫疏歡宴句盟言在讀莫更忡忡韻待作真個宅院句方信有初終韻

此體僅此一詞。柳詞名《集賢賓》，屬林鍾商。毛詞與柳詞，體制迥異，當是音譜各不相同。

望遠行

雙調，六十字。前段四句，四平韻；後段七句，五平韻。　韋莊

欲別無言倚畫屏韻含恨暗傷情韻謝家庭樹錦鷄鳴韻殘月落邊城韻　人欲別句馬頻嘶換韻綠槐千里長堤韻出門芳草路萋萋韻雲雨別來易東西韻不忍別君後句却入舊香閨韻

唐代教坊曲。始詞見敦煌曲子詞：「年少將軍佐聖朝。爲國掃蕩狂妖。彎弓如月射雙雕。馬蹄到處盡雲消。　休寰海，罷槍刀。銀鸞駕走上超霄。行人南北盡歌謠。莫把堯舜比今朝。」此調《詞譜》共列七體。晚唐五代韋莊、李珣、李璟三家所作字數與句式頗異。李珣兩詞爲五十三字體，兩詞格律相同，如其一：「春日遲遲思寂寥。行客關山路遥。瓊窗時聽語鶯嬌。柳絲牽恨一條條。　休暈繡，罷吹簫。貌逐殘花暗凋。同心猶結舊裙腰。忍辜風月度良宵。」韋莊詞後段換韻，句式多變化，可以爲式。

又一體

雙調，一百六字。前段十句，四仄韻；後段十句，六仄韻。　　柳永

繡幃睡起句殘妝淺讀無緒勻紅補翠韻藻井凝塵句金階鋪蘚句寂寞鳳樓十二韻風絮紛紛句烟蕪苒苒句永日畫欄句沉吟獨倚韻望遠行讀南陌春殘悄歸騎韻　凝睇韻消遣離愁無計韻但暗擲讀金釵買醉韻對好景讀空飲香醪句争奈轉添珠淚韻待伊游冶歸來句故故解放句翠羽輕裙重繫韻見纖腰圍小句信人憔悴韻

北宋新聲，音譜與五代相異。此詞前段有「望遠行」，因以爲調名。柳永此詞屬中吕調。後

段第四句「對好景」，《詞譜》作「對此好景」，多一字，誤；結尾爲一個五字句與一個四字句，從《詞譜》。柳永另詞屬仙呂調者，結尾句式相同。柳永詠雪詞，字數相同，用韻相同，句式小異；詞云：「長空降瑞，寒風剪，淅淅瑶花初下。亂飄僧舍，密灑歌樓，迤邐漸迷鴛瓦。好是漁人，披得一蓑歸去，江上晚來堪畫。滿長安、高却旗亭酒價。　幽雅。乘興最宜訪戴，泛小棹、越溪瀟灑。皓鶴奪鮮，白鷴失素，千里廣鋪寒野。須信幽蘭歌斷，彤雲收盡，別有瑶臺瓊樹。於一輪明月，交光清夜。」宋人用此調者不多，陳德武與無名氏各一詞同柳詞格律。此調宜於叙事、寫景、詠物。

蝶戀花

雙調，六十字。前後段各五句，四仄韻。　晏　殊

檻菊愁烟蘭泣露韻羅幕輕寒句燕子雙飛去韻明月不諳離恨苦韻斜光到曉穿朱户韻　昨夜西風凋碧樹韻獨上高樓句望盡天涯路韻欲寄彩箋兼尺素韻山長水闊知何處韻

唐代教坊曲，本名《鵲踏枝》，始詞見敦煌曲子詞：「叵耐靈鵲多瞞語。送喜何曾有憑據。

幾度飛來活捉取。鎖上金籠休共語。　比擬好心來送喜。誰知鎖我在金籠裏。欲他征夫早歸來，騰身却放我向青雲裏。」敦煌曲子詞另一首則與宋之通行正體之格律基本上相同：「獨坐更深人寂寂。憶戀家鄉，路遠關山隔。寒雁飛來無消息。交兒牽斷心腸憶。仰告三光珠淚滴。交他耶娘，甚處傳書覓。自嘆宿緣作他邦客。辜負尊親虛勞力。」此詞僅後段第四句多一字，平仄亦異，其餘句式與字聲平仄同於正體。此調屬商調，柳永詞名《鳳棲梧》，屬大石調。柳詞三首，其中一首爲傳世名篇：「佇立危樓風細細。望極春愁，黯黯生天際。草色烟光殘照裏。無言誰會憑欄意。　擬把疏狂圖一醉。對酒當歌，强樂還無味。衣帶漸寬終不悔。爲伊消得人憔悴。」晏殊《鵲踏枝》兩首，「檻菊愁烟蘭泣露」即其一，又一首爲壽詞。晏殊又有詞六首，改名《蝶戀花》，其中兩首爲壽詞，餘爲流連光景及傷離之作。此調最有影響之作兩首，其一爲：「誰道閑情抛擲久。每到春來，惆悵還依舊。日日花前常病酒。不辭鏡裏朱顏瘦。　河畔青青堤上柳。爲問新愁，何事年年有。獨立小橋風滿袖。平林新月人歸後。」另一首爲：「庭院深深深幾許。楊柳堆烟，簾幕無重數。玉勒雕鞍游冶處。樓高不見章臺路。　雨横風狂三月暮。門掩黄昏，無計留春住。淚眼問花花不語。亂紅飛過秋千去。」此兩詞一爲感舊，一爲傷春，詞意優美，表情含蓄婉約，最能體現此調特色。關於其作者，傳爲馮延巳，或以爲歐陽修，均難以分别，但確爲此調名篇。用此調時當細細體味此兩詞之聲情及表現藝術。晏幾道詞十五首，其中名篇亦多，如：「醉别西樓醒不記。春夢秋雲，聚散真容易。斜月半窗曾少睡。畫屏閑展吴山翠。　衣上酒痕詩裏字。點點行行，總是凄凉意。紅燭自憐無好計。夜寒空替人垂淚。」此詞寫離情極爲自然流暢，感慨而婉美。司馬槱一詞，相傳爲夢中所作，詞意甚爲凄婉：「家在錢塘江上住。花落花開，不管年華度。燕子又將春色去。紗窗一陣黄昏雨。　斜插犀梳雲半吐。檀板清歌，唱徹黄金縷。望斷雲行無去處。夢回明月生南浦。」吴文英《化度寺池蓮一花最晚有感》深有寄寓：「湘水烟中相見早。羅蓋低籠，紅拂猶嬌小。妝鏡明星爭晚照。西風日送凌波杳。　惆悵來遲羞窈窕。一霎留連，相伴闌干悄。今夜西池明月到。餘香翠被空秋曉。」柴元彪《己卯菊節得家書欲歸未得》抒寫旅愁：「去年走馬章臺路。送酒無人，寂寞黄花雨。又是重陽秋欲暮。西風此恨誰分付。　無限歸心歸不去。却夢佳人，約我花間住。驀地覺來無覓處。雁聲叫斷瀟湘浦。」姚雲文抒寫春恨：「春到海棠花幾信。堠館餘寒，欲雨征衣潤。燕認杏梁棲未穩。牡丹忽報清明近。　恨入青山連曉鏡。香雪柔酥，應被春消盡。繡閣深深人半醒。燭花貼在金釵影。」蘇軾詞八首，多用以叙事和贈酬，其中寫晚春一詞爲宋詞名篇：「花褪殘紅青杏小。燕子來時，綠水人家繞。枝上柳綿吹又少。天涯何處無芳草。　牆裏秋千牆外道。牆外行人，牆裏佳人笑。笑漸不聞聲漸悄。多情却被無情惱。」此詞前段意象特别清新優美，後段則含意極爲深刻，故超越衆作。辛棄疾詞十二首，多用以酬贈、唱和、寫景，其中一首爲游戲之作，風格特異：「何物能令公怒喜。山要人來，人要山無意。恰似哀箏弦下齒。千情萬意無時已。　自要溪堂韓作記。今代機雲，好語花難比。老眼狂花空處起。銀鈎未見心先醉。」此詞以詩文之法入詞，是爲别調。此調爲重頭曲，全詞共十句，然七字句即有六句，其中「仄仄平平平仄仄」式之句四句，用仄韻，韻密，因而音節不響亮却流暢，插入之四字句與五字句又使調勢頗爲曲折含蓄。宋人用此調者極衆，但有的以詩法入詞而失去婉美之意，則有違此調之特色。

朝玉階

雙調，六十字。前後段各五句，四平韻。　杜安世

簾卷春寒小雨天韻牡丹花落盡句悄庭軒韻高空雙燕舞翩翩韻無風輕絮墜讀暗苔錢韻　擬將幽怨寫香箋韻中心多少事句語難傳韻思量真個惡姻緣韻那堪長夢見讀在伊邊韻

北宋初年新聲。此調僅存杜安世詞兩首，其另一詞有個別字脱落，但可看出其格律相同。

七娘子

雙調，六十字，前後段各五句，四仄韻。　謝逸

風剪冰花飛零亂韻映梅梢讀素影搖清淺韻繡幄寒輕句蘭薰烟暖韻艷歌

催得金荷卷韻　游梁已覺相如倦韻　憶去年讀　舟渡淮南岸韻　別後銷魂句
冷猿寒雁韻

北宋新聲，此爲正體。重頭曲，以七字句與四字句爲主，仄聲韻，調勢平緩。黄大臨一詞爲創調之作：「畫堂銀燭明如晝。見林宗、巾墊羞蓬首。針指花枝，綫睇羅袖。須臾兩帶還依舊。　勸君倒戴休令後。也不須、更漉淵明酒。寶篋深藏，濃香熏透。爲經十指如葱手。」這是黄大臨宰廬陵縣時，一次赴郡會，於座上巾帶偶脱，太守命歌妓綴上。黄大臨作《七娘子》詞爲謝。事見《能改齋漫録》卷十七。毛滂《舟中早秋》寄寓離情：「山屏霧帳玲瓏碧。更綺窗、臨水新涼入。雨短烟長，柳橋蕭瑟。這番一日涼一日。　離多緑鬢多時白。這離情、不是而今惜。雲外長安，斜暉脈脈。西風吹夢來無迹。」王灼一首亦寫離情：「花明霧暗非花霧。似春屏、短夢無憑據。夜月將來，曉燈催去。半衾餘暖空留住。　情柔意密愁千縷。想一聲、鷄唱東城路。暫作行雲，暫爲行雨。陽臺望極人何處。」陳亮《三衢道中作》抒發了人生的感慨：「風流家世傳張緒。似靈和、新種垂楊縷。綺席摛詞，銀臺奏賦。當年夢繞蓬山路。　賣花聲斷藍橋暮。記吟鞭、醉帽曾經處。蜀郡歸來，荆州老去。心情零亂隨風絮。」此調宋詞存十二首，諸家多同謝逸體。

秋蕊香引

雙調，六十字。前段七句，三仄韻；後段八句，四仄韻。　柳　永

留不得韻光陰催促句有芳蘭歇句好花謝句惟頃刻韻彩雲易散琉璃脆句驗前事端的韻　風月夜句幾處前踪舊迹韻忍思憶韻這回望斷句永作蓬山隔韻向仙島句歸雲路句兩無消息韻

北宋新聲，屬小石調。此爲悼亡之作，用入聲韻，韻位有甚疏之處，情調悲咽。此調與小令《秋蕊香》之音譜、體制迥異，僅存柳永一詞。

一剪梅

雙調，六十字，前後段各六句，三平韻。　李清照

紅藕香殘玉簟秋韻輕解羅裳句獨上蘭舟韻雲中誰寄錦書來句雁字回時句月滿西樓韻　花自飄零水自流韻一種相思句兩處閑愁韻此情無計

可消除句　纔下眉頭句　却上心頭韻

北宋新聲，創調者爲周邦彦詞，因首句爲「一剪梅花萬樣嬌」，遂以爲調名。此體爲重頭曲，平韻，用韻較稀，四字句共八句，前後段各兩結句均爲「仄仄平平」式，音節和婉明亮。李清照詞乃宋詞名篇，亦爲此調之正體。蔡伸描述閨情：「堆枕烏雲墮翠翹。午夢驚回，滿眼春嬌。嬛嬛一嫋楚宫腰。那更春來，玉減香消。　柳下朱門傍小橋。幾度紅窗，誤認鳴鑣。斷腸風月可憐宵。忍使懨懨，兩處無聊。」史達祖《追感》抒寫悼念之情：「秦客當樓泣鳳簫。宫衣香斷，不見纖腰。隔年心事又今宵。折盡冰弦，何用鸞膠。　些子輕魂幾度銷。蘭騷蕙些，無計重招。東窗一段月華嬌。也帶春愁，飛上梅梢。」辛棄疾表述旅愁：「塵灑衣裾客路長。霜林已晚，秋蕊猶香。別離觸處是悲涼。夢裏青樓，不忍思量。　天宇沉沉落日黄。雲遮望眼，山割愁腸。滿懷珠玉淚浪浪。欲倩西風，吹到蘭房。」此調辛棄疾兩詞，爲兩體，另一詞句式與字數相同，但每句用韻。兩體均爲宋人所通用。

又一體

雙調，六十字。前後段各六句，六平韻。　蔣捷

一片春愁待酒澆韻　江上舟搖韻　樓上簾招韻　秋娘渡與泰娘橋韻　風又飄飄韻　雨又瀟瀟韻　何日歸家洗客袍韻　銀字笙調韻　心字香燒韻　流光容易

把●人○抛○韻紅○了●櫻○桃○韻緑●了●芭○蕉○韻

此與李清照體同，只是每句用韻，因韻位極密，故音節更爲流暢和響亮，音韻最爲諧美，甚爲南宋以來詞人喜用。蔣捷詞輕快瀟灑，爲宋詞名篇。辛棄疾表述離情：「記得同燒此夜香。人在回廊。月在回廊。而今獨自睚昏黃。行也思量。坐也思量。　錦字都來三兩行。千斷人腸。萬斷人腸。雁兒何處是仙鄉。來也恓惶。去也恓惶。」此詞前後段各兩疊韻。劉辰翁《和人催雪》：「萬事如花不可期。花不堪持。酒不堪持。江天雪意使人迷。剪一枝枝。歌一枝枝。　歌者不來今幾時。姜影無詞。張影無詞。不歌不醉不成詩。歌也遲遲。雪也遲遲。」宋季汪元量《懷舊》表達了對南宋故宮人流落北方的思念：「十年愁眼淚巴巴。今日思家。明日思家。一團燕月照窗紗。樓上胡笳。塞上胡笳。　玉人勸我酌流霞。急撚琵琶。緩撚琵琶。一從別後各天涯。欲寄梅花。莫寄梅花。」張炎描述春寒：「悶蕊驚寒減艷痕。蜂也消魂。蝶也消魂。醉歸無月傍黃昏。知是花村。知是前村。　留得閑枝葉半存。好似桃根。不似桃根。小樓昨夜雨聲渾。春到三分。秋到三分。」劉克莊詞另具一種風格，其《余赴廣東實之夜餞於風亭》：「束緼宵行十里强。挑得詩囊。抛了行囊。天寒路滑馬蹄僵。元是王郎。來送劉郎。　酒酣耳熱說文章。驚倒鄰牆。推倒胡床。旁觀拍手笑疏狂。疏又何妨。狂又何妨。」此詞粗率狂放，亦能體現此調聲情。南宋民間喜用此調以爲戲謔，如宋季朝廷於湖南經量土地，一位士人作詞云：「宰相巍巍坐廟堂。說着經量。便要經量。那個臣僚上一章。頭說經量。尾說經量。　輕狂太守在吾邦。聞說經量。星夜經量。山東河北久抛荒。好去經量。胡不經量。」宋末元蒙軍圍攻襄樊，朝廷權奸却在粉飾太平，一位低級官員作詞云：「襄樊四載弄干戈。不見漁歌。不見樵歌。試問如今事若何。金也消磨。穀也消磨。柘枝不用舞婆娑。醜也能多。惡也能多。朱門日日買朱娥。軍事如何。民事如何。」可見此調之體性又有俚俗的特點。

尋梅

雙調，六十字。前後段各五句，四仄韻。　沈蔚

今年早覺花信蹉韻想芳心讀未應誤我韻一月小徑幾回過韻始朝來句尋見雪痕微破韻　眼前大抵情無那韻好景色讀只消些個韻春風爛漫却且可韻是而今句枝上三朵兩朵韻

北宋新聲。此詞寫尋梅之情景，爲創調之作。此調僅存兩詞，另一詞爲無名氏作，亦詠梅：「幽香淺淺濕未透。認雪底、思來始有。剪裁尚覺瓊瑤皺。苦寒中，越恁骨清肌瘦。東風氣象園林舊。又今年、而今時候。急宜小摘當尊酒。選一枝、且付玉人纖手。」兩詞格律相同。

錦帳春

雙調，六十字。前段七句，四仄韻；後段七句，五仄韻。

辛棄疾

春色難留句酒杯常淺韻把舊恨讀新愁相間韻五更風句千里夢句看飛紅幾片韻這般庭院韻　幾許風流句幾般嬌懶韻問相見讀何如不見韻燕飛忙句鶯語亂韻恨重簾不卷韻翠屏平遠韻

南宋新聲，始詞爲辛棄疾作。此調存三詞，三詞句式及字數略異。丘密《己未孟冬樂净見梅英作》：「翠竹如屏，淺山如畫。小池面、危橋一跨。著櫻亭臨水，宛然郊野。竹籬茅舍。　好是天寒，倍添幽雅。正雪意、垂垂欲下。更朦朧月影，弄明初夜。梅花動也。」此乃詠梅詞，比辛詞少四字。戴復古一首乃壽詞，五十八字。此調前後段第三句爲上三下四句法之七字句，三家詞相同，《詞譜》以辛詞此兩句爲七字句，不折腰，乃誤。又《詞譜》以程珌《錦堂春》列爲《錦帳春》别體之一，亦誤，蓋此兩調體制頗異，且調名不同。此調可以辛詞爲式。

唐多令

雙調，六十字。前後段各五句，四平韻。

劉過

蘆葉滿汀洲韻寒沙帶淺流韻二十年讀重過南樓韻柳下繫船猶未穩句能幾日讀又中秋韻　黃鶴斷磯頭韻故人曾到不韻舊江山讀渾是新愁韻欲買桂花同載酒句終不似讀少年游韻

南宋中期新聲，又名《糖多令》，因此詞有「重過南樓」句，又名《南樓令》。劉過詞序有云：「安遠樓小集，侑觴歌板之姬黃其姓者，乞詞於龍洲道人，爲賦此《糖多令》。」此詞「精暢語俊，韻協音調」，爲宋詞名篇，亦此調之正體。南宋末年劉辰翁用此詞韻作詞七首，可見其影響。王奕《登淮安倚天樓》寄寓了古今興亡之感慨：「直上倚天樓。懷哉古楚州。黃河水、依舊東流。千古興亡多少事，分付與、白頭鷗。祖逖與留侯。二公今在不。眉尖上、莫帶星愁。笑拍危欄歌短闋，翁醉矣、且歸休。」李曾伯《庚戌六月赴荆閫宿江亭》亦爲登臨懷古之作：「楓荻響颼颼。長江六月秋。二十年、重到沙頭。城郭人民那似舊，曾識面、兩三鷗。落日且登樓。英雄休涕流。望黃旗、王氣東浮。借問烟蕪蒼茫處，還莫是、古襄州。」鄧剡於南宋亡後寓寫興亡感慨：「雨過水明霞。潮回岸帶沙。葉聲寒、飛透窗紗。堪恨西風吹世換，更吹我、落天涯。　寂寞古豪華。烏衣日又斜。説興亡、燕入誰家。惟有東南無數雁，和明月、宿蘆花。」仇遠寫悲秋之情：「涼露濕秋蕪。空庭啼蟪蛄。紫苔衣、猶護金鋪。疏箔翠眉人不見，流水急、泣鰥魚。　恨草倩誰鋤。西風吹鬢疏。問劉郎、别後何如。縱有桃花千萬樹，也不似、舊玄都。」此調爲重頭曲，前後段第三句爲上三下四句法之七字句，第五句爲折腰之六字句，配以五字句與七字句，形成此調於流暢之中又略爲停頓的特點。吴文英《惜别》一詞於前段第三句多一字，餘同劉詞句式：其詞云：「何處合成愁。離人心上秋。縱芭蕉、不雨也颼颼。都道晚涼天氣好，有明月、怕登樓。　年事夢中休。花空烟水流。燕辭歸、客尚掩留。垂楊不縈裙帶住，漫長是、繫行舟。」此詞疏快而不質實，頗能體現調情特色。

鞓紅

雙調，六十字。前後段各六句，四仄韻。

無名氏

粉香猶嫩句衾寒可慣韻怎奈向讀春心已轉韻玉容别是句一般閑婉韻悄
不管讀桃紅杏淺韻　月影簾櫳句金瓊波面韻漸細細讀香風滿院韻一枝
折寄句故人雖遠韻輒莫使讀江南信斷韻

鞓紅爲牡丹之一種，以花色紅似鞓犀帶而名。歐陽修《洛陽牡丹記》：「鞓紅者，單葉深紅花，出青州，亦曰青州紅……其色類腰鞓，故謂之鞓紅。」此曲爲北宋新聲。詞爲賦梅之作，曲見存於《新定九宮大成南北詞宮譜》，屬仙呂調。現代音樂家考訂以爲《九宮大成譜》中所録之宋詞樂譜，以《鞓紅》較爲接近宋樂真實，因而爲宋代詞樂之標本，甚爲研究中國音樂之專家所重視。此曲今已整理出，旋律極其柔婉而低沉緩慢，甚爲優美。此調僅有此詞，是爲孤調。此調前後段各四個四字句；兩個七字句均爲上三下四句法，且前三字均爲仄聲，其體制與樂曲諧協，表情壓抑。這是一隻很有宋詞典雅風格之詞調。

賀明朝

雙調，六十一字。前段七句，四仄韻；後段六句，四仄韻。　歐陽炯

憶昔花間初識面韻紅袖半遮句妝臉輕轉韻石榴裙帶句故將纖纖句玉指偷撚韻雙鳳金綫韻　碧梧桐鎖深深院韻誰料得兩情句何日教繾綣韻羨春來雙燕韻飛到玉樓句朝暮相見韻

此調僅見《花間集》歐陽炯兩詞，《詞譜》調名爲《賀熙朝》，今從《花間集》。歐詞另首格律相

同：「憶昔花間相見後。只憑纖手，暗抛紅豆。人前不解，巧傳心事，別來依舊。辜負春晝。碧羅衣上蹙金繡。睹對對鴛鴦，空裛淚痕透。想韶顔非久。終是爲伊，只恁偷瘦。」前段第二句「手」字，偶然用韻，核諸後段第二句及前詞，此處非韻位所在。《詞譜》列爲又一體，則實無必要。

撥棹子

尹鶚

雙調，六十一字。前段五句，五仄韻；後段四句，四仄韻。

風切切（韻）深秋月（韻）十朵芙蓉繁艷歇（韻）憑小檻（讀）細腰無力（韻）空贏得（讀）目斷魂飛何處説（韻）

寸心恰似丁香結（韻）看看瘦盡胸前雪（韻）偏挂恨（讀）少年抛擲（韻）羞覷見（讀）繡被堆紅閑不徹（韻）

棹，劃水行船。棹歌，行船時所唱之歌。唐人張志和《漁父歌》：「青草湖中月正圓，巴陵漁夫棹歌連。」晚唐釋德誠《撥棹歌》今存三十九首，如「莫學他家弄釣船。海風起也不知邊。風拍岸，浪掀天。不易安排得帖然。」此爲聲詩。《撥棹子》爲唐代教坊曲，《花間集》存尹鶚詞兩首，格律相同。其另詞云：「丹臉膩。雙靨媚。冠子縷金裝翡翠。將一朵、瓊花堪比。

寞寞繡、鸞鳳衣裳香窣地。　銀臺蠟燭滴紅淚。淥酒勸人教半醉。簾幕外、月華如水。特地向、寶帳顛狂不肯睡。」尹詞爲此調之正體。宋詞此調存兩詞。黄庭堅一詞六十一字，但用韻與句式略異：「歸去來。歸去來。携手舊山歸去來。有人共、對月尊罍。横一琴、甚處逍遥不自在。　閑世界。無利害。何必向、世間甘幻愛。與君釣、晚烟寒瀨。蒸白魚稻飯，溪童供笋菜。」黄詞題爲《退居》。無名氏一詞六十二字，用入聲韻，句式亦略異：「烟姿媚，冰容薄。芳蕖嫩、隱映新萍池閣。擷英人去後，清香微綻，透真珠簾幕。　似無語含情垂彩佩，戲芳陰，漸許纖鮮相托。西風直須愛惜，看看濃艷，伴秋光零落。」此詠荷花之詞。用此調當以尹詞爲式。

玉堂春

晏殊

雙調，六十一字。前段七句，兩仄韻，兩平韻；後段五句，兩平韻。

帝●城○春○暖●仄韻御柳●暗遮○空○苑●韻海●燕●雙○雙○句拂●颺●簾○櫳○平韻女●伴●相○携○句共●繞●林○間○路●句折●得●櫻○桃○插●髻●紅○韻

昨●夜●臨明○微○雨●句新○英○遍●舊●叢○韻寶●馬●香○車○句欲●傍●西○池○看●句觸處●楊○花○滿●袖●風○韻

北宋新聲。此調僅存晏殊三詞，格律一致。晏詞皆寫春景，其第二首云：「後園春早。殘雪尚濛烟草。數樹寒梅，欲綻香英。小妹無端，折盡釵頭朵，滿把金尊細細傾。憶得往年同伴，沉吟無限情。惱亂東風，莫便吹零落，惜取芳菲眼下明。」此調前段第一、二句用仄韻，此後用平韻，三詞皆同，是爲定格。此調爲換頭曲，前段換韻，韻密，後段韻稀，前後段極不相稱，爲此調特點，但調勢甚流暢。

柳青娘

無名氏

雙調，六十二字。前段五句，四平韻；後段五句，三平韻。

青絲髻綰臉邊芳韻淡紅衫子掩酥胸韻出門斜撚同心弄句意恒惶韻故使横波認玉郎韻　叵耐不知何處去句交人幾度挂羅裳韻待得歸來須共語句情轉傷韻斷却妝樓伴小娘韻

唐代教坊曲。唐人馮翊《桂苑叢談》：「國樂婦人有永新娘、御史娘、柳青娘，皆一時之妙也。」她們皆是盛唐時期著名的歌妓。《唐音癸籤》卷十三：「柳青娘者，豈亦歌妓之名，後遂沿爲曲名歟？」此調見於《教坊記》曲名，但《花間集》及宋詞均不見其詞。敦煌曲子詞存此調兩詞，另一詞後段殘缺，亦寫閨情。此調在後來的《劉知遠諸宮調》及元曲中吕調内重見，又見於清初之小曲，故敦煌曲子詞内保存之此兩詞極爲珍貴。《詞譜》編者因未見到敦煌文獻，未收此調。

破陣子

雙調，六十二字。前後段各五句，三平韻。 辛棄疾

醉裏挑燈看劍句 夢回吹角連營韻 八百里分麾下炙句 五十弦翻塞外聲韻 沙場秋點兵韻

馬作的盧飛快句 弓如霹靂弦驚韻 了却君王天下事句 贏得生前身後名韻 可憐白髮生韻

唐代教坊曲。唐代貞觀七年（六三三）製《秦王破陣樂》之曲，使吕才協律，李百藥、虞世南、褚亮、魏徵等製歌辭。此曲包括三變（大段）、十二陣、五十二遍，以討叛爲主題，歌頌唐太宗討伐四方之武功。唐代大曲爲大型樂舞，此曲用二千人，皆畫衣甲，執旗旆，兼引馬軍入場，尤爲壯觀。唐代所傳《破陣樂》之辭，有五言四句、七言四句、六言八句三體。唐將哥舒翰一體爲六言八句：「西戎最沐恩深。犬羊違背生心。神將驅兵出塞，橫行海畔生擒。石

堡岩高萬丈，雕窠霞外千尋。一喝盡屬唐國，將知應合天心。」此乃聲詩，頗能表達原曲之意。宋人之《破陣樂》有柳永和張先各一詞，均爲長調。宋人之《破陣子》乃摘取自唐代大曲之一段，其體制與長調《破陣樂》相異。宋之《破陣子》僅此一體。辛棄疾此詞題爲《爲陳同甫賦壯詞以寄之》，與原曲調之聲情相合，甚爲豪壯。此調爲重頭曲，平韻，每段由兩個六字句、兩個七字句、一個五字句組成。每段之第一、二兩個六字句可爲對偶，第三、四、五句爲奇句，故調勢由平穩而趨於奔放，音節亦響亮。此調之始詞爲晏殊之作。晏詞五首，兩首寫景，兩首悼亡，一首爲流連光景之詞。其悼亡詞：「憶得去年今日，黄花已滿東籬。曾與玉人臨小檻，共折香英泛酒卮。長條插鬢垂。　人貌不應遷换，珍叢又睹芳菲。重把一尊尋舊徑，所惜光陰去似飛。風飄露冷時。」其流連光景之詞：「燕子欲歸時節，高樓昨夜西風。求得人間成小會，試把金尊傍菊叢。歌長粉面紅。　斜日更穿簾幕，微凉漸入梧桐。多少襟懷言不盡，寫向蠻箋曲調中。此情千萬重。」晏幾道感舊之詞甚爲婉約：「柳下笙歌庭院，花間姊妹秋千。記得春樓當日事，寫向紅窗夜月前。憑誰寄小蓮。　絳蠟等閑陪淚，吴蠶到了纏綿。緑鬢能供多少恨，未肯無情比斷弦。今年老去年。」程垓寫春閨之情：「小小紅泥院宇，深深翠色屏幃。簇定熏爐酥酒軟，門外東風寒不知。恰疑三月時。　釵影半攲緑子，歌聲輕度紅兒。醉裏不愁更漏斷，更要梅花看幾枝。起來霜月低。」陸游抒寫閑適情趣以表現對人生之感悟：「看破空花塵世，放輕昨夢浮名。蠟屐登山率真飲，筇杖穿林自在行。身閑心太平。　料峭餘寒猶力，廉纖細雨初晴。苔紙閑題溪上句，菱唱遥聞烟外聲。與君同醉醒。」仇遠抒寫西湖春感：「柳浪六橋春碧，香塵十里花風。好是爛游濃醉後，畫圖闌干見小紅。紅明緑暗中。　舊約湧金門道，紗籠畢竟相逢。只恐入城歸路雜，便轉頭樹北雲東。侯門深幾重。」此調又名《十拍子》，趙善扛《上巳》詞云：「柳絮飛時緑暗，荼蘼開後春酣。花外青簾迷酒思，陌上晴光收翠嵐。佳辰三月三。　解佩人逢游女，踏青草門宜男。醉倚畫欄欄檻北，夢繞清江江水南。飛鸞與共驂。」此調適應之題材較爲廣泛。

金蕉葉

雙調，六十二字。前後段各五句，四仄韻。　　柳　永

厭厭夜飲平陽第韻添銀燭讀旋呼佳麗韻巧笑難禁句艷歌無間聲相繼韻準擬幕天席地韻　金蕉葉泛金波齊韻未更闌讀已盡狂醉韻就中有個句風流暗向燈光底韻惱遍兩行珠翠韻

北宋新聲，屬大石調。柳永此詞爲創調之作。詞有「金蕉葉泛金波齊」，因以爲調名。金蕉葉，乃一種飾金之小酒杯，外觀似蕉葉。「齊」字用作仄聲，表示酒滿杯。仲殊在鎮江縣子城所作一詞，格律同柳詞。其詞云：「叢霄逸韻祥烟渺。摇金翠、玲瓏三島。地控全吴，山

横舊楚春來早。千里斷雲芳草。六朝遺恨連江表。都分付、倚樓吟嘯。鐵甕城頭，一聲畫角吹殘照。□帶夜潮來到。」結尾脱一字。晁端禮一詞前後段第三、四句，句式略異：「樓頭已報鼕鼕鼓。華堂漸、停杯投筯。更聞急管頻催，鳳口香銷炷。花映玉山傾處。主人無計留賓住。溪泉泛、越甌春乳。醉魂一啜都醒，絳蠟迎歸去。更看後房歌舞。」柳詞可與仲殊、晁端禮詞相校。《詞譜》編者未見後兩詞，遂以柳詞無別首可校。此調有兩體，七字句起者存三詞。

又一體

雙調，四十八字。前後段各四句，四仄韻。

袁去華

江楓半赤韻雨初晴讀雁空紺碧韻愛籬落讀黄花秀色韻帶零露旋摘韻
向晚西風淡日韻髮蕭蕭讀任從帽側韻更莫把讀茱萸嘆息韻且更持大白韻

袁去華此調四詞，其中一詞少兩字，餘三首格律相同。此體與柳詞之句式頗異。用此調當以柳詞爲式。

定風波

雙調，六十二字。前段五句，三平韻，兩仄韻；後段六句，四仄韻，兩平韻。　蘇　軾

莫聽穿林打葉聲平韻何妨吟嘯且徐行韻竹杖芒鞋輕勝馬仄韻誰怕韻一蓑烟雨任平生平韻　料峭春風吹酒醒換仄韻微冷韻山頭斜照却相迎平韻回首向來蕭瑟處換仄韻歸去韻也無風雨也無晴平韻

唐代教坊曲。敦煌曲子詞聯章兩首，其一：「攻書學劍能幾何。争如沙塞騁僂儸。六尋槍似鐵。明月。龍泉三尺斬新磨。堪羨昔時軍伍，謾誇儒士德能康。四塞忽聞狼烟起。問儒士。誰人敢去定風波。」其二：「征戰僂儸未是功，儒士僂儸轉更加。三策張良非惡弱。謀略。漢興楚滅本由他。項羽翹楚無路，酒後難消一曲歌。霸王虞姬皆自刎。當本。便知儒士定風波。」「風波」喻社會動蕩不安。《文選》載李陵《與蘇武》詩：「風波一所失，各在天一隅。」敦煌兩詞爲武士與儒生問答，各述平定社會動蕩的才能，乃此調之始詞。敦煌曲子詞另有三首講述傷寒病症現象之口訣。此調有中調和長調兩類，中調或稱《定風波令》，屬般涉調。此調《詞律》列中調兩體，《詞譜》列八體。蘇詞爲宋人通用之正體。蘇詞乃名篇，原序云：「三月七日，沙湖道中遇雨，雨具先去，同行皆狼狽，余獨不覺。已而遂

晴，故作此。」蘇軾此體出自五代歐陽炯：「暖日閑窗映碧紗。小池清水浸晴霞。數樹海棠紅欲盡。争忍。玉閨深掩過年華。　獨憑繡床方寸亂。腸斷。淚珠穿破臉邊花。鄰舍女郎相借問。音信。教人羞道未還家。」此調以七言句式爲主，每句用韻，於平聲韻中包孕三換仄韻；换頭曲，插入三個兩字句。調勢於流暢之時忽然停頓轉折，韻律複雜，不斷變化，調情個性突出。從始詞來看，此調宜於表現重大社會題材，亦宜言志與贈酬。歐陽修六詞多寫人生感慨，如其：「把酒尊前欲問君。世間何計可留春。縱使青春留得住。虛語。無情花對有情人。　任是好花須落去。自古。紅顔能得幾時新。暗想浮生何處好。唯有。清歌一曲倒金尊。」魏夫人寫暮春感懷，詞情極其婉約：「不是無心惜落花。落花無意戀春華。昨日盈盈枝上笑。誰道。今朝吹去落誰家。　把酒臨風千種恨。誰問。夢回雲散見天涯。妙舞清歌誰是主。回顧。高城不見夕陽斜。」辛棄疾詠杜鵑花：「百紫千紅過了春。杜鵑聲苦不堪聞。却解啼教春小住。風雨。空山招得海棠魂。　一似蜀宫當日女。無數。猩猩血染赭羅巾。畢竟花開誰作主。記取。大都花屬惜花人。」無名氏詠梅詞：「又是春歸烟雨村。一枝香雪度黄昏。竹外雲低疏影亞。瀟灑。水清沙淺見天真。　瘦玉欺寒香不暖。堪羨。冰姿照夜月無痕。樓上笛聲休聽取。説與。江南人遠易銷魂。」此調前後段之平聲必須是同一韻部，不能變换，所插入之三换仄聲韻則較爲自由，不必是平聲本部之仄聲。此調句式與韻律俱不斷變化，初學者不宜用。又因此調富於變化，作詞時要求詞意之脈絡必須清晰，努力做到自然流暢。

漁家傲

雙調，六十二字。前後段各五句，五仄韻。

范仲淹

塞下秋來風景異韻衡陽雁去無留意韻四面邊聲連角起韻千嶂裏韻長烟落日孤城閉韻　濁酒一杯家萬里韻燕然未勒歸無計韻羌管悠悠霜滿地韻人不寐韻將軍白髮征夫淚韻

北宋新聲。晏殊詞爲創調之作：「畫鼓聲中昏又曉。時光只解催人老。求得淺歡風日好。齊揭調。神仙一曲漁家傲。　緑水悠悠天杳杳。浮生豈得長年少。莫惜醉來開口笑。須信道。人間萬事何時了。」詞中有「神仙一曲漁家傲」，因以爲調名，但所詠者與漁家無涉。范仲淹詞爲此調名篇，被譽爲「窮塞主之詞」，詞風豪健而又悲慨，最能體現出此調特色。此調爲重頭曲，每段實由「仄仄平平平仄仄」與「平平仄仄平平仄」句式重疊組成，第三句下嵌入一個「平仄仄」句式之三字句；每句用韻。其基本句式爲七字句，因仄聲韻位極密，故於流暢中有低沉、壓抑和拗怒之聲情。宋人用此調者甚衆，繼范仲淹後李清照詞亦是名篇，詞題爲《紀夢》；詞云：「天接雲濤連曉霧。星河欲轉千帆舞。彷佛夢魂歸帝所。聞天語。殷勤問我歸何處。　我報路長嗟日暮。學詩漫有驚人句。九萬里風鵬正舉。風休住。蓬舟吹取三山去。」歐陽修以此調作十二月鼓子詞，以詠十二月之節序風物；又另有十餘首用以寫景、應酬、應歌，使題材得以開拓。周邦彦兩詞，注明般涉調。其一用入聲韻，詞情婉約：「幾日輕陰寒惻惻。東風急處花成積。醉踏陽春懷故國。歸未得。黄鸝久住如相識。　賴有蛾眉能暖客。長歌屢勸金杯側。歌罷月痕來照席。貪歡適。簾前重露成涓滴。」此調因聲律近於七言仄韻詩體，力求避免以詩法入詞。范詞雖然豪健，但寫邊地感慨意脈貫穿，善以意象達意，而且生動流暢，故無以詩入詞之弊。陳克一詞寫閨情，清新婉美，是此調難得之佳作：「寶瑟塵生郎去後。緑窗閑却春風手。淺色宫羅新染就。晴時候。裁縫細意花枝鬥。　象尺熏爐移永晝。粉香浥浥薔薇透。晚景看來渾是舊。沉吟久。個儂争得知人瘦。」趙長卿《旅中遠思》抒寫懷舊之情：「客裏情懷誰可表。凄凉舉目知多少。强飲强歌還强笑。心悄悄。從頭徹底思量了。　當日相逢非草草。果然恩愛成煩惱。穩整征鞍歸去好。重厮守。相期待與同偕老。」程垓《彭門道中早起》抒發旅愁：「野店無人霜似水。清燈照影寒侵被。門外行人催客起。因個事。老來方有思家淚。　寄問梅花開也未。愛花只得歸來是。想見小喬歌舞地。渾含喜。天涯不念人憔悴。」石正倫贈歌妓一詞，描述生動細緻：「春入桃腮生嫵媚。妝成日日行雲意。貪聽新聲翻歇指。工尺字。窗前自品瓊簫試。　玉碾鸞釵珠結桂。金泥絡縫乾紅袂。從把畫圖誇絶世。金蓮地。六朝未識雙鴛細。」宋季譚宣子一詞表訴花間尊前之情意：「深意纏綿歌宛轉。横波停眼燈前見。最憶來時門半掩。春不暖。梨花落盡成秋苑。　疊鼓收聲帆影亂。燕飛又趁東風軟。目力漫長心力短。消息斷。青山一點和烟遠。」《詞譜》於此調列四體，但宋人通用者僅此一體。

蘇幕遮

雙調，六十二字。前後段各七句，四仄韻。　范仲淹

碧雲天句黃葉地韻秋色連波句波上寒烟翠韻山映斜陽天接水韻芳草無情句更在斜陽外韻　黯鄉魂句追旅思韻夜夜除非句好夢留人睡韻明月樓高休獨倚韻酒入愁腸句化作相思淚韻

唐代教坊曲，或作《蘇莫遮》、《蘇摩遮》，屬般涉調，中亞康國舞曲，爲乞寒戲所用。唐釋慧琳《一切經音義》卷四十一《大乘理趣六波羅密多經音義》：「蘇莫遮冒……亦同蘇莫遮，西戎胡語也，正云颯磨遮，此戲本出西龜兹國，至今猶有此曲。此國渾脱、大面、撥頭之類也。或作獸面，或像鬼神，假作種種面具形狀。或以泥水沾灑行人，或持絹索搭鉤捉人爲戲。每年七月初公行此戲，七日乃停。」自初唐以來在長安已盛行乞寒之戲。唐代此曲之歌辭有聲詩與曲子詞。唐人張説《蘇摩遮》五首爲七言聲詩，其一云：「摩遮本出海西胡，琉璃碧眼紫髯鬚。聞道皇恩遍宇宙，來將歌舞助歡娱。」敦煌曲子詞存八首，《五臺山曲子六首》

爲始詞，其一云：「大聖堂，非凡地。左右龍盤，爲有臺相倚。嶺岫嵯峨朝聖地。花木芬芳，菩薩多靈異。　面慈悲，心歡喜。西國真僧，遠遠來瞻禮。瑞彩時時簾下起。福祚當今，萬古千秋歲。」范詞與此詞句式相同。此調爲重頭曲，每段由兩個三字句，兩個四字句，兩個五字句和一個七字句組成；句式富於變化，韻位適當，調情和婉。范詞爲懷舊之作，詞意綿密，構思纖細，最能體現此調特點。周邦彦詞寫夏景：「燎沉香，消溽暑。鳥雀呼晴，侵曉窺檐語。葉上初陽乾宿雨。水面清圓，一一風荷舉。　故鄉遥，何日去。家住吴門，久作長安旅。五月漁郎相憶否。小楫輕舟，夢入芙蓉浦。」此調自唐代用以讚美佛教聖地，宋代佛教和道教亦用以宣揚教義，如相傳之韓仙姑詞：「不憂貧，不戀富。大悟之人，開著波羅舖。內有真如無價寶，欲識真如，正照菩提路。　貪愛心，須除去。清净法身，直是堪憑據。忍辱波羅爲妙藥，服了一圓，萬病都新瘉。」此詞前後段各少一韻，乃是民間所傳之俗詞。其餘宋人諸作皆同范詞格律，僅此一體。梅堯臣一詞詠芳草：「露堤平，烟墅杳。亂碧萋萋，雨後江天曉。獨有庾郎最年少。窣地春袍，嫩色宜相照。　接長亭，迷遠道。堪怨天孫，不記歸期早。落盡梨花春又了。滿地殘陽，翠色和烟老。」杜安世一詞寫離情，語意俚俗，乃應歌之作：「儘思量，還叵耐。因甚當初，故故相招買。早是幽歡多障礙。更遣分飛，脈脈如天外。　有心憐，無計奈。兩處厭厭，一點虚恩愛。獨上高樓臨暮靄。憑暖朱欄，這意無人會。」趙文《春情》，詞意清新含蓄：「緑秧平，烟樹遠。村落聲喧，鳧雁歸來晚。自倚闌干舒困眼。一架葡萄，青得池塘滿。　飲先愁，吟又懶。幾許閑情，百計難消遣。客路不如歸夢短。何况啼鵑，怎不教腸斷。」陶氏《閨情》詞語通俗，流美自然，頗有民間詞的特點：「與君別，情易許。執手相將，永遠成鴛侶。一去音書千萬里。望斷陽關，淚滴如秋雨。　到如今，成間阻。等候郎來，細把相思訴。看著梅花花不語。花已成梅，結就心中苦。」由此詞可悟得此調聲情特點。縱觀此調，宋人多用以言情、寫景、詠物、酬贈，但最宜表達纏綿宛轉之情。

促拍醜奴兒

雙調，六十二字。前後段各六句，三平韻。　黃庭堅

得意許多時韻長醉賞讀月下花枝韻暴風急雨年年有句金籠鎖定句鶯雛燕友句不被鷄欺韻　紅旆轉逶迤韻悔無計讀千里相隨韻再來重綰瀘南印句而今目下句凄惶怎向句日永春遲韻

萬樹《詞律》卷四：「《山谷集》直名《醜奴兒》，而元遺山『冰麝室中香』一首加『促拍』二字，故從之，以別於本調（《醜奴兒》）。」宋本、《彊村叢書》本均作《轉調醜奴兒》，然考朱敦儒、劉辰翁、鄧剡同此體之詞皆名爲《促拍醜奴兒》，故宜從《詞律》。黃庭堅此調兩詞，另一首乃俗詞：「濟楚好得些。憔悴損、都是因它。那回得句閑言語，傍人盡道，你管又還、鬼那人

吵。　得過口兒嘛。直勾得、風了自家。是即好意也毒害，你還甜殺人了，怎生中報孩兒。」後段結尾句式略異。朱敦儒詞詠水仙，前後段少一個七字句：「清露濕幽香。想瑤臺、無語淒涼。飄然欲去，依然如夢，雲度銀潢。　又是天風吹澹月，佩丁東、携手西厢。泠泠玉磬，沉沉素瑟，舞遍霓裳。」後段首句又多兩字。宋季劉辰翁兩詞與黄詞格律完全相同，調名《促拍醜奴兒》，其一《辛巳除夕》：「送歲可無詩。得團圞、忍不開眉。不記去年今夕夢，江東懷抱，江西信息，舍北妻兒。　五十扊扅炊。待五十、富貴成癡。百年苦樂乘除看，今年一半，明年一半，更似兒時。」其二《有感》：「世事莫尋思。待説來、天也應悲。百年已是中年後，西州垂淚，東山携手，幾個斜暉。　也莫苦吟詩。苦吟詩、待有誰知。多□不是無才氣，文時不遇，武時不遇，更説今時。」此調以劉辰翁兩詞最佳，可以爲式。鄧剡一首壽詞，格律與黄詞、劉詞同。南宋中期程垓一詞格律亦與黄詞相同，但改調名爲《攤破南鄉子》，詞云：「休賦惜春詩。留春住、説與人知。一年已負東風瘦，説愁説恨，數期數刻，只望歸時。　莫怪杜鵑啼。真個也、唤得人歸。歸來休恨花開了，梁間燕子，且教知道，人也雙飛。」此調爲重頭曲，每段第二、四、五、六共四句一韻，韻稀，且連續三個四字句；此句群須語意連貫。此調體制及聲情極有特色。

甘州遍

雙調，六十三字。前段六句，三平韻；後段八句，五平韻。　毛文錫

春光好句　公子愛閑游韻　足風流韻　金鞍白馬句　雕弓寶劍句　紅纓錦襜出長楸韻

花蔽膝句　玉銜頭韻　尋芳逐勝歡宴句　絲竹不曾休韻　美人唱讀　揭調是甘州韻　醉紅樓韻　堯年舜日句　樂聖永無憂韻

甘州，西魏廢帝三年（五五四）改西涼州爲甘州，因甘峻山爲名。治所在永平（甘肅張掖），轄境相當今甘肅高台以東弱水上游。甘州在唐代屬邊地。《碧鷄漫志》卷三：「天寶樂曲皆以邊地爲名，若《凉州》、《伊州》、《甘州》之類，曲遍聲繁，名入破。……《甘州》世不見，今仙吕調有曲破，有八聲慢，有令，而中吕調有象甘州八聲，他宮調不見也。凡大曲就本宮調製引、序、慢、近、令，蓋度曲者常態。」《甘州》乃唐代大曲，「遍」乃大曲之一段；《甘州遍》乃詞家從大曲《甘州》中摘取某一遍而爲詞調者。此調僅五代毛文錫兩詞。此詞描述貴公子游樂生活，有「揭調是甘州」，因以爲調名。毛文錫另一詞描述邊將立功後回朝之情況：「秋風緊，平磧雁行低。陣雲齊。蕭蕭颯颯，邊聲四起，愁聞戍角與征鼙。青塚北，黑山西。沙飛聚散無定，往往路人迷。鐵衣冷、戰馬血沾蹄。破蕃奚。鳳皇詔下，步步躡丹

梯。」此調格律極嚴，毛詞兩首僅兩字平仄可易。

瑞鷓鴣

雙調，六十四字。前後段各五句，三平韻。　柳永

全吳都會古風流韻渭南往歲憶來游韻西子方來句越相功成去句千里滄江一葉舟韻　至今無限盈盈者句盡來拾翠芳洲韻最是簇簇寒村句遙認南朝路讀晚烟收韻三兩人家古渡頭韻

鷓鴣，鳥名。晉人崔豹《古今注》卷中：「南山有鳥，名鷓鴣，自呼其名，常向日而飛。畏霜露，早晚希出。」此調爲北宋新聲，屬般涉調，柳詞爲創調之作。柳永此體兩詞，其另首詠梅：「天將奇艷與寒梅。乍驚繁杏臘前開。暗想花神，巧作江南信，鮮染燕脂細剪裁。壽陽妝罷無端飲，凌晨酒入香腮。但聽烟隝深中，誰恁吹羌管、逐風來。絳雪紛紛落翠苔。」兩詞格律相同。晏殊詠紅梅兩詞格律同柳詞。其一詞云：「越娥紅淚泣朝雲。越梅從此學妖顰。臘月初頭，庾嶺繁枝後，特染妍華贈世人。前溪昨夜深深雪，朱顏不掩天真。何時驛使西歸，寄與相思客、一枝新。報道江南別樣春。」此體僅存四詞。另有無名氏

一詞，字數相同，句式略異。

又一體

雙調，八十八字。前後段各九句，五平韻。　柳　永

寶髻瑤簪韻嚴妝巧句天然緑媚紅深韻綺羅叢裏句獨逞謳吟韻一曲陽春定價句何啻值千金韻傾聽處讀王孫帝子句鶴蓋成陰韻　凝態掩霞襟韻動象板聲聲句怨思難任韻嘹亮處句迴壓弦管低沉韻時恁回眸斂黛句空役五陵心韻須信道讀緣情寄意句別有知音韻

柳永此體兩詞，此詞乃贈歌妓之作；另一詞乃贈奉某貴人之作，但少兩字。兩詞均屬南呂調，其音譜與格律異於前體。此體僅柳永兩詞。此調《詞律》收侯寘五十六字體，七言八句，平韻；又收晏殊六十四字、柳永八十八字，平韻兩體。《詞譜》收六體：馮延巳五十六字，賀鑄五十六字，柳永六十四字，無名氏六十四字，柳永八十八字和八十六字。以上侯寘、馮延巳、賀鑄所作實爲一體。馮延巳詞見《陽春集》，名《舞春風》，乃唐代教坊曲，本是七律之聲詩而誤入集中者。馮詞云：「嚴妝才罷怨春風。粉牆畫壁宋家東。蕙蘭有恨枝猶緑，桃李無言花自紅。燕燕巢時簾幕卷，鶯鶯啼處鳳樓空。少年薄倖知何處，每夜歸來

春夢中。」清初沈雄《古今詞話·詞辨》上卷改名《瑞鷓鴣》，因宋人有此體。宋人蘇軾、李清照、張元幹、趙長卿、程垓等之《瑞鷓鴣》皆七言律詩，非詞體。此調在宋代有聲詩與長短句兩體并行，詞人集中多有淆混。《樂府詩集》收無名氏《山鷓鴣》五絶二首，李益《鷓鴣詞》五絶一首，李涉《鷓鴣詞》五律二首。宋七律之《瑞鷓鴣》，唐人諸作皆爲聲詩。宋人汪晫《鷓鴣詞》一首，題爲《春愁》，同七律之《瑞鷓鴣》，亦聲詩。

海月謠

雙調，六十四字。前後段各七句，四仄韻。　韓淲

晚秋烟渚韻更舟倚讀蕭蕭雨韻水痕清氾句迤邐漸整句雲帆西去韻三疊陽關句留下別離情緒韻

溪南一塢韻對風月讀誰爲主韻酒徒詩社句自此冷落句胸懷塵土韻目送鴻飛句莫聽數聲柔艣韻

北宋新聲。始詞爲賀鑄作：「樓平疊巘。瞰瀛海、波三面。碧雲掃盡，桂輪滉玉，鯨波張練。化出無邊寶界，是名壯觀。追游汗漫。願少借、長風便。麻姑相顧，□然笑指，寒潮清淺。頓覺蓬萊方丈，去人不遠。」此詠海月本意，因以爲調名。賀詞前後段結兩句爲六字

句與四字句，句式略異。此調舊譜未收，謹補。

黄鍾樂

雙調，六十四字。前後段各五句，三平韻。　　魏承班

池塘烟暖草萋萋韻惆悵閑宵含恨句愁坐思堪迷韻遥想玉人情事遠句音容渾是隔桃溪韻　偏記同歡秋月低韻簾外論心花畔句和醉暗相携韻何事春來君不見句夢魂長在錦江西韻

唐代教坊曲。黄鍾，古樂十二律之一。聲調最洪大響亮。《周禮·春官·大司樂》：「乃奏黄鍾，歌大吕，舞雲門，以祀天神。」此調僅見《花間集》魏承班一詞，是爲孤調。此調爲重頭曲，以七字句爲主，音節流暢和婉。

握金釵

雙調，六十四字。前後段各七句，四仄韻。　　吕渭老

風○日●困●花○枝○句晴○蜂○自●相○趁●韻晚●來○紅○淺●香○盡●韻整頓●腰○肢○暈●殘○粉●韻弦○上●語●句夢●中○人○句天○外●信●韻　青○杏●已●成○雙○句新○尊○薦●櫻○笋●韻爲●誰○一和●銷○損●韻數著●佳○期○又●不穩●韻春○去●也●句怎●當○他○句清○晝●永●韻

北宋新聲。呂詞兩首，此詞寫離情。另一詞寫閨情：「向晚小妝勻，明窗倦裁剪。見花清淚遮眼。開盡繁桃又春晚。心下事，比年時，都較懶。　胡蝶入簾飛，郎聲似鶯囀。見來無計拘管。心似芭蕉乍舒展。歸去也，夕陽斜，紅滿院。」無名氏一首詠梅詞，調名《戛金釵》，字數相同，句式略異：「梅蕊破初寒，春來何太早。輕傅粉，向人先笑。比並年時較些少。愁底事，十分清瘦了。　影静野塘空，香寒霜月曉。風韻減、酒醒花老。可殺多情要人道。疏竹外，一枝斜更好。」此詞前後段第三句多一字，第六、七句多一字。此調僅此三詞。

麥秀兩岐

和凝

雙調，六十四字。前後段各七句，六仄韻。

涼○簟●鋪○斑○竹●韻鴛○枕●並●紅○玉●韻臉●蓮○紅○句眉○柳●綠●韻胸○雪●宜○新○浴●韻淡●黃○衫○子●

裁春縠韻異香芬馥韻　羞道教回燭韻未慣雙雙宿韻樹連枝句魚比目韻
掌上腰如束韻嬌嬈不奈人拳跼韻黛眉微蹙韻

唐代教坊曲。《碧鷄漫志》卷五：「《文酒清話》云：『唐封舜卿性輕佻。德宗時使湖南，道經金州，守張樂燕之。執杯索《麥秀兩岐》曲，樂工不能。封謂樂工曰：汝山民亦合聞大朝音律。守爲杖樂工。復行酒、封又索此曲。樂工前乞侍郎舉一遍。封爲唱徹，衆已盡記，於是終席動此曲。封既行，守密寫曲譜，言封燕席事，郵筒中送與潭州牧。封至潭，牧亦張樂燕之。倡優作襤褸數婦人，抱男女筐筥，歌《麥秀兩岐》之曲，叙其拾麥勤苦之由。封面如死灰，歸過金州，不復言矣。』今世所傳《麥秀兩岐》，今在黄鍾宫。唐《尊前集》載和凝一曲，與今曲不類。」和凝此詞乃艷詞。此調僅此一詞，宋人無作者。此調短句甚多，入聲韻，韻密；乃重頭曲。和凝詞格律極嚴，字聲平仄僅五字相異，亦屬可平可仄者。

侍香金童

無名氏

雙調，六十四字。前後段各六句，四仄韻。

寶臺蒙繡句瑞獸高三尺韻玉殿無風烟自直韻迤邐傳杯盈綺席韻苒苒菲

菲句斷處凝碧韻　是龍涎鳳髓句惱人情意極韻想韓壽讀風流應暗識韻去似彩雲無處覓韻　惟有多情句袖中留得韻

宋人曾慥《樂府雅詞拾遺》上卷載此詞，乃詠此調本事。五代王仁裕《開元天寶遺事》天寶下「床畔香童」：「（王元寶）常於寢帳床前，雕矮童二人捧七寶博山爐，自暝焚香徹曉。」調名取此。此調今存五詞，均六十餘字，句式大同小異。賀鑄詞六十三字：「楚夢方回，翠被寒如水。尚想見、揚州桃李。姿秀韻閑何物比。玉堂秋風，漫聲流美。　燕堂開，雙按秦弦呈素指。寶雁參差飛不起。三五彩蟾明夜是。屈曲闌干，斷腸千里。」此詞詠彈箏女子。趙長卿一詞六十五字：「一種春光，占斷東君惜。算穠李、昭華爭並得。粉膩酥融嬌欲滴。端的尊前，舊曾相識。　向夜闌酒醒，霜濃寒又力。但只與、冰姿添夜色。繡幕銀屏人寂寂。只許劉郎，暗傳消息。」此詞寫花間尊前情意。此調曾流傳於北宋民間。《苕溪漁隱叢話》後集卷三十九引《上庠録》：「政和元年，尚書蔡薿爲知貢舉，尤嚴挾書。是時有街市詞曰《侍香金童》，方盛行，舉人因其詞加改十五字作《懷挾》詞。」詞云：「喜葉之地，手把懷兒摸。甚恰恨、出題廝撞著。內臣過得不住脚。忙裏只是，看得斑駁。　駭這一身冷汗，都如雲霧薄。比似年時頭勢惡。待檢又還猛想度。只恐根底，有人尋着。」此詞六十五字，乃據民間一首情詞改寫，原詞已不存。此調各詞句式小異，當以無名氏始詞爲式。

脱銀袍

雙調，六十四字。前後段各六句，五仄韻。　晁端禮

纖條緑沁韻春色爲伊難禁韻傳芳意讀東君信任韻燕愁鶯懶句怕輕寒猶噤韻護占得讀幽香轉甚韻　粉面初勻句冰肌未飲韻何須愛讀妖桃勝錦韻夜闌人静韻任月華來浸韻待抱著讀花枝醉寢韻

北宋新聲。此調僅存兩詞。另一詞爲曹組作。宋人話本《宣和遺事》前集，記述北宋京都元宵：「至十五夜，去内直門下賜酒……那看燈底百姓，休問富貴貧賤老少尊卑，盡到端門下賜御酒一杯。」教坊大使曹組作《脱銀袍》詞：「濟楚風光，昇平時世。端門支散，碗遂逐旋温來，吃得過、那堪更使金器。分明是。與窮漢、消災滅罪。　又没支分，猶然遞滯。打篤磨槎來根底。換頭巾，便上弄交番厮替。告官裏。馳逗高陽餓鬼。」此與晁詞比較，句式頗異，當以晁詞爲式。

淡黃柳

雙調，六十五字。前段五句，五仄韻；後段七句，五仄韻。

姜　夔

空城曉角韻吹入垂楊陌韻馬上單衣寒惻惻韻看盡鵝黃嫩緑韻都是江南舊相識韻　正岑寂韻明朝又寒食韻强携酒讀小橋宅韻怕梨花讀落盡成秋色韻燕燕飛來句問春何在句惟有池塘自碧韻

南宋音樂家兼詞人姜夔自度曲，自注「正平調近」。詞序云：「客居合肥南城赤闌之西，巷陌凄涼，與江左異。唯柳色夾道，依依可憐。因度此闋，以舒客懷。」今傳之姜夔《白石道人歌曲》自度曲詞字之右旁皆注有燕樂半字譜，現代音樂家已譯爲今譜，可以歌唱。此曲旋律高亢優美，爲姜夔自度曲中之佳作。宋人用此調者有王沂孫與張炎。王沂孫一詞序云：「甲戌冬，别周公謹丈於孤山中。次冬，公謹游會稽，相會一月。又次冬，公謹自剡還，執手聚别，且復别矣。悵然於懷，敬賦此解。」詞云：「花邊短笛。初結孤山約。雨悄風輕寒漠漠。翠鏡秦鬟釵别，同折幽芳怨摇落。素裳薄。重拈舊紅萼。嘆携手、轉離索。料青禽、一夢春無幾，後夜相思，素蟾低照，誰掃花陰共酌。」此詞前後段第四句不用韻，少兩韻。張炎詞題《贈蘇氏柳兒》，詞云：「楚腰一捻。羞剪青絲結。力未勝春嬌怯怯。暗托鶯聲細説。愁蹙眉心門雙葉。　正情切。柔條未堪折。應不解、管離别。奈如今、已入東風睫。望斷章臺，馬蹄何處，閑了黄昏淡月。」此詞與姜詞格律全同。《詞譜》於此調共列三體。王沂孫詞少兩韻，不可爲法。《詞譜》所據張炎詞集版本有異，以爲後段第四句少一字作「如今已入東風眼」，且不押韻，第五句「空望斷章臺」多一字。此皆版本不同而致誤，今從《全宋詞》本校正。此調爲姜夔自度曲，只此一體。三家俱用入聲韻，故以用入聲韻爲宜。此調爲換頭曲，句式富於變化，音節流暢而歸於和婉，宜於抒情與寫景。

錦纏絆

雙調，六十五字。前後段各六句，三仄韻。　江衍

屈曲新堤句占斷滿村佳氣韻畫檐兩行連雲際韻亂山叠翠水回環句岸邊樓閣句金碧遥相倚韻　柳陰低句艷映花光美韻好昇平讀爲誰初起韻大都風物只由人句舊時荒壘句今日香烟地韻

元人佚名《異聞總録》卷二：「邵武惠應廟神初封祐民公，建中靖國元年，建陽江屯里亦立祠祀之。士人江衍謁祠下，夜夢往溪南之神宇，聞歌聲。閽者止之曰：『公與夫人方坐

白雲障下，調按新詞，汝勿遽進。』少選，神命呼衍，問曰：『汝得此詞否？』衍恐懼，對曰：『世間那復可聞。』神曰：『此黄鍾宮《錦纏絆》也。』乃誦其詞……衍驚覺，即録而傳之，然無有能歌者。」此調當是北宋後期民間新聲。南宋馬子嚴一詞調名《錦纏道》，六十四字，與江詞句式略同：「雨過園林，觸處落紅凝緑。正桑葉齊如沃。嬌羞只恐人偷目。背立牆陰，慢展纖纖玉。聽鳩啼幾聲，耳邊相促。念蠶饑、四眠初熟。勸路旁、立馬莫踟躕，是那裏，唱道秋胡曲。」此詞詠采桑。無名氏一詞亦名《錦纏道》，六十六字，句式與江詞略同：「燕子呢喃，景色乍長春晝。睹園林、萬花如繡。海棠經雨胭脂透。柳展宮眉，翠拂行人首。向郊原踏青，恣歌携手。醉醺醺、尚尋芳酒。問牧童、遥指前村道，杏花深處，那裏人家有。」此詞寫清明踏青。此調僅存三詞，當以江衍詞爲式。

慶春澤

雙調，六十六字。前後段各七句，四仄韻。

張　先

飛閣危橋相倚韻人獨立東風句滿衣輕絮韻還記憶江南句如今天氣韻正白蘋花句繞堤漲流水韻

寒梅落盡誰寄韻方春意無窮句青空千里韻愁草樹依依句關城初閉韻對月黃昏句角聲傍烟起韻

北宋新聲，屬般涉調。張先兩詞爲創調之作。此調爲重頭曲，善用領字爲顯著特點。領字，往往以一虛字引領其下之句或句群。此詞前段兩結句「正白蘋花，繞堤漲流水」，後段結兩句「對月黄昏，角聲傍烟起」，「正」與「對」即領下面句意，形成特殊句法結構。詞中前段之「還」，後段之「愁」亦是領字。填此調時當細細領會其中領字之作用，便能體現聲情特點。因此調以四字句爲主，多用領字，配以七字句和五字句，故音節柔婉而低沉，宜於抒情與描述。張先另一詞題爲《與善歌者》描述聽歌之感受，但後段句式小異。此調有中調和長調兩體，中調僅張先兩詞。

又一體

雙調，一百字。前後段各十句，四平韻。　陳　著

翔鳳闌干句啼鵑院宇句相逢似夢纔醒韻誰道無情句飛紅舞翠歡迎韻青春緑髮花前飲句醉自歌讀記那時曾韻到如今句心事凄涼句怕説芳盟韻　追想艮嶽歸來後句穩依山護得句雨翮風翎韻燕燕鶯鶯句從他巧舌饒聲韻翩翩一種天然艷句笑向人讀不與春爭韻羨花花句好歲寒交句有卧雲亭韻

陳著兩詞，韻同，格律同，皆詠鳳花。鳳花，即鳳仙花，又名小桃紅，椏間作花，頭翅尾足皆具，如鳳之形，又名金鳳花。可用以染指甲。劉鎮一詞題爲《丙子元夕》，與陳詞格律完全相同，詞云：「燈火烘春，樓臺浸月，良宵一刻千金。錦步承蓮，彩雲簇仗難尋。蓬壺影動星球轉，映兩行、寶珥瑶簪。恣嬉游，玉漏聲催，未歇芳心。　笙歌十里誇張地，記年時行樂，憔悴而今。客裏情懷，伴人閑笑閑吟。小桃未盡劉郎老，把相思、細寫瑶琴。怕歸來，紅紫欺風，三徑成陰。」此調長調三詞，與中調音譜相異，體制亦異。《詞譜》於此調列張先兩體，但張詞兩首實爲一體；又列無名氏梅詞一首九十八字體，此詞僅有一首，無可校者。《詞譜》編者未見到陳著及劉鎮詞，失收百字體。

行香子

雙調，六十六字。前段八句，五平韻；後段八句，四平韻。　　蘇　軾

清夜無塵韻月色如銀韻酒斟時讀須滿十分韻浮名浮利句虛苦勞神韻嘆隙中駒句石中火句夢中身韻　雖抱文章句開口誰親韻且陶陶讀樂盡天真韻幾時歸去句作個閑人韻對一張琴句一壺酒句一溪雲韻

北宋新聲，屬般涉調。行香爲禮佛儀式，起於南北朝時期。行香之法：主齋者執香爐繞行道場中，或散撒香末，或自炷香爲禮，或手取香分與衆僧，故亦稱傳香。帝王行香則自乘輦繞行佛壇，令他人執爐隨後。《南史·王弘傳》附王僧達：「何尚之致仕，復膺朝命，於宅設八關齋，大集朝士，自行香。」此調當爲佛曲。北宋初年張先詞爲創調之作：「舞雪歌雲。閑淡妝勻。藍溪水、深染輕裙。酒香醺臉，粉色生春。更巧談話，美情性，好精神。　江空無畔，凌波何處，月橋邊、青柳朱門。斷鐘殘角，又送黄昏。奈心中事，眼中淚，意中人。」此詞後段第二句未押韻。此調《詞律》列六體，《詞譜》列八體，以蘇軾此體爲通行之正體。此調爲重頭曲，後段首句當用韻，其餘宋人之作多如此。蘇軾七首，後段首句不用韻，亦可。蘇軾用於詠物、寫景、酬贈、感悟人生。其另一首感悟人生之作：「三入承明。四至九卿。問儒生、何辱何榮。金張七葉，紈綺貂纓。無汗馬事，不獻賦，不明經。　成都卜肆，寂寞君平。鄭子真、岩谷躬耕。寒灰炙手，人重人輕。除竺乾學，得無念，得無名。」蘇軾此兩詞影響極大，確立此調之基本情趣風格，故宋人多以之感悟人生哲理。辛棄疾四首具嘲諷之意，風格更爲恣肆，如《博山戲呈趙昌甫韓仲止》：「少日嘗聞。富不如貧。貴不如、賤者長存。由來至樂，總屬閑人。且飲瓢泉，弄秋水，看停雲。　歲晚情親。老語彌真。記前時、勸我殷勤。都休殢酒，也莫論文。把相牛經，種魚法，教兒孫。」沈瀛三首風格亦恣肆，如其：「野叟長年。一室蕭然。都齊收、萬軸牙籤。只留三件，三教都全。時看周易，讀莊子，誦楞嚴。　闕䠶會意，萬語千言。得魚兒、了後忘筌。行行坐坐，相與周旋。待將此意，尋老孔，問金仙。」劉辰翁《次草窗憶古心公韻》乃悼念其師江萬里之詞，善於發揮此調特點：「玉立風塵。光動黄銀。便談文、也到夜分。無人燭下，壁上傳神。記老婆心，寒士語，道人身。　極意形容，下語難親。更萬分、無一分真。醉翁去後，往往愁人。願滴山泉，銜丘冢，化龍雲。」此調亦用以言情，如洪瑹詞：「楚楚精神。楊柳腰身。是風流、天上飛瓊。凌波微步，羅襪生塵。有許多嬌，許多媚，許多情。　十年心事，兩字眉婚。問何時、真個行雲。秋衾半冷，窗月窺人。想爲人愁，爲人瘦，爲人顰。」宋季蔣捷《舟宿蘭灣》詞意極爲輕快：「紅了櫻桃。緑了芭蕉。送春歸、客尚蓬飄。昨宵谷水，今夜蘭皋。奈雲溶溶，風淡淡，雨瀟瀟。　銀字笙調。心字香燒。料芳踪、乍整還凋。待將春恨，都付春潮。過窈娘堤，秋娘渡，泰娘橋。」宋人陳隨隱《隨隱漫録》卷二記一首俗詞嘲賣假酒者：「浙右華亭。物價廉平。一道會、買個三升。打開瓶後，滑辣光馨。教君霎時飲，霎時醉，霎時醒。　聽得淵明。説與劉伶。這一瓶、約迭三斤。君還不信，把秤來秤。有一斤酒，一斤水，一斤瓶。」此調在民間較爲流傳，可爲戲謔之詞。此調以四字句和三字句爲主，間以兩個上三下四句法之七字句。每段前半和緩，結尾由一個領字引領三個三字句，遂流暢奔放。每結之三字句須構詞法相同，又須意義連貫，意象優美，音節響亮，具語意回環之藝術效果。宋人用此調者頗衆，多用以表達感慨、嘲諷、議論，且具輕快之情意。

解佩令

王庭珪

雙調，六十六字。前後段各六句，五仄韻。

湘江停瑟韻洛川回雪韻是耶非讀相逢飄瞥韻雲鬢風裳句照心事讀娟娟山月韻剪烟花讀帶蘿同結韻　留環盟切韻貽珠情徹韻解攜時讀玉聲愁絶韻羅襪塵生句早波面讀春痕欲滅韻送人行讀水聲凄咽韻

北宋新聲。王庭珪詞詠本事。解佩，解下衣帶上所佩飾之珠玉。《文選》郭璞《江賦》「感交甫之喪佩」注引《韓詩内傳》：「鄭交甫遵彼漢皋臺下，遇二女，與言曰：『願請子之佩。』二女與交甫。交甫受而懷之，超然而去，十步循探之，即亡矣；回顧二女，亦即亡矣。」此故事詳見《太平廣記》卷五十九《江妃》引《列仙傳》。史達祖一詞寫春閨之情：「人行花塢。衣沾香霧。有新詞、逢春分付。屢欲傳情，奈燕子不曾飛去。倚珠簾、詠郎秀句。　想思一度。濃愁一度。最難忘、遮燈私語。澹月梨花，借夢來、花邊廊廡。指春衫、淚曾濺處。」《高麗史·樂志》存北宋時一首民間俗詞，描繪女子形體：「臉兒端正。心兒峭俊。眉兒長、眼兒入鬢。鼻兒隆隆、口兒小、舌兒香軟。耳垛兒、就中紅潤。　項如瓊玉，髮如雲鬢。眉如削、手如春筍。妳兒甘甜，腰兒細、脚兒去緊。那些兒、更休要問。」此詞後段首句未用韻。此調爲重頭曲，每段三個四字句，三個上三下四句法之七字句，且用仄韻，停頓之處較多，形成平緩凝澀之調勢。此調宜寫愁苦情緒，尤宜寫離情，亦宜寫景。

又一體

無名氏

雙調，六十六字。前後段各六句，四仄韻。

蕙●蘭○無○韻句桃○李●堪○掃●韻都○不●數●讀凡○花○閑○草●韻對●月●臨○風○句長○是●伊○讀故●來○相○惱●韻和○魂○夢●讀披○他○香○到●韻　江○頭○隴●畔●句爭○先○占●早●韻一●枝○枝○讀看●來○總●好●韻似●恁●風○標○句待●發●願●讀春○前○祈○禱●韻祝●東○君○讀放●教○不●老●韻

此無名氏詠梅詞。此體前後段首句不用韻，其餘句式同前體。晏幾道一詞，仇遠一詞後段第二句不用韻。王千秋詞詠木犀，與無名氏梅詞格律相同。此調《詞譜》列五體，當以以上兩體爲式。

垂絲釣

周邦彦

雙調，六十六字。前段八句，七仄韻；後段七句，六仄韻。

鏤金翠羽韻妝成纔見眉嫵韻倦倚繡簾句看舞風絮韻愁幾許韻寄鳳絲雁柱韻春將暮韻向層城苑路韻鈿車似水句時時花徑相遇韻舊游伴侶韻還到曾來處韻門掩風和雨韻梁燕語韻問那人在否韻

北宋新聲，屬商調。周邦彥詞爲創調之作。關於此詞之分段，迄今仍存在争議。毛晉本《片玉詞》於「水」字分段，《詞律》指出其不叶韻。《詞萃》、《宋四家詞選》於「路」字分段。《花草粹編》於「暮」字分段。《全宋詞》於「柱」字分段。茲從《詞律》與《詞譜》於「路」字分段，蓋前後段第一、二句之句式相同，又兩結尾均爲五字句，亦相同。出現分段之歧義，因其餘詞人確有分段不同之故。《詞譜》於此調列四體，當以周詞爲正體。趙彥端兩詞與周詞格律相同，其一抒寫離情：「莫愁有信。全勝春夢無準。篆縷欲銷，衣粉堪認。殘夢醒。枕夜涼滿鬢。想香徑。正垂垂美蔭。晚花在否，朱欄誰與同憑。斷雲怨冷。青鳥無憑問。紅葉翻成恨。三五近。試預占破鏡。」丘崈《戊戌迓客自入淮南多所感愴作》云：「夕烽戍鼓。悲涼江岸淮浦。霧隱孤城，沙荒水聚。人共語。盡向來勝處。謾懷古。問柳津花渡。露橋夜月，吹簫人在何許。繚牆禁籞。粉黛成黄土。惟有江東注。都無虜。似舊時得否。」吴文英詞詠牡丹，自注屬夷則商，調名《垂絲釣近》，但首句不用韻：「聽風聽雨，春殘花落門掩。乍倚玉欄，旋剪夭艷。携醉靨。放遡溪游纜。波光撼。映燭花黯澹。碎霞澄水，吴宮初試菱鑑。舊情頓減。孤負深杯灧。衣露天香染。通夜飲。問漏移幾點。」此調韻密，但音節低沉。

謝池春

陸游

雙調，六十六字。前後段各六句，四仄韻。

壯歲從戎句曾是氣吞殘虜韻陣雲高讀狼烽夜舉韻朱顏青鬢句擁雕戈西戍韻笑儒冠讀自來多誤韻　功名夢斷句却泛扁舟吳楚韻漫悲歌讀傷懷吊古韻烟波無際句望秦關何處韻嘆流年讀又成虛度韻

北宋有《謝池春慢》乃長調，始詞爲張先作。此《謝池春》爲中調。南宋陸游三詞格律相同，風格均甚豪健。調名取自南朝詩人謝靈運《登池上樓》詩句「池塘生春草，園柳變鳴禽」。中調之始詞爲南宋初年李石詠柳之詞：「烟雨池塘，綠野乍添春漲。鳳樓高、珠簾卷上。金柔玉困，舞腰肢相向。似玉人、瘦時模樣。　離亭別後，試問陽關誰唱。對青春、翻成悵望。重門靜院，度香風屏障。吐飛花、伴人來往。」宋季孫夫人改調名爲《風中柳》，用以寫閨情：「銷減芳容，端的爲郎煩惱。鬢慵梳、宮妝草草。別離情緒，待歸來都告。怕傷郎、又還休道。　利鎖名韁，幾阻當年歡笑。更那堪、鱗鴻信杳。蟾枝高折，願從今須早。莫辜負、鳳帷人老。」此詞流美婉約，自成一格。此調僅南宋五詞。《高麗史・樂志》所存之《風中柳令》與《謝池春》迥異。

聲聲令

雙調，六十六字。前段七句，四平韻；後段八句，五平韻。　章楶

簾移碎影句香褪衣襟韻舊家庭院嫩苔侵韻東風過盡句暮雲鎖句綠窗深韻怕對人讀閑枕剩衾韻　樓底輕陰韻春信斷句怯登臨韻斷腸魂夢兩沉沉韻花飛水遠句便從今句莫追尋韻又怎禁讀驀地上心韻

北宋中期新聲。曹勛一詞名《勝勝令》，「勝」與「聲」同音。此調僅存此兩詞。曹詞：「梅風吹粉，柳影搖金。漸看春意入芳林。波明草嫩，據征鞍，晚烟沉。向野館、愁緒怎禁。過了燒燈。醉別院，阻同尋。瑣窗還是冷瑶琴。燈花謝也，擁春寒，掩閑衾。念翠屏、應倚夜深。」章詞後段第六句「今」字偶入韻，非韻位所在。曹詞後段首句「燈」字乃韻位。此兩詞句式、字數、字聲平仄相同，不宜列爲兩體。

青玉案

雙調，六十七字。前後段各六句，五仄韻。

賀鑄

凌波不過橫塘路韻但目送讀芳塵去韻錦瑟華年誰與度韻月橋花院句綺窗朱户韻只有春知處韻　碧雲冉冉蘅皋暮韻彩筆新題斷腸句韻試問閑愁知幾許韻一川烟草句滿城風絮韻梅子黄時雨韻

北宋新聲。賀詞爲創調之作，乃宋詞名篇。調名取自東漢張衡《四愁詩》之四：「美人贈我錦繡緞，何以報之青玉案。」青玉案乃古時貴重之食器，案爲承杯箸之盤。賀詞抒寫春愁，極爲華美雅致。蘇軾《和賀方回韻送伯固歸吴中》，風格曠達：「三年枕上吴中路。遣黄犬、隨君去。若到松江呼小渡。莫驚鴛鷺，四橋盡是，老子經行處。輞川圖上看春暮。常記高人右丞句。作個歸期天已許。春衫猶是，小蠻針綫，曾濕西湖雨。」自蘇軾和韻之後，宋人多用賀鑄韻，如無名氏《詠舉子赴省》：「釘鞋踏破祥符路。似白鷺、紛紛去。試盝幞頭誰與度。八厢兒事，兩員直殿，懷挾無藏處。時辰報盡天將暮。把筆胡填備員句。試問閑愁知幾許。兩條脂燭，半盂餿飯，一陣黄昏雨。」蘇詞與無名氏詞前後段第五句不用韻，使此調結尾更爲語氣貫注。《詞律》於此調列七體，《詞譜》列十三體，但以賀詞爲通用之體，前後段第五句則宋人多不用韻。此調作者甚衆，適應之題材廣泛，凡抒情、寫景、叙事、祝頌、詠物、酬贈皆宜。辛棄疾《元夕》亦此調名篇：「東風夜放千花樹。更吹落、星如雨。寶馬雕車香滿路。鳳簫聲動，玉壺光轉，一夜魚龍舞。蛾兒雪柳黄金縷。笑語盈盈暗香去。衆裏尋他千百度。驀然回首，那人却在，燈火闌珊處。」趙彦端贈彈琵琶女子：「當年萬里龍沙路。載多少、離愁去。冷壓層簾雲不度。芙蓉雙帶，垂楊嬌髻，弦索初調度。花凝玉立東風暮。曾記江邊麗人句。異縣相逢能幾許。多情誰料，琵琶洲畔，同醉清明雨。」趙善扛《春暮》抒寫離情：「一年陌上尋芳意。想人在、東風裏。褪粉銷紅春有幾。青翰飛去，紫雲凝佇，往事如流水。烟横極浦山無際。暗解明璫問誰寄。鄉在温柔何處是。輪困香霧，静深庭院，簾影參差翠。」吴文英詞寓悼念之意：「短亭芳草長亭柳。記桃葉、烟江口。今日江村重載酒。殘杯不到，亂紅青塚，滿地閑春繡。翠陰曾折梅枝嗅。還憶秋千玉葱手。紅索倦將春去後。薔薇花落，故園胡蝶，粉薄殘香瘦。」民間多用此調，如無名氏抒寫旅愁，含蓄而優美：「一年春事都來幾。早過了、三之二。緑暗紅稀渾可事。緑楊庭院，暖風簾幕，有個人憔悴。買花載酒長安市。又争似、家山見桃李。不枉東風吹客淚。相思難表，夢魂無據，惟有歸來是。」此詞後段第二句多一字。另一首無名氏詞亦寫旅愁，尤爲通俗流暢，應是此調之佳作：「年年社日停針綫。怎忍見、雙飛燕。今日江城春已半。一身猶在，亂山深處，寂寞溪橋畔。春衫著破誰針綫。點點行行淚痕滿。落日解鞍芳草岸。花無人戴，酒無人勸，醉也無人管。」以上諸詞前後段第五句俱不用韻。此調前後段結尾三句，必須語意連貫，意象優美，語言生動，可體現此調之藝術個性。

感皇恩

雙調，六十七字。前後段各七句，四仄韻。

晁端禮

蜀錦滿林花句三年重到韻應被花枝笑人老韻半開微謝句占得幾多時好韻便須拚痛飲句花前倒韻

醉中但記句紅圍緑繞韻人面花光鬥相照韻繚牆重院句愛惜遮藏須早韻免如攀折柳句臨官道韻

唐代教坊曲，有中吕宫、道調宫、般涉調。天寶十三載（七五四）改金風調《蘇莫遮》爲《感皇恩》。《宋史·樂志》十七：「龜兹部其曲有二，皆雙調。一曰《宇宙清》，二曰《感皇恩》。」此調有兩體，唐代之教坊曲，其詞見存敦煌曲子詞；宋初增改舊調而創新聲者，爲宋人通用之體，始詞即晁端禮感舊之詞。《詞譜》於此調列七體，俱北宋新聲，各體句式略異，但以晁端禮體爲通用之正體。此調聲韻平和，頗爲流暢，宋人用爲壽詞與酬贈者較多。趙企抒寫離恨：「騎馬踏紅塵，長安重到。人面依前似花好。舊歡纔展，又被新愁分了。未成雲雨夢，巫山曉。　千里斷腸，關山古道。回首高城似天杳。滿懷離恨，付與落花啼鳥。故人何處也，青春老。」朱敦儒身經南渡，其感舊之詞深寓滄桑之變：「曾醉武陵溪，竹深花好。玉佩雲鬟共春笑。主人好事，坐客雨巾風帽。日斜青鳳舞，金尊倒。　歌斷渭城，月沉星曉。海上歸來故人少。舊游重到，但有夕陽衰草。恍然真一夢，人空老。」蔡伸描述一位女子情態：「酒暈襯橫波，玉肌香透。輕裊腰肢妒垂柳。臂寬金釧，且是不干春瘦。撚金雙合字，無心繡。鬢雲半墮，金釵欲溜。羅袂殘香忍重嗅。渡江桃葉，腸斷爲誰招手。倚欄凝望久，眉空鬥。」此調亦多曠達之作與感悟人生之作。辛棄疾得知理學大師朱熹下世之噩耗，時讀《莊子》，因感而作：「案上數編書，非莊即老。會説忘言始知道。萬言千句，自不能忘堪笑。朝來梅雨霽，青天好。一丘一壑，輕衫短帽。白髮多時故人少。子雲何在，應有玄經遺草。江河流日夜，何時了。」此調適應之題材較廣，格律當以晁詞爲式。

又一體

雙調，五十八字。前後段各六句，四平韻。

無名氏

四海清平遇有年韻　黔黎歌聖德句　樂相傳韻　修文偃革習農田韻　欽皇化句　雨露蓋無邊韻

瑞氣集諸賢韻　群僚趨玉砌句　賀龍顏韻　磐石永固壽如山韻　梯航路句　相問共朝天韻

《花間集》無此調。敦煌曲子詞存詞四首，此詞及「萬邦無事滅戈鋋」一詞句式相同，後者僅前段第四句多一字。另兩首句式略異，但皆歌頌皇恩之作，是爲此調始詞。此體與宋人通用之體音譜不同，故句式迥異。宋初張先三詞均七字句起者，用平韻，分屬三個宮調，三詞句式略異。其中之中呂宮一詞與敦煌此體體制全同，可以互校。張先詞云：「萬乘靴袍御紫宸。揮毫敷麗藻，盡經綸。第名天陛首平津。東堂桂，重占一枝春。殊觀聳簪紳。蓬山仙話重，霈新恩。暫時趨府冠談賓。十年外，身是鳳池人。」此乃進士及第後表示感謝皇恩之作。此體在宋代不流行，僅張先三詞。《詞譜》失收此體。

獻忠心

雙調，六十八字。前後段各九句，三平韻。

無名氏

臣遠涉山水句來慕當今韻到丹闕句御龍樓韻棄氈帳與弓劍句不歸邊地句學唐化句禮儀同句沐恩深韻　見中華好句與舜日同韻垂衣理句教化隆韻臣遐方無珍寶句願公千秋住句感皇澤句垂珠淚句獻忠心韻

唐代教坊曲。敦煌文獻斯卷二六〇七存此調兩詞，乃「御製曲子」，爲盛唐時唐玄宗所製，傳播於西北，邊地西北民族將領用此調作詞表述歸向大唐，接受唐化之意。此詞用方音叶韻。另一詞六十九字，句式略異，但韻數與前後段結尾三個三字句相同：「驀却多少雲水，直至如今。陟歷山阻，意難任。早晚得到唐國裏，朝聖主，望丹闕，步步淚，滿衣襟。生死大唐好，喜難任。齊拍手，奏鄉音。各將向本國裏，呈歌舞，願皇壽，千萬歲，獻忠心。」此兩詞聯章，結句均爲「獻忠心」，乃此調之始詞。此兩詞是迄今保存之詞體最早的作品。其句式爲長短句，每首内三、四、五、六、七字句並用，句式複雜；每闋用三韻，字聲平仄已有規律可尋；兩詞是按詞調格律將字、句、韻組成一個整體：此標誌中國律詞之形成。敦煌曲子詞内尚有一首《獻忠心》句式頗異，首兩句爲「自從黄巢作亂，直到今年」，此乃五代時期作品。《花間集》存《獻衷心》兩詞，「衷」同「忠」，其詞之基本句式與敦煌曲子同。歐陽炯詞六十四字：「見好花顔色，争笑東風。雙臉上，晚妝同。閉小樓深閣，春景重重。三五夜，偏有恨，月明中。情未已，信曾通。滿衣猶自染檀紅。恨不如雙燕，飛舞簾櫳。春欲暮，殘絮盡，柳條空。」顧敻詞六十九字，句式頗異。

鳳凰閣

雙調，六十八字。前後段各六句，四仄韻。　柳　永

匆匆○相○見●句懊惱●恩○情○太●薄●韻雯時○雲雨人抛○却●韻教我●行○思○坐想●句肌膚如○削●韻恨●只恨●讀相○違○舊●約●韻

相思○成○病●句那更●瀟○瀟○雨●落●韻斷腸○人○在●闌干○

角韻山遠水遠人遠句音信難托韻這滋味讀黃昏又惡韻

北宋新聲，屬仙呂調。柳詞爲創調之作。此調爲重頭曲，調勢平穩；諸家皆用入聲韻，當從。劉克莊寫閑居感受，詞風粗率：「元規端委，得似幼輿丘壑。人言此輩宜高閣。幾載種天隨菊，采龐公藥。龍尾道、難安汗脚。浮榮菌蕣，選甚庶官從橐。對床句子真佳作。安用羡伊結駟，嘆儂羅雀。呼便了、沽來共酌。」宋季仇遠懷舊之詞：「晴綿欺雪，撲撲紅樓錦幄。小蜻蜓載水花泊。猶記横波淺笑，香雲深約。甚可怪、匆匆忘却。尋芳人老，那得心情問著。雁程不到怨無托。還又月笛幽院，風燈疏箔。謾傍竹、寒籠翠薄。」《詞譜》於此調列三體，其餘兩體均六十七字，句式略異，亦用入聲韻。宋季張炎《别義興諸友》：「好游人老，秋鬢蘆花共色。征衣猶戀去年客。古道依然黃葉，誰家蕭瑟。自笑我、如何是得。酒樓仍在，流落天涯醉白。孤城寒樹美人隔。烟水此程應遠，須尋梅驛。又漸數、花風第一。」此詞格律同柳詞，因結句而改調名爲《數花風》。

看花回

柳永

雙調，六十八字。前後段各六句，四平韻。

玉城金階舞舜干韻朝野多歡韻九衢三市風光麗句正萬家讀急管繁弦韻

鳳樓臨綺陌句佳氣非烟韻　雅俗熙熙物態妍韻忍負芳年韻歌筵舞席連昏晝句任旗亭讀斗酒十千韻賞心何處好句惟有尊前韻

北宋新聲，屬大石調。此調有中調與長調兩體。中調僅存柳永兩詞。此詞描述京都富庶繁華。其另一詞抒寫宦途感慨：「屈指勞生百歲期。榮瘁相隨。利牽名惹逡巡過，奈兩輪、玉走金飛。紅顏成白髮，極品何爲。　塵事常多雅會稀。忍不開眉。畫堂歌管深深處，(算)難忘、酒盞花枝。醉鄉風景好，携手同歸。」此兩詞格律相同，字聲平仄一致，極爲嚴整。前後段第四句爲上三下四句法之七字句，兩詞相同，後一詞後段第四句應落一「算」或「最」字。

又一體

雙調，一百一字。前段九句，四仄韻；後段九句，五仄韻。　周邦彦

惠風初散輕暖句霽景澄潔韻秀蕊乍開乍斂句帶雨態烟痕句春思紆結韻危弦弄響句來去驚人鶯語滑韻無賴處讀麗日樓臺句亂絲岐路總奇絶韻　何計解讀黏花繫月韻歎冷落讀頓辜佳節韻猶有當時氣味句挂一縷相思句不斷如髮韻雲飛帝國句人在雲邊心暗折韻語東風讀共流轉句漫

作匆○匆別●韻

此調之長調始自黃庭堅。周邦彥兩詞標注爲越調，音譜及體制與中調相異。周邦彥此詞抒寫惜春情緒，構思纖細。另一詞描述戀情：「秀色芳容明眸，就中奇絶。細看豔波欲溜，最可惜微薰，紅綃輕帖。勻朱傅粉，幾爲嚴妝時涴睫。因個甚、底死嗔人，半餉斜眄費貼燮。斗帳裏、濃歡意愜。帶困眼、似開微合。曾倚高樓望遠，似指笑頻瞤，知他誰說。那日分飛，淚雨縱橫光映頰。搵香羅、恐揉損，與他衫袖裛。」此兩詞格律相同，亦極嚴整。《全宋詞》於前詞前段第二句多一「微」字，於後詞前段第四句作「最可惜微重重」，多一字，又誤一字，今俱校正。周詞兩首善於鋪叙，結構謹嚴，可於此悟其法度。《詞譜》於此調共列八體。中調當以柳詞爲式，長調當以周詞爲式。

殢人嬌

雙調，六十八字。前後段各六句，四仄韻。　晏　殊

二月●春風○句正是●楊花○滿路●韻那堪更●讀別離情緒●韻羅巾○掩淚●句任●粉痕○霑污●韻争奈●向●讀千留萬●留○不住●韻

玉●酒頻傾○句宿眉○愁聚●韻空腸斷●讀寶箏○

弦柱韻人間後會句又不知何處韻魂夢裏讀也須時時飛去韻

北宋新聲，屬林鍾商。創調之作爲柳永艷詞一首。殢，引逗之意，如宋人吕渭老《思佳客》：「殢人索酒後同傾。」晏殊三首，此詞寫春愁，另兩首爲壽詞。蘇軾《王都尉席上贈侍人》：「滿院桃花，盡是劉郎未見。於中更、一枝纖軟。仙家日月，笑人間春晚。濃睡起、驚飛亂紅千片。　密意難傳，羞容易變。平白地、爲伊腸斷。問君終日，怎安排心眼。須信道、司空自來見慣。」張擴詠海棠：「深院海棠，誰倩春工染就。映窗户、爛如錦繡。東君何意，便風狂雨驟。堪恨處、一枝未曾到手。　今日乍晴，匆匆命酒。猶及見、胭脂半透。殘紅幾點，明朝知在否。問何似、去年看花時候。」《詞譜》於此調列五體，當以晏詞爲正體。

兩同心

柳　永

雙調，六十八字。前段七句，三仄韻；後段七句，四仄韻。

佇立東風句斷魂南國韻花光媚讀春醉瓊樓句蟾彩迥讀夜游香陌韻憶當時句酒戀花迷句役損詞客韻　別有眼長腰搦韻痛憐深惜韻鴛會阻讀夕雨淒飛句錦書斷讀暮雲凝碧韻想別來句好景良時句也應相憶韻

北宋新聲，屬大石調。柳永兩詞爲創調之作，格律相同。其另一首乃俗詞：「嫩臉修蛾，淡匀輕掃。最愛學、宮體梳妝，偏能做、文人談笑。綺筵前，舞燕歌雲，別有輕妙。飲散玉爐烟裊。洞房悄悄。錦帳裏、低語偏濃，銀燭下、細看俱好。那人人，昨夜分明，許伊偕老。」楊无咎四詞，其中兩詞句式與柳詞相同，如其一：「秋水明眸，翠螺堆髮。却扇坐、羞落庭花，凌波步、塵生羅襪。芳心發。分付春風，恰當時節。漸解愁花怨月。忒貪嬌劣。寧寧地、情態於人，惺惺處、語言低說。相思切。不見須臾，可堪離別。」此詞前後段第五句用韻。用此調當以柳詞爲式。

又一體

雙調，六十八字。前段七句，三平韻；後段七句，四平韻。　晏幾道

楚鄉春晚句似入仙源韻拾翠處讀漫隨流水句踏青路讀暗惹香塵韻心心在句柳外青簾句花下朱門韻

對景且醉芳尊韻莫話銷魂韻好意思讀曾同明月句惡滋味讀最是黄昏韻相思處句一紙紅箋句無限啼痕韻

此體與柳詞句式相同，但用平聲韻。宋季仇遠一詞寫春景，格律與晏詞同：「踏青歸後，小步西園。翠袖薄、新篁難倚，緑窗潤、弱絮輕黏。春風急，暮雨凄然，早聽啼鵑。　憶昔幾度湖邊。款曲花前。約俊客、同傾鑿落，看游女、同上秋千。春無主，落日低烟，芳草年

年。」前後段第六句之「然」、「烟」非韻位所在，乃屬偶然。黃庭堅三詞，每詞前段首句用韻，稍異。此體當以晏詞爲式。

月上海棠

雙調，七十字。前後段各六句，四仄韻。　　陸　游

斜陽廢苑朱門閉韻吊興亡讀遺恨淚痕裏韻淡淡宮梅句也依然讀點酥剪水韻凝愁處句似憶宣華舊事韻

行人別有淒涼意韻折幽香讀誰與寄千里韻佇立江皋句杳難逢讀隴頭歸騎韻音塵遠句楚天危樓獨倚韻

南宋初年曹勛有《月上海棠慢》爲此調之始詞。此體中調始自陸游之作兩詞。此詞原序：「成都城南有蜀王舊苑，尤多梅，皆二百餘年古木。」又注云：「宣華，故蜀苑名。」此乃詠梅之詞，寄寓興亡之感。陸游另一詞寫離情：「蘭房繡户厭厭病。嘆春酲、和悶甚時醒。燕子空歸，幾曾傳、玉關邊信。傷心處，獨展團窠瑞錦。熏籠消歇沉烟冷。淚痕深、展轉看花影。漫擁餘香，怎禁他、峭寒孤枕。西窗曉，幾聲銀瓶玉井。」兩詞格律謹嚴，爲此體之範式。此體共四詞。

又一體

雙調，九十一字。前段十句，四仄韻；後段十一句，五仄韻。

陳允平

游絲弄晚句卷簾看處句燕重來時候韻正秋千亭榭句錦窠春透韻夢回褪浴華清句凝温泉讀絳綃微縐韻芳陰底句人立東風句露華如晝韻　宜酒韻啼香淚薄句醉玉痕深句與春同瘦韻想當年金谷句步帷初繡韻彩雲影裏徘徊句嬌無語句夜寒歸後韻鶯窗曉句花間重携素手韻

此詞陳允平調名《月上海棠》，實即曹勛之《月上海棠慢》，兩詞格律相同。曹詞《詠題》，陳詞亦同。《白石詩詞集》附姜夔《月上海棠》一首，《賦題》，注夾鍾商，亦九十一字，句式稍異，《白石道人歌曲》未收，非姜夔詞。

惜黃花

雙調，七十字。前段八句，五仄韻；後段八句，四仄韻。

許將

雁聲晚斷韻寒霄雲卷韻正一枝開句風前看句月下見韻花占千花上句香

笑千香淺韻化工與讀最先裁剪韻　誰把瑤林句閑抛江岸韻恁素英濃句芳心細句意何限韻不恨宮妝色句不怨吹羌管韻恨天遠讀恨春來晚韻

此爲始詞，乃詠梅之作。此調共存四詞，各家句式略異。史達祖《九月七日定興道中》：「涵秋寒渚。染霜丹樹。尚依稀，是來時、夢中行路。時節正思家，遠道仍懷古。更對著、滿城風雨。　黄花無數。碧雲欲暮。美人兮，美人兮、未知何處。獨自捲簾櫳，誰爲開尊俎。恨不得、御風歸去。」此詞後段首句用韻，前後段第三、四句句式異。此調宋人作者較少，可以許將詞爲式。

江城子

雙調，七十字。前後段各七句，五平韻。　蘇　軾

十年生死兩茫茫韻不思量韻自難忘韻千里孤墳讀無處話淒涼韻縱使相逢應不識句塵滿面句鬢如霜韻　夜來幽夢忽還鄉韻小軒窗韻正梳妝韻相顧無言讀惟有淚千行韻料得年年腸斷處句明月夜句短松崗韻

此是蘇軾悼念妻子王弗之作，爲宋詞名篇。始詞爲晚唐韋莊兩首閨情詞。五代蜀人歐陽

炯一詞詠此調本意：「晚日金陵岸草平。落霞明。水無情。六代繁華、暗逐逝波聲。空有姑蘇臺上月，如西子鏡，照江城。」江城指金陵，詞爲懷古之作。晚唐五代詞人均用單調，如韋莊詞：「髻鬟狼藉黛眉長。出蘭房。別檀郎。角聲嗚咽、星斗正微茫。露冷月殘人未起，留不住，淚千行。」此體三十五字，宋人加一疊爲雙調七十字。宋人用此調者甚衆，名篇亦多，當以蘇詞爲正體。蘇軾此調九詞，用於寫景、酬贈、別情。蘇軾尚有兩詞亦是名篇。其《湖上與張先同賦》：「鳳凰山下雨初晴。水風清。晚霞明。一朵芙蕖、開過尚盈盈。何處飛來雙白鷺，如有意，慕娉婷。　忽聞江上弄哀箏。苦含情。遣誰聽。烟斂雲收、依約是湘靈。欲待曲終尋問取，人不見，數峰青。」其《密州出獵》爲豪放風格之作：「老夫聊發少年狂。左牽黄。右擎蒼。錦帽貂裘、千騎卷平崗。爲報傾城隨太守，親射虎，看孫郎。　酒酣胸膽尚開張。鬢微霜。又何妨。持節雲中、何日遣馮唐。會挽雕弓如滿月，西北望，射天狼。」秦觀三詞，其中抒寫離情一首最能體現此調聲韻之美，詞情極爲婉約，是爲此調名篇：「西城楊柳弄春柔。動離憂。淚難收。猶記多情、曾爲繫歸舟。碧野朱橋當日事，人不見，水空流。　韶華不爲少年留。恨悠悠。幾時休。飛絮落花、時候一登樓。便做春江都是淚，流不盡，許多愁。」魏夫人《春恨》描述情緒細緻：「別郎容易見郎難。幾何般。懶臨鸞。憔悴容儀、陡覺縷衣寬。門外紅梅將謝也，誰信道，不曾看。　曉妝樓上望長安。怯輕寒。莫憑欄。嫌怕東風、吹恨上眉端。爲報歸期須及早，休誤妾，一春閑。」晁端禮寫離情：「石榴雙葉憶同尋。卜郎心。向誰深。長恁嬌癡、尤殢怎生禁。内樣雙眉新畫得，還印了，在羅襟。　相思幽怨付鳴琴。望來音。久沉沉。若論當初、誰信有如今。

瘦盡標容休見也，明鏡子，任塵侵。」吕渭老表述相思之情：「聞君見影已堪憐。短因緣。偶同筵。相見無言、分散倍依然。做夢楊花隨去也，妝閤畔，繡床前。　覺來離緒意綿綿。寫蠻箋。倩誰傳。魚雁悠悠、門外水如天。欲上西樓還不忍，難著眼，望秋千。」劉過表達對一位歌妓的思念：「海棠風韻玉梅春。小腰身。曉妝新。長是花時、猶繫茜羅裙。一撮精神嬌欲滴，説不似，畫難真。　樓前江柳又江雲。隔音塵。淚沾巾。一點征帆、烟浪渺無津。萬斛相思紅豆子，憑寄與，個中人。」劉辰翁《春興》語意疏快：「一年春事幾何空。杏花紅。海棠紅。看取枝頭、無語怨天公。幸自一晴晴太暖，三日雨，五日風。　山中長自憶城中。到城中。望水東。説盡閑情、無日不匆匆。昨日也同花下飲，終有恨，不曾濃。」宋人亦有以此調作諧謔之詞者，如逸民《中秋憶舉場》嘲諷士人科舉考試之夢：「秀才落得甚乾忙。冗中秋。悶重陽。百年三萬、消得幾科場。吟配十年燈火夢，新米粥，紫蘇湯。　如今且説世平康。收戰場。息欃槍。路斷邯鄲、無復夢黄粱。浪説爲農今決矣，新酒熟，菊花香。」此調每段由兩個七字句，一個九字句，四個三字句組成；用平韻，其用韻之句末兩字俱爲平聲，以九字句略爲一頓，結尾兩個三字句使音節流暢。故此調音韻響亮，氣勢流動而略有曲折，宜於表達奔放熱烈之情。因此調全爲奇句，作詞時力求避免使用詩法。秦觀一詞甚得調體，可細細領會其作法。

千秋歲

雙調，七十一字。前後段各八句，五仄韻。　　秦　觀

水邊沙外韻城郭春寒退韻花影亂句鶯聲碎韻飄零疏酒盞句離別寬衣帶韻人不見句碧雲暮合空相對韻　憶昔西池會韻鵷鷺同飛蓋韻攜手處句今誰在韻日邊清夢斷句鏡裏朱顔改韻春去也句飛紅萬點愁如海韻

北宋新聲，屬歇指調。一年有一秋，千秋即千年，形容歲月長久。千秋爲祝壽之敬詞，亦爲人死之婉言。此調表悲哀，或表吉慶；爲悼亡，或爲壽詞。始詞乃張先作：「數聲鶗鴂。又報芳菲歇。惜春更把殘紅折。雨輕風色暴，梅子青時節。永豐柳，盡日無人花飛雪。莫把幺弦撥。怨極弦能説。天不老，情難絶。心似雙絲網，中有千千結。夜過也，東窗未白凝殘月。」此詞抒寫傷春之情，前段第三句爲七字句，與秦詞略異。《詞律》列此調三體，《詞譜》列八體。秦觀詞乃影響很大之名篇，爲宋人通用之正體，當以之爲式。北宋紹聖三年（一〇九六）秦觀貶謫於處州時作此詞，詞情悲傷絶望，不久即死去。蘇軾在海南儋州貶所，黄庭堅在廣西宜州貶所，他們得知秦觀死亡消息，均追和其詞以示悼念之情。蘇軾詞云：「島邊天外。未老身先退。珠淚濺，丹衷碎。聲摇蒼玉佩，色重黄金帶。一萬里，斜陽

正與長安對。道遠誰云會。罪大天能蓋。君命重，臣節在。新恩猶可覬，舊學終難改。吾已矣，乘桴且恁浮於海。」黄庭堅詞云：「苑邊花外。記得同朝退。飛騎軋，鳴珂碎。齊歌雲繞扇，趙舞風回帶。嚴鼓斷，杯盤狼藉猶相對。灑淚誰能會。醉卧藤陰蓋。人已去，詞空在。兔園高宴悄，虎觀英游改。重感慨，波濤萬頃珠沉海。」一時蘇門文人和者甚衆，使此調在後世多用以悼亡。宋人除用此調作壽詞與悼詞而外，亦有用於其他題材者。晁端禮俗詞一首寫離恨：「飛雲驟雨。草草成睽阻。寸腸結盡千千縷。別離誰是没，惟我於中苦。最苦是，看奴未足拋奴去。一句臨岐語。忍淚奴聽取。身可捨，情難負。縱非瓶斷綆，也是釵分股。再見了，知他得似如今否。」趙彦端描述花間尊前之情趣：「杏花風下。獨立春寒夜。微雨度，疏星挂。暉暉濃艷出，裊裊繁枝亞。朱檻倚，輕羅醉裏添還卸。寂寞情猶乍。悵望驂鸞駕。衣褪玉，香欺麝。一花拚一醉，杯重憑誰把。春去也，重簾翠幕人如畫。」吴潛表述閑適生活之人生感悟：「水晶宫裏。有客閑游戲。溪漾緑，山横翠。柳紆陰不斷，荷遞香能細。撑小艇，受風多處披襟睡。回首看朝市。名利人方醉。蝸角上，争榮悴。大都由命分，枉了勞心計。歸去也，白雲一片秋空外。」此調每段爲「四五三三五五三七」句式，以奇句爲主，第三、四句兩個三字句甚起調，結句以三字句與七字句相配，足以表達激烈之情。另有《千秋歲引》，亦名《千秋歲令》，與《千秋歲》之音譜相異，非同一詞調。

歸田樂引

雙調，七十二字。前段六句，五仄韻；後段七句，五仄韻。　晏幾道

試把花期數韻便早有讀感春情緒韻看即梅花吐韻願花更不謝句春且長住韻只恐花飛又春去韻　花開還不語韻問此意讀年年春還會否韻絳脣青鬢句漸少花前侶韻對花又記得句舊曾游處韻門外垂楊未飄絮韻

此調之始詞爲黄庭堅俗詞兩首，調名《歸田樂引》。黄詞後段第二句少兩字，詞云：「暮雨濛濛階砌。漏漸移、轉添寂寞，點點心如碎。怨你又戀你，恨你惜你。畢竟教人怎生是。前歡算未已。奈何如今愁無計。爲伊聰俊，消得人憔悴。這裏誚睡裏，夢裏心裏。一向無言但垂淚。」無名氏一詞後段第二句少一字，用韻略異。此調僅此四詞，可以晏詞爲式。

三登樂

雙調，七十一字。前後段各七句，四仄韻。　范成大

方帽衝寒句重檢校讀舊時農圃韻荒三徑讀不知何許韻但姑蘇讀臺下有句蒼然平楚韻人笑此翁句又來訪古韻　況五湖元自有句扁舟祖武韻記滄洲讀白鷗伴侶韻嘆年來讀孤負了句一蓑烟雨韻寂寞暮潮句喚回棹去韻

三登，《漢書・食貨志》：「三考黜陟，餘三年食。進業曰登，再登曰平，餘六年食。三登曰泰平，二十七歲，遺九年食。然後王德流洽，禮樂成焉。」調名取此。范成大此調四首寫晚年閑適生活，詞風質樸，爲此調始詞。陳三聘和詞四首，格律相同，如和此詞：「一品歸來，强健日、小園幽圃。扁舟興、恐天未許。想當年、持漢節，衆齊咻楚。丹忠此日，盛名千古。　掞詞章師海内，緯文經武。莫寒盟、故山舊侶。到鱸鄉、還又是，秋風斜雨。嗚刀鱠雪，未應便去。」此乃頌揚范成大之功業成就。

檐前鐵

雙調，七十一字。前段八句，三仄韻；後段六句，三仄韻。　　無名氏

悄無人句宿雨厭厭句空庭乍歇韻聽檐前讀鐵馬戛叮噹句敲破夢魂殘結韻丁年事句天涯恨句又早在讀心頭咽韻　誰憐我讀綺簾前句鎮日鞋兒

雙○跌●韻今○番○也●讀石●人○應○下●千○行○血●韻擬●展●青○天○句寫●作●斷●腸○文○句難○盡●説●韻

此詞見《詞譜》卷十六引宋人楊湜《古今詞話》。詞有「檐前鐵馬」，因以爲調名。鐵馬，以薄鐵製成之小片，串挂於檐間，風起則琤琮有聲。此雖孤調，但體制特點突出，字聲平仄甚有規律，短句多，用入聲韻，詞意流暢自然，聲韻諧美。此詞流行於北宋民間，非常强烈地表達了一位婦女的悲憤，其真情感人，絶非代言之作。

離亭宴

雙調，七十二字。前後段各六句，四仄韻。

張　昪

一帶●江○山○如畫●韻風○物向●秋○瀟○灑●韻水浸○碧天○何○處斷●句翠●色●冷光○相○射●韻蓼●岸●荻●花○中○句隱映竹●籬○茅○舍●韻　天○際●客帆○高○挂●韻門外酒●旗○低○迓●韻多少●六朝○興○廢●事●句盡●入●漁○樵○閑○話●韻悵●望●倚●危○欄○句紅○日無言○西○下●韻

北宋新聲，屬般涉調。離亭，古代路旁驛亭。地遠者稱離亭，近者稱都亭。漢代《曹全碑》：「合七首藥神明膏，親至離亭。」離亭宴，於離亭送別行人之宴飲，「宴」，或作「燕」。始詞爲張先所作《公擇別吳興》，因詞之第二句爲「隨處是、離亭別宴」，取以爲調名。張先詞爲七十七字，句式頗異。張昪詞爲金陵懷古，詞意有蒼凉蕭遠之致，其體爲宋人所通用。黄庭堅《次韻答廖明略見寄》：「十載尊前談笑。天禄故人年少。可是陸沉英俊地，看即瑣窗批詔。此處忽相逢，潦倒禿翁同調。　西顧郎官湖渺。事看庾樓人小。短艇絶江空悵望，寄得詩來高妙。夢去倚君旁，胡蝶歸來清曉。」黄庭堅爲「蘇門四學士」之首，他去世後，「蘇門四學士」之一的晁補之作《次韻吊豫章黄魯直》：「丹府黄香堪笑。章臺墜鞭年少。細雨春風花落處，醉裏中人傳詔。却上五湖船，悲歌楚狂同調。　青草荆江波渺。香爐紫霄簪小。人在江山長依舊，幼婦空傳辭妙。灑淚作招魂，楓林子規啼曉。」此調共存五詞。全調六字句共八句，而且用韻處均爲六字句，形式穩重嚴整，兼用仄韻，故有抑鬱之聲情。

連理枝

雙調，七十二字。前後段各六句，四仄韻。

邵叔齊

澹泊疏籬隔韻寂寞官橋側韻緑萼青枝風塵外句別是一般姿質韻念天涯讀憔悴各飄零句記初曾相識韻　雪裏清寒逼韻月下幽香襲韻不似薄情無憑準句一去音書難得韻看年年讀時候不踰期句報陽和消息韻

北宋新聲，屬黄鍾宫。此調之始詞爲晏殊兩首壽詞，與邵詞句式略異。連理枝，指兩棵樹之枝連生一起，喻相愛之夫妻。唐代白居易《長恨歌》：「在天願爲比翼鳥，在地願爲連理枝。」此詞爲重頭曲，格律極爲嚴整，前後段互校，僅兩字之字聲平仄可易移。此調平穩諧美，可以爲式。宋人此體僅此一詞，乃詠梅之作。

又一體

雙調，七十字。前後段各七句，四仄韻。

賀鑄

繡幌閑眠曉韻處處聞啼鳥韻枕上無情句斜風横雨句落花多少韻想灞橋讀春色老於人句恁江南夢杳韻往事今何道韻聊詠池塘草韻懷縣年來句蕭蕭壯髪句可堪頻照韻賴醉鄉讀佳境許徜徉句惜歸歟不早韻

此爲宋人通用之正體，同晏殊兩詞格律。今傳之《尊前集》乃宋初重編，其中誤傳李白一詞：「雪蓋宫樓閉。羅幕昏金翠。鬥鴨闌干，香心淡薄，梅梢輕倚。噴寶猊、香燼麝烟濃，馥紅綃翠被。淺畫雲霞帔。點滴昭陽淚。咫尺宸居，君恩斷絶，似遥千里。望水晶、簾外竹枝寒，守羊車未至。」此乃宫怨詞，爲宋初人所作。南宋程垓詞名《紅娘子》：「小小閑窗底。曲曲深屏裏。一枕新凉，半床明月，留人歡意。奈梅花引裏唤行人，苦隨他無計。幾點清觴淚。數曲烏絲紙。見少離多，心長分短，如何得是。到如今、留下許多愁，枉教人憔悴。」前後段第六句乃八字句，可於三字處爲讀，亦可於五字處爲讀，不拘。劉過《在襄州作》又改調名爲《小桃紅》：「晚入紗窗静。戲弄菱花鏡。翠袖輕勻，玉纖彈去，小妝紅粉。畫行人、愁外兩青山，與尊前離恨。宿酒醺難醒。笑記香肩並。暖借蓮腮，碧雲微透，暈眉斜印。最多情、生怕外人猜，拭香津微揾。」此調前後段結句，諸家皆作上一下四句法，是爲此調定格。

惜奴嬌

雙調，七十二字。前後段各七句，五仄韻。　賀鑄

玉立佳人句韻不減讀吴蘇小韻賦情深讀華年韶妙韻疊鼓新歌句最能作讀江南調韻縹緲韻似陽臺讀嬌雲弄曉韻　有客臨風句夢後擬讀池塘草韻竟裝懷讀清愁多少韻緑綺芳尊句映花月讀東山道韻正要韻個卿卿讀嫣然一笑韻

北宋新聲。《高麗史·樂志》所存之宋詞内有《惜奴嬌》曲破。曲破乃大曲之一組成部分。唐人白居易《卧聽法曲霓裳》：「宛轉柔聲入破時。」大曲至入破而樂曲繁碎複雜。《高麗

史·樂志》之《惜奴嬌》曲破共六詞。每組之詞體制頗異。又《夷堅乙志》卷十三載巫山神女之《惜奴嬌》大曲一篇，凡九闋，各闋體制亦相異。中調之《惜奴嬌》乃取自大曲之一段而爲詞調，賀詞爲創調之作。自賀詞之後，宋人多用此調描寫歌妓情態或言情，且多爲俗詞。蔡伸擬歌妓離情：「隔闊多時，算彼此、難存濟。咫尺地、千山萬水。眼眼相看，要説話、都無計。只是。唱曲兒、詞中認意。雪意垂垂，更刮地、寒風起。怎禁這、幾夜意。未散癡心，便指望、長偎倚。只替。那火桶兒、與奴暖被。」此詞後段第五句少一字，第七句多一字。石孝友兩詞亦以歌妓語氣表述離恨：「合下相逢，算鬼話、須沾惹。閑深裏、做場話霸。負我看承，枉馳我、許多時價。冤家。你教我、如何割捨。苦苦孜孜，獨自個、空嗟呀。便心腸、捉他不下。你試思量，亮從前、説風話。冤家。休直待、教人咒罵。」此詞前段第五句多一字。辛棄疾《戲同官》乃戲謔之詞：「風骨蕭然，稱獨立、群仙首。春江雪、一枝梅秀。小樣香檀，映明玉、纖纖手。未久。轉新聲、泠泠山溜。曲裏傳情，更濃似、尊中酒。信傾蓋、相逢如舊。別後相思，記敏政、堂前柳。知否。又拚了、一場消瘦。」此調前後段各兩個折腰之六字句、兩個折腰之七字句，一個二字句，配以兩個四字句，句式複雜而富於變化，調勢曲折而活潑，故多用於諧謔，且有俚俗之特點。

憶帝京

雙調，七十二字。前段六句，四仄韻；後段七句，四仄韻。　柳　永

薄衾小枕涼天氣韻乍覺別離滋味韻展轉數寒更句起了還重睡韻畢竟不成眠句一夜長如歲韻　也擬待讀却回征轡韻又争奈讀已成行計韻萬種思量句多方開解句只恁寂寞厭厭地韻繫我一生心句負你千行淚韻

北宋新聲，屬南吕調。柳永此詞爲創調之作。首句《全宋詞》作「薄衾小枕天氣」，《詞譜》有「涼」字，查《百家詞》本《樂章集》亦有「涼」字。黄庭堅《黔州張倅生日》一首與柳詞格律相同。朱敦儒一詞後段自第三句起句式略異，但字數相同。黄庭堅又俗詞兩首，其《私情》一首句式頗異；《贈彈琵琶妓》一詞則與柳詞格律相同，詞云：「薄妝小靨閑情素。抱著琵琶凝佇。慢撚復輕攏，切切如私語。轉撥割朱弦，一段驚沙去。　萬里嫁、烏孫公主。對易水、明妃不渡。粉淚行行，紅顔片片，指下花落狂風雨。借問本師誰，斂撥當胸住。」此調共存五詞，宋人多用於描述與叙事。

于飛樂

雙調，七十二字。前段八句，四平韻；後段八句，三平韻。　晏幾道

曉日當簾句睡痕猶占香腮韻輕盈笑倚鸞臺韻暈殘紅句勻宿翠句滿鏡花開韻嬌蟬鬢畔句插一枝讀淡蕊疏梅韻　每到春深句多愁饒恨句妝成懶下香階韻意中人句從別後句縈繫情懷韻良辰好景句相思字讀喚不歸來韻

《詩經·大雅·卷阿》：「鳳凰于飛，翽翽其羽。」于飛，比翼雙飛。《左傳》莊公二十二年：「初懿氏卜妻敬仲。其妻占之曰：吉，是謂鳳凰于飛，和鳴鏘鏘。」後世以鳳凰于飛喻夫妻和諧。此調爲北宋新聲。晏詞爲此調之正體。史達祖《鴛鴦怨曲》與晏詞格律相同，詞詠鴛鴦：「綺翼翩翩，問誰常借春陂。生愁近渚風微。紫山深，金殿暖，日暮同歸。白頭相守，情雖定、事却難期。　帶恨飛來，烟埋秦草，年年枉夢紅衣。舊沙間，香頸冷，合是單棲。終將怨魂，何年化、連理芳枝。」其餘宋人諸作，句式頗相異。此調可以晏詞爲式。

撼庭竹

雙調，七十二字。前段六句，五仄韻；後段六句，四仄韻。　王詵

綽略青梅弄春色韻真艷態堪惜韻經年費盡東君力韻有情先到探春客韻無語泣寒香句時暗度瑤席韻

月下風前空悵望句思携手同摘韻畫欄倚遍無消息韻佳辰樂事再難得韻還是夕陽天句空暮雲凝碧韻

北宋新聲，王詵詞爲創調之作，乃詠梅詞。此調有兩體，王詞爲仄韻體，僅此詞。

又一體

雙調，七十二字。前段六句，五平韻；後段六句，四平韻，一叶韻。　黃庭堅

嗚咽南樓吹落梅韻聞鴉樹驚飛韻夢中相見不多時韻隔城今夜也應知韻坐久水空碧句山月影沉西韻

買個宅兒住著伊韻剛不肯相隨韻如今却被天嗔你叶永落鷄群受鷄欺韻空恁可憐惜句風日損花枝韻

黃庭堅詞題爲《宰太和日吉州城外作》。此體僅一詞，用平韻，句式與王詞同。

粉蝶兒

雙調，七十二字。前後段各八句，四仄韻。　辛棄疾

昨日春如句十三女兒學繡韻一枝枝讀不教花瘦韻甚無情句便下得句雨僝風僽韻向園林句鋪作地衣紅縐韻　而今春似句輕薄蕩子難久韻記前時讀送春歸後韻把春波句都釀作句一江醇酎韻約清愁句楊柳岸邊相候韻

北宋新聲，始詞爲毛滂作，詞中有「粉蝶兒，這回共花同活」，因以爲調名。毛滂詞詠本題：「雪遍梅花，素光都共奇絶。到窗前、認君時節。下重幃，香篆冷，蘭膏明滅。夢悠揚，空繞斷雲殘月。　沈郎帶寬，同心放開重結。褪羅衣、楚腰一捻。正春風，新著摸，花花葉葉。粉蝶兒，這回共花同活。」蔣捷《殘春》：「啼鳩聲中，春光化成春夢。問東君、仗誰時送。燕憐晴，鶯愛暖，一窗芳哄。奈匆匆、催他柳綿狂縱。　輕羅小扇，桐花又飛幺鳳。記寒吟、沁梅霜凍。古今來，人易老，莫閑雙鞚。尚堪游、荼蘼粉雲香洞。」辛詞賦落梅，構思奇特，尤其講究句法，甚能體現此調特色。此調爲重頭曲，每段各有三個三字句，但與四字句、六字句和上三下四句法之七字句相配，故調勢平穩。

西施

雙調，七十三字。前段七句，四平韻；後段七句，三平韻。　柳永

苧●蘿○妖○艷●世●難○偕○韻　善●媚●悦●君○懷○韻　後●庭○侍●愛●寵●句　盡●使●絶●嫌○猜○韻　正●恁●朝○歡○暮●宴●句　情○未●足●句　早●江○上●兵○來○韻

捧●心○調○態●軍○前○死●句　羅○綺●旋●變●塵○埃○韻　至●今○想●怨●魄●句　無○主●尚●徘○徊○韻　夜●夜●姑○蘇○城○外●句　當○時○月●句　但●空○照●荒○臺○韻

北宋新聲，屬仙呂調。柳詞爲創調之作，賦本題。西施，又稱西子，春秋越國苧蘿人。傳説越人敗於會稽，命范蠡求得西施，進於吴王夫差，吴王許和。越王生聚教訓，終於滅吴國。此調僅存柳永三詞，另兩詞句式略異，當以此詞爲式。柳永另兩詞均是俗詞，如表述離情：「自從回步百花橋。便獨處清宵。鳳衾鴛枕，何事等閑拋。縱有餘香，也似郎恩愛，何日夜潛消。　恐伊不信芳容改，將憔悴寫霜綃。更憑錦字，字字説情憀。要識愁腸，但看丁香樹，漸結盡春梢。」此詞七十一字。此調雖同一詞人之作品，字數、句式略有差異，乃因當時詞人是倚聲製詞所致。自宋亡後詞樂散佚，詞學家製訂詞譜，只能依體制及聲律考訂，重立規範。

師師令

雙調，七十三字。前後段各六句，五仄韻。

張先

香鈿寶珥韻拂菱花如水韻學妝皆道稱時宜句粉色有讀天然春意韻蜀彩衣長勝未起韻縱亂霞垂地韻　都城池苑誇桃李韻問東風何似韻不須回扇障清歌句脣一點讀小於朱蕊韻正值殘英和月墜韻寄此情千里韻

此調僅此一詞，是爲孤調。此調屬中呂宮。張先詞乃描述一位歌妓之情態。調名《師師令》，與宋代著名歌妓李師師無關。唐代孫棨《北里志》所記平康妓有名「李師師」，宋人羅燁《醉翁談録丙集》記有歌妓名「張師師」。宋代無名氏《李師師外傳》云：「汴俗，凡男女生，父母愛之，必爲舍身佛寺……爲佛弟子者，俗呼爲『師』，故名之曰『師師』。」可見女子拜寄佛門，取名「師」或「師師」乃是當時民俗。宋時歌妓名師師者甚多，張先、晏幾道、秦觀詞中所提到的「師師」，已不可考其姓氏。

隔浦蓮

雙調，七十三字。前後段各八句，六仄韻。　周邦彥

新篁搖動翠葆韻曲徑通深窈韻夏果收新脆句金丸落句驚飛鳥韻濃靄迷岸草韻蛙聲鬧韻驟雨鳴池沼韻　水亭小韻浮萍破處句簾花檐影顛倒韻綸巾羽扇句困臥北窗清曉韻屏裏吳山夢自到韻驚覺韻依然身在江表韻

北宋新聲。周邦彥詞爲創調之作，自注大石調。唐代詩人白居易有《隔浦蓮曲》，調名取此。此調又名《隔浦蓮近》或《隔浦蓮近拍》。吳文英《泊長橋過重午》，格律與周詞同，但注黃鍾商；詞云：「榴花依舊照眼。愁褪紅絲腕。夢繞烟江路，汀菰緑，薰風晚。年少驚送遠。吳蠶老，恨緒縈抽繭。旅情懶。扁舟繫處，青簾濁酒須換。一番重午，旋買香蒲浮盞。新月湖光蕩素練。人散。紅衣香在南岸。」此詞前段第七句不用韻。趙聞禮寫春愁：「愁紅飛眩醉眼。日淡芭蕉捲。帳掩屏香潤，楊花撲，春雲暖。啼鳥驚夢遠。芳心亂。照影收匳晚。畫眉懶。微醒帶困，離情中酒相半。裙腰粉瘦，怕按六幺歌板。簾捲層樓探舊燕。腸斷。花枝和淚重撚。」陸游兩詞亦與周詞格律相同，但前段之第四、五句合爲六字句，又第七句不用韻，如其一：「騎鯨雲路倒景。醉面風吹醒。笑把浮丘袂，寥然非復塵

境。震澤秋萬頃。烟霏散，水面飛金鏡。露華冷。湘妃睡起，鬟傾釵墜慵整。臨江舞處，零亂塞鴻清影。河漢横斜夜漏永。人静。吹簫同過緱嶺。」此乃紀夢之詞，風格豪放。高觀國詠七夕詞，亦前段第四、五句合爲六字句，餘同周詞：「銀灣初霽暮雨。鵲赴秋期去。淺月窺清夜，涼生一天風露。織巧雲暗度。河橋路。縹緲乘鸞女。正容與。西廂舊約，玉嬌誰見私語。柔情不盡，好是冰綃雲縷。回首天涯又怨阻。無語。西風魂斷機杼。」此調諸家之作略有句式之小異，但當以周詞爲式。「近」即「近拍」，表明此調乃摘自大曲近拍之某　段。此調用韻較密，且多短韻，調式凝重，宜於寫景、詠物與叙事。前後段共四個短韻皆有承上啓下之作用，注意處理好其在句群中之關係。

郭郎兒近拍

雙調，七十三字。前段七句，五仄韻；後段八句，四仄韻。

柳　永

帝里韻閑居小曲深坊句庭院沉沉朱户閉韻新霽韻畏景天氣韻薰風簾幕無人句永晝厭厭如度歲韻

愁悴韻枕簟微涼句睡久輾轉慵起韻硯席塵生句新詩小闋句等閑都盡廢韻這些兒讀寂寞情懷句何事新來常恁地韻

北宋新聲。郭郎爲戲劇行當中的丑角。唐代段安節《樂府雜録》：「樂家翻爲戲，其引歌舞，有郭郎者，髮正禿，善優笑，閭里呼爲『郭郎』，凡戲場必在俳兒之首也。」此調屬仙吕調，柳詞爲創調之作，僅此一首。此調前後段起句皆爲兩字句，句式組合甚有特點。

臨江仙引

雙調，七十四字。前段十句，四平韻；後段六句，三平韻。　柳　永

上國句去客句停飛蓋句促離筵韻長安古道綿綿韻見岸花啼露句對堤柳愁烟韻物情人意句向此觸目句無處不凄然韻　醉擁征驂猶佇立句盈盈淚眼相看韻況繡幃人靜句更山館春寒韻今宵怎向漏永句頓成兩處孤眠韻

此調與小令《臨江仙》之音譜、體制迥異，僅存柳永三詞，屬南吕調。柳詞三首，其中一首有兩處脱字。另兩首句式格律全同，可以互校，兹已録一詞爲式，另一詞云：「渡口，向晚，乘瘦馬，陟平岡。西郊又送秋光。對暮山横翠，襯殘葉飄黄。憑高念遠，素景楚天，無處不凄涼。　香閨別來無信息，雲愁雨恨難忘。指帝城歸路，但烟水茫茫。凝情望斷淚眼，盡日

獨立斜陽。」兩詞格律極爲謹嚴，均是羈旅行役之詞。此調前段起兩句爲二字句，不入韻，三首皆然，如其一「渡口，向晚」，其二「上國，去客」，其三「畫舸，蕩槳」。因此調用平聲韻，故其二之「國」與「客」似爲韻，而純屬偶然，並非韻位所在，亦非平聲韻，不宜另列一體。此調前段起四句爲兩個二字句，兩個三字句，四句僅一韻，使此調特色顯著。

百媚娘

雙調，七十四字。前後段各六句，五仄韻。　　張先

珠閣五雲仙子韻未省有誰能似韻百媚算應天乞與句净飾艷妝俱美韻取次芳華皆可意韻何處比桃李韻

蜀被錦文鋪水韻不放彩鸞雙戲韻樂事也知存後會句争奈眼前心裏韻緑皺小池紅疊砌韻花外東風起韻

北宋新聲，屬雙調。此調僅存張先此詞，乃贊美歌妓之作。重頭曲，前後段對勘，格律極爲嚴整。詞第二句「百媚算應天乞與」，因以爲調名。

傳言玉女

雙調，七十四字。前後段各八句，四仄韻。　汪元量

一片風流句今夕與誰同樂韻月臺花館句慨塵埃漠漠韻豪華蕩盡句只有青山如洛韻錢塘依舊句潮生潮落韻　萬點燈光句羞照舞鈿歌箔韻玉梅消瘦句恨東皇命薄韻昭君淚流句手捻琵琶弦索韻離愁聊寄句畫樓哀角韻

北宋新聲。玉女，傳説中的古代神女。《太平廣記》卷三引《漢武内傳》：「元封元年，正月甲子，登嵩山，起道宮。帝齋七日，祠訖乃還。至四月戊辰，帝用居承華殿。東方朔、董仲君在側，忽見一女子，著青衣，美麗非常。帝愕然問之。女對曰：『我墉宮玉女王子登也，向爲王母所使，從崑崙山來。』語帝曰：『聞子輕四海之禄，尋道求生，降帝王之位，而屢禱山岳。勤哉！有似可教者也。從今日清齋，不閑人事。至七月七日，王母暫來也。』帝下席跪諾。」調名本此。始詞爲北宋晁沖之應制之作元宵詞。宋人用此調詠元宵者較多，但以宋季汪元量詞最佳。石孝友亦詠元宵：「雪壓梅梢，金裊柳絲輕斂。錦宫春早，乍風和日暖。華國翠路，九陌綺羅香滿。連空燈火，滿城弦管。　月射西樓，更交光照夜宴。萬人

擁路，指鼇山共看。花旗翠帽，到處朱簾空捲。歸時當是，漏殘銀箭。」吴潛《己未元夕》則寓寫感慨：「衆緑庭前，都是鬱葱佳氣。越姮吴媛，粲珠鈿翠珥。紅消粉褪，幾許粗桃凡李。連珠寶炬，兩行緹騎。 自笑衰翁，又行春錦繡里。禁肴宫醞，記當年宣賜。休嫌拖逗，且向畫堂頻醉。從今開慶，萬歡千喜。」黄機《次岳總幹韻》寫晚春閑情：「日薄風柔，池面欲平還皺。紋楸玉子，磔磔敲春晝。衾繡半捲，花氣濃薰香獸。小團初試，轆轤銀甃。 夢斷陽臺，甚情懷似病酒。鳳匳羞對，比年時更瘦。雙燕乍歸，寄與緑箋紅豆。那堪又是，牡丹時候。」岳總幹，即岳珂，岳飛之孫。岳珂原詞已佚。此調爲重頭曲，調勢穩重，聲韻和諧，韻位匀稱，適於節序、詠物、祝頌、壽詞、敘事。《詞譜》於此調列三體，當以汪詞爲通用之體。

碧牡丹

雙調，七十五字。前段九句，五仄韻；後段九句，六仄韻。

張先

步帳搖紅綺韻 曉月墮句 沉烟砌韻 緩板香檀句 唱徹伊家新製韻 怨入眉頭句 斂黛峰横翠韻 芭蕉寒句 雨聲碎韻

鏡華翳韻 閑照孤鸞戲韻 思量去

時○容○易●韻鈿盒●瑤○釵○句至●今冷落輕○棄●韻望●極●藍○橋○句但●暮●雲○千○里●韻幾●重○山○句幾●重○水●韻

北宋新聲，屬般涉調。張先詞題爲《晏同叔出姬》，乃創調之作。碧牡丹，牡丹花名，即歐碧。陸游《天彭牡丹譜》：「碧花止一品，名曰歐碧；其花淺碧而開最晚。」關於張先詞之本事，宋無名氏《道山清話》：「晏元獻公（殊）爲京兆，辟張先爲通判；新納侍兒，公甚屬意。每張來，即令侍兒出侑觴，往往歌張子野所爲之詞。其後王夫人寖不容，公即出之。一日子野至，公與之飲。子野作碧牡丹詞令營妓歌之，有云『望極藍橋，但暮雲千里。幾重山，幾重水』之句。公聞之憮然曰：『人生行樂耳，何自苦如此？』亟命於宅庫支錢若干，復取前所出侍兒，既來，夫人亦不復誰何也。」此調共七個三字句，與六字句、五字句、四字句相配，用仄韻，因而音調低沉凝澀，適於抒寫怨抑之情與叙事。晁補之《王晉卿都尉宅觀舞》善於描繪：「院宇簾垂地。銀箏雁，低春水。送出燈前，婀娜腰肢柳細。步蹙香茵，紅浪隨鴛履。梁州緊，鳳翹墜。竦輕體。繡帶因風起。霓裳恐非人世。調促香檀，困入流波生媚。上客休辭，眼亂尊中翠。玉階霜，透羅袂。」程垓抒寫春日感懷：「睡起情無著。曉雨盡，春寒弱。酒盞飄零，幾日頓疏行樂。試數花枝，問此情何若。爲誰開，爲誰落。正愁却。不是花情薄。花元笑人蕭索。舊觀千紅，至今冷夢難托。燕麥春風，更幾人驚覺。對花羞，爲花惡。」張先詞爲此調通行之正體，晁詞、程詞格律相同。張詞前後段第七句爲上一下四句法，是定格。

又一體

雙調，九十八字。前段十句，四仄韻；後段九句，四仄韻。　李致遠

破●鏡●重○圓○句分○釵○合●鈿○句重○尋○繡●户●珠○箔●韻説●與●從○前○句不●是●我●情○薄●韻都○緣○利●役●名○牽○句飄○蓬○無●定●句翻○成○輕○負●韻

別●後●情○懷○句有●萬●千○牢○落●韻經○時○最●苦●分○攜○句都○爲●伊○讀甘○心○寂●寞●韻縱●滿●眼●讀閑○花○媚●柳●句終○是●强●歡○不●樂●韻待●憑○鱗○羽●句説●與●相○思○句水●遠●天○長○又●難○托●韻而○今○幸●已●再●逢○句把●輕○離○斷●却●韻

此體《詞譜》失收。《嬌紅傳》仿此詞聲情，並用此韻，但句式略異。此詞通俗流暢，善長鋪敘，乃是佳作。

訴衷情近

雙調，七十五字。前段七句，二仄韻；後段九句，六仄韻。　柳永

雨●晴○氣●爽●句佇●立●江○樓○望●處●句澄○明○遠●水●生○光○句重○疊●暮●山○聳●翠●韻遥○想●斷○橋○幽○徑句隱●隱●漁○村○句向●晚●孤○烟○起●韻

殘○陽○裏●韻脈●脈●朱○欄○静●倚●韻黯●然○情○

緒句未飲先如醉韻愁無際韻暮雲過了句秋風老盡句故人千里韻竟日空凝睇韻

北宋新聲，屬林鍾商。柳永兩詞爲創調之作，均寫羈旅行役之情。其別詞云：「景闌晝永，漸入清和氣序，榆錢飄滿閑階，蓮葉嫩生翠沼。遥望水邊幽徑，山崦孤村，是處園林好。閑情悄。綺陌游人漸少。少年風韻，自覺隨春老。追前好。帝城信阻，天涯目斷，暮雲芳草。佇立空殘照。」兩詞之句式與格律全同，僅有兩字之字聲平仄可易，其律極爲嚴密。兩詞前段之第二句是否韻位存在疑義。第一首第二句之「處」，《詞譜》以爲是韻字，《全宋詞》同；此詞所用之韻爲「支微齊」部之仄聲，而「處」則屬「魚虞」部之仄聲，韻部相異，故「處」非韻字。第二首第二句之「序」《詞譜》以爲非韻字，而《全宋詞》則以爲乃韻位；此詞所用之韻爲「蕭肴豪」部之仄聲，而「序」屬「魚虞」部之仄聲，韻部相異，故「序」非韻字。此調前段韻稀，七句兩韻，後段韻密，甚有特色。起四句雖然一韻，但柳詞兩首均語氣連貫，體現高度之藝術技巧。此調僅存三詞，除柳詞而外，另一詞爲晁補之寫夏景之作，調名爲《訴衷情》，但實同柳體：「小園過午，便覺涼生翠柏，戎葵閑出牆紅，萱草静依徑緑。還是去年，浮瓜沉李，追涼故繞池邊竹。　小筵促。忽憶楊梅正熟。下山南畔，畫舸笙歌逐。愁凝目。使君彩筆，佳人錦字，斷弦怎續。盡日闌干曲。」此詞前段第五句、第七句之句式略異。前段第二句「柏」，《詞譜》與《全宋詞》均以爲是韻字，但「柏」與此詞雖皆用入聲韻，而韻部不同，故非韻字。《詞譜》於此調列三體，而實爲柳詞一體。

下水船

雙調，七十五字。前段七句，六仄韻；後段八句，六仄韻。　賀鑄

芳草青門路韻還拂京塵東去韻回想當年句離聲送君南浦韻愁幾許韻尊酒留連薄暮韻簾卷津樓風雨韻　憑欄語韻草草蘅皋賦韻分首驚鴻不駐韻燈火虹橋句難尋弄波微步韻漫凝佇韻莫怨無情流水句明日扁舟何處韻

北宋新聲。下水船，比喻文思敏捷，唐末裴廷裕有下水船之稱。同時有裴洎，人稱爲急灘頭上水船，極言其文思遲滯。事見五代王定保《唐摭言》卷十三。始詞爲黄庭堅之壽詞。此調共四詞，另兩詞爲晁補之作。《能改齋漫録》卷十六載晁補之一詞乃爲歌妓田氏而作，詞云：「上客驪駒至。驚唤銀屏睡起。困倚妝臺，盈盈正解螺髻。鳳釵墜。繚繞金盤玉指，巫山一段雲委。半窺鏡，向我横秋水。斜領花枝交鏡裏。淡拂鉛華，匆匆自整羅綺。斂眉翠。雖有愔愔密意。空作江邊解佩。」此詞後段第三句多一字，其餘句式與賀詞同。此調各詞之用韻與句式互有小異，《詞譜》因列四體。此調當以賀詞爲式。

解蹀躞

雙調，七十五字。前段六句，三仄韻；後段七句，五仄韻。　周邦彦

候館丹楓吹盡句回旋隨風舞韻夜寒霜月讀飛來伴孤旅韻還是獨擁秋衾句夢餘酒困都醒句滿懷離苦韻　甚情緒韻深念淩波微步韻幽房暗相遇韻淚珠都作讀秋宵枕前雨韻此恨音驛難通句待憑征雁歸時句帶將愁去韻

北宋新聲，屬夷則商，俗名商調。蹀躞，佩帶上之飾物。陸游《軍中雜歌》：「名王金冠玉蹀躞，面縛纛下聲呱呱。」《遼史·西夏記》：「金塗銀帶，佩蹀躞、解錐、短刀、弓矢。」此調又名《玉蹀躞》。周詞爲創調之作。曹勛《從軍過廬州作》前後段結句句式作六字句與四字句：「紅緑烟村慘淡，市井初經虜。舍館人家、凄凄但塵土。依舊春色撩人，柳花飛處，猶聽幾聲鶯語。　黯無緒。匹馬三游西楚。行路漫懷古。可惜風月、佳時尚羈旅。歸處應及荼蘼，與插雲鬟，此恨醉時分付。」吴文英懷人之詞，前後段第三句爲上六下三句法，又後段第二句不用韻，略異；其詞云：「醉雲又兼醒雨，楚夢時來往。倦蜂剛著梨花、惹游蕩。還做一段相思，冷波葉舞愁紅，送人雙槳。　暗凝想。情共天涯秋黯，朱橋鎖深巷。會稀投得

輕分、頓惆悵。此去幽曲誰來，可憐殘照西風，半妝樓上。」此調爲换頭曲，但自前段第二句以下，後段第三句以下，則句式相同。此調《詞譜》列六體，均七十五字者，句式與用韻略有差異，當以周詞爲式。

撲蝴蝶

雙調，七十五字。前段七句，三仄韻；後段八句，四仄韻。　曹　組

人生一世句思量爭甚底韻花開十日句已隨塵逐水韻且看欲盡花枝句未厭傷多酒盞句何須細推物理韻　幸容易韻有人爭奈句只知名與利韻朝朝日日句忙忙劫劫地韻待得一晌閑時句又却三春過了句何如對花沉醉韻

北宋新聲。曹詞爲創調之作。趙師俠描寫初夏之景，句式同曹詞，但前段第六句、後段第七句用韻：「清和時候，薰風來小院。琅玕脱籜，方塘荷翠颭。柳絲輕度流鶯，畫棟低飛乳燕。園林緑陰初遍。景何限。輕紗細葛，綸巾和羽扇。披襟散髮，心清塵不染。一杯洗滌無餘，萬事消磨去遠。浮名薄利休羨。」此體當以曹詞爲式。

又一體

雙調，七十七字。前段七句，四仄韻；後段八句，五仄韻。　無名氏

烟條雨葉句緑遍江南岸韻思歸倦客句尋芳來較晚韻岫邊紅日初斜句陌上飛花正滿韻淒涼數聲羌管韻　怨春短韻玉人應在句明月樓中畫眉懶韻鸞箋錦字句多時魚雁斷韻恨隨去水東流句事與行雲共遠韻羅衾舊香猶暖韻

此體自後段第二句以下三句之句式與曹詞略異。此詞或誤爲晏幾道作。《苕溪漁隱叢話後集》卷三十九録此詞，稱：「舊詞高雅，非近世所及，如《撲蝴蝶》一詞，不知誰作，非惟藻麗可喜，其腔調亦自婉美。」南宋吕渭老兩詞同此體，調名爲《撲蝴蝶近》。其一：「分釵綰髻，洞府難分手。離觴短闋，啼痕冰舞袖。馬嘶霜滑，橋横路轉，人依古柳。曉色漸分星斗。　怎分剖。心兒一似，傾入離愁萬千斗。垂鞭佇立，傷心還病酒。十年夢裏嬋娟，二月花中荳蔻。春風爲誰依舊。」此詞前段五、六、七，三句作四字句與無名氏詞句式不同，而全詞字聲平仄則與無名氏詞同，格律極爲嚴謹。此體可以無名氏詞爲式。胡仔所言此調之腔調婉美，今音譜雖佚，但其聲情之婉美亦可概見。用此調者當以無名氏詞爲法式。

風入松

雙調，七十六字。前後段各六句，四平韻。

吴文英

聽風聽雨過清明韻愁草瘞花銘韻樓前緑暗分携路句一絲柳讀一寸柔情韻料峭春寒中酒句交加曉夢啼鶯韻　西園日日掃林亭韻依舊賞新晴韻黄蜂頻撲秋千索句有當時讀纖手香凝韻惆悵雙鴛不到句幽階一夜苔生韻

此調爲樂府古琴曲之一。《樂府詩集》卷六十《琴曲歌辭》(四)《風入松》題注：「《琴集》曰：《風入松》，晉嵇康所作也。」宋人據古琴曲譜詞，始詞爲晏幾道作。吴文英此詞爲宋人通用之體。吴文英此調五詞俱是佳作，此詞爲宋詞名篇。此調屬林鍾商，重頭曲，每段三個七字句，其中一句爲上三下四句法，又嵌一個五字句，而結兩句爲字聲平仄相同之六字句。全調起兩句音節流暢而響亮，經折腰之七字句一頓，結兩句有收斂之勢，故聲韻婉約諧美而含蓄。宋人用此調者甚衆。前後段各兩結句或前段對偶，或後段對偶，如吴文英前段對偶：「昨夜燈前歌黛，今朝陌上啼妝」；後段對偶：「哀曲霜鴻凄斷，夢魂寒蝶幽颺」。張炎《題澄江仙刻海山圖》使用健筆，極爲雅致：「危樓古鏡影猶寒。倒景忽相看。桃花不識東西晉，想如今、也夢邯鄲。縹緲神仙海上，飄零圖畫人間。寶光丹氣共回環。水弱小舟閑。秋風難老三珠樹，尚依依、脆管清彈。説與霓裳莫舞，銀橋不到深山。」白君瑞《寄故人》表達相思之情：「一冬不見雪花飛。愛日蕩晴暉。臘殘未解寒塘凍，東風細、已露春期。正是年時策馬，相隨村落尋梅。故人別久信音稀。排悶有新詩。雁聲北去江城暖，暗舒展、花柳容儀。屈指燒燈不遠，等閑休鎖雙眉。」南宋初年宋高宗曾甚賞太學生俞國寶一詞，周密《武林舊事》卷三：「一日，御舟經（西湖）斷橋，橋旁有小酒肆，頗雅潔，中飾素屏，書《風入松》一詞於上，光堯（宋高宗）駐目稱賞久之，宣問何人所作，乃太學生俞國寶醉筆也。其詞云：『一春長費買花錢。日日醉湖邊。玉驄慣識西泠路，驕嘶過、沽酒樓前。紅杏香中歌舞，緑楊影裏秋千。東風十里麗人天。花壓鬢雲偏。畫船載取春歸去，餘情在、湖水湖烟。明日再携殘酒，來尋陌上花鈿。』上笑曰：『此詞甚好，但末句未免儒酸。』因改定云『明日重扶殘醉』，則迴不同矣。即日命釋褐云。」俞國寶詞因此亦爲宋詞名篇。侯寘《西湖戲作》實爲感舊之詞：「少年心醉杜韋娘。曾格外疏狂。錦箋預約西湖上，共幽深、竹院松窗。愁夜黛眉顰翠，怕歸羅帕分香。重來一夢覺黄粱。空烟水微茫。如今眼底無姚魏，記舊游、凝佇凄凉。入扇柳風殘酒，點衣花雨斜陽。」此詞流美工緻，前後段各兩結句均爲對偶。此調適宜於感舊、悼亡、寫景，要求詞意婉約而意象優美。

又一體

雙調，七十四字。前後段各六句，四平韻。　晏幾道

柳陰庭院杏梢牆韻依舊巫陽韻鳳簫已遠青樓在句水沉烟讀復暖前香韻臨鏡舞鸞離照句倚箏飛雁辭行韻　墜鞭人意自凄涼韻淚眼回腸韻斷雲殘雨當年事句到如今讀幾度難忘韻兩袖曉風花陌句一簾夜月蘭堂韻

此體前後段第二句爲四字句。宋人亦通用此體。晏幾道兩詞爲創調之作，此詞乃悼亡之詞。周紫芝描寫晚春之情景：「禁烟過後落花天。無奈輕寒。東風不管春歸去，共殘紅、飛上秋千。看盡天涯芳草，春愁堆在闌干。　楚江橫斷夕陽邊。無限輕烟。舊時雲去今何處，山無數、柳漲平川。與問風前回雁，甚時吹過江南。」高觀國《聞鄰女吹笛》善於描述：「粉嬌曾隔翠簾看。橫玉聲寒。夜深不管柔荑冷，櫻朱度、香噴雲鬟。霜月遙遙吹落，梅花簌簌驚殘。　蕭郎且放鳳簫閑。何處驂鸞。靜聽三弄霓裳罷，魂飛斷、愁裏關山。三十六宮天近，念奴却在人間。」劉克莊悼亡詞四首，均是至情之作，情感極爲真摯深厚，如其《癸卯至石塘追和十五年前韻》：「殘更難睚抵年長。曉月凄涼。芙蓉院落深深閉，嘆芳卿、今在今亡。絶筆無求凰曲，癡心有返魂香。　起來休鑷鬢邊霜。半被堆床。定歸兜率蓬萊去，奈人間、無路茫茫。緣斷漫三彈指，憂來欲九回腸。」此詞構思綿密，意象豐富，可以爲式。　此體雖比前體少兩字，却不影響調之聲情。

荔枝香

柳　永

雙調，七十六字。前後段各七句，四仄韻。

甚處尋芳賞翠（句）歸去晚（韻）緩步羅襪生塵（句）來繞瓊筵看（韻）金縷霞衣輕褪（句）似覺春游倦（韻）遥認（讀）衆裏盈盈好身段（韻）　擬回首（句）又佇立（讀）簾帷畔（韻）素臉翠眉（句）時揭蓋頭微見（韻）笑整金翹（句）一點芳心在嬌眼（韻）王孫空恁腸斷（韻）

唐人李肇《唐國史補》卷上：「楊貴妃生於蜀，好食荔枝。南海所生，尤勝蜀者，故每歲馬馳以進。然方暑而熟，經宿則敗，後人皆不知之。」宋人王灼《碧鷄漫志》卷四引《脞説》：「太真妃好食荔枝，每歲忠州置急遞上進，五日至都。天寶四年夏，荔枝滋甚，比開籠時，香滿一室。供奉李龜年撰此曲進之，宣賜甚厚。」此調爲唐代樂曲，柳永詞屬歇指調。此調又名《荔枝香近》，柳詞爲創調之作。此調爲換頭曲，前後段句式差異很大，以六字句爲主，調勢平穩，宜於描述。周邦彦詞亦注歇指調，詞寫晚春情景，前段結句比柳詞少一字，而諸家和清真詞此句則同柳詞句式，很可能周詞原脱一字，其與柳詞實爲一體。周詞云：「照水殘紅零亂，風喚去。盡日惻惻輕寒，簾底吹香霧。黄昏客枕無聊，細響當窗雨。看兩兩相依燕新乳。　樓下水，漸緑遍、行舟浦。暮往朝來，心逐片帆輕舉。何日近門，小檻朱籠報鸚鵡。共剪西窗蜜炬。」此調《詞譜》列十體，諸家所作，句式略有差異，當以柳詞爲正體。

又一體

吴文英

雙調，七十六字。前後段各七句，四仄韻。

輕睡時聞句晚鵲噪庭樹韻又説今夕天津句西畔重歡遇韻蛛絲暗鎖紅樓句燕子穿簾處韻天上讀未比人間更情苦韻　秋鬢改句妒月姊讀長眉嫵韻過雨西風句數葉井梧愁舞韻夢入藍橋句幾點疏星映朱户韻淚濕河邊凝佇韻

此詞乃詠七夕之作。吴文英兩詞格律相同，屬黄鍾宫，宫調與前體異。此體前段起兩句將六、三句式改爲四、五句式，其餘句式與柳詞同。此調四字句起者共三詞，除吴文英兩首外，尚有趙以夫一詞，但其句式與吴詞略異。此體可以吴詞爲式。

婆羅門引

雙調，七十六字。前段七句，四平韻；後段七句，五平韻。　　蔡伸

素秋向晚句歲華分付木芙蓉韻蕭蕭紅蓼西風韻記得當時擷翠句擁手繞芳叢韻念吹簫人去句明月樓空韻　遥山萬重韻望寸碧讀想眉峰韻翠鈿瓊璫謾好句誰適爲容韻凄凉懷抱句算此際讀唯我與君同韻凝淚際讀目送征鴻韻

唐代教坊曲有《婆羅門》。《婆羅門引》又名《婆羅門》，屬無射羽，俗名羽調。婆羅門，因水得名，乃印度最高之種姓，也是印度國名之别稱。玄奘《大唐西域記》卷二：「印度種姓、族類群分，而婆羅門特爲清貴，從其雅稱，傳以成俗，無云經界之别，總稱婆羅門國焉。」此爲印度佛曲，經中亞傳入中國。唐代天寶十三載（七五四）《婆羅門》改名《霓裳羽衣曲》，以附會唐明皇游月宫事。唐人鄭嵎《津陽門詩》注：「葉法善引明皇入月宫，聞樂歸，笛寫其事，會西凉都督楊敬述進其《婆羅門曲》，聲調吻合，遂以月中所聞爲散序，敬述所進爲其腔，製《霓裳羽衣》。」敦煌曲子詞存《望月婆羅門》四首爲詠月之作，平韻，單調，爲「五五七七五七」句式，如其四：「望月在邊州。江東海北頭。自從親向月中游。隨佛逍遥登上界，端坐

萬花樓。千秋似萬秋。」此爲《婆羅門》之始詞。《婆羅門引》當是宋人依舊曲新製，與敦煌曲子詞迴異。宋人此調始詞爲曹組作，題亦名《望月》：「漲雲暮捲，漏聲不到小簾櫳。銀河淡掃澄空。皓月當軒高挂，秋入廣寒宫。正金波不動，桂影朦朧。佳人未逢。嘆此際、與誰同。望遠傷懷對景，霜滿愁紅。南樓何處，想人在、長笛一聲中。凝淚眼、泣盡西風。」蔡伸詞與曹詞格律相同，題爲《再游仙潭薛氏園亭》，乃感舊之作。此爲宋人通用之正體。此調適用於言情、節序、詠物。南宋初年趙昂應制賦拒霜（芙蓉）甚爲得體：「暮霞照水，水邊無數木芙蓉。曉來露濕輕紅。十里錦絲步幛，日轉影重重。向楚天空迴，人立西風。夕陽道中。嘆秋色、與愁濃。寂寞三千粉黛，臨鑑妝慵。施朱太赤，空惆悵、教妾若爲容。花易老、烟水無窮。」嚴仁抒寫春愁：「花明柳暗，一天春色繞朱樓。斷鴻聲喚人愁。欲問歸鴻何處，身世自悠悠。正東風流滯，楚尾吴頭。追思舊游。嘆雙鬢、颯驚秋。可惜等閑孤了，酒令花籌。斷弦難續，謾題詩、分付水東流。流不到、蓬島瀛洲。」辛棄疾五首用以贈答友人，風格豪放，寓於言志，如其《用韻答傅先之時傅宰龍泉歸》：「龍泉佳處，種花滿縣却東歸。腰間玉若金纍。須信功名富貴，長與少年期。悵高山流水，古調今悲。卧龍暫而。算天上、有人知。最好五十學《易》，三百篇《詩》。男兒事業，看一日、須有致君時。端的了、休更尋思。」此調前後段句式相異，句式複雜，且其中有上一下四之五字句、折腰之六字句、上三下四之七字句、上三下五之八字句，故雖平聲韻而頓挫之處頗多，但聲韻甚諧美。

千年調

雙調，七十七字。前後段各九句，四仄韻。　曹組

人無百年人句剛作千年調韻待把門關鐵鑄句鬼見失笑韻多愁早老句惹盡閑煩惱韻我醒也句枉勞心句謾計較韻　粗衣淡飯句贏取暖和飽韻住個宅兒句只要不大不小韻常教潔浄句不種閑花草韻據見在句樂平生句便是神仙了韻

曹詞爲此調創調之作，原名《相思會》，因前段第二句，又名《千年調》。此調僅存四詞。辛棄疾兩詞後段結少兩字，又後段句式略異，如其賦蒼壁云：「左手把青霓，右手挾明月。吾使豐隆前導，叫開閶闔。周游上下，徑入寥天一。覽玄圃，萬斛泉，千丈石。鈞天廣樂，燕我瑤之席。帝飲予觴甚樂，賜汝蒼壁。嶙峋突兀，正一丘一壑。余馬懷，僕夫悲，下恍惚。」此調可以曹詞爲式。

祝英臺近

雙調，七十七字。前段八句，三仄韻；後段八句，四仄韻。

吴文英

剪紅情句裁緑意句花信上釵股韻殘日東風句不放歲華去韻有人添燭西窗句不眠侵曉句笑聲轉讀新年鶯語韻　舊尊俎韻玉纖曾擘黄柑句柔香繫幽素韻歸夢湖邊句還迷鏡中路韻可憐千點吴霜句寒銷不盡句又相對讀落梅如雨韻

北宋新聲。《寧波府志》卷三十六記載民間傳説：東晉穆帝時，會稽梁山伯，與上虞祝英臺同游學三年。祝歸後，梁往探訪，始知祝爲女子。梁欲求婚，而祝已許字鄮城馬氏。梁後爲鄮令，病卒，葬城西清道原。次年祝適馬氏，趁舟過梁墳墓，風濤阻舟，祝登岸臨墓哀慟，地忽裂，遂與梁并埋。此調當是江南民間樂曲，始詞爲蘇軾所作感舊之詞。吴文英詞同蘇詞格律，爲通行之正體，南宋時最爲流行。吴詞題爲《除夜立春》。其另一首題爲《春日客龜溪游廢園》，亦是名篇，詞云：「采幽香，巡古苑，竹冷翠微路。鬥草溪根，沙印小蓮步。自憐兩鬢清霜，一年寒食，又身在、雲山深處。　晝閑度。因甚天也慳春，輕陰便成雨。緑暗長亭，歸夢趁飛絮。有情花影闌干，鶯聲門徑，解留我、霎時凝佇。」吴詞兩首俱是寫景與抒情結合，詞意婉約含蓄，甚能體現此調之聲情特點。無名氏一詞寫春愁，詞情流美自然，前後段俱有對偶，意象優美而工致：「剪荼蘼，移紅藥，深院教鸚鵡。消遣宿酲，攲枕熏沉炷。自從載酒西湖，控梅南浦，久不見、雪兒歌舞。恨無據。因甚不展眉頭，凝愁過百五。雙燕見情，難寄斷腸句。可憐淚濕青綃，怨題紅葉，落花亂、一簾風雨。」吴淑姬《春恨》一詞，詞意綿密，詞語秀麗：「粉痕銷，芳信斷，好夢久無據。病酒無聊，攲枕聽春雨。斷腸曲曲屏山，温温沉水，都是舊、看承人處。久離阻。應念一點芳心，閑愁知幾許。偷照菱花，清瘦自羞覷。可堪梅子酸時，楊花飛絮，亂鶯啼、催將春去。」戴復古之妻的絶命詞字字血淚，真情感人：「惜多才，憐薄命，無計可留汝。揉碎花箋，忍寫斷腸句。道旁楊柳依依，千絲萬縷，抵不住、一分愁緒。如何訴。便教緣盡今生，此身已輕許。捉月盟言，不是夢中語。後回君若重來，不相忘處，把杯酒、澆奴墳土。」辛棄疾《晚春》爲宋詞名篇，昵狎温柔，情意纏綿：「寶釵分，桃葉渡，烟柳暗南浦。怕上層樓，十日九風雨。斷腸片片飛紅，都無人管，更誰勸、啼鶯聲住。鬢邊覷。試把花卜歸期，才簪又重數。羅帳燈昏，哽咽夢中語。是他春帶愁來，春歸何處，却不解、帶將愁去。」前段第二句「渡」，後段第七句「處」是韻字，但非韻位所在，出於偶然。此調用仄韻，韻稀，句式與調勢均富於變化，可平可仄之字較多，聲韻和諧，委宛而流暢；縱觀諸家所作，宜於表達温柔纏綿之情。

四園竹

雙調，七十七字。前段八句，三平韻，一叶韻；後段八句，四平韻，一叶韻。　周邦彥

浮雲護月句未放滿朱扉韻鼠摇暗壁句螢度破窗句偷入書幃韻秋意濃句閑佇立讀庭柯影裏叶好風襟袖先知韻

夜何其韻江南路繞重山句心知謾與前期韻奈何燈前墮淚句腸斷蕭娘句舊日書辭韻猶在紙叶鴈信絶讀清宵夢又稀韻

北宋新聲，屬小石調。此調有方千里、楊澤民、陳允平三家和詞，共四詞。調用平聲韻，但有兩叶韻，乃用此部之仄聲爲叶。

側犯

雙調，七十七字。前段九句，六仄韻；後段九句，四仄韻。　周邦彥

暮霞霽雨句小蓮出水紅妝靚韻風定韻看步襪江妃讀照明鏡韻飛螢度暗

草句秉燭游花徑讀人靜韻攜艷質句追涼就槐影韻金環皓腕句雪藕清泉瑩韻誰念省句滿身香句猶是舊荀令韻見説胡姬句酒壚寂靜韻烟鎖漠漠句藻池苔井韻

北宋新聲，屬大石調。周詞爲創調之作。唐宋燕樂在音樂上出現犯調現象，即一隻樂曲中犯入他調，爲串調或轉調。凡樂曲之犯調必須宮調之住字——結音相同。南宋詞人兼音樂家姜夔自度曲《淒涼犯》詞序云：「凡曲言犯者，謂以宮犯商、商犯宮之類。如道調宮『上』字住，雙調亦『上』字住。所住字同，故道調曲中犯雙調，或於雙調中犯道調。其他準此。唐人樂書云：犯有正、旁、偏、側。宮犯宮爲正，宮犯商爲旁，宮犯角爲偏，宮犯羽爲側。此説非也。十二宮所住字各不同，不容相犯。十二宮特可犯商、角、羽耳。」周詞爲此調之正體。周詞後段第三句「省」字，《詞譜》以爲是韻字，方千里等三家和周詞亦同。考姜夔及趙文之詞，則此句不用韻，是此句可用韻，亦可不用韻。姜夔詠芍藥詞：「恨春易去，甚春却向揚州住。微雨。正繭栗梢頭、弄詩句。紅橋二十四，總是行雲處。無語。漸半脱，宮衣笑相顧。金壺細葉，千朵圍歌舞。誰念我，鬢成絲，來此共尊俎。後日西園，緑陰無數。寂寞劉郎，自修花譜。」趙文《夜飲海棠下》：「恨花開盡，夜深自斂胭脂顆。雨過。繞曲曲花蓬、錦圍裹。浮空燒蜜炬，香霧霏霏墮。無那。倚滴滴，嬌紅笑相嚲。　歌儔飲伴，花底圍春坐。念滿眼，少年人，誰更老於我。歲歲花時，洞門無鎖。莫負東君，酒盟詩課。」姜詞前段首句「去」字，非韻位所在。又前段第八、九句實爲八字句，因可作上三下五句法，亦可作上五下三句法。此調共存八詞，諸家句式及用韻略有小異，可以周詞爲式。此調前段有二字句，常出現頓挫，較難處理。此調之調勢平緩，宜於寫景、詠物與敘事。

剔銀燈

雙調，七十八字。前後段各七句，四仄韻。

范仲淹

昨夜因看蜀志（韻）笑曹操（讀）孫權劉備（韻）用盡機關（句）徒勞心力（句）只得三分天地（韻）屈指細尋思（句）爭如共（讀）劉伶一醉（韻）　人世都無百歲（韻）少癡呆（讀）老成尪悴（韻）只有中間（句）些子少年（句）忍把浮名牽繫（韻）一品與千金（句）問白髮（讀）如何回避（韻）

北宋新聲，屬仙吕調。宋人龔仲希《中吴紀聞》卷五：「范文正與歐陽文忠席上分題作《剔銀燈》，皆寓勸世之意。」歐陽修此調之詞已佚，僅存范詞。此調爲重頭曲，每段兩個六字句，兩個四字句，兩個上三下四句法之七字句，一個五字句，兼用仄韻，故調勢凝澀穩重。柳永一詞乃留連坊曲之作，爲此調始詞，但爲七十五字，句式略異。沈邈兩詞皆贈歌妓之作，句式亦略異，其一云：「江山秋高霜早。雲靜月華如掃。候雁初飛，啼蛩正苦，又是黄花衰草。等閑臨照。潘郎鬢、星星易老。那堪更、酒醒孤棹。望千里、長安西笑。臂上妝痕，胸前淚粉，暗惹離愁多少。此情難表。除非是、重相見了。」杜安世詞亦寓勸世之意，句式與范詞小異，其詞云：「昨夜一場風雨。催促牡丹歸去。孫武宫中，石崇樓下，多情怎生爲主。真疑洛浦。雲水算、杳無重數。獨倚闌干凝佇。香片亂沾塵土。爭似當初，不曾相見，免恁惱人腸肚。緑叢無語。空留得、寶刀剪處。」《詞譜》於此調列五體，諸家所作，字句互有差異。范詞影響較大，可以范詞爲式。此調因用以勸世，可以發表議論，但議論須寓於形象之内，以得理趣者爲佳。此調亦可言情，亦可祝頌。

御街行

雙調，七十八字。前後段各七句，四仄韻。　范仲淹

紛○紛○墜●葉●飄○香○砌●韻夜寂靜●讀寒○聲碎●韻真○珠○簾○卷●玉●樓○空○句天○淡●銀○河○垂○地●韻年○年○今○夜●句月●華○如○練●句長○是●人○千○里●韻

愁○腸○已●斷●無○由○醉●韻酒未到●讀先○成淚●韻殘○燈○明○滅●枕●頭○攲○句諳○盡●孤○眠○滋○味●韻都○來○此●事●句眉○間○心○

上●句無○計●相○回○避●韻

北宋新聲，屬夾鍾商。御街，京都内帝王巡行的街道。宋人孟元老《東京夢華録》卷二：「坊巷御街，自宣德樓一直南去，約闊二百餘步。兩邊乃御廊，舊許市人買賣於其間，自政和間官司禁止，各安立黑漆叉子。路心又安朱漆叉子兩行，中心御道，不得人馬行往。行人皆在廊下朱漆叉子之外。」柳永詞《聖壽》爲創調之作。此調《詞律》列四體，《詞譜》列六體，當以范詞七十八字者爲正體。范詞原題爲《秋日懷舊》，最能體現此調之聲情特點。此調爲重頭曲，前後段格律相同。每段首句爲七字句，接以折腰之六字句，皆用韻。第三句爲七字句，不用韻，接以一個六字句、略一停頓。結尾三句，兩個四字句，一個五字句，句勢奔放。後段重復，形成回環效應。此調由韻密到韻稀，由頓挫到奔放，宜於表達由壓抑而又逐漸熱烈之情緒。因此調音韻和諧流美，詞人用之者頗衆。張先記述一段難忘之情事：「天非花艷輕非霧。來夜半、天明去。來如春夢不多時，去似朝雲何處。乳鷄栖燕，落星沉月，紞紞城頭鼓。參差漸辨西池樹。珠閣斜開户。緑苔深徑少人行，苔上屐痕無數。餘香遺粉，剩衾閑枕，天把多情賦。」此詞後段第二句爲五字句，少一字。辛棄疾兩詞，一爲贈友人之作，一爲《無題》。後者實爲贈某歌妓之詞：「闌干四面山無數。供望眼、朝與暮。好風吹雨過山來，吹盡一簾煩暑。紗厨如霧，簟紋如水，別有生凉處。冰肌不受鉛華污。更旎旎、真香聚。臨風一曲最妖嬈，唱得行雲且住。藕花都放，木犀開後，待與乘鸞去。」趙長卿《柯山故人別後改圖因作此》，此乃懷舊之作，「改圖」即改變計劃；詞云：「香薰斗帳相逢乍。正宮漏、沉沉夜。月飛梅影上簾櫳，標致風流嬌雅。眼波横浸，照人百媚，無限叮嚀話。玉鞍門上嘶歸馬。趲行色、難留也。別來花艷不禁春，浪向東風輕嫁。空餘小院，博山修竹，依舊窗兒下。」李清照改調名《孤雁兒》，其詠梅詞云：「藤床紙帳朝眠起。說不盡、無佳思。沉香斷續玉爐寒，伴我情懷如水。笛聲三弄，梅心驚破，多少春情意。小風疏雨蕭蕭地。又催下、千行淚。吹簫人去玉樓空，腸斷與誰同倚。一枝折得，人間天上，沒個人堪寄。」程垓旅懷之詞，調亦名《孤雁兒》，詞云：「在家不覺窮冬好。向客裏、方知道。故園梅花正開時，記得清尊頻倒。高燒紅蠟，暖熏羅幌，一任花枝惱。如今客裏傷懷抱。忍雙鬢、隨花老。小窗獨自對黃昏，只有月華飛到。假饒真個，雁書頻寄，何似歸來早。」填此調時可謹遵范詞。

一叢花

雙調，七十八字。前後段各七句，四平韻。　張先

傷高懷遠幾時窮韻無物似情濃韻離愁正引千絲亂句更東陌讀飛絮濛濛韻嘶騎漸遙句征塵不斷句何處認郎蹤韻

雙鴛池沼水溶溶韻南北小橈通韻梯橫畫閣黃昏後句又還是讀斜月簾櫳韻沉恨細思句不如桃杏句猶解嫁東風韻

北宋新聲，屬南呂宮。張先詞爲創調之作，亦是宋詞名篇。此調僅此一體，宋人作者較多。秦觀抒寫對歌妓師師的懷念之情：「年時今夜見師師。雙頰酒紅滋。疏簾半卷微燈外，露華上、烟裊涼颸。簪髻亂抛，偎人不起，彈淚唱新詞。　佳期誰料久參差。愁緒暗縈絲。想應妙舞清歌罷，又還對、秋色嗟咨。惟有畫樓，當時明月，兩處照相思。」南宋趙長卿抒寫離情別緒，題爲《暮春送別》：「階前春草亂愁芽。塵暗緑窗紗。釵盟鏡約知何限，最斷腸、溢浦琵琶。南渚送船，西城折柳，遺恨在天涯。　夜來魂夢到儂家。一笑臉如霞。鶯啼燕恨西窗下，問何事、潘鬢先華。鐘動五更，魂歸千里，殘角怨梅花。」詞中前後段第五、六兩個四字句爲對偶，甚爲工緻。袁去華表述離情：「東風吹恨著眉心。金約瘦難任。西窗剪燭渾如夢，最愁處、南陌分襟。香歇繡囊，塵生羅幌，憔悴到如今。　小花幽院夜沉沉。涼月轉槐陰。拂牆樹動開朱户，又贏得、愁與更深。青翼不來，征鴻難倩，流怨入瑤琴。」陸游追述一段悲傷的戀情：「仙姝天上自無雙。玉面翠蛾長。黄庭讀罷心如水，閉朱户、愁近絲簧。窗明几净，閑臨唐帖，深炷寶奩香。　人間無藥駐流光。風雨又催涼。相逢共話清都舊，嘆塵劫、生死茫茫。何如伴我，緑蓑青篛，秋晚釣瀟湘。」陳亮寫景的《溪堂玩月作》，意象神奇，境界弘大，表現出另一風格；詞云：「冰輪斜輾鏡天長。江練隱寒光。危欄醉倚人如畫，隔烟村、何處鳴榔。烏鵲倦栖，魚龍驚起，星斗挂垂楊。　蘆花千頃水微茫。秋色滿江鄉。樓臺恍似游仙夢，又疑是、洛浦瀟湘。風露浩然，山河影轉，今古照凄涼。」此調爲重頭曲，用平聲韻，每段起兩句連續用韻，第四句爲上三下四之七字句，略微頓挫，此下三句語意連貫而流暢。全調句式配合和諧，音韻響亮，調勢於平穩之中略顯流動，宜於抒寫熱烈之情。

陽關引

雙調，七十八字。前段八句，五仄韻；後段八句，四仄韻。　寇準

塞草烟光闊韻渭水波聲咽韻春朝雨霽句輕塵斂句征鞍發韻指青青楊柳句又是輕攀折韻動黯然讀知有後會甚時節韻　更盡一杯酒句歌一闋韻嘆人生裏句難歡聚句易離別韻且莫辭沉醉句聽取陽關徹韻念故人讀千里自此共明月韻

唐代王維《送元二使安西》：「渭城朝雨裛輕塵，客舍青青柳色新。勸君更盡一杯酒，西出陽關無故人。」後由歌者以入樂府，名《渭城曲》，爲送別之曲，反復歌唱，謂之《陽關三疊》。寇準據舊曲改製，檃栝王維詩，亦爲送別詞。晁補之詞，調名《古陽關》，與寇詞格律相同：「暮草蛩吟噎。暗柳螢飛滅。空庭雨過，西風緊、飄黄葉。卷書帷寂静，對此傷離別。重感嘆、中秋數日又圓月。　沙嘴檣干上，淮水濶。有飛鳧客，詞珠玉，氣冰雪。且莫教皓月，照影驚華髮。問幾時、清尊夜景共佳節。」此調僅此兩詞，皆用入聲韻。《全宋詞》録寇詞字

句略異，當從《詞譜》，蓋可與晁詞對校。

小鎮西

雙調，七十九字，前段八句，五仄韻；後段九句，六仄韻。

蔡伸

秋風吹暗雨句重衾寒透韻傷心聽讀曉鐘殘漏韻凝情久韻記紅窗夜雪句促膝圍爐句交杯勸酒韻如今頓孤歡偶韻　念別後韻菱花清鏡裏句眉峰暗鬥韻想標容讀怎禁消瘦韻忍回首韻但雲箋妙墨句鴛錦啼妝句依然似舊韻臨風淚沾襟袖韻

唐代教坊曲有《鎮西子》，宋初柳永因舊曲製新聲有《小鎮西》，屬仙吕調。蔡詞名《鎮西》同柳詞格律，惟前段第三句之後句式略異。柳永《小鎮西》乃記夢之作，屬艷詞。柳永另一詞名《小鎮西犯》亦屬仙吕宫，音譜當與《小鎮西》有異，詞七十一字，句式亦異。此調當以蔡詞爲式。

山亭柳

雙調，七十九字。前段八句，五平韻；後段八句，四平韻。　晏殊

家住西秦韻賭博藝隨身韻花柳上句鬥尖新韻偶學念奴聲調句有時高遏行雲韻蜀錦纏頭無數句不負辛勤韻　數年來往咸京道句殘杯冷炙漫銷魂韻衷腸事句托何人韻若有知音見采句不辭遍唱陽春韻一曲當筵落淚句重掩羅巾韻

北宋新聲，晏殊詞爲創調之作，題爲《贈歌者》，乃叙述民間歌妓賣藝情形。此詞之冷峻描述風格與晏殊其他作品風格迥異。此詞以六字句爲主，用平韻，調勢甚平緩，宜於叙事、寫景。此調有平韻與仄韻兩體。平韻體僅存此首晏詞，當以爲式。

又一體

雙調，七十九字。前段八句，四仄韻；後段八句，五仄韻。　杜安世

曉來風雨句萬花飄落韻嘆韶光句虛過却韻芳草萋萋句映樓臺讀淡烟漠

漠韻紛紛絮滿院宇句燕子過朱閣韻　玉容淡妝添寂寞韻檀郎孤願太情薄韻數歸期句絶信約韻暗添春宵恨句平康恣迷歡樂韻時時悶飲緑醑句甚轉轉讀思量著韻

此體僅此一詞。字數與晏殊詞同，句式頗異。此調以平韻爲正體。

紅林檎近

雙調，七十九字。前段八句，五平韻；後段七句，三平韻。

周邦彦

高柳春纔軟句凍梅寒更香韻暮雪助清峭句玉塵散林塘韻那堪飄風遞冷句故遣度幕穿窗韻似欲料理新妝韻呵手弄絲簧韻　冷落詞賦客句蕭索水雲鄉韻援毫受簡句風流猶憶東梁韻望虛檐徐轉句回廊未掃句夜長莫惜空酒觴韻

北宋新聲，屬夾鍾商。周邦彦兩詞爲創調之作。林檎，果名，即沙果，也稱花紅、來禽、文林郎果。此果味甘，果林能招衆禽，故有林檎、來禽之名。東晉謝靈運《山居賦》：「枇杷林檎，帶谷映渚。」周邦彦此詞寫初春之景。其另一首詞寫冬景：「風雪驚初霽，水鄉增暮寒。樹梢墮飛羽，檐牙挂琅玕。纔喜門堆巷積，可惜迤邐消殘。漸看低竹翩翻。清池漲微瀾。步屧晴正好，宴席晚芳歡。梅花耐冷，亭亭來入冰盤。對前山横素，愁雲變色，放杯同覓高處看。」此調方千里、楊澤民、陳允平有和詞，格律相同，僅此一體。周詞兩首前段第一、二句，第三、四句，後段第一、二句皆爲對偶，甚似五言詩句，然而配以六字句和四字句，但音節仍然凝重，調勢極平穩。用此調最易流於以詩爲詞，當力求語意自然流暢。南宋袁去華一詞將幾個五字句處理得極好，其詞云：「森木蟬初噪，淡烟梅半黄。睡起傍檐隙，牆梢挂斜陽。魚躍浮萍破處，碎影顛倒垂楊。晚庭誰與追凉。清風散荷香。望極霞散綺，坐待月侵廊。調水薦飲，全勝河朔飛觴。漸參横斗轉，懷人未寢，别來偏覺今夜長。」此詞構思纖細，脈絡清楚，故無以詩法入詞之缺憾。此調可平可仄之處較多，後段用韻較稀，前後段句式差異頗大，三對五字句可以不爲對偶，則效果更佳。

金人捧露盤

雙調，七十九字。前段八句，四平韻；後段九句，四平韻。　曾覿

記神京句繁華地句舊游蹤韻正御溝讀春水溶溶韻平康巷陌句繡鞍金勒

躍青驄韻解衣沽酒醉弦管句柳緑花紅韻 到如今句餘霜鬢句嗟前事句夢魂中韻但寒烟讀滿目飛蓬韻雕欄玉砌句空鎖三十六離宮韻寒笳驚起暮天雁句寂寞東風韻

北宋新聲。漢武帝迷信神仙，於神明臺上作承露盤，立銅仙人舒掌以接甘露，認爲飲之可以延年。《漢書·郊祀志》：「其後又作柏梁、銅柱、承露仙人掌之屬矣。」注引蘇林曰：「仙人以手掌擎盤承甘露。」《三輔故事》：「建章宮承露盤高二十丈，大七圍，以銅爲之，上有仙人掌承露，和玉屑飲之。」唐代詩人李賀《金銅仙人辭漢歌并序》：「魏明帝青龍元年八月，詔言官牽車西取漢孝武捧露盤仙人，欲立置前殿。宮官既拆盤，仙人臨載，乃潸然淚下。」調名本此，以歌頌盛世，亦以感嘆歷史興亡。此調始自北宋後期晁端禮元宵詞，乃長調，與此體相異。賀鑄兩詞名《銅人捧露盤》，八十一字體。南宋初年曾覿詞題爲《庚寅歲春奉使過京師感懷作》，詞人於北宋故都抒寫亡國之痛感。宋季汪元量懷古之作《越州越王臺》亦寓歷史興亡之感：「越山雲，越江水，越王臺。個中景、儘可徘徊。淩高放目，使人胸次共崔嵬。黄鸝紫燕報春晚，勸我銜杯。 古時事，今時候，前人喜，後人哀。正醉裏、歌管成灰。新愁舊恨，一時分付與潮回。鷓鴣啼歇夕陽去，滿地風埃。」此調又名《上西平》，韓玉詞題爲《甲申歲西度道中作》，詞云：「折腰勞，彈冠望，縱飛蓬。笑造化、相戲窮通。風帆浪槳，暮城寒角曉樓鐘。暗借霜雪鬢邊來，驚對青銅。 蕭閑好，何時遂，門横水，徑穿松。

有無限、杯月襟風。區區個甚，帝堯堂下足夔龍。不如聞早問溪山，高養五慵。」此詞言志抒懷，風格曠達。程垓《惜春》乃寫景之詞：「愛春歸，憂春去，爲春忙。旋檢點、雨障雲妨。遮紅護緑，翠幃羅幕任高張。海棠明月杏花天，更惜濃芳。喚鶯吟，招蝶拍，迎柳舞，倩桃妝。盡喚起、萬籟笙簧。一觴一詠，儘教陶寫繡心腸。笑他人世漫嬉游，擁翠偎香。」南宋理學家吴泳一詞，風格遒勁豪放：「跨征鞍，横戰槊，上襄州。便匹馬、蹴踏高秋。芙蓉未折，笛聲吹起塞雲愁。男兒若欲樹功名，須向前頭。鳳雛寒，龍骨朽，蛟渚暗，鹿門幽。閱人物，渺渺如漚。棋頭已動，也須高著局心籌。莫將一片廣長舌，博取封侯。」此調後段多一個三字句，其餘句式相同。此調共有七個三字句，四個七字句，兩個折腰之七字句，兩結則爲四字句，因此調勢起伏變化，由奔放而歸於收斂，聲韻諧美，很有特色，適於懷古、言志、寫景、詠物。此調通用者兩體，均七十九字。另一體首句用韻，前後段兩結句爲一個四字句與一個上三下四句法之七字句。

又一體

雙調，七十九字。前段八句，五平韻；後段九句，四平韻。　高觀國

念瑤姬韻翻瑤佩句下瑤池韻冷香夢讀吹上南枝韻羅浮夢杳句憶曾清曉

見仙姿韻天寒翠袖句可憐是讀倚竹依依韻　溪痕淺句雪痕凍句月痕淡句

粉痕微韻江樓怨讀一笛休吹韻芳音待寄句玉堂烟驛兩凄迷韻新愁萬斛句爲春瘦讀却怕春知韻

高觀國三詞格律相同，此首乃詠梅之作。宋季羅志仁《丙午錢塘》抒寫懷念故國之情，奇崛悲涼，最能體現此調之聲情特點，詞云：「濕苔青，妖血碧，壞垣紅。怕精靈、來往相逢。荒烟瓦礫，寶釵零亂隱鸞龍。吳峰越巘，翠顰銷、若爲誰容。浮屠換，昭陽殿，僧磬改，景陽鐘。興亡事、淚老金銅。驪山廢盡，更無宮女説玄宗。角聲起，海濤落、滿眼秋風。」此詞首句不用韻，後段第八句脱一字。

過澗歇近

柳　永

雙調，八十字。前段八句，五仄韻；後段八句，三仄韻。

淮楚韻曠望極讀千里火雲燒空句盡日西郊無雨韻厭行旅韻數幅輕帆旋落句艤棹蒹葭浦韻避畏景句兩兩舟人夜深語韻　此際争可句便恁奔名競利去韻九衢塵裏句衣冠冒炎暑韻回首江鄉句月觀風亭句水邊石上句

幸有散髮披襟處韻

北宋新聲，柳詞爲創調之作，屬中吕調。晁補之詞名《過澗歇》，題爲《東皋寓居》，格律同柳詞，其詞云：「歸去。奈故人、尚作青眼相期，未許明時歸去。放懷處。買得東皋數畝，静愛園林趣。任過客，剥啄相呼晝扃户。堪笑兒童，事業華顛向誰語。草堂人悄，圓荷過微雨。都付邯鄲，一枕清風，好夢初覺，砌下槐影方亭午。」柳永另一首字數相同，句式略異。此調僅存三詞，宜於寫景，叙事。

安公子

雙調，八十字。前段八句，四仄韻；後段七句，三仄韻。　柳永

長川波瀲灧韻楚鄉淮岸迢遞句一霎烟汀雨過句芳草青如染韻驅驅携書劍韻當此好天好景句自覺多愁多病句行役心情厭韻　望處曠野沉沉句暮雲黯黯韻行侵夜色句又是急槳投村店韻認去程將近句舟子相呼句遥指漁燈一點韻

唐代教坊曲。此調爲中亞安國樂曲，創始於隋代末年。唐人段安節《樂府雜録》云：「隋煬

帝游江都時，有樂工笛中吹之。其父老廢，於卧内聞之，問曰：『何得此曲子？』對曰：『宫中新翻也。』」宋人王灼《碧鷄漫志》卷四：「煬帝將幸江都，樂工王令言者，妙達音律。其子彈胡琵琶作《安公子》曲，令言驚問：『那得此？』對曰：『宫中新翻。』令言流涕曰：『慎勿從行。宫，君也。宫聲往而不返，大駕不復回矣。』據《理道要訣》，唐時《安公子》在太簇角，今已不傳。其見於世者中吕調者有近，般涉調有令，然尾聲皆無所歸宿；亦異矣。」柳永詞爲創調之作，此詞屬中吕調，即王灼所謂《安公子近》。此體僅存柳永一詞，描述羈旅行役之情形，爲宋詞名篇。柳永另有兩詞即屬般涉調者。

又一體

雙調，一百六字。前後段各八句，六仄韻。　柳永

遠岸收殘雨韻雨殘稍覺江天暮韻拾翠汀洲人寂静句立雙雙鷗鷺韻望幾點讀漁燈隱映蒹葭浦韻停畫橈讀兩兩舟人語韻道去程今夜句遥指前村烟樹韻　游宦成羈旅韻短檣吟倚閑凝佇韻萬水千山迷遠近句想鄉關何處韻自别後讀風亭月榭孤歡聚韻剛斷腸讀惹得離情苦韻聽杜宇聲聲句勸人不如歸去韻

此體屬般涉調，爲此調之正體。柳永另一首爲俗詞，其中前段第四句脱一字；詞云：「夢覺清宵半。悄然屈指聽銀箭。惟有床前殘淚燭，□啼紅相伴。暗惹起、雲愁雨恨情何限。從卧來、展轉千餘遍。恁數重鴛被，怎向孤眠不暖。堪恨還堪嘆。當初不合輕分散。及至厭厭獨自個，却眼穿腸斷。似恁地、深情密意如何拚。雖後約、的有于飛願。奈片時難過，怎得如今便見。」晁端禮兩詞，格律同柳詞，其一亦是俗詞：「漸漸東風暖。杏梢梅萼紅深淺。正好花前携素手，却雲飛雨散。是即是、從來好事多磨難。就中我、與你纔相見。便世間煩惱，受了千千萬萬。回首空腸斷。甚時與你同歡宴。但得人心長在了，管天須開眼。又只恐、日疏日遠衷腸變。便忘了、當本深深願。待寄封書去，更與丁寧一遍。」此體共存數詞，當以柳詞爲式。此爲重頭曲，調勢平穩，適於寫景、叙事。

柳初新

柳永

雙調，八十一字。前後段各七句，五仄韻。

東郊向晚星杓亞韻 報帝里讀 春來也韻 柳擡烟眼句 花匀露臉句 漸覺緑嬌紅姹韻 妝點層臺芳榭韻 運神功讀 丹青無價韻 別有堯階試罷韻 新郎

君讀成行如畫韻杏園風細句桃花浪暖句競喜羽遷鱗化韻遍九陌讀相將游冶韻驟香塵讀寶鞍驕馬韻

北宋新聲，屬大石調。柳詞爲創調之作，因詞有「柳擡嬌眼」，因以名調。此詞乃描述北宋京都登進士第之士游春之情形。沈蔚一詞描述花間尊前宴樂情形：「楚天來駕春相送。半醉側、花冠重。瑶臺清宴，群仙戲手，剪出彩衣猶動。誰拂瑶臺巧弄。舞丹山、三千雛鳳。　艷冶輕盈放縱。倚東風、從來遍寵。桃花溪上，相思未斷，愁掩五雲真洞。算曾揖、飛鸞雙控。等閑入、襄王春夢。」晁端禮俗詞一首，前段第六句多一字，後段第三句多一字，其餘格律與柳詞同；其詞云：「些兒柄靶天來大。悶損也、還知麽。共伊合下，深盟後約，比望收因結果。這好事、難成易破。到如今、彼此無那。　終日行行坐坐。未曾識、展眉則個。若還不是，前生注定，甚得許多摧挫。去你行、有甚罪過。送一場、煩惱與我。」此調共存四詞，當以柳詞爲式。此調可用於祝頌、叙事。

鬥百花

雙調，八十一字。前段八句，五仄韻；後段七句，三仄韻。　柳　永

煦色韶光明媚韻輕靄低籠芳樹韻池塘淺蘸烟蕪句簾幕閑垂風絮韻春困

厭厭句拋擲鬥草工夫句冷落踏青心緒韻終日扃朱户韻　遠恨綿綿句淑景遲遲難度韻年少傅粉句依前醉眠何處韻深院無人句黄昏乍拆秋千句空鎖滿庭花雨韻

北宋新聲，屬正宫。柳永詞爲創調之作。五代王仁裕《開元天寶遺事》卷下：「長安王士安，春時鬥花，戴插以奇花多者爲勝。皆用千金市名花，植於庭苑中，以備春時之鬥也。」調名取此。柳永此調三詞，寫閨怨之詞兩首，另一首爲俗詞：「滿搦宫腰纖細。年紀方當笄歲。剛被風流沾惹，與合垂楊雙髻。初學嚴妝，如描似削身材，怯雨羞雲情意。舉措多嬌媚。　争奈心性，未曾先憐夫婿。長是夜深，不肯便入鴛被。與解羅裳，盈盈背立銀釭，却道你且先睡。」晁補之詞三首，皆是描述歌妓情態之作，如其贈褚延娘：「臉色朝霞紅膩。眼色秋波明媚。雲度小釵濃鬢，雪透輕綺香臂。不語凝情，教人喚得回頭，斜盼未知何意。百態生珠翠。　低問石上，鑿井何由及底。微向耳邊，同心有緣千里。飲散西池，涼蟾正滿紗窗，一語繫人心裏。」此調僅存柳永與晁補之兩家共六詞。此調以六字句爲主，前段起四句即皆是六字句，故有滯緩之感，調式過於平穩，缺乏變化，但適於描敘。宋季詞人楊纘在其《作詞五要》裏談及「擇腔」即選調時，他説：「《鬥百花》之無味也。」今詞樂已散佚，無從考知《鬥百花》之音譜，但從此調之體制及作品來看均不甚佳。然而柳永與晁補之諸詞乃應歌之作，在當時是頗受市井民衆欣賞的。

最高樓

雙調，八十一字。前段八句，四平韻；後段八句，兩仄韻，三平韻。　　蔣　捷

新春景句明媚在何時韻宜早不宜遲韻軟塵巷陌青油幰句重簾深院畫羅衣韻要些兒句晴日照句暖風吹韻　一片片讀雪兒休要下仄韻一點點讀雨兒休要灑韻才恁地句越愆期平韻悠悠不趁梅花到句匆匆枉帶柳花飛韻倩黄鶯句將我語句報春歸韻

北宋新聲。毛滂兩詞爲創調之作，其《散後》詞云：「微雨過，深院芰荷中。香冉冉，繡重重。玉人共倚闌干角，月華猶在小池東。入人懷，吹鬢影，可憐風。　分散去、輕如雲與雪。剩下了、許多風與月。侵枕簟，冷簾櫳。剛能小睡還驚覺，略成輕醉早醒忪。仗行雲，將此恨，到眉峰。」此詞抒寫離情，前段第三、四句爲三字句，比蔣詞多一字，是又一體。南宋以來詞人喜用此調，大都同蔣詞格律，當以蔣詞爲正體。此調多三字句；後段第一、二句爲上三下五句法之八字句，此兩句用仄聲韻，使韻律變化，形成格律與聲韻之特點。詞中前後段各兩個七字句，可不對偶，但以對偶爲工。此調紆徐而流暢，後段首兩句換韻，再回復原部平韻，使音節忽抑又揚，曲折變化，但整體之聲韻甚爲諧美。宋代詞人用以抒情、

詠物，且多壽詞。辛棄疾八首，用於詠物、祝頌、酬贈、游戲，風格曠達恣肆，如其《醉中有索四時歌爲賦》：「長安道，投老倦游歸。七十古來稀。藕花雨濕前湖夜，桂枝風淡小山時。怎消除，須殢酒，更吟詩。　也莫向、竹邊辜負雪。也莫向、柳邊辜負月。閑過了、總成癡。種花事業無人問，惜花情緒只天知。笑山中，雲早出，鳥歸遲。」辛詞《名了》乃游戲之作，深寓人生哲理，善爲詞論：「吾衰矣，須富貴何時。富貴是危機。暫忘設醴抽身去，未曾得米棄官歸。穆先生，陶縣令，是吾師。　待葺個、園兒名佚老。更作個、亭兒名亦好。閑飲酒，醉吟詩。千年田換八百主，一人口插幾張匙。便休休，更説甚，是和非。」劉克莊七首，風格更爲狂放，多用於祝壽、自嘲，如：「臣少也，豪舉泛星槎。飄逸吐天葩。穆陵誤奬推儒宿，龍泉曾喚做行家。今耄矣，文跌宕，字麻茶。　同隊者、多爲公與相。廣坐裏、都無兄與丈。生有限，猶望奢。補還瞎子重開卷，放教跛子出看花。地行仙，疑是汝，不争些。」劉克莊《再題周登樂府》純是一篇論詞之作：「周郎後，直數到清真。君莫是前身。八音相應皆韶樂，一聲來了落梁塵。笑而今，輕郢客，重巴人。　只少個、緑珠横玉笛。又少個、雪兒彈錦瑟。欺賀晏，壓黄秦。可憐樵唱並菱曲，不逢御手與龍巾。且醉眠，篷底月，甕間春。」此調既可達婉約之情，亦可寫豪放之致，其適宜範圍較廣。

又一體

雙調，八十三字。前段八句，四平韻；後段八句，兩仄韻，三平韻。

程　垓

舊時心事句說着兩眉羞平韻長記得讀憑肩游韻緗裙羅襪桃花岸句薄衫輕扇杏花樓韻幾番行句幾番醉句幾番留韻　也誰料讀春風已吹斷仄韻又誰料讀朝雲飛亦散韻天易老讀恨難酬平韻蜂兒不解知人苦句燕兒不解說人愁韻舊情懷句消不盡句幾時休韻

此詞前段多兩字，句式亦異。《詞譜》於此調列十一體，實爲三字句起者與四字句起者兩體。

倒垂柳

雙調，八十一字。前後段各八句，五仄韻。

楊无咎

南州初會遇韻記惺惺讀說底語韻而今精神爽句傾下越風措韻雍門人獨夜句客舍停杯處韻餘香應未泯句憑君重唱金縷韻　移宮易羽韻縱有離愁休怨訴韻客裏忒凄涼句怕聽斷腸句韻情山曲海句君已心相許韻驂鸞

乘月句正好同歸去韻

唐代教坊曲。楊无咎詞爲創調之作。此調僅存楊无咎兩詞，其另一詞題爲《重九》，首句不用韻，其餘格律相同。

拂霓裳

晏殊

雙調，八十二字。前段八句，六平韻；後段八句，五平韻。

樂秋天韻晚荷花綴露珠圓韻風日好句數行新雁貼寒烟韻銀簧調脆管句瓊柱撥清弦韻捧觥船韻一聲聲讀齊唱太平年韻人生百歲句離別易讀會逢難韻無事日句剩呼賓友啟芳筵韻星霜催緑鬢句風露損朱顏韻惜清歡韻又何妨讀沉醉玉尊前韻

唐代教坊曲。此曲出自《霓裳羽衣曲》，宋代傳《拂霓裳》。《碧鷄漫志》卷三：「世有般涉調《拂霓裳曲》，因石曼卿取作傳踏，述開元、天寶舊事。曼卿云：本是月宮之音，翻作人間之曲。近夔帥曾端伯增損其詞，爲勾遺隊口號，亦云開寶遺音。蓋二公不知此曲（《霓裳羽衣曲》）自屬黄鍾商，而《拂霓裳》則般涉調也。」晏殊詞爲創調之作。晏殊此調共三詞，其餘兩首皆爲壽詞。此調適用於節慶、祝頌及壽詞。

驀山溪

晁端禮

雙調，八十二字。前後段各九句，三仄韻。

風流心膽句直把春償酒韻選得一枝花句綺羅中讀算來未有韻名園翠苑句風月最佳時句夜迢迢句車款款句是處曾携手韻　重來一夢句池館皆依舊韻幽恨寫新詩句托何人讀章臺問柳韻漁舟歸後句雲鎖武陵溪句水潺潺句花片片句艤棹空回首韻

北宋新聲。唐代詩人李賀《馬詩》之十八有句云：「只今掊白草，何日驀青山。」調名本此。歐陽修元夕詞爲創調之作：「新正初破，三五銀蟾滿。纖手染香羅，剪紅蓮、滿城開遍。樓臺上下，歌管咽春風，駕香輪，停寶馬，只待金烏晚。帝城今夜，羅綺誰爲伴。應卜紫姑神，問歸期、相思望斷。天涯情緒，對酒且開顏，春宵短，春寒淺，莫待金杯暖。」此調《詞譜》列十三體，句式與用韻互有極小差異，當以晁詞爲通用之正體。此調爲重頭曲，最顯著之特點是韻稀，特別是前後段第五、六、七、八、九共五句一韻，要求語意連貫而流暢。因韻稀，且用仄聲韻，聲韻低沉，音節散緩，可平可仄之字較多，故于宋詞中甚有特色，作者甚衆。此調適應之題材廣泛，可用於抒情、寫景、詠物、節序、祝頌。劉菊房以代言體寫離情：「醉魂離夢，捻合難成片。惡味怕黄昏，更西風、梧桐深院。蟬鬟翠嫵，記那日相逢，情繾綣，語玲瓏，人静凌波見。　香雲曾約，念阻題紅怨。應是緑窗寒，也思郎、雲衣誰换。郎今銷黯，步楚竹江空，雲縹緲，水彌茫，不抵相思半。」此詞意纖細柔婉。吴禮之《感舊》深寓人生感慨，風格曠達，詞云：「劉郎老矣，倦入繁華地。觸目愈傷情，念陳迹、人非物是。共誰携手，落日步江村，臨遠水，對遥山，閑看烟雲起。　買牛賣劍，便作兒孫計。朋舊自榮華，也憐我、無名無利。簞瓢鐘鼎，等是百年身，空妄作，枉迂回，貪愛從今止。」姜夔《題錢氏溪月》甚爲騷雅，乃宋詞名篇，詞云：「與鷗爲客。緑野留吟屐。兩行柳垂陰，是當日、仙翁手植。一亭寂寞，烟外帶愁横，荷苒苒，展凉雲，横卧虹千尺。　才因老盡，秀句君休覓。萬緑正迷人，更愁入、山陽夜笛。百年心事，唯有玉蘭知，吟未了，放船回，月下空相憶。」此詞首句用韻，當屬偶然。晁補之一首以俚語入詞，風格又異，詞云：「自來相識，比你情都可。咫尺千里算，惟孤枕、單衾和我。終朝盡日，無緒亦無言，我心裏，忡忡也，一點全無那。　香箋小字，寫了千千個。我恨無羽翼，空寂寞、青苔院鎖。昨朝冤我，知道不如休，天天天，不曾麽，因甚須冤我。」此詞特爲流暢，體現了口語的藝術效果。縱觀宋人之作，此調仍以言情與寫景爲主。

千秋歲引

雙調，八十二字。前段八句，四仄韻；後段八句，五仄韻。

王安石

別館寒砧句孤城畫角韻一派秋聲入寥廓韻東歸燕從海上去句南來雁向沙頭落韻楚臺風句庾樓月句宛如昨韻　無奈被些名利縛韻無奈被他情擔閣韻可惜風流總閑却韻當初漫留華表語句而今誤我秦樓約韻夢闌時句酒醒後句思量著韻

《千秋歲》有小令和中調兩體，在中調者爲《千秋歲引》。宋詞中的「引」在詞學裏的具體含義已難詳考，但它應是大曲的一部分，而且基本上爲六拍，屬於比小令較長的樂曲，故中調内多「引」。王安石詞原題爲《秋景》，乃創調之作，亦是宋詞名篇。此調爲换頭曲，除前段第一、二句之外，皆用七字句和三字句，而且每種句式連用，如前段連用三個七字句，繼連用三個三字句；後段連用五個七字句，繼連用三個三字句；用入聲韻，韻位較密。故此調聲韻瀏亮，節奏較快，調勢輕活，宜於表達熱烈奔放之情。宋季陳德武詠紫薇詞：「濯錦豐姿，新凉臺閣。懊悔巫山太輕薄。琵琶未訴衣衫濕，菱花不照胭脂落。鳳凰池，鴛鴦殿，重金鑰。　春色畫船何處泊。秋色丹青人難摸。可惜風流總閑却。此情不與人知道，知時只恐人攙著。碧窗前，銀燈下，陪孤酌。」王詞前後段之七字句各有兩句爲對偶，陳詞前段之七字句亦有兩句爲對偶，均工巧。朝鮮《高麗史·樂志》所存宋詞，其中有《千秋歲令》，實即《千秋歲引》，詞云：「想風流態，種種般般媚。恨別離時太容易。香箋欲寫相思意，相思淚滴香箋字。畫堂深，銀燭暗，重門閉。似當日歡娛何日遂。願早早相逢重設誓。美景良辰莫輕拚，鴛鴦帳裏鴛鴦被，鴛鴦枕上鴛鴦睡。似恁地，長恁地，千秋歲。」此詞前段第二句增一字，後段第一、二句各增一字。此調亦有用以爲壽詞者。王詞與陳詞均用入聲韻，音節諧美，當爲法式。

早梅芳

雙調，八十二字。前後段各九句，五仄韻。

周邦彥

花竹深句房櫳好韻夜闃無人到韻隔窗寒雨句向壁孤燈弄餘照韻淚多羅袖重句意密鶯聲小韻正魂驚夢怯句門外已知曉韻

去難留句話未了韻早促登長道韻風披宿霧句露洗初陽射林表韻亂愁迷遠覽句苦語縈懷抱韻漫回頭句更堪歸路杳韻

柳永《早梅芳》爲祝頌之詞，屬正宮，乃長調。周邦彥《早梅芳》兩首，或名《早梅芳近》，爲此調之始詞。周詞此首原題《别恨》，抒寫離情别緒；另一首題爲《牽情》，均爲叙事與抒情結合之作。宋季仇遠此調標名《早梅芳近》，抒寫旅情，詞云：「碧溪灣，疏竹外。正小春天氣。綠珠羞澀，半吐椒紅可人意。月香傳瘦影，露臉凝清淚。笑倡條冶葉，怕冷尚貪睡。　馬行遲，雪未霽。還憶前溪裏。青禽啁哳，疑是當初夢初起。舊愁歸塞管，遠恨瀟湘水。望江南，故人家萬里。」無名氏詠雪梅：「冰唯清，玉唯潤。清潤無風韻。此花風韻，清潤自然傳香粉。故應春意别，不使凡英混。到春前臘後，長是寄芳信。　此情閑，此意遠。一點縈方寸。風亭水館，解與行人破離恨。廣寒宮未有，姑射仙曾認。向雪中，月下吟未盡。」此調多五字句，如周邦彦詞頗有以詩法入詞現象，因其意象密集，詞意不甚連貫之故。無名氏之詞頗爲流暢而構思纖細，能發揮此調之優長。此調前段第八句雖爲五字句，但諸家之作均爲上一下四句法，如周邦彦兩詞作「正魂驚夢怯」、「看鴻驚鳳翥」，陳允平兩詞作「縱離歌緩唱」、「掩香茵縹緲」，仇遠作「笑倡條冶葉」，無名氏作「到春前臘後」；皆是如此，當爲定格。此外前後段第五句乃拗句，周詞均爲「仄仄平平仄平仄」，亦是定格。

新荷葉

黄　裳

雙調，八十二字。前後段各八句，四平韻。

落日銜山句行雲載雨俄鳴韻一頃新荷句坐間疑是秋聲韻烟波醉客句見快哉讀風惱娉婷韻香和清點句爲人吹在衣襟韻　珠佩歡言句放船且向前汀韻緑傘紅幢句自從天漢相迎韻飛鷗獨落句蘆邊對讀幾朵繁英韻侑觴人唱句乍聞應似湘靈韻

北宋新聲。黃裳詞爲創調之作，題爲《雨中泛湖》，詞有「一頃新荷」，因以名調。此調爲重頭曲，以四字句和六字句爲主，調勢平穩。侯寘《金陵府會鼓子詞》描述尊前樂事：「柳幄飛綿，風池暖泛新萍。燕壘泥香，玉麟堂外春深。晴雲麗日，花濃處，蜂蝶紛紛。儹春一醉，管弦聲裏歡聲。況是清時，錦衣重到臺城。故國江山，向人依舊多情。趁閑行樂，休辜負冶葉繁英。彤庭歸覲，恁時難駐前旌。」陳亮詠荷花：「艷態還幽，誰能潔净争妍。淡抹疑濃，肯將自在求憐。終嫌獨好，任毛嬙、西子差肩。六郎塗流，似和不似依然。赫日如焚，諸餘只憑光鮮。雨過風生，也應百事隨緣。香須道地，對一池、著甚沉烟。根株好在，淤泥白藕如椽。」辛棄疾六詞，用於贈酬、寫景、抒情、祝頌；其《再題傅巖叟悠然閣》乃此調之佳作，詞云：「種豆南山，零落一頃爲萁。歲晚淵明，也吟草盛苗稀。風流剗地，向尊前、采菊題詩。悠然忽見，此山正繞東籬。　千載襟期，高情想像當時。小閣横空，朝來翠撲人衣。是中真趣，問騁懷、游目誰知。無心出岫，白雲一片孤飛。」此調後段首句不用韻，但趙彦端與辛棄疾偶亦用韻；當以黃裳詞爲正體。

迷仙引

柳永

雙調，八十三字。前段九句，四仄韻；後段七句，五仄韻。

才過笄年句初綰雲鬟句便學歌舞韻席上尊前句王孫隨分相許韻算等閑讀酬一笑句便千金慵覷韻常只恐讀容易蕣華偷換句光陰虛度韻已受君恩顧韻好與花爲主韻萬里丹霄句何妨携手同歸去韻永棄却讀烟花伴侶韻免教人見妾句朝雲暮雨韻

北宋新聲，屬雙調。柳永此詞表訴民間歌妓從良的善良願望。此調此體僅此一詞。

又一體

關詠

雙調，一百二十三字。前段十六句，九仄韻；後段十句，八仄韻。

春陰霽韻岸柳參差句裊裊金絲細韻畫閣晝眠鶯喚起韻烟光媚韻燕燕雙高句引愁人如醉韻慵緩步句眉斂金鋪倚韻佳景易失句懊惱韶光改句花

空委韻忍厭厭地韻施朱粉句臨鸞鏡句膩香銷減摧桃李韻獨自個凝睇韻暮雲暗句遥山翠韻天色無情句四遠低垂淡如水韻離恨托讀征鴻寄韻旋嬌波讀暗落相思淚韻妝如洗韻向高樓讀日日春風裏韻悔憑欄讀芳草人千里韻

此體音譜相異，僅存此一詞。

促拍滿路花

雙調，八十三字。前後段各八句，四平韻。　柳永

香靨融春雪句翠鬟軃秋烟韻楚腰纖細正笄年韻鳳帷夜短句偏愛日高眠韻起來貪顛耍句只恁殘却黛眉句不整花鈿韻　有時携手閑坐句偎倚緑窗前韻温柔情態儘人憐韻畫堂春過句悄悄落花天韻長是嬌癡處句尤殢檀郎句未教拆了秋千韻

「促拍」即急拍。此調又名《滿路花》，爲北宋新聲，屬仙吕調，柳永詞爲創調之作。此調諸家之作，句式略異，《詞律》列七體，《詞譜》列十一體，但實爲平韻與仄韻兩體。平韻以柳永詞爲正體，但作者不多；仄韻以周邦彦詞爲通用之體。

又一體

雙調，八十三字。前後段各八句，五仄韻。

周邦彦

金花落燼燈句銀礫鳴窗雪韻庭深微漏斷讀行人絶韻風扉不定句竹圃琅玕折韻玉人新間闊韻著甚情悰句更當恁地時節韻　無言攲枕句帳底流清血韻愁如春後絮讀來相接韻知他那裏句争信人心切韻除共天公説韻不成也還句似伊無個分別韻

周詞亦屬仙吕調。此體以五字句爲主，前後段第一句以下句式相同，調勢極平穩。周邦彦另一詞題爲《思情》，乃俗詞，語意流暢，但前段第六句不用韻：「簾烘淚雨乾，酒壓愁城破。冰壺防飲渴、培殘火。朱消粉退，絶勝新梳裹。不是寒宵短，日上三竿，殢人猶要同卧。如今多病，寂寞章臺左。黄昏風弄雪、門深鎖。蘭房密愛，萬種思量過。也須知有我。著甚情悰，你但忘了人呵。」張淑芳寫冬景一詞，亦前段第六句不用韻：「羅襟濕未乾，又是淒涼雪。欲睡難成寐、音書絶。窗前竹葉，凜凜狂風折。寒衣弱不勝，有甚遥腸，望到春秋時節。孤燈獨照，字字吟成血。僅梅花知苦、香來接。離愁萬種，提起心頭切。比霜風更烈。瘦似枯枝，待何人與分説。」秦觀詞前後段首句用韻，當屬偶然：「露顆添花色。月彩投窗隙。春思如中酒、恨無力。洞房咫尺，曾寄青鸞翼。雲散無蹤迹。羅帳薰殘，夢回無處尋覓。輕紅膩白。步步熏蘭澤。約腕金環重、宜裝飾。未知安否，一向無消息。不似尋常憶。憶後教人，片時存濟不得。」此調當以周詞爲式。

洞仙歌

雙調，八十三字。前段六句，三仄韻；後段七句，三仄韻。　蘇軾

冰肌玉骨句自清涼無汗韻水殿風來暗香滿韻繡簾開讀一點明月窺人句人未寢句攲枕釵橫鬢亂韻　起來攜素手句庭户無聲句時見疏星渡河漢韻試問夜如何句夜已三更句金波淡讀玉繩低轉韻但屈指讀西風幾時來句又不道讀流年暗中偷换韻

唐代教坊曲，屬林鍾商。洞仙，仙人好居洞壑，故通稱爲洞仙。唐初宋之問《下桂江龍目

灘》：「巨石潛山怪，深篁隱洞仙。」此調當出自道教樂曲。蘇軾此詞序云：「余七歲時，見眉州老尼，姓朱，忘甚名，年九十餘。自言嘗隨其師入蜀主孟昶宫中。一日大熱，蜀主與花蕊夫人夜納涼摩訶池上，作一詞，朱俱能記之。今四十年，朱已死矣，人無知此詞者，但記其首兩句。暇日尋味，豈《洞仙歌令》乎？乃爲足之云。」蘇軾從老尼所傳孟昶之詞，實爲《避暑摩訶池上作》詩：「冰肌玉骨清無汗，水殿風來暗香滿。簾開明月獨窺人，攲枕釵橫雲鬢亂。起來瓊户寂無聲，時見疏星渡河漢。屈指西風幾時來，只恐流年暗中换。」蘇軾以之隱栝入詞。此調或稱《洞仙歌令》，另有長調，音譜與格律迥異。敦煌曲子詞存此調兩詞，格律與句式基本上相同，如其一：「悲雁隨陽，解引秋光。寒蛩響，夜夜堪傷。淚珠串滴，旋流枕上。無計恨征人，争向金風漂蕩。擣衣嘹亮。懶寄回文先往。戰袍待縕，絮重更薰香。殷勤憑、驛使追訪。願四塞、來朝明帝，令戎客、休施流浪。」此爲創調之作。《詞譜》於此調列四十體。諸家所作自八十三字至八十八字者即三十餘體，字數與句式略有參差，即使同一詞人之作如蘇軾兩詞亦有小異。此調當以蘇軾此詞爲正體。辛棄疾七首全同蘇詞格律，用於祝壽、詠物、寫景、酬贈、游戲。其《丁卯八月病中作》乃以文爲詞，風格恣肆：「賢愚相去，算其間能幾。差以毫釐謬千里。細思量、義利舜跖之分，孳孳者、等是鷄鳴而起。　味甘終易壞，歲晚還知，君子之交淡如水。一餉聚飛蚊，其響如雷，深自覺、昨非今是。羨安樂、窩中泰和湯，更劇飲、無過半醺而已。」趙子發詠月詞：「荒山明月，下有雲來去。深夜纖毫静可數。問古今、底事留此空光，修月户、猶是當年玉斧。　思君持羽扇，來伴微吟，水佩風環飲松露。待勾漏丹成、約與輕飛，人間世、不知歸處。更長嘯、餘聲振林谿，見亂紅、驚飛半巖花雨。」利登抒寫懷舊之情：「弄香吹粉，記前回酒困。緑露沉沉轉花影。翠簾深、隱隱紅霧依人，荷月静，新樣雙鸞交映。如今誰念省，短雨長雲，曾托琵琶再三問。最苦緑屏孤、夜久星寒，無處頓、風流心性。又莫是、偷香寄韓郎，到漏泄、春風一枝花信。」張韞《游大滌賦》：「花泥絮浪，殢春懷如酒。書卷爐熏夢清晝。喚玉京、穩携手松喬，飛光裏，笑傲白雲林岫。仙人猶狡獪，灑雪吹冰，聲落星河翠蛟走。問箬下留丹、别已千年，華表鶴、亦歸來否。有洞口、桃花識劉郎，共一笑、相迎朱顔如舊。」姚雲文抒寫春感：「燕窠香濕，誤天涯芳信。社近陰晴未前定。聽鶯簧、宛轉似羽疑宫，歌未斷，落落舊愁都醒。疏狂追少日，杜曲樊樓，拚把黄金買春恨。回首武陵溪、花待郎歸，洞雲深、未知春盡。問楊柳、梢頭幾分青，消不得、朝來雨寒一陣。」此調韻稀，每韻自成一個意群，尤須意脈貫串；其中七字句、八字句、九字句之句法皆特殊，如用上三下六、上五下四、上三下四、上三下五句法。故此調頓挫之處較多，前後段變化極大，調勢紆徐曲折而又凝塞，宜於描述、訴説、表達閑淡、抑鬱、含蓄之情。此調别體繁多，作者甚衆，聲韻低沉而優美，可平可仄之處較多，藝術技巧之要求甚高。

又一體

雙調，一百二十三字。前段十一句，四仄韻；後段十四句，八仄韻。　柳永

乘興句閑泛蘭舟句渺渺烟波東去韻淑氣散幽香句滿蕙蘭汀渚韻緑蕪平

晼句和風輕暖句曲岸垂楊句隱隱隔讀桃花圃韻芳樹外句閃閃酒旗遥舉韻羈旅韻漸入三吴風景句水村漁浦韻閑思更遠神京句抛擲幽會小歡何處韻不堪獨倚危檣句凝情西望日邊句繁華地讀歸程阻韻空自嘆當時句言約無據韻傷心最苦韻佇立對讀碧雲將暮韻關河遠句怎奈向讀此時情緒韻

柳永此詞屬仙吕調。柳永另一首一百十八字屬般涉調，又一體一百二十六字屬中吕調。三詞宫調不同，音譜相異。晁補之亦有長調兩詞，與柳詞句式又異。此調用長調者可以柳永此詞爲式。

踏歌

三段，八十三字。前兩段各四句，四仄韻；後一段六句，四仄韻。

朱敦儒

宴闋韻散津亭讀鼓吹扁舟發韻離愁黯讀隱隱陽關徹韻更風愁雨細添凄切韻恨結韻難良朋讀雅會輕離訣韻一年價讀把酒對花月韻便山遥水

遠分吳越韻　書倩雁句夢借蝶韻重相見讀再把歸期説韻只愁到他日句

彼此萍蹤别韻總難如再會時節韻

唐代教坊曲。《舊唐書·睿宗紀》:「上元夜,上皇御安福門觀燈,出内人連袂踏歌。」踏歌是歌唱時連袂而歌,以足踏地爲節。《樂府詩集》卷八十二《近代曲辭》收崔液五言六句二首、謝偃五言八句三首、張説和劉禹錫七言四句六首,皆是齊言聲詩。崔液其一云:「彩女迎金屋,仙姬出畫堂。鴛鴦裁錦袖,翡翠帖花黄。歌響舞行分,艷色動流光。」此描述踏歌情形。此調之長短句詞體於宋人中存朱敦儒與辛棄疾各一詞,另有無名氏詠梅詞一首,共三詞,而三詞之句式略異。此調三段,又稱三疊,前兩段句式相同,第三段句式相異,是爲雙拽頭體。前兩段之每段一個短句外爲三個八字句,後段更富於變化。此調韻密,皆用入聲韻,乃很有特色之調,惜乎作者甚少,且乏名篇。辛棄疾詞乃贈歌妓之作,前兩段與朱敦儒詞格律同,第三段結尾句式頗異。其詞云:「擷厥。看精神、壓一龐兒劣。更言語、一似春鶯滑。一團兒美滿香和雪。　去也。把春衫、換却同心結。向人道、不怕輕離别。問昨宵因甚歌聲咽。　秋被夢,春閨月。舊家事、却對何人説。告弟弟、莫趁蜂和蝶。有春歸花落時節。」此調當以朱詞爲式。

秋夜月

雙調，八十四字。前後段各十句，五仄韻。　尹鶚

三秋佳節韻罥晴空句凝碎露句茱萸千結韻菊蕊和烟輕撚句酒浮金屑韻徵雲雨句調絲竹句此時難綴韻歡極讀一片艷歌聲揭韻　黄昏慵別韻炷沉烟句熏繡被句翠帷同歇韻醉並鴛鴦雙枕句暖偎春雪韻語丁寧句情委曲句論心正切韻深夜讀窗透數條斜月韻

此詞見《尊前集》，詞叙述秋日夜月之情景，因以名調。此調爲重頭曲，僅存尹鶚與柳永各一詞，柳詞屬夾鍾商，俗名雙調。

又一體

雙調，八十二字。前段八句，五仄韻；後段十句，五仄韻。　柳永

當初聚散韻便唤作讀無由再逢伊面韻近日來句不期而會重歡宴韻向尊前句閑暇裏句斂着眉兒長嘆韻惹起舊愁無限韻　盈盈淚眼韻漫向我耳

邊句作萬般幽怨韻奈你自家心下句有事難見韻待信真個句恁別無縈絆韻不免收心句共伊長遠韻

此乃俗詞，句式與尹詞異。此調當以柳詞爲式。

蕙蘭芳引

雙調，八十四字。前後段各八句，四仄韻。　周邦彦

寒瑩晚空句點青鏡讀斷霞孤鶩韻對客館深扃句霜草未衰更緑韻倦游厭旅句但夢繞讀阿嬌金屋韻想故人別後句盡日空疑風竹韻　塞北氍毹句江南圖障句是處温燠韻更花管雲箋句猶寫寄情舊曲韻音塵迢遞句但勞遠目韻今夜長讀争奈枕單人獨韻

蕙蘭，蘭的一種，也稱蕙。與草蘭相似而瘦，春暮開花，一莖開七八朵，香次於蘭。舌瓣有紅點，無紅點者爲素蘭。《古詩十九首》之八：「傷彼蕙蘭花，含英揚光輝。」晉代陸機《鱉賦》：「咀蕙蘭之芳荄，翳華藕之垂房。」周邦彦詞注：仙呂調。吳文英詞注：林鍾商，俗名

歇指調。吴文英《賦藏一家吴郡王畫蘭》：「空翠染雲，楚山迥、故人南北。秀骨冷盈盈，清洗九秋澗緑。奉車舊畹，料未許、千金輕償。淺笑還不語，蔓草羅裙一幅。素女多情，阿真嬌重，唤起空谷。弄野色烟姿，宜掃怨蛾淡墨。光風入户，媚香傾國。湘佩寒、幽夢小窗春足。」陳允平有和周詞一首。此調共存三詞，皆用入聲韻，以四字句與六字句爲主；前後段句式頗相異，調勢平緩，聲韻低沉。此調僅此一體。

鶴冲天

雙調，八十四字。前段九句，五仄韻；後段八句，五仄韻。　柳　永

閑窗漏永（句）月冷霜華墮（韻）悄悄下簾幕（句）殘燈火（韻）再三思往事（句）離魂亂（讀）愁腸鎖（韻）無語沉吟坐（韻）好天好景（句）未省展眉則個（韻）　從前早是多成破（韻）何况經歲月（句）相抛嚲（韻）假使重相見（句）還得似（讀）當初麽（韻）悔恨無計那（韻）迢迢良夜（句）自家只恁摧挫（韻）

五代南唐馮延巳詞爲創調之作，其詞爲小令：「曉月墜，宿雲披。銀燭錦屏帷。建章鐘動玉繩低。宮漏出花遲。　春態淺。來雙燕。紅日初長添一綫。嚴妝欲罷囀黄鸝。飛上萬

年枝。」宋人歐陽修一詞、周邦彦兩詞與此體同，前段用平韻，後段兩换韻。柳永兩詞皆是中調，音譜各異。此詞屬大石調，乃是俗詞，描述市井婦女心理極細。賀鑄感舊之詞與柳詞此體格律相同：「鼕鼕鼓動，花外沉殘漏。華月萬枝燈，還清晝。廣陌衣香度，飛蓋影、相先後。個處頻回首。錦坊西去，期約武陵溪口。當時早恨歡難偶。可堪流浪遠，分携久。小畹蘭英在，輕付與、何人手。不似長亭柳。舞風眠雨，伴我一春消瘦。」此體爲换頭曲，但前段第二句以下，後段第一句以下，則句式相同。此調之中調存宋人四詞，另兩詞句式各相異，故用此調當以此首柳詞爲式。

又一體

雙調，八十八字。前段九句，六仄韻；後段九句，五仄韻。　柳永

黄金榜上韻偶失龍頭望韻明代暫遺賢句如何向韻未遂風雲便句争不恣狂蕩韻何須論得喪韻才子詞人句自是白衣卿相韻　烟花巷陌句依約丹青屏幛韻幸有意中人句堪尋訪韻且恁偎紅倚翠句風流事讀平生暢韻青春都一餉韻忍把浮名句换了淺斟低唱韻

此詞屬黄鍾宫。韋莊《喜遷鶯》詞爲祝賀新進士登第之作，有云「争看鶴冲天」句，以示皇榜

高中。調名本此。宋人吴曾《能改齋漫録》卷十六：「仁宗留意儒雅，務本理道，深斥浮艷虚美之文。初，進士柳三變，好爲淫冶謳歌之曲，傳播四方。嘗有《鶴冲天》詞云：『忍把浮名，换了淺斟低唱。』及臨軒放榜，特落之，曰：『且去淺斟低唱，何要浮名！』」此詞因此影響甚大，爲宋詞名篇。用此調者亦可依此詞之格律。後段第五句《全宋詞》據《彊村叢書》本之《樂章集》作「且恁偎紅翠」，而《詞律》與《詞譜》均作六字句「且恁偎紅倚翠」，核《百家詞》本亦如此，故今依《詞譜》。

祭天神

雙調，八十四字。前段六句，四仄韻；後段九句，四仄韻。

柳永

嘆笑筵歌席輕拋嚲韻背孤燈讀幾舍烟村停畫舸韻更深釣叟歸來句數點殘燈火韻被連綿宿酒醺醺句愁無那韻　寂寞擁讀重衾卧韻又聞得讀行客扁舟過韻篷窗近句蘭棹急句好夢還驚破韻念生平讀單棲踪迹句多感情懷句到此厭厭句向曉披衣坐韻

北宋新聲。柳詞爲創調之作，屬中吕調。此體僅此一詞。

又一體

雙調，八十六字。前段七句，四仄韻；後段八句，三仄韻。　柳永

憶繡衾相向輕輕語韻屏山掩讀紅蠟長明句金獸盛熏蘭炷韻何期到此句酒態花情頓辜負韻愁腸斷讀還是黄昏句那更滿庭風雨韻　聽空階和漏句碎聲鬥滴愁眉聚韻算伊還共誰人句争知此冤苦韻念千里烟波句迢迢前約句舊歡慵省句一向無心緒韻

此調屬歇指調。柳永此兩詞，因宮調不同，音譜相異，故句式與體制相異。此詞後段第七句，《詞譜》作「舊歡省」，脱一「慵」字，兹據《百家詞》及《全宋詞》補正。

踏青游

雙調，八十四字。前後段各九句，四仄韻。　王詵

金勒狨鞍句西城嫩寒春曉韻路漸入讀垂楊芳草韻過平堤句穿緑徑句幾聲啼鳥韻是處裏句誰家杏花臨水句依約靚妝斜照韻　極目高原句東風

露桃烟島韻望十里讀紅圍緑繞韻更相將句乘酒興句幽情多少韻待向晚句從頭記將歸去句說與鳳樓人道韻

北宋新聲。《全芳備祖》後集卷十載蘇軾詞一首，詞中有「踏青游」句，因以名調。此首蘇詞不見於《東坡樂府》，其字數與句式同王詵詞，但前後第七、八句均用韻。趙温之詠梅詞與王詵詞格律相同，詞云：「竹外溪邊，一枝破寒衝臘。瑩素肌、玉雕冰刻。賦閑標，足餘韻，豈相常格。最風流，生來處處盡好，别得造化工力。疏影幽香，意思迥然殊絶。算不枉、詩人分别。凍雲深，凉月皎，愈增清冽。太瀟灑，尤得静中雅趣，不許鶯棲燕歇。」此調共存六詞，當以王詞爲式。

夢玉人引

雙調，八十四字。前後段各九句，四仄韻。

李甲

漸東風暖句隴梅殘句霽雲碧韻嫩草柔條句又迴江城春色韻乍促銀籤句便篆香紋蠟有餘迹韻愁夢相兼句儘日高無力韻這些離恨句依然是讀酒醒又如織韻料伊情懷句也應向人端的韻何故近日句全然無消息韻問

伊看句伊教人到此句如何休得韻

北宋新聲。此爲創調之作。此調共存八詞，諸家句式大同小異，當以李詞爲式。沈會宗詞後段結句句式略異：「舊追游處，思前事，儼如昔。過盡鶯花，橫雨暴風初息。杏子枝頭，又自然別是般天色。好傍垂楊，繫畫船橋側。小歡幽會，一霎時、光景也堪惜。對酒當歌，故人情分難覓。山遠水長，不成空相憶。這歸去重來，又却是幾時來得。」陳三聘兩詞均於前段第七句增一字，後段結句句式略異，其一云：「別來何處，酒醒後，夢難覓。晚日溪亭，清曉便挂帆席。滿載離愁，指去程、還作江南客。目斷層城，數迢迢山驛。素巾空染，淚痕斑、應是暗中滴。記得輕分，玉簫猶自淒咽。昨夜東風，梅柳驚春色。料伊也，没心情，過却好天良夕。」此調多用入聲韻，表述離情別緒。

清波引

雙調，八十四字。前後段各八句，六仄韻。　姜夔

冷雲迷浦韻倩誰喚讀玉妃起舞韻歲華如許韻野梅弄眉嫵韻屐齒印蒼蘚句漸爲尋花來去韻自隨秋雁南來句望江國讀渺何處韻新詩漫與韻

好風景讀長是暗度韻故人知否韻抱幽恨誰語韻何時共漁艇句莫負滄浪烟雨韻況有清夜啼猿句怨人良苦韻

南宋新聲。姜夔詞爲創調之作，其序云：「予久客古沔，滄浪之烟雨，鸚鵡之草樹，頭陀、黄鶴之偉觀，郎官、大別之幽處，無一日不在心目間。勝友二三，極意吟賞。朅來湘浦，歲晚凄然，步繞園梅，摛筆以賦。」此調僅存兩詞，另一首爲宋季張炎作，後段第二句少一字，詞云：「江濤如許。更一夜、聽風聽雨。短篷容與。盤礴那堪數。弭節澄江樹。不爲蓴鱸歸去。怕教冷落蘆花，誰招得、舊鷗鷺。　寒汀古溆。盡日無人唤渡。此中清楚。寄情在談麈。難覓真閑處，肯被水雲留住。泠然棹入川流，去天尺五。」詞乃贈友人陸壼作。此調當以姜詞爲式。

婆羅門令

雙調，八十六字。前段六句，三仄韻，一疊韻；後段十句，六仄韻。

柳　永

昨宵裏讀恁和衣睡韻今宵裏讀又恁和衣睡疊小飲歸來句初更過讀醺醺醉韻中夜後句何事還驚起韻

霜天冷句風細細韻觸疏窗讀閃閃燈搖曳韻

空床展轉重追想句雲雨夢讀任攲枕難繼韻寸心萬緒句咫尺千里韻好景良天句彼此空有相憐意韻未有相憐計韻

此調屬夾鍾商，與《婆羅門引》於音譜、體制均異。《婆羅門引》屬無射羽，俗名羽調，與《婆羅門令》所屬宫調不同。此調之分段或將後段之首三句歸入前段，今從《詞譜》之分段。此調僅此一詞，因是柳詞名篇，故録存。

華胥引

雙調，八十六字。前段九句，四仄韻；後段八句，四仄韻。　周邦彦

川原澄映句烟月冥濛句去舟似葉韻岸足沙平句蒲根水冷留雁唼韻別有孤角吟秋句對曉風嗚軋韻紅日三竿句醉頭扶起還怯韻　離思相縈句漸看看讀鬢絲堪鑷韻舞衫歌扇句何人輕憐細閲韻檢點從前恩愛句但鳳箋盈篋韻愁剪燈花句夜來和淚雙疊韻

北宋新聲，屬黄鍾宫。周詞爲創調之作，題爲《秋思》。華胥爲中國古代寓言中之理想國。

《列子》卷二《黄帝篇》：「華胥氏之國在弇州之西，台州之北，蓋非舟車足力之所及，神游而已。其國無師長，自然而已。其民無嗜欲，自然而已。不知樂生，不知惡死，故無夭殤；不知親己，不知疏物，故無愛憎；不知背逆，不知向順，故無利害：都無所愛惜，都無所畏忌。」調名本此。此調僅此一體，諸家所作格律皆同。宋季詞人喜用此調，丁默抒寫離情之作，甚爲流美，乃此調佳作，詞云：「論交眉語，惜別心啼，費情不少。蕙渺溱期，蘋深氾約輕誤了。幾度金鑄相思，又燕歸鴻杳。誰料如今，被鶯閑占春早。　頻把愁句，惜鴉雲、嬌紅猶繞。渾拚如夢，争奈枕醒屏曉。欲寄芙蓉香半握，怕不禁秋惱。重是親逢，片帆雙度天杪。」張炎賦牡丹與梨花：「温泉浴罷，酣酒纔甦，洗妝猶濕。落暮雲深，瑶臺月下逢太白。素衣初染天香，對東風傾國。惆悵東欄，炯然玉樹獨立。　只恐江空，頓忘却、錦袍清逸。柳迷歸院，欲遠花妖未得。誰寫一枝淡雅，傍沉香亭北。説與鶯鶯，怕人錯認秋色。」此調以四字句爲主，配以六字句及七字句，用仄韻，後段之句式較富於變化，調勢亦平緩。丁默詞構思纖細，意脈清晰，語言平易，將情意表現得空靈，純用詞法，故宜效之。

離別難

雙調，八十七字。前段九句，四平韻，四仄韻；後段十句，四平韻，六仄韻。

薛昭藴

寶●馬●曉●鞴●雕○鞍○平韻羅○帷○乍●別●情○難○韻那●堪○春○景●媚●仄韻送●君○千○萬●里●韻半●
妝○珠○翠●落○句露●華○寒○平韻紅○蠟●燭●換仄韻青○絲○曲●韻偏○能○勾○引●淚●闌○干○平韻
良○夜●促●仄韻香○塵○緑●韻魂○欲●迷○換平韻檀○眉○半●斂●愁○低○韻未●別●心○先○咽●換仄韻
欲●語●情○難○説●韻出●芳○草●讀路●東○西○平韻摇○袖●立●換仄韻春○風○急●韻櫻○桃○楊○柳●雨●
凄○凄○平韻

唐代教坊曲，有齊言聲詩與長短句兩體。唐人段安節《樂府雜録》：「天后朝有士人妻，配入掖庭，善吹觱篥，乃撰此曲。」唐代詩人白居易聽到此曲作有絶句《離別難》，詩云：「緑楊陌上送行人，馬去車回一望塵。不覺別時紅淚盡，歸來無可更沾巾。」長短句詞體之創調者爲五代詞人薛昭蘊。此調之藝術形式極爲精巧，這主要表現在韻律方面。薛詞屬於一詞多韻之典型：「鞍」、「難」、「寒」、「干」爲平韻；「媚」、「里」爲仄韻；「燭」、「曲」、「促」、「緑」爲入聲韻；「迷」、「低」、「西」、「凄」爲平聲韻；「別」、「咽」、「出」、「立」、「急」爲入聲韻，共五部韻。前段三部韻，平聲韻中插入仄聲韻和入聲韻；後段用兩部韻，平聲韻内包孕入聲韻。故用韻出現頻繁變化，韻位極密，平韻與仄韻相互交錯的局面。薛詞所表現之離情別緒纏綿複雜與調之聲情諧合，音韻豐富優美。此調僅存薛昭蘊與柳永各一詞，柳詞乃另一體。

又一體

雙調，一百十二字。前段九句，五平韻；後段十句，五平韻。　　柳永

花謝水流倏忽句嗟年少光陰韻有天然讀蕙質蘭心韻美韶容讀何啻值千金韻便因甚讀翠弱紅衰句纏綿香體句都不勝任韻算神仙讀五色靈丹無驗句中路委瓶簪韻　人悄悄句夜沉沉韻閉香閨讀永棄鴛衾韻想嬌魂媚魄非遠句縱鴻都方士也難尋韻最苦是讀好景良天句尊前歌笑句空想遺音韻望斷處讀杳杳巫山十二句千古暮雲深韻

此詞乃悼念歌妓之作，屬中吕調，音譜與薛詞迥異，體制亦不同。

江城梅花引

雙調，八十七字。前段八句，五平韻；後段十句，三叶韻，三平韻。　　王觀

年年江上見寒梅韻幾枝開韻暗香來韻疑是月宮句仙子下瑤臺韻冷艷一

枝春在手句故人遠句相思切讀寄與誰韻　怨極恨極嗅玉蕊叶念此情句家萬里叶暮霞散綺叶楚天碧讀幾片斜飛韻爲我多情句特地點征衣韻花易飄零人易老句正心碎句那堪聞讀塞管吹韻

此調由《梅花引》與《江城子》合爲一調，又名《江梅引》、《攤破江城子》、《西湖明月引》，周密與蔣捷又名《梅花引》。王觀詞爲創調之作，詠梅本意。《全宋詞》録王詞前段字句略異，今據《詞律》與《詞譜》，並有南宋洪皓四詞可校律。洪皓詞序云：「頃留金國，四經除館。十有四年，復館於燕。歲在壬戌，甫臨長至，張總侍御邀飲。衆賓皆退，獨留少款。侍婢歌《江梅引》，有『念此情，家萬里』之句。僕曰：此調殆爲我作也。又聞本朝使命將至，感慨久之。既歸不寐，追和四章。」洪皓之詞四首，每首内均有一「笑」字，故稱《四笑江梅引》。其一爲宋詞名篇：「天涯除館憶江梅。幾枝開。使南來。還帶餘杭，春信到燕臺。準擬寒英聊慰遠，隔山水，應銷落、赴愬誰。空恁遐想笑摘蕊。斷回腸，思故里。漫彈緑綺。引三弄、不覺魂飛。更聽胡笳、哀怨淚沾衣。亂插繁花須異日，待孤諷，怕東風、一夜吹。」趙與洽詠梅詞：「單衾寒引畫龍聲。雨初晴。月微明。竹外溪邊，低見一枝橫。澹月疏花三四點，尚春淺，早相看、似有情。夜來袖冷暗香凝。恨半銷，酒半醒。靚妝照影。未忺整、雪艷冰清。只恐不禁、愁絶易飄零。待得南樓三弄徹，君試看，比從前、更瘦生。」此體後段換本部三仄韻爲叶，再換本部平韻。此調本來極爲流暢，音節響亮，因叶仄韻而頓挫，表達曲折壓抑之情感。《詞譜》於此調列八體，但通用者除王詞一體而外尚有程垓一體。

又一體

雙調，八十七字。前段八句，四平韻，一疊韻；後段十句，六平韻，兩疊韻。　　程　垓

娟娟霜月又侵門韻對黃昏韻怯黃昏疊愁把梅花句獨自泛清尊韻酒又難禁花又惱句漏聲遠句一更更讀總斷魂韻　斷魂疊斷魂疊不堪聞韻被半溫韻香半熏韻睡也睡也句睡不穩讀誰與溫存韻只有床前句紅燭伴啼痕韻一夜無眠連曉角句人瘦也句比梅花讀瘦幾分韻

趙汝莌描述閨中離情：「對花時節不曾忺。見花殘。任花殘。小約簾櫳，一面受春寒。題破玉箋雙喜鵲，香燼冷，繞銀屏、渾是山。　待眠。未眠。事萬千。也問天。也恨天。髻兒半偏，繡裙兒、寬了又寬。自取紅氈，重坐暖金船。惟有月知君去處，今夜月，照秦樓、第幾間。」蔣捷《荆溪阻雪》最能體現此調聲情特色，詞云：「白鷗問我泊孤舟。是身留。是心留。心若留時、何事鎖眉頭。風拍小簾燈暈舞，對閑影，冷清清、憶舊游。　舊游。舊游。今在不。花外樓。柳下舟。夢也夢也，夢不到、寒水空流。漠漠黃雲，濕透木棉裘。都道無人愁似我，今夜雪，有梅花、似我愁。」《詞律》與《詞譜》於蔣捷詞後段换頭處作：「憶舊

游。舊游今存不。」《百家詞》本作：「舊游。舊游。今在不。」《全宋詞》本同。此正與程垓詞句式一致。此體全用平韻，並有叠韻，韻密，多短句，故音節急促響亮，有行雲流水之勢，聲韻和諧優美，宜於抒情、詠物、寫景。

八六子

雙調，八十八字。前段六句，三平韻；後段十句，五平韻。　秦觀

倚危亭韻恨如芳草句萋萋剗盡還生韻念柳外青驄別後句水邊紅袂分時句愴然暗驚韻　無端天與娉婷韻夜月一簾幽夢句春風十里柔情韻怎奈何讀歡娛漸隨流水句素弦聲斷句翠綃香減句那堪片片飛花弄晚句濛濛殘雨籠晴韻正銷凝韻黃鸝又啼數聲韻

《尊前集》存唐代詩人杜牧詞一首，九十字體，當出自宋初人僞托。柳永一首九十一字，仄韻，乃應歌之俗詞，屬平調，爲創調之作。此調今存九詞，均宋人所作，《詞譜》列六體，可見諸作之字數與句式互有差異。秦觀詞是宋詞名篇，乃通用之正體，當以之爲式。秦詞後段第四句，《詞律》作九字句「怎奈何、歡娛漸隨流水」，《詞譜》分爲兩句「怎奈何歡娛，漸隨流

水」。《全宋詞》及秦觀詞整理本均同《詞律》。南宋鄭熏初詞與秦詞格律相同，其詞云：「憶南洲。紺波縈繞，垂楊翠拂朱樓。念十載風流夢覺，滿身花影人扶，舊曾暗游。無言空愴離憂。醉袖裛將紅淚，吟箋寫許清愁。試與問、楊瓊解憐郎否，也應還是，舊家聲價，而今艷質不來眼底，柔情終在心頭。暗凝眸。黃昏月沉半鈎。」此調特點在於前段第三句以下三句爲一個意群，用一韻；後段第三句以下五句爲一個意群，用一韻。此兩處韻稀，語意必須連貫，頗難處理。前段第四、五句除領字而外成兩個六字句對偶；後段第二、三句爲兩個六字句對偶，第七、八句除領字而外成兩個六字句對偶。秦詞與鄭詞均同，甚工致。此調多用虛字爲領字，引領以下句意，如秦詞之「念」、「怎奈何」、「那堪」，鄭詞之「念」、「試與問」、「而今」。此調爲換頭曲，前後段字數差異頗大，前段三十字，後段五十八字。此調之特點極爲突出，聲韻柔婉流美。諸家所作以抒情、感舊爲主，亦用於寫景、祝壽、節序。

惜紅衣

雙調，八十八字。前段十句，四仄韻；後段九句，四仄韻。

姜夔

簟●枕●邀○涼○句琴○書○換●日●句睡●餘○無○力●韻細灑●冰○泉○句并○刀○破●甘○碧●韻牆○頭○喚●酒●句誰問訊讀城○南詩○客●韻高樹●晚蟬○句說西○風○消○息●韻

虹○梁○水●陌●韻魚浪●

吹香句紅衣半狼藉韻維舟試望句故國渺天北韻可惜渚邊沙外句不共美人游歷韻問甚時同賦句三十六陂秋色韻

南宋音樂家兼詞人姜夔自度曲，其詞序云：「吴興號水晶宫，荷花甚麗。陳簡齋云：『今年何以報君恩，一路荷花相送到青墩。』亦可見矣。丁未之夏，予游千巖，數往水紅香中，自度此曲，以無射宫歌之。」《詞律》於前段第二句斷句，以爲未用韻，《詞譜》以爲用韻；今參訂吴文英與張炎詞均未用韻，故從《詞律》。《詞譜》於後段第四、五句作：「維舟試望故國。渺天北。」《詞律》作：「維舟試望，故國渺天北。」參張炎詞亦作四五句式，今諸家校本亦從《詞律》。吴文英詞序云：「余從姜石帚游苕霅間三十五年矣，重來傷今感昔，聊以詠懷。」詞云：「鷺老秋絲，蘋愁暮雪，鬢那不白。倒柳移栽，如今暗溪碧。烏衣細語，傷絆惹、茸紅曾約。南陌。前度劉郎，尋流花蹤迹。朱樓水側。雪面波光，汀蓮沁顔色。當時醉近，繡箔夜吟寂。三十六磯重到，清夢冷雲南北。買釣舟溪上，應有烟蓑相識。」張炎贈歌妓雙波，其詞甚爲流暢清麗：「兩剪秋痕，平分水影，炯然冰潔。未識新愁，眉心倩人貼。無端醉裏，通一笑、柔花盈睫。癡絶。不解送情，倚銀屏斜瞥。長歌短舞，换羽移宫，飄飄步回雪。扶嬌倚扇，欲把艷懷説。舊日杜郎重到，只慮空江桃葉。但數峰猶在，如傍那家風月。」此詞後段首句未用韻，第六句《全宋詞》無「舊日」兩字，但留空格，兹從《詞譜》補正。此調已爲現代音樂家譯成今譜，可以歌唱。其曲極有特色，旋律優雅而富於變化，頗爲動聽。此調共存四詞，俱用入聲韻，應是定格。

醉思仙

雙調，八十九字。前段十一句，五平韻；後段十句，四平韻。　孫道絢

晚霞紅韻看山迷暮靄句烟暗孤松韻正翩翩風袂句輕若驚鴻韻心似鑑句鬢如雲句弄清影讀月明中韻漫悲涼句歲冉冉句蕣花潛改衰容韻　前事消凝久句十年光景匆匆韻念雲軒一夢句回首春空韻彩鳳遠句玉簫寒句夜悄悄讀恨無窮韻嘆黃塵句久埋玉句斷腸揮淚東風韻

黃銖之母孫道絢，號冲虛居士，年三十喪夫。此詞乃晚年悼亡之作。此調爲北宋後期新聲，創調者爲呂渭老，其詞乃思念某歌妓之作，因詞有「醉倒殘缸」及「怎慣不思量」因以名調；詞云：「斷人腸。正西樓獨上，愁倚斜陽。稱鴛鴦鸂鶒，兩兩池塘。春又老，人何處，怎慣不思量。到如今，瘦損我，又還無計禁當。小院呼盧夜，當時醉倒殘缸。被天風吹散，鳳翼難雙。南窗雨，西廊月，尚未散、拂天香。聽鶯聲，悄記得，那時舞板歌梁。」此詞前段第八句「怎慣不思量」，陸敕力校汲古閣本《聖求詞》以爲「怎慣」上落一字，蓋此句孫詞爲折腰之六字句，恰與後段相應，當從陸校。此調今存五詞，《詞譜》列四體，可見諸家之作於字數與句式互有小異，當以孫詞爲正體。

魚游春水

無名氏

雙調，八十九字。前後段各八句，五仄韻。

秦樓東風裏韻燕子還來尋舊壘韻餘寒微透句紅日薄侵羅綺韻嫩草初抽碧玉簪句細柳輕窣黄金蕊韻鶯囀上林句魚游春水韻　幾曲闌干遍倚韻又是一番新桃李韻佳人應念歸期句梅妝淚洗韻鳳簫聲絶沉孤雁句目斷清波無雙鯉韻雲山萬重句寸心千里韻

北宋新聲。宋人吴曾《能改齋漫録》卷十六：「政和中，一中貴人使越州回，得詞於古碑陰，無名無譜，不知何人作也。録以進御，命大晟府撰腔，因詞中語，賜名《魚游春水》。」此詞諸家所録文字略異，兹據《能改齋漫録》並參《全宋詞》訂正。南宋張元幹抒寫晚春感懷：「芳洲生蘋芷。宿雨收晴浮暖翠。烟光如洗，幾片花飛點淚。清鏡空餘白髮添，新恨誰傳紅綾寄。溪漲岸痕，浪吞沙尾。　老去情懷易醉。十二闌干慵遍倚。雙鳧人慣風流，功名萬里。夢想濃妝碧雲邊，目斷歸帆夕陽裏。何時送客，更臨春水。」吕勝己抒發對閑適生活之追求：「林梢聽布穀。郭外舒懷仍快目。平田浩蕩，滮滮泉鳴暗谷。香稻吐芒針棘細，秀麥摇風波浪緑。山童野態，意親情熟。　我待休官棄禄。屏迹幽閑安退縮。渭川千畝修篁，巑巑紺玉。顧盼灘流縈八節，呼吸湖光穿九曲。貪求自樂，盡忘塵俗。」此詞風格曠達。馬子嚴《怨別》詞云：「池塘生春草。數盡歸鴻人未到。天涯目斷，青鳥尚賒音耗。曉月頻窺白玉堂，暮雨遲濕青門道。巢燕引雛，乳鶯空老。庭際香紅倦掃。乾鵲休來枝上噪。前回準擬同他，翻成病了。欲題紅葉憑誰寄，獨抱孤桐無心挑。眉間翠攢，鬢邊霜早。」前後段第五、六兩個七字句，第七、八兩個四字句，均以成對偶爲工，諸家之作皆如此。此調七字句與四字句配合恰當，頗有流暢之美，而又含蓄能留，適於抒情、言志、寫景。此調今存八詞，僅此一體，而以無名氏之作最佳。

卜算子慢

雙調，八十九字。前段八句，四仄韻；後段八句，五仄韻。

柳　永

江楓漸老句汀蕙半凋句滿目敗紅衰翠韻楚客登臨句正是暮秋天氣韻引疏砧讀斷續殘陽裏韻對晚景讀傷懷念遠句新愁舊恨相繼韻　脈脈人千里韻念兩處風情句萬重烟水韻雨歇天高句望斷翠峰十二韻盡無言讀誰會憑高意韻縱寫得讀離腸萬種句奈歸雲誰寄韻

此調與小令《卜算子》之音譜格律不同。柳永此詞在《樂章集》内屬歇指調，無有「慢」，其餘各詞則標明爲「慢」。宋人指慢節奏之曲子爲「慢曲子」，因而某些詞調既有「急曲子」，亦有「慢曲子」。後世詞學家或將「慢」誤解爲長調，這是不符合宋詞實際情形的。此調之始詞爲唐末鍾輻所作：「桃花院落，烟重露寒，寂寞禁烟晴晝。風拂珠簾，還記去年時候。惜春心、不喜閑窗牖。倚屏山、和衣睡覺，醺醺暗消殘酒。獨倚危欄久。把玉筍偷彈，黛眉輕鬥。一點相思，萬般自家甘受。抽金釵、欲買丹青手。寫別來、容顏寄與，使知人清瘦。」柳詞寫羈旅行役，鍾詞寫離情別緒，均甚婉約而詞意流暢。南宋朱敦儒抒寫感舊之情：「憑高望遠，雲斷路迷，山簇暮寒凄緊。蘭菊如斯，燕子怎知秋盡。想閨中、錦換新翻暈。自解佩、匆匆散後，鴛鴦到今難問。只得愁成病。是悔上瑶臺，誤留金枕。不忍相忘，萬里再尋音信。奈飄風、不許蓬萊近。又一番、凍雨凄凉，送歸鴻成陣。」此調共存四詞，張先一詞句式相異，其餘三詞格律相同。

石湖仙

雙調，八十九字。前後段各九句，六仄韻。　姜夔

松江烟浦(韻)是千古三高(句)游衍佳處(韻)須信石湖仙(句)似鴟夷(讀)翩然引

去韻浮雲安在句我自愛讀緑香紅舞韻容與韻看世間讀幾度今古韻　蘆溝舊曾駐馬句爲黄花讀閑吟秀句韻見説胡兒句也學綸巾敧雨韻玉友金蕉句玉人金縷韻緩移箏柱韻聞好語韻明年定在槐府韻

南宋姜夔自度曲，爲詩人范成大而作。　石湖在江蘇蘇州西南，界於吴縣與吴江之間，西南通太湖，北通横塘，東入胥門運河。相傳爲春秋范蠡入五湖之口。南宋時爲詩人范成大居地，隨地勢高下，面湖築亭榭。宋孝宗書贈「石湖」二字，范成大因號石湖居士。姜夔於淳熙十三年（一一八六）六月訪石湖作此詞，屬越調。此調以四字句爲主，用仄韻，换頭曲，調勢紆徐閑雅。

謝池春慢

雙調，九十字。前後段各十句，五仄韻。　張先

繚牆重院句時聞有讀流鶯到韻繡被掩餘寒句畫閣明新曉韻朱檻連空闊句飛絮無多少韻徑莎平句池水渺韻日長風静句花影閑相照韻　塵香

拂馬句逢謝女讀城南道韻秀艷過施粉句多媚生輕笑韻鬥色鮮衣薄句碾玉雙蟬小韻歡難偶句春過了韻琵琶流韻句都入相思調韻

張先詞屬中吕宫，原題爲《玉仙觀道中逢謝媚卿》。宋人楊湜《古今詞話》：「張子野往玉仙觀，中路逢謝媚卿，初未相識，但兩相聞名。子野才韻既高，謝亦秀色出世，一見慕悅，目色相授。張領其意，緩轡久之而去。」李之儀抒寫春愁：「殘寒消盡，疏雨過、清明後。花徑斂餘紅，鳳沼縈新皺。乳燕穿庭户，飛絮沾襟袖。正佳時，仍晚晝。著人滋味，真個濃如酒。　頻移帶眼，空只恁、厭厭瘦。不見又思量，見了還依舊。爲問頻相見，何似長相守。天不老，人未偶。且將此恨，分付庭前柳。」此調僅存此兩詞。前後段各有四個五字句，可爲兩個對偶，如張詞；李詞於前段對偶，後段不對偶，亦可。此調宜於叙事與寫景。

醜奴兒慢

吴文英

雙調，九十字。前段九句，一叶韻，三平韻；後段十句，四平韻。

空濛乍斂句波影簾花晴亂叶正西子讀梳妝樓上句鏡舞青鸞韻潤逼風襟句滿湖山色入闌干韻天虚鳴籟句雲多易雨句長帶秋寒韻　遥望翠

凹句隔江時見句越女低鬟韻算堪羨讀烟沙白鷺句暮往朝還韻歌管重城句醉花春夢半香殘韻乘風邀月句持杯對影句雲海人閑韻

北宋後期新聲，又名《采桑子慢》，屬黄鍾商。吴文英詞題爲《雙清樓·在錢塘門外》。北宋潘汾一詞表述春愁：「愁春未醒，還是清和天氣。對濃緑、陰中庭院，燕語鶯啼。數點新荷翠鈿，輕泛水平池。一簾風絮，才晴又雨，梅子黄時。　忍記那回，玉人嬌困，初試單衣。共携手、紅窗描繡，畫扇題詩。怎有如今，半床明月兩天涯。章臺何處，應是爲我，蹙損雙眉。」盧祖皋一詞抒寫懷舊之情：「湘筠展夢，還是帶恨攲枕。對千頃、風荷凉艷，水竹清陰。半掩龜紗，幾回小語月華侵。娉婷何處，回首畫橋，朱户沉沉。　聞道近時，題紅傳素，長是沾襟。想當是、冰弦彈斷，總費清音。準擬歸來，扇鸞釵鳳巧相尋。如今無奈，七十二峰，剗地雲深。」此調前段第二句用仄韻爲叶，是爲定格，前後段第四句以後句式相同。此調宜於寫景與抒情。

又一體

辛棄疾

雙調，九十字。前段八句三仄韻，一叶韻；後段十句，四仄韻。

千峰雲起句驟雨一霎兒價韻更遠樹斜陽句風景怎生圖畫韻青旗賣酒句山那畔讀別有人家叶只消山水光中句無事過這一夏韻　午睡醒時句松

窗竹户句萬千瀟灑韻看野鳥飛來句又是一般閑暇韻却怪白鷗句覰着人讀欲下未下韻舊盟都在句新來莫是句别有説話韻

辛詞調名爲《醜奴兒近》，題爲《博山道中效李易安體》。此體僅辛詞一首，於仄韻中叶一平韻。

探芳信

蔣　捷

雙調，九十字。前段九句，五仄韻；後段八句，五仄韻。

翠吟悄韻似有人黄裳句孤佇埃表韻漸老侵芳歲句識君恨不早韻料應陶令吟魂在句凝此秋香妙韻傲霜姿讀尚想前身句倚窗餘傲韻　回首醉年少韻控駿馬蓉邊句紅韡茸帽韻淡泊東籬句有誰肯讀夢飛到韻正襟三誦悠然句句聊遣花微笑韻酒休賒讀醒眼看花正好韻

南宋新聲，屬夾鍾羽。芳信，指春天的訊息。北宋晏幾道《玉樓春》：「梅花未足憑芳信，弦語豈堪傳素恨。」此調又名《探芳訊》。始詞爲史達祖作，詞寫春愁，因有「指芳期」句借以名調。其詞云：「謝池曉。被酒滯春眠，詩縈芳草。正一階梅粉，都未有人掃。細禽啼處東風軟，嫩約關心早。未燒燈、怕有殘寒，故園稀到。　說道試妝了。也爲我相思，占他懷抱。静數窗欞，最忺聽、鵲聲好。半年白玉臺邊話，屢見銀鈎小。指芳期、夜月花陰夢老。」蔣捷詞題爲《菊》，格律同史詞。此調共存十詞，有兩體。

又一體

雙調，八十九字。前段九句，五仄韻；後段八句，五仄韻。　吴文英

暖風定韻正賣花吟春句去年曾聽韻旋自洗幽蘭句銀瓶釣金井韻斗窗香暖慳留客句街鼓還催暝韻調雛鶯讀試遣深杯句喚將愁醒韻　燈市又重整韻待醉勑游繮句緩穿斜徑韻暗憶芳盟句綃帕淚猶凝韻吴宫十里吹笙路句桃李都羞靚韻繡簾人讀怕惹飛梅翳鏡韻

吴文英詞乃懷念蘇州一位民間歌妓，叙述一段故事。其詞序云：「丙申歲，吴燈市盛常年。余借宅幽坊，一時名勝遇合，置杯酒，接殷勤之歡，甚盛事也。」周密詞題爲《西泠春感》，詞云：「步晴晝。向水院維舟，津亭唤酒。嘆劉郎重到，依依謾懷舊。東風空結丁香怨，花與人俱瘦。甚凄涼、暗草沿池，冷苔侵甃。　橋外晚風驟。正香雪隨波，淺烟迷岫。廢苑塵

深，如今燕來否。翠雲零落空堤冷，往事休回首。最消魂、一片斜陽戀柳。」張炎《西湖春感寄草窗》乃和周密原韻，詞云：「坐清晝。正治思縈花，餘酲倦酒。甚采芳人老，芳心尚如舊。銷魂忍説銅駝事，不是因春瘦。向西園、竹掃頹垣，蔓羅荒甃。風雨夜來驟。嘆歌冷鶯簾，恨凝蛾岫。愁到今年，多似去年否。舊情懶聽山陽笛，目極空搔首。我何堪、老却江潭漢柳。」此調爲换頭曲，用仄韻，句式較複雜，但以偶句爲主，調勢平緩，聲韻和諧，宜於抒情、寫景、詠物，亦可爲壽詞。

長調

夏雲峰

柳永

雙調，九十一字。前後段各八句，五平韻。

宴堂深韻軒楹雨讀輕壓暑氣低沉韻花洞彩舟泛斝句坐繞清潯韻楚臺風快句湘簟冷讀永日披襟韻坐久覺讀疏弦脆管句時換新音韻　越娥蕙態蘭心韻逞妖艷讀昵歡邀寵難禁韻筵上笑歌間發句舄履交侵韻醉鄉深處句須盡興讀滿酌高吟韻向此免讀名繮利鎖句虛費光陰韻

北宋新聲。柳永詞爲創調之作，屬歇指調。無名氏詠梅詞首句不用韻，後段第三、四句句式略異，詞云：「瓊結苞，酥凝蕊，粉心輕點胭脂。疑是素娥妝罷，玉翠低垂。化工深意，巧付與、別個標儀。怎奈何，風寒景裏，獨是開時。　緣何不與春期。此花又、豈肯爭競芳菲。疑雨恨烟，忍見嶺畔江湄。冷烟幽艷，曾不許霜雪相欺。只恐向、笛聲怨處，吹落殘枝。」趙長卿《初秋有作》前後段第三、四句句式略異，詞云：「露華清。天氣爽、新秋已覺涼生。朱户小窗，坐來低按秦箏。幾多妖艷，都總是、白雪餘聲。那更似，肌膚韻勝，體段輕盈。照人雙眼偏明。況周郎、自來多病多情。把酒爲伊，再三著意須聽。銷魂無語，一任側耳與心傾。是我不卿卿，更有誰可卿卿。」後段結兩句句式亦略異。此調以四字句和六字句爲主，配以上三下四句法之七字句，調勢平穩。諸家之作句式略異，當以柳詞爲式。

醉翁操

雙調，九十一字。前段十句，十平韻；後段十句，八平韻。　　蘇軾

琅然韻清圓韻誰彈韻響空山韻無言韻惟翁醉中知其天韻月明風露娟娟韻人未眠韻荷蕢過山前韻曰有心也哉此賢韻　醉翁嘯詠句聲和流泉韻醉翁去後句空有朝吟夜怨韻山有時而童巔韻水有時而回川韻思翁無歲年韻翁今爲飛仙韻此意在人間韻試聽徽外三兩弦韻

此調爲琴曲，屬正宮。蘇詞爲創調之作，其序云：「琅琊幽谷，山水奇麗，泉鳴空澗，若有音

會。醉翁喜之，把酒臨聽，輒欣然忘歸。既去十餘年，而好奇之士沈遵聞之往游，以琴寫其聲，曰《醉翁操》，節奏疏宕，而音指華暢，知琴者以爲絶倫。然有其聲而無其辭。翁雖爲作歌，而與琴聲不合。」三十餘年後，歐陽修與沈遵俱已下世，蘇軾倚琴曲而制詞。此調韻密，音節響亮，起伏跌宕，疏朗有致，保存有琴曲特色。後段第四句「怨」，《詞律》、《詞譜》俱注明爲平聲韻字。清代初年整理的《新定九宫大成南北詞宫譜》收録有此曲，可以演奏與歌唱。南宋初年樓鑰用此調作兩詞，其《七月上浣游裴園》云：「茫茫。蒼蒼。青山繞、千頃波光。新秋露風荷吹香。悠颺心地翛然，生清凉。古岸摇垂楊。時有白鷺飛來雙。隱君如在，鶴與翱翔。老仙何處，尚有流風未忘。琴與君兮宫商。酒與君兮杯觴。清歡殊未央。西山忽斜陽。欲去且徜徉。更將霜鬢臨滄浪。」此詞前段句式與用韻略異。樓鑰另一詞題爲《和東坡韻詠風琴》則格律與蘇詞全同。辛棄疾一詞前段第七句少一韻。辛詞乃爲范廓之作，范氏先人曾入元祐黨籍。紹熙元年廓之前往臨安，將以家世告於朝廷。辛詞云：「長松。之風。如公。肯余從。山中。人心與吾兮誰同。湛湛千里之江。上有楓。噫送子東。望君之門兮九重。女無悦己，誰適爲容。不龜手藥，或一朝兮取封。昔與游兮皆童。我獨窮兮今翁。一魚兮一龍。勞心兮忡忡。噫命與時逢。子取之食兮萬鍾。」此調共存五詞。蘇詞見存於《東坡後集》卷八，本非詞，故未收入《東坡樂府》。最初和東坡詞者爲同時之郭祥正。郭氏詞頻增短韻，更具琴曲特點。南宋以來樓鑰及辛棄疾使用此調爲詞，特以辛詞之影響，遂爲詞調。此調當以蘇詞爲式。

法曲獻仙音

雙調，九十二字。前段八句，三仄韻；後段九句，六仄韻。　張炎

雲隱山暉句樹分溪影句未放妝臺簾卷韻篝密籠香句鏡圓窺粉句花深自然寒淺韻正人在銀屏底句琵琶半遮面韻　語聲軟韻且休彈讀玉關愁怨韻怕喚起讀西湖那時春感韻楊柳古灣頭句記小憐讀隔水曾見韻聽到無聲句謾贏得讀情緒難剪韻把一襟心事句散入落梅千點韻

法曲，興起於隋代，至唐代而盛行。它沿自漢代以來的中國清商樂，在唐代胡樂——燕樂流行之後，只有法曲尚保存中國古代音樂的一些特點。《新唐書》卷二十二《禮樂志》：「初隋有法曲，其樂清而近雅，其器有鐃、鈸、鐘、磬、洞簫、琵琶，其聲金石絲竹以次作。隋煬帝厭其聲淡，曲終後加『解音』。玄宗既知音律，又酷愛法曲，選坐部伎子弟三百教於梨園，聲有誤者，帝必覺而正之，號『皇帝梨園弟子』。」宋代初年教坊有燕樂、散樂、法曲、龜茲諸部樂。法曲所奏樂曲內有小石調《獻仙音》。南宋時法曲部仍然與燕樂并立，樂曲僅存《望瀛》、《獻仙音》兩曲。此調爲北宋新聲，柳永詞爲創調之作，九十一字體，仍屬小石調。周邦彥詞寫夏日情景，屬大石調，爲此調通用之正體，詞云：「蟬咽涼柯，燕飛塵幕，漏閣籤聲

時度。倦脱綸巾，困便湘竹，桐陰半侵朱户。向抱影凝情處，時聞打窗雨。耿無語。嘆文園、近來多病，情緒懶、尊酒易成間阻。縹緲玉京人，想依然、京兆眉嫵。翠幕深中，對徽容、空在紈素。待花前月下，見了不教歸去。」吴文英詞詠秋晚紅白蓮，自注黄鍾商，即俗名大石調，與周詞之宫調相同，詞云：「風拍波驚，露零秋覺，斷緑衰紅江上。艷拂潮妝，澹凝冰靨，别翻翠池花浪。過數點斜陽雨，啼綃粉痕冷。宛相向。指汀洲、素雲飛過，清麝洗、玉井曉霞佩響。寸藕折長絲，笑何郎、心似春蕩。半掬微凉，聽嬌蟬、聲度菱唱。伴鴛鴦秋夢，酒醒月斜輕帳。」張炎詞題爲《席上聽琵琶有感》，其體出於周詞。張炎詞在諸作中最流美，亦最能體現此調特色。姜夔詞甚爲騷雅，其詞序云：「張彦功官舍在鐵冶嶺上，即昔之教坊使宅。高齋下瞰湖山，光景奇絶。予數過之，爲賦此。」詞云：「虚閣籠寒，小簾通月，暮色偏憐高處。樹隔離宫，水平馳道，湖山盡入尊俎。奈楚客淹留久，砧聲帶愁去。屢回顧。過秋風、未成歸計，誰念我、重見冷楓紅舞。唤起淡妝人，問逋仙、今在何許。象筆鸞箋，甚而今、不道秀句。怕平生幽恨，化作沙邊烟雨。」趙聞禮抒寫離恨：「花匣幺弦，象歛雙陸，舊日留歡情意。夢别銀屏，恨裁蘭燭，香篝夜閑鴛被。料燕子重來地，桐陰瑣窗綺。倦梳洗。暈芳鈿、自羞鸞鏡，羅袖冷、烟柳畫欄半倚。淺雨壓荼蘼，指東風、芳事餘幾。院落黄昏，怕春鶯、驚笑憔悴。倩柔紅約定，唤取玉簫同醉。」王沂孫於宋亡後作的《聚景亭梅次草窗韻》，意象奇幻，語意含蕴，藝術表現精美；詞云：「層緑峨峨，纖瓊皎皎，倒壓波痕清淺。過眼年華，動人幽意，相逢幾番春换。記唤酒尋芳處，盈盈褪妝晚。已銷黯。况凄凉、近來離思，應忘却、明月夜深歸輦。荏苒一枝春，恨東風、人似天遠。縱有殘花，灑征衣、鉛淚都滿。但殷勤折取，自遣一襟幽怨。」此調前段以四字句和六字句爲主，第一、二句，第四、五句之四字句以對偶爲工。後段句式極富變化，句法亦複雜，語意頓挫之處較多。全調音韻凝塞而低沉，宜於抒寫抑鬱之情，亦宜寫景、敘事、詠物。凡長調之寫作，應特别注意整體之結構布局。張炎《詞源》卷下：「作慢詞（長調）看是甚題目。先擇曲名，然後命意。命意既了，思量頭如何起，尾如何結。方始選韻，而後述曲。最是過片，不要斷了曲意，須要承上接下。」若整體構思欠考慮，其詞很可能出現拼湊與散緩之失。

勸金船

張　先

雙調，九十二字。前段八句，六仄韻；後段八句，五仄韻。

流泉宛轉雙開竇韻帶染輕紗皺韻何人暗得金船酒韻擁羅綺前後韻緑定見花影句並照與讀艷妝爭秀韻行盡曲名句休更再歌楊柳韻

光生飛動搖瓊甃韻隔障笙歌奏韻須知短景歡無足句又還過清晝韻翰閣遲歸來句傳騎恨讀留連難久韻異日鳳凰池上句爲誰思舊韻

北宋新聲，屬般涉調。張先詞爲創調之作，因有「暗得金船酒」，以爲調名。金船，酒器。北周庚信《北園新齋成應趙王教》：「玉節調笙管，金船代酒巵。」酒器大者爲金船。張先詞乃尊前即興之作，題爲《流杯堂唱和翰林主人元素自撰腔》。此曲乃楊繪所作，其原詞已佚。當時楊繪與友人聚會時，張先與蘇軾均有和詞，蘇軾題爲《和元素韻自撰腔命名》。蘇詞前後段第五、六句與結句之句式略異。此調僅存兩詞，當以張先詞爲式。

金盞倒垂蓮

雙調，九十二字。前後段各九句，四平韻。

晁端禮

流水漂花（句）記同尋閬苑（句）曾宴桃源（韻）痛飲狂歌（句）金盞倒垂蓮（韻）未省負（讀）佳時良夜（句）爛游風月三年（韻）別後空抱瑶琴（句）誰聽朱弦（韻）

風流少年儒將（句）有威名震虜（句）談笑安邊（韻）寄我新詩（句）何事賦歸田（韻）想歌酒（讀）情懷如舊（句）後房應也依然（韻）此外莫問升沉（句）且鬥樽前（韻）

此詞爲創調之作，因前段第五句以爲調名。晁端禮此詞失題。晁補之倡和詞兩首一題爲《依韻和次膺寄楊仲謀觀察》，一題爲《次韻同寄霸師楊仲謀安撫》。晁端禮詞則是贈友人楊仲謀之作。無名氏詠梅一詞前段多一字。此調共五詞，有平韻與仄韻兩體。平韻體可以此詞爲式。

又一體

雙調，九十二字。前段九句，四仄韻；後段八句，六仄韻。 曹勛

穀雨初晴句對鏡霞乍斂句暖風凝露韻翠雲低映句捧花王留住韻滿欄嫩紅貴紫句道盡得讀韶光分付韻禁籞浩蕩句天香巧隨天步韻群仙倚春似語韻遮麗日讀更著輕羅深護韻半開微吐韻隱非烟非霧韻正宜夜闌秉燭句況更有讀姚黄嬌妒韻徘徊縱賞句任放濛濛柳絮韻

曹詞題爲《牡丹》，用仄韻。此體僅此一詞。

塞翁吟

雙調，九十二字。前段十句，六平韻；後段九句，四平韻。 周邦彦

暗葉啼風雨句窗外曉色瓏璁韻散水麝句小池東韻亂一岸芙蓉韻蘄州簟

展雙紋浪句輕帳翠縷如空韻夢遠別句淚痕重韻淡鉛臉斜紅韻　忡忡韻嗟憔悴讀新寬帶結句羞艷冶讀都銷鏡中韻有蜀紙讀堪憑寄恨句等今夜讀灑血書詞句剪燭親封韻菖蒲漸老句早晚成花句教見薰風韻

北宋新聲，屬黄鍾商，俗名大石調。周詞爲創調之作。《淮南子·人間》：「近塞上之人，有善術者，馬無故亡而入胡，人皆吊之。其父曰：『此何遽不爲福乎？』居數月，其馬將胡駿馬而歸。人皆賀之。其父曰：『此何遽不能爲禍乎？』家富良馬，其子好騎，墮而折其髀，人皆吊之。其父曰：『此何遽不爲福乎？』居一年，胡人大入塞，丁壯者引弦而戰，近塞之人，死者十九，此獨以跛之故，父子相保。」調名取此。宋季楊瓚於《作詞五要》裏以爲此調「衰颯」，當是謂聲調頗爲凄凉，今詞樂已佚，無可考究，但諸家之作詞情多悲苦。吴文英兩詞，其一題爲《餞梅津除郎赴闕》，詞云：「有約西湖去，移棹曉折芙蓉。算纔是，稱心紅。染不盡薰風。千桃過眼春如夢，還認錦疊雲重。弄晚色，舊香中。旋撑入深叢。從容。情猶賦，冰車健筆，人未老、南屏翠峰。轉河影、浮槎信早，素妃叫、海月歸來，太液池東。紅衣謝了，結子成蓮，天勁秋濃。」此詞乃應酬之作，却無俗氣。宋季趙文兩詞具有深沉歷史滄桑之感，是此調之佳篇，最能體現「衰颯」之聲情，如其一云：「坐對梅花笑，還記初度年時。名利事，總成非。漫老矣何爲。吴山夜月閩山霧，回首鬢影如絲。懶更問，斗牛箕。强憑醉成詩。閑思。嗟飄泊，浮雲飛絮，曾跌蕩、春風柘枝。便萬里、金臺鑄就，已長分、采藥龐公，誓墓羲之。百年正爾，一笑尊前，兒女牽衣。」此調前段多短句，較流暢；後段句式變化，有四個上三下四句法之七字句連用，形成一再頓挫之情，結尾則是三個四字句而趨於含蓄與平穩。此調宜於抒情、寫景、敘事。此調僅此一體，諸家之作格律相同。

錦園春三犯

雙調，九十二字。前後段各十句，六仄韻。　盧祖皋

晝長人倦韻正凋紅漲綠句懶鶯忙燕韻絲雨濛情句放珠簾高捲韻神仙笑宴韻半醒醉讀彩鸞飛遍韻碧玉闌干句青油幢幕句沉香庭院韻洛陽圖畫舊見韻向天香深處句猶認嬌面韻霧縠霞綃句聞綺羅裁剪韻情高意遠韻怕容易讀曉風吹散韻一笑何妨句銀臺換蠟句銅壺催箭韻

盧祖皋此調三詞，其中兩首詠物詞，而另一爲壽詞，改名《月城春》。此調稱「三犯」，盧詞每首均注明所犯之調，每詞共犯三個詞調，三詞所犯之調相同。兹録其《賦海棠》一詞依原式：「醉痕潮玉，愛柔英未吐，露叢如簇解連環。絶艷矜春，分流芳金谷醉蓬萊。風梳雨沐。耿空抱、夜闌清淑雪獅兒。杜老情疏，黄州賦冷，誰憐幽獨醉蓬萊。玉環睡醒未足。記傳榆

試火，高照宮燭解連環。錦幄風翻，渺春容難續醉蓬萊。迷紅怨緑。漫惟有、舊愁相觸雪獅兒。一舸東游，何時更約，西飛鴻鵠醉蓬萊。」此調每段各犯《解連環》、《醉蓬萊》、《雪獅兒》三調。《詞譜》將《錦園春三犯》誤爲與《四犯剪梅花》同調。蓋《四犯剪梅花》音譜不同，凡犯四調，且爲九十三字，句式亦與《錦園春三犯》相異。此調當以盧祖皋詠牡丹詞爲式。盧詞三首格律相同，固可比勘。

意難忘

雙調，九十二字。前後段各九句，六平韻。　　周邦彦

衣染鶯黄韻愛停歌駐拍句勸酒持觴韻低鬟蟬影動句私語口脂香韻檐露滴讀竹風凉韻拚劇飲淋浪韻夜漸深讀籠燈就月句子細端相韻　知音見説無雙韻解移宫换羽句未怕周郎韻長顰知有恨句貪耍不成妝韻些個事讀惱人腸韻待説與何妨韻又恐伊讀尋消問息句瘦減容光韻

北宋新聲，屬中吕調。周詞爲創調之作，描述一位歌妓的情態。宋人多沿用周詞之題材與韻。周詞乃應歌之作，俚俗而不近雅，但在南宋末年民間仍傳唱不衰，是爲宋詞名篇。此

調僅此一體，諸家所作格律相同。程垓詞是贈歌妓之作，模仿周詞甚爲明顯：「花擁鴛房。記駞肩髻小，約鬟眉長。輕身翻燕舞，低語轉鶯簧。相見處、便難忘。肯親度瑶觴。向夜闌、歌翻郢曲，帶換韓香。　別來音信難將。似雲收楚峽，雨散巫陽。相逢情有在，不語意難量。些個事、惱人腸。怎禁得悽惶。待與伊、移根換葉，試又何妨。」宋季張炎贈歌妓車秀卿詞，意度近雅，其詞序云：「中吳車氏，號秀卿，樂部中之翹楚者，歌美成曲得其音旨。余每聽，輒愛嘆不能已，因賦此以贈。余謂有善歌而無善聽，雖抑揚高下，聲字相宜，傾耳者指不多屈。曾不若春蚓秋蛩，争聲響於月籬烟砌間，絶無僅有。余深感于斯，爲之賞音，豈亦善聽者耶！」詞云：「風月吴娃。柳陰中認得，第二香車。春深妝減艷，波轉影流花。鶯語滑、透紋紗。有低唱人誇。怕誤却、周郎醉眼，倚扇佯遮。　底須拍碎紅牙。聽曲中奏雅，可是堪嗟。無人知此意，明月又誰家。塵滚滚、老年華。付情在琵琶。更嘆我、黄蘆苦竹，萬里天涯。」劉辰翁《元宵雨》詞情蕭瑟悲凉，暗寓故國之感，詞云：「角動寒譙。看雨中燈市，雪意瀟瀟。星球明戲馬，歌管雜鳴刁。泥没膝、舞停腰。焰蠟任風消。更可憐、紅啼桃檻，緑暗楊橋。　當年樂事朝朝。曾錦鞍呼妓，金屋藏嬌。圍香春鬥酒，坐月夜吹簫。今老矣、倦歌謡。嫌殺杜家喬。漫三杯、踞爐覓句，斷送春宵。」范晞文亦寫宋亡後的悲苦情緒：「清淚如鉛。嘆咸陽送遠，露冷銅仙。叢花紛墮雪，津柳暗生烟。寒食後、暮江邊。草色更芊芊。四十年、留春情緒，不似今年。　山陰欲棹歸船。暫停杯雨外，舞劍燈前。重逢應未卜，此別轉堪憐。憑急管、倩繁弦。思苦調難傳。望故鄉、都將往事，付與啼鵑。」

此調爲換頭曲，但後段首句以下與前段句式相同。前後段第四、五兩個五字句，諸家皆爲對偶。此調用平韻，音節較響亮、流暢，宜於敘事與抒情。

遠朝歸

趙耆孫

雙調，九十二字。前段十句，五仄韻；後段九句，五仄韻。

金谷先春句見乍開江梅句晶明玉膩韻珠簾院落句人靜雨疏烟細韻橫斜帶月句又別是讀一般風味韻金尊裏韻任遺英亂點句殘粉低墜韻惆悵杜隴當年句念水遠天長句故人難寄韻山城倦眼句無緒更看桃李韻當時醉魄句算依舊讀徘徊花底韻斜陽外韻漫回首畫橋十二韻

此調僅存兩首詠梅詞。另一首爲無名氏詞：「新律纔交，早舊梢南枝，朱污粉膩。烟籠淡妝，恰值雨膏初細。而今看了，記他日、酸甜滋味。多應是。伴玉簪鳳釵，低揠斜墜。迤邐對酒當歌，眷戀得芳心，竟日何際。春光付與，尤是見欺桃李。叮嚀寄語，且莫負、尊前花底。拚沉醉。儘銅壺漏傳三二。」此詞乃用趙耆孫韻。

露華

雙調，九十二字。前段十句，五仄韻；後段九句，五仄韻。　王沂孫

紺葩乍坼韻笑爛漫嬌紅句不是春色韻換了素妝句重把青螺輕拂韻舊歌共渡烟江句却占玉奴標格韻風霜峭句瑤臺種時句付與仙骨韻閑門晝掩悽惻韻似淡月梨花句重化清魄韻尚帶唾痕香凝句怎忍攀摘韻嫩緑漸暖溪陰句蔌蔌粉雲飛出韻芳艷冷句劉郎未應認得韻

南宋後期新聲，王沂孫詠碧桃兩首爲創調之作。調名出自唐代詩人李白《清平調》：「春風拂檻露華濃。」此調有仄韻與平韻兩體，仄韻體僅存此詞。

又一體

雙調，九十四字。前段十句，四平韻；後段九句，四平韻。　王沂孫

晚寒佇立句記鉛輕黛淺句初認冰魂韻碧羅襯玉句猶凝茸唾香痕韻净洗妒春顔色句勝小紅讀臨水湔裙韻烟渡遠句應憐舊曲句換葉移根韻山

中去年人到句怪月悄風輕句閑掩重門韻瓊肌瘦損句那堪燕子黃昏韻幾片過溪浮玉句似夜歸讀深雪前村韻芳夢冷句雙禽誤宿粉雲韻

此詞用平韻，前後段第七句爲上三下四句法之七字句，各增一字。此詞亦詠碧桃。張炎一詞同題，詞云：「亂紅自雨，正翠蹊誤曉，玉洞明春。蛾眉淡掃，背風不語盈盈。莫恨小溪流水，引劉郎、不是飛瓊。羅扇底，從教净冶，遠障歌塵。一掬瑩然生意，伴壓架酴醾，相惱芳吟。玄都觀裏，幾回錯認梨雲。花下可憐仙子，醉東風、猶自吹笙。殘照晚，漁翁正迷武陵。」周密抒寫西湖感舊之情：「暖消蕙雪，漸水紋漾錦，雲淡波溶。岸香弄蕊，新枝輕裊條風。次第燕歸將近，愛柳眉、桃靨烟濃。鴛徑小，芳屏聚蝶，翠渚飄鴻。六橋舊情如夢，記扇底宮眉，花下游驄。選歌試舞，連宵戀醉珍叢。怕裏早鶯啼醒，問杏鈿、誰點愁紅。心事悄，春嬌又入翠峰。」此體僅存此三詞。此調當以平韻者爲正體。

東風齊著力

雙調，九十二字。前段十句，四平韻；後段九句，五平韻。　胡浩然

殘臘收寒句三陽初轉句已換年華韻東君律管句迤邐到山家韻處處笙簧

鼎沸句會佳宴讀坐列仙娃韻花叢裏句金爐滿爇句龍麝烟斜韻此景轉
堪誇韻深意祝讀壽山福海增加韻玉觥滿泛句且莫厭流霞韻幸有迎春綠
醑句銀瓶浸讀幾朵梅花韻休辭醉句園林秀色句百草萌芽韻

此調僅此一詞，是爲孤調。《禮記・月令》孟春之月：「東風解凍，蟄蟲始振。」胡浩然詞題爲《除夕》，因《草堂詩餘》收録此詞，因而流傳甚廣，爲人們喜愛。此調適用於節序及祝頌。

滿江紅

岳飛

雙調，九十三字。前段八句，四仄韻；後段十句，五仄韻。

怒髮冲冠句憑欄處讀瀟瀟雨歇韻擡望眼讀仰天長嘯句壯懷激烈韻三十
功名塵與土句八千里路雲和月韻莫等閑讀白了少年頭句空悲切韻靖
康耻句猶未雪韻臣子恨句何時滅韻駕長車踏破句賀蘭山缺韻壯志饑餐
胡虜肉句笑談渴飲匈奴血韻待從頭讀收拾舊山河句朝天闕韻

唐代詩人白居易《憶江南》詞有「日出江花紅勝火」之句，描繪太陽出來光照江水的美麗景象，調名本此。此調爲北宋新聲，柳永詞爲創調之作。柳永四詞，兩首俗詞表達市民婦女的情感，另兩首爲羈旅行役之詞，它們都屬仙吕調，即夷則宫，其基音較高，故有激越之感。柳永初仕睦州於桐廬深秋描寫江南水鄉之詞，乃此調典範之作，爲正體，其詞云：「暮雨初收，長川静，征帆夜落。臨島嶼、蓼烟疏淡，葦風蕭索。幾許漁人飛短艇，盡載燈火歸村落。遣行客、當此念回程，傷漂泊。　桐江好，烟漠漠。波似染，山如削。繞嚴陵灘畔，鷺飛魚躍。游宦區區成底事，平生况有雲泉約。歸去來、一曲仲宣吟，從軍樂。」清代《九宫大成南北詞宫譜》存有幾隻《滿江紅》曲。一九二〇年北京大學音樂研究會發現另一古曲，所配之詞是元代薩都剌的，聲情悲壯雄渾。一九二五年由楊蔭瀏將岳飛詞配此古曲，詞曲契合，藝術效果極佳，自此廣爲傳唱。岳飛詞格律與柳詞同，亦文學典範之作，但被疑爲後世所依托。祝氏家譜存岳飛戰友祝允哲《和岳元帥述懷》之發現使此問題得以解决。祝允哲詞云：「仗爾雄威，鼓勁氣、震驚胡羯。披金甲、鷹揚虎奮，耿忠炳節。五國城中迎二帝，雁門關外捉金兀。恨我生、手無縛鷄力，徒勞説。　傷往事，心難歇。念異日，情應竭。握神茅闖入，賀蘭山窟。萬世功名歸河漢，半生心志付雲月。望將軍、掃蕩登金鑾，朝天闕。」乾道元年陸游於鎮江所作感舊之詞，追述其愛情悲劇，詞云：「危堞朱欄，登覽處、一江秋色。人正似、征鴻社燕，幾番輕別。繾綣難忘當日語，凄凉又作他鄉客。問鬢邊、都有幾多絲，真堪織。　楊柳院，秋千陌。無限事，成虚擲。如今何處也，夢魂難覓。金鴨微温香縹緲，錦茵初展情蕭瑟。料也應、紅淚伴秋霖，燈前滴。」此調南宋作者極衆，名篇特多。辛棄疾三十三首之中如「點火櫻桃」、「家住江南」、「敲碎離愁」三詞清新和婉，如寫春歸的：「點火櫻桃，照一架、荼蘼如雪。春正好、看龍孫穿破，紫苔蒼壁。乳燕引雛飛力弱，流鶯喚友聲嬌怯。問春歸、不肯帶愁歸，腸千結。　層樓望，春山叠。家何在，烟波隔。把古今遺恨，向他誰説。蝴蝶不傳千里夢，子規叫斷三更月。聽聲聲、枕上勸人歸，歸未得。」劉克莊三十二首，風格特別恣肆狂放，其《夜雨凉甚忽動從戎之興》云：「金甲雕戈，記當日、轅門初立。磨盾鼻、一揮千紙，龍蛇猶濕。鐵馬曉嘶營壁冷，樓船夜渡風濤急。有誰憐、猿臂故將軍，無功級。　平戎策，從軍什。零落盡，慵收拾。把茶經香傳，時時温習。生怕客談榆塞事，且教兒誦《花間集》。嘆臣之壯也不如人，今何及。」宋季宫人王清惠《題驛壁》一詞悲痛憤激，而聲韻却極其諧美，爲此調很有影響之名篇，其詞云：「太液芙蓉，渾不似、舊時顔色。曾記得、春風玉露，玉樓金闕。名播蘭馨妃后裏，暈潮蓮臉君王側。忽一聲、鼙鼓揭天來，繁華歇。　龍虎散，風雲滅。千古恨，憑誰説。對山河百二，淚盈襟血。驛館夜驚塵土夢，宫車曉碾關山月。問姮娥、於我肯從容，同圓缺。」以上數詞皆用入聲韻，最能體現此調特色，但亦可用仄韻，如蔣捷詞：「一掬鄉心，付杳杳、露莎烟葦。來相伴、凄然客影，謝他窮鬼。新緑舊紅春又老，少玄老白人生幾。況無情、世故盪摩中，凋英偉。　詞場筆，行群蟻。戰場胄，藏群蟣。問何如清晝，倚藤憑棐。流水青山屋上下，束書壺酒船頭尾。任垂涎、斗大黄金印，狂周顗。」此調爲换頭曲，後段第六句始與前段句式相同。後段第一句之三字句第一字應爲平聲，岳詞作「靖」，偶誤。詞中可平可仄之字較多。此調有三個四字句，一個五字句，兩個靈活的八字句，四個可以對偶的七字句，六個三字句。其基本句式爲奇句，三字句與七字句的配合，造成奔放與急促的聲情；又由於有三個平聲句脚與仄聲句脚相配，形成拗怒的聲情； 四字句、八字句及對偶句的穿插，又使此調和婉而多變化。 因而此調之表情頗爲豐富，可表達清新綿邈之情，亦可表達悲壯激越之情。 此調前後段各兩個七字句，可以不對偶，但以對偶爲工。 過變之四個三字句是要求對偶的，但有的兩對偶，如辛棄疾「佳麗地，文章伯。 金縷唱，紅牙拍」； 有一個對偶的，如劉辰翁「記猶是，卿卿惜； 空復見，誰誰摘」； 也有一二句對偶，三四句不對偶的。《詞譜》於此調列十四體，但實爲仄韻與平韻兩體。

又一體

姜夔

雙調，九十三字。 前段八句，四平韻； 後段十句，五平韻。

仙姥來時句正一望讀千頃翠瀾韻旌旗共讀亂雲俱下句依約前山韻命駕群龍金作軛句相從諸娣玉爲冠韻向夜深讀風定悄無人句聞佩環韻

神奇處句君試看韻奠淮右句阻江南韻遣六丁雷電句別守東關韻却笑英雄無好手句一篙春水走曹瞞韻又怎知讀人在小紅樓句簾影間韻

此體爲姜夔所創，將原調仄韻改爲平韻，字數、句式、韻數皆與正體相同。 姜夔原詞序云：「《滿江紅》舊調用仄韻，多不協律，如末句云『無心撲』三字，歌者將『心』字融入去聲，方諧音律。予欲以平韻爲之，久不能成。因泛巢湖，聞遠岸簫鼓聲，問之舟師，云：『居人爲此湖神姥壽也。』予因祝曰：『得一席風徑至居巢，當以平韻《滿江紅》爲迎送神曲。』言訖，風與筆俱駛，頃刻而成。末句云『聞佩環』則協律矣。」此後詞人趙以夫、吴文英、彭元遜、張炎等偶用此體，但聲情與效果與正體頗異。張炎贈吴中南戲女藝人韞玉詞云：「傅粉何郎，比玉樹、瓊枝謾誇。看生子、東塗西抹，笑語浮華。蝴蝶一生花裏活，似花還却似非花。最可人、嬌艷正芳年，如破瓜。離別恨，生嘆嗟。歡情事，起喧嘩。聽歌喉清潤，片玉無瑕。洗盡人間笙笛耳，賞音多向五侯家。好思量、都在步蓮中，裙翠遮。」

凄涼犯

姜夔

雙調，九十三字。前段九句，五仄韻；後段九句，四仄韻。

緑楊巷陌秋風起句邊城一片離索韻馬嘶漸遠句人歸甚處句戍樓吹角韻

情懷正惡韻更衰草讀寒烟淡薄韻似當時讀將軍部曲句迤邐度沙漠韻

追念西湖上句小舫携歌句晚花行樂韻舊游在否句想如今讀翠凋紅落韻

漫寫羊裙句等新雁讀來時繫著韻怕匆匆讀不肯寄與句誤後約韻

姜夔自度曲，屬夷則羽，俗名仙吕調，犯雙調。姜夔詞序云：「合肥巷陌皆種柳，秋風夕起騷騷然。予客居闔户，時聞馬嘶，出城四顧，則荒烟野草，不勝凄黯，乃著此解。琴有凄凉調，假以爲名。」前段首句「緑楊巷陌秋風起」，《詞律》與《詞譜》以「陌」字爲韻，遂將「秋風起」連接下句爲九字句。此詞用覺藥韻，而「陌」屬質陌錫職緝韻，韻部不同，故「陌」非韻位。夏承燾整理姜夔詞集於「陌」字亦不作韻字處理，再查張炎兩詞亦如此。張炎《過鄰家見故園有感》，詞意極爲凄苦，最能體現調情，詞云：「西風暗剪荷衣碎，柔絲不解重緝。荒烟斷浦，晴暉歷亂，半江摇碧。悠悠望極。忍獨聽、秋聲漸急。更憐他、蕭條柳髮，相爲動秋色。　老態今如此，猶自留連，醉筇游屐。不堪瘦影，渺天涯、盡成行客。因甚忘歸，漫吹裂、山陽夜笛。夢三十、六陂流水，去未得。」姜夔、吴文英、張炎三家均用入聲韻，應是定格。姜夔此曲，今已譯出，可以歌唱。

卓牌兒

雙調，九十三字。前段十一句，四仄韻；後段八句，六仄韻。

無名氏

當○年○早●梅○芳○句曾○邂●逅●讀飛○瓊○侣●韻肌○雪●瑩●玉●句顔○開○嫩●桃○句腰○支○輕○裊●句未●

勝○金○縷●韻佯○羞○整●雲○鬟○句頻○向●人○讀嬌○波○寄●語●韻湘○佩●笑●解●句韓○香○暗●傳○句幽○

歡後期誰訴韻　夢魂頓阻韻　似一枕讀高唐雲雨韻　蕙心蘭態句　知何計重遇韻　試問春蠶絲多少句　未抵離愁半縷韻　凝佇韻　望鳳樓何處韻

此調僅存兩詞，另一詞爲万俟詠作，題爲《春晚》，詞云：「東風緑楊天，如畫出、清明院宇。玉艷淡泊，梨花帶月，胭脂零落，海棠經雨。單衣怯黄昏，人正在、珠簾笑語。相並戲蹴秋千，共携手、同倚闌干，暗香時度。　翠窗繡户。路繚繞、潛通幽處。斷魂凝佇。嗟不似飛絮。閑悶閑愁難消遣，此日年年情緒。無據。奈酒醒春去。」此詞多四字，句式亦略異。此調當以無名氏詞爲式。

四犯剪梅花

雙調，九十三字。前段九句，五仄韻；後段十句，五仄韻。　劉　過

水殿風凉句　賜環歸讀正是夢熊華旦韻　疊雪羅輕句　稱雲章題扇韻　西清侍宴韻　望黄傘讀日華籠輦韻　金券三王句　玉堂四世句　帝恩偏眷韻　臨安記讀龍飛鳳舞句　信神明有後句　竹梧陰滿韻　笑折花看句　裛荷香紅淺韻　功名歲

晚韻帶河與讀礪山長遠韻麟脯杯行句猱鞲坐穩句內家宣勸韻

此詞前後段各摘取《解連環》、《醉蓬萊》、《雪獅兒》、《醉蓬萊》之樂句而成，故組成之新調名曰「四犯」。劉過此詞題爲《上建康錢大郎壽》，其另一詞題爲《席上贈馬僉判舞姬》，與壽詞字數，句式均同，僅前後段首句用韻，且調名爲《轆轤金井》，詞云：「翠眉重掃。後房深、自喚小蠻嬌小。錦帶羅垂，報濃妝纔了。堂虛夜悄。但依約、鼓簫聲鬧。一曲梅花，尊前舞徹，梨園新調。　高陽醉、玉山未倒。看鞋飛鳳翼，釵梁微裊。秋滿東湖，更西風涼早。桃源路杳。記流水、泛舟曾到。桂子香濃，梧桐影轉，月寒天曉。」《詞譜》云：「前後段首句不押韻者名《四犯剪梅花》，押韻者名《轆轤金井》。盧祖皋詞名《月城春》，又名《錦園春》，一名《三犯錦園春》。」此乃因音譜已佚，純由體制判斷，或是推測所致。盧祖皋之《月城春》雙調九十二字，且句數與句式亦異，實非《四犯剪梅花》。盧祖皋之《錦園春三犯》亦九十二字，雖注明所犯之調與劉詞同，但句數與句式亦異。《四犯剪梅花》應僅存劉過之詞。

探芳新

雙調，九十三字。前段十二句，一叶韻，四仄韻；後段十二句，五仄韻。

吴文英

九街頭叶正軟塵酥潤句雪消殘溜韻禊賞祇園句花艷雲陰籠晝韻層梯

峭句空廚散句擁淩波句縈翠袖韻嘆年端句連環轉句爛漫游人如繡韻腸斷回廊佇久韻便寫意濺波句傳愁蹙岫韻漸沒飄紅句空惹閑情春瘦韻椒杯香句乾醉醒句怕西窗句人散後韻暮寒深句遲回處句自攀庭柳韻

此調僅吴文英一詞，題爲《吴中元日承天寺游人》。詞原注林鍾商，俗名高平調。《詞譜》名之爲《高平探芳新》，以避免與《探芳信》相混。吴文英之《探芳信》乃九十字，屬夾鍾羽，共五詞，其句式亦與《探芳新》迥異，是爲兩調，本不相混，故無必要特標「高平」。此調共有三字句十三個，但音節仍不急促，調體甚有特色。

惜秋華

雙調，九十三字。前段八句，五仄韻；後段九句，六仄韻。　吴文英

思渺西風句悵行蹤讀浪逐南飛高雁韻怯上翠微句危樓更堪憑晚韻蓬萊對起幽雲句澹野色山容愁捲韻清淺韻瞰滄波讀靜銜秋痕一綫韻十載寄吴苑韻慣東籬深把句露黃偷剪韻移暮影讀照越鏡句意銷香斷韻秋娥

賦●得●閑○情○句倚●翠●尊讀小○眉○初○展●韻深○勸●韻待●明○朝○讀醉巾○重岸●韻

此調僅吴文英五詞，屬夾鍾商。此詞題爲《八日飛翼樓登高》，寓懷蘇州之一位民間歌妓。其詠物詞題爲《木芙蓉》則寓寫在杭州之一位貴家歌姬，詞云：「踏遠仙城，自王郎去後，芳卿憔悴。錦段鏡空，重鋪步障新綺。凡花瘦不禁秋，幻膩玉、腴紅鮮麗。相携。試新妝乍畢，交扶輕醉。　長記斷橋外。驟玉驄過處，千嬌凝睇。昨夢頓醒，依約舊時眉翠。愁邊暮合碧雲，倩唱入、六幺聲裏。風起。舞斜陽、闌干十二。」此詞個别句子句式略異。吴文英另外三詞前段第七句不用韻，則此句可用韻，亦可不用韻。其《七夕》云：「露罥蛛絲，小樓陰墮月，秋驚華鬢。宫漏未央，當時鈿釵遺恨。人間夢隔西風，算天上、一年一瞬。相逢，縱相疏、勝却巫陽無準。　何處動凉訊。聽露井梧桐，楚騷成韻。彩雲斷、翠羽散，此情難問。銀河萬古秋聲，但望中、婺星清潤。輕俊。度金鍼、漫牽方寸。」某些長調之詞，即使同一詞人之作可能出現句式略異的現象，吴文英此調五詞即是如此。《詞譜》於吴詞五首分列五體。其中《八日飛翼樓登高》一詞，《詞譜》衍一字，而定爲九十四字體，但據《全宋詞》，吴詞五首均爲九十三字，實僅一體，雖偶有句式之異，但用此調可以例詞正體爲式。

玉漏遲

雙調，九十四字。前段十句，六仄韻；後段九句，五仄韻。

周密

老來歡意少韻錦鯨仙去句紫霞聲杳韻怕展金觽句依舊故人懷抱韻猶想烏絲醉墨句驚俊語讀香團紅繞韻閑自笑韻與君共是句承平年少韻　雨窗短夢難憑句是幾番宮商句幾番吟嘯韻淚眼東風句回首四橋烟草韻載酒倦游甚處句已換却讀花間啼鳥韻春恨悄韻天涯暮雲殘照韻

北宋後期新聲，韓嘉彥寫春景一詞爲創調之作。此調屬夷則商。周密詞題爲《題吳夢窗〈霜花腴〉詞集》。林表民抒寫春愁：「並湖游冶路。垂堤萬柳，麴塵籠霧。草色將春，離思暗傷南浦。舊日愔愔坊陌，尚想得、畫樓窗户。成遠阻。鳳箋空寄，燕梁何許。　凄涼瘦損文園，記翠筦聯吟、玉壺通語。事逐征鴻，幾度悲歡休數。鶯醉亂花深裏，悄難替、愁人分訴。空院宇。東風晚來吹雨。」劉子寰寫夏景：「翠草侵園徑。陰陰夏木，鳴鳩相應。縱目江天，窈窈雨昏烟暝。屋角黄梅乍熟，聽落顆、時敲金井。深院静。閑階自長，花磚苔暈。　樓居簟枕清涼，盡永日闌干，與誰同凭。舊社鷗盟，零落斷無音信。遼鶴追思舊事，向華表、空吟遺恨。縈念損。休怪暮年多病。」此調有少數作品首句不用韻，如吳文英《瓜涇度中秋夕賦》：「雁邊風訊小，飛瓊望杳，碧雲先晚。露冷闌干，定怯藕絲冰腕。净洗浮空片玉，勝花影、春燈相亂。秦鏡滿。素娥未肯，分秋一半。每圓處即良宵，甚此夕偏饒，對歌臨怨。萬里嬋娟，幾許霧屏雲幔。孤兔淒凉照水，曉風起、銀河西轉。摩淚眼。瑶臺夢回人遠。」此調爲換頭曲，前後段自第四句起句式相同。此調以六字句和四字句爲主，用仄韻，調勢平穩委婉，適於寫景、叙事、抒情、詠物、節序、祝頌。

又一體

雙調，九十四字。前後段各九句，五仄韻。

何夢桂

青衫華髮句對風霜讀倚遍危樓孤嘯韻惡浪平波句看盡世間多少韻忘却金閨故步句都付與讀野花啼鳥韻衹自笑韻悠悠心事句無人知道韻擾擾世路紅塵句看銷盡英雄句青山亦老韻宇宙無窮句事業到頭誰了韻高樓一聲畫角句把千古讀夢中吹覺韻天欲曉韻起看蕊梅春小韻

何夢桂兩詞皆《自壽》，其另一詞云：「自憐翠袖，向天寒、獨倚孤篁吟嘯。半世虛名，孤負白雲多少。欲問梅翁舊約，怕誤我、沙頭鷗鳥。時一笑。行行且止，人間蜀道。休怪歲月無情，嘆塵世浮生，閑忙閑老。待趁黑頭，萬里封侯都了。今古勳名一夢，聽未徹、鈞天還覺。羌管曉。樓角曙星稀小。」此體前段起三句句式頗異。此調《詞譜》共列七體，却失收録此體。此調實爲五字起頭與四字起頭兩體。

尾犯

雙調，九十四字。前段十句，四仄韻。後段八句，四仄韻。　柳　永

夜雨滴空階句孤館夢回句情緒蕭索韻一片閑愁句想丹青難貌韻秋漸老讀蛩聲正苦句夜將闌讀燈花旋落韻最無端處句總把良宵句只恁孤眠却韻　佳人應怪我句別後寡信輕諾韻記得當初句剪香雲爲約韻甚時向讀幽閨深處句按新詞讀流霞共酌韻再同歡笑句肯把金玉珍珠博韻

北宋新聲，柳永詞爲創調之作。柳永兩詞，此詞屬黄鍾宫，俗名正宫；另一詞屬林鍾商，九十八字，句式亦異。柳永此詞爲正體。宋季仇遠《雪中》同柳永此體，詞云：「寶蠟夜籠花，不礙畫樓，無限清景。病葉分秋，剪愁桐金井。銀漢外、塵飛不到，暮雲收、琉璃萬頃。弁山横翠，好倩西風，送上江心鏡。　霓裳空楚楚，鈞天舊夢難省。最憶嬋娟，□釵鈿香冷。欲高跨、嬌鸞歸去，又還愁、烏啼酒醒。獨思前事，夜永誰問相如病。」此調南宋後期詞人喜

用，但將後段第二句之六字句改爲上三下四句法之七字句，增一字，乃爲通用之體。

又一體

雙調，九十五字。前段十句，四仄韻；後段八句，四仄韻。 蔣　捷

夜倚讀書床句敲碎唾壺句燈暈明滅韻多事西風句把齋鈴頻掣韻人共語讀温温芋火句雁孤飛讀蕭蕭檜雪韻遍闌干外句萬頃魚天句未了予愁絶韻　鷄邊長劍舞句念不到讀此樣豪傑韻瘦骨稜稜句但凄其衾鐵韻是非夢讀無痕堪記句似雙瞳讀繽紛翠纈韻浩然心在句我逢著梅花便説韻

此詞題爲《寒夜》，抒寫憤懣壓抑之情。趙以夫重九詞：「長嘯躡高寒，回首萬山，空翠零亂。渺渺清秋，與斜陽天遠。引光祿、清吟興動，憶龍山、舊游夢斷。袷衣初試，破帽多情，自笑霜蓬短。　黄花長好在，一俯仰、物節驚换。紫蟹青橙，覓東籬幽伴。感今古、風凄霜冷，想關河、烟昏月淡。舉杯相屬，殷勤更把茱萸看。」吴文英兩詞，其一爲《甲辰中秋》：「紺海掣微雲，金井暮凉，梧韻風急。何處高樓，想清光先得。江汜冷、冰綃乍洗，素娥慨、菱花再拭。影留人去，忍向夜深，簾户照陳迹。　竹房苔徑小，對日暮、數盡烟碧。露蓼香涇，記年時相識。二十五、聲聲秋點，夢不認、屏山路窄。醉魄幽颺，滿地桂陰無人識。」兹

所録此體三詞，俱爲佳篇，用此調當以爲式。

雪梅香

雙調，九十四字。前段九句，四平韻；後段十一句，五平韻。　柳　永

景蕭索句危樓獨立面晴空韻動悲秋情緒句當時宋玉應同韻漁市孤烟裊寒碧句水村殘葉舞愁紅韻楚天闊句浪浸斜陽句千里溶溶韻　臨風韻想佳麗句別後愁顔句鎮斂眉峰韻可惜當年句頓乖雨迹雲蹤韻雅態妍姿正歡洽句落花流水忽西東韻無聊恨句盡把相思句分付征鴻韻

北宋新聲，屬正宫。柳永詞爲創調之作。此調僅存三詞，另兩詞皆詠梅之作，其一乃用柳詞韻：「凍雲深，六出瑶花滿長空。漸飄來呈瑞，皚皚萬里皆同。荒野枯冰竦欲折，小亭寒梅吐輕紅。清香冷，疏影横斜，照水溶溶。　臨風。傳芳信，驛使來自，庾嶺南峰。占早爭先，總無粉蝶游蜂。妝點鮮妍漢宫裏，羌笛嗚咽畫樓東。賞南枝，倚欄凝望，時見征鴻。」此乃無名氏所作。無名氏另一首詠梅詞則後段首句不用短韻：「歲將暮，雲帆風捲正淒凉。見梅花呈瑞，素英澹薄含芳。千片逞姿向江國，一枝無力倚鄰牆。凝眸望，昨夜前村，雅態

難忘。　争妍鬥鮮潔，皓彩寒輝，冷艷清香，姑射真人，更兼粉傅容光。梁苑奇才動佳句，漢宮嬌態學嚴妝。無憀恨，獨對光輝，别岸垂楊。」此調以七字句爲主，配以短句和四字句，流暢而和婉，甚有特色。此調當以柳詞爲式。

古香慢

吴文英

雙調，九十四字。前段九句，四仄韻；後段九句，五仄韻。

怨娥墜柳句離佩摇葓句霜訊南圃韻漫惜橋扉句倚竹袖寒日暮韻還問月中游句夢飛過讀金風翠羽韻把殘雲剩水萬頃句暗熏冷麝凄苦韻漸浩渺讀凌山高處韻秋澹無光句殘照誰主韻露粟侵肌句夜約羽林輕誤韻剪碎惜秋心句更腸斷讀珠塵蘚露韻怕重陽句又催近讀滿城風雨韻

南宋後期詞人吴文英自度曲。《夢窗詞》原注：「自度腔。夷則商犯無射宫。賦滄浪看桂。」滄浪即蘇州滄浪亭。此詞爲夢窗詞名篇，含意深刻，有吴文英穠摯綿密的特點，而詞意甚凄苦。此乃孤調，换頭曲，音節緩慢，凝澀而和婉，適於詠物、寫景、抒情。

六幺令

雙調，九十四字。前後段各九句，五仄韻。

李琳

淡烟疏雨句香徑渺啼鴂韻新晴畫簾閑捲句燕外寒猶力韻依約天涯芳草句染得春風碧韻人間陳迹韻斜陽今古句幾縷游絲趁飛蝶韻柳向尊前起舞句又覺春如客韻翠袖折取嫣紅句笑與簪華髮韻回首青山一點句檐外寒雪疊韻梨花淡白韻柳花飛絮句夢繞闌干一株雪韻

李琳爲南宋咸淳十年進士，非著名詞人。此詞題爲《京中清明》，詞風清新婉麗，固是佳作。《六幺令》出自《六幺》，又名《緑腰》、《樂世》、《録要》。唐代白居易《楊柳枝》：「六幺水調家家唱，白雪梅花處處吹。古歌舊曲君休聽，聽取新翻楊柳枝。」白居易《聽歌六絶句》：「急管弦繁拍漸稠，《緑腰》宛轉曲終頭。誠知《樂世》聲聲樂，老病人聽未免愁。」關於此調之來源，唐代段安節《樂府雜録》云：「貞元中有康崑崙稱（琵琶）第一手。始遇長安大旱詔兩市祈雨，及至天門街，市人廣較勝負。及鬥聲樂東街，則有康崑崙琵琶最上，必謂街西無敵也。遂請崑崙登彩樓，彈一曲新翻《緑腰》。」康崑崙乃中亞人，其所傳之《六幺》乃胡曲，中唐時傳入中土。宋人王灼《碧鷄漫志》卷三：「今《六幺》行於世者四：曰黃鍾羽，即俗呼般涉調；曰夾鍾羽，即俗呼中吕調；曰林鍾羽，即俗呼高平調；曰夷則羽，即俗呼仙吕調。皆羽調也。」《六幺令》乃屬仙吕調，見柳永、周邦彦、吴文英詞注。此調創調之作爲柳永詞，其詞云：「淡烟殘照，摇曳溪光碧。溪邊淺桃深杏，迤邐染春色。昨夜扁舟泊處，枕底當灘磧。波聲漁笛。驚回好夢，夢裏欲歸歸不得。展轉翻成無寐，因此傷行役。思念多媚多嬌，咫尺千山隔。都爲深情密愛，不忍輕離拆。好天良夕。鴛帷寂寞，算得也應暗相憶。」晏幾道三詞，其一表述離情：「緑陰春盡，飛絮繞香閣。晚來翠眉宫樣，巧把遠山學。一寸狂心未説，已向横波覺。畫簾遮帀。新翻曲妙，暗許閑人帶偷掐。前度書多隱語，意淺愁難答。昨夜詩有回紋，韻險還慵押。都待笙歌散了，記取留時霎。不消紅蠟。閑雲歸後，月在庭花舊闌角。」周邦彦重九詞亦是名篇，諸家多有和者，其詞云：「快風收雨，亭館清殘燠。池光静横秋影，岸柳如新沐。聞道宜城酒美，昨日新醅熟。輕鑣相逐。衝泥策馬，來折東籬半開菊。華堂花艷對列，一一驚郎目。歌韻巧共泉聲，間雜琮琤玉。惆悵周郎已老，莫唱當時曲。幽歡難卜。明年誰健，更把茱萸再三囑。」蔡伸抒寫感舊之情：「梅英飄雪，弱柳弄新緑。泠泠畫橋流水，風静波如縠。長記扁舟共載，偶近旗亭宿。渺雲横玉。鴛鴦枕上，聽徹新翻數般曲。此際魂清夢冷，繡被香芬馥。因念多感情懷，觸處傷心目。自是今宵獨寐，怎不添愁蹙。如今心足。風前月下，賴有斯人慰幽獨。」吴文英七夕詞寄意深遠，詞云：「露蛩初響，機杼還催織。婺星爲情慵懶，佇立明河側。不見津頭艇子，望絶南飛翼。雲梁千尺。塵緣一點，回首西風又陳迹。那知天上計拙，乞巧樓南北。瓜果幾度淒凉，寂寞羅池客。人事回廊縹緲，誰見金釵擘。今夕何夕。杯殘月墮，但耿銀河漫天碧。」此調共存十九詞，其中大都是格律一致，實僅一體。此調爲换頭曲，但前後段自第三句起則句式相同；諸家之作多用入聲韻，當以入聲韻爲宜。此調前後段調勢由平穩而趨於流暢，結尾三句，語意應連貫。此調適於寫景、抒情、詠物、節序、祝頌；雖標明爲「令」詞，但實爲長調，可見不能以「令」確定體制之長短。

一枝春

雙調，九十四字。前段八句，四仄韻；後段八句，五仄韻。　　楊　纘

竹爆驚春（句）競喧闐（讀）夜起千門簫鼓（韻）流蘇帳暖（句）翠鼎緩騰香霧（韻）停杯未舉（句）奈剛要（讀）送年新句（韻）應自有（讀）歌字清圓（句）未誇上林鶯語（韻）

從他歲窮日暮（韻）縱閑愁（讀）未減劉郎風度（韻）屠蘇辦了（句）迤邐柳欺梅妒（韻）宮壺未曉（句）早驕馬繡車盈路（韻）還又把（讀）月夜花朝（句）自今細數（韻）

南宋後期新聲，楊纘詞題爲《除夕》，乃創調之作。《太平御覽》卷九七〇引南朝盛弘之《荆州記》：「陸凱與范曄相善，自江南寄梅花一枝，詣長安，與曄，並贈花詩曰：『折花逢驛使，寄與隴頭人。江南無所有，聊贈一枝春。』」後世多把一枝春作爲梅花之别名。宋代詩人黄

庭堅《劉邦直送早梅水仙花》：「欲問江南近消息，喜君貽我一枝春。」調名本此。此調存四詞。張炎《爲陸浩齋賦梅南》詞云：「竹外横枝，並闌干、試數風纔一信。幺禽對語，彷彿醉眠初醒。遥知是雪，甚都把、暮寒消盡。清更潤、明月飛來，瘦却舊時疏影。 東閣謾撩詩興。料西湖、樹老難認和靖。晴窗自好，勝事每來獨領。融融向暖，笑塵世萬花猶冷。須釀成、一點春腴，暗香在鼎。」此調適於節序、詠物、抒情。

塞孤

雙調，九十五字。前段十句，六仄韻；後段九句，六仄韻。　柳永

一聲鷄句又報殘更歇韻秣馬巾車催發韻草草主人燈下别韻山路險句新霜滑韻瑤珂響讀起棲烏句金鐙冷讀敲殘月韻漸西風緊句襟袖淒冽韻　遥指白玉京句望斷黄金闕韻遠道何時行徹韻算得佳人凝恨切韻應念念句歸時節韻相見了讀執柔荑句幽會處讀偎香雪韻免鴛衾讀兩恁虛設韻

北宋新聲，屬般涉調，柳永詞爲創調之作。此調爲换頭曲，但前後段自第三句起，句式相同，而結句句式又異。此調僅存兩詞，另一詞爲南宋初年朱雍《次柳耆卿韻》，但前段結句

少一字，後段第五六句亦少一字，詞云：「雪江明，練静波聲歇。玉浦梅英初發。隱隱瑤林堪乍別。瓊路冷，雲階滑。寒枝晚、已黄昏，鋪碎影、留新月。向亭皋、一任風冽。歌起郢曲時，目斷秦城闕。遠道冰車清徹。追念酥妝凝望切。淡佇迎佳節。應暗想、日邊人，聊寄與、同歡悦。勸清尊、忍負盟設。」此調當以柳詞爲式。前後段各有兩個折腰之六字句，是此調顯著之特點。

水調歌頭

雙調，九十五字。前段九句，四平韻；後段十句，四平韻。　蘇軾

明月幾時有句把酒問青天韻不知天上宮闕句今夕是何年韻我欲乘風歸去句又恐瓊樓玉宇句高處不勝寒韻起舞弄清影句何似在人間韻　轉朱閣句低綺户句照無眠韻不應有恨句何事長向別時圓韻人有悲歡離合句月有陰晴圓缺句此事古難全韻但願人長久句千里共嬋娟韻

蘇軾詞題爲《丙辰中秋歡飲達旦，大醉作此篇兼懷子由》，乃此調之始詞，亦是宋詞名篇。「水調」即南吕商調。王灼《碧鷄漫志》卷四云：「世以今曲《水調歌》爲（隋）煬帝自製。今

曲乃中呂調，而唐所謂南呂商，則今俗呼中管林鍾商也。」唐代白居易《聽水調》詩云：「五言一遍最殷勤，調少情多似有因。不會當時翻曲意，此聲腸斷爲何人。」今存唐末吴融之《水調》，乃詠隋煬帝所制之曲：「鑿河千里走黄沙，浮殿西來動日華。可道新聲是亡國，且貪惆悵後庭花。」《樂府詩集》卷七十九存唐代無名氏《水調歌》十一首，第五以後爲「入破」五首，後爲「第六徹」。此是集唐人五言與七言絶句入樂以歌唱之聲詩。《水調歌頭》是宋人從《水調》大曲中摘取「歌頭」部分樂曲譜詞，遂成爲詞調。蘇詞前段之「我欲乘風歸去，又恐瓊樓玉宇」，後段之「人有悲歡離合，月有陰晴圓缺」，《詞律》以爲未叶韻，《詞譜》以爲於平韻中插入仄韻。兹核宋詞此調並無插入仄韻之例，當從《詞律》爲準。後段第四、五句，蘇詞作四七句式，而其另詞則作六五句式「躋攀寸步天險，一落百尋輕」。則此兩句有兩式，其他宋人諸作亦如此。此兩種句式，可依據詞意而定。蘇詞爲此調通行之正體，當以爲法式。此調前段起兩句，前後段各結兩句均爲五字句，而且可以成爲對偶；又調中前後段各連用兩個六字句，過變連用三個三字句，故諸家易於以詩爲詞，詞意生硬而乏和婉協諧之效果。豪放詞人喜用此調，宜於言志、議論、祝頌、節序、寫景、酬贈，時有句讀不葺之現象。用此調者切忌以詩法入詞。辛棄疾此調三十五首，其《壬子三山被召，陳端仁給事飲餞席上作》，詞風甚爲豪放，詞云：「長恨復長恨，裁作短歌行。何人爲我楚舞，聽我楚狂聲。余既滋蘭九畹，又樹蕙之百畮，秋菊更餐英。門外滄浪水，可以濯吾纓。一杯酒，問何似，身後名。人間萬事，毫髮常重泰山輕。悲莫悲生離别，樂莫樂新相識，兒女古今情。富貴非吾願，歸與白鷗盟。」陳亮《送章德茂大卿使虜》爲此調傑作，詞之氣魄雄偉，愛國情感迸涌，雖有議論，却無以詩入詞之弊。詞云：「不見南師久，漫説北群空。當場隻手，畢竟還我萬夫雄。自笑堂堂漢使，得似洋洋河水，依舊只流東。且復穹廬拜，會向藁街逢。　堯之都，舜之壤，禹之封。於中應有，一個半個耻臣戎。萬里腥膻如許，千古英靈安在，磅礴幾時通。胡運何須問，赫日自當中。」此詞前段第三四句句式略異，亦可。劉克莊《解印有期戲作》詞風粗率，詞意流暢：「老子頗更事，打透利名關。百年擾擾於役，何異入槐安。夢裏偶然得意，醒後纔堪發笑，蟻穴駕車還。恰似南柯印，彷彿轂曾丹。　客未散，日初昳，酒猶殘。向來幻景安在，回首總成閑。莫問浮雲起滅，且跨剛風游戲，露冷玉簫寒。寄語抱朴子，候我石樓山。」宋人龔仲希《中吴紀聞》卷六：「建炎庚戌，兩浙被虜禍，有題《水調歌頭》於吴江者，不知其姓名，意極悲壯。」詞云：「平生太湖上，來往幾經過。如今重到，何事愁與水雲多。擬把匣中長劍，換取扁舟一葉，歸去老漁蓑。銀艾非吾事，丘壑漫蹉跎。　鱠新鱸，斟碧酒，起悲歌。太平生長，不謂今日識干戈。欲捲三江雪浪，净洗邊塵千里，不用挽天河。回首望霄漢，雙淚墮清波。」張孝祥此調十三詞，其《静隱山觀雨》意象神奇，氣魄宏偉：「青嶂度雲氣，幽壑舞回風。山神助我奇觀，唤起碧霄龍。電掣金蛇千丈，雷震靈鼉萬疊，洶洶欲崩空。盡瀉銀潢水，傾入寶蓮宫。　坐中客，凌積翠，看奔洪。人間應失匕筯，此地獨從容。洗了從來塵垢，潤及無邊焦槁，造物不言功。天宇忽開霽，日在五雲東。」傅大詢抒寫田園閑適之趣，詞意曠達：「草草三間屋，愛竹旋添栽。碧紗窗户，眼前都是翠雲堆。一月山翁高卧，踏雪水村清冷，木落遠山開。唯有平安竹，留得伴寒梅。　唤家童，開門看，有誰來。客來一笑，清話煮茗更傳杯。有酒只愁無客，有客又愁無酒，酒熟且徘徊。明日人間事，天自有安排。」韓玉《自廣中出，過廬陵，贈歌姬段雲卿》乃此調中頗婉約之詞：「有美如花容，容飾尚中州。玉京杳渺天際，與別幾經秋。家在金河堤畔，身寄白蘋洲末，南北兩悠悠。休苦話萍梗，清淚已難收。玉壺酒，傾瀲灧，聽君謳。佇雲却月，新弄一曲洗人憂。同是天涯淪落，何必平生相識，相見且遲留。明日征帆發，風月爲君愁。」宋人用此調者極衆，但佳作頗少。填此調者尤須慎重處理好詩法與詞法之別，在構思時宜采用綫型結構。

掃花游

雙調，九十五字。前段十一句，六仄韻；後段十句，七仄韻。

周邦彦

曉陰翳日（句）正霧靄烟横（句）遠迷平楚（韻）暗黄萬縷（韻）聽鳴禽按曲（句）小腰欲舞（韻）細繞回堤（句）駐馬河橋避雨（韻）信流去（韻）問一葉怨題（句）今在何處（韻）

春事能幾許（韻）任占地持杯（句）掃花尋路（韻）淚珠濺俎（韻）嘆將愁度日（句）病傷幽素（韻）恨入金徽（句）見説文君更苦（韻）黯凝佇（韻）掩重關（讀）遍城鐘鼓（韻）

北宋新聲，屬夾鐘商，俗名雙調。周詞爲創調之作，因詞有「掃花尋路」遂以名調。此調《詞譜》、《全宋詞》作《掃地游》，乃誤。宋人注《片玉集》及諸家和周詞，此調均是《掃花游》。此調爲换頭曲，但前後段二、三、四、五、六、七、八句之句式相同，起結則異。此調以四字句與五字句爲主，韻位恰當，調勢平穩和緩，宜於叙事、寫景、抒情、詠物。南宋後期婉約詞人喜用此調。吴文英五詞，其《西湖寒食》長於叙事：「冷空澹碧，帶翳柳輕雲，護花深霧。艷晨易午。正笙簫競渡，綺羅争路。驟捲風埃，半掩長蛾翠嫵。散紅縷。漸紅濕杏泥，愁燕無語。乘蓋争避處。就解佩旗亭，故人相遇。恨春太妒。濺行裙更惜，鳳鈎塵汙。酹入梅根，萬點啼痕暗樹。峭寒暮。更蕭蕭、隴頭人去。」王沂孫四詞，其《秋聲》寓寫晚年凄苦情懷：「商飆乍發，漸淅淅初聞，蕭蕭還住。頓驚倦旅。背青燈吊影，起吟愁賦。斷續無憑，試立荒庭聽取。在何許。但落葉滿階，惟有高樹。迢遞歸夢阻。正老耳難禁，病懷凄楚。故山院宇。想邊鴻孤唳，砌蛩私語。數點相和，更著芭蕉細雨。避無處。這閑愁、夜深尤苦。」張炎《台城春飲醉餘偶賦不知詞之所以然》，即景抒情，充滿懷舊之情緒：「嫩寒禁暖，正草色侵衣，野光如洗。去城數里。繞長堤是柳，釣船深艤。小立斜陽，試數花風第幾。問春意。待留取斷紅，心事難寄。芳訊成撚指。甚遠客他鄉，老懷如此。醉餘夢裏。尚分明認得，舊時羅綺。可惜空簾，誤却歸來燕子。勝游地。想依然、斷橋流水。」張半湖描述夏夜情景：「柳絲曳緑，正豆雨初晴，水天朱夏。石榴綻也。看猩紅萬點，倚亭攲榭。鎖闥深中，料想酒闌歌罷。日將下。是那處藕花，香勝沉麝。窗外風竹打。似戛玉敲金，送聲瀟灑。共觀古畫。唤石鼎烹茶，細商幽話。寶鴨烟消，天外新蟾低挂。凉無價。又丁東、數聲檐馬。」此調諸家之詞多沿用周邦彦韻，張炎與張半湖另换韻部，頗有創意。

滿庭芳

雙調，九十五字。前段十句，四平韻；後段十一句，五平韻。　　秦　觀

山抹微雲[句]天連衰草[句]畫角聲斷譙門[韻]暫停征棹[句]聊共飲離尊[韻]多少蓬萊舊事[句]空回首[讀]烟靄紛紛[韻]斜陽外[讀]寒鴉萬點[句]流水繞孤村[韻]

銷魂[韻]當此際[句]香囊暗解[句]羅帶輕分[韻]謾贏得[讀]青樓薄倖名存[韻]此去何時見也[句]襟袖上[讀]空惹啼痕[韻]傷情處[句]高城望斷[句]燈火已黄昏[韻]

北宋新聲，蘇軾六詞爲創調之作，屬中吕調。唐末詩人吴融有「滿庭芳草易黄昏」詩句，調名本此。秦觀詞與蘇軾詞格律相同，爲此調通用之正體。蘇軾詞表達人生感悟，其詞云：「蝸角虚名，蠅頭微利，算來著甚乾忙。事皆前定，誰弱又誰强。且趁閑身未老，須放我、些子疏狂。百年裏，渾教是醉，三萬六千場。　思量。能幾許，憂愁風雨，一半相妨。又何須、抵死説短論長。幸對清風皓月，苔茵展、雲幕高張。江南好，千鍾美酒，一曲《滿庭芳》。」此調又名《滿庭霜》、《滿庭芳慢》、《轉調滿庭芳》，宋人用者甚衆。此調爲換頭曲，過變首句用韻，亦可不用韻，或連接下面之三字句而爲五字句，但秦詞作「銷魂」，蘇詞作「思量」，此短韻是此調之顯著特點，宜遵從之。此調多用四字句、六字句、上三下四句法之七

字句，但韻之疏密適度，常以「四四六」或「六七」句式組成句群，尤其兩結爲「三四五」式之句群，故於含蓄頓挫中忽又流動奔放。因用平韻，而且過變處用短韻，使聲韻頗爲響亮。此調之適應範圍很廣，可用以抒情、議論、寫景、叙事、祝頌、酬贈。周邦彦寫夏景：「風老鶯雛，雨肥梅子，午陰嘉樹初圓。地卑山近，衣潤費爐烟。人静烏鳶自樂，小橋外、新緑濺濺。憑欄久，黄蘆苦竹，擬泛九江船。　年年。如社燕，飄流瀚海，來寄修椽。且莫思身外，長近尊前。憔悴江南倦客，不堪聽、急管繁弦。歌筵畔，先安簟枕，容我醉時眠。」晁端禮悼亡詞：「淺約鴉黄，輕勻螺黛，故教取次梳妝。減輕琶面，新樣小鸞凰。每爲花嬌玉嫩，容對客，斜倚銀床。春來病，蘭薰半歇，一筦舞衣裳。　悲凉。人事改，三春穠艶，一夜繁霜。似人歸洛浦，雲散高唐。痛念你、平生分際，辜負我、臨老風光。羅裙在，憑誰爲我，求取返魂香。」李曾伯登多景樓詞有深沉的歷史滄桑之感：「浪拍金鼇，春浮鐵甕，氣清天朗如秋。江皋無事，飛蓋强追游。萬頃葡萄光裏，風檣共、塔影悠悠。人間事，年華似擲，一水與俱流。　綢繆。千古恨，紛紛離合，晋宋曹劉。望長安何處，落照西頭。往事蒼苔陳迹，夷吾在、吾屬何愁。清樽畔，誰能爲我，一曲舞梁州。」楊樵雲賦影，想象豐富，清麗自然：「只道空烟，又疑流水，依然却是行雲。了然相對，又是夢紛紜。半面春風圖畫，黄金在、難鑄昭君。溪橋斷，梅花晴雪，端的白三分。　真真。難唤醒，三年抽藕，織得榴裙。甚徘徊窺鏡，交翼鸞文。一片飛花來去，并刀快、剪取晴紋。無情處，分明著眼，强半帶春醺。」劉克莊《記夢》，意象神奇，詞意流暢，變過首句不用韻：「涼月如水，素濤翻雪，人世依約三更。扁舟乘興，莫計水雲程。忽到一洲奇絶，花無數、多不知名。渾疑是，芙蓉城裏，又似牡丹坪。　蓬萊，應不遠，天風海浪，滿目凄清。更一聲鐵笛，石裂龍驚。回顧塵寰局促，揮袂去、散髮騎鯨。　蘧蘧覺，元來是夢，鐘動野鷄鳴。」此調過變不用韻，亦可。此調另有仄韻一體。

又一體

雙調，九十五字。前後段各十句，四仄韻。　劉燾

風急霜濃句天低雲淡句過來孤雁聲切韻雁兒且住句略聽自家說韻你是離群到此句我共那讀人才相別韻松江岸句黄蘆叢裏句天更待飛雪韻　聲聲句腸欲斷句和我也讀點點珠淚成血韻一江流水句流也嗚咽韻告你高飛遠舉句前程事讀永無磨折韻須知道句飄零散聚句終有見時節韻

此體又名《轉調滿庭芳》，詞語通俗流暢，後段句式與秦觀詞略異。

徵招

雙調，九十五字。前段九句，五仄韻；後段九句，六仄韻。　姜夔

潮回却過西陵浦句扁舟僅容居士韻去得幾何時句黍離離如此韻客途今倦矣韻漫贏得讀一襟詩思韻記憶江南句落帆沙際句此行還是韻迤邐韻剡中山句重相見讀依依故人情味韻似怨不來游句擁愁鬟十二韻一丘聊復爾韻也孤負讀幼輿高志韻水葓晚讀漠漠摇烟句奈未成歸計韻

北宋新聲。《宋史》卷一四二《樂志》：「宋初置教坊，得江南樂，已汰其坐部不用。自後因舊曲創新聲，轉加流麗。政和間詔以大晟雅樂施於燕饗，御殿按試，補徵、角二調，播之教坊，頒之天下。」此調爲姜夔所創，其詞序云：「徵招、角招者，政和間大晟府嘗製數十曲，音節駁矣。予嘗考唐田畸《聲律要訣》云：『徵與二變之調，咸非流美，故自古少徵調曲也。』徵爲去母調，如黄鍾之徵，以黄鍾爲母，不用黄鍾乃諧。故隋唐舊譜，不用母聲，琴家無媒調、商調之類，皆徵也，亦皆具母弦而不用。其説詳於予所作《琴書》。然黄鍾以林鍾爲徵，住聲於林鍾。若不用黄鍾聲，便自成林鍾宫矣。」此調共存八詞，姜詞爲正體。張輯抒寫秋意：「飛鴻又作秋空字，凄凄舊游湘浦。涼思帶愁深，渺蒼茫何許。歲華知幾度。奈雙鬢、不禁吟苦。獨倚危樓，葉聲摇暮，玉欄無語。尺素。欲傳將，故人遠、天涯屢驚回顧。心事只琴知，漫閑相爾汝。甚時江海去。算空負、白蘋鷗侣。更誰與、剪燭西窗，且醉聽山雨。」趙以夫詠雪：「玉壺凍裂琅玕折，騃騃逼人衣袂。暖絮張空飛，失前山横翠。欲低還又起。似妝點、滿園春意。記憶當時，剡中情味，一溪雲水。天際。絶行人，高吟處，依稀灞橋鄰里。更剪剪梅花，落雲階月地。化工真解事。強勾引、老來詩思。楚天暮、驛使不來，悵曲欄獨倚。」張炎聽清容居士袁桷彈琴一詞優雅清空，想象豐富，詞云：「秋風吹碎江南樹，石床自聽流水。別鶴不歸來，引悲風千里。餘音猶在耳。有誰識、醉翁深意。去國情懷，草枯沙遠，尚嗚山鬼。客裏。可消憂，人間世、寥寥幾年如此。杳老古壇荒，把凄涼空指。心塵聊更洗。傍何處、竹邊松底。共良夜、白月紛紛，領一天清氣。」此調爲換頭曲，過變乃兩字句之短韻，以上諸家均如此，《詞譜》將此兩字句連接下面之三字句而爲五字句則誤。前段第三、四、五、六句與後段之第四、五、六、七句句式相同。此調句式變化多樣，用仄聲韻，聲韻低沉，音節緩慢，甚爲諧婉，宜于抒情、寫景、詠物。

倦尋芳

雙調，九十五字。前段十一句，四仄韻；後段十句，五仄韻。

王雱

露晞向曉句簾幙風輕句小院閑晝韻翠逕鶯來句驚下亂紅鋪繡韻倚危欄句登高榭句海棠經雨胭脂透韻算韶華句又因循過了句清明時候韻倦游燕讀風光滿目句好景良辰句誰共攜手韻恨被榆錢句買斷兩眉長

鬥韻憶高陽句人散後韻落花流水仍依舊韻這情懷句對東風讀盡成消瘦韻

北宋新聲，屬中吕宫。王雱詞爲創調之作，因詞之後段表示倦於尋春之意，故以名調。此調共存十五詞，南宋人喜用此調，又名《倦尋芳慢》。

又一體

雙調，九十七字。前後段各十句，四仄韻。　吴文英

墜瓶恨井句分鏡迷樓句空閉孤燕韻寄别崔徽句清瘦畫圖春面韻不約舟移楊柳繫句有緣人映桃花見韻叙分携句悔香瘢漫爇句緑鬟輕剪韻　聽細語讀琵琶幽怨句客鬢蒼華句衫袖濕遍韻漸老芙蓉句猶自帶霜宜看韻一縷情深朱户掩句兩痕愁起青山遠韻被西風句又驚吹句夢雲分散韻

吴文英三詞，屬林鍾羽，俗名高平調。此詞題爲《花翁遇舊歡吴門老妓李憐，邀分韻同賦此詞》。此體與王雱詞宫調相異，前後段各多一字。爲通用之正體。盧祖皋抒寫春恨：「香泥壘燕，密葉巢鶯，春晦寒淺。花徑風柔，著地舞裀紅軟。鬥草烟欺羅袂薄，秋千影落春游倦。醉歸來，記寶帳歌慵，錦屏香暖。　别來恨、光陰容易，還又酴醿，牡丹開遍。妒恨疏狂，那更柳花迎面。鴻羽難憑芳信短，長安猶近歸期遠。倚危樓，但鎮日，繡簾高捲。」湯恢

追述西湖春游情景：「錫簫吹暖，蠟燭分烟，春思無限。風到楝花，十二番吹遍。烟濕濃堆楊柳色，晝長閑墜梨花片。悄簾櫳，聽幽禽對語，分明如剪。記舊日、西湖行樂，載酒尋春，十里塵軟。背後腰肢，彷彿畫圖曾見。宿粉殘香隨夢冷，落花流水和天遠。但如今，病厭厭，海棠池館。」陳紀《郭頤堂寒食有無家之感，爲賦》：「滿簪霜雪，一帽塵埃，消幾寒食。手撚梨花，還是年時岑寂。歘歘落紅春似夢，萋萋柔緑愁如織。怪東君，太匆匆亦是，人間行客。　問幾度、五侯傳燭，但回首東風，吹盡塵迹。笑杜陵淚灑，金波如積。對酒且寬愁意緒，題詩與寄真消息。待歸來，細温存，慰伊相憶。」此調以四字句爲主，但前後段各插入兩個七字句，使全調於和緩之中忽又流暢，而結句又歸於諧婉。前段起兩句之四字句，後段兩組「五四」句式領兩個四字句，均以對偶爲工。前後段各兩個七字句，亦以對偶爲工。此調適於寫景、節序、詠物、抒情，而以寫春景與寒食最相宜。

鳳凰臺上憶吹簫

雙調，九十五字。前後十句，四平韻；後段十一句，五平韻。

李清照

香冷●金○猊○句被翻○紅浪●句起●來○慵●自●梳○頭○韻任●寶奩○塵○滿●句日●上●簾○鉤○韻生○怕●離○懷○別●苦●句多○少●事●讀欲●説●還○休○韻新○來瘦●句非○干○病●酒●句不●是●悲○秋○韻　休○

休○韻這•回○去•也•句千萬遍•陽○關○句也則•難○留○韻念•武陵○人遠•句烟○鎖•秦○樓○韻惟○有•樓前○流○水•句應○念•我•讀終日•凝○眸○韻凝○眸處•句從○今○又•添○句一段•新○愁○韻

北宋新聲。《太平廣記》卷四引《神仙傳拾遺》：「蕭史，不知得道年代。貌如二十許人，善吹簫作鸞鳳之響，而瑶姿煒爍，風神超邁，真天人也。混迹於世，時莫能知之。秦穆公有女弄玉，善吹簫。公以弄玉妻之。遂教弄玉作鳳鳴，居十數年，吹簫似鳳聲。鳳凰來止其屋，公爲作鳳臺。」鳳臺亦曰鳳樓，或秦樓。唐代李商隱《當句有對》：「秦樓鴛瓦漢宫盤。」李清照詞中有「秦樓」，調名取此。此調《詞譜》列六體、李詞爲名篇，固應爲正體。宋人同此體者有宋季趙文《轉官球》一詞：「白玉磋成，香羅捻就，爲誰特地團團。羨司花神女，有此清閑。疑是宫靴蹴鞠，剛一踢、誤挂花間。方倍道，酴醾失色，玉蕊無顔。憑欄。幾回淡月，怪天上冰輪，移下塵寰。奈堪同玉手，難描雲鬟。人道轉宫球也，春去也、欲轉何官。聊寄與，詩人案頭，冰雪相看。」此調共存十五詞，此體僅兩詞。

又一體

雙調，九十七字。前段十句，四平韻；後段九句，四平韻。　晁補之

才短•官○慵○句命奇○人棄•句年年○故里•來○還○韻記往•歲•讀蓮○塘○送•我•句遠赴•荊○鑾○韻莫道風情○似舊•句青鏡裏讀綠鬢•新○斑○韻佳人○怪•句把盞爲•我句微斂•眉○

山韻從來嗣宗高韻句獨見賞句青雲敻絶塵間韻謾回首讀平生醉語句一夢驚殘韻莫笑移花種柳句應備辦讀投老同閑韻從枯槁句松檜耐得霜寒韻

晁補之兩詞格律相同，宋人多用此體。侯寘四詞同晁體，其詠蠟梅云：「淺染霓裳，輕匀漢額，巫山行雨方還。最好是，肌香蠟瑩，萼嫩紅乾。曾見金鐘在列，鈞天罷、筍簴都閑。妖饒似，曉鏡乍開，緑沁眉山。　休誇瘦枝疏影，湘裙窄，一鈎龍麝隨鞍。便更做、山人倦賞，畏冷無歡。争奈冰甌彩筆，題詩處、珠琲斕斑。清宵永，相對莫放杯寒。」彭履道《秦淮夜月》寫得清麗而悲凉，是此調之佳作：「勸客新樓，鳴箏上酒，夜凉人愛秋深。何似過、賞心佳處，依約湖陰。東望寒光縹緲，烟水闊、短笛銷沉。闌干近、勝時種柳，清到如今。　凌波又成誤約，自佩環飛去，暗想遺音。重省江城倦客，醉擁秋衾。誰家一掬紅淚，孤雁遠、濕透羅襟。石城曉，數聲又遞寒砧。」此調後段第二、三句句式略異，且少一字。此體當以晁詞爲式。

黃鶯兒

雙調，九十六字。前段十句，四仄韻；後段十句，五仄韻。

柳永

園林晴晝誰爲主韻暖律潛催句幽谷暄和句黄鸝翩翩句乍遷芳樹韻觀露濕縷金衣句葉映如簧語韻曉來枝上綿蠻句似把芳心句深意低訴韻無據韻乍出暖烟來句又趁游蜂去韻恣狂蹤迹句兩兩相呼句終朝霧吟風舞韻當上苑柳濃時句別館花深處韻此際海燕偏饒句都把韶光與韻

北宋新聲，屬正宫。柳詞詠黄鶯，因以名調。前段「觀」與後段「當」爲領字，領下兩個五字句，且爲對偶。宋人多用以詠物與寫景。王詵詠梅詞深有寄意，乃此調之佳作，詞云：「多情春意憶時節。北圃人來，傳道江梅，依稀芳姿，數枝新發。誇嫩臉著胭脂，膩骨凝香雪。問伊還記年時，正好相看，因甚輕別。情切。往事散浮雲，舊恨成華髮。算知空對，綺檻雕欄，孜孜望人攀折。愁未見苦思量，待見重端叠。願與永效高唐，雲雨芳菲月。」陳允平詠杭州西湖之柳浪聞鶯：「六波烟黛浮空邈。南陌嚶嚶，喬木初遷，紗窗無眠，畫欄憑曉。看並宿暗黄深，織霧金梭小。那人携酒聽時，料把春來，詩夢驚覺。飛繞。翠接斷橋雲，緑漾新堤草。數聲嬌囀，婉娩如愁，調簧弄歌尖巧。隨燕啅軟塵低，蝶妥游絲裊。最憐舞絮飛花，唤却東風老。」此調存五詞，《詞譜》於此調列三體，但以柳永詞爲正體，以上兩詞亦與柳詞格律相同。

天香

吳文英

雙調，九十六字。前段十一句，四仄韻；後段八句，六仄韻。

珠絡玲瓏句羅囊閑鬥句酥懷暖麝相倚韻百和花鬚句十分風韻句半襲鳳箱重綺韻茜垂四角句慵未揭讀流蘇春睡韻熏度紅薇院落句烟銷畫屏沉水韻

溫泉絳綃乍試韻露華侵讀透肌蘭泚韻溫省淺溪月夜句暗浮花氣韻荀令如今老矣韻但未減讀韓郎舊風味韻遠寄相思句餘熏夢裏韻

天香，祭神的香。北周庾信《奉和同泰寺浮屠》詩云：「天香下桂殿，仙梵入伊笙。」宋人吳自牧《夢粱録》卷一「元旦大朝會」：「元旦侵晨，禁中景陽鐘罷，主上精虔炷天香。」舊時民間於年節朔望，炷香敬天，亦稱天香。吳文英詞題爲《熏衣香》，意象華麗而密集，凝塞晦昧，但藝術性很高，爲此調之正體，可以爲式。此調乃北宋新聲，王觀詞寫冬日閑情爲創調之作：「霜瓦鴛鴦，風簾翡翠，今年早是寒少。矮釘明窗，側開朱户，斷莫亂教人到。重陰未解，雲共雪、商量不了。青帳垂氈要密，紅爐收圍宜小。呵梅弄妝試巧。繡羅衣、瑞雲芝草。伴我語時同語，笑時同笑。已被金尊勸倒。又唱個、新詞故相惱。盡道窮冬，元來恁好。」此詞通俗流暢，但意境不高。賀鑄抒寫悲秋情緒：「烟絡橫林，山沉遠照，迤邐黃昏鐘鼓。燭映簾櫳，蛩催機杼，共苦清秋風露。不眠思婦，齊應和、幾聲砧杵。驚動天涯倦客，駸駸歲華行暮。　當年酒狂自負。謂東君、以春相付。流浪征驂北道，客檣南浦。幽恨無人晤語，賴明月、曾知舊游處。好伴雲來，還將夢去。」劉壎賦牡丹：「雨秀風明，烟柔霧滑，魏家初試嬌紫。翠羽低雲，檀心暈粉，獨冠洛京新譜。沉香醉墨，曾賦與、昭陽仙侶。塵世幾經朝暮，花神豈知今古。　愁聽流鶯自語。嘆唐宫、草青如許。空有天邊皓月，見霓裳舞。更後百年人换，又誰記、今番看花處。流水夕陽，斷魂鐘鼓。」南宋亡後宋遺民詠物倡和詞集《樂府補題》首題爲賦龍涎香，用《天香》，八位詞人參加此題，其中王沂孫詞爲壓卷之作，暗寓故國之思，詞意頗晦澀，乃宋詞名篇。詞云：「孤嶠盤烟，層濤蜕月，驪宫夜采鉛水。訊遠槎風，夢深薇露，化作斷魂心字。紅瓷候火，還乍識、冰環玉指。一縷縈簾翠影，依稀海天雲氣。　幾回殢嬌半醉。剪春燈、夜寒花碎。更好故溪飛雪，小窗深閉。荀令如今頓老，總忘却、尊前舊風味。謾惜餘熏，空篝素被。」此調以四字句和六字句爲主，用仄韻，調勢和緩凝重，宜用以寫景、詠物、叙事和祝頌。

漢宫春

雙調，九十六字。前後段各九句，四平韻。　辛棄疾春已歸來句看美人頭上句裊裊春幡韻無端風雨未肯句收盡餘寒韻年時燕子句料今宵讀夢到西園韻渾未辦讀黄柑薦酒句更傳青韭堆盤韻却笑東風從此句便薰梅染柳句更没些閑韻閑時又來鏡裏句轉變朱顏韻清愁不斷句問何人讀會解連環韻生怕見讀花開花落句朝來塞雁先還韻

北宋新聲，屬夾鍾商。張先詠梅詞爲創調之作。東晋無名氏據舊籍撰有《漢宮春色》，記述西漢惠帝皇后張嫣遺事，以張皇后爲漢宮第一美人，然其遭遇極爲不幸。調名本此。宋人用此調者較多。辛棄疾此詞題爲《立春》，乃宋詞名篇，亦是宋人通用之正體。辛詞另有《會稽蓬萊閣懷古》是以文爲詞之典範，詞情悲凉而豪放，詞云：「秦望山頭，看亂雲急雨，倒立江湖。不知雲者爲雨，雨者雲乎。長空萬里，被西風、變滅須臾。回首聽、月明天籟，人間萬竅號呼。　誰問若耶溪上，倩美人西去，麋鹿姑蘇。至今故國人望，一舸歸歟。歲云暮矣，問何不、鼓瑟吹竽。君不見、王亭謝館，冷烟寒樹啼烏。」汪莘寫春景：「春色平分，甚偏他楊柳，分外風流。夭桃自適其適，一笑還休。可憐仙李，對東風、却少温柔。争奈得、海棠妝點，向人渾不知羞。　誰覺韶華如夢，到酴醾開後，鶯語供愁。天教姚黄晚出，貴與王侔。花中隱者，有春蘭、秋菊俱優。須是到、溪山清凍，江梅香噴枝頭。」陸游《初自南鄭來成都作》，乃感慨時事，言志之詞：「羽箭雕弓，憶呼鷹古壘，截虎平川。吹笳暮歸野帳，雪壓青氈。淋灕醉墨，看龍蛇、飛落蠻箋。人誤許、詩情將略，一時才氣超然。　何事又作南來，看重陽藥市，元夕燈山。花時萬人樂處，攲帽垂鞭。聞歌感舊，尚時時、流涕尊前。君記取、封侯事在，功名不信由天。」劉克莊此調十詞，皆風格恣肆粗率之豪氣詞，其《題鍾肇長短句》云：「謝病歸來，便文殊相問，懶下禪床。雀羅晨有剥啄，顛倒衣裳。袖中贄卷，原夫輩、安敢争强。若不是、子期苗裔，也應通譜元常。　村叟鷄鳴籟動，更休煩簫管，自協宫商。酒邊唤回柳七，壓倒秦郎。一觴一詠，老尚書、閑殺何妨。煩問訊、雪洲健否，别來莫有新腔。」宋季趙汝茪抒寫西湖感懷：「著破荷衣，笑西風吹我，又落西湖。湖間舊時飲者，今與誰俱。山山映帶，似携來、畫卷重舒。三十里、芙蓉步幛，依然紅翠相扶。　一目清無留處，任屋浮天上，身集空虚。燒殘夕陽過雁，點點疏疏。故人老大，好襟懷、消滅全無。慢贏得、秋聲兩耳，冷泉亭下騎驢。」無名氏抒寫宫怨一詞，最切合此調之聲情：「玉滅香消，被嬋娟誤我，臨鏡妝慵。無聊强開强解，蹙破眉峰。憑高望遠，但斷腸、殘月初鐘。須信道、承恩在貌，如何教妾爲容。　風暖鳥聲和碎，更日高静院，花影重重。愁來待只殢酒，酒因愁濃。長門怨感，恨無金、買賦臨邛。翻動念、年年女伴，越溪共采芙蓉。」此調以四字句和六字句爲主，配以上三下四句法之七字句，用平聲韻，凡用韻處皆是兩個平聲字，故音節較爲響亮，調勢於流暢中而歸於收斂，聲韻諧美，南宋豪放詞人多喜用之，亦可表達婉約之情。此調適於寫景、抒情、言志、懷古、議論、詠物、祝頌。

劍器近

雙調，九十六字。前段八句，八仄韻；後段十二句，七仄韻。

袁去華

夜來雨韻賴倩得讀東風吹住韻海棠正妖嬈處韻且留取韻悄庭户韻試細聽讀鶯啼燕語韻分明共人愁緒韻怕春去韻　佳樹韻翠陰初轉午韻重簾未卷句乍睡起句寂寞看風絮韻偷彈清淚寄烟波句見江頭故人句爲言憔悴如許韻彩箋無數韻去却寒暄句到了渾無定據韻斷腸落日千山暮韻

《劍器》乃唐代舞曲。唐人段安節《樂府雜録》云：「舞者，樂之容也。有大垂手、小垂手，或如驚鴻，或如飛燕。婆娑，舞態也；蔓延，舞綴也。古之能者不可勝記。即有健舞、軟舞、字舞、花舞、馬舞。健舞曲有《稜大》、《阿連》、《柘枝》、《劍器》、《胡旋》、《胡騰》。」《劍器》爲健舞之樂曲。詩人杜甫《觀公孫大娘弟子舞劍器行》：「昔有佳人公孫氏，一舞劍器動四方。觀者如山色沮喪，天地爲之久低昂。」《宋史》卷一四二《樂志》記載北宋教坊所用之樂曲有中呂宮和黄鍾宮之《劍器》。南宋史浩《鄮峰真隱大曲》卷二收録大曲《劍舞》存樂曲《劍器曲破》，伴以舞蹈，舞譜則佚。袁去華之《劍器近》，乃是從大曲《劍器》摘取一段並爲之譜詞，使唐宋之健舞歌詞得以幸存一段，故極爲可貴。此調僅此一詞，是爲孤詞，但其前段韻密，而全調句式多變化，乃甚有特色之調。

塞垣春

雙調，九十六字。前段九句，六仄韻；後段八句，四仄韻。　周邦彦

暮色分平野韻傍葦岸讀征帆卸韻烟深極浦句樹藏孤館句秋景如畫韻漸別離讀氣味難禁也韻更物象讀供瀟灑韻念多才讀渾衰減句一懷幽恨難寫韻　追念綺窗人句天然自讀風韻閑雅韻竟夕起相思句漫嗟怨遥夜韻又還將讀兩袖珠淚句沉吟向讀寂寥寒燈下韻玉骨爲多感句瘦來無一把韻

北宋新聲，屬大石調。塞垣，邊境地帶。唐代詩人高適《薊中作》：「策馬自沙漠，長驅登塞垣。」調名本此。周詞有方千里、楊澤民、陳允平三家和詞。張先《寄子山》爲此調之始詞，後段第五、六句句式略異，詞云：「野樹秋聲滿。對雨壁、風燈亂。雲低翠帳，烟銷素被，籤動重幔。甚客懷、先自無消遣。更籬落、秋蟲嘆。嘆樊川、風流減，舊歡難得重見。　停酒

説揚州，平山月、應照棋觀。緑綺爲誰彈，空傳廣陵散。但光紗短帽，窄袖輕衫，猶記竹西庭院。老鶴何時去，認瓊花一面。」吴文英《丙午歲旦》後段句式略異，且多兩字，詞云：「漏瑟侵瓊管。潤鼓借、烘爐暖。藏鈎怯冷，畫鷄臨曉，鄰語鶯囀。殢緑窗、細呪浮梅盞。換蜜炬、花心短。夢驚回、林鴉起，曲屏春事天遠。迎路柳絲裙，看争拜東風，盈灞橋岸。髻落寶釵寒，恨花勝遲燕。漸街簾影轉。還似新年，過郵亭、一相見。南陌又燈火，繡囊塵香淺。」此調共存六詞，當以周詞爲式。

步月

雙調，九十六字。前段九句，四平韻；後段十句，五平韻。

史達祖

剪柳章臺句問梅東閣句醉中携手初歸韻逗香簾下句璀璨縷金衣韻正依約讀冰絲射眼句更荏苒讀蟾玉西飛韻輕塵外讀雙鴛細蹙句誰賦洛濱妃韻

霏霏韻紅霧繞句步摇共鬢影句吹入花圍韻管弦將散句人静燭籠稀韻泥私語讀香櫻乍破句怕夜寒讀羅襪先知韻歸來也句相偎未肯入重幃韻

史詞爲創調之作，記述月夜一段情事。步月，即月下漫步。杜甫《恨别》：「思家步月清宵立，憶弟看雲白日眠。」調名本此。此調僅存兩詞，一首平韻，一首仄韻，因有兩體。

又一體

施岳

雙調，九十四字。前後段各九句，五仄韻。

玉宇薰風句寶階明月韻翠叢萬點晴雪韻煉霜不就句散廣寒霏屑韻采珠蓓讀綠萼露滋句嗔銀艷讀小蓮冰潔韻花魂在讀纖指嫩痕句素英重結韻

枝頭香未絶韻還是過中秋句丹桂時節韻醉鄉冷境句怕翻成消歇韻玩芳味讀春焙旋熏句貯穠韻讀水沉頻爇韻堪憐處句輸與夜凉睡蝶韻

此詞題爲《茉莉》。此調用仄韻，比前體少兩字，過變不用短韻，句式亦略異。

八聲甘州

柳永

雙調，九十七字。前後段各九句，四平韻。

對瀟瀟暮雨灑江天句一番洗清秋韻漸霜風凄緊句關河冷落句殘照當

樓韻是處紅衰翠減句苒苒物華休韻唯有長江水句無語東流韻　不忍登高臨遠句望故鄉渺邈句歸思難收韻嘆年來蹤迹句何事苦淹留韻想佳人讀妝樓顒望句誤幾回讀天際識歸舟韻爭知我讀倚闌干處句正恁凝愁韻

甘州，西魏廢帝三年（五五四）改西涼州爲甘州，因甘峻山爲名。治所在永平（甘肅張掖），轄境相當於今甘肅高台以東弱水上游。唐永泰後入吐蕃，大中後入回鶻。唐代甘州爲河西節度使所在地。《甘州子》乃唐代邊地所進之樂曲，入教坊曲。王灼《碧鷄漫志》卷三：「《甘州》世不見，今仙吕調有曲破，有八聲慢，有令，而中吕調有象八聲甘州，他宫調不見也。」《八聲甘州》即《甘州曲》之一種，「八聲」即八韻，屬慢曲子，故稱「八聲慢」。《八聲甘州》乃北宋初年依唐代樂曲所製之新聲，柳永詞爲創調之作，正屬仙吕調。此調以四字句和五字句爲主，但有兩個八字句，後段用兩個上三下四句法之七字句；用平聲八韻，每韻脚均連用兩個平聲字；因此形成調不急不慢，平穩而音節響亮，結構匀稱的特點。起句爲八字句，很難處理，必須有籠罩全詞氛圍之勢。柳詞爲宋詞名篇，乃此調典範，其最成功之表現在於善用領字，如「對」、「漸」、「望」、「嘆」、「想」等字，使句群之間關係清楚，聯繫緊密，意脈貫串，流轉空靈。此可體現柳詞長調結構之謹嚴，由此可悟長調之章法。王質《讀諸葛武侯傳》感慨於歷史教訓：「過隆中桑柘倚斜陽，禾黍戰悲風。世若無徐庶，更無龐統，沉了英雄。本計東荆西益，觀變取奇功。轉盡青天粟，無路能通。他日雜耕渭上，忽一星飛墜，萬事成空。使一曹三馬，雲雨動蛟龍。看璀璨、出師一表，照乾坤、牛斗氣常衝。千年後、錦城相吊，遇草堂翁。」辛棄疾《夜讀李廣傳》感慨於名將之不遇：「故將軍飲罷夜歸來，長亭解雕鞍。恨灞陵醉尉，匆匆未識、桃李無言。射虎山橫一騎，裂石響驚弦。落魄封侯事，歲晚田園。誰向桑麻杜曲，要短衣匹馬，移住南山。看風流慷慨，談笑過殘年。漢開邊、功名萬里，甚當時、健者也曾閑。紗窗外、斜風細雨，一陣輕寒。」魏了翁晚年所作《偶書》表述從政與督師的複雜感受：「被西風吹不斷新愁，吾歸欲安歸。望秦雲蒼憺，蜀山渺济，楚澤平漪。鴻雁依人正急，不奈稻粱稀。獨立蒼茫外，數遍群飛。多少曹苻氣勢，只數舟燥葦，一局枯棋。更元顏何事，花玉困重圍。算眼前、未知誰恃，恃蒼天、終古限華夷。還須念、人謀如舊，天意難知。」劉辰翁抒寫悲秋情緒，深寓故國之思：「但秋風年又一年深，不禁長年悲。自景陽鐘斷，館娃宮閉，冷落心知。千樹西湖楊柳，更管別人離。看取茂陵客，一去無歸。都是舊時行樂，漫烟銷日出，水繞山圍。看人情荏苒，不似鷓鴣飛。聽砧聲、遥連塞外，問三衢、道上去人稀。銷凝久、殘陽短笛，似我欷歔。」王奕《題維揚摘星樓》充滿歷史滄桑的悲涼之感：「問蒼天蒼天聞無言，浩歌摘星樓。這茫茫禹迹，南來第一，是古揚州。當日雙龍未渡，風月一家秋。中分胡越後，橫斷江流。一百年間春夢，笑槐柯蟻穴，多少王侯。謾平山堂裏，棋局幾邊籌。是誰教、海乾仙去，天地付浮漚。書生老，對瓊花一笑，白髮蒼洲。」以上諸詞均感慨深沉，沉鬱雄健，氣魄宏大，主題嚴肅，最能體現此調之聲情特色。此調《詞譜》列七體，諸家之作，句式略有差異，當以柳詞爲通行之正體。

又一體

雙調，九十七字。前後段各九句，四平韻。

吳文英

渺空烟四遠句是何年讀青天墜長星韻幻蒼崖雲樹句名娃金屋句殘霸宮城韻箭徑酸風射眼句膩水染花腥韻時靸雙鴛響句廊葉秋聲韻

宮裏吳王沉醉句倩五湖倦客句獨釣醒醒韻問蒼波無語句華髮奈山青韻水涵空讀闌干高處句送亂鴉讀斜日落漁汀韻連呼酒讀上琴臺去句秋與雲平韻

吳詞題爲《陪庾幕諸公游靈巖》，起句氣勢博大，亦善用領字，結句極爲空靈。此體起句爲五字句，第一、二句與柳詞句式異。此體亦多爲宋人所用。葉夢得《壽陽樓八公山作》深寓現實之感慨：「故都迷岸草，望長淮、依然繞孤城。想烏衣年少，芝蘭秀發，戈戟雲橫。坐看驕兵南渡，沸浪駭奔鯨。轉盼東流水，一顧功成。千載八公山下，尚斷崖草木，遥擁崢嶸。漫雲濤吞吐，無處問豪英。信勞生、空成今古，笑我來、何事愴遺情。東山老、可堪歲晚，獨聽桓箏。」此調實僅有八字句與五字句起者兩體，適於懷古、感慨時事、抒情、詠物。

迷神引

雙調，九十七字。前段十一句，六仄韻；後段十三句，六仄韻。　柳　永

一葉扁舟輕帆卷韻暫泊楚江南岸韻孤城暮角句引胡笳怨韻水茫茫句平沙雁句旋驚散韻烟斂寒林簇句畫屏展韻天際遥山小句黛眉淺韻　舊賞輕拋句到此成游宦韻覺客程勞句年光晚韻異鄉風物句忍蕭索讀當愁眼韻帝城賒句秦樓阻句旅魂亂韻芳草連空闊句殘照滿韻佳人無消息句斷雲遠韻

北宋新聲，柳詞爲創調之作。此詞屬仙吕調，乃羈旅行役之詞。柳永另一詞屬中吕調，乃悼亡之詞，詞云：「紅板橋頭秋光暮。淡月映烟方煦。寒溪蘸碧，繞垂楊路。重分飛，携纖手，淚如雨。波急隋堤遠，片帆舉。倏忽年華改，向期阻。時覺春殘，漸漸飄花絮。好夕良天，長孤負。洞房閑掩，小屏空、無心覷。指歸雲，仙鄉杳，在何處。遥夜香衾暖，算誰與。知他深深約，記得否。」此兩詞雖宫調相異，而字數與句式相同，而字聲平仄僅有六字屬可平可仄者，可見柳詞格律之嚴整。此調爲换頭曲，但自前段第四句之後，後段自第六

句之後，句式相同。晁補之《貶玉溪對江山作》：「黯黯青山紅日暮。浩浩大江東注。餘霞散綺，向烟波路。使人愁，長安遠，在何處。幾點漁燈小，迷近塢。一片客帆低，傍前浦。　暗想平生，自悔儒冠誤。覺阮途窮，歸心阻。斷魂素月，一千里、傷平楚。〔怪〕竹枝歌，聲聲怨，爲誰苦。猿鳥一時啼，驚島嶼。燭暗不成眠，聽津鼓。」此詞後段多一「怪」字，其餘同柳詞。此調共存四詞，當以柳詞爲正體。

醉蓬萊

雙調，九十七字。前段十一句，四仄韻；後段十二句，四仄韻。　柳　永

漸亭皋葉下句隴首雲飛句素秋新霽韻華闕中天句鎖葱葱佳氣韻嫩菊黃深句拒霜紅淺句近寶階香砌韻玉宇無塵句金莖有露句碧天如水韻

正值昇平句萬幾多暇句夜色澄鮮句漏聲迢遞韻南極星中句有老人呈瑞韻此際宸游句鳳輦何處句度管弦清脆韻太液波翻句披香簾卷句月明風細韻

北宋新聲，屬林鍾商，柳詞爲創調之作。關於柳詞之本事，宋人王闢之《澠水燕談録》卷八云：「皇祐中，（柳永）久困選調，入内都知史某愛其才而憐其潦倒。會教坊進新曲《醉蓬萊》，時司天臺奏老人星現。史乘仁宗之悦，以耆卿（柳永）應制。耆卿方冀進用，欣然走筆，甚自得意，調名《醉蓬萊慢》。比進呈，上見首有『漸』字，色若不悦。讀至『宸游鳳輦何處』，乃與御製真宗挽詞暗合，上慘然。又讀至『太液波翻』，曰：『何不云波澄？』乃擲之於地。永自此不復進用。」柳永此詞實爲祝頌之佳作，由其影響以致宋人多用以爲壽詞與祝賀之詞。此調以四字句爲主，偶有五字句亦爲上一下四句法。此調爲换頭曲，後段起句比前段少一字，此外句式相同。調勢穩重諧婉，因有五字句之穿插，故又較爲流美，乃甚有特色之調，宋人用者頗衆。劉子寰詠芍藥：「訪鶯花陳迹，姚魏遺風，緑陰成幄。尚有餘香，付寶階紅藥。淮海維揚，物華天産，未覺輸京洛。時世新妝，施朱傅粉，依然相若。束素腰纖，捻紅唇小，障袖嬌看，倚欄柔弱。玉佩瓊琚，勸王孫行樂。況是韶華，爲伊挽駐，未放離情薄。顧盼階前，留連醉裏，莫教零落。」李曾伯詞題爲《丁酉春題江州琵琶亭時自兵間還幕有焚舟之驚》，詞寓滄桑之感：「倚闌干一笑，舊日琵琶，何處尋覓。獨立東風，吹未醒狂客。沙外青歸，柳邊黄淺，依舊自春色。極目長淮，晴烟一抹，不堪重憶。老子平生，萍流蓬轉，昔去今來，鷗鷺都識。拍拍輕舟，烟浪暗天北。自有乾坤，江山如此，多少等陳迹。世事從來，付之杯酒，青衫休濕。」吴文英詠七夕詞，實寫現實之情事，别有新意：「望碧天書斷，寶枕香留，淚痕盈袖。誰識秋娘，比行雲纖瘦。象尺熏爐，翠鍼金縷，記倚床同繡。月鞸瓊梳，冰銷粉汗，南花熏透。盡是當時，少年清夢，臂約痕深，帕綃紅皺。憑鵲傳音，恨語多輕漏。潤玉留情，沈郎無奈，向柳陰期候。數曲偎闌，雙鋪深掩，風鐶鳴獸。」王沂孫《歸故山》則流露凄凉之感：「掃西風門徑，黄葉凋零，白雲蕭散。柳換枯陰，賦歸來何晚。爽氣霏霏，翠蛾眉嫵，聊慰登臨眼。故國如塵，故人如夢，登高還懶。數點寒英，爲誰零落，楚魄難招，暮寒堪攬。步屧荒籬，誰念幽芳遠。一室秋燈，一室秋雨，更一聲秋雁。試引芳樽，不知消得，幾多依黯。」此調曾在北宋民間流行，歐陽修編的《醉翁琴趣外篇》録有民間俗詞，描述市井女子情事：「見羞容斂翠，嫩臉匀紅，素腰裊娜。紅藥欄邊，惱不教伊過。半掩嬌羞，語聲低顫，問(道)有人知麼。强整羅裙，偷回波眼，佯行佯坐。更問假如，事還成後，亂了雲鬟，被娘猜破。我且歸家，你而今休呵。更爲娘行，有些針綫，誚未曾收囉。却待更闌，庭花影下，重來則個。」此詞長於叙事，詞語流利，但前段第八句多一字。此調當以柳詞爲式。

慶清朝

雙調，九十七字。前後段各十句，四平韻。

史達祖

墜絮孳萍句狂鞭孕竹句偷移紅紫池亭韻餘花未落句似供殘蝶經營韻賦得送春詩了句夏帷擸斷緑陰成韻桑麻外句乳鴉稚燕句别樣芳情韻荀

令舊香易冷句嘆俊游疏懶句枉是銷凝韻塵侵謝屐句幽徑斑駁苔生韻便覺寸心尚老句故人前度漫丁寧韻空相誤句祓蘭曲水句挑菜東城韻

北宋新聲。清朝，清晨。《商君書・禁使》：「今夫幽夜，山陵之大，而離婁不見；清朝日䵎，則上別飛鳥，下察秋毫。」王觀《踏青》爲創調之作，名《慶清朝慢》。此調存十八詞，《詞譜》列四體。史達祖詞爲通用之體，當以爲式。王之道《追和鄭毅夫及第後作》描述進士及第之喜慶：「曉日彤墀，春風黃繖，天顔咫尺清光。恩袍初賜，一時玉質金相。濟濟滿庭鵷鷺，月卿映日尹星郎。鳴鞘繞，錦韉歸路，醉舞醒狂。　追隨寶津瓊苑，看穿花帽側，拂柳鞭長。臨流夾徑，參差緑蔭紅芳。宴罷西城向晚，歌呼笑語溢平康。休相惱，爭揭疏簾，半出新妝。」王沂孫賦榴花，語詞華美：「玉局歌殘，金陵句絶，年年負却薰風。西鄰窈窕，獨憐入户飛紅。前度緑陰載酒，枝頭色比舞裙同。何須擬，蠟珠作蒂，緗彩成叢。　誰在舊家殿閣，自太真仙去，掃地春空。朱幡護取，如今應誤花工。顛倒絳英滿徑，想無車馬到山中。西風後，尚餘數點，還勝春濃。」仇遠抒寫秋意：「山東灘聲，月移石影，寒江夜色空浮。丹青古壁，風幡横卧東流。小艤載雲輕棹，湖痕漸落荇泥稠。津亭外，隔船吹笛，唤起眠鷗。　非但予愁渺渺，料那人應自，有一襟愁。霜棲露泊，容易吹白人頭。漠漠荻花勝雪，擬尋静岸略移舟。留閑耳，聽鶯小院，聽雨西樓。」此調爲换頭曲，但前後段自第三句之後句式相同。此調聲韻和婉，頗爲流暢，宜用於祝頌、節序、詠物、寫景。

暗香

雙調，九十七字。前段九句，五仄韻；後段十句，七仄韻。　　姜　夔

舊時月色韻算幾番照我句梅邊吹笛韻喚起玉人句不管清寒與攀折韻何遜而今漸老句都忘却讀春風詞筆韻但怪得讀竹外疏花句香冷入瑤席韻　江國韻正寂寂韻嘆寄與路遥句夜雪初積韻翠尊易泣韻紅萼無言耿相憶韻長記曾携手處句千樹壓讀西湖寒碧韻又片片讀吹盡也句幾時見得韻

姜夔自度曲，詞序云：「辛亥之冬，予載雪詣石湖。止既月，授簡索句，且徵新聲。作此兩曲，石湖把玩不已，使工妓隸習之，音節諧婉，乃名之曰《暗香》、《疏影》。」詞爲詠梅之作，屬仙吕宫。詞用入聲韻，諸家所作皆同。此調爲换頭曲，前後段句式相異，除韻脚爲入聲外，其餘句脚亦多用仄聲，句式變化很大，韻位時稀時密，聲韻低沉，情調壓抑，表現含蓄曲折，但形式精巧，聲情和諧，爲姜夔自度曲中之精品。今此曲已經譯出，並有歌唱之音響資料，曲調極其優雅宛轉，有宋人雅詞之特徵。張炎詞題爲《海濱孤寂有懷秋江竹閑一友》，詞云：「羽音遼邈。怪四檐晝悄，近來無鵲。木葉吹寒，極目凝思倚江閣。不信相如便老，猶未減、當時游樂。但趁他、鬥草籌花，終是帶離索。　憶昨。更情惡。謾認著梅花，是君還

錯。石床冷落。閑掃松陰與誰酌。一自飄零去遠，幾誤了、燈前深約。縱到此、歸未得，幾曾忘却。」張炎另一詞改調名爲《紅情》，乃詠荷花之作，其詞序云：「《疏影》、《暗香》，姜白石爲梅著語，因易之曰《紅情》、《緑意》，以荷花、荷葉詠之。」詞云：「無邊香色。記涉江自采，錦機雲密。剪剪紅衣，學舞波心舊曾識。一見依然似語，流水遠、幾回空憶。看亭亭、倒影窺妝，玉潤露痕濕。閑立。翠屏側。愛向人弄芳，背酣斜日。料應太液。三十六宫土花碧。清興凌風更爽，無數滿汀洲如昔。泛片葉、烟浪裏，横卧紫笛。」吴潛在姜夔下世後用原韻以悼，其詞序云：「猶記己卯、庚辰之間，初識堯章（姜夔）於維揚。至己丑嘉興再會，自此契闊。聞堯章死西湖，嘗助諸丈爲殯之，今又不知幾年矣。」詞云：「曉霜一色。正恁時隴上，征人横笛。驛使不來，借問孤芳爲誰折。休説和羹未晚，都付與、逋仙吟筆。算只是、野店疏籬，樵子共争席。寒圃。衆籟寂。想暗裏度香，萬斛堆積。惱他鼻觀，巡索還無最堪憶。萼緑堂前一笑，封老幹、苔青莓碧。春漏也、應念我，要歸未得。」此詞過變之短句不用韻。汪元量於宋亡後作梅詞，序云：「西湖社友有千葉紅梅，照水可愛。問之自來，乃舊内有此種。枝如柳梢，開花繁艷，兵後流落人間。對花泫然承臉而賦。」詞云：「館娃艷骨。見數枝雪裏，争開時節。底事化工，着意陽和暗偷泄。偏把紅膏染質，都點綴、枝頭如血。最好是、院落黄昏，壓欄照水清絶。風韻，自迥别。謾記省故家，玉手曾折。翠條裊娜，猶學宫妝舞殘月。腸斷江南倦客，歌未了、瓊壺敲缺。更忍見、吹萬點，滿庭絳雪。」此詞前段結句多一字，過變之短句亦不用韻。此調存十三詞，多詠物及抒情之作，諸家之作用韻與句式略小異，但當以姜詞爲正體。

夢芙蓉

雙調，九十七字。前後段各十句，六仄韻。　吴文英

西風搖步綺韻記長堤驟過句紫騮十里韻斷橋南岸句人在晚霞外韻錦溫花共醉韻當時曾共秋被韻自別霓裳句想紅消翠冷句霜枕正慵起韻慘淡西湖柳底韻搖蕩秋魂句夜月歸環佩韻畫圖重展句驚認舊梳洗韻去來雙翡翠韻難傳眼恨眉意韻夢斷瓊娘句仙雲深路杳句城影照流水韻

吴文英自度曲，因詞中有「夢斷瓊娘」句，遂以爲調名。詞題爲《趙昌芙蓉圖梅津所藏》。吴文英藉以追述其西湖一段戀情悲劇。此爲換頭曲，但前後段第三句之後句式相同，前後段第五、六、七句連用韻爲此調特點。全詞以四字句與五字句爲主，配以六字句，調勢平穩低沉，宜於叙事并抒情。此雖孤調，但聲韻婉美。

西子妝慢

雙調，九十七字。前段十句，五仄韻；後段九句，六仄韻。　吴文英

流水●麯塵○句艷陽○醅●酒●句畫●舸●游情○如○霧●韻笑拈○芳草●不●知○名○句乍●凌○波○讀斷●
橋○西○堍●韻垂○楊○漫●舞●韻總●不解●讀將○春○繫住●韻燕●歸○來○句問●彩繩○纖○手●句如○今○
何○許●韻歡○盟○誤●韻一●箭●流○光○句又●趁●寒○食去●韻不○堪○衰○鬢●著●飛○花○句傍●緑
陰○讀冷●烟○深○樹●韻玄○都○秀●句●韻記前○度●讀劉○郎○曾賦●韻最●傷○心○句一片●孤○山○
細●雨●韻

吴文英自度曲，題爲《湖上清明薄游》。西湖又名西子湖，因以名調。詞中寓寫吴文英西湖之情事。《詞譜》於此調爲《西子妝》，然吴詞調本名《西子妝慢》，張炎詞調亦有「慢」字。此爲换頭曲，前後段第四、五、六、七句之句式相同。張炎詞序云：「吴夢窗自製此曲，余喜其聲調妍雅，久欲述之而未能。甲午春，寓羅江，與羅景良野游江上。緑陰芳草，景况離離，因填此解。惜舊譜零落，不能倚聲而歌也。」張炎之詞乃據此調之體制格律而作，非倚聲而製者。其詞云：「白浪摇天，青陰漲地，一片野懷幽意。楊花點點春心，替風前、萬花吹淚。遥岑寸碧。有誰識、朝來清氣。自沉吟，甚流光輕擲，繁華如此。斜陽外。隱約孤村，隔塢閑門閉。漁舟何似莫歸來，想桃源、路通人世。危橋静倚。千年事、都消一醉。謾依依，愁落鵑聲萬里。」此調僅此兩詞，但句式富於變化，調勢較爲流美，而音節婉雅，乃甚有特色之調。

玉京謠

吳文英

雙調，九十七字。前段十句，五仄韻；後段九句，六仄韻。

蝶夢迷清曉句萬里無家句歲晚貂裘敝韻載取琴書句長安閑看桃李韻爛錦繡讀人海花塲句任客燕讀飄零誰計韻春風裏韻香泥九陌句文梁孤壘韻

微吟怕有詩聲翳韻鏡慵看句但小樓獨倚韻金屋千嬌句從他鴛暖秋被韻蕙帳移讀烟雨孤山句待對影讀落梅清泚韻終不似韻江上翠微流水韻

吳文英自度曲，詞序云：「陳仲文自號藏一，蓋取坡詩中『萬人如海一身藏』語。爲度夷則商犯無射宫腔製此贈之。」玉京，天闕。《魏書・釋老志》：「道家之原，出於老子，其自言也，先天地生，以資萬類。上處玉京，爲神王之宗；下在紫微，爲飛仙之主。」道家稱爲三十二帝之都，在無爲之天。此又借指帝王之都。南齊孔稚珪《褚先生百玉碑》：「關西升妙，洛右飛英，鳳吹金闕，簫歌玉京。」調名本此。後段第一、二句《詞譜》作「微吟怕有詩聲，翳鏡慵看」，「翳」乃是韻字，當於此斷句；今從《全宋詞》。

長亭怨慢

雙調，九十七字。前後段各九句，五仄韻。　姜　夔

漸吹盡讀枝頭香絮韻是處人家句緑深門户韻遠浦縈回句暮帆零亂向何許韻閲人多矣句誰得似讀長亭樹韻樹若有情時句不會得讀青青如此韻

日暮韻望高城不見句只見亂山無數韻韋郎去也句怎忘得讀玉環分付韻第一是讀早早歸來句怕紅蕚讀無人爲主韻算空有并刀句難剪離愁千縷韻

姜夔自度曲，屬中吕宫。其詞序云：「予頗喜自度曲，初率意爲長短句，然後協以律，故前後闋多不同。桓大司馬云：『昔年種柳，依依漢南。今日摇落，凄愴江潭。樹猶如此，人何以堪。』此語予深愛之。」姜夔此曲今已譯出，甚爲紆徐而感慨凄凉。宋遺民王沂孫《重過中庵故園》云：「泛孤艇、東皋過遍。尚記當日，緑陰門掩。屐齒梅階，酒痕羅袖事何限。欲尋前迹，空惆悵、成秋苑。自約賞花人，别後總、風流雲散。水遠。怎知流水外，却是亂山猶遠。天涯夢短。相忘了、綺疏雕檻。望不盡、苒苒斜陽，扶喬木、年華將晚。但數點紅

英，猶識西園淒婉。」姜夔作此曲時，深有古今滄桑之感，諸家之詞作亦如此。

又一體

雙調，九十七字。前段九句，四仄韻；後段九句，五仄韻。

張炎

望●花○外●讀小●橋○流○水●句門○巷●愔○愔○句玉●簫○聲○絶●韻鶴●去●臺○空○句佩●環○何○處●弄●明○月●韻十●年○前○事●句愁○千○折●讀心○情○頓●別●韻露●粉●風○香○句誰○爲○主●讀都○成○消○歇●韻淒○咽●韻小●窗○分○袂●處●句同○把●帶●鴛○親○結●韻江○空○歲●晚●句便●忘○了●讀尊○前○曾○說●韻恨●西○風○讀不●庇●寒○蟬○句便●掃●盡●讀一●林○殘○葉●韻謝●楊○柳●多○情○句還○有●綠●陰○時○節●韻

張炎詞題爲《舊居有感》，宋亡後其家被抄没，故感慨尤深。此調共存七詞，《詞譜》列四體。張炎四詞，此詞與其餘三詞之用韻與句式亦小異。張炎四詞中，此詞最佳。此調當以姜夔詞爲通用之體。

聲聲慢

雙調，九十七字。前段九句，五仄韻；後段八句，五仄韻。　李清照

尋尋覓覓韻冷冷清清句凄凄慘慘戚戚韻乍暖還寒句時候最難將息韻三杯兩盞淡酒句怎敵他讀晚來風急韻雁過也句正傷心讀却是舊時相識韻　滿地黃花堆積韻憔悴損讀如今有誰堪摘韻守著窗兒句獨自怎生得黑韻梧桐更兼細雨句到黃昏讀點點滴滴韻這次第句怎一個讀愁字了得韻

此調原名《勝勝慢》，晁補之詞爲創調之作，李清照改名《聲聲慢》。《詞律》列四體，《詞譜》列十四體，而實僅仄韻與平韻兩體。李詞爲宋詞名篇，乃此調正體。此詞用仄韻，仄聲字約占三分之二，後段第六、七、八句共十七字，即有十四個仄聲字，形成特殊的拗句，因此音節徐緩而低沉，形成悲咽之聲情。李清照詞構思纖細，善用白話，詞意綿密，最富藝術特色。劉辰翁詞題爲《九日泛湖游壽樂園賞菊時海棠花開即席命賦》，詞云：「西風墜緑。喚起春嬌，嫣然困倚修竹。落帽人來，花艷乍驚郎目。相思尚帶舊子，甚凄涼、未忺妝束。吟鬢底，伴寒香、一朵並簪黃菊。　却待金盤華屋。園林静、多情怎禁幽獨。蛺蝶應愁，明日落紅難觸。那堪雁霜漸重，怕黃昏、欲睡未足。翠袖冷，且莫辭、花下秉燭。」奚倬然抒寫悲

秋情緒：「秋聲淅瀝。楚棹吴鞭，相逢易老顔色。桐竹鳴騷，音韻水雲空覓。炎涼自今自古，信浮生，有誰禁得。漫回首，問黄花、還念故人猶客。黄管紅香狼藉。蘭蕙冷、偏他露知霜識。木落山空，心事對秋明白。征衣暗塵易染，算江湖、隨人寬窄。正無據，看寒蟾、飛上暮碧。」此調作者頗衆，但用仄韻者較少。

又一體

雙調，九十七字。前段十句，四平韻；後段八句，四平韻。　　張　炎

因風整帽句借柳維舟句休登故苑荒臺韻去歲何年句游處半入青苔韻白鷗舊盟未冷句但寒沙讀空與愁堆韻漫嘆息句向西門灑淚句不忍徘徊韻　眼底江山猶在句把冰弦讀彈斷苦憶顔回韻一點歸心句分付布襪青鞋韻相尋已期到老句那知人讀如此情懷韻悵望久句海棠開讀依舊燕來韻

此詞題爲《中吴感舊》，雖用平韻，聲情亦如仄韻體。此體用韻與句式略異於仄韻體。辛棄疾《旅次登樓作》，風格豪放，賦予此調新的特色；詞云：「征埃成陣，行客相逢，都道幻出層樓。指點檐牙高處，浪擁雲浮。今年太平萬里，罷長淮、千騎臨秋。憑欄望，有東南佳氣，西北神州。千古懷嵩人去，應笑我、身在楚尾吴頭。看取弓刀，陌上車馬如

流。從今賞心樂事，剩安排、酒令詩籌。華胥夢，願年年、人似舊游。」吴文英《陪幕中餞孫無懷於郭希道池亭閏重九前一日》，詞意象密集，凝澀晦昧，又是另一種風格；詞云：「檀欒金碧，婀娜蓬萊，游雲不蘸芳洲。露柳霜蓮，十分點綴成秋。新彎畫眉未穩，似含羞、低護牆頭。愁送遠，駐西臺車馬，共惜臨流。　知道池亭多宴，掩庭花、長似驚落秦謳。膩粉闌干，猶聞憑袖香留。輸他翠漣拍甃，瞰新妝、時浸明眸。簾半捲，帶黄花、人在小樓。」王沂孫留别友人周密作，詞意閑雅：「迎門高髻，倚扇清吭，娉婷未數西州。淺拂朱鉛，春風二月梢頭。相逢靚妝俊語，有舊家、京洛風流。斷腸句，試重拈彩筆，與賦閑愁。　猶記淩波欲去，問明璫、羅襪却爲誰留。枉夢相思，幾回南浦行舟。莫辭玉樽起舞，怕重來、燕子空樓。謾惆悵，抱琵琶、閑過此秋。」此調適於抒情、詠物、寫景、祝頌、贈酬。

瑤臺第一層

雙調，九十七字。前段十句，五平韻；後段十一句，六平韻。

趙仲御

嶰管聲催韻人報道讀嫦娥步月來韻鳳燈鸞炬句寒輕簾箔句光泛樓臺韻

萬年春未老句更帝鄉讀日月蓬萊韻從仙仗句看星河銀界句錦繡天街

韻

歡陪韻千官萬騎句九霄人在五雲堆韻紫袍光裏句星球宛轉句花影徘徊韻未央宮漏永句散異香讀龍闕崔嵬韻翠輿回韻奏仙歌韶吹句寶殿尊罍韻

北宋新聲。此曲爲宋神宗時教坊所製。陳師道《後山詩話》：「武才人出慶壽宮，色最後庭，裕陵得之。會教坊獻新聲，爲作詞，號《瑶臺第一層》。」瑶臺，本指美玉砌成之臺，極言其華麗。神話中傳爲神仙所居之處。晋人王嘉《拾遺記》卷十：「崑崙山者，西方曰須彌，山對七星之下，出碧海之中，上有九層……傍有瑶臺十二，各廣千步，皆五色玉爲臺基。」唐人李商隱《無題》：「如何雪月交光夜，更在瑶臺十二層。」調名本此。趙仲御乃宋之宗室，以詞章知名，北宋後期作此詞，題爲《上元扈蹕》，乃祝頌之詞，甚爲得體。宋人張邦基《墨莊漫録》卷十録此詞，并云：「使人歌此曲，則太平之象，恍然在夢寐間也。」此調之始詞《詩淵》所存黄庭堅佚詞，有「瑶臺第一層」之句；詞云：「閬苑歸來，因醉上、瑶臺第一層。洞天深處，年年不夜，日日長春。萬花妝爛錦，馥郁留人。便乘興，命玉龍吟笛，彩鳳吹笙。身輕。先逢瑞景，衆中先識董雙成。珮環聲麗，舞腰裊裊，濃艷騰騰。翠屏金縷枕，繡被軟、夢冷槐清。樂蓬瀛。願南山同壽，北斗齊齡。」此調共存六詞，《詞譜》列三體。當以趙詞爲正體。《詞譜》録趙詞，前段第六句爲「萬年正春未老」，校以《墨莊漫録》則多一「正」字，此外「帝鄉」誤作「傍那」，「紫」誤爲「褚」，「奏仙歌韶吹」誤作「奏仙韶歌吹」。此調宜用於祝頌與壽詞。

留客住

柳永

雙調，九十七字。前段九句，四仄韻；後段十句，五仄韻。

偶登眺韻恁小樓讀艷陽時節句乍晴天氣句是處閑花野草韻遥山萬疊雲散句漲海千里句潮平波浩渺韻烟村院落句是誰家讀緑樹數聲啼鳥韻

旅情悄韻遠信沉沉句離魂杳杳韻對景傷懷句度日無言誰表韻惆悵舊歡何處句後約難憑句看看春又老韻盈盈淚眼句望仙鄉讀隱隱斷霞殘照韻

唐代教坊曲，屬林鍾商。柳永任昌國縣（浙江定海）曉峰鹽場鹽監時，於境内舟山列島觀海作此詞。全詞格律極爲嚴整，如四字句之字聲平仄即是很考究的。後段第二句，《詞譜》作「念遠信沉沉」，核之《百家詞》及《全宋詞》均無「念」字，當從。此調僅兩詞，另一首爲周邦彦詞，九十四字，句式亦略異，茲附之以供參考：「嗟烏兔。正茫茫、相催無定，只恁東生西沒，半均寒暑。昨見花紅柳緑，處處林茂，又睹霜前籬畔，菊散餘香，看看又還秋暮。忍思慮。今古往賢愚，終歸何處。争似高堂，日夜笙歌齊舉。選甚連宵徹晝，再三留住。待擬沉醉扶上馬，怎生向、主人未肯教去。」此兩詞均甚爲流暢，語意連貫，可以悟得詞法。此調應以柳詞爲式。

晝夜樂

柳　永

雙調，九十八字。前段八句，六仄韻；後段八句，五仄韻。

洞房記得初相遇韻便只合讀長相聚韻何期小會幽歡句變作別離情緒韻況值闌珊春色暮韻對滿目讀亂花狂絮韻直恐好風光句盡隨伊歸去韻

一場寂寞憑誰訴韻算前言讀總輕負韻早知恁地難拚句悔不當初留住韻其奈風流端正外句更別有讀繫人心處韻一日不思量句也攢眉千度韻

北宋新聲，屬中呂宮，柳詞爲創調之作。柳永此調兩詞，另一首乃贈歌妓秀香之詞。兩詞句式相同，格律嚴整。黄庭堅俗詞一首與柳詞格律相同，詞云：「夜深記得臨岐語。說花時、歸來去。教人每日思量，到處與誰分付。其奈冤家無定據。約雲朝、又還雨暮。將淚入鴛衾，總不成行步。　元來也解知思慮。一封書、深相許。情知玉帳堪歡，爲向金門進取。直待腰金拖紫後，有夫人、縣君相與。爭奈會分疏，沒嫌伊門路。」此調爲重頭曲，前後段句式相同，僅後段少一韻。此調共存四詞，只有此體。

雨中花慢

雙調，九十八字。前後段各十句，四平韻。　張孝祥

一舸凌風句斗酒酹江句翩然乘興東游韻欲吐平生孤憤句壯氣橫秋韻浩蕩錦囊詩卷句從容玉帳兵籌韻有當時橋下句取履仙翁句談笑同舟韻先賢濟世句偶耳功名句事成豈爲封留韻何況我讀君恩深重句欲報無由韻長望東南氣王句從教西北雲浮韻斷鴻萬里句不堪回首句赤縣神州韻

此調有小令與長調兩類。長調多稱《雨中花慢》，蘇軾詞爲創調之作。辛棄疾《登新樓有懷昌甫、斯遠、仲止、子似、民瞻》，詞云：「舊雨常來，今雨不來，佳人偃蹇誰留。幸山中芋栗，今歲全收。貧賤交情落落，古今吾道悠悠。怪新來却見，文反離騷，詩發秦州。功名只道，無之不樂，那知有更堪憂。怎奈何、兒曹抵死，喚不回頭。石卧山前認虎，蟻喧床下聞

牛。爲誰西望，憑欄一餉，却下層樓。」此詞前段第四句少一字，其餘句式與張詞同。此調共存二十詞，《詞譜》列十三體，諸家之作字句多有參差，難以比勘。平韻體可依張詞爲式，仄韻體可依秦觀詞爲式。

又一體

雙調，九十八字。前後段各十句，四仄韻。

秦觀

指點虛無征路句醉乘斑虬句遠訪西極韻見天風吹落句滿空寒白韻玉女明星迎笑句何苦自淹塵域韻正火輪飛上句霧卷烟開句洞觀金碧韻重重觀閣句橫枕鰲峰句水面倒銜蒼石韻隨處有讀奇香異火句杳然難測韻好是蟠桃熟後句阿環偷報消息韻在青天碧海句一枝難遇句占取春色韻

此用仄韻，句式略有變化。此調可作豪放詞，亦可作婉約詞。調勢較平穩，適於抒情、言志、寫景、詠物、酬贈，亦可爲俗詞。

萬年歡

雙調，九十八字。前段九句，五平韻；後段九句，四平韻。　王安禮

雅出群芳韻占春前信息句臘後風光韻野岸郵亭句繁似萬點輕霜韻清淺溪流倒影句更黯淡讀月色籠香韻渾疑是讀姑射冰姿句壽陽粉面初妝韻　多情對景易感句況淮天庾嶺句迢遞相望韻愁聽龍吟凄絶句畫角悲涼韻念昔因誰醉賞句向此際讀空惱回腸韻終須待讀結實恁時句佳味堪嘗韻

北宋新聲，王詞爲創調之作。此詞詠梅。此調又名《萬年歡慢》，存詞二十九首。《詞譜》列十一體，但實爲平韻與仄韻兩體。

又一體

雙調，一百字。前段九句，四仄韻；後段九句，五仄韻。　晁補之

十里環溪句記當年並游句依舊風景韻彩舫紅妝句重泛九秋清鏡韻莫嘆

歌臺蔓草句喜相逢讀歡情猶勝韻蘋洲畔讀橫玉鶯鸞句半天雲正愁凝韻中秋醉魂未醒韻又佳辰授衣句良會堪更韻早歲功名句豪氣尚淩汝潁韻能致黃金一井句也莫負讀鴟夷高興韻別有個讀瀟灑田園句醉鄉天地同永韻

詞題爲《寄韻次膺叔》。此體可平可仄之字較多，諸家句式亦有異，多用作壽詞或祝頌之詞。南宋郭應祥《瑞慶節》：「佳氣葱葱，望長安日下，鸞鶴翔舞。天祐皇家，當年挺生真主。令節標名瑞慶，曾未數、電樞虹渚。人都道、福若高宗，太平賽過仁祖。　霈雲燕錫廣宇。有霓旌絳節，西極金母。笑捧蟠桃，更酌九霞清醑。持向兩宮三殿，願歲歲、此觴同舉。南山壽、海算沙量，定應高出前古。」趙以夫《慶元聖節》：「鳳曆開新，正微和乍轉，麗景初曉。五莢蓂舒，光映玉階瑤草。在在東風語笑。慶此日、虹流電繞。鯨波靜、翠湧鼇山，嵩呼聲動雲表。　絳節霓旌縹緲。望珠星燦爛，紫微深窈。琬液香浮，露濕蟠桃猶小。疊疊仙韶九奏，知春到、人間多少。蓬萊外、若木扶疏，萬年枝上長好。」此兩詞與晁補之詞格律相同。此調用仄韻者較多，當以晁詞爲式。此外，史達祖《春思》，胡浩然《上元》應是此調之佳作，亦用仄韻，但句式略異。

宴春臺

雙調，九十八字。前段十句，五平韻；後段十一句，五平韻。　張先

麗日千門句紫烟雙闕句瓊林又報春回韻殿閣風微句當時去燕還來韻五侯池館頻開韻探芳菲讀走馬天街韻重簾人語句轔轔車幰句遠近輕雷韻　雕觴霞灩句翠幕雲飛句楚腰舞柳句宮面妝梅韻金猊夜暖句羅衣暗裛香煤韻洞府人歸句擁笙歌讀燈火樓臺韻下蓬萊韻猶有花上月句清影徘徊韻

北宋新聲，屬仙呂調。張先詞題爲《東都春日李閣使席上》，乃創調之作。原調名爲《宴春臺慢》，「宴」或作「燕」。南宋初年王之道《追和張子野韻贈陳德甫侍兒》，結句句式略異；詞云：「翠竹扶疏，丹葵隱映，緑窗朱户縈迴。簾捲蝦鬚，清風時自南來。題輿好客筵開。儼新妝、深出雲街。歌珠纍貫，一時傾坐，全勝腰雷。　金猊裊碧，玉兕浮紅，令傳三杏，情寄雙梅。樓頭漏促，籠紗暗落花煤。錦里遺音，憶當年、曾賦春臺。醉蓬萊。歸歟無寐，想餘韻徘徊。」趙以夫《送鄭毅齋入覲》：「錦里春回，玉墀天近，東風穩送雕鞴。祖帳移來，光

流萬斛金蓮。十分香月娟娟。照人間、一點魁躔。此時新事，飛來雙鳳，催上甘泉。尋思京洛，少日芳游，柳遥禁雪，花淡宫烟。鼇山湧翠，通宵脆管繁弦。再見昇平，想紅雪、縹緲群仙。看明年。金殿傳柑宴，衮繡貂蟬。」此詞與張先詞格律全同。此調共存六詞，多用以爲祝頌與壽詞。

八節長歡

雙調，九十八字。前段九句，五平韻；後段八句，五平韻。

毛滂

澤國秋深韻繡楹天近句坐久魂清韻溪山繞尊酒句雲霧浥衣襟韻餘霞孤雁送鄉愁句寄寒閨讀一點離心韻杜老兩峰秀處句短髮疏巾韻佳人爲折寒英韻羅袖濕讀真珠露冷鈿金韻幽艷爲誰妍句東籬下讀却教醉倒淵明韻君但飲句莫覷他讀落日蕪城韻從教夜讀龍山清月句端的更解留人韻

毛滂詞題爲《登高詞》。此調僅毛滂兩詞，另一詞題爲《送孫守公素》，詞云：「名滿人間。記黄金殿，舊賜清閑。才高鸚鵡賦，風懔惠文冠。濤波何處試蛟鰐，到白頭、猶守溪山。且做龔黄樣度，留與人看。桃溪柳曲陰圓。離唱斷、旌旗却卷春還。襦袴寄餘温，雙石畔、唯聞吏膽長寒。詩翁去，誰細繞、屈曲闌干。從今後、南來幽夢，應隨月度雲端。」此兩詞格律相同。《詞譜》於此兩詞列兩體，以《登高詞》爲九十九字體，乃將前段第八句誤作七字句「杜陵老、兩峰秀處」。此句《百家詞》本《東堂詞》及《全宋詞》均作六字句「杜老兩峰秀處」，當從。故此調僅此一體。

黃河清慢

晁端禮

雙調，九十八字。前段八句，五仄韻；後段八句，四仄韻。

晴景初升風細細韻雲收天淡如洗韻望外鳳凰雙闕句葱葱佳氣韻朝罷香烟滿袖句近臣報讀天顏有喜韻夜來連得封章句奏大河讀徹底清泚韻

君王壽與天齊句馨香動讀上穹頻降祥瑞韻大晟奏功句六樂初調角徵韻合殿春風乍轉句萬花覆讀千官盡醉韻内家傳詔句重開宴讀未央宮裏韻

北宋大晟府製曲。蔡絛《鐵圍山叢談》卷二：「晁次膺者……遂入大晟，亦爲製撰。時燕樂初成，八音告備，因作《徵招》、《角招》，有曲名《黃河清》、《壽香明》，二者音調極韶美。次膺作一詞曰：『晴景初升風細細……』時天下無問邇遐小大，雖偉男髫女，皆爭氣唱之。是時海宇晏清，四夷嚮風，屈膝請命；天氣亦氤氳異常，朝野無事，日惟講禮樂慶祥瑞，可謂昇平極盛之際。」相傳黃河千年一清。《左傳》襄公八年：「子駟曰：《周詩》有之曰：『河清海宴，時和歲豐。』」黃河水清，海不揚波，比喻太平時世。調名本此。此調《詞譜》以爲是孤調，蓋未見到丘密《黃河清·爲史帥壽》。丘詞句式略異，詞云：「鼓角清雄占雲祲。喜邊塵、今度還靜。一線乍添，長覺皇州日永。樓外崇牙影轉，擁千騎、歡聲萬井。太平官府人初見，夢雄初占佳景。皇恩夜出天閽，雲章粲、鳳鸞飛動相映。寶帶萬釘，與作今朝嘉慶。勳業如斯得也，况整頓、江淮大定。這回恰好，歸朝去、共調金鼎。」此調以晁詞爲正體，適宜於祝頌、慶賀。

芰荷香

雙調，九十八字。前段十句，六平韻；後段十句，五平韻。

朱敦儒

●遠○尋○花韻●正○風○亭●霽●雨句○烟●浦○移○沙韻●緩○提○金●勒句●路●擁○桃●葉○香○車韻○憑○高●帳●飲句●照●羽○觴讀●晚●日○橫○斜韻●六○朝●浪●語○繁○華韻○山○圍●故●國句●綺●散○餘○霞韻 ○無●賴○尊○前●萬●里●客句●嘆○人○今○何●在句○身●老○天○涯韻●壯○心○零●落句●怕○聽●疊●鼓○摻○撾韻

江浮○醉●眼●句望●浩●渺●讀空想●靈○槎○韻曲●終淚●濕●琵○琶○韻誰○扶上●馬●句不●省●

還○家○韻

朱敦儒詞題爲《金陵》，乃此調之佳作。北宋万俟詠寫夏景一詞爲創調之作，詞云：「小瀟湘。正天影倒碧，波面容光。水仙朝罷，間列緑蓋紅幢。風吹細雨，蕩十頃、浥浥清香。人在水精中央。霜綃霧縠，襟袂收凉。款放輕舟鬧紅裏，有蜻蜓點水，交頸鴛鴦。翠陰密處，曾覓相並青房。晚霞散綺，泛遠净、一葉鳴榔。擬去儘促琱觴。歌雲未斷，月上飛梁。」此調共存七詞，宜於寫景、節序、叙事。

揚州慢

雙調，九十八字。前段十句，四平韻；後段九句，四平韻。

姜　夔

淮左●名○都○句竹西○佳處●句解鞍○少駐●初○程○韻過●春○風○十●里●句盡薺麥●青○青○韻自●

胡馬●讀窺○江○去後●句廢池○喬木●句猶厭●言○兵○韻漸●黃○昏○讀清角吹○寒句都○在●空○

城○韻杜郎○俊賞●句算●如○今○讀重到●須○驚○韻縱●豆蔻●詞○工○句青樓○夢好●句難賦●

深情韻二十四橋仍在句波心蕩讀冷月無聲韻念橋邊紅藥句年年知爲
誰生韻

姜夔自度曲，屬中吕宮。詞序云：「淳熙丙申至日，予過維揚。夜雪初霽，薺麥彌望。入其城則四顧蕭條，寒水自碧。暮色漸起，戍角悲吟。予懷愴然，感慨今昔，因自度此曲。千巖老人以爲有黍離之悲也。」此曲今已譯出，可供演唱，悠揚雅致，和諧美聽。此詞爲姜夔成名之作，亦宋詞名篇。因揚州后土祠瓊花名甲天下，詞人多用此調賦瓊花。趙以夫兩詞皆詠瓊花，其一云：「十里春風，二分明月，蕊仙飛下瓊樓。看冰花翦翦，擁翠玉成球。想長日、雲階佇立，太真肌骨，飛燕風流。斂群芳、清麗精神，都付揚州。　雨窗數朵，夢驚回、天際香浮。似閬苑花神，憐人冷落，騎鶴來游。爲問竹西風景，長空淡、烟水悠悠。又黄昏羌管，孤城吹起新愁。」同時鄭覺齋用趙以夫韻賦瓊花。李萊老《瓊花次韻》乃另和賦瓊花之韻：「玉倚風輕，粉凝冰薄，土花祠冷無人。聽吹簫月底，傳暮草金城。笑紅紫、紛紛成雨，遡空如蝶，恐墮珠塵。嘆而今、杜郎還見，應賦悲春。　佩環何許，縱無情、鶯燕猶驚。悵朱檻香消，緑屏夢渺，腸斷瑶瓊。九曲迷樓依舊，沉沉夜、想覓行雲。但荒烟幽翠，東風吹作秋聲。」宋遺民羅志仁於長沙定王臺懷古之詞，抒寫江山異代的故國之思，詞情悲凉深刻；詞云：「危榭摧紅，斷磚埋玉，定王臺下園林。聽檣干燕子，訴别後驚心。盡江上、青峰好在，可憐曾是，野燒痕深。付瀟湘漁笛，吹殘今古銷沉。　妙奴不見，縱秦郎、誰更知音。正雁妾悲歌，雕奚醉舞，楚户停砧。化碧舊愁何處，魂歸兮、晚日陰陰。渺雲平鐵壩，凄涼天也沾襟。」此調前後段句式略異，但皆以四字句和六字句爲主，調勢平穩，凡韻脚連用兩個平聲字。前段第六、七、八句，後段第四、五、六句皆用領字形成句群，一氣貫下，頗爲流暢。故此調於平穩和諧中有奔放之勢，而結句又歸凝重。姜夔十七首自度曲，與唐宋民間流行之曲調有别，屬於雅音，尤爲南宋以來婉約詞人欣賞。此調共存七詞，姜詞爲式。

雙雙燕

雙調，九十八字。前段九句，五仄韻；後段十句，七仄韻。　史達祖

過春社了句度簾幕中間句去年塵冷韻差池欲住句試入舊巢相並韻還相雕梁藻井韻又軟語讀商量不定韻飄然快拂花梢句翠尾分開紅影韻　芳徑韻芹泥雨潤韻愛貼地爭飛句競誇輕俊韻紅樓歸晚句看足柳昏花暝韻應是棲香正穩韻便忘了讀天涯芳信韻愁損翠黛雙蛾句日日畫闌獨憑韻

南宋中期史達祖此詞詠燕，爲創調之作。宋詞中此詞乃詠物名篇，體物細緻貼切，意象極其優美。此調爲换頭曲，韻位時稀時密，但聲韻和諧。吴文英詞亦詠雙燕：「小桃謝後，雙雙燕飛來，幾家庭户。輕烟曉暝，湘水暮雲遥度。簾外餘香未卷，共斜入、紅樓深處。相將

占得雕梁，似約韶光留住。堪舉。翩翩翠羽。楊柳岸泥香，半和梅雨。落花風軟，戲逐亂紅飛舞。多少呢喃意緒。盡日向、流鶯分訴。還憐又過短牆，誰會萬千言語。」此詞前段第六句不用韻。此調僅存兩詞，當以史詞爲式。

孤鸞

雙調，九十八字。前後段各九句，五仄韻。　馬子嚴

沙堤香軟韻正宿雨初收句落梅飄滿韻可奈東風句暗逐馬蹄輕卷韻湖波又還漲綠句粉牆陰讀日融烟暖韻驀地刺桐枝上句有一聲春喚韻任酒簾讀飛動畫樓晚韻便指數燒燈句時節非遠韻陌上叫聲好句是賣花行院韻玉梅對妝雪柳句鬧蛾兒讀象生嬌顫韻歸去爭先戴取句倚寶釵雙燕韻

此詞題爲《立春》，爲創調之作。前後段兩結句爲上一下四句法。張槩詠梅詞：「塞鴻來早。正碧瓦霜輕，玉麟寒少。昨夜南枝，一點陽和先到。黃昏半窗淡月，照青青、謝池春

草。此際虛齋心事，與此花俱好。　算巡檐、索共梅花笑。是千古風流，少陵曾道。爭似油幢下，對一枝春小。江城慣聽畫角，且休教，玉關人老。好試和羹手段，向鳳池春曉。」無名氏詠梅詞：「天然標格。是小萼堆紅，芳姿凝白。淡佇新妝，淺點壽陽宮額。東君想留厚意，倩年年、與傳消息。昨日前村雪裏，有一枝先坼。　念故人、何處水雲隔。縱驛使相逢，難寄春色。試問丹青手，是怎生描得。曉來一番雨過，更那堪、數聲羌笛。歸來和羹未晚，勸行人休摘。」此調存六詞，此三詞外，各家句式小異。馬子嚴詞爲此調正體。

夏日燕黌堂

無名氏

雙調，九十八字。前後段各十句，五平韻。

日●初○長○韻正●園林○換●葉●句瓜李●飄○香○韻簾○外●雨●過●句送●一●霎●微○涼○韻萍○蕪○徑曲●凝○珠○顆●句襯●沙○汀○讀細●簇●蜂○房○韻被●晚風○輕颭●句圓○荷○翻水●句潑覺●鴛○鴦○韻

此景●最●難○忘○韻稱芳○尊○泛●蟻●句篘○簟●鋪○湘○韻蘭舟○棹●穩●句倚何處●垂○楊○韻豈能○文字●成○狂○飲●句更●紅裙○讀間也●何○妨○韻任●醉●歸○明月●句蝦鬚○簾○節●句幾●綫●餘○霜○韻

此調存兩詞，以此詞爲式。另一詞爲宋季趙必瑑作，題爲《和竹㵎韻壽匝峰使君》，詞云：「赤城中。奏鶴笙一曲，玉佩丁東。〔蒲〕節後七日，宴翠閬瓊宮。年年王母來稱壽，醉蟠桃、幾度東風。簇花間五馬，輕裘短帽，霜鬢吟翁。　魁宿耀三雍。曾歸車共載，非虎非熊。急流勇退，淵底卧驪龍。山中不用官三品，墊角巾、人慕林宗。記亳州舊事，畫鴟夷子，獻與恭公。」此詞前段第四句多一字。此調以無名氏詞爲式。

應天長慢

雙調，九十八字。前後段各十一句，五仄韻。　周邦彥

條風布暖句霏霧弄晴句池塘遍滿春色韻正是夜堂無月句沉沉黯寒食韻梁間燕句前社客韻似笑我讀閉門愁寂韻亂花過句隔院芸香句滿地狼藉韻

長記那回時句邂逅相逢句郊外駐油壁韻又見漢宮傳燭句飛烟五侯宅韻青青草句迷路陌韻强載酒讀細尋前迹韻市橋遠句柳下人家句猶自相識韻

此調有小令和長調兩類。長調之詞始於柳永，屬林鍾商。周詞爲宋詞名篇，和其韻者較多，自注商調，即夷則商。此兩詞因宫調不同，體制亦異。周詞爲此調之正體。《應天長》，宋人多用長調，共二十一詞；小令僅兩詞。長調以周詞爲正體。吴文英《吴門元夕》：「麗花鬥靨，清麝濺塵，春聲遍滿芳陌。竟路障空雲幕，冰壺浸霞色。芙蓉鏡，詞賦客。競繡筆、醉嫌天窄。素娥下，小駐輕鑣，眼亂紅碧。　前事頓非昔，故苑年光，渾與世相隔。向暮巷空人絶，殘燈耿塵壁。凌波恨，簾户寂。聽怨寫、墮梅哀笛。佇立久，雨暗河橋，譙漏疏滴。」詞中「昔」、「絶」雖屬本部韻字，但非韻位所在。康與之《閨思》：「管弦繡陌，燈火畫橋，塵香舊時歸路。腸斷蕭娘，舊日風簾映朱户。鶯能舞，花解語。念後約、頓成輕負。緩雕轡，獨自歸來，凭欄情緒。　楚岫在何處，香夢悠悠，花月更誰主。惆悵後期，空有鱗鴻寄紈素。枕前淚，窗外雨。翠幕冷、夜涼虚度。未應信，此度相思，寸腸千縷。」此詞前後段第四、五兩句，爲四七句式，略異。王沂孫寫寒食感舊：「疏簾蝶粉，幽徑燕泥，花間小雨初足。又是禁城寒食，輕舟泛晴渌。尋芳地，來去熟。尚彷彿、大堤南北。望楊柳，一片陰陰，摇曳新緑。　重訪艷歌人，聽取春聲，猶是杜郎曲。蕩漾去年春色，深深杏花屋。東風曾共宿。記小刻、近窗新竹。舊游遠，沉醉歸來，滿院銀燭。」此詞後段第六句爲五字句，原應是兩個三字句，因少一字。大凡長調雖同一體而出現個别句式、用韻、字數之細小差異，固爲宋詞常見現象；若用該體，可嚴依詞譜而定。此調共用六個三字句，但與四字句和六字句相配，甚爲流暢而不急促，故全調句式富於變化，流動而趨於平穩，最宜於敘事與寫景。南宋張矩即以此調賦西湖十景，作十詞。

又一體

雙調，九十四字。前後段各十句，六仄韻。　柳　永

殘蟬聲斷絶韻傍碧砌修梧句敗葉微脱韻風露淒清句正是登高時節韻東籬霜乍結韻綻金蕊讀嫩香堪折韻聚宴處句落帽風流句未饒前哲韻把酒與君説韻恁好景佳辰句怎忍虚設韻休效牛山句空對江天凝咽韻塵勞無暫歇韻遇良會讀剩偷歡悦韻歌未闋句杯興方濃句莫便中輟韻

此體因宮調不同，音譜不同，故句式與周邦彦詞相異，且少四字。此體爲重頭曲，前後段句式相同；又前後段結尾三句與周詞句式相同。後段結尾三句中之三字句不用韻，柳詞之「歌未闋」、「闋」字非韻位所在，諸家之詞均如此。《詞譜》以爲「闋」爲韻字，乃誤。葉夢得《自潁上縣還吴》一詞可證：「松陵秋已老，正岸柳田家，酒醅初熟。鱸膾蓴羹，萬里水天相續。扁舟淩浩渺，寄一葉、暮濤吞沃。青蒻笠，西塞山前，自翻新曲。來往未應足。便細雨斜風，有誰拘束。陶寫中年，何待更須絲竹。鴟夷千古意，算入手、比來尤速。最好是，千點雲峰，半篙澄緑。」後段第八句不用韻。

三部樂

雙調，九十九字。前段十句，四仄韻；後段九句，五仄韻。　周邦彦

浮玉飛瓊句向邃館靜軒句倍增清絶韻夜窗垂練句何用交光明月韻近聞道讀官閣多梅句趁暗香未遠句凍蕊初發韻倩誰折取句寄贈情人桃葉韻

回文近傳錦字句道爲君瘦損句是人都説韻祇如染紅著手句膠梳黏髮韻轉思量讀鎮長墮睫韻都只爲讀情深意切韻欲報信息句無一句讀堪瘉愁結韻

北宋新聲，屬商調，即夷則商。始詞爲蘇軾詞。周詞題爲《梅雪》，實寫離情，爲此調之正體。陳亮《七月廿六日壽王道甫》，寓意極深：「入脚西風，漸去去來來，早三之一。春花無數，畢竟何如秋實。不須待、名品如麻，試爲君屈指，是誰層出。十朝半月，争看搏空霜鶻。　從來別真共假，任盤根錯節，更饒倉卒。還他濟時好手，封侯奇骨。没些兒、媻珊勃窣。也不是、峥嶸突兀。百二十歲，管做徹、元分人物。」吴文英《賦姜石帚漁隱》，自注：「黄鍾商，俗名大石調。」此詞之宮調與周詞相異，但格律相同。詞云：「江鶂初飛，蕩萬里

素雲，際空如沐。詠情吟思，不在秦箏金屋。夜潮上、明月蘆花，傍釣蓑夢遠，句清敲玉。翠罌汲曉，欸乃一聲秋曲。越裝片篷障雨，瘦半竿渭水，鷺汀幽宿。那知暖袍挾錦，低簾籠燭。鼓春波、載花萬斛。帆鬣轉、銀河可掬。風定浪息，蒼茫外、天浸寒綠。」此調共存七詞，皆用入聲韻，應是定格；適用於寫景、酬贈、祝頌。

玲瓏四犯

雙調，九十九字。前後段各九句，五仄韻。

周邦彥

穠李夭桃句是舊日潘郎句親試春艷韻自別河陽句長負露房烟臉韻憔悴鬢點吳霜句細念想讀夢魂飛亂韻嘆畫欄玉砌都換韻才始有緣重見韻

夜深偷展香羅薦韻暗窗前讀醉眠葱蒨韻浮花浪蕊都相識句誰更曾擡眼韻休問舊色舊香句但認取讀芳心一點韻又片時句一陣風雨惡句吹分散韻

北宋新聲，屬大石調。周詞爲創調之作，叙述一段情事。此詞叙事層次極爲清楚，有頭有尾，善用虚字，如「是」、「自別」、「細念想」、「休問」、「又」，使詞意之轉折變化之關係清楚；結構謹嚴可法，爲宋詞典範之作。詞中連用三個仄聲字之處較多，看似拗句，而正是此調特點，音節亦甚獨特。此調爲換頭曲，前後段變化極大。後段結尾三句，句法特殊，將全詞情緒推向高潮。張炎《杭友促歸・調寄此意》與周詞格律相同，詞云：「流水人家，乍過了斜陽，一片蒼樹。怕聽秋聲，却是舊愁來處。因甚尚客殊鄉，自笑我、被誰留住。問種桃莫是前度。不擬桃花輕誤。少年未識相思苦。最難禁、此時情緒。行雲暗與風流散，方信別淚如雨。何況夜鶴帳空，怎奈向、如今歸去。更可憐，閑裏白了頭，還知否。」此調共存十五詞，諸家之作句式互有差異，《詞譜》列七體，當以周詞爲正體。

又一體

雙調，九十九字。前段十句，五仄韻；後段九句，六仄韻。　姜夔

疊鼓夜寒句垂燈春淺句匆匆時事如許韻倦游歡意少句俯仰悲今古韻江淹又吟恨賦韻記當時讀送君南浦韻萬里乾坤句百年身世句惟有此情苦韻

揚州柳垂官路韻有輕盈換馬句端正窺户韻酒醒明月下句夢逐潮聲去韻文章信美知何用句漫贏得讀天涯羈旅韻教説與韻春來要讀尋花

伴侶韻

姜夔詞題爲《越中歲暮聞簫鼓感懷》，原注：「此曲雙調，世别有大石調一曲。」可見此調有兩個音譜，周邦彦詞爲大石調，姜夔詞屬雙調，即夾鍾商。因此二者句式頗相異。宋季譚宣子《重過南樓用白石體賦》，此表明姜詞乃又一體。譚詞與姜詞格律相同，可以互校，其詞云：「碧黯塞榆，黄消堤柳，危欄誰料重撫。才情猶未減，指點驚如許。當時共伊東顧。爲辭家、怕吟鷓鴣。衮衮波光，悠悠雲氣，陶寫幾今古。　生塵每憐微步。渺江空歲晚，知在何處。土花封玉樹，恨極山陽賦。吹薌扇底餘歡斷，怎忘得、陰移庭午。離别苦。那堪聽、敲窗凍雨。」此調宜於抒情、叙事、寫景。

夢揚州

雙調，九十九字，前後段各十句，五平韻。

秦觀

晚雲收韻正柳塘花塢句烟雨初休韻燕子未歸句惻惻輕寒如秋韻小闌干外東風軟句透繡幃讀花密香稠韻江南遠讀人今何處句鷓鴣啼破春愁韻

長記曾倍燕游韻醻妙舞清歌句麗錦纏頭韻殢酒困花句十載因誰淹

留韻醉鞭拂面歸來晚句望翠樓讀簾卷金鈎韻佳會阻句離情正亂句頻夢揚州韻

此調爲秦觀所創，因結句「頻夢揚州」遂以爲調名。此乃孤調。《詞律》前段第二句無「花塢」兩字，第六句無「干」字。汲古閣本《淮海詞》如此。杜文瀾《詞律校勘記》云：「按詞譜『正柳塘烟雨初休』句『柳塘』下有『花塢』二字，又『人何處』句『人』字下有『今』字。《詞緯》、葉譜均同，應遵補。」《詞譜》卷二十六：「此調祇此一詞，無别首可校。汲古閣本起結皆有脱誤，今依《詞緯》訂正。」兹從《詞譜》。

秋宵吟

姜夔

雙調，九十九字。前兩段各五句，三仄韻；後段十句，五仄韻。

古簾空句墜月皎韻坐久西窗人悄韻蛩吟苦讀漸漏永丁丁句箭壺催曉韻

引涼颸句動翠葆韻露脚斜飛雲表韻因嗟念讀似去國情懷句暮帆烟草韻

帶眼消磨句爲近日讀愁多頓老韻衛娘何在句宋玉歸來句兩地暗

縈○繞●韻搖○落●江○楓○早●韻嫩●約●無○憑○句幽○夢●又●杳●韻但●盈○盈○讀淚●灑●單○衣○句今○夕●何○夕●恨●未●了●韻

姜夔自度曲，雙拽頭，屬越調。此爲孤調，但爲名篇，調勢流暢。此曲今已譯出，音節高昂，情緒激憤，突現詞人悲傷與孤獨情緒。

月下笛

周邦彥

雙調，九十九字。前段十句，五仄韻；後段十句，四仄韻。

小●雨●收○塵○句涼○蟾○瑩●徹●句水●光○浮○碧●韻誰○知○怨●抑●韻靜●倚●官○柳●吹○笛●韻映●宮○牆○讀風○葉●亂●飛○句品●高○調●側●人○未●識●韻想●開○元○舊●譜●句柯○亭○遺○韻●句盡●傳○胸○臆●韻

闌○干○空○四●繞●句聽●折●柳●徘○徊○句數●聲○終○拍●韻寒○燈○陋●館●句最●感●平○陽○孤○客●韻夜●沉○沉○讀雁●啼○正●哀○句片●雲○盡●卷●清○漏●滴●韻黯●凝○魂○句但●覺●龍○吟○句萬●壑●天○籟●息●韻

北宋新聲，屬越調。周詞爲創調之作，詞中有「涼蟾」、「吹笛」，因以爲調名。詞寫月夜聞笛之感受。此調存六詞，諸家所作句式句法略異，無格律全同者。此調當以周詞爲正體。《詞譜》列五體，其中張炎兩詞即爲兩體。此調頗諧婉，兹附宋季張炎與曾允元各一詞，雖與周詞句法甚異，但可供填詞構思之參考。張炎詞題爲《寄仇山村溧陽》，詞云：「千里行秋，支笻背錦，頓懷清友。殊鄉聚首。愛吟猶自詩瘦。山人不解思猿鶴，笑問我、韋娘在否。記長堤畫舫，花柔春鬧，幾番携手。　別後都依舊。但靖節門前，近來無柳。盟鷗尚有。可憐西塞漁叟。斷腸不恨江南老，恨落葉、飄零最久。倦游處，減羈愁，猶未消磨是酒。」曾允元抒寫春愁：「又老楊花，浮萍點點，一溪春色。閑尋舊迹。認溪頭、浣紗磧。柔條折盡成輕別，向空外、瑶簪一擲。算無情更苦，鶯巢暗葉，啼破幽寂。　凝立。闌干側。記露飲東園，聯鑣西陌。容銷鬢減，相逢應自難識。東風吹得愁似海，謾點染、空階自碧。獨歸晚，解説心中事，月下短笛。」

丁香結

雙調，九十九字。前段九句，五仄韻；後段十句，五仄韻。　周邦彦

蒼蘚延階句冷螢粘屋句庭樹望秋先隕韻漸雨凄風迅韻澹暮色讀倍覺園林清潤韻漢姬紈扇在句重吟玩讀棄擲未忍韻登山臨水句此恨自古消磨

不盡韻　牽引韻　記試酒歸時句　映月同看雁陣韻　寶幄香纓句　熏爐象尺句　夜寒燈暈韻　誰念滯留故國句　舊事勞方寸韻　惟丹青相伴句　那更塵昏蠹損韻

北宋新聲，屬夷則商，俗名商調。周詞抒寫悲秋情緒，爲此調之始詞。丁香，金桃娘科常緑喬木，産熱帶。其花蕾與果實，曬乾後有辛郁香味，可入藥。丁香結乃丁香之花蕾，唐宋人多用以喻愁思固結不解。唐代李商隱《代贈》：「芭蕉不展丁香結，同向春風各自愁。」花間詞人牛嶠《感恩多》：「自從南浦別，愁見丁香結。」調名本此。此調共存五詞，僅一體。三家和周詞外，吴文英《秋日海棠》一詞最佳，其詞云：「香嫋紅霏，影高銀燭，曾縱夜游濃醉。正錦温瓊膩。被燕踏、暖雪驚翻庭砌。馬嘶人散後，秋風换、故園夢裏。吴霜融曉，陡覺暗動偷春花意。還似。海霧冷仙山，唤覺環兒半睡。淺薄朱唇，嬌羞艷色，自傷時背。簾外寒挂澹月，何日秋千地。懷春情不斷，猶帶相思舊子。」此調低沉壓抑，宜於抒寫鬱結之離情別緒。

瑣窗寒

雙調，九十九字。前段十句，四仄韻；後段十句，六仄韻。

周邦彦

暗柳啼鴉句單衣佇立句小簾朱户韻桐花半畝句靜鎖一庭愁雨韻灑空階讀更闌未休句故人剪燭西窗語韻似楚江暝宿句風燈零亂句少年羈旅韻遲暮韻嬉游處韻正店舍無烟句禁城百五韻旗亭喚酒句付與高陽儔侶韻想東園讀桃李自春句小唇秀靨今在否韻到歸時讀定有殘英句待客携尊俎韻

北宋新聲，屬越調。周邦彦詠寒食詞爲創調之作。瑣窗，鏤刻有連瑣圖案的窗櫺。南朝鮑照《玩月城西門解中》：「蛾眉蔽珠櫳，玉鈎隔瑣窗。」唐人李商隱《訪人不遇留别館》：「卿卿不惜瑣窗春，去作長楸走馬身。」調名本此。此調作者頗衆，周詞爲通用之體。南宋吴文英詠玉蘭，自注：「無射商，俗名越調，犯中吕宫，又犯正宫。」樂曲旋律較複雜，極爲優美。吴文英此詞爲《夢窗詞稿》壓卷之作，寓寫一段情事：「紺縷堆雲，清腮潤玉，氾人初見。蠻腥未洗，海客一懷凄惋。渺征槎、去乘閬風，占香上國幽心展。憶遺芳掩色，真姿凝澹，返魂騷畹。　一盼。千金换。又笑伴鴟夷，共歸吴苑。離烟恨水，夢杳南天秋晚。比來時、瘦肌更銷，冷薰沁骨悲鄉遠。最傷情、送客咸陽，佩結西風怨。」黄廷璹感舊詞：「駐馬林塘，還尋舊迹，雨收秋晚。殘蕉映牖，强把碧心偷展。記相逢、畫堂宴開，亂花影入簾初捲。正小池漲緑，絲綸曾試，事隨鴻遠。　凄斷。情何限。料素扇塵深，怨蛾碧淺。清宫麗羽，漫有苔箋題滿。問低牆、雙柳尚存，幾時艷燭親共剪。但凝眸、數點遥峰，春色青如染。」劉辰翁《和巽吾聞鶯》，感慨遥深：「嫩緑如新，嬌鶯似舊，今吾非故。空山過雨，晛睆留春春去。似尊前、曲曲陽關，行人回首江南處。漫停雲低黯，征衫憔悴，酒痕猶污。欲語。渾未住。記匹馬經行，風林烟樹。家山何在，想見緑窗啼霧。又何堪、滿目凄凉，故園夢裏能歸否。但數聲、驚覺行雲，重省佳期誤。」王沂孫此調三詞，其《春思》最婉麗：「趁酒梨花，催詩柳絮，一窗春怨。疏疏過雨，洗盡滿庭芳片。數東風、二十四番，幾番誤了西園宴。認小簾朱户，不如飛去，舊巢雙燕。曾見。雙蛾淺。自别後多應，黛痕不展。撲蝶花陰，怕見題詩團扇。試憑他、流水寄情，遡紅不到春更遠。但無聊、病酒厭厭，夜月荼蘼院。」張炎悼王沂孫詞，序云：「王碧山又號中仙，越人也。能文工詞，琢語峭拔，有白石意度，今絶響矣。余悼之玉笥山，所謂長歌之哀，過於痛哭。」詞云：「斷碧分山，空簾剩月，故人天外。香留酒殢，蝴蝶一生花裏。想如今、醉魂未醒，夜臺夢語秋聲碎。自中仙去後，詞箋賦筆，便無清致。都是。凄凉意。悵玉笥埋雲，錦袍歸水。形容憔悴，料應(也)孤吟山鬼。那知人、彈折素弦，黄金鑄出相思淚。但柳枝、門掩枯陰，候蛩愁暗葦。」此詞後段第五句多一字。此調爲换頭曲，但前段第四、五、六、七句，後段第五、六、七、八句之句式相同。此調以四字句爲主，配以六字句，又有兩個上一下四句法之五字句，三個上三下四句法之七字句和兩個七字句，且過變處連續兩個短韻，故句式複雜而多變化，調勢於平穩和緩中又含流暢，因而表情頗爲曲折而變化。此調《詞譜》列五體，當以周邦彦詞爲法式。此調適應於抒情、寫景、詠物、悼亡、叙事等題材，注意處理好過變處之兩個短韻。

大有

雙調，九十九字。前段八句，四仄韻；後段十句，四仄韻。　周邦彦

仙骨清羸句沈腰憔悴句見傍人讀驚怪消瘦韻柳無言讀雙眉盡日齊鬥韻都緣薄倖賦情淺句許多時讀不成歡偶韻幸自也總由他句何須負這心口韻　令人恨句行坐兒句斷了更思量句没心求守韻前日相逢句又早見伊仍舊韻却更被温存後韻都忘了讀當時僝僽韻便搊撮讀九百身心句依前待有韻

北宋新聲，屬小石調。周邦彦俗詞爲創調之作。大有，即大有年，大豐收之年。《春秋穀梁傳》宣公十六年：「五穀大熟，爲大有年。」調名本此。此調僅存兩詞，另一詞爲宋季潘希白作，題爲《九日》，詞云：「戲馬臺前，采花籬下，問歲華、還是重九。恰歸來、南山翠色依舊。簾櫳昨夜聽風雨，都不是登臨時候。一片宋玉情懷，十分衛郎清瘦。紅萸佩，空對酒，砧杵動微寒，暗欺羅袖。秋已無多，早是敗荷衰柳。强整帽檐攲側，曾經向、天涯搔首。幾回憶、故國蓴鱸，霜前雁後。」此詞乃依周詞格律，後段第二句「酒」字，非韻位所在。

燕山亭

雙調，九十九字。前段十一句，五仄韻；後段十句，五仄韻。

趙佶

裁剪冰綃句 打疊數重句 冷淡胭脂勻注韻 新樣靚妝句 艷溢香融句 羞殺蕊珠宮女韻 易得凋零句 更多少讀 無情風雨韻 愁苦韻 閑院落淒涼句 幾番春暮韻

憑寄離恨重重句 這雙燕何曾句 會人言語韻 天遥地遠句 萬水千山句 知他故宮何處韻 怎不思量句 除夢裏讀 有時曾去韻 無據韻 和夢也讀 有時不做韻

北宋後期新聲，宋徽宗趙佶北狩途中見杏花有感而作之詞爲始詞。宋佚名《朝野遺記》：「徽廟在韓州，會虜傳書至，見上登屋，自正茅舍，急下顧笑曰：『堯舜茅茨不剪。』方取械眎。又有感懷小詞，末云：『天遥地遠，萬水千山，知他故宮何處。怎不思量，除夢裏、有時曾去。無據。和夢也、有時不做。』真是後主（李煜）『别時容易見時難』聲調也。後顯仁歸鑾云：『此爲絶筆。』」此調僅此一體，共存八詞。《詞譜》以曾覿中秋應制之作爲譜例，因其藝術性甚劣，故不取。但將趙詞與曾詞相校，二詞之格律極嚴整。此調亦作《宴山亭》。王之道詠海棠：「微雨斑斑，暈濕海棠，漸覺胭脂紅褪。遲日短垣，嬌怯和風，搖曳一成春困。玉軟酴酥，扶不起、晚妝慵整。愁恨。對佳時媚景，可堪重省。曾約小桃新燕，有蜂媒蝶使，爲傳芳信。西蜀杜郎，東坡蘇老，道也道應難盡。一朵風流，雅稱且、鳳翹雲鬢。相映。眉拂黛、梅腮弄粉。」無名氏詠芍藥：「風雨無情，紅藥吐時，下得厭厭摧挫。雲艷捲涼，旋汲銀屏，收拾二三千朵。長日伴伊，要把酒、不教放過。無那。越放縱香心，越盤來大。特地點檢笙歌，〔〕先要吹個、六幺曲破。總是少年，負却才名，佳客共圍伊坐。粉薄香濃，爲笑多、不肯梳裹。知麽。須醉倒、今宵伴我。」此詞後段第二句少一字。此調多用以詠物，亦用於節序、祝頌。

聒龍謠

雙調，九十九字。前後段各十句，四仄韻。　朱敦儒

肩拍洪厓句手携子晉句夢裏暫辭塵宇韻高步層霄句俯人間如許韻算蝸戰讀多少功名句問蟻聚讀幾回今古韻度銀潢讀展盡參旗句桂華淡句月飛去韻天風緊句玉樓斜句舞萬女霓袖句光搖金縷韻明廷宴闋句倚青冥

回顧韻過瑤池讀重借雙成句就楚岫讀更邀巫女韻轉雲車讀指點虛無句引蓬萊路韻

朱敦儒兩詞爲創調之作，均描述游仙情景，其另一詞因有「聽龍嘯」句，因以名調。此調共存四詞，均爲游仙詞，極盡超然之幻想。趙佶詞云：「紫闕岧嶢，紺宇邃深，望極絳河清淺。霜月流天，鎖穹隆光滿。水精宮、金鎖龍盤，玳瑁簾、玉鈎雲捲。動深思、秋籟蕭蕭，比人世，倍清燕。　瑤階迥，玉籤鳴，漸祕省引水，轆轤聲轉。鷄人唱曉，促銅壺銀箭。拂晨光、宮柳烟微，蕩瑞色、御爐香散。從宸游、前後爭趨，向金鑾殿。」汪莘詞云：「夢下瑤臺，神飛閬苑，自嘆塵寰久客。三入成周，望皇居帝宅。蕩蘭槳、伊闕波濤，曳玉杖、洛陽阡陌。獨躊躇、武烈文謨，天垂晚，月生魄。　故人少，別懷多，引壺觴自酌，誰憐衰白。群仙問我，尚低頭方册。共雲將、東過扶搖，遇鴻濛、頓超玄默。待功成，翳鳳騎麟，把蟠桃摘。」此調前後段各有二個上三下四句法之七字句連用，形成詞意不斷頓挫之勢；且前段結句與過變各連用兩個三字句，使音節略有急促變化，故宜於描述變化多端之夢境。

金菊對芙蓉

雙調，九十九字。前段十句，四平韻；後段十句，五平韻。

無名氏

花則一名句種分三色句嫩紅妖白嬌黄韻正清秋佳景句雨霽風凉韻郊墟十里飄蘭麝句瀟灑處讀旖旎非常韻自然風韻句開時不惹句蝶亂蜂狂韻　携酒獨揖蟾光韻問花神何屬句離兑中央韻引騷人乘興句廣賦詩章韻幾多才子争攀折句嫦娥道讀三種深香韻狀元紅是句黄爲榜眼句白探花郎韻

北宋新聲。此首無名氏詞乃始詞，或爲僧仲殊作，又誤爲蘇軾詞。此詞爲詠桂花之作。此調存五詞，僅此一體，爲换頭曲，但前後段自第四句起則句式相同；調勢頗爲流美。康與之《秋怨》：「梧葉飄黄，萬山空翠，斷霞流水争輝。正金風西起，海燕東歸。憑欄不見南來雁，望故人、消息遲遲。木樨開後，不應誤我，好景良時。只念獨守孤幃。把枕前囑付，一旦分飛。上秦樓游賞，酒殢花迷。誰知别後想思苦，悄爲伊、瘦損香肌。花前月下，黄昏院落，珠淚偷垂。」馮取洽詠荷花，詞序云：「奉同劉篁嵲、魏菊莊、馮竹溪、吕柳溪、道士王溪雲，賞西渚荷花，醉中走筆用篁嵲韻。庚寅。」詞雖應景，但空靈騷雅：「寶鏡緣空，玉簪點水，蕩摇千頃寒光。正江妃月姊，鬥理明妝。扶欄一笑開詩眼，少容我、吟諷其旁。一川風露，滿懷冰雪，雲海彌茫。不妨倚醉乘狂。問天公覓取，幾曲漁鄉。聽小樓哀管，偷弄初凉。夜深歡極忘歸去，錦江釀透碧筩香。對花無語，花應笑我，不似張郎。」後段第七句句法略異。劉清夫《沙邑宰綰琴妓用舊韻戲之》：「淺拂春山，慢横秋水，玉纖閑理絲桐。按清泠繁露，淡佇悲風。素弦瑶軫調新韻，顫翠翹、金簇芙蓉。疊鐲重鎖，輕挑慢摘，特地情濃。泛商刻羽無窮。似和鳴鸞鳳，律應雌雄。問高山流水，此意誰同。個中只許知音聽，有茂陵、車馬雍容。畫簾人静，琴心三疊，時倒金鍾。」

無悶

雙調，九十九字。前段十句，四仄韻；後段九句，六仄韻。

王沂孫

陰積龍荒句寒度雁門句西北高樓獨倚韻悵短景無多句亂山如此韻欲喚飛瓊起舞句怕攬碎讀紛紛銀河水韻凍雲一片句藏花護玉句未教輕墜韻

清致韻悄無似韻有照水一枝句已攙春意韻誤幾度憑欄句莫愁凝睇韻應是梨花夢好句未肯放讀東風來人世韻待翠管讀吹破蒼茫句看取玉壺天地韻

《詞律》卷十六此調以王詞爲正體。吴文英詞集題爲《催雪》：「霓節飛瓊，鸞駕弄玉，杳隔平雲弱水。倩皓鶴傳書，衛姨呼起。莫待粉河凝曉，趁夜月、瑶笙飛環佩。（正）蹇驢吟影，茶烟竈冷，酒亭門閉。歌麗。汎碧蟻。放繡簾半鈎，寶臺臨砌。要須借東君，灞陵春意。曉夢先迷楚蝶，早風戾、重寒侵羅被。還怕掩、深院梨花，又作故人清淚。」萬樹將吴詞作爲附録，有案語云：「此或夢窗以前調賦催雪之詞，後傳其題而逸其調名耳。初稿中竟列此調，偶因長夜不寐，於枕上背吟，覺有相彷彿者，因憶與《無悶》正同。」吴詞與王詞格律完全相同，《詞律》所録無「正」字。《詞譜》卷二十七以此調爲《催雪》，並云：「此調始自姜夔，本催雪詞也，即以爲名。吴文英、王沂孫俱有此調詞，與《無悶》調不同。」《詞譜》所列「姜夔」詞，實爲丁注詠雪詞，調名《無悶》。周邦彦調名《無悶》寫冬景。程垓改調名爲《閨怨無悶》，可能是將詞題誤置調名之前而致誤。王沂孫調名《無悶》，題爲《雪意》。此調僅存此五詞，調名應是《無悶》，而諸家多用以詠雪。丁注詞句式小異，字聲平仄與王詞合。此外周邦彦、程垓詞亦句式小異。此調當以王詞爲法式。

十月桃

雙調，九十九字。前段十句，四平韻；後段十句，五平韻。　無名氏

東籬菊盡句遍園林敗葉句滿地寒荄韻露井平明句破香籠粉初開韻佳人

共喜芳意句呵手剪讀密插鸞釵韻無言有艷句不避繁霜句變作春媒韻問武陵溪上誰裁韻分付與南園句舞榭歌臺韻恰似凝酥句襯玉點綴裝裁韻東君自是爲主句先暖信讀律管飛灰韻從今雪裏句第一番花句休話江梅韻

此詞見《樂府雅詞拾遺》卷下，詠十月桃花，因以爲調名。李彌遜賦梅花：「浮雲無定，任春風萬點，吹上寒枝。砌外瓏璁，暗香夜透簾幃。閑情最宜酒伴，勝黄昏、冷月清溪。風流謝傅，夢到華胥，長是相隨。　似凝愁不語誰知。芳思亂微酸，已帶離離。傳與花神，任教横竹三吹。枝頭要看如豆，趁和羹、百卉開時。十分金蕊，先與東君，一笑相期。」張元幹亦詠梅，但寄意深微，詞云：「年華催晚，聽尊前遍唱，衝暖欺寒。樂府誰知，分付點化金丹。中原舊游何在，頻入夢、老眼空潸。撩人冷蕊，渾似當時，無語低鬟。　有多情多病文園。向雪後尋春，醉裏憑欄。獨步群芳，此花風度天然。羅浮淡妝素質，呼翠鳳、飛舞斕斑。參横月落，留恨醒來，滿地香殘。」此調存五詞，其中三首詠梅。《梅苑》存無名氏《十月梅》一首，九十八字，句式頗異，當是另一詞調。

三姝媚

雙調，九十九字。前段十一句，五仄韻；後段十句，五仄韻。

史達祖

烟光搖縹瓦韻望晴檐多風句柳花如灑韻錦瑟橫床句想淚痕塵影句鳳弦常下韻倦出犀帷句頻夢見讀王孫驕馬韻諱道相思句偷理綃裙句自驚腰衩韻

惆悵南樓遙夜韻省翠箔張燈句枕肩歌罷韻又入銅駝句遍舊家門巷句首詢聲價韻可惜東風句將恨與讀閑花俱謝韻記取崔徽模樣句歸來暗寫韻

南宋新聲，屬夷則商。史達祖感舊之詞爲創調之作。吳文英《過都城舊居有感》是晚年之作，滄桑之感甚爲深沉，詞云：「湖山經醉慣。漬春衫啼痕，酒痕無限。又客長安，嘆斷襟零袂，涴塵誰浣。紫曲門荒，沿敗井、風搖青蔓。對語東鄰，猶是曾巢，謝堂雙燕。　春夢人間須斷。但怪得當年，夢緣能短。繡屋秦箏，傍海棠偏愛，夜深開宴。舞歇歌沉，花未減、紅顔先變。佇立河橋欲去，斜陽淚滿。」王沂孫《次周公謹故京送別韻》：「蘭缸花半綻。正西窗淒淒，斷螢新雁。別久逢稀，謾相華髮，共成銷黯。總是飄零，更休賦、梨花秋苑。

何况如今，離思難禁，俊才都減。　今夜山高江淺。又月落帆空，酒醒人遠。彩袖烏紗，解愁人惟有，斷歌幽婉。一信東風，再約看、紅腮青眼。只恐扁舟西去，蘋花弄晚。」張炎《送舒亦山游越》：「蒼潭枯海樹。正雪竇高寒，水聲東去。古意蕭閑，問結廬人遠，白雲誰侶。賀監猶在，還散迹、千巖風露。抱瑟空游，都是淒凉，此愁難語。　莫趁江湖鷗鷺。怕太乙爐荒，暗消鉛虎。投老心情，未歸來何事，共成羈旅。布襪青鞋，休誤入、桃源深處。待得重逢却說，巴山夜雨。」此調以四字句和六字句爲主，五字句多爲上一下四句法，七字句則爲上三下四句法，又用仄韻，故調勢極平緩，和婉而有頓挫，凝澀壓抑，宜於表達感舊、離情等淒苦情緒，亦用於詠物。此調共存十二詞，多爲宋季婉約詞人所用。《詞譜》於此調列三體，當以史詞爲式。此外尚有平韻一體則爲《詞譜》所忽略。

又一體

雙調，九十九字。前後段各十句，四平韻。　杜良臣

花浮深岸樹句迎新曦窗影句細觸游塵韻映葉青梅句記共折南枝句又及嘗新韻駐屐危亭句烟墅杳讀風物撩人韻虹外斜陽留晚句鶯邊落絮催春韻　心事應辜桃葉句但自把新詩句遍寫修筠韻恨滿芳洲句倩晚風吹

夢句暗逐江雲韻慢捻輕攏句幽思切讀清音誰聞韻漫有鴛鴦結帶句雙垂繡巾韻

此體改用平韻，前段首句不入韻。前段結句爲六字句。

玉蝴蝶慢

柳永

雙調，九十九字。前段十句，五平韻；後段十一句，六平韻。

望處雨收雲斷句憑欄悄悄句目送秋光韻晚景蕭疏句堪動宋玉悲涼韻水風輕讀蘋花漸老句月露冷讀梧葉飄黃韻遣情傷韻故人何在句烟水茫茫韻

難忘韻文期酒會句幾辜風月句屢變星霜韻海濶山遙句未知何處是瀟湘韻念雙燕讀難憑遠信句指暮天讀空識歸航韻黯相望韻斷鴻聲裏句立盡斜陽韻

《玉蝴蝶》有小令與長調兩類，宋人皆用長調。此爲北宋新聲，柳永五詞屬仙吕調，格律謹嚴，爲創調之作。此詞叙述羈旅行役之況，乃宋詞名篇，亦爲此調通用之體。吴文英詞屬夷則商，俗名商調，格律相同。此調作者頗衆，佳作亦多。晁冲之抒寫離情，詞云：「目斷江南千里，灞橋一望，烟水茫茫。盡鎖重門，人去暗度流光。雨輕輕、梨花院落，風淡淡、楊柳池塘。恨偏長。佩沉湘浦，雲散高唐。　清狂。重來一夢，手搓梅子，煮酒初嘗。寂寞經春，小橋依舊燕飛忙。玉鈎欄、憑多漸暖，金縷枕、別久猶香。最難忘。看花南陌，待月西厢。」史達祖感舊詞：「晚雨未摧宮樹，可憐閑葉，猶抱凉蟬。短景歸秋，吟思又接愁邊。漏初長、夢魂難禁，人漸老、風月俱寒。想幽歡。土花庭甃，蟲網闌干。　無端。啼蛄攪夜，恨隨團扇，苦近秋蓮。一笛當樓，謝娘懸淚立風前。故園晚、强留詩酒，新雁遠、不致寒暄。隔蒼烟。楚香羅袖，誰伴嬋娟。」高觀國表述悲秋之情：「唤起一襟凉思，未成晚雨，先做秋陰。楚客悲殘，誰解此意登臨。古臺荒、斷霞斜照，新夢黯、微月疏砧。總難禁。盡將幽恨，分付孤斟。　從今。倦看青鏡，既遲勳業，可負烟林。斷梗無憑，歲華摇落又驚心。想蕙汀、水雲愁凝，閑蕙帳、猿鶴悲吟。信沉沉。故園歸計，休更侵尋。」吴文英感念西湖一段情事：「角斷籤鳴疏點，倦螢透隙，低弄書光。一寸悲秋，生動萬種凄凉。舊衫染、唾凝花碧，別泪想、妝洗蜂黄。楚魂傷。雁汀沙冷，來信微茫。　都忘。孤山舊賞，水沉熨露，岸錦宜霜。敗葉題詩，御溝應不到流湘。數客路、又隨淮月，羡故人、還買吴航。兩凝望。滿城風雨，催送重陽。」仇遠追訴離愁：「野樹昏鴉歸盡，素烟如練，低罩平蕪。斷壁飛樓，紅翠似有還無。女牆矮、月籠粉雉，娃館静、塵暗金鋪。問清都。廣寒仙子，別後何如。　愁予。十年夢境，淺歌短酒，總是歡娱。寂寞秦郎，不堪離鏡照鸞孤。記曲徑、共携素手，向閑窗、頻撚吟鬚。怕西湖。少年游伴，説着當初。」此調爲换頭曲，過變一個短韻接四字句，實與前段之六字句對應；前後段第二句起句式相同。此調結構勻稱，句式多變化而又前後段統一，凡兩個四字句處可爲對偶，而前後段接連兩個上三下四句法之七字句則以對偶爲工。前後段之三字句乃韻位所在，但都具有啟下或引領結之兩個四字句的作用。此調之音節由流動、頓挫、轉折而歸於和婉，故聲情甚美。此調宜於寫景、登臨、抒情、詠物、敘事。適應之範圍較廣。

新雁過妝樓

雙調，九十九字。前段九句，六平韻；後段十句，四平韻。　吴文英

閬苑高寒韻金樞動讀冰宮桂樹年年韻剪秋一半句難破萬户連環韻織錦相思樓影下句鈿釵暗約小簾間韻共無眠韻素娥慣得句西墜闌干韻誰知壺中自樂句正醉圍夜玉句淺鬥嬋娟韻雁風自勁句雲氣不上涼天韻紅牙潤沾素手句聽一曲清歌雙霧鬟韻徐郎老句恨斷腸聲在句離鏡孤鸞韻

南宋後期新聲，屬夾鍾羽。吴文英此詞題爲《中秋後一夕李方庵月庭延客命小妓過新水令坐間賦詞》，此詞爲創調之作。張炎詞題《賦菊》，與吴詞格律相同，但首句不用韻，詞

云：「風雨不來，深院悄、清事正滿東籬。杖藜重到，秋氣冉冉吹衣。瘦碧飄蕭摇露梗，膩黄秀野拂霜枝。憶芳時。翠微唤酒，江雁初飛。湘潭無人吊楚，嘆落英自來，誰寄相思。淡泊生涯，聊伴老圃斜暉。寒香應遍故里，想鶴怨山空猶未歸。歸何晚，問徑松不語，只有花知。」此調存吴詞兩首，張詞一首，共三詞；但張炎詞集另有《瑶臺聚八仙》七首，其中有與《新雁過妝樓》格律完全同者，如其賦梅影詞：「近水横斜。先得月，玉樹宛若籠紗。散迹苔裀，墨暈净洗鉛華。誤入羅浮身外夢，似花却又似非花。探寒葩。倩人醉裏，扶過溪沙。竹籬幾番倦倚，看乍無乍有，如寄生涯。更好一枝，時到素壁檐牙。香深與春暗却，且休把江頭千樹誇。東家女，試淡妝顛倒，難勝西家。」此詞首句用韻，與吴文英詞格律全同。此調當以吴詞爲式。此調與《八寶妝》、《百寶妝》之字數、句式頗異，並非同一詞調。

月華清

雙調，九十九字。前段十句，五仄韻；後段十句，六仄韻。

無名氏

雨洗天開句風將雲去句極目都無纖翳韻當遇中秋句夜静月華如水韻素光晃讀金屋樓臺句清氣徹讀玉壺天地韻此際比無常三五句嬋娟特異

韻　因念玉人千里韻待盡把愁腸句分付沉醉韻只恐難當句漏盡又還經歲韻最堪恨讀獨守書幃句空對景讀不成歡意韻除是韻問姮娥覓取句一枝仙桂韻

北宋新聲。詞中有「夜靜月華如水」，因以名調。此詞見存於《高麗史·樂志》，爲北宋中期流行之詞。此調共存四詞，僅一體。朱淑真詠梨花：「雪壓庭春，香浮花月，攬衣還怯單薄。攲枕徘徊，又聽一聲乾鵲。粉淚共、宿雨闌干，清夢與、寒雲寂寞。除却。是江梅曾許，詩人吟作。　長恨曉風漂泊。且莫遣香肌，瘦減如削。深杏夭桃，端的爲誰零落。況天氣、妝點清明，對美景、不妨行樂。拌着。□向花時取，一杯獨酌。」後段第九句脱一字。馬子嚴《憶別》：「瑟瑟秋聲，蕭蕭天籟，滿庭摇落空翠。數遍丹楓，不見葉間題字。人何處、千里嬋娟，愁不斷、一江流水。遥睇。見征鴻幾點，碧天無際。　悵望月中桂。問竊藥佳人，誰與同歲。把鏡當空，照盡別離情意。心裏恨、莫結丁香，琴上曲、休彈秋思。怕裏。又悲來老却，蘭臺公子。」此調爲換頭曲，自前後段第四句起句式相同；調勢平穩和婉。此調宜於節序、詠物、抒情、寫景。

國香

雙調，九十九字。前段十句，五平韻；後段十句，四平韻。

張炎

鶯柳烟堤韻記未吟青子句曾比紅兒韻嫻嬌弄春微透句環翠雙垂韻不道留仙不住句便無夢讀吹到南枝韻相看兩流落句掩面含羞句怕說當時韻淒涼歌楚調句裊餘音不放句一朵雲飛韻丁香枝上句幾度款語深期韻拜了花梢淡月句最難忘讀弄影牽衣韻無端動人處句過了黃昏句猶道休歸韻

南宋新聲，屬夷則商，或名《國香慢》。始詞爲南宋初年曹勛所作兩首壽詞。張炎詞序云：「沈梅嬌，杭妓也，忽於京都見之。把酒相勞苦，猶能歌周清真《意難忘》、《臺城路》二曲，因囑余記其事。詞成以羅帕書之。」這是張炎於宋亡後在元代大都重逢杭州歌妓沈梅嬌而作。國香，指極香之花。《左傳》宣公三年：「以蘭有國香，人服媚之如是。」後因稱蘭爲國香。其他極香之花亦有稱國香者。北宋後期詩壇曾有關於國香的倡和。北宋建中靖國元年（一一〇一）詩人黃庭堅在荊南作有詠水仙花之詩，有云：「可惜國香天不管，隨緣流落小民家。」江西派詩人高荷《國香詩序》云：「國香，荆渚田氏侍兒名也。黄太史自南溪召爲吏部副郎，留荆州，乞守當塗，待報；所居即此女子鄰也。太史偶見之，以謂幽閑殊美，目所未睹。後其家以嫁下里貧民，因賦此詩以寓意，俾予和之。」詞調《國香》當與黄庭堅詩有關。張炎另一詞賦蘭，寄寓山林之士高潔品質，詞云：「空谷幽人。曳冰簪霧帶，古色生春。結根未同蕭艾，獨抱孤貞。自分生涯淡薄，隱蓬蒿、甘老山林。風烟伴憔悴，冷落吴宫，草暗花深。　霽痕消蕙雪，向崖陰飲露，應是知心。所思何處，愁滿楚水湘雲。肯信遺芳千古，尚依依、澤畔行吟。香痕已成夢，短操誰彈，月冷瑶琴。」周密《賦子固凌波圖》乃詠水仙花之詞：「玉潤金明。記曲屏小几，剪葉移根。經年汜人重見，瘦影娉婷。雨帶風襟零亂，步雲冷、鵝管吹春。相逢舊京洛，素靨塵緇，仙掌霜凝。　國香流落恨，正冰鋪翠薄，誰念遺簪。水天空遠，應念礬弟梅兄。渺渺魚波望極，五十弦、愁滿湘雲。凄凉耿無語，夢入東風，雪盡江清。」此調共存五詞，當以張炎詞爲式。

六橋行

雙調，九十九字。前段九句，六仄韻；後段九句，五仄韻。

周端臣

蘇○堤○路●韻　正●密●柳●烘○烟○句　嫩●莎○收○雨●韻　野●芳○競●吐●韻　山○如○畫●讀　隱●隱●雲○藏○山

塢韻六橋徙倚句喧處處讀行春簫鼓韻鷗影外讀一片湖光句夷猶彩舟來去韻凝想禊飲花前句愛裙幄圍香句款留蓮步韻舊踪未改句還曾記讀纜結亭邊芳樹韻愁情幾許韻更多似讀一天飛絮韻空自有讀花畔黃鸝句知人笑語韻

南宋後期周端臣創調，詠西湖兩詞。六橋在杭州西湖蘇堤。周密《武林舊事》卷五：「西湖三堤路：蘇公堤自南新路直至北新路口，小新堤自曲院至馬蝗橋。蘇公堤，元祐中東坡守杭日所築，起南迄北，横截湖面，夾道雜植花柳，中爲六橋九亭。坡詩云：『六橋横截天漢上，北山始與南屏通。忽驚二十五萬丈，老葑席卷蒼烟空。』」此詞詠蘇堤。周端臣另首詠西湖芙蓉苑：「芙蓉苑。記試酒清狂，彈鞭游遍。翠紅照眼。凝茅露、洗出青霞一片。垂楊兩岸，窺鏡底、新妝深淺。應料似、錦帳行春，三千粉春矜艷。邂逅繫馬堤邊，念玉筍輕攀，笑簪同歡。歲華暗換，西風露、幾許愁腸凄斷。仙城夢黯。還又是、六橋秋晚。凝望處、烟淡雲寒，人歸雁遠。」兩詞句式相同，惟後一詞偶誤用平聲韻。此調《詞律》與《詞譜》失收，謹補。

夜合花

雙調，一百字。前段十一句，五平韻；後段十一句，六平韻。　史達祖

柳鎖鶯魂句花翻蝶夢句自知愁染潘郎韻輕衫未攬句猶將淚點偷藏韻念前事句怯流光韻早春窺讀酥雨池塘韻向銷凝裏句梅開半面句情滿徐妝韻

風絲一寸柔腸韻曾在歌邊惹恨句燭底縈香韻芳機瑞錦句如何未織鴛鴦韻人扶醉句月依牆韻是當初讀誰敢疏狂韻把閑言語句花房夜久句各自思量韻

北宋新聲，屬黃鍾商。晁補之詞爲創調之作。夜合花，喬木，葉似槐葉，至夜則合；又名合昏、合歡、馬纓花。夏季開花，花淡紅色。古代常以合歡贈人，以寓消怨合好。三國魏人嵇康《養生論》：「合歡蠲忿，萱草忘憂。」調名本此。史達祖兩詞爲通行之體。高觀國抒寫感舊之情：「斑駮雲開，濛鬆雨過，海棠花外寒輕。湖山翠暖，東風正要新晴。又喚醒，舊游情。記年時、今日清明。隔花陰淺，香隨笑語，特地逢迎。　人生好景難并。依舊秋千巷陌，花月蓬瀛。春衫抖擻，餘香半染芳塵。念嫩約，杳難憑。被幾聲、啼鳥驚心。一庭芳

草，危欄晚日，無限消凝。」周密詠茉莉：「月地無塵，珠宮不夜，翠籠誰煉鉛霜。南州路杳，仙子誤入唐昌。零霧滴，濕微妝。逗清芬、蝶夢空忙。梨花雲暖，梅花雪冷，應妒秋芳。庭虛夜氣偏凉。曾記幽叢采玉，素手相將。青蕤嫩萼，指痕猶映瑶房。風透幕，月侵床。記夢回、粉艷争香。枕屏金絡，釵梁絳縷，都是思量。」此調爲换頭曲，但前後段自第四句起句式相同。此調以四字句和六字句爲主，前後段各插入兩個三字句和一個上三下四句法之七字句，使此調句式富於變化，調勢較爲流暢而諧婉。諸家之作多用於抒情，亦用於詠物與寫景。此調共存十詞，《詞譜》列五體，而通用者除史達祖百字體，尚有九十九字者，即後段之第二句省一字而爲五字句，如丘崈寫初秋之景：「雨過凉生，風來香遠，柳塘池館清幽。圓荷萬柄，芙蓉困倚輕柔。暮霞映，日初收。更滿意、緑密紅稠。是牽情處，低回照影，特地嬌羞。　惆悵好景難酬。慰家山夢繞，十頃清秋。庭空吏散，依然興在滄洲。未容短棹輕舟。謾贏得、終日遲留。笑空歸去，籃輿路轉，月上西樓。」此詞後段第六句爲六字句，將兩個三字句合并，句式略異。孫惟信追念一段情事：「風葉敲窗，露蛩吟甃，謝娘庭院秋宵。鳳屏半掩，釵花映燭紅摇。潤玉暖，膩雲嬌。染芳情、香透鮫綃。斷魂留夢，烟迷楚驛，月冷藍橋。　誰念賣藥文簫。望仙城路杳，鶯燕迢迢。羅衫暗摺，蘭痕粉迹都銷。流水遠，亂花飄。苦相思、寬盡春腰。幾時重恁，玉驄過處，小袖輕招。」吴文英《自鶴江入京泊葑門外有感》：「柳暝河橋，鶯晴臺苑，短策頻惹春香。當時夜泊，温柔便入深鄉。詞韻窄，酒杯長。剪蠟花、壺箭催忙。共追游處，凌波翠陌，連棹横塘。　十年一夢凄凉。似西湖燕去，吴館巢荒。重來萬感，依前唤酒銀罌。溪雨急，岸花狂。趁殘鴉、飛過蒼茫。故人樓上，憑誰指與，芳草斜陽。」凡長調之字數多一字或少一字，句式偶有相異，皆是詞人倚聲時之正常現象。《詞譜》嚴分別體在於辨異，填詞則宜以名篇與通用之體爲準，故應於異中求同。此調之九十九字者爲附，不必再立一體。用此調時可依史達祖詞爲式，亦可以吳文英詞爲式。

引駕行

雙調，一百字。前段九句，五仄韻；後段十一句，六仄韻。　柳　永

虹收殘雨句蟬嘶敗柳長堤暮韻背都門讀動銷黯句西風片帆輕舉韻愁睹韻泛畫鷁翩翩句靈鼉隱隱下前浦韻忍回首讀佳人漸遠句想高城讀隔烟樹韻　幾許韻秦樓晝永句謝閣連宵奇遇韻算贈笑千金句酬歌百琲句盡成輕負韻南顧韻念吳邦越國句風烟蕭索在何處韻獨自個讀千山萬水句指天涯去韻

北宋新聲，屬中呂調，柳永羈旅行役之詞爲創調之作。晁補之詞於調名下注：「亦名《長

春》。」其詞題爲《永嘉郡君生日》，詞云：「春雲輕鎖，春風乍扇園林曉。掃華堂、正桃李，芳時誕辰還到。年少。記絳蠟火搖，金猊香郁寶妝了。驟駿馬、天街向晚，喜同車、詠窈窕。多少。盧家壺範，杜曲家聲榮耀。慶孟光齊眉，馮唐白首，鎮同歡笑。縹緲。待琅函深討。芒田高隱去偕老。自別有、壺中永日，比人間好。」此詞乃爲妻子壽辰所作，格律同柳詞。晁補之另一詞寫春恨，詞中句式略異：「梅梢瓊綻，東君次第開桃李。痛年年、好風景，無事對花垂淚。園裏。舊賞處、幽葩柔條，一一動芳意。恨心事、春來間阻，憶年時、把羅袂。雅戲。櫻桃紅顆，爲插邊明麗。又漸是，櫻桃嘗新，忍把舊游重記。何意。便雲收雨歇，瓶沉簪折兩無計。謾追悔、憑誰向説，只厭厭地。」《詞律》編者見到晁補之《晁氏琴趣外篇》之此詞脱後段，蓋汲古閣本原有脱誤，僅存「梅梢瓊綻」至「雅戲」計五十二字。萬樹遂於此調首列晁詞五十二字體，但萬氏頗存懷疑：「愚謂此五十二字，與柳之前半適同，恐此只《引駕行》之半曲耳。……總之此詞或逸去後段，决非全璧。」萬樹的判斷是正確的。《詞譜》沿誤而又不作解説。由此所存之前段又連有後之「雅戲」短韻，《詞律》與《詞譜》編者以柳詞爲譜時致將後段短韻「幾許」連接前段而致分段有誤。此調一百字，前後段各五十字，於前段「隔烟樹」下分段。通常長調之過變出現短韻，此調即如此。柳詞之「幾許」乃追述此下於歌樓之豪爽情形，以詞意脈絡來看絶不屬於前段。今《全宋詞》即將「幾許」歸入後段。柳永此調之另一詞爲一百二十五字，屬仙呂調，體制相異，乃音譜不同所致。

定風波慢

雙調，一百字。前段十一句，六仄韻；後段十一句，七仄韻。　柳　永

自春來讀慘緑愁紅句芳心是事可可韻日上花梢句鶯穿柳帶句猶壓香衾臥韻暖酥銷句膩雲嚲韻終日厭厭倦梳裹韻無那韻恨薄情一去句音書無個韻早知恁(般)麼韻悔當初讀不把雕鞍鎖韻向鷄窗句只與蠻箋象管句拘束教吟課韻鎮相隨句莫拋躲韻針綫閑拈伴伊坐韻和我韻免使年少句光陰虛過韻

《定風波》有中調與長調兩類，長調始自北宋柳永。柳永此調兩詞，此詞屬林鍾商。《詞譜》於後段首句多一「般」字，而《樂章集》今傳之本無此字。柳詞調名仍爲《定風波》，未加「慢」字。《梅苑》卷二存無名氏一詞，調名爲《定風波慢》，與柳詞格律相同。詞云：「漏新春、消息前村，數枝楚梅輕綻。雪艷精神，冰膚淡佇，姑射依稀見。冷香凝，金蕊淺。青女饒伊妒無限。堪羨。似壽陽妝閣，初勻粉面。　纖條緑染。異群葩、不似和風扇。向深冬、免使游蜂舞蝶，撩撥春心亂。水亭邊，山驛畔。立馬行人暗腸斷。吟戀。(又)忍隨羌管，飄零

千片。」此體僅此兩詞。柳永另首一百五字，屬雙調，音譜不同，句式亦異。

鳳簫吟

韓縝

雙調，一百字。前段十句，四平韻；後段十句，五平韻。

鎖離愁句連綿無際句來時陌上初薰韻繡闈人念遠句暗垂珠淚泣句送征輪韻長亭長在眼句更重重讀遠水孤村韻但望極讀樓高盡日句目斷王孫韻

消魂韻池塘從別後句曾行處讀緑妒輕裙韻恁時攜素手句亂花飛絮裏句緩步香茵韻朱顏空自改句向年年讀芳意常新韻遍緑野讀嬉游醉眠句莫負青春韻

北宋新聲，韓縝詞爲創調之作。宋人葉夢得《石林詩話》卷上：「元豐初，虜人來議地界。韓丞相名縝，自樞密院都承旨出分晝。玉汝（韓縝）有愛妾劉氏，將行，劇飲通夕，且作樂府詞留別。翼日，神宗已密知，忽中批步軍司遣兵馬搬家追送之。玉汝初莫測所因，久之方知其自樂府發也。蓋上以恩澤待下，雖閨門之私，亦恤之如此。」此詞藉詠草以寄相思之情。曹勛詞題爲《郊祀慶成》，詞云：「列旂常。中宵天浄，郊丘展采圓蒼。肇禋三歲禮，（聖）天子爲民，致福穰穰。凝旒親奠玉，粲珠聯、星斗垂芒。漸月轉燔柴，露重烟斷壇旁。歡康。青霞催曉，六樂均調，響逐新陽。輦回天仗肅，慶千官抃舞，繡錦成行。鷄竿雙鳳闕，肆頒宣、恩動榮光。贊永御、蘿圖霈澤，常撫殊方。」此詞首句用韻；前段第九、十句，後段第二、三句句式略異。南宋後期奚倬然改調名爲《芳草》，因韓詞詠草之故，其詞題爲《南屏晚鐘》，乃賦西湖名勝之一，詞云：「笑湖山、紛紛歌舞，花邊如夢如薰。響烟驚落日，長橋芳草外，客愁醒。□天風送遠，向兩山、唤醒癡雲。猶自有、迷林去鳥，不信黄昏。銷凝。油車歸後，一個新月，獨印湖心。蕊宫相答處，空巖虚谷應，猿語香林。正酣紅紫夢，便市朝、有年誰聽。怪玉兔、金烏不换，只换愁人。」此詞後段第二、三句句式略異。此調共存五詞，僅奚詞標調名爲《芳草》。《詞譜》以《芳草》名此調，則不確切。此調諸家之作句式小異，當以韓詞爲式。

念奴嬌

雙調，一百字。前後段各十句，四仄韻。　　辛棄疾

野棠花落句又匆匆過了句清明時節韻剗地東風欺客夢句一夜銀屏寒

怯韻曲岸持觴句垂楊繫馬句此地曾輕別韻樓空人去句舊游飛燕能説韻聞道綺陌東頭句行人長見句簾底纖纖月韻舊恨春江流不斷句新恨雲山千疊韻料得明朝句尊前重見句鏡裏花難折韻也應驚問句近來多少華髮韻

辛棄疾此詞題爲《書東流村壁》，乃宋詞名篇。念奴，唐代天寶年間歌者，調名本此。此調乃北宋新聲，屬大石調，轉入道調宮，又轉入高宮大石調。宋人王灼《碧鷄漫志》卷五：「《念奴嬌》，元微之《連昌宮詞》云：『初過寒食一百六，店舍無烟宮樹緑。夜半月高弦索鳴，賀老琵琶定場屋。力士傳呼覓念奴，念奴潛伴諸郎宿。須臾覓得又連催，特敕街中許燃燭。春嬌滿眼淚紅綃，掠削雲鬟旋裝束。飛上九天歌一聲，二十五郎吹管逐。』自注云：『念奴，天寶中名倡，善歌。每歲樓下酺宴，萬衆喧隘。嚴安之、韋黄裳輩辟易不能禁。衆樂爲之罷奏。明皇遣高力士呼樓上曰：欲遣念奴唱歌，邠二十五郎吹小管逐，看人能聽否。皆悄然奉詔。』」此調以蘇軾《赤壁懷古》詞爲創調之作，但其中句式與宋代通行者頗異。蘇軾另一首中秋詞「憑高眺遠」則與通行之體相合，然而此詞不見於宋人傅幹《注坡詞》，亦不見元延祐本之《東坡樂府》。辛詞同蘇軾中秋詞格律，是爲宋人通用之正體，當以爲法式。此調又名《大江東去》、《酹江月》、《壺中天》、《百字令》、《湘月》。此調爲换頭曲，前後段自第四句起句式相同；以四字句爲主，但與五、六、七字句巧妙配合：每段四個句群,第二、三句群皆較爲流暢,結兩句則歸於平穩。自蘇軾始詞爲懷古之作,惆悵雄壯,風格豪放,故此調多爲豪放詞人所用,表達社會重大題材,而且多用入聲韻。宋人用此調者極衆。宋末元初王仲暉《甕天脞語》記北宋宋江一詞:「天南地北,問乾坤何處,可容狂客。借得山東烟水寨,來買鳳城春色。翠袖圍香,鮫綃籠玉,一笑千金值。神仙體態,薄倖如何消得。回想蘆葉灘頭,蓼花汀畔,皓月空凝碧。六六雁行連八九,只待金鷄消息。義膽包天,忠肝蓋地,四海無人識。閑愁萬種,醉鄉一夜頭白。」這應是傳説之詞,可見此調在民間流行。宋人方勺《泊宅編》卷九記載南宋初年一位自稱「中興野人」者於吴江橋上題詞:「炎精中否,嘆人才委靡,都無英物。胡虜長驅三犯闕,誰作長城堅壁。萬國奔騰,兩宫幽陷,此恨何時雪。草廬三顧,豈無高卧賢傑。天意眷我中興,吾皇神武,踵曾孫周發。河海封疆俱效順,狂虜何勞灰滅。翠羽南巡,叩閽無路,徒有冲冠髮。孤忠耿耿,劍鋩冷侵秋月。」此詞悲慨激烈,深刻表達了士人在南宋初年對國家命運的關注。詞乃用東坡韻,但過變處之句則依通行之體。宋末鄧剡《驛中言别》,或傳爲文天祥作,此詞不僅愛國情感激烈,而且藝術性尤高;詞云:「水天空濶,恨東風不借,世間英物。蜀鳥吴花殘照裏,忍見荒城頹壁。銅雀春情,金人秋淚,此恨憑誰雪。堂堂劍氣,斗牛空認奇傑。那信江海餘生,南行萬里,不放扁舟發。正爲鷗盟留醉眼,細看濤生雲滅。睨柱吞嬴,回旗走懿,千古冲冠髮。伴人無寐,秦淮應是孤月。」此亦用東坡韻而合通用之正體。大致宋人於此調多用入聲韻,辛棄疾十九首詞,其中用入聲韻者即有十三首之多。用仄聲韻者如陳亮《登多景樓》亦是宋詞名篇:「危樓還望,嘆此意今古,幾人曾會。鬼設神施渾認作,天限南疆北界。一水横陳，連岡三面，做出争雄勢。六朝何事，只成門户私計。因笑王謝諸人，登高懷遠，也學英雄涕。憑却長江管不到，河洛腥羶無際。正好長驅，不須反顧，尋取中流誓。小兒破曹，勢成寧爲强對。」此詞長於議論，批判現實政治，極爲深刻。辛棄疾《書東流村壁》乃感舊之作，清新婉約，是此調另一風格。李清照寫春日閨情，語意苦澀，情感隱晦而壓抑，亦用仄韻：「蕭條庭院，又斜風細雨，重門須閉。寵柳嬌花寒食近，種種惱人天氣。險韻詩成，扶頭酒醒，别是閑滋味。征鴻過盡，萬千心事難寄。樓上幾日春寒，簾垂四面，玉闌干慵倚。被冷香消新夢覺，不許愁人不起。清露晨流，新桐初引，多少游春意。日高烟斂，更看今日晴未。」宋末張炎改調名爲《壺中天》，題爲《夜渡古黄河》，用入聲韻，詞意清空騷雅，是爲又一風格：「揚舲萬里，笑當年底事，中分南北。須信平生無夢到，却向而今游歷。老柳關河，斜陽古道，風定波猶直。野人驚問，泛槎何處狂客。迎面落葉蕭蕭，水流沙共遠，都無行迹。衰草淒迷秋更緑，惟有閑鷗獨立。浪挾天浮，山邀雲去，銀浦横空碧。叩舷歌斷，海蟾飛上孤白。」此詞後段第二、三句作五四句式，略異。《詞譜》於此調共列十二體，除正體而外，影響最大者是蘇軾之始詞。

又一體

雙調，一百字。前段九句，四仄韻；後段十句，四仄韻。

蘇　軾

大江東去句浪淘盡讀千古風流人物韻故壘西邊句人道是讀三國周郎赤

壁韻亂石穿空句驚濤拍岸句卷起千堆雪韻江山如畫句一時多少豪傑韻遙想公瑾當年句小喬初嫁了句雄恣英發韻羽扇綸巾句談笑處讀檣櫓灰飛烟滅韻故國神游句多情應笑我句早生華髮韻人生如夢句一樽還酹江月韻

此體前段第二句爲九字句，後段第二句五字，第三句四字，前段第五句與後段第四句俱四字，前段第四句與後段第五句俱九字：與此調通行之體句式異。宋人依此體填寫者極少。張元幹《丁卯上巳燕集葉尚書蕊香堂賞海棠即席賦之》：「蕊香深處，逢上巳、生怕花飛紅雨。滿點胭脂，遮翠袖、誰識黄昏凝佇。燒燭呈妝，傳杯繞檻，莫放春歸去。垂絲無語，見人渾似羞妒。　修禊當日蘭亭，群賢弦管裏，英姿如許。寶靨羅衣，應未有、許多陽臺神女。氣湧三山，醉聽五鼓，休更分今古。壺中天地，大家著意留住。」此詞後段第七、八句爲四五句式。朱熹《用傅安道和朱希真梅詞韻》：「臨風一笑，問群芳、誰是真香純白。獨立無朋，算只有、姑射山頭仙客。絶艷誰憐，真心自保，邈與塵緣隔。天然殊勝，不關風露冰雪。　應笑俗李粗桃，無言翻引得，狂蜂輕蝶。争似黄昏，閑弄影、清淺一溪霜月。畫角吹殘，瑶臺夢斷，直下成休歇。綠陰青子，莫教容易披折。」此詞後段第七、八句亦四五句式。陳德武《詠惜花春起草》：「惜花心事，不由人、蝴蝶夢魂先覺。剛納繡鞋，行掠鬢、仰見斗橫林梢。昨日深紅，今日輕白，顏色殊昏曉。此中滋味，料他塵世知少。　問二十四番風，寒梅并絳棟，始終俱好。須看未開，開又謝，多少落英顛倒。彩綴隋園，鹿游唐苑，哀樂無憑禱。此音誰寄，憑欄猶把琴抱。」此詞後段第七、八句亦爲四五句式。因蘇詞是名篇，用此調者既可依正體格律，亦可依蘇詞體式。

又一體

雙調，一百字。前後段各十句，四平韻。　陳允平

漢江露冷句是誰將瑤瑟句彈向雲中韻一曲清泠聲漸杳句月高人在珠宮韻暈額黃輕句塗腮粉艷句羅帶織青蔥韻天香吹散句環佩猶自丁東韻回首杜若汀洲句金鈿玉鏡句何日得相逢韻獨立飄飄烟浪遠句羅襪羞濺春紅韻渺渺予懷句迢迢良夜句三十六陂風韻九嶷何處句斷雲飛度千峰韻

陳允平詞題爲《賦水仙》，乃將此調正體改用平韻。葉夢得《中秋宴客有懷壬午歲吴江長橋》：「洞庭波冷，望冰輪初轉，滄海沉沉。萬頃孤光雲陣捲，長笛吹破層陰。洶湧三江，銀濤無際，遥帶五湖深。酒闌歌罷，至今鼉怒龍吟。回首江海平生，漂流容易散，佳期難尋。縹緲高城風露爽，獨倚危檻重臨。醉倒清尊，姮娥應笑，猶有向來心。廣寒宮殿，爲予

聊借瓊林。」此詞後段第二、三句爲五四句式，略異。凡用此調平韻體，當以陳允平詞爲式。此調之平韻體其聲韻與正體迥然不同，故用此體者極少。

解語花

雙調，一百字。前段九句，六仄韻；後段九句，七仄韻。　　周邦彦

風銷絳蠟句露浥烘爐句花市光相射韻桂花流瓦韻纖雲散讀耿耿素娥欲下韻衣裳淡雅韻看楚女讀纖腰一把韻簫鼓喧讀人影參差句滿路飄香麝韻

因念都城放夜韻望千門如晝句嬉笑游冶韻鈿車羅帕韻相逢處讀自有暗塵隨馬韻年光是也韻唯只見讀舊情衰謝韻清漏移讀飛蓋歸來句從舞休歌罷韻

北宋新聲，屬林鍾羽，俗名高平調。周邦彦詞爲創調之作，題爲《元宵》，乃宋詞名篇。五代王仁裕《開元天寶遺事》卷下：「明皇秋八月，太液池有千葉白蓮數枝盛開，帝與貴戚宴賞焉。左右皆嗟嘆久之，帝指貴妃示左右曰：『爭如我解語花。』」後因以比喻美人。宋人趙

彦端《鷓鴣天》：「清肌瑩骨能香玉，艷質英姿解語花。」此調爲换頭曲，前後段自第四句起句式相同。此調以四字句與六字句爲主，四個七字句皆作上三下四句法，兩個九字句皆作上三下六句法，故調勢極平緩，低沉而和諧，宜用於叙事、寫景、節序、詠物。劉子寰詠雪：「龍沙殿臘，兔苑留寒，花照冰壺夜。亂山平野。裝珠樹、滿眼買春無價。牆頭苑下，渾不見、桃夭杏冶。疑趁風、庾嶺寒梅，觸處都飄謝。吹面峭寒未怕。覽瑶池萬里，飛觀高榭。霓旌鶴駕。歌黄竹、勝躍踏青驕馬。峯巒似畫。但點綴、片時相借。驚望中、玉宇瓊樓，殘溜空鴛瓦。」吴文英《立春風雨中餞處静》：「檐花舊滴，帳燭新啼，香潤殘冬被。澹烟疏綺。凌波步、暗阻傍牆挑薺。梅痕似洗。空點點、年華别淚。花鬢愁、釵股籠寒，彩燕沾雲膩。還鬥辛盤葱翠。念青絲牽恨，曾試纖指。雁回潮尾。征帆去、似與東風相避。泥雲萬里。應剪斷、紅情緑意。年少時、偏愛輕憐，和酒香宜睡。」張艾抒寫秋興：「輕雷殷殷，小枕驚回，簾影摇庭户。嫩凉遥度。江雲墮、結作西窗暗雨。閑階静佇。嘆疏袂、愁寬一縷。憑畫欄、潤葉鳴條，總是安秋處。因唤扁舟晚渡。漸聞歌招得，采菱儔侣。臨平歸路。花無數、應識汀洲倦旅。飛紅怨暮。長趁得，斷鴻南浦。閑衾枕、誰更無聊，應最憐紈素。」此調共存十三詞，《詞譜》列三體，當以周詞爲式。此調《詞譜》將明代張綖「窗涵月影」詞誤爲秦觀之詞，並以之爲正體，乃失檢所致。

繞佛閣

周邦彦

雙調，一百字。前段十一句，八仄韻；後段九句，六仄韻。

暗塵四斂韻樓觀迥出句高映孤館韻清漏將短韻厭聞夜久讀籤聲動書幔韻桂花又滿韻閑步露草句偏愛幽遠韻花氣清婉韻望中迤邐句城陰渡河岸韻

倦客最蕭索句醉倚斜陽穿柳綫韻還似汴堤讀虹梁橫水面韻看浪颭春燈句舟下如箭韻此行重見韻嘆故友難逢句羈思空亂韻兩眉愁讀向誰舒展韻

北宋新聲，屬黃鍾商，俗名大石調。周邦彦詞題《旅情》，爲創調之作。吴文英兩詞與周詞格律相同；其一題爲《與沈野逸東皋天街盧樓追凉小飲》：「夜空似水，横漢静立，銀浪聲杳。瑶鏡匳小。素娥乍起、樓心弄孤照。絮雲未巧。梧韻露井，偏借秋早。晴暗多少。怕教徹膽，蟾光見懷抱。浪迹尚爲客，恨滿長安千古道。還記暗螢、穿簾街語悄。嘆步影歸來，人鬢花老。紫簫天渺。又露飲風前，凉墮輕帽。酒杯空、數星横曉。」張艾抒寫悲秋情緒：「渚雲弄濕、烟縷際晚，江國遥碧。怕聞野寺、孤鐘動凄惻。小橋路窄。疏袖暗拂衰草，愁聽蛩語還寂。可堪過了，龜紗負瑤席。　荏苒露華白。一夜秋窗驚曉色。柳影孤危，殘蟬空抱葉。想摇落關情，歸夢頓折。物華消歇。盡倒斷寒塘，幽香先滅。怨紅供、拒霜啼頰。」此詞將前段七、八、九，三個四字句改爲兩個六字句，句式略異。此調共存五詞，以周詞爲法式。

渡江雲

雙調，一百字。前段十句，四平韻；後段九句，一叶韻，四平韻。

周邦彦

晴嵐低楚甸句暖回雁翼句陣勢起平沙韻驟驚春在眼句借問何時句委曲到山家韻塗香暈色句盛粉飾讀争作妍華韻千萬絲讀陌頭楊柳句漸漸可藏鴉韻

堪嗟韻清江東注句畫舸西流句指長安日下換仄韻愁宴闌讀風翻旗尾句潮濺烏紗平韻今宵正對初弦月句傍水驛讀深艤蒹葭韻沉恨處讀時時自剔燈花韻

北宋新聲，屬小石調，周邦彦詞爲創調之作。周邦彦《玉樓春》詞：「人如風後入江雲，情似雨餘粘地絮。」意指所戀之人猶如驟風吹入江中之雲，很快消散；情如雨後粘地之柳絮，不再飛起。調名本此。周詞爲羈旅行役之作，前段寫春景，意象密集，善於鋪叙，景物描寫很細緻。後段首句用短韻，承上啟下，第四句韻脚「下」换本部仄聲相叶，諸家如此，乃是定格。後段兩處用對偶，甚工巧。此調爲换頭曲，前後段句式頗異。前段因有三個五字句爲韻句，故較流暢；後段略有收斂，但音節仍瀏亮和諧。吴文英調名爲《渡江雲三犯》，注：「中吕商，俗名小石調。」詞題爲《西湖清明》，亦是宋詞名篇，詞云：「羞紅顰淺恨，晚風未落，片繡點重茵。舊堤分燕尾，桂棹輕鷗，寶勒倚殘雲。千絲怨碧，漸路入、仙塢迷津。腸漫回，隔花時見，背面楚腰身。　逡巡。題門惆悵，墮履牽縈，數幽期難準。還始覺、留情緣眼，寬帶因春。明朝事與孤烟冷，做滿湖、風雨愁人。山黛暝，塵波淡緑無痕。」此詞叙述詞人在杭州西湖與某貴家之妾艷遇之經過；後段「準」字是以本部仄聲相叶，格律極嚴。盧祖皋賦荷花：「錦雲香滿鏡，岸中横笛，浮醉一舟輕。別愁縈短鬢，晚凉池閣，此地忽逢迎。柄圓敧緑，倚風流、還恁娉婷。憑畫欄、嫣然輸笑，無語寄心情。　盈盈。露華匀玉，日影酣紅，記晚妝慵整。還暗驚、人間離合，羞對池萍。三年一覺西湖夢，又等閑、金井秋聲。銷魂久、夜深月冷風清。」詹玉《春江雨宿》：「拖陰籠晚暝，商量清苦，陣陣打篷聲。分明都是淚，不道今宵，篷底有離人。松濤摇睡，夢不穩、難濕巫雲。幾點兒、淚痕跳響，休要醒時聽。　銷魂。燈下無語，暗泣梨花，掩重門夜永。應是添、傷春滋味，中酒心情。東風湖上香泥軟，明日去、天色須晴。相見也、洛陽沽酒旗亭。」張炎《山陰久客一再逢春回憶西杭渺然愁思》：「山空天入海，倚樓望極，風急暮潮初。一簾鳩外雨，幾處閑田，隔水動春鋤。新烟禁柳，想如今、緑到西湖。猶記得、當年深隱，門掩兩三株。愁余。荒洲古溆，斷梗疏萍，更漂流何處。空自覺、圍羞帶減，影怯燈孤。常疑即見桃花面，甚近來、翻笑無書。書縱遠、如何夢也都無。」以上盧祖皋之「整」、詹玉之「永」、張炎之「處」皆是以本部仄聲相叶者。此調共十七詞，有平韻與仄韻兩體。

又一體

雙調，一百字。前段十句，四仄韻；後段九句，五仄韻。　陳允平

風流三徑遠句此君澹泊句誰與伴清足韻歲寒人自得句傍石鋤雲句閑裏種蒼玉韻琅玕翠立句愛細雨疏烟初沐韻春晝長讀秋風不斷句洗紅塵凡俗韻

高獨韻虛心共許句淡節相期句幾人間棋局韻堪愛處讀月明琴院句雪晴書屋韻心盟更許青松結句笑四時讀梅馨蘭菊韻庭砌繞讀東風漸添新緑韻

陳允平調名《三犯渡江雲》，原注：「舊平聲，今改入聲，爲竹友謝少保壽。」此體僅此一詞。

蠟梅香

雙調，一百字。前段十一句，四仄韻；後段十句，四仄韻。　吴師孟

錦里陽和句看萬木凋時句早梅獨秀韻珍館瓊樓畔句正絳跗初吐句穠華時茂韻國艷天葩句真澹佇讀雪肌清瘦韻似廣寒宮句鉛華未御句自然妝就韻
凝睇倚朱欄句噴清香暗度句易襲襟袖韻好與花爲主句宜秉燭讀頻觀泛湘酎韻莫待南枝句隨樂府讀新聲吹後韻對賞心人句良辰好景句須信難偶韻

蠟梅，梅之一種；落葉灌木，與梅不同科。黄庭堅《戲詠蠟梅二首》宋人任淵注：「山谷書此詩後云：『京洛間有一種花，香氣似梅花，亦五出而不能晶明，類女功撚蠟所成，京洛人因謂蠟梅。』」范成大《梅譜》：「蠟梅，本非梅類，以其與梅同時，香又相近，色酷似蜜脾，故名蠟梅。」此調爲北宋新聲，共存三詞，皆詠梅之作。喻陟詞：「曉日初長，正錦里輕陰，小寒天氣。未報春消息，早瘦梅先發，淺苞纖蕊。搵玉勻香，天賦與、風流標致。問隴頭人，音容萬里，待憑誰寄。一樣曉妝新，倚朱樓凝盼，素英如墜。映月臨風處，度幾羌管，愁

生鄉思。電轉光陰，須信道、飄零容易。且頻歡賞，柔芳正好，滿簪同醉。」此詞後段第五、六句作四四句式，句式略異。

絳都春

雙調，一百字。前後段各十句，六仄韻。

丁仙現

融和又報韻乍瑞靄霽色句皇州春早韻翠幰競飛句玉勒争馳都門道韻鰲山彩結蓬萊島韻向晚色讀雙龍銜照韻絳綃樓上句彤芝蓋底句仰瞻天表韻縹緲韻風傳帝業句慶三殿共賞句群仙同到韻迤邐御香句飄滿人間韻聞嬉笑韻須臾一點星球小韻漸隱隱讀鳴鞘聲杳韻游人月下歸來句洞天未曉韻

北宋新聲，屬夷則羽，俗名仙吕調。教坊使丁仙現上元詞爲創調之作。絳都，仙都。蘇軾《戚氏》：「玉龜山。東皇靈姥統群仙。絳闕岧嶢，翠房深迥，倚霏烟。幽閑。志蕭然。金城千里鎖嬋娟。當時穆滿巡狩，翠華曾到海西邊。」此叙述周穆王見西王母之神話故事。

絳都即指絳闕。南宋詞人多用此調。吳文英此調六詞，其《題蓬萊閣燈屏履翁帥越》，履翁即吳潛，時知紹興府兼浙東安撫使。詞云：「螺屏暖翠。正霧卷暮色，星河浮霽。路幕遞香，街馬衝塵東風細。梅槎凌海横鼇背。倩穩載、蓬萊雲氣。寶階斜轉，冰娥素影，夜清如水。　應記。千秋化鶴，舊華表認得，山川猶是。暗解繡囊，争擲金錢游人醉。笙歌曉度晴霞外。又上苑、春生一葦。便教接宴鶯花，萬紅鏡裏。」翁元龍《秋晚海棠與黃菊盛開》：「花嬌半面。記蜜燭夜闌，同醉深院。衣袖粉香，猶未經年如年遠。玉顔不趁秋容换。但换却、春游同伴。夢回前度，郵亭倦客，又拈箋管。　慵按。梁州舊曲，怕離柱斷弦，驚破金雁。霜被睡濃，不比花前良宵短。秋娘羞占東籬畔。待説與、深宫幽怨。恨他情淡陶郎，舊緣較淺。」蔣捷抒寫春愁：「春愁怎畫。正鶯背帶雪，酴醾花謝。細雨院深，淡月廊斜重簾挂。歸時記約燒燈夜。早拆盡、秋千紅架。縱然歸近，風光又是，翠陰初夏。　婭姹。嚬青泫白，恨玉佩罷舞，芳塵凝榭。幾擬倩人，付與蘭香秋羅帕。知他墮策斜籠馬。在底處、垂楊樓下。無言暗擁嬌鬟，鳳釵溜也。」此調爲换頭曲，過變用短韻，句式富於變化，前後段之中有三個七字句，後一個爲上三下四句法，使此調由流暢而又頓挫，音節較爲流美。此調共存十九詞，《詞譜》列八體，當以丁仙現詞爲正體。

又一體

雙調，九十八字。前段十句，四平韻，一叶韻；後段九句，四平韻，一叶韻。　陳允平

秋千倦倚句正海棠半坼句不耐春寒韻殢雨弄晴句飛梭庭院繡簾閑韻梅妝欲試芳情懶叶翠顰愁入眉彎韻霧蟬香冷句霞綃淚揾句恨襲湘蘭韻

悄悄池臺步晚句任紅熏杏靨句碧沁苔痕韻燕子未來句東風無語又黃昏韻琴心不度春雲遠叶斷腸難托啼鵑韻夜深猶倚句垂楊二十四欄韻

陳允平原注：「舊上聲韻，今改平聲。」此體僅此一詞。

琵琶仙

雙調，一百字。前段九句，四仄韻；後段八句，四仄韻。

姜夔

雙槳來時句有人似讀舊曲桃根桃葉韻歌扇輕約飛花句蛾眉正愁絶韻春漸遠讀汀洲自緑句更添了讀幾聲啼鴂韻十里揚州句三生杜牧句前事休説韻

又還是讀宮燭分烟句奈愁裏讀匆匆換時節韻都把一襟芳思句與空階榆莢韻千萬縷韻藏鴉細柳句爲玉尊讀起舞回雪韻想見西出陽關句

故人初別韻

南宋新聲，姜詞爲創調之作，屬林鍾商。此調爲换頭曲，前後段句式頗異。前後段共五個七字句爲上三下四句法，一個八字句爲上三下五句法，一個九字句爲上三下六句法，與五個四字句相配合形成頓挫之處較多，而前後段結尾又較流暢，加上用入聲韻，使此調具有含蓄、曲折、抑鬱之情調，而音響有激越之感。姜夔用以叙述在吴興的一段情事，雅致清空而又惆悵，很能體現此調之聲情。此調爲孤調，宜用入聲韻。

東風第一枝

雙調，一百字。前段九句，四仄韻；後段八句，四仄韻。　無名氏

臘雪猶凝句東風遞暖句江南梅早先坼韻一枝經曉芬芳句幾處漏春消息韻孤根寒艷句料化工讀別施恩力韻迴不與讀桃李争妍句自稱壽陽妝飾韻

雪爛熳讀怨蝶未知句嗟燕孤讀畫樓綺陌韻暗香空寫銀箋句素艷漫傳妙筆韻王孫輕顧句便好與讀移栽京國韻更免逐讀羌管凋零句冷落

暮山寒驛 韻

北宋新聲，屬黄鍾商。此詞爲創調之作，詞因「東風遞暖」、「一枝經曉芬芳」遂以爲調名。史達祖《壬戌閏臘望雨中立癸亥春與高賓王各賦》：「草脚愁蘇，花心夢醒，鞭香拂散牛土。舊歌空憶珠簾，彩筆倦題繡户。粘鷄貼燕，想立斷、東風來處。暗惹起、一掬相思，亂若翠盤紅縷。　今夜覓、夢池秀句，明日動、探花芳緒。寄聲沽酒人家，預約俊游伴侶。憐他梅柳，乍忍俊、天街酥雨。待過了、一月燈期，日日扶醉歸去。」後段第一句「句」字非韻位所在。趙崇霄描寫春景：「妒雪梅甦，迷烟柳醒，游絲輕颺新霽。捲簾看燕初歸，步屧爲花早起。春來猶淺，便做出、十分春意。喜鳳釵、纔卸珠幡，早换巧梳描翠。　著數點、催花雨膩，更一番、遞香風細。小鶯忺暖調聲，嫩蝶試晴舞翅。清歡易失，怕輕負、年芳流水。好趁閑、共整吟韉，日日訪桃尋李。」後段第一句「膩」字非韻位所在。周密《早春賦》：「草夢初回，柳眠未起，新陰纔試花訊。雛鶯迎曉偎香，小蝶舞晴弄影。飛梭庭院，早已覺、日遲人静。畫簾輕、不隔春寒，旋減酒紅香暈。　吟欲就、遠烟催暝，人欲醉、晚風吹醒。瘦肌羞怯金寬，笑靨暖融粉沁。珠歌緩引。更巧試、杏妝梅鬢。怕等閑、虛度芳期，老却翠嬌紅嫩。」後段第一句「暝」字非韻位所在。凡長調某些非韻位所在之處，偶爾用韻，亦可。此調《詞譜》列四體，當以無名氏詞爲正體。此調共存十六詞，多用於詠梅、詠物、春景、叙事、壽詞。詞中凡兩個四字句、六字句、七字句連用時皆爲對偶，甚見工緻。此調以六字句與四字句爲主，又六個七字句皆作上三下四句法，兼用仄聲韻，故調勢迂徐平緩，音響低沉，但仍諧婉。

惜花春起早慢

無名氏

雙調，一百字。前段八句，四仄韻；後段九句，四仄韻。

向春來句睹園林讀繡出滿檻鮮萼韻流鶯海棠枝上弄舌句紫燕飛繞池閣韻三眠細柳句垂萬條讀羅帶柔弱韻爲思量讀昨夜去看花句猶自斑駁韻

須拚盡日尊前句當媚景良辰句且恁歡謔韻更闌夜深秉燭句對花酌讀莫孤輕諾韻鄰鷄唱曉句驚覺來讀連忙梳掠韻向西園讀惜群葩句恐怕狂風吹落韻

此詞詠調之本意，爲孤調，乃北宋新聲，見存於《高麗史·樂志》。

高陽臺

雙調，一百字。前後段各十句，五平韻。　　張　炎

接葉巢鶯句平波卷絮句斷橋斜日歸船韻能幾番游句看花又是明年韻東風且伴薔薇住句到薔薇春已堪憐韻更淒然韻萬綠西泠句一抹荒烟韻　當年燕子知何處句但苔深韋曲句草暗斜川韻見説新愁句如今也到鷗邊韻無心再續笙歌夢句掩重門讀淺醉閑眠韻莫開簾韻怕見飛花句怕聽啼鵑韻

高陽，城邑名，在河南杞縣西。上古顓頊高陽氏佐少昊有功封於此。漢初劉邦兵過高陽，酈食其入謁，自稱高陽酒徒。調名本此。此調爲北宋新聲，始詞爲北宋王觀抒寫春愁之詞：「紅入桃腮，青回柳眼，韶華已破三分。人不歸來，空教草怨王孫。平明幾點催花雨，夢半闌、敧枕初聞。問東君。因甚將春，老了閑人。　東郊十里香塵滿，旋安排玉勒，整頓雕輪。趁取芳時，共尋島上紅雲。朱衣引馬黄金帶，算到頭、總是虚名。莫閑愁，一半悲秋，一半傷春。」此調爲换頭曲，前後段自第四句起句式相同；多用律句，如仄仄平平，平平

仄仄，平平仄仄平平，平平仄仄平平仄；前後段結兩句作仄仄平平，仄仄平平。韻位疏密適當，前後段第八句，張炎用韻；王觀前段第八句用，後段第八句不用韻。其他諸家之作或如王觀詞，或不用韻，均可；但以張炎詞聲韻音節最和婉流暢。用此調者當以張詞爲法式。此調創始於北宋，但多爲南宋後期婉約詞人喜用，作者頗衆。吴文英《豐樂樓分韻得如字》，應爲感舊之作，亦是名篇；詞云：「修竹凝妝，垂楊駐馬，憑欄淺畫成圖。山色誰題，樓前有雁斜書。東風緊送夕陽下，弄暮寒、晚酒醒餘。自銷凝，能幾花前，頓老相如。　傷春不在高樓上，在燈前攲枕，雨外熏爐。怕艤游船，臨流可奈清癯。飛紅若到西湖底，攪翠瀾、總是愁魚。莫重來，吹盡香綿，淚滿平蕪。」蔣捷《送翠英》抒寫離情別緒：「燕捲晴絲，蜂黏落絮，天教綰住閑愁。閑裏清明，匆匆粉澀紅羞。燈摇縹暈茸窗冷，語未闌、娥影分收。好傷情，春也難留，人也難留。　芳塵滿目悠悠。問縈雲佩響，還繞誰樓。別酒才斟，從前心事都休。飛鶯縱有風吹轉，奈舊家、苑已成秋。莫思量，楊柳灣頭，且棹吟舟。」此詞後段首句用韻，且少一字。王茂孫《春夢》：「遲日烘晴，輕烟縷晝，瑣窗雕户慵開。人獨春閑，金猊暖透蘭煤。山屏緩倚珊瑚畔，任翠陰、移過瑶階。悄無聲，彩翅翩翩，何處飛來。　片時千里江南路，被東風誤引，還近陽臺。膩雨嬌雲，多情恰喜徘徊。無端枝上啼鳩唤，便等閑、孤枕驚回。惡情懷。一院楊花，一徑青苔。」王沂孫《陳君衡遠游未還周公謹有懷人之賦倚歌和之》，此希望陳允平北游歸來，暗寓眷懷故國之情：「駝褐輕裝，狨韉小隊，冰河夜渡流澌。朔雪平沙，飛花亂拂蛾眉。琵琶已是凄涼調，更賦情、不比當時。想如今，人在龍庭，初勸金卮。　一枝芳信應難寄，向山邊水際，獨抱相思。江雁孤回，天涯人自歸遲。歸來依舊秦淮碧，問此愁、還有誰知。對東風，空似垂楊，零亂千絲。」柴元彪《懷錢塘舊游》，不勝今昔滄桑之感：「丹碧歸來，天荒地老，鬖鬖華髮相催。見説錢塘，北高峰更崔嵬。瓊林倚宴簪花處，二十年、滿地蒼苔。倩阿誰，爲我起居，坡柳逋梅。淒涼往事休重省，且憑欄感慨，撫景銜杯。冷暖由天，任他花謝花開。知心只有西湖月，尚依依、照我徘徊。更多情，不問朝昏，潮去潮來。」劉辰翁《和巽吾韻》更是悲歌感慨之作：「雨枕鶯啼，露班燭散，御街人賣花窠。過眼無情，而今魂夢年多。百錢曳杖橋邊去，問兒童、重到明河。便人間、無了東風，此恨難磨。落紅點點入頽波。任歸春到海，海又成渦。江上兒童，抱茅笑我重過。蓬萊不漲枯魚淚，但荒村、敗壁懸梭。對殘陽，往往無成，似我蹉跎。」此詞後段首句用韻。此調以抒情、懷古、叙事、寫景爲主，名篇頗多，故選録以供藝術之參考。

錦堂春慢

雙調，一百一字。前後段各十句，四平韻。

司馬光

紅日遲遲句虚廊影轉句槐陰迤邐西斜韻彩筆工夫難狀句晚景烟霞韻蝶尚不知春去句漫繞幽砌尋花韻奈猛風過後句縱有殘紅句飛向誰家韻

始知青鬢無價句歎飄零宦路句荏苒年華韻今日笙歌叢裏句特地咨嗟韻席上青衫濕透句算感舊讀何止琵琶韻怎不教人易老句多少離愁句散在天涯韻

北宋新聲，始詞爲柳永俗詞，屬林鍾商。此調共存九詞，諸家所作於字數、句式互有差異。司馬光詞見存於《苕溪漁隱叢話》後集卷二十二引《東皋雜録》，此詞可爲正體。《詞譜》於此調列五體，尚遺柳永百字一體。黄裳詞題爲《玩雪》，格律同司馬光詞。黄裳詞云：「天女多情，梨花剪碎，人間贈與多才。漸覺瑶池瀲灩，粉翅徘徊。回旋不禁風力，背人飛去還來。最是清虛好處，遥度幽香，不掩寒梅。歲華多幸呈瑞，泛寒光一樣，仙子樓臺。雖喜朱顔可照，時更相催。細認沙汀鷺下，静看烟渚潮回。爲遣青娥趁拍，門獻輕盈，且更傳杯。」此詞前段第八句添一字，後段第七句減一字。

鳳歸雲

雙調，一百一字。前段十句，四平韻；後段十一句，三平韻。　柳　永

向深秋句雨餘爽氣肅西郊韻陌上夜闌句襟袖起涼飆韻天末殘星句流電

未滅句閃閃隔林梢韻又是曉鷄聲斷句陽烏光動句漸分山路迢迢韻驅驅行役句苒苒光陰句蠅頭利祿句蝸角功名句畢竟成何事讀漫相高韻抛擲林泉句狎玩塵土句壯節等閑銷韻幸有五湖烟浪句一船風月句會須歸老漁樵韻

唐代教坊曲，有齊言聲詩與長短句兩種。長短句詞體見於敦煌《雲謡集雜曲子》四首，其中一首殘缺，其餘三首分别爲八十一字、八十二字、七十八字，皆兩段，平韻。三詞雖然字句參差，但仍有格律可尋，句中平仄字聲往往有相同之處。柳永詞寫羈旅行役之情，屬仙吕調，詞之音譜與敦煌曲子異，體制亦不同。柳詞爲换頭曲，前段第五句、後段第六句起句式相同。後段韻稀，過變五句始用一韻，是爲此調特殊之處，但此句群須一氣貫下，詞意流暢。趙以夫寫離情一詞與柳詞格律相同，其詞云：「正愁予，可堪去馬便騑騑。擬折一枝，堤上萬垂絲。離思無邊，離席易散，落日照清漪。苦是禁城催鼓，虚床難寐，夢魂無路歸飛。陡寒還熱，急雨隨晴，化工無準，將息偏難，更向分携處、立多時。吟鬢凋霜，世味嚼蠟，病骨怯朝衣。我有一壺風月，荔丹芝紫，約君同話心期。」此調宋人存三詞。柳永另一詞爲一百十八字體，屬林鍾商，音譜相異。

木蘭花慢

雙調，一百一字。前段十句，五平韻；後段十一句，七平韻。　柳　永

坼桐花爛漫（句）乍疏雨（讀）洗清明（韻）正艷杏燒林（句）緗桃繡野（句）芳景如屏（韻）傾城（韻）盡尋勝去（句）驟雕鞍紺幰出郊坰（韻）風暖繁弦脆管（句）萬家競奏新聲（韻）

盈盈（韻）鬥草踏青（韻）人艷冶（讀）遞逢迎（韻）向路旁往往（句）遺簪墜珥（句）珠翠縱橫（韻）歡情（韻）對佳麗地（句）任金罍罄竭玉山傾（韻）拚却明朝永日（句）畫堂一枕春醒（韻）

北宋新聲，屬南吕調。柳永三詞格律謹嚴，爲此調之始詞。此調與小令《木蘭花》之音譜、體制迥異。此調有短韻，折腰之六字句，上一下四句法之五字句，八字句，配以四字句、六字句，句式多變化而複雜；調勢流暢，頓挫而又含蓄，聲情優美，故兩宋詞人作者極衆。此調以鋪叙、描寫見長，適用於寫景、叙事、詠物、節序、祝頌、懷古、抒情、言志、酬贈，名篇亦多，但諸家句式頗有差異，《詞譜》列十二體。此調以柳詞爲正體，其中三個短韻爲此調顯著之特點，當依遵之。吳文英六詞均用柳詞格律，惟後段第二句不入韻，如其佳作《重泊垂

虹》：「酹清杯問水，慣曾見、幾逢迎。自越棹輕飛，秋蓴歸後，杞菊荒荆。孤鳴。舞鷗慣下，又漁歌忽斷晚潮生。雪浪閑銷釣石，冷楓頻落江汀。長亭。春恨何窮，目易盡，酒微醒。悵斷魂西子，凌波去杳，環佩無聲。陰晴。最無定處，被浮雲多翳鏡華明。向曉東風霽色，緑楊樓外山青。」黄昇抒寫懷舊之情，僅於過變用短韻：「問春春不語，謾新緑、滿芳洲。記歷歷前游，看花南陌，命酒西樓。東風翠紅圍繞，把功名一笑付糟丘。醉裏忘了身世，吟邊自負風流。風流。莫莫復休休。白髮漸盈頭。悵十載重來，略無歡意，惟有閑愁。多情向人似舊，但小桃婀娜柳纖柔。望斷殘霞落日，水天拍拍飛鷗。」詞中後段第二、三句句式略異。張樞抒寫離情，句式與黄昇詞同，詞云：「歌塵凝燕壘，又軟語、在雕梁。記剪燭調弦，翻香校譜，學品伊涼。屏山夢雲正暖，放東風卷雨入巫陽。金冷紅條孔雀，翠間彩結鴛鴦。銀缸。焰冷小蘭房。夜悄怯更長。待采葉題詩，含情贈遠，烟水茫茫。春妍尚如舊否，料啼痕暗裏泣紅妝。須覓流鶯寄語，爲誰老却劉郎。」李珏《寄豫章故人》，句式亦同黄昇詞，詞云：「故人知健否，又過了、一番秋。記十載心期，蒼苔茅屋，杜若芳洲。天遥夢飛不到，但滔滔歲月水東流。南浦春波舊别，西山暮雨新愁。吴鈎。光透黑貂裘。客思晚悠悠。更何處相逢，殘更聽雁，落日呼鷗。滄江白雲無數，約他年携手上扁舟。鵶陣不知人意，黄昏飛上城頭。」柳詞之聲韻、句法最嚴整，全遵者較少，故每有一些變更。此調實有過變用短韻與不用短韻兩體。

又一體

雙調，一百一字。前段九句，四平韻；後段九句，五平韻。

辛棄疾

可憐今夕月句向何處讀去悠悠韻是別有人間句那邊才見句光影東頭韻是天外空汗漫句但長風浩浩送中秋韻飛鏡無根誰繫句姮娥不嫁誰留韻

謂經海底問無由韻恍惚使人愁韻怕萬里長鯨句縱橫觸破句玉殿瓊樓韻蝦蟆故堪浴水句問云何玉兔解沉浮韻若道都齊無恙句云何漸漸如鈎韻

辛詞題爲《中秋飲酒將旦客謂前人詩詞有賦月無送月者，因用天問體賦》，此乃以議論爲詞，風格恣肆狂放。此體不用短韻，亦此調之通用體。劉克莊《癸卯生日》是豪氣詞：「病翁將耳順，牙齒落、鬢毛疏。也慚愧君恩，放還田舍，免詣公車。兒時某丘某水，到如今老矣可樵漁。寶馬華軒無分，蹇驢破帽如初。　浮名箕斗竟成虛。磨折總因渠。帝賜余別號，江湖聱叟，山澤仙癯。尊前未宜感慨，事猶須看歲晏何如。衛武耄年作戒，伏生九十傳書。」朱敦儒《和師厚和司馬文季虜中作》：「指榮河峻嶽，鎖胡塵、幾經秋。嘆故苑花空，春游夢冷，萬斛堆愁。簪纓散關塞阻，恨難尋杏館覓瓜疇。凄慘年來歲往，斷鴻去燕悠悠。　拘幽化碧海西頭。劍履問誰收。但易水歌傳，子山賦在，青史名留。吾曹鏡中看取，且狂歌載酒古揚州。休把霜髯老眼，等閑清淚空流。」李琳《汴京》有深沉的故國之思：「蕊珠仙馭遠，橫羽葆、簇蜺旌。甚鸞月流輝，鳳雲布彩，翠繞蓬瀛。舞衣怯環珮冷，問梨園幾度沸歌聲。夢裏芝田八駿，禁中花漏三更。　繁華一瞬化飛塵。輦路劫灰平。恨碧滅烟銷，紅凋露粉，寂寞秋城。興亡事空陳迹，只青山淡淡夕陽明。懶向沙鷗説得，柳風吹上旗亭。」此體因無短句，音節更爲流暢。

滿朝歡

柳　永

雙調，一百一字。前段十一句，四仄韻；後段十句，四仄韻。

花隔銅壺句露晞金掌句都門十二清曉韻帝里風光爛漫句偏愛春杪韻烟輕晝永句引鶯囀上林句魚游靈沼韻蒼陌乍晴句香塵染惹句垂楊芳草韻

因念秦樓彩鳳句楚館朝雲句往昔曾迷歡笑韻別來歲久句偶憶歡盟重到韻人面桃花句未知何處句但掩朱門悄悄韻盡日佇立無言句贏得淒涼懷抱韻

北宋新聲，屬大石調，柳永之作爲始詞。《花草粹編》卷十二載無名氏詞一首，題爲《壽韓尚書出守九月廿五》。此詞一百字，但句式與柳詞迥異。此調僅存此兩詞，柳詞格律甚嚴，當以爲式。

桂枝香

雙調，一百一字。前後段各十句，五仄韻。　王安石

登臨送目韻正故國晚秋句天氣初肅韻千里澄江似練句翠峰如簇韻征帆去棹殘陽裏句背西風讀酒旗斜矗韻彩舟雲淡句星河鷺起句畫圖難足韻

念往昔讀繁華競逐韻嘆門外樓頭句悲恨相續韻千古憑高句對此漫嗟榮辱韻六朝舊事隨流水句但寒烟讀芳草凝緑韻至今商女句時時猶唱句後庭遺曲韻

北宋新聲，王安石詞爲創調之作。《草堂詩餘》後集引《古今詞話》：「金陵懷古，諸公調寄於《桂枝香》，凡三十餘首，獨介甫（王安石）最爲絶唱。」此調爲換頭曲，前後段自第六句起

句式相同。全調以四字句爲主，配以上一下四之五字句、上三下四之七字句，及六字句，形成多處頓挫、曲折；每段結句連用三個四字句，則又較爲流暢。諸家所作多用入聲韻，故於凝重之中含有激烈與感慨之情感。此調宋人作者頗衆，《詞譜》列六體，王安石詞爲通用之體。此調適用於登臨、懷古、中秋、言志、詠物、祝頌。柴望抒寫月夜之感慨：「今宵月色。嘆暗小流花，年事非昨。瀟灑江南似畫，舞楓飄柞。誰家又唱江南曲，一番聽、一番離索。孤鴻飛去，殘霞落盡，怨深難托。　又腸斷、丁香畫雀。記牡丹時候，歸燕簾幕。夢裏襄王，想念王孫飄泊。如今雪上蕭蕭髮，更相思、連夜花發。柘枝猶在，春風那是，舊時宋玉。」趙以夫《四明鄞江樓九日》，傷今感昔，對現實時局批判：「水天一色。正四野秋高，千古愁極。多少黃花密意，付他歡伯。樓前馬戲星球過，又依稀、東徐陳迹。一時豪俊，風流濟濟，酒朋詩敵。　畫不就、江東暮碧。想閱盡千帆，來往潮汐。烟草凄迷，此際爲誰心惻。引杯撫劍憑高處，黯銷魂、目斷天北。至今人笑，新亭坐間，淚珠空滴。」宋季施翠岩乃不知名文人，其秋夜感舊一詞甚佳：「西風滿目。漸院落悄清，愁近銀燭。多少蟲書墮翠，又隨波縠。姮娥半露扶疏影，向虛檐、似知幽獨。浦鴻聲斷，枝烏漏永，芳夢難續。　記舊日、離亭細囑。早歸趁香邊，頻泛醽醁。誰遣而今，對景黛蛾雙蹙。玉鞭但共秋光遠，漫空憐、如許金粟。露零襟冷，蕭蕭更兼，數竿修竹。」以上諸詞皆用入聲韻。此調以用入聲韻最能體現調之聲情特色，宋人亦有用仄聲韻者。徐寶之抒寫感舊之情：「人間秋至。對暮雨滿城，沉思如水。桐葉驚風似語，怨蛩齊起。南樓月冷曾多恨，怕而今、夜深橫吹。那堪更聽，蕭蕭槭槭，透窗搖睡。　問楚夢、閑雲何地。但手約輕綃，省人深意。紅樹池塘，誰見宿妝凝睇。舊時裘馬行歌事，合都歸、汀蘋烟芷。思王漸老，休爲明璫，沉吟洛涘。」鞠華翁《過溧水感羊角哀左伯桃遺事》撇開民間傳説而抒寫悲涼之情景：「丁丁起處。在縱牧九京，經燒殘樹。時見烏鳶飢噪，鵂鶹妖呼。數間老屋團荒堵，算何人、瓣香來住。淡烟斜照，閑花野棠，杳杳年度。世事幾、翻雲覆雨。獨此道嫌人，拋棄塵土。眼裏長青，誰也解如山否。三三五五騎牛伴，望前村、吹笛歸去。柳青梨白，春濃月淡，踏歌椎鼓。」《高麗史·樂志》存《桂枝香慢》一詞，乃當時北宋流行於民間者，叙述妻子等待丈夫科舉考試登第之心情：「暖風遲日。正韶陽時節，淑景明媚。一霎雨打紅桃，花落滿地。幽閨獨坐簾高捲，困春容、懶臨香砌。自從檀郎，金門獻賦，不絶珠翠。聞上國、纔有書回。應賢良明庭，已擢高第。拆破香箋，離恨却成新喜。早教宴罷瓊林苑，願歸來、永同連理。這回良夜，從他桂枝，香惹鴛被。」此詞前後段首句所用韻字不規範。此調前後段第二句之五字句須上一下四句法，第七句之七字句須上三下四句法，過變首句須上三下四句法。諸家如此。兩結之三個四字句須語意連貫，有流暢之氣勢。

金盞子

雙調，一百一字。前後段各十句，五仄韻。

晁端禮

斷魂凝睇〔韻〕望故國迢迢〔句〕倦搖征轡〔韻〕恨滿西風〔句〕有千里雲山〔句〕萬重烟水〔韻〕遥夜枕冷衾寒〔句〕數更籌無寐〔韻〕想伊家〔讀〕應也背着孤燈〔句〕暗彈珠淚〔韻〕屈指〔韻〕重算歸期〔句〕知他是何時見去裏〔韻〕翻思繡閣舊時〔句〕無一事〔句〕只管愛争閑氣〔韻〕及至恁地單棲〔句〕却千般追悔〔韻〕從今後〔讀〕彼此記取〔句〕厭厭况味〔韻〕

北宋新聲，晁詞爲創調之作。此調共存九詞，《詞譜》列五體，尚遺晁詞一體。諸家之作於字數、句式互有參差。史達祖抒寫懷舊之情：「獎緑催紅，仰一番膏雨，始張春色。未踏畫橋烟，江南岸、應是草穠花密。尚憶濺裙蘋溪，覺詩愁相覓。光風外、除是倩鶯傾燕，謾通消息。梨花夜來白。相思夢、空闌一林月。深深柳枝巷陌，難重遇、弓彎兩袖雲碧。見説倦理秦箏，怯春葱無力。空遺恨、當時留秀句，蒼苔蠹壁。」此詞句式略異。此調當以晁詞爲式。

剪牡丹

張先

雙調，一百一字。前段十句，四仄韻；後段十句，七仄韻。

野緑連空句天青垂水句素色溶漾都净韻柔柳搖搖句墜輕絮無影韻汀洲日落人歸句修巾薄袂句擷香拾翠相競韻如解凌波句泊烟渚春暝韻彩縚朱索新整韻宿繡屏讀畫船風定韻金鳳響雙槽句彈出古今幽思誰省韻玉盤大小亂珠迸韻酒上妝面句花艷媚相並韻重聽韻盡漢妃一曲句江空月靜韻

張先詞題爲《舟中聞雙琵琶》，此調始詞。南宋中期李致遠寫離情一詞，調名《碧牡丹》，但實與《剪牡丹》句式大致相同，當是調名偶誤。李詞九十八字，詞甚佳：「破鏡重圓，分釵合鈿，重尋繡户珠箔。説與重前，不是我情薄。都緣利役名牽，飄蓬無定，翻成輕負。别後情懷，有萬千牢落。　經時最苦分攜，都爲伊、甘心寂寞。縱滿眼、閑花媚柳，終是强歡不樂。待憑鱗羽，説與相思，水遠天長又難托。而今幸已再逢，把輕離斷却。」此調僅存兩詞，當以張先詞爲式。

翠樓吟

姜夔

雙調，一百一字。前段十一句，六仄韻；後段十二句，七仄韻。

月冷龍沙句塵清虎落句今年漢酺初賜韻新翻胡部曲句聽氈幕元戎歌吹韻層樓高峙韻看檻曲縈紅句檐牙飛翠韻人姝麗韻粉香吹下句夜寒風細韻此地韻宜有神仙句擁素雲黃鶴句與君游戲韻玉梯凝望久句嘆芳草萋萋千里韻天涯情味韻仗酒祓清愁句花消英氣韻西山外韻晚來還卷句一簾秋霽韻

南宋姜夔自度曲，屬夾鍾商。原詞序云：「淳熙丙午冬，武昌安遠樓成，與劉去非諸友落之，度曲見志。予去武昌十年，故人有泊舟鸚鵡洲者，聞小姬歌此詞，問之頗能道其事，還吳爲予言之。興懷昔游，且傷今之離索也。」此乃孤調，惟曲與詞均極騷雅，爲宋詞名篇。

玉燭新

雙調，一百一字。前段九句，五仄韻；後段九句，六仄韻。　周邦彥

溪源新臘後韻見數朵江梅句剪裁初就韻暈酥砌玉句芳英嫩讀故把春心輕漏韻前村昨夜句想弄月黃昏時候韻孤岸峭讀疏影橫斜句濃香暗沾襟

袖韻 尊前付與多才句 問嶺外風光句 故人知否韻 壽陽漫鬥韻 終不似讀 照水一枝清瘦韻 風嬌雨秀韻 好亂插繁花盈首韻 須信道讀 羌笛無情句 看看又奏韻

北宋新聲，屬夾鍾商。周邦彦詠梅詞爲創調之作。玉燭，指四時氣候調和。言人君德美如玉，可致四時和氣之祥。三國魏時何晏《瑞頌》：「通政辰修，玉燭告祥，和風播烈，景星揚光。」史達祖感舊之詞：「疏雲縈碧岫。帶晚日摇光，半江寒皺。越溪近遠，空頻向、過雁風邊回首。酸心一縷。念水北尋芳歸後。輕醉醒、堤月籠沙，鞍鬆寶輪飛驟。秦樓屢約芳春，記扇背題詩，帕羅沽酒。庾愁易就。因驚斷、夢裏桃源難又。臨風話舊。想日暮梅花孤瘦。還静倚、修竹相思，盈盈翠袖。」趙以夫《和方時父并懷孫季蕃》：「寒寬一雁落。正萬里相思，被渠驚覺。春風字字，吹香雪、唤起西湖盟約。當時醉處，彷彿記青樓珠箔。又不是、南國花遲，徘徊酒邊慵酌。家山月色依然，想竹外横枝，玉明冰薄。而今話昨。空對景、悵望美人天角。清尊淡薄。便翠羽殷勤難托。休品入、三疊琴心，教人瘦却。」此調存九詞，諸家多賦梅之作。

真珠簾

雙調，一百一字。前段九句，六仄韻；後段十句，五仄韻。　　吴文英

蜜沉燼暖萸烟嫋（韻）層樓捲（讀）佇立行人官道（韻）麟帶壓愁香（句）聽舞簫雲渺（韻）恨縷情絲春絮遠（句）悵夢隔（讀）銀屏難到（韻）寒峭（韻）有東風嫩柳（句）學得腰小（韻）

還近緑水清明（句）嘆孤身如燕（句）將花頻繞（韻）細雨濕黄昏（句）半醉歸懷抱（韻）蠹損歌紈人去久（句）漫淚沾（讀）香蘭如笑（韻）書杳（韻）念客枕幽單（句）看看春老（韻）

南宋中期新聲。北宋范仲淹《御街行》詞有「真珠簾捲玉樓空，天淡銀河垂地」，調名本此。陸游羈旅行役詞爲此調之始詞，詞云：「山村水館參差路。感羈游、正似殘春風絮。掠地穿簾，知是竟歸何處。鏡裏新霜空自憫，問幾時、鸞臺鼇署。遲暮。謾憑高懷遠，書空獨語。　自古儒冠多誤。悔當年，早不扁舟歸去。醉下白蘋洲，看夕陽鷗鷺。菰菜鱸魚都棄了，只換得、青山塵土。休顧。早收身江上，一蓑烟雨。」此詞前段三、四句作四六句式；後段首句用韻，第二、三句作三六句式，與吴詞略異。吴文英詞原序云：「春日客龜溪，過貴

人家，隔牆聞簫鼓聲，疑是按舞，佇立久之。」此調共存十九詞，《詞譜》列四體。南宋詞人所作多同吴文英體，乃通用之體，當以爲式。王質《栽竹》：「翠虯夭矯拏蒼玉。飛來到、吾廬溪灣山麓。一笑忽相逢，更解包投宿。北池之畔西牆曲，與主人、呼青吸緑。恨我。無天寒翠袖，共倚修竹。每遇飛雪蕭蕭，更驚風摵摵，清標可掬。更與月同來，無半點塵俗。冬有寒梅閑相伴，春亦有、幽蘭相逐。香足。纔下霜飛，又有秋菊。」徐某抒寫春愁：「落紅幾陣清明雨。憶花期、半被晴慳塞阻。新柳著春濃，早翠池波妒。粉雨香雲消息遠，漫舊日、秋千庭宇。凝佇。正春醒簾外，一聲鶯語。塵鎖寶箏弦柱，自眉峰惹恨，六幺慵舞。深院不成妝，有淚彈誰與。記得踏青歸去後，細共説、花陰深處。心愫。怕當時飛燕，知人分付。」朱昂孫抒寫離情：「春雲做冷春知未。春愁在、碎雨敲花聲裏。海燕已尋踪，到畫溪沙際。院落秋千楊柳外，待天氣、十分晴霽。春市。又青簾巷陌，紅芳歌吹。須信處處東風，又何妨對此，籠香覓醉。曲盡索餘情，奈夜航催離。夢滿冰衾身似寄，算幾度、吴鄉烟水。無寐。試明朝説與，西園桃李。」張炎《近雅軒即事》：「雲深别有深庭宇。小簾櫳、占取芳菲多處。花暗小房春，潤幾番酥雨。見説蘇堤晴未穩，便懶趁、踏青人去。休去。且料理琴書，夷猶今古。誰見静裏閑心，縱荷衣未葺，雪巢堪賦。醉醒一乾坤，任此情何許。茂樹石床同坐久，又却被、清風留住。欲住。奈簾影妝樓，剪燈人語。」此調前後段各插入一個短韻。前段第四句、第八句，後段第二句、第五句、第九句均爲上一下四句法之五字句。前段第五、六句，後段第六、七句，上句爲七字句，下句爲上三下四句法之七字句。故此調句式與句法均較複雜，兼多長句，因而調勢起伏變化，流暢而時有頓挫，甚爲優美。此調宜用於抒情、寫景、詠物、祝頌。

曲江秋

楊无咎

雙調，一百一字。前段十二句，六仄韻；後段十一句，六仄韻。

鳴鳩怨歇韻對急雨過雲句暗風吹熱韻漠漠稻田句差差柳岸句新沐青絲髮韻樓上素琴設韻愛流水句隨弦滑韻深炷龍津句濃熏絳幃句博山頻揭韻

超絶韻遥岑吐月韻照蒼蒨讀重重疊疊韻恍然身在處句渾疑同泛句花舫波噴雪韻滉漾醉魂醒句驚呼不是漚生滅韻佇望久句空嘆無才可賦句厭聽鶗鴂韻

楊无咎三詞同韻，格律相同，爲此調之始詞。此調共存四詞，另一詞爲韓玉所作唐代曲江懷古之詞，詞云：「明軒快目。正雨過湘溪，秋來澤國。波面鑑開，山光瀲沸，竹聲摇寒玉。鷗鷺戲晚浴。芰荷動，香紅簌。千古興亡意，凄凉颺舟，望迷南北。彷彿。烟籠霧簇。認何處、當年繡轂。沉香花萼事，蕭然傷感，宫殿三十六。忍聽向晚菱歌，依稀猶是新翻曲。試與問，如今新蒲細柳，爲誰摇緑。」詞中前段第十句多一字，後段第七句多一字，其餘句式與楊詞相同。韓玉詞注明宮調爲正宮。

霓裳中序第一

姜夔

雙調，一百一字。前段十句，七仄韻；後段十一句，八仄韻。

亭皋正望極韻亂落紅蓮歸未得韻多病怯無氣力韻況紈扇漸疏句羅衣初索韻流光過隙韻嘆杏梁雙燕如客韻人何在句一簾淡月句彷佛照顏色韻

幽寂韻亂蛩吟壁韻動庾信清愁似織韻沉思年少浪迹韻笛裏關山句柳下坊陌韻墜紅無信息韻漫暗水涓涓溜碧韻飄零久句而今何意句醉卧酒壚側韻

唐代大曲《霓裳羽衣曲》之一段。宋人王灼《碧鷄漫志》卷三：「按唐史及唐人諸集、諸家小説，楊太真進見之日，奏此曲導之。妃亦善此舞，帝嘗以趙飛燕身輕，成帝爲置七寶避風臺事戲妃，曰：『爾則任吹多少。』妃曰：『霓裳一曲，足掩前古。』而宮妓佩七寶瓔珞舞此曲，曲終珠翠可掃。……樂天（白居易）《和元微之霓裳羽衣曲歌》云：『磬簫箏笛遞相攙，擊擫彈吹聲邐迤。』注云：『凡法曲之初衆樂不齊，惟金石絲竹次第發聲，霓裳序初亦復如此。』又云：『散序六奏未動衣，陽臺宿雲慵不飛。中序擘騞初入拍，秋竹竿裂春冰拆。』注云：『散序六遍無拍，故不舞，中序始有拍，亦名拍序。』又云：『繁音急節十二遍，跳珠撼玉何鏗錚。翔鸞舞了却收翅，唳鶴曲終長引聲。』注云：『《霓裳》十二遍而曲終，凡曲將終，皆聲拍促速，惟《霓裳》之末，長引一聲。』《筆談》（《夢溪筆談》）云：『《霓裳曲》凡十二疊，前六疊無拍，至第七疊方謂之疊遍，自此始有拍而舞。』」《霓裳中序第一》當在第七疊。姜夔詞序云：「丙午歲，留長沙，登祝融，因得其祠神之曲曰《黄帝鹽》、《蘇合香》。又於樂工故書中得商調《霓裳曲》十八闋，皆虚譜無辭。按沈氏樂律，《霓裳》道調，此乃商調。樂天詩云：『散序六闋』，此特兩闋，未知孰是。然音節閑雅，不類今曲。予不暇盡作，作中序一闋傳於世。予方羈游，感此方音，不自知其辭之怨抑也。」此調今存十詞，音譜雖佚，但仍能見其音節之閑雅。石正倫詠楊貴妃事：「憑高快醉目。翠拂遥峰相對簇。千丈漣漪瀉谷。愛溶漾墜紅，染波芬馥。何人笑掬。想温泉初卸綃縠。春風蕩，六宫麗質，那日賜湯沐。雙浴。繡幌飄逐。恍記展江南數幅。而今鬢邊漸鵠。阮洞音稀，懶訪仙躅。繫船橋畔宿。聽静夜泠泠奏曲。長安遠，渭流香膩，暗憶曉鬟緑。」劉辰翁讀石正倫詞後，用其韻爲詞，詞序云：「石瑶林作《霓裳中序第一》詠温泉，疑其未嘗親見，語不甚切。余所見廬山一兩池，初不可近，漸入頗覺奇賞，因用其聲用其韻試爲之。」詞云：「銀河下若木。暖漲一川春霧緑。白鳳徘徊清淑。似沉水無烟，礐湯千斛。柔肌暗粟。想臨流嬌噴輕觸。空恨恨，何人熱惱，却憶冷泉掬。　酥玉。未諳湯沐。深又淺搖蕩心目。雲蒸雨漬翻覆。泛影浮紅，飄飄相逐。裳衣還未欲。驀自怪野鴛雙浴。華清遠，寒猿夜繞，落月可能漉。」姜个翁《春晚旅寓》：「園林羅組織。樹樹東風翠雲滴。草滿舊家行迹。時聽得聲聲，曉鶯如覓。愁紅半濕。煞憔悴牆根堪惜。可念我飄零如此，一地送岑寂。　龜石。當年第一。也似老人間風日。餘葩還甚顔色。羞撚江南，斷腸詞筆。留春渾未得。翻些入啼鵑夜泣。清江晚，緑楊歸思，隔岸數峰出。」此調聲情和婉而怨抑，前段第七句，後段第三句、第八句之七字句均爲上三下四句法。此調宜於抒情、叙事、寫景。

西平樂

雙調，一百二字。前段八句，四仄韻；後段十三句，六仄韻。　柳永

盡日憑高寓目句脉脉春情緒韻佳景清明漸近句時節輕寒乍暖句天氣纔晴又雨韻烟光澹蕩句裝點平蕪遠樹韻黯凝佇韻　臺榭好句鶯燕語韻正是和風麗日句幾許繁紅嫩緑句雅稱嬉游去韻奈阻隔讀尋芳伴侶韻秦樓

鳳吹句楚臺雲約句空悵望句在何處韻寂寞韶光暗度韻可憐向晚句村落聲聲杜宇韻

北宋新聲，屬小石調。柳永詞爲創調之作。《全宋詞》於此詞首句落「寓」字，又誤於後段第二句分段。柳詞有南宋初年朱雍「用耆卿韻」一詞可校。北宋中期晁補之《廣陵送王資政正仲赴闕》同柳詞格律，但後段第五句多一字：「鳳詔傳來絳闕，當宁思賢輔。淮海甘棠惠化，霖雨商巖吉夢，熊虎周郊舊卜。千秋盛際，催促朝天歸去。動離緒。空眷戀，難暫駐。新植雙亭臨水，風月佳名未睹。準擬金尊時舉。況樂府、風流一部。妍歌妙舞，縈雲回雪，親教與，恨難訴。争欲攀轅借住。功成繡衮，重與江山作主。」此調共存八詞，有仄韻與平韻兩體。柳詞仄韻體，調勢平穩緩散，句式少變化，宜於叙事與描述。

又一體

雙調，一百三十七字。前段十三句，四平韻；後段十五句，三平韻。

周邦彦

稺柳蘇晴句故溪歇雨句川迥未覺春賒韻駝褐侵寒句正憐初日句輕陰抵死須遮韻嘆事逐孤鴻盡去句身與塘蒲共晚句争知向此句征途迢遞句佇立塵沙韻追念朱顏翠髮句曾到處讀故地使人嗟韻 道連三楚句天低四

野句喬木依前句臨路攲斜韻重慕想讀東陵晦迹句彭澤歸來句左右琴書自樂句松菊相依句何況風流鬢未華韻多謝故人句親馳鄭驛句時倒融尊句勸此淹留句共過芳時句翻令倦客思家韻

此體亦屬小石調。此詞爲周邦彦晚年所作，其詞序云：「元豐初，予以布衣西上，過天長道中。後四十餘年，辛丑正月，避賊復游故地。感嘆歲月，偶成此詞。」此體韻稀，故雖用平韻而音節仍低緩，但有波瀾起伏之感，宜於表達世事滄桑之情。吴文英詞調名爲《西平樂慢》，感慨悲凉，乃其晚年最沉鬱之佳作。其詞序云：「過西湖先賢堂，傷今感昔，泫然出涕。」詞云：「岸壓郵亭，路欹華表，堤樹舊色依依。紅索新晴，翠陰寒食，天涯倦客重歸。嘆廢緑平烟帶苑，幽渚塵香蕩晚，當時燕子，無言對立斜暉。追念吟風賞月，十載事、夢惹緑楊絲。畫船爲市，夭妝艷水，日落雲沉，人換春移。誰更與、苔根洗石，菊井招魂，漫省連車載酒，立馬臨花，猶認蔫紅傍路枝。歌斷宴闌，榮華露草，冷落山丘，到此徘徊，細雨西城，羊曇醉後花飛。」此詞前段第十句乃省去兩字合爲六字句，其餘句式與周詞同。後段末韻計六句一韻，須語意連貫，氣勢流動，乃甚難處理之句群，吴詞可稱典範。此體當以周詞爲式。

花發狀元紅慢

雙調，一百二字。前後段各十一句，五仄韻。

劉　几

三春向暮句萬卉成陰句有嘉艷方坼韻嬌姿嫩質韻冠群品句共賞傾城傾國韻上苑晴晝暄句千素萬紅尤奇特韻綺筵開句會詠歌才子句壓倒元白韻　別有芳幽苞小句步幛華絲句綺軒油壁韻與紫鴛鴦句素蛺蝶韻自清旦讀往往連夕韻巧鶯喧翠管句嬌燕語雕梁留客韻武陵人句念夢後意濃句堪遺情溺韻

北宋新聲，此爲始詞，孤調。《花草粹編》卷十一：「劉几在神宗時與范蜀公重定大樂。洛陽花品曰狀元紅，爲一時之冠，樂工花日新能爲新聲，汴妓郜懿以色藝，秘監致仕劉伯壽尤精音律。熙寧中，几携花日新，就郜懿歡詠，乃撰此曲，填詞以贈之，人有謂爲高達者。郜懿第六，即蔡六之母也。李定之父與郜六游，生定而郜六死，定不之知也。及王荆公爲相，擢用李定，言官交攻，以母死不持服爲此。蔡六亦以色著云。」

水龍吟

雙調，一百二字。前段十一句，四仄韻；後段十一句，五仄韻。　秦　觀

小樓連苑橫空句下窺繡轂雕鞍驟韻朱簾半卷句單衣初試句清明時候韻破暖輕風句弄晴微雨句欲無還有韻賣花聲過盡句斜陽院落句紅成陣讀飛鴛甃韻　玉佩丁東別後韻悵佳期讀參差難又韻名韁利鎖句天還知道句和天也瘦韻花下重門句柳邊深巷句不堪回首韻念多情但有句當時皓月句照人依舊韻

北宋新聲，屬無射商，俗名越調。始詞爲蘇軾詞四首。三國時吴地童謡云：「不畏岸上虎，但畏水中龍。」其後，王濬以舟師直入建業，滅吴；後乃以「水龍」爲戰船之别稱。龍吟，似龍吟之聲。南朝劉孝先《詠竹詩》：「誰能製長笛，當爲作龍吟。」調名本此，其聲較爲沉雄。此調《詞律》列三體，《詞譜》列二十四體，但基本上爲一百二字體，只是句式互有一些差異而已。此調又名《龍吟曲》、《鼓笛慢》、《小樓連苑》，宋人通用之體如秦觀此體。此體後段結尾三句，諸家斷句偶有參差，《詞譜》作五四四句式，《詞律》作三六四句式；《全宋詞》從

《詞譜》作五四四句式。全詞以四字句爲主，共十五句，其中多對偶句，配以五字、六字、七字等句；過變首句用韻，前後段各第三、四、五、六、七、八共六個四字句，兩韻，而前後段首尾句式異。由此形成此調具有悠揚流暢，不急不緩，柔婉和諧之聲情。此調之作者極衆，名篇亦多，適應之題材廣泛，可爲婉約之詞，亦可作豪氣詞。辛棄疾之名篇《登建康賞心亭》，最能體現此調之特點：「楚天千里清秋，水隨天去秋無際。遥岑遠目，獻愁供恨，玉簪螺髻。落日樓頭，斷鴻聲裏，江南游子。把吴鈎看了，闌干拍遍，無人會、登臨意。休説鱸魚堪膾。盡西風、季鷹歸未。求田問舍，怕應羞見，劉郎才氣。可惜流年，憂愁風雨，樹猶如此。倩何人喚取，紅巾翠袖，揾英雄淚。」丁宥抒寫秋夜旅懷：「雁風吹裂雲痕，小樓一綫斜陽影。殘蟬抱柳，寒蛩入户，凄音忍聽。愁不禁秋，夢還驚客，青燈孤枕。未更深早是，梧桐泫露，更那度、蘭宵永。　空嘆銀瓶金井。醉鄉醒、温柔鄉冷。征塵倦撲，閑花謾舞，何心管領。葱指冰弦，蕙懷春錦，楚風梅韻。悵芙蓉城杳，藍雲依黯，鎖巫峰暝。」李綱寫唐代歷史題材《太宗臨渭上》寄寓現實感慨：「古來夷狄難馴，射飛擇肉天驕子。唐家建國，北邊雄盛，無如頡利。萬馬崩騰，皂旗氈帳，遠臨清渭。向郊原馳突，憑陵倉卒，知戰守、難爲計。　須信君王神武。覘虜營、只從七騎。長弓大箭，據鞍詰問，單王非義。戈甲鮮明，旌麾光彩，六軍隨至。悵敵情震駭，魚循鼠伏，請堅盟誓。」王沂孫詠白蓮乃詠物名篇，極其婉約含蓄：「翠雲遥擁環妃，夜深按徹霓裳舞。鉛華盡洗，涓涓出浴，盈盈解語。太液荒寒，海山依約，斷魂何許。甚人間別有，冰肌雪艷，嬌無奈、頻相顧。　三十六陂烟雨。舊凄涼、向誰堪訴。如今謾説，仙姿自潔，芳心更苦。羅襪初停，玉璫還解，早凌波去。

試乘風一葉，重來月底，與修花譜。」以上諸詞後段首句用韻。

又一體

雙調，一百二字。前後段各十一句，四仄韻。　辛棄疾

舉頭西北浮雲句倚天萬里須長劍韻人言此地句夜深長見句斗牛光焰韻我覺山高句潭空水冷句月明星淡韻待燃犀下看句憑欄却怕句風雷怒讀魚龍慘韻　峽束滄江對起句過危樓讀欲飛還斂韻元龍老矣句不妨高卧句冰壺涼簟韻千古興亡句百年悲笑句一時登覽韻問何人又卸句片帆沙岸句繫斜陽纜韻

辛詞題爲《過南劍雙溪樓》。此體後段首句不用韻，氣勢更爲流暢；南宋以來用此體者較多。毛幵《登吴江橋作》：「渺然震澤東來，太湖望極平無際。三吴風月，一江烟浪，古今絶致。羽化蓬萊，胸吞雲夢，不妨如此。看垂虹千丈，斜陽萬頃，盡倒影、青奩裏。　追想扁舟去後，對汀洲、白蘋風起。只今誰會，水光山色，依然西子。安得超然，相從物外，此生終矣。念素心空在，徂年易失，淚如鉛水。」閻蒼舒詠上元而有歷史滄桑之深沉感慨：「少年聞説京華，上元景色烘晴晝。朱輪畫轂，雕鞍玉勒，九衢争驟。春滿鼇山、夜沉陸海，一天

星斗。正紅球過了，鳴鞘聲斷，廻鸞馭、鈞天奏。　誰料此身親到，十五年、都城如舊。而今但有，傷心烟霧，縈愁楊柳。　寶籙宮前，絳霄樓下，不堪回首。　顧皇圖早復，端門燈火，照人還又。」劉克莊《癸丑生日時再得道觀》，風格恣肆，以議論爲詞，其詞云：「依然這後村翁，阿誰改換新曹號。　虛名沙礫，旁觀冷笑，何曾明道。　吟歇後詩，説無生話，熱瞞村獠。被兒童盤問，先生因甚，身頑健、年多少。　不茹園公芝草，不曾餐、安期瓜棗。　要知甲子，陳摶差大，邵雍差小。　肯學癡人，據鞍求用，染髭藏老。　待眉毛覆面，看千桃樹，閲三松倒。」此詞豪放太過，不太合於此調聲情。　宋季曾允元《春夢》一詞極爲婉約和諧：「日高深院無人，楊花撲帳春雲暖。　回文未就，停針不語，繡床倚遍。　翠被籠香，緑鬟墜膩，傷春成怨。　盡雲山烟水，柔情一縷，又暗逐、金鞍遠。　鸞佩相逢甚處，似當年、劉郎仙苑。　憑肩後約，畫眉新巧，從來未慣。　枕落釵聲，簾開燕語，風流雲散。　甚依稀難記，人間天上，有緣重見。」汪元量《淮河舟中夜聞宮人琴聲》作於南宋亡後，詞云：「鼓鞞驚破霓裳，海棠亭北多風雨。　歌闌酒罷，玉啼金泣，此行良苦。　駝背模糊，馬頭匼匝，朝朝暮暮。　自都門燕别，龍艘錦纜，空載得、春歸去。　目斷東南半壁，悵長淮、已非吾土。　受降城下，草如霜白，凄凉酸楚。　粉陣紅圍，夜深人静，誰賓誰主。　對漁燈一點，羈愁一搦，譜琴中語。」

又一體

蘇　軾

雙調，一百二字。前段十一句，四仄韻；後段十句，四仄韻。

似花還似非花句也無人惜從教墜韻抛家傍路句思量却是句無情有思韻縈損柔腸句困酣嬌眼句欲開還閉韻夢隨風萬里句尋郎去處句又還被讀鶯呼起韻　不恨此花飛盡句恨西園讀落紅難綴韻曉來雨過句遺蹤何在句一池萍碎韻春色三分句二分塵土句一分流水韻細看來讀不是楊花句點點是離人淚韻

蘇軾此詞爲宋詞名篇，題作《次韻章質夫楊花詞》。此體後段首句不用韻，與前兩體之異在後段結句作三四六句式。宋人用此體者較少。南宋李璮感慨北方局勢，寓寫渴望收復中原之願望：「腰刀首帕從軍，戍樓獨倚閑凝眺。中原氣象，狐居兔穴，暮烟殘照。投筆書懷，枕戈待旦，隴西年少。嘆光陰掣電，易生髀肉，不如易腔改調。　世變滄海成田，奈群生、幾番驚擾。干戈爛漫，無時休息，憑誰驅掃。眼底山河，胸中事業，一聲長嘯。太平時、相將近也，穩穩百年燕趙。」此詞前段結句不作折腰句式。楊樵雲記述夢境：「多情不在分明，繡窗日日花陰午。依依雲絮，溶溶香雪，覷他尋路。一滴東風，怎生消得，翠苞紅栩。被疏鐘敲斷，流鶯喚起，但長記、弓彎舞。　定是相思入骨，到如今、月痕同醉。教人枉了，若還真個，匆匆如此。全未惺鬆，纈紋生眼，胡床猶據。算從前、盡是無憑，待説與如何寄。」黃霽宇《青絲木香》，想象極豐富：「麗華一握青絲，金珠粟粟香環裏。春窺綺閣，新妝風舞，銖衣如碎。翠鳳蒼虬，騎來下界，蝶驚蜂避。甚三生富貴，垂垂曉露，猶疑滿身珠翠。　誰共那人結髮，問何時、蹇修爲理。對花一笑，香茸易剪，碎金難綴。半點芳心，亂愁如織，縷絲傳意。倩東皇、拂拭新條，更與作來生計。」此詞前段結句亦不作折腰句式。此體當以蘇詞爲式。

鬥百草

雙調，一百二字。前段十句，四仄韻；後段十句，五仄韻。　晁補之

別日常多句會時常寡天難曉韻正喜花開句又愁花謝句春也似人易老韻慘無言讀念舊日朱顏句清歡莫笑韻便冉冉如雲句霏霏似雨句去無音耗韻　追想牆頭梅下句門裏桃邊句名利爲伊都忘了韻血寫香箋句淚封羅帕句記三日讀離腸恨攪韻如今事句十二樓空憑誰到韻此情悄韻擬回船讀武陵路杳韻

北宋晁補之之兩詞爲此調始詞。其另一詞云：「往事臨邛，舊游雅態休重憶。解賦才高，好

音情慧，琴裏句中暗識。正當年，似閬苑瓊枝，朝朝相倚。便滌器何妨，當壚正好，鎮同比翼。誰使褰裳佩失，推枕雲歸，惆悵至今遺恨積。雙鯉書來，大刀詩意，縱章臺、青青似昔。重尋事，前度劉郎轉愁寂。謾贏得。對東風、對花嘆息。」此兩詞均寫離情，爲問答體，當是應歌之作。此調僅存晁補之兩詞。

石州慢

賀鑄

雙調，一百二字。前段十句，四仄韻；後段十一句，五仄韻。

薄雨催寒句斜照弄晴句春意空闊韻長亭柳色纔黃句遠客一枝先折韻烟橫水際句映帶幾點歸鴉句東風消盡龍沙雪韻還記出關來句恰而今時節韻
將發韻畫樓芳酒句紅淚清歌句頓成輕別韻已是經年句杳杳音塵都絶韻欲知方寸句共有幾許清愁句芭蕉不展丁香結韻枉望斷天涯句兩厭厭風月韻

石州，北周建德六年（五七七）改西汾州置。治所在離石（山西離石）。隋唐時轄境相當今山西三川河、湫水河流域。此乃邊地之曲。此調又名《石州引》、《石州歌》。關於賀方回詞之本事，《能改齋漫録》卷十六云：「賀方回眷一妓，别久，妓寄詩云：『獨倚危欄淚滿襟，小園春色懶追尋。深恩縱似丁香結，難展芭蕉一寸心。』賀得詩，初叙分別之景色，後用所寄詩，成《石州引》云。」賀詞爲此調之始詞。此調共存十二詞，調名通作《石州慢》。張元幹《己酉秋吴興舟中作》激昂忼慨，最能體現此調之本色，詞云：「雨急雲飛，驚散暮鴉，微弄涼月。誰家疏柳低迷，幾點流螢明滅。夜帆風駛，滿湖烟水蒼茫，菰蒲零亂秋聲咽。夢斷酒醒時，倚危檣清絶。　心折。長庚光怒，群盗縱横，逆胡猖獗。欲挽天河，一洗中原膏血。兩宫何處，塞垣只隔長江，唾壺空擊悲歌缺。萬里想龍沙，泣孤臣吴越。」謝懋抒寫別恨：「日脚斜明，秋色半陰，人意凄楚。飛雪特地凝愁，做弄晚來微雨。誰家別院，舞困幾葉霜紅，西風送客聞砧杵。鞭馬出都門，正潮平洲渚。　無語。匆匆短棹，滿載離愁，片帆高舉。京洛紅塵，因念幾年羈旅。淺顰輕笑，舊時風月逢迎，別來誰畫雙眉嫵。回首一銷凝，望歸鴻容與。」張炎《書所見寄子野公明》：「野色驚秋，隨意散愁，踏碎黄葉。誰家籬院閑花，似語試妝嬌怯。行行步影，未教背寫腰肢，一搦猶立門前雪。依約鏡中春，又無端輕別。　癡絶。漢皋何處，解佩何人，底須情切。空引東鄰，遺恨丁香結。十年舊夢，謾餘恍惚雲窗，可憐不是當時蝶。深夜醉歸來，好一庭風月。」《詞譜》以爲此詞前段乃攤破第四、五句作三個四字句「誰家籬落，閑花似語，弄妝羞怯」，遂別爲一體。《全宋詞》依賀詞句式作「誰家籬落閑花，似語弄妝羞怯」，如此句意更爲恰當。可見《詞譜》詳列別體，其中多有斷句之誤者。此調爲换頭曲，過變用短韻；前段自第六句、後段自第七句起句式相同，前後段結句爲上一下四句法。此調頗爲流暢，句式富於變化，尤宜於表達激烈感慨之情。

上林春慢

晁冲之

雙調，一百二字。前段十一句，四仄韻；後段九句，五仄韻。

帽落宮花句衣惹御香句鳳輦晚來初過韻鶴降詔飛句龍銜燭戲句端門萬枝燈火韻滿城車馬句對明月讀有誰閑坐韻任狂游句更許傍禁街句不扃金鎖韻　玉樓人讀暗中擲果韻珠簾下讀笑著春衫裊娜韻素蛾繞釵句輕蟬撲鬢句垂垂柳絲梅朵韻夜闌飲散句但贏得讀翠翹雙嚲韻醉歸來句又重向讀曉窗梳裹韻

上林，秦代舊宮苑，漢武帝擴建，周圍至三百里，有離宮七十所。苑中養禽獸，供皇帝春秋打獵。故址在今陝西長安、盩厔、鄠縣界。漢代司馬相如有《上林賦》。調名本此。《上林春》有小令與長調兩類。《上林春慢》始詞爲晁端禮三詞。曾紆詠梅詞：「東苑梅繁，豪健放樂，醉倒花前狂客。靚妝微步，攀條弄粉，凌波遍尋青陌。暗香墮靨。更飄近、霧鬢蟬額。倒金荷，念流光易失，幽姿堪惜。　惜花心、未甘鬢白。南枝上、又見尋芳消息。舊游回首，前歡如夢，誰知等閑拋擲。稠紅亂蕊，漫開遍、楚江南北。獨銷魂，念誰寄、故園春色。」此詞詠梅，寄意遥深。此調共存六詞，多用於祝頌與節序。

宴清都

雙調，一百二字。前段十句，五仄韻；後段十句，四仄韻。　　周邦彦

地僻無鐘鼓韻殘燈滅句夜長人倦難度韻寒吹斷梗句風翻暗雪句灑窗填户韻賓鴻漫説傳書句算過盡讀千儔萬侶韻始信得讀庾信愁多句江淹恨極須賦韻　凄涼病損文園句徽弦乍拂句音韻先苦韻淮山夜月句金城暮草句夢魂飛去韻秋霜半入清鏡句嘆帶眼讀多移舊處韻更久長讀不見文君句歸時認否韻

北宋新聲，屬夾鍾羽，俗名中吕調。周詞寫冬夜旅懷，爲創調之作。清都，古時天帝所居的宮闕。《列子·周穆王》：「王實以爲清都紫微，鈞天廣樂，帝之所居。」後世也指帝王所居

的都城。南朝顔延年《宋文皇帝元皇后哀册文》：「滅彩清都，夷體壽原。」調名本此。《詞譜》於此調列十體，每有斷句之誤。此調今存三十三詞，周詞爲通行之正體。何籀抒寫春怨：「細草沿階軟。遲日薄，蕙風輕藹微暖。春工靳惜，桃紅尚小，柳芽猶短。羅幃繡幕高卷。又早是、歌慵笑懶。憑畫樓、那更天遠，山遠水遠人遠。堪嘆傅粉疏狂，竊香雅俊，無計拘管。青絲絆馬，紅巾寄淚，甚處迷戀。無言珠淚零亂。翠袖滴、重重漬遍。故要知、別後思量，歸時覷見。」此爲應歌之詞。吴文英此調六詞，大都爲壽詞，其《連理海棠》穠摯綿密，乃宋詞名篇：「繡幄鴛鴦柱。紅情密，膩雲低護秦樹。芳根兼倚，花梢鈿合，錦屏人妒。東風睡足交枝，正夢枕、瑶釵燕股。障灔蠟、滿照歡叢，嫠蟾冷落羞度。　人間萬感幽單，華清慣浴，春盎風露。連鬟並暖，同心共結，向承恩處。憑誰爲歌長恨，暗殿鎖、秋燈夜語。叙舊期、不負春盟，紅朝翠暮。」黄廷璹寫感舊之情：「墜葉窺檐語。風簾薄，遞來幽恨無數。牙籤倦展，銀釭細剔，悄然歸旅。聲傳漏閣偏長，更奈向、瀟瀟亂雨。想近日、舞袖翻雲，吟箋度雪誰顧。　當時翠縷吹花，東城繡陌，雙燕何許。香羅唾碧，晴紗印粉，甚緣重睹。藍橋鎮隔芳夢，念騎省、悲秋漫賦。待倚欄、或遇賓鴻，殷勤寄與。」周密《登霅川圖有賦》：「老去閑情懶。東風外、菲菲花絮零亂。輕鷗漲緑，啼鵑暗碧，一春過半。尋芳已是來遲，怕迤邐、華年暗换。應悵恨、白雲歌空，秋霜鬢冷誰管。　憑欄自笑清狂，事隨花謝，愁與春遠。持杯顧曲，登樓賦筆，杜郎才減。前歡已隔殘照，但耿耿、臨高望眼。溯流紅、一櫂歸時，半蟾弄晚。」此調爲换頭曲，但前段第三、四、五、六、七、八句，後段第四、五、六、七、八、九句，句式相同。此調適用於抒情、寫景、酬贈、詠物。

慶春宮

雙調，一百二字。前段十一句，四平韻；後段十一句，五平韻。　周邦彦

雲接平岡句山圍寒野句路回漸轉孤城韻衰柳啼鴉句驚風驅雁句動人一片秋聲韻倦途休駕句淡烟裏讀微茫見星韻塵埃憔悴句生怕黄昏句離思牽縈韻

華堂舊日逢迎韻花艷參差句香霧飄零韻弦管當頭句偏憐嬌鳳句夜深簧暖笙清韻眼波傳意句恨密約讀匆匆未成韻許多煩惱句只爲當時句一餉留情韻

北宋新聲，屬越調。周詞抒寫離情爲創調之作。此調又名《慶宮春》，爲换頭曲，前後段自第四句起句式相同。前後段共十六個四字句，配合六字句和上三下四句法之七字句。此調以偶句爲主，其中四字句多處可爲對偶句，故調勢極平緩，雖用平韻而音節低沉。吴文英抒寫感舊之情：「殘葉翻濃，餘音凄苦，障風怨動秋聲。雲影摇寒，波塵鎖膩，翠房人去深扃。晝成凄黯，雁飛過、垂楊轉青。闌干横暮，酥印痕香，玉腕誰憑。菱花乍失娉婷。

別岸圍紅，千艷傾城。近歡成夢，斷雲隔、巫山幾層。偷相憐處，熏盡金篝，消瘦雲英。」張炎於南宋亡後記述元大都之寒食情景，詞云：「波蕩蘭觴，鄰分杏酪，畫輝冉冉烘晴。罥索飛仙，戲船移景，薄游也自忺人。短橋虛市，聽隔橋、誰家賣餳。月題爭繫，油壁相連，笑語逢迎。池亭小隊秦箏。就地圍香，臨水湔裙。冶態飄雲，醉妝扶玉，未應閑了芳情。旅懷無限，忍不住、低低問春。梨花落盡，一點新愁，曾到西泠。」諸家之作多用於抒情和敘事。此調共存十六詞，有平韻與仄韻兩體。

又一體

雙調，一百二字。前後段各十一句，四仄韻。　姜　夔

雙槳蓴波句一蓑松雨句暮愁漸滿空闊韻呼我盟鷗句翩翩欲下句背人還過木末韻那回歸去句蕩雲雪讀孤舟夜發韻傷心重見句依約眉山句黛痕低壓韻　采香徑裏春寒句老子婆娑句自歌誰答韻垂虹西望句飄然引去句此興平生難遏韻酒醒波遠句正凝想讀明璫素襪韻如今安在句唯有闌干句伴人一霎韻

此調仄韻體始自南宋姜夔，詞寫過垂虹歸吳興之情景。劉灝《重登峨眉亭感舊》：「春剪綠

波，日明金渚，鏡光盡浸寒碧。喜溢雙蛾，迎風一笑，兩情依舊脈脈。那時同醉，錦袍濕、烏紗攲側。英游何在，滿目青山，飛下孤白。片帆誰上天門，我亦明朝，是天門客。平生高興，青蓮一葉，從此飄然八極。磯頭緑樹，見白馬、書生破敵。百年前事，欲問東風，酒醒長笛。」王沂孫賦水仙花，擬托宮人故國之思：「明玉擎金，纖羅飄帶，爲君起舞回雪。柔影參差，幽芳零亂，翠圍瘦腰一捻。歲華相誤，記前度、湘臯怨别。哀弦重聽，都是凄凉，未須彈徹。國香到此誰憐，烟冷沙昏，頓成愁絶。花惱難禁，酒銷欲盡，門外冰澌初結。試招仙魄，怕今夜、瑶簪凍折。携盤獨出，空想咸陽，故宮落月。」此體與平韻體句式相同，但後段首句不用韻。此調諸家之作均用入聲韻，宜從。

憶舊游

雙調，一百二字。前段十一句，四平韻；後段十一句，五平韻。　周邦彦

記愁橫淺黛（句）淚洗紅鉛（句）門掩秋宵（韻）墜葉驚離思（句）聽寒蛩夜泣（句）亂雨瀟瀟（韻）鳳釵半脱雲鬟（句）窗影燭光摇（韻）漸暗竹敲凉（句）疏螢照曉（句）兩地魂消（韻）迢迢（韻）問音信（句）道徑底花陰（句）時認鳴鑣（韻）也擬臨朱户（句）嘆因郎

憔悴句羞見郎招韻舊巢更有新燕句楊柳拂河橋韻但滿眼京塵句東風竟日吹露桃韻

北宋新聲，屬越調。周邦彦抒寫離情之詞爲創調之作。今存之此調二十餘首詞，多爲南宋後期詞人所作。仇遠憶西湖之舊游：「憶寒烟古驛，淡月孤舟，無限江山。落葉牽離思，到秋來夜夜，夢入長安。故人剪燭清話，風雨半窗寒。甚宦海漂流，客氈寂寞，忍説閑關。征衫。賦歸去，喜故里西湖，不厭重看。莫待青春晚，趁鶯花未老，覓醉尋歡。故園更有松竹，富貴不如閑。却指顧斜陽，長歌李白《行路難》。」張炎於宋亡後所作《過故居有感》，情緒極爲悲凉：「記凝妝倚扇，笑眼窺簾，曾款芳尊。步屧交枝徑，引生香不斷，流水中分。忘了牡丹名字，和露撥花根。甚杜牧重來，買栽無地，都是消魂。空存。斷腸草，伴幾摺眉痕，幾點啼痕。鏡裏芙蓉老，問如今何處，綰緑梳雲。怕有舊時歸燕，猶自識黄昏。待説與羈愁，遥知路隔楊柳門。」此調前段第一句、第五句、第九句，後段之第三句、第六句、第十句，均爲上一下四之五字句，由一個領字，如「記」、「嘆」引領以下句群。此調使用領字之處較多，多用於追述與轉折處。此調以周詞爲通用之正體。

又一體

雙調，一百一字。前段十一句，四平韻；後段十句，四平韻。

彭元遜

記新樓試酒句上客回車句初識能歌韻幾許憐才意句覺援琴易動句授簡情多韻青鸞畫下縹緲句烟霧隔青羅韻還自有人猜句素巾承汗句微影雙蛾韻 西陂千樹雪句欲絶世乘風句下照滄波韻怪倚春憔悴句扁舟月上句草草相過韻少年翰墨相誤句幽恨愧星河韻誰爲語伶玄句秋風併冷雙燕窠韻

此體過變不用短韻，後段第五句少一字，句式小異。劉應幾《聞雁》：「記銅駝載酒，翠陌吹簫，曾聽相呼。不盡離離意，覺柔腸如剪，立馬踟躕。人生似此蒼鬢，禁得幾聲疏。想怨入秋深，愁隨天遠，滿目平蕪。音書未曾寄，正人在燕臺，忘却回車。奈菰蒲舊地，山空木落，霜老泉枯。月明仙掌何處，轉首失棲烏。得説與雲間，瀟湘近日風捲湖。」

花犯

周邦彦

雙調，一百二字。有段十句，六仄韻；後段九句，四仄韻。

粉牆低句梅花照眼句依然舊風味韻露痕輕綴韻疑净洗鉛華句無限佳

麗韻去年勝賞曾孤倚韻冰盤同宴喜韻更可惜讀雪中高樹句香篝熏素被韻今年對花最匆匆句相逢似有恨句依依愁悴韻吟望久句青苔上讀旋看飛墜韻相將見讀脆圓薦酒句人正在讀空江烟浪裏韻但夢想讀一枝瀟灑句黄昏斜照水韻

北宋新聲，屬中吕商，俗名小石調。周邦彦詠梅詞爲創調之作。此詞抒寫去年和今年賞梅之不同感受，構思獨特。吴文英亦詠梅，題爲《謝黄後庵除夜寄古梅枝》，詞云：「剪横枝，清溪分影，翛然鏡空曉。小窗春到。憐夜冷孀娥，相伴孤照。古苔淚鎖霜千點，蒼華人共老。料淺雪、黄昏驛路，飛香遺凍草。　行雲夢中認瓊娘，冰肌瘦窈窕，風前纖縞。殘醉醒，屏山外、翠禽聲小。寒泉貯、紺壺漸暖，年事對、青燈驚换了。但恐舞、一簾蝴蝶，玉龍吹又杳。」王沂孫《苔梅》是詠物之佳作：「古嬋娟，蒼鬟素靨，盈盈瞰流水。斷魂十里，嘆紺縷飄零，難繫離思。故山歲晚誰堪寄。琅玕聊自倚。謾記我、緑蓑衝雪，孤舟寒浪裏。　三花兩蕊破蒙茸，依依似有恨，明珠輕委。雲卧穩，藍衣正、護春憔悴。羅浮夢、半蟾挂曉，幺鳳冷、山中人乍起。又唤取、玉奴歸去，餘香空翠被。」宋季劉辰翁詠雪詞，題爲《舊催雪詞苦不甚佳因復作此》，詞云：「海山昏，寒雲欲下，低低壓吹帽。平沙浩浩。想關塞無烟，時動衰草。蘇郎卧處愁難掃。江南春不到。但悵望、雪花被白，人間憔悴好。　誰知廣寒夢無聊，丁寧白玉鏈，不關懷抱。看清淺、桑田外，塵生熱惱。待説與、天公知道。臘期近、春來事宜早。更幾日、銀河信斷，梅花容易老。」此調存詞十二首，多爲賦梅與詠物。此調爲換頭曲，前後段句式差異極大，僅兩結句同。全調以五字句和七字句爲主，後段三個七字句均爲上三下四句法，故頓挫之處較多，兼用仄韻，音節低沉凝重，多表現苦澀之情。

側犯

雙調，一百二字。前段九句，六仄韻；後段十一句，六仄韻。

周邦彦

霽景讀對霜蟾乍昇句素烟如掃韻千林夜縞韻徘徊處讀漸移深窈韻何人正弄讀孤影蹁躚西窗悄韻冒露冷貂裘句玉斝邀雲表韻共寒光句飲清醥韻

淮左舊游句記送行人句歸來山路窵韻駐馬望素魄句印遥碧句金樞小韻愛秀色讀初娟好韻念漂浮讀綿綿思遠道韻料異日宵征句必定還相照韻奈何人自老韻

北宋新聲，屬仙呂調。周邦彦詠新月詞爲創調之作。此調存五詞，有三家和周詞各一首。吴文英《贈黄復庵》一詞注「夾鍾商」，俗名雙調，與周詞宮調相異，其前段第五句句式略異，詞云：「茂苑、共鶯花醉吟，歲華如許。江湖夜雨。傳書問、雁多幽阻。清溪上、慣來往扁舟輕如羽。到興懶歸來，玉冷耕雲圃。按瓊簫，賦金縷。回首詞場，動地聲名，春雷初起户。枕水卧漱石，數間屋，梅一隖。待共結、良朋侣。載清尊、隨花追野步。要未若城南，分取溪限住。晝長看柳舞。」此調多長句，句法較複雜。

瑞鶴仙

周邦彦

雙調，一百二字。前段十一句，七仄韻；後段十一句，六仄韻。

悄郊原帶郭韻行路永句客去車塵漠漠韻斜陽映山落韻斂餘紅句猶戀孤城欄角韻淩波步弱韻過短亭讀何用素約韻有流鶯勸我句重解雕鞍句緩引春酌韻　不記歸時早暮句上馬誰扶句醒眠朱閣韻驚飆動幕韻扶殘醉句繞紅藥韻嘆西園已是句花深無地句東風何事又惡韻任流光過却韻猶喜洞天自樂韻

北宋新聲，屬高平調。周邦彦羈旅行役之詞爲創調之作。周詞描述暮春情景，叙事與寫景交互，結構謹嚴，層次清楚，爲宋詞名篇。此調爲換頭曲，前後段句式與句群相異，句式變化很大，用韻時稀時密，音節頓挫之處較多，調勢曲折，宜於抒寫複雜而變幻之情景。趙文《劉氏園西湖柳》同周詞格律，詞云：「緑楊深似雨。西湖上、舊日晴絲恨縷。風流似張緒。羡春風，依舊年年眉嫵。宫腰楚楚。倚畫欄、曾鬥妙舞。想而今似我，零落天涯，却悔相妒。痛絶長秋去後，楊白花飛，舊腔誰譜。年光暗度。凄凉事，不堪訴。記菩提寺路，段家橋水，何時重到夢處。況柔枝老去，争奈繫春不住。」此調南宋作者甚衆，名篇亦多。《詞譜》於此調列十六體，周詞爲正體。《詞譜》列趙文詞一體，因於後段「凄凉事，不堪訴」落兩字而爲「凄凉誰訴」。趙文詞見元刊本《名儒草堂詩餘》卷中，《詞譜》編者未詳檢而爲百字一體。此調通用者實爲兩體。

又一體

史達祖

雙調，一百二字。前段十句，七仄韻；後段十二句，六仄韻。

杏烟嬌濕鬢韻過杜若汀洲句楚衣香潤韻回頭翠樓近韻指鴛鴦沙上句暗藏春恨韻歸鞭隱隱韻便不念讀芳盟未穩韻自簫聲讀吹落雲東句再數故園花信韻誰問韻聽歌窗罅句倚月鈎欄句舊家輕俊韻芳心一寸韻相思

後句總灰燼韻奈春風多事句吹花搖柳句也把幽情喚醒韻對南溪讀桃萼翻紅句又成瘦損韻

此體過變用短韻，句式與周詞略異。前段第二、三句，第五、六句，皆爲五四句式。前段結句爲七六句式，後段結句爲七四句式。南宋以來用此體者甚多，乃此調通行之體。史達祖寫春愁一詞可爲此體法式，其中可平可仄之字較多，屬於律疏者。康與之《別恨》：「薄寒羅袖怯。教小玉添香，被翻宮襭。蘭釭半明滅。聽幾聲歸雁，一簾微月。情波恨葉。索新詞、猶自怨別。夢回時，雪暖酥凝，掠鬢寶鴛釵折。淒切。紋窗描繡，舊譜尋棋，變成虛設。同心對結。重來是，甚時節。悵姑蘇臺上，征帆何許，隱隱遥山萬叠。袖紅綃、獨立無言，偷彈淚血。」吴禮之《秋思》表述人生之感悟，風格曠達：「風傳秋信至。顫葉葉庭梧，飄零階砌。年華迅流水。況榮枯翻手，存亡彈指。誰編故紙。論古往、英雄鬥智。在當時、唤做功名，到此盡成閑氣。何謂。生爲行客，死乃歸人，世同驛邸。十步九計。空撈攘，謾兒戲。忍都將、有限光陰縈絆，趁逐無窮天地。我直須、跳出樊籠，做個俏底。」俞國寶抒寫離情別緒：「春衫和淚著。又燕入江南，雁歸衡岳。東風曉來惡。繞西園無緒，淚隨花落。愁鐘恨角。夢無憑、難成易覺。到春來，易感韓香，頓減沈腰如削。離索。挑燈占信，聽鵲求音，不禁春弱。雲輕雨薄。陽臺遠，信難托。念盟釵一股，鸞光兩破，已負秦樓素約。但莫教、嫩緑成陰，把人誤却。」宋末名將余玠僅存詞一首，悲慨而充溢豪氣：「怪新來瘦損。對鏡臺霜華，零亂鬢影。胸中恨誰省。正關山寂寞，暮天風景。貂裘漸冷。聽梧桐、聲敲露井。可無人、爲向樓頭，試問塞鴻音信。　爭忍。勾引愁緒，半掩金鋪，雨欺燈暈，家僮卧困。呼不應，自高枕。待催他天際，銀蟾飛上，唤取嫦娥細問。要乾坤、表裏光輝，照予醉飲。」吴文英此體八詞，其懷念蘇州歌妓之作，情緒極爲苦澀，詞云：「淚荷抛碎璧。正漏雲篩雨，斜捎窗隙。林聲怨秋色。對小山不迭，寸眉愁碧。涼欺岸幘。暮砧催、銀屏剪尺。最無聊、燕去堂空，舊幕塵暗羅額。　行客。西園有分，斷柳淒花，似曾相識。西風破屐。林下路，水邊石。念寒蛩殘夢，歸鴻心事，那聽江村夜笛。看雪飛、蘋底蘆梢，未如鬢白。」蔣捷四詞同此體，其詠紅葉，意象新奇，詞語華麗；詞云：「縞霜霏霽雪。漸翠没涼痕，猩浮寒血。山窗夢凄切。短吟筇猶倚，鶯邊新樾。花魂未歇。似追惜、芳消艷滅。挽西風、再入柔柯，誤染紺雲成纈。　休説。深題錦翰，淺泠瓊漪，暗春曾泄。情條萬結。依然是，未愁絶。最憐他南苑，空階堆遍，人隔仙蓬怨别。鎖芙蓉、小殿深秋，碎蟲訴月。」

此調適用題材較廣，抒情、寫景、詠物、言志，均可；尤多壽詞。

齊天樂

周邦彦

雙調，一百二字。前段十句，五仄韻；後段十一句，五仄韻。

緑蕪凋盡臺城路句殊鄉又逢秋晚韻暮雨生寒句鳴蛩勸織句深閣時聞裁

剪韻雲窗静掩韻嘆重拂羅裀句頓疏花簟韻尚有練囊句露螢清夜照書卷韻荆江留滯最久句故人相望處句離思何限韻渭水西風句長安亂葉句空憶詩情宛轉韻憑高眺遠韻正玉液新篘句蟹螯初薦韻醉倒山翁句但愁斜照斂韻

北宋新聲，屬黄鍾宫，俗名正宫。周邦彦抒寫旅愁之詞爲創調之作，因首句又名《臺城路》。《詞譜》於此調列八體，周詞爲宋人通用之正體。宋人用此調者甚衆，尤爲南宋婉約詞人所喜用。此調爲换頭曲，前段自第三句、後段自第四句以下句式相同，但結句之句式又異。全調以四字句爲主，配以五、六、七句式，調式不急不緩，紆徐和諧，兼用黄鍾宫，得中和之音，故常爲朝廷吉席慶典使用。宋人用以抒情、寫景、詠物、祝頌、酬贈，適宜之題材廣泛。前後段中四四六句式爲句群，又接以四字句一韻，又五四句式爲一句群，三韻連貫，流美而和婉。前後段兩結句則有收斂之效。周邦彦詞抒寫深秋旅懷，層次清晰，充滿詩情畫意，極爲雅致，乃宋詞名篇。此調之名篇頗多。史達祖《秋興》：「闌干只在鷗飛處，年年怕吟秋興。斷浦沉雲，空山挂雨，中有詩愁千頃。波聲未定。望舟尾拖凉，渡頭籠暝。正好登臨，有人歌罷翠簾冷。悠然魂墮故里，奈閑情未了，還被吹醒。拜月虚檐，聽蛩壞砌，誰復能憐嬌俊。憂心耿耿。寄桐葉芳題，冷楓新詠。莫遣秋聲，樹頭喧夜永。」柴望抒寫悲秋情緒：「凄凄楊柳瀟瀟雨，悄窗怎禁滴瀝。思裏傳蛩，愁邊落雁，多少東吴山色。知他恨極。料爲我窗前，强鳴刀尺。竟日西風，那堪無寐更鄰笛。黄花開遍未也，花開應笑我，年少難覓。灞上長安，河邊渭水，都把韶華暗擲。何人碎璧。尚衰草連天，暮烟凝碧。怕説相思，撼楓喧夜寂。」吴文英晚年重到西湖，抒寫沉痛的感舊之情：「烟波桃葉西陵路，十年斷魂潮尾。古柳重攀，輕鷗聚别，陳迹危亭獨倚。凉颸乍起。渺烟磧飛帆，暮山横翠。但有江花，共臨秋鏡照憔悴。　華堂燭暗送客，眼波回盼處，芳艷流水。素骨凝冰，柔葱蘸雪，猶憶分瓜深意。清尊未洗。夢不濕行雲，慢沾殘淚。可惜秋宵，亂蛩疏雨裏。」王沂孫以詠蟬爲題，寄寓宋故宫人之哀怨，詞云：「一襟餘恨宫魂斷，年年翠陰庭樹。乍咽凉柯，還移暗葉，重把離愁深訴。西窗過雨。怪瑶佩流空，玉筝調柱。鏡暗妝殘，爲誰嬌鬢尚如許。　銅仙鉛淚似洗，嘆携盤去遠，難貯零露。病翼驚秋，枯形閲世，消得斜陽幾度。餘音更苦。甚獨抱清高，頓成凄楚。謾想熏風，柳絲千萬縷。」蔣捷於宋亡後當元夕時，閲讀孟元老《東京夢華録》，引起懷念故國之情：「銀蟾飛到觚棱外，娟娟下窺龍尾。紫電鞘輕，雲紅笪曲，雕玉輿穿燈底。峰繒岫綺。沸一簇人聲，道隨竿媚。侍女近鑾，燕嬌鶯姹炫珠翠。　華胥仙夢未了，被天公澒洞，吹换人世。淡柳湖山，濃花巷陌，惟説錢塘而已。回頭汴水。望當日宸游，一去萬里。但有寒蕪，夜深青磷起。」此調於正體外，尚通行一體。

又一體

姜夔

雙調，一百二字。前段十句，六仄韻；後段十一句，六仄韻。

庾郎先自吟愁賦韻淒淒更聞私語韻露濕銅鋪句苔侵石井句都是曾聽伊處韻哀音似訴韻正思婦無眠句起尋機杼韻曲曲屏山句夜涼獨自甚情緒韻　西窗又吹暗雨韻爲誰頻斷續句相和砧杵韻候館迎秋句離宮吊月句別有傷心無數韻豳詩漫與韻笑籬落呼燈句世間兒女韻寫入琴絲句一聲聲更苦韻

姜夔詞序云：「丙辰歲，與張功父會飲張達可之堂，聞屋壁間蟋蟀有聲，功父約予同賦，以授歌者；功父先成，辭甚美。予徘徊茉莉花間，仰見秋月，頓起幽思，尋亦得此。」此詞構思纖細工巧，爲宋詞名篇。此詞前後段首句用韻，其餘格律同周體。王易簡《客長安賦》：「宮烟曉散春如霧。參差護晴窗戶。柳色初分，餳香未冷，正是清明百五。臨流笑語。映十二闌干，翠顰紅妒。短帽輕鞍，倦游曾遍斷橋路。　東風爲誰媚嫵。歲華頓感慨，雙鬢何許。前度劉郎，三生杜牧，贏得征衫塵土。心期暗數。總寂寞當年，酒籌花譜。付與春愁，小樓今夜雨。」劉辰翁《節庵和示中齋端午齊天樂詞有懷其弟海山之夢》，詞意隱晦，暗寓亡國之痛；詞云：「海枯泣盡天吳淚。又漲經天河水。萬古魚龍，雷收電卷，宇宙刹那間戲。沉蘭墜芷。想重整荷衣，頓驚腰細。尚有干將，衝牛射斗定何似。　成都橋動萬里。嘆何時重見，鵑啼人起。孤竹雙清，紫荊半落，到此吟枯神瘁。對床永已。但夢繞青神，塵昏白帝。重反離騷，衆醒吾獨醉。」此調前後段首句不用韻，或用韻，或前段首句用韻，均可。

晝錦堂

無名氏

雙調，一百二字。前段十句，四平韻；後段十一句，五平韻。

雨洗桃花句風飄柳絮句日日飛滿雕檐韻懊惱一春幽恨句盡屬眉尖韻愁聞雙飛新燕語句更堪孤枕宿酲忺韻雲鬟亂句獨步畫堂句輕風暗觸珠簾韻　多厭韻靜晝永句瓊户悄句香銷金獸慵添韻自與蕭郎別後句事事俱嫌韻短歌新曲無心理句鳳簫龍管不曾拈韻空惆悵句長是每年三月句病酒懨懨韻

北宋新聲，屬中呂商。無名氏閨怨詞爲創調之作，或以此詞誤爲周邦彥作。晝錦，秦末項羽入關，屠咸陽，或勸其留居關中。項羽見秦宮已毁，思歸江東，曰：「富貴不歸故鄉，如衣繡夜行，誰知之者！」事見《史記・項羽紀》。後世因稱富貴還鄉爲晝錦。唐人劉夢得《贈致仕滕庶子先輩》：「朝服歸來晝錦榮，登科記上更無光。」宋代韓琦、章得象皆爲宰相，致仕歸里，各建晝錦堂。歐陽修爲韓琦作有《相州晝錦堂記》。調名本此。宋自遜《上李真州》：「荷葉龜游，庭皋鶴舞，應是秋滿淮涯。昨夜將星明庭，彷彿峨眉。干戈已凈銀河淡，塵沙不動翠烟微。邦人道，半月中秋，當歌不飲何爲。　誰知。心事遠，但感慨，登臨白羽頻揮。恨不明朝出塞，獵獵旌旗。文南一矢澶淵勁，夔門三箭武關奇。挑燈看，龍吼傳家舊劍，曾斬吴曦。」吴文英抒寫西湖感舊之情：「舞影燈前，簫聲酒外，獨鶴華表重歸。舊雨殘雲仍在，門巷都非。愁結春情迷醉恨，老憐秋鬢倚蛾眉。難忘處，猶恨繡籠，無端誤放鶯飛。　當時。征路遠，歡事差，十年輕負心期。楚夢秦樓相遇，共嘆相違。淚香沾濕孤山雨，瘦腰折損六橋絲。何時向，窗下剪殘紅燭，夜杪參移。」蔣捷詠荷花：「染柳烟消，敲菰雨斷，歷歷猶寄斜陽。掩冉玉妃芳袂，擁出靈場。倩他鴛鴦來寄語，駐君舴艋亦何妨。漁榔靜，獨奏櫂歌，邀妃試酌清觴。　湖上。雲漸暝，秋浩蕩，鮮風支盡蟬糧。贈我非環非佩，萬斛生香。半蝸茅屋歸吹影，數螺苔石壓波光。鴛鴦笑，何似且留雙檝，翠隱紅藏。」此調以七字句和六字句爲主，過變用短韻，甚爲流暢，適用於祝頌、抒情、詠物、節序。此調共存八詞，《詞譜》列五體，通用者爲無名氏此體。

氐州第一

雙調，一百二字。前段十一句，四仄韻；後段九句，五仄韻。

周邦彦

波落寒汀句村渡向晚句遥看數點帆小韻亂葉翻鴉句驚風破雁句天角孤雲縹緲韻官柳蕭疏句甚尚挂讀微微殘照韻景物關情句川途换目句頓來催老韻

漸解狂朋歡意少韻奈猶被讀思牽情繞韻座上琴心句機中錦字句覺最縈懷抱韻也知人讀懸望久句薔薇謝讀歸來一笑韻欲夢高唐句未成眠讀霜空又曉韻

氏州，治氐池，古縣名，漢置，位於今甘肅山丹縣西南。氐爲古代少數民族。又漢置氐道，在今甘肅武山縣東南，氐族故地。《氐州第一》乃從大曲摘出者。周邦彦旅懷之詞乃始詞。鄭熏初晚春詞：「開遍來禽，春事過也，江南倦客心苦。料理花愁，銷磨酒病，還是年時意緒。寒淺香輕，早一霎、朝來微雨。柳曲聞鶯，河橋信馬，旋題新句。漫道而今無賀鑄。儘腸斷、滿簾飛絮。說似風流，除非小杜，妙絶誇能賦。黯相逢，俱有恨，空流落、江山好處。猛拍闌干，訴天知、聲聲杜宇。」劉天游抒寫冬日旅懷：「冰縮寒流，川凝凍靄，前迴鷺渚冬晚。燕閣紅爐，駝峰翠釜，曾憶花柔酒軟。雲海滄洲，甚又寄、江南客雁。灑雪朱門，回橈剡曲，鏡華霜滿。萬里銀霄凝望眼。恁吟袖、畫欄空暖。樹帶潮墟，笳鳴古戍，簇仲宣幽怨。想愁思，春近也，隨宫繡、時寬一線。昨夜扁舟，夢湖山、眉横黛淺。」此調今存八詞，僅此一體。

瑤華慢

雙調，一百二字。前段九句，五仄韻；後段九句，四仄韻。　周密

朱鈿寶玦韻天上飛瓊句比人間春別韻江南江北句曾未見讀漫擬梨雲梅雪韻淮山春晚句問誰識讀芳心高潔韻消幾番讀花落花開句老了玉關豪傑韻

金壺剪送瓊枝句看一騎紅塵句香度瑤闕韻韶華正好句應自喜讀初識長安蜂蝶韻杜郎老矣句想舊事讀花須能説韻記少年讀一夢揚州句二十四橋明月韻

此調吴文英名《瑤華》，周密與仇遠均名《瑤華慢》。周密詞詠瓊花，詞序云：「后土之花，天下無二本。方其初開，帥臣以金缾飛騎進之天上，間亦分致貴邸。余客輦下，有以一枝。」仇遠詠雪：「疏疏密密，漠漠紛紛，乍舞風無力。殘磚斷礎，纔轉眼、化作方圭圓璧。非花非絮，似騁巧、先投窗隙。立小樓、不見青山，萬里鳥飛無迹。休憐凍梗冰苔，算飛入園林，都是春色。年華婉娩，誰信道、老却梁園詞客。踏青近也，且一白、何消三白。把一白、分與梅花，要點壽陽妝額。」此調存四詞，僅有一體。

曲游春

雙調，一百三字。前段十句，五仄韻；後段十一句，七仄韻。　施　岳

畫舸西泠路句占柳陰花影句芳意如織韻小楫衝波句度麴塵扇底句粉香簾隙韻岸轉斜陽隔韻又過盡讀別船簫笛韻傍斷橋讀翠繞紅圍句相對半篙晴色韻　頃刻韻千山暮碧韻向沽酒樓前句猶繫金勒韻乘月歸來句正梨花夜縞句海棠烟羃韻院宇明寒食韻醉乍醒讀一庭春寂韻任滿身讀露濕東風句欲眠未得韻

此調始詞爲南宋初年康與之俗詞一首，但僅存殘句。施岳詞題爲《清明游湖》。周密和施岳詞一首，序云：「禁烟湖上薄游，施中山賦詞甚佳，余因次其韻。蓋平時游舫，至午後則盡入裏湖，抵暮始出，斷橋小駐而歸，非習於游者不知也。故中山極擊節余『閑却半湖春色』之句，謂能道人所未云。」詞云：「禁苑東風外，颺暖絲晴絮，春思如織。燕約鶯期，惱芳情偏在，翠深紅隙。漠漠香塵隔。沸十里，亂弦叢笛。看畫船、盡入西泠，閑却半湖春色。　柳陌。新烟凝碧。映簾底宮眉，堤上游勒。輕暝籠寒，怕梨雲夢冷，杏香愁羃。歌

管酬寒食。奈蝶怨、良宵岑寂。正滿湖、碎月摇花，怎生去得。」此調除康與之斷句外，尚存三詞。趙文一首少兩字，句式略異。施岳與周密詞因是倡和次韻，字數、句式、格律均相同。《詞譜》於此調列三體，以周密詞爲一百二字體爲正體。《詞譜》編者所據之周密詞集當有脱誤，於後段結句作「正恁醉月摇花，怎生去得」。兹檢校《百家詞》本《草窗詞集》卷上，此詞結句爲「正滿湖、碎月摇花，怎生去得」，此與施岳詞結句之句式、字數相同。由此可見《詞譜》詳列之别體，其中每有校勘失誤所致。此調當以施詞爲式。

喜遷鶯慢

雙調，一百三字。前段十句，五仄韻；後段十二句，六仄韻。

高觀國

歌音凄怨韻是幾度訴春句春都不管韻感緑驚紅句顰烟啼月句長是爲春消黯韻玉骨瘦無一把句粉淚愁多千點韻可憐損句任塵侵粉蠹句舞裙歌扇韻

轉盼韻塵夢斷韻峽裏歸雲句空想春風面韻燕子樓空句玉臺妝冷句湖外翠峰眉淺韻綺陌斷魂名在句寶篋返魂香遠韻此情苦句問落花流水句何時重見韻

此詞題爲《代人吊西湖歌者》，詞情悲苦雅致，爲宋詞名篇。此調有小令與長調兩類。長調屬太簇宮，俗名高宮，音譜與小令異。北宋中期蔡挺之邊塞詞爲長調之始詞，詞云：「霜天清曉，望紫塞古壘，寒雲衰草。汗馬嘶風，邊鴻翻月，壠上鐵衣寒早。劍歌騎曲悲壯，盡道君思難報。塞垣樂，盡雙鞬錦帶，山西年少。　談笑。刁斗靜，烽火一把，常送平安耗。歲華向晚愁思，誰念玉關人老。太平也，且歡娛不惜，金尊頻倒。」此詞後段第二句不用韻。黄裳《端午泛湖》爲流傳甚廣之節序詞，詞云：「梅霖初歇。乍絳蕊海榴，争開時節。角黍包金，香蒲切玉，是處玳筵羅列。鬥巧盡輸年少，玉腕彩絲雙結。艤彩舫，看龍舟兩兩，波心齊發。　奇絕。難畫處，激起浪花，飛作湖間雪。畫鼓喧雷，紅旗閃電，奪罷錦標方徹。望中水天日暮，猶見朱簾高揭。歸棹晚，載荷花十里，一鈎新月。」此詞後段第二句不用韻。吴文英《甲辰冬至寓越兒輩尚留瓜涇蕭寺》：「冬分人别。渡倦客晚潮，傷頭俱雪。雁影秋空，蝶情春蕩，幾處路窮車絶。把酒共温寒夜，倚繡添慵時節。又底事，對愁雲江國，離心還折。　吴越。重會面，檢點舊吟，同看燈花結。兒女相思，年華輕送，鄰户斷簫聲噎。待移杖藜雪後，猶怯蓬萊寒闊。晨起懶，任鴉林催曉，梅窗沉月。」此詞後段第二句亦不用韻。蔣捷《金村阻風》後段第二句用韻：「風濤如此，被閑鷗誚我，君行良苦。槲葉深灣，蘆窠窄港，小憩倦篙慵櫓。壯年夜吹笛去，驚得魚龍嗥舞。悵今老，但篷窗緊掩，荒凉愁愫。　别浦。雲斷處。低雁一繩，攔斷家山路。佩玉無詩，飛霞乏序，滿席快飆誰付。醉中幾番重九，今度芳尊孤負。便晴否，怕明朝蝶冷，黄花秋圃。」此詞前段首句不用韻。《詞譜》於此調列十一體，高詞爲正體，當以爲式。此調爲换頭曲，過變連用兩個短韻；前段自第四句，後段自第五句，句式相同。前後段各有兩個六字句，以對偶見工緻。兩結尾各三句爲三五四句式，配以前此之兩個六字句，使調勢和婉柔美，而又含蓄收斂。此調兩宋作者甚衆，適用於叙事、寫景、祝頌、詠物、酬贈、節序等題材。

又一體

雙調，一百三字。前段十一句，五仄韻；後段十一句，四仄韻。　沈端節

暮雲千里韻正小雨乍晴句霜風初起韻蘆荻江邊句月昏人靜句獨自小船兒裏韻消魂幾聲新雁句合造愁人天氣韻怎奈向句少年時光景句一成拋棄韻

回首空腸斷句尺素未傳句應是無雙鯉韻悶酒孤斟句半醺還醒句乾淨不如不醉韻有得恁多煩惱句直是沒些如意韻受盡也句待今回厮見句從頭說似韻

此體後段首句爲五字句，不用韻，其餘句式同高觀國體。此體可平可仄之字較多，是爲格律之寬式。沈詞多用俚語，甚爲流暢。黄公紹詠荼蘼詞：「亂紅飛雨。悵春心一似，騰騰悶暑。密綰柔情，暗傳芳意，人在垂楊深宇。曉雪一簾幽夢，半點檀心知否。春不管，想粉香凝淚，翠顰含趣。誰念芳徑小，新緑戔戔，問訊今何許。玉冷釵頭，羅寬帶眼，縹緲青

鸞難遇。望斷碧雲深處，倚遍畫欄將暮。空惆悵，更江頭桃葉，溜横波渡。」此詞寫物以寄情，甚爲含蓄。

竹馬子

柳 永

雙調，一百三字。前段十二句，四仄韻；後段十句，五仄韻。

登孤壘荒凉句危亭曠望句静臨烟渚韻對雌霓挂雨句雄風拂檻句微收煩暑韻漸覺一葉驚秋句殘蟬噪晚句素商時序韻覽景想前歡句指神京句非烟非霧深處韻 向此成追感句新愁易積句故人難聚韻憑高盡日凝佇韻贏得銷魂無語韻極目霽靄霏微句暝鴉零亂句蕭索江城暮韻南樓畫角句又送殘陽去韻

北宋新聲，屬仙吕調，柳詞爲創調之作。竹馬，兒童游戲當馬騎的竹竿。《後漢書》卷三十一《郭汲傳》：「始至行郡，劉河西美稷，有兒童數百，各騎竹馬，道次迎拜。」唐人白居易《贈楚州郭使君》：「笑看兒童騎竹馬，醉擁賓客上仙舟。」調名本此。此調共存三詞，曹勛詠柳一詞多兩字，句式亦小異。葉夢得贈友人一詞，調名《竹馬兒》，與柳詞格律相同，詞云：「與君記平山，堂前細柳，幾回同挽。又征帆夜落，危檻依舊，遥臨雲巘。自笑來往匆匆，朱顔漸改，故人俱遠。横笛想遺聲，但寒松，千丈傾崖蒼蘚。世事終何已，田陰縱在，歲陰仍晚。稽康老來尤懶。只要蓴羹菰飯。却使便買茅廬，短篷輕楫，尊酒猶能辦。君能過我，水雲聊爲伴。」《詞譜》以爲此詞前段起句爲三字句，第二句爲六字句，於此調另列一體，但比勘葉詞與柳詞，格律、句式實同。

雨霖鈴

雙調，一百三字。前段十句，五仄韻；後段八句，五仄韻。　　柳　永

寒蟬凄切韻對長亭晚句驟雨初歇韻都門帳飲無緒句方留戀處句蘭舟催
發韻執手相看淚眼句竟無語凝咽韻念去去讀千里烟波句暮靄沉沉楚天
闊韻　多情自古傷離別韻更那堪讀冷落清秋節韻今宵酒醒何處句楊柳
岸讀曉風殘月韻此去經年句應是良辰好景虚設韻便縱有讀千種風情句
更與何人說韻

唐代教坊曲。王灼《碧鷄漫志》卷五：「予考史及諸家説，明皇自陳倉入散關，出河池，初不由斜谷路。今劍州梓桐縣地名上亭，有古今詩刻記明皇聞鈴之地，庶幾是也。羅隱詩云：『細雨霏微宿上亭，雨中因感雨淋鈴。貴爲天子猶魂斷，窮著荷衣好涕零。劍水多端何處去，巴猿無賴不堪聽。少年辛苦今飄蕩，空愧先生教聚螢。』世傳明皇宿上亭，雨中聞牛鐸聲，悵然而起，問黄幡綽：『鈴作何語？』曰：『謂陛下特郎當。』特郎當，俗稱不整治也。明皇一笑，遂作此曲。《楊妃外傳》又載上皇還京後，復幸華清，侍宮嬪御多非舊人，於望京樓下，命張野狐奏《雨淋鈴》曲……張祜詩云：『雨淋鈴夜却歸秦，猶是張徽一曲新。長説上皇和淚教，月明南内更無人。』張徽即張野狐也……今雙調《雨淋鈴慢》，頗極哀怨，真本曲遺聲。」此曲有聲詩和長短句兩種體式，張祜詩爲聲詩，長短句之始詞爲柳永之作。柳詞屬夾鍾商，俗名雙調。柳詞抒寫離情別緒，詞情哀怨，與調情相符。此調爲換頭曲，前後段句式組合全異。前段起三個四字句，繼一個六字句，兩個四字句，故紆緩沉滯，結句爲兩個七字句，而使調勢流暢；後段起一個七字句，繼一個八字句，一個六字句，一個七字句，故調勢在過變後呈奔放之態，但兩結句則又有所收斂。柳詞之詞意發展，恰與調勢相合，故爲宋詞名篇。此調共存七詞，王安石一詞乃依柳詞之聲韻格律填寫，但用以表達其晚年對佛教禪理之感悟，且多議論；詞云：「孜孜矻矻。向無明裹，强作窠窟。浮名浮利何濟，堪留戀處，輪回倉猝。幸有明空妙覺，可彈指超出。緣底事、抛了全潮，認一浮漚作瀛渤。本源自性天真佛。祗些些、妄想中埋没。貪他眼花陽艷，誰信道、本來無物。一旦茫然，終被閻羅老子相屈。但縱有、千種機籌，怎免伊唐突。」李綱《明皇幸西蜀》乃詠此調本事，前段第二句多一字，詞云：「蛾眉修緑。〔正〕君王恩寵，曼舞絲竹。華清賜浴瑶甃，五家會處，花盈山谷。百里遺簪墮珥，盡寶鈿珠玉。聽突騎、鼙鼓聲喧，寂寞霓裳羽衣曲。金輿遠幸匆匆速。奈六軍、不發人争目。明眸皓齒難戀，腸斷處、繡囊猶馥。劍閣崢嶸何況鈴聲，帶雨相續。謾留與、千古傷神，盡入生綃幅。」此外黄裳、晁端禮、杜龍沙等人之作句式相異，或用韻相異。此調當以柳詞爲式，宜表述離情別緒。

還京樂

雙調，一百三字。前後段各十句，五仄韻。　周邦彦

禁烟○近●句觸處●浮○香○秀●色●相○料理●韻正●泥花時候●句奈●何○客裏●句光○陰○虛○費●韻望●箭●波○無○際●韻迎風○漾●日●黄○雲○委●韻任●去●遠●句中○有●萬點句相○思○清○淚●韻到●長○淮○底●韻過●當時○樓○下●句殷○勤○爲●説●句春○來羈旅況●味●韻堪○嗟○誤●約●乖○期○句向●天○涯○讀自●看○桃○李●韻想●如○今○讀應恨●墨●盈○箋○句愁○妝○照●水●韻怎●得●青○鸞○翼●句飛歸○教○見●憔○悴●韻

唐代教坊曲，屬黄鍾商，俗名大石調。周詞乃依舊曲而創新聲者。王灼《碧鷄漫志》卷四：「唐史云：『民間以明皇自潞州還京師，夜半舉兵，誅韋皇后，製《夜半樂》、《還京樂》二曲。』」此調爲换頭曲，前後段句式變化極大。周詞過變與前段詞意緊密相連，且善爲合符語法之長句，連貫前後段之詞意——「任去遠，中有萬點，相思清淚。到長淮底，過當時樓下，殷勤爲説，春來羈旅況味。」此種白話長句乃宋詞之獨創，周詞此句可爲典型。此調今存五詞，有楊澤民、陳允平和周詞。吴文英《友人泛湖命樂工以箏笙琵琶方響迭奏》與周詞格律一致，詞云：「宴蘭溆，促奏絲縈管裂飛繁響。似漢宫人去，夜深獨語，胡沙凄哽。對雁斜玖柱，瓊瓊弄月臨秋影。鳳吹遠，河漢去杳，天風飄冷。泛清商竟。轉銅壺敲漏，瑶床二八，青娥環佩再整。菱歌四碧無聲，變須臾、翠翳紅暝。嘆梨園、今調絶音希，愁深未醒。桂楫輕如翼，歸霞時點清鏡。」張炎《送陳行之歸吴》，前段首句用韻，後段首句却又不用韻，其間某些句式亦復相異；詞云：「醉吟處。多是琴尊竟日松下語。有筆床茶竈，瘦筇相引，逢花須住。正翠陰迷路。年光荏苒成孤旅。待趁燕檣，休忘了玄都前度。　漸烟波遠，怕五湖凄冷，佳人袖薄，修竹依依日暮。知他甚處重逢，便匆匆、背潮歸去。莫因循、誤了幽期，應辜舊雨。佇立山風晚，月明摇碎江樹。」此調句式組合甚有特點，有九字句及上三下四句法之七字句，句式富於變化，音節較流暢而歸於收斂。此調當以周詞爲法式。

雙頭蓮

雙調，一百三字。前段十三句，三仄韻；後段十二句，五仄韻。　周邦彦

一抹殘霞句幾行新雁句天染雲斷句紅迷陣影句隱約望中句點破晚空澄碧韻助秋色韻門掩西風句橋橫斜照句青翼未來句濃塵自起句咫尺鳳幃句合有人相識韻　歎乖隔韻知甚時恣與句同携歡適韻度曲傳觴句並鞴飛轡句綺陌畫堂連夕韻樓頭千里句帳底三更句盡堪淚滴韻怎生向句總無聊句但只聽消息韻

此調屬夾鍾商，俗名雙調。此詞見《百家詞》本《片玉集抄補》，後段結句《全宋詞》無「總」字，乃脱誤。此調前段韻稀，但每一韻須語意連貫。此調共存四詞，字數、句式均有差異，《詞譜》列四體，則每詞自爲一體，但實爲百三字與百字兩體。

又一體

雙調，一百字。前段十句，六仄韻；後段十句，五仄韻。　陸游

華鬢星星句驚壯志成虛句此身如寄韻蕭條病驥韻向暗裏讀消盡當年豪氣韻夢斷故國山川句隔重重烟水韻身萬里韻舊社凋零句青門俊游誰記韻　盡道錦里繁華句嘆官閑晝永句柴荆添睡韻清愁自醉韻念此際讀付與何人心事韻縱有楚柁吴檣句知何時東逝韻空悵望句鱠美菰香句秋風又起韻

陸游此詞題爲《呈范致能待制》，乃在成都時作。其另一詞亦百字，但句式略異。無名氏詠梅詞亦百字，句式又異。此調可依周詞與陸詞兩體。此兩體句式差異極大，當是各據之音譜不同。

憶瑶姬

雙調，一百三字。前段九句，五仄韻；後段九句，六仄韻。

曹組

雨細雲輕句花嬌玉軟句於中好個情性韻争奈無緣相見句有分孤零韻香箋細寫頻相問韻我一句句兒都聽韻到如今讀不得同歡句伏惟與他耐

静韻　此事憑誰執證韻　有樓前明月句　窗外花影韻　拚了一生煩惱句　爲伊成病韻　祇愁更把風流逞韻　便因循讀　誤人無定韻　恁時節讀　若要眼兒廝覰句　除非會聖韻

瑶姬，神女名，亦作姚姬。《文選》宋玉《高唐賦》注引《襄陽耆舊傳》：「赤帝女姚姬，未行而卒，葬於巫山之陽，故曰巫山之女。楚懷王游於高唐，晝寢，夢見與神遇，自稱是巫山之女，王因幸之，遂爲置觀於巫山之南，號爲朝雲。」調名本此。曹組詞爲創調之作。此調有仄韻與平韻兩體。

又一體

雙調，一百五字。前段十一句，五平韻；後段十一句，四平韻。　万俟詠

可惜香紅韻　又一番驟雨句　幾陣狂風韻　霎時留不住句　便夜來和月句　飛過簾櫳韻　離愁未了句　酒病相仍句　便堪此恨中韻　片片隨讀　流水斜陽去句　各自西東韻　又還是讀　九十春光句　誤雙飛戲蝶句　並採游蜂韻　人生能幾許句　細算來何物句　得似情濃韻　沈腰暗減句　潘鬢先秋句　寸心不易供韻　望

暮雲句千里沉沉障翠峰韻

万俟詠詞調名爲《别瑶姫慢》，與《憶瑶姫》同。此調存四詞，各詞句式略異。用此調可依此兩體爲式。

情久長

雙調，一百三字。前後段各九句，四仄韻。

呂渭老

瑣窗夜永句無聊盡作傷心句韻甚近日讀帶腰移眼句梨臉沾雨韻春心償未足句怎忍聽讀啼血催歸杜宇韻暮帆挂讀沉沉暝色句衮衮長江句流不盡讀來無據韻

點檢風光句歲月今如許韻趁此際讀浦花汀草句一棹東去韻雲窗霧閣句洞天曉讀同作烟霞伴侶韻算誰見讀梅簾醉夢句柳陌晴游句應未許讀春知處韻

此調僅存呂渭老兩詞。此詞抒寫春愁。另一詞抒寫旅懷，詞云：「冰梁跨水，沉沉霽色遮千里。怎向我、小舟孤楫，天外飄逐。夜寒侵短髮，睡不穩、窗外寒風漸起。歲華暮、蟾光射雪，碧瓦飄霜，塵不動、寒無際。　鷄咽荒郊，夢也無歸計。擁繡枕、斷魂殘魄，清吟無味。想伊睡起，又念遠、樓閣横枝對倚。待歸去、西窗剪燭，小閤凝香，深翠幕、饒春睡。」前段第四句應用韻，疑「逐」字有誤。

西江月慢

雙調，一百三字。前段十句，四仄韻；後段八句，五仄韻。　呂渭老

春風淡淡句清晝永讀落英千尺韻桃花散平郊句晴蜂來往句妙香飄擲韻傍畫橋讀煮酒青簾句緑楊風外句數聲長笛韻記去年讀紫陌朱門句花下舊相識韻　向寶帕讀裁書憑燕翼韻望翠閣讀烟林似織韻聞道春衣猶未整句過禁烟寒食韻但記取讀角枕題情句東窗休誤句這些端的韻更莫待讀青子緑陰春事寂韻

呂渭老寫春日感舊之情。此調與小令《西江月》體制不同，蓋音譜有異。此調曾流行於北宋後期，《高麗史·樂志》所存之宋詞有此調描述春愁之俗詞一首，前段起兩句同呂詞句

式，以下則字句相異，爲一百六字，詞云：「烟籠細柳，映粉牆、垂絲輕裊。正歲梢暖律風和，裝點後苑臺沼。見乍開桃若胭脂染，便須信、江南春早。又數枝、零亂殘花，飄滿地，未曾掃。　幸到此、芳菲時漸好。恨間阻、佳期尚杳。聽幾聲、雲裏悲鴻，感動怨愁多少。漫目送，層閣天涯遠，甚無人、音書來到。又只恐、別有深情，盟言忘了。」此調僅存兩詞，當以呂渭老詞爲式。

探春慢

雙調，一百三字。前後段各十句，四仄韻。　　姜夔

衰草愁烟句亂鴉送目句風沙回旋平野韻拂雪金鞭句欺寒茸帽句還記章臺走馬韻誰念漂零久句漫贏得讀幽懷難寫韻故人清沔相逢句小窗閑共情話韻　長恨離多會少句重訪問竹西句珠淚盈把韻雁磧波平句漁汀人散句老去不堪游冶韻無奈苕溪月句又照我讀扁舟東下韻甚日歸來句梅花零亂春夜韻

北宋新聲，始詞爲北宋末大晟樂府令田爲作，調名《探春》，詞有「望中新景無窮，最是一年春好」，因以名調。姜夔此詞寫歲晚離情，爲此調之正體。趙以夫此調三詞，其《四明除夜》用姜夔詞韻，詞云：「屑璐飄寒，鏤金獻巧，妝成水晶亭榭。飛絮悠揚，散花零亂，絶勝翠嬌紅冶。粉艷嘻嘻道，盡飛上、使君鬚也。多情莫笑衰翁，舊時梁苑聲價。窗外小梅羞澀，倩羯鼓尊前，慢敲輕打。鯨海停波，鶴譙賓月，贏得殘年清暇。心事知誰會，但夢繞、越王城下。白玉青絲，且同醉吟春夜。」張炎詞序云：「己亥客闔閭，歲晚江空，暖雨奪雪，篝燈顧影，依依可憐。作此曲寄戚五雲。書之，幾脱腕也。」詞云：「列屋烘爐，深門響竹，催殘客裏時序。投老情懷，薄游滋味，消得幾多淒楚。聽雁聽風雨。更聽過、數聲柔艣。暗將一點歸心，試托醉鄉分付。借問西樓在否。休忘了盈盈，端正窺户。鐵馬春冰，柳蛾晴雪，次第滿城簫鼓。閑見誰家月，渾不記、舊游何處。伴我微吟，恰有梅花一樹。」此調爲換頭曲，前後段第四、五、六、七、八句之句式相同，多用四字與六字句，調勢凝澀沉鬱。此調共存十詞，當以姜夔詞爲式。

眉嫵

雙調，一百三字。前段十一句，五仄韻；後段十句，六仄韻。

王沂孫

漸新痕懸柳句澹彩穿花句依約破初暝韻便有團圓意句深深拜句相逢誰在香徑韻畫眉未穩韻料素娥讀猶帶離恨韻最堪愛句一曲銀鉤小句寶簾挂秋冷韻　千古盈虧休問韻歎漫磨玉斧句猶挂金鏡韻太液池猶在句淒涼處句何人重賦清景韻故山夜永韻試待他讀窺户端正韻看雲外山河句還老盡讀桂花影韻

眉嫵，亦作眉憮，指眉式樣美好。《漢書》卷七六《張敞傳》：「敞爲京兆……又爲婦畫眉，長安中傳張京兆眉憮。」唐人張説《贈崔二安平公樂世詞》：「自憐京兆雙眉嫵，會待南來五馬留。」調名本此。此調之始詞爲姜夔《戲張仲遠》，調下自注「一名《百宜嬌》」。詞云：「看垂楊連苑，杜若侵沙，愁損未歸眼。信馬青樓去，重簾下、娉婷人妙飛燕。翠尊共款。聽艷歌、郎意先感。便携手、月地雲階裏，愛良夜微暖。無限風流疏散。有暗藏弓履，偷寄香翰。明日聞津鼓，湘江上，催人還解春纜。亂紅萬點。悵斷魂、烟水遥遠。又爭似相携，乘一舸、鎮長見。」王沂孫詞題爲《新月》，寄寓故國之思。此調僅存此兩詞，兩詞格律極嚴，只後段兩字之字聲平仄相異。姜詞過變，《詞譜》以爲「無限」乃短韻，此句爲「無限風流疏散」，「限」字屬偶與韻合，並非韻位所在。

湘江静

史達祖

雙調，一百三字。前段十句，五仄韻；後段十一句，五仄韻。

春草堆青雲浸浦韻記匆匆讀倦篙曾駐韻漁榔四起句沙鷗未落句怕愁沾詩句韻碧袖一聲歌句石城怨讀西風隨去韻滄波蕩晚句菰蒲弄秋句還重到讀斷魂處韻　酒易醒句思正苦韻想空山讀桂香懸樹韻三年夢冷句孤吟意短句屢烟鐘津鼓韻屐齒厭登臨句移燈後讀幾番凉雨韻潘郎漸老句風流頓減句閑居未賦韻

史達祖抒寫感舊之情爲此調之始詞。此調又名《瀟湘静》，無名氏表述人生感悟，詞云：「畫簾微捲香風逗。正明月、乍圓時候。金盤露冷，玉爐篆消，漸紅鱗生酒。嬌唱倚繁弦，瓊枝碎、輕回雲袖。風臺歌短，銅壺漏永，人欲醉、夜如晝。　因念流年迅景，被浮名、暗辜歡偶。人生大抵離多會少，更相將白首。何似猛尋芳，都莫問、積金過斗。歌闌宴闋，雲窗鳳枕，釵横麝透。」此詞過變作六字句，句式略異，其餘格律同史詞。此調僅此兩詞，當以史詞爲式。

龍山會

雙調，一百三字。前段十句，四仄韻；後段九句，四仄韻。 吴文英

石徑幽雲冷句步障深深句艷錦青紅亞韻小喬和夢過句仙佩杳讀烟水茫茫城下韻何處不秋陰句問誰借讀東風艷冶韻最嬌嬈句愁侵醉頰句淚綃紅灑韻

搖落翠莽平沙句競挽斜陽句駐短亭車馬韻晚妝羞未墮句沉恨起讀金谷魂飛深夜韻驚雁落清歌句酹花倩讀觥船快瀉韻去未捨句待月向井梧梢上挂韻

此調吴文英注：「夷則商。」詞題爲《陪毘陵幕府諸名勝載酒雙清賞芙蓉》。龍山，今湖北江陵縣西北，晋人桓温九日登高，孟嘉落帽處。《世説新語·識鑒》「武昌孟嘉」注引《孟嘉別傳》：「九月九日温游龍山，參軍畢集，時佐史並著戎服，風吹嘉帽墮落，温戒左右勿言，以觀其舉止。嘉初不覺，良久如厠，命取還之。令孫盛作文嘲之，成，箸嘉坐。嘉還即答，四坐嗟嘆。嘉喜酣暢，愈多不亂。温問：『酒有何好，而卿嗜之。』嘉曰：『明公未得酒中趣爾。』」調名本此。此調之始詞爲南宋中期趙以夫重陽詞三首，其一云：「九日無風雨。一

笑憑高，浩氣橫秋宇。群峰青可數。寒城小、一水縈洄如縷。西北最關情，漫遥指、東徐南楚。黯銷魂，斜陽冉冉，雁聲悲苦。　今朝黄菊依然，重上南樓，草草成歡聚。詩朋休浪賦。舊題處、俯仰已隨塵土。莫放酒行疏，清漏短、凉蟾當午。也全勝、白衣未至，獨醒凝佇。」此詞前段首句用韻，後段結句句式異。此調當以吴文英詞爲式。《詞譜》録吴詞，字句多有訛誤，兹已校正。

長相思慢

雙調，一百四字。前段十一句，六平韻；後段九句，五平韻。　秦觀

鐵甕城高句蒜山渡闊句干雲十二層樓韻開尊待月句掩箔披風句依然燈火揚州韻綺陌南頭韻記歌名宛轉句鄉號温柔韻曲檻俯清流韻想花陰讀誰繫蘭舟韻

念凄絶秦弦句感深荆賦句相望幾許凝愁韻勤勤裁尺素句奈雙魚讀難渡瓜洲韻曉鑑堪羞韻潘鬢點讀吴霜漸稠韻幸于飛讀鴛鴦未老句不應同是悲秋韻

《長相思》有小令與長調兩體。長調名《長相思慢》，或調名無「慢」字，爲北宋新聲，屬林鍾商，柳永詞爲創調之作，其音譜與小令相異。此調共存九詞，諸家之作句式小異，《詞譜》列四體，當以秦觀詞爲通行之正體。秦觀詞或作賀鑄詞，調名改爲《望揚州》。奚倬然調名《長相思慢》抒寫感舊之情，詞云：「日折霜檐，寒欺霧幕，晴枝淺弄春華。驚回綺夢，獨擁綾衾，腮痕微印朝霞。倦起心情，念風移霜換，依舊天涯。雁影水雲斜。算相思、一點愁賒。問橘楚橙吳，舊香猶在，別後襟袖輸他。琴心未許，想鈿釵、流落誰家。怕上高樓，歸思遠、斜陽暮鴉。幾多年、江湖浪識，知心只許梅花。」劉壎《客中景定壬戌秋》，寫秋日旅懷：「霧隔平林，風欺敗褐，十分秋滿黃花。荒庭人静，聲慘寒蛩，驚回羈思如麻。庾信多愁，有中宵清夢，迢遞還家。楚水繞天涯。黯銷魂、幾度棲鴉。對緑橘黃橙，故園在念，悵望歸路猶賒。此情吟不盡，被西風、吹入胡笳。目極黃雲，飛渡處、臨流自嗟。又斜陽、征鴻影斷，夜來空信燈花。」此兩詞前段第七句、後段第六句未用韻，與秦詞小異，但當以秦詞爲法式。

歸朝歡

雙調，一百四字。前後段各九句，六仄韻。

柳　永

別岸扁舟三兩隻韻葭葦蕭蕭風淅淅韻沙汀宿雁破烟飛句溪邊殘月和霜白韻漸漸分曙色韻路遥川遠多行役韻往來人句隻輪雙槳句盡是利名客韻　一望鄉關烟水隔韻轉覺歸心生羽翼韻愁雲恨雨兩縈牽句新春殘臘相催迫韻歲華都瞬息韻浪萍風梗誠何益韻歸去來句玉樓深處句有個人相憶韻

北宋新聲，屬夾鍾商，俗名雙調。柳詞寫羈旅行役爲創調之作，乃宋詞名篇。此調今存十六詞，格律一致，均同柳詞。此調之句式、聲情甚有特點。前後段句式相同，是爲重頭曲，起四句有似仄韻體七言絶句，但雖全用律句，而組合則異：第一、二句實爲「仄仄平平平仄仄」，第三句爲「平平仄仄仄平平」，第四句爲「平平仄仄平平仄」，自成特殊的組成方式，而音節頗拗。此調七言句共十句，配以四個五字句，且用仄聲韻，因而調勢流暢而拗怒，聲韻却甚諧美，故頗爲豪放詞人喜用。蘇軾存在以詩爲詞傾向，其詞本事：「公嘗有詩與蘇伯固，其序曰：昔在九江，與蘇伯固唱和，其略曰：『我夢扁舟浮震澤。雪浪横江千頃白。覺來滿眼是廬山，倚天無數開青壁。』蓋實夢也。」蘇軾即以詩入詞：「我夢扁舟浮震澤。雪浪搖空千頃白。覺來滿眼是廬山，倚天無數開青壁。此身長接淅。與君同是江南客。夢中游，覺來清賞，同作飛梭擲。明日西風還挂席。聽我新詞淚沾臆。靈均去後楚山空，澧陽蘭芷無顏色。君才如夢得。武陵更在西南極。竹枝詞，莫搖新唱，誰謂古今隔。」辛棄疾四詞，其《題晋臣積翠巖》頗富浪漫之想象：「我笑共工緣底怒。觸斷峨峨天一柱。補天又笑女媧忙，却將此石投閑處。野烟荒草路。先生柱杖來看汝。倚蒼苔，摩挲試問，千古幾風雨。長被兒童敲火苦。有時牛羊磨角去。霍然千丈翠巖屏，鏘然一滴甘泉乳。結亭三四五。會相暖熱携歌舞。細思量，古來寒士，不過有時遇。」馬子嚴《春游》：「聽得提壺沽美酒。人道杏花深處有。杏花狼藉鳥啼風，十分春色今無九。麝煤銷永晝。青烟飛上庭前柳。畫堂深，不寒不暖，正是好時候。團團寶月憑纖手。暫借歌喉招舞袖。真珠滴破小槽紅，香肌縮盡纖羅瘦。投分須白首。黄金散與親和舊。且銜杯，壯心未落，風月長相守。」嚴仁《南劍雙溪樓》，意象神奇，氣魄雄偉：「五月人間揮汗雨。離恨一襟何處去。雙溪樓下碧千尋，雙溪樓上匏尊舉。晚涼生緑樹。漁燈幾點依洲渚。莫狂歌，潭空月净，慘慘瘦蛟舞。變化往來無定所。求劍刻舟應笑汝。只今誰是晋司空，斗牛奕奕紅光吐。我來空吊古。與君同記憑欄語。問滄波，乘槎此去，流到天河否。」趙崇嶓抒寫感舊之情，詞意綿密：「翠羽低飛簾半揭。寶篝牙床凉似雪。虚窗雲母澹無風，隔牆花動黄昏月。玉釵鸞墜髮。盈盈白露侵羅襪。記逢迎，鴻驚燕婉，燈影弄明滅。蜀雨巫雲愁斷絶。羅帶同心留綰結。交枝紅豆雨中看，爲君滴盡相思血。染衣香未歇。夜闌天净魂飛越。正銷凝，一庭愁意，烟水浸空闊。」由於此調以七字句爲主，力避以詩法爲詞，構思宜於細緻綿密，意脈貫串。此調適應題材較廣泛，宜於言志、抒情、懷古、應酬、寫景。

宴瓊林

雙調，一百四字。前段九句，四仄韻；後段八句，四仄韻。　黄裳

遽暖間俄寒句妙用向園林句難問春意韻萬般聲與色句自聞雷讀便作浮華人世韻紅嬌翠軟句誰頓悟讀天機此理韻似韶容讀可駐無人會句且忘言閑醉韻　當度仙家長日句向人間讀閑看佳麗韻念遠處有東風在句夢悠悠往事韻桃溪近讀幽香遠遠句謾凝望讀落花流水韻桂華中讀珠珮隨軒去句還從賣花市韻

瓊林苑，北宋乾德二年置，在開封新鄭門外，與金明池南北相對。太平興國二年賜宴新科進士於瓊林苑，因有瓊林宴之名。調名本此。此調僅存黄裳四詞，其中《木香》、《上元》句式互小異。此詞題爲《東湖春日》，與《牡丹》格律一致。《牡丹》詞云：「已覽遍韶容，最後有花王，芳信來報。魏妃天與色，擁姚黄、去賞十洲仙島。東風到此，緣費盡、天機亦老。爲嬌多、只恐能言笑。惹風流煩惱。　莫道兩都迥出，倩多才、吟看誰好。爲我慘有如花面，説良辰欲過。須勤向、雕欄秉燭，更休管、夕陽芳草。算來年、花共人何處，金尊爲誰

倒。」《詞譜》於此調列《木香》、《上元》爲兩體，却忽略《東湖春日》與《牡丹》一體。宋人倚聲製詞，同調之作容許字數、句式、用韻小異，欲盡列別體，則過於繁瑣而難盡，故製譜應本於求同。黄裳此調四詞，茲以其兩詞格律相同者以爲式。

永遇樂

雙調，一百四字。前後段各十一句，四仄韻。

蘇軾

明月如霜句好風如水句清景無限韻曲港跳魚句圓荷瀉露句寂寞無人見韻紞如三鼓句鏗然一葉句黯黯夢雲驚斷韻夜茫茫讀重尋無處句覺來小園行遍韻

天涯倦客句山中歸路句望斷故園心眼韻燕子樓空句佳人何在句空鎖樓中燕韻古今如夢句何曾夢覺句但有舊歡新怨韻異時對讀南樓夜景句爲予浩嘆韻

北宋新聲，屬林鍾商。此體始自北宋初年解昉《春情》。蘇軾詞題爲《彭城夜宿燕子樓夢盼盼因作此詞》，詞寫夢境並懷古之情，乃傳世名篇，同解昉詞格律。此調紆徐和緩，韻稀，可平可仄之字較多，乃律寬之調，故宋人用此調者甚衆。蘇詞爲此調通用之正體。此調適應之題材廣泛，凡言志、抒情、懷古、議論、寫景、詠物、酬贈、祝頌均可。此調名篇甚多，可爲婉約詞，亦可爲豪氣詞。李清照晚年作元夕詞，感念故國，詞情凄苦，詞云：「落日鎔金，暮雲合璧，人在何處。染柳烟濃，吹梅笛怨，春意知幾許。元宵佳節，融和天氣，次第豈無風雨。來相招、香車寶馬，謝他酒朋詩侣。中州盛日，閨門多暇，記得偏重三五。鋪翠冠兒，捻金雪柳，簇帶争濟楚。如今憔悴，風鬟霜鬢，怕見夜間出去。不如向、簾兒底下，聽人笑語。」辛棄疾《京口北固亭懷古》是沉鬱雄偉的名篇，詞云：「千古江山，英雄無覓，孫仲謀處。舞榭歌臺，風流總被，雨打風吹去。斜陽草樹，尋常巷陌，人道寄奴曾住。想當年、金戈鐵馬，氣吞萬里如虎。元嘉草草，封狼居胥，贏得倉黄北顧。四十三年，望中猶記，烽火揚州路。可堪回首，佛狸祠下，一片神鴉社鼓。憑誰問、廉頗老矣，尚能飯否。」劉仙倫《春暮有懷》，詞情婉約：「青幄蔽林，白氈鋪徑，紅雨迷楚。畫閣關愁，風簾卷恨，盡日縈情緒。陽臺雲去，文園人病，寂寞翠尊雕俎。惜韶容、匆匆易失，芳叢對眼如霧。巾攲潤裛，衣寬凉滲，又覺漸回嬌暑。解籜吹香，遺丸薦脆，小芰浮鴛浦。畫欄如舊，依稀猶記，佇立一鈎蓮步。黯銷魂、那堪又聽，杜鵑更苦。」此詞之四字句多爲對偶，詞語華麗。高觀國《次韻吊青樓》：「淺暈修蛾，脆痕紅粉，猶記窺户。香斷簾空，塵生砌冷，誰唤青鸞舞。春風花信，秋宵月約，歷歷此心曾許。銜芳恨、千年怨結，玉骨未應成土。木蘭艇子，莫愁何在，謾繫寒江烟樹。事逐雲沉，情隨佩冷，短夢分今古。一杯遥夜，孤光難曉，多少碎人腸處。空凄黯、西風細雨，盡吹淚去。」吴文英詞題爲《過李氏晚妝閣見壁間舊所題詞遂再賦》：「春酎沉沉，晚妝的的，仙夢游慣。錦淑維舟，青門倚蓋，還被籠鶯喚。裴郎歸後，崔娘沉恨，漫客請傳芳卷。聯題在、頻經翠袖，勝隔紺紗塵幔。桃根杏葉，膠黏緗縹，幾回憑欄人換。峨髻愁雲，蘭香膩粉，都爲多情褪。離巾拭淚，征袍染醉，强作酒朋花伴。留連怕、風姨浪妒，又吹雨斷。」此詞之詞意甚爲晦澀。危復之表訴春愁：「早葉初鶯，晚風孤蝶，幽思何限。檐角縈雲，階痕積雨，一夜苔生遍。玉窗閑掩，瑤琴慵理，寂寞水沉烟斷。悄無言、春歸無覓處，卷簾見雙飛燕。風亭泉石，烟林薇蕨，夢繞舊時曾見。江上閑鷗，心盟猶在，分得眠沙半。引觴浮月，飛談卷霧，莫管愁深歡淺。起來倚闌干，拾得殘紅一片。」此詞後段結兩句之句式略異。劉辰翁詞序云：「余自己亥上元誦李易安《永遇樂》，爲之涕下。今三年矣，每聞此詞，輒不自堪。遂依其聲，又托之易安自喻。雖詞情不及，而悲苦過之。」詞云：「璧月初晴，黛雲遠淡，春事誰主。禁苑嬌寒，湖堤倦暖，前度遽如許。香塵暗陌，華燈明晝，長是懶携手去。誰知道、斷烟禁夜，滿城似愁風雨。宣和舊日，臨安南渡，芳景猶自如故。緗帙流離，風鬟三五，能賦詞最苦。江南無路，鄜州今夜，此苦又誰知否。空相對、殘釭無寐，滿村社鼓。」以上皆此調之佳作。此調句式組合多以四字句爲主而略有變化，如前段之四四四、四四五、四四六，後段之四四六、四四五、四四六。每一意群爲一韻，語意完整，而每兩個四字句皆可形成對偶，故調勢回環而又富於變化。柳永祝頌之詞兩首，亦一百四字，但句式頗異，蓋其宫調爲歇指調，音譜與林鍾商者不同。

二郎神

雙調，一百四字。前段八句，五仄韻；後段十句，五仄韻。

柳　永

炎光謝韻過暮雨讀芳塵輕灑韻乍露冷風輕庭户爽句天如水讀玉鈎遥挂韻應是星娥嗟久阻句叙舊約讀飆輪欲駕韻極目處讀微雲暗度句耿耿銀河高瀉韻

閑雅韻須知此景句古今無價韻運巧思讀穿針樓上女句擡粉面讀雲鬟相亞韻鈿合金釵私語處句算誰在讀回廊影下韻願天上人間句占得歡娱句年年今夜韻

北宋新聲，屬林鍾商。柳永詠七夕詞爲創調之作，亦宋詞詠節序之名篇，至南宋末年猶在民間傳唱。二郎神，自宋以來，各地多有二郎神廟。北宋張唐英《元祐初建二郎廟記》：「李冰去水患，廟食於蜀之離堆，而其子二郎以靈化顯聖。」《朱子語類》卷三：「蜀中灌口二郎廟，當是因李冰開鑿離堆有功立廟，今來現許多靈怪，乃是他第二兒子。」二郎神乃宋以來民間傳説之神。此調有兩體，此體——三字起者存三詞。南宋初年王十朋詠海棠詞：「深深院。夜雨過、簾櫳高卷。正滿檻海棠開欲半。仍朵朵、紅深紅淺。遥認三千宮女面。

勻點點、胭脂未遍。更微帶、春醪宿醉，嫋娜香肌嬌艷。日暖。芳心暗吐，含羞輕顫。笑繁杏、夭桃爭爛漫，愛容易、出牆臨岸。子美當年游蜀苑。又豈是，無心眷戀。都只爲天然體態，難把詩工裁剪。」此詞後段結兩句之句式與柳詞異。此體當以柳詞爲式。

又一體

雙調，一百五字。前段十句，四仄韻；後段十一句，五仄韻。　徐　伸

悶來彈鵲句又攪碎讀一簾花影韻漫試著春衫句還思纖手句熏徹金猊燼冷韻動是愁多如何向句但怪得讀新來多病韻想舊日沈腰句而今潘鬢句不堪臨鏡韻　重省韻別來淚滴句羅衣猶凝韻料爲我厭厭句日高慵起句長托春酲未醒韻雁翼不來句馬蹄輕駐句門掩一庭芳景韻空佇立讀盡日闌干倚遍句晝長人靜韻

此體爲《轉調二郎神》，徐伸所創。《揮麈餘話》卷二：「徐幹臣伸，三衢人。政和初，以知音律爲太常典樂，出知常州。嘗自製《轉調二郎神》之詞。」其詞乃爲其妾所作，有一段本事。轉調即轉換宮調，音譜自異，故與《二郎神》句式不同。此體作者頗衆。張孝祥抒寫離情：「悶來無那，暗數盡、殘更不寐。念楚館香車，吳溪蘭棹，多少愁雲恨水。陣陣回風吹雪霰，

更旅雁、一聲沙際。想静擁孤衾，頻挑寒灺，數行珠淚。凝睇。傍人笑我，終朝如醉。便織錦回鸞，素傳雙鯉，難寫衷腸密意。緑鬢點霜，玉肌消雪，兩處十分憔悴。争忍見、舊時娟娟素月，照人千里。」周弼《西施浣沙磧》：「浪花皺石，颭夜月、欲移還定。想白苧烘晴，黄蕉攤雨，人整斜巾照領。剪斷鮫綃何人續，黯夢想、秋江風冷。空露漬藻鋪，雲根苔甃，指痕環影。重省。五湖萬里，誰問烟艇。料寶像塵侵，玉瓢珠鎖，羞對菱花故鏡。領略鴉黄，破除螺黛，都付渚蘋汀荇。春醉醒、暮雨朝雲何處，柳蹊花徑。」劉克莊此調五詞，風格恣肆，且終篇押一韻，如其三和林希逸韻：「一節兩屨，導從此、在京差省。更不草白麻，不批黄敕，稍覺心清力省。幸有善和書堪讀，何必然藜芸省。且閣起莊騷，專看老易，課程尤省。夢境。槐陰禁苑，藥翻綸省。紙裏裏有，青銅錢三百，送與酒家展省。吊李白墳，挂徐君劍，零落端平同省。僅借得、老子婆娑，怎不拂衣華省。」此體爲四字句起者，句式富於變化，調勢波折而歸於凝塞，適於抒情、寫景、詠物等題材。

傾杯樂

雙調，一百四字。前段十句，四仄韻；後段十二句，六仄韻。　柳　永

鶩落霜洲句雁横烟渚句分明畫出秋色韻暮雨乍歇句小楫夜泊句宿葦村

山驛韻何人月下臨風處句起一聲羌笛韻離愁萬緒句聞岸草讀切切蛩吟如織韻　爲憶韻芳容別後句水遥山遠句何計憑鱗翼韻想繡閣深沉句争知憔悴損句天涯行客韻楚峽雲歸句高陽人散句寂寞狂蹤迹韻望京國韻空目斷讀遠峰凝碧韻

此調又名《傾杯》、《古傾杯》，爲唐代教坊曲。傾杯乃進酒動作。北周已有六言聲詩《傾杯曲》。《隋書·音樂志》言隋初定樂：「牛弘改周樂之聲，獻奠登歌六言，象《傾杯曲》。」南朝陳後主《臨高臺》述宴樂情形：「隔窗已響吹，極眺且傾杯。」此調長短句體始自敦煌《雲謡集雜曲子》二首，兩詞句式差異較大，其第一首寫閨情，詞云：「憶昔笄年，未省離閣，生長深閨苑。閑憑著繡床，時拈金針，擬貌舞鳳飛鸞。對妝臺、重整嬌姿面。知身貌算料，豈交人見。又被良媒，苦出言詞相誘該。　每道説、水際鴛鴦，惟指梁間雙燕。被父母、將兒匹配，便認多生宿姻眷。一旦聘得狂夫，攻書業、抛妾求名宦。縱然選得，一時朝要，榮華争穩便。」唐宋燕樂曲裏存在曲名相同而音譜不同的現象。敦煌琵琶譜（伯三〇八〇）存燕樂分段半字譜二十五首，其中《傾杯樂》即有十個不同的曲譜。柳永《樂章集》存《傾杯樂》八首，分屬仙呂宫、大石調、林鍾商、黄鍾羽和散水調。各詞字數或句式相異。萬樹《詞律》卷七：「柳集一百六字『禁漏花深』一首屬仙呂宫，『皓月金風』二首屬大石調，『木（鶩）落』一首屬雙調，『樓頭』、『凍水』、『離宴』三首屬林鍾商，『水鄉』一首屬黄鍾調，因調異，故曲異也。然又有同調（宮調）而長短大殊者。總之世遠音亡，字訛書錯，只可闕疑而已。」《詞譜》於此調列十體。柳詞此首備述羈旅行役，乃宋詞名篇，可爲此調之正體，當以爲式。此調別體甚多，同一詞人之作即出現字數與句式相差甚大之現象，諸家之作，難以比勘。柳詞前段「暮雨乍歇，小楫夜泊」八字全用仄聲，看似拗句，亦正是此調聲律之特色。

雙聲子

雙調，一百四字。前段十一句，四平韻；後段十句，四平韻。　柳永

晚天蕭索句斷蓬蹤迹句乘興蘭棹東游韻三吳風景句姑蘇臺榭句牢落暮靄初收韻嘆夫差舊國句香徑沒讀徒有荒丘韻繁華處句悄無睹句惟聞麋鹿呦呦韻　想當年句空運籌決戰句圖王取霸無休韻江山如畫句雲濤烟浪句翻輸范蠡扁舟韻驗前經舊史句嗟漫載讀當日風流韻斜陽暮草茫茫句盡成萬古遺愁韻

北宋新聲，屬林鍾商。柳永吳中懷古詞爲創調之作。此是孤調，但爲柳詞佳作。詞史上長

調懷古之作，當以柳永此詞爲首創，它對宋詞懷古題材産生了深遠影響。王安石《桂枝香・金陵懷古》之今昔對比，及「故國秋晚，天氣初肅」、「念往昔，繁華競逐。嘆門外樓頭，悲恨相續」、「寒烟芳草凝緑」，表現手法及意象均有柳詞痕迹。蘇軾《念奴嬌・赤壁懷古》之「亂石穿空，驚濤拍岸，捲起千堆雪。江山如畫，一時多少豪傑」，其氣勢與意象亦深受柳詞影響，而「江山如畫」則直接用柳詞成句。柳永此詞展示了其風格之另一面。

拜星月慢

雙調，一百四字。前段十句，四仄韻；後段八句，六仄韻。

周邦彦

夜●色●催○更○句清塵○收露●句小曲●幽○坊○月暗●韻竹●檻●燈○窗○句識●秋○娘○庭○院●韻笑●相○遇●句似●覺●讀瓊○枝○玉●樹●相○倚●句暖●日●明霞○光○爛●韻水眄●蘭情○句總●平○生○稀○見●韻

畫●圖○中○讀舊●識●春○風○面●韻誰知○道讀自●到●瑤○臺○畔●韻眷戀●雨●潤雲○温句苦●驚○風○吹○散●韻念●荒○寒○讀寄●宿●無○人○館●韻重○門○閉●讀敗壁●秋○蟲○嘆●韻争奈向●讀一縷●相○思○句隔●溪○山○不●斷●韻

唐代教坊曲，又名《拜新月》。周詞爲感舊之作，屬高平調，即林鍾羽。拜新月乃唐代民間習俗。李端《拜新月》：「開簾見新月，即便下階拜。細語人不聞，北風吹裙帶。」婦女拜月以寄托美好之祝願。常浩詩云：「佳人惜顔色，恐逐芳菲歇。日暮出畫堂，下階拜新月。拜月如有詞，旁人那得知。歸來投玉枕，始覺淚痕垂。」此爲唐人聲詩。長短句詞體最早見於敦煌《雲謡集雜曲子》兩詞，皆寫拜月情景，其一寫閨中婦女拜月：「蕩子他州去，已經新歲未還歸。堪恨情如水，到處輒狂迷。不思家國，花下遥指祝神明。直至於今，拋妾獨守空闈。　上有穹蒼在，三光也合遥知。倚屏帷坐，淚流點滴，金粟羅衣。自嗟薄命，緣業至於斯。乞求待見面，誓不辜伊。」敦煌曲子兩詞，一用平聲韻，一用仄聲韻，兩詞格律大致相同，但與宋詞頗異。周邦彦此詞《片玉集》宋本作《拜星月》，吴文英則作《拜星月慢》。吴詞題爲《姜石帚以盆蓮數十置中庭宴客其中》，詞云：「絳雪生凉，碧霞籠夜，小立中庭蕪地。昨夢西湖，老扁舟身世。嘆游蕩，暫賞、吟花酌露尊俎，冷玉紅香罍洗。眼眩魂迷，古陶洲十里。　翠參差、淡月平芳砌。磚花滉、小浪魚鱗起。霧盎淺障青羅，洗湘娥春膩。蕩蘭烟、麝馥濃侵醉。吹不散、繡屋重門閉。又怕便、緑減西風，泣秋檠燭外。」吴詞與周詞格律全同。其他周密、彭泰翁詞則句式略異。此調僅存六詞，周詞爲正體。

澡蘭香

雙調，一百四字。前後段各十句，四仄韻。

吳文英

盤絲繫腕句巧篆垂簪句玉隱紺紗睡覺韻銀瓶露井句彩箑雲窗句往事少年依約韻爲當時讀曾寫榴裙句傷心紅綃褪萼韻炊黍夢讀光陰漸老句汀洲烟蒻韻莫唱江南古調句怨抑難招句楚江沉魄韻薰風燕乳句暗雨梅黃句午鏡澡蘭簾幕韻念秦樓讀也擬人歸句應剪菖蒲自酌韻但悵望讀一縷新蟾句隨人天角韻

此詞內有「午鏡澡蘭簾幕」因以爲調名。此調乃吳文英所創，屬林鍾羽，題爲《淮安重午》，詠節序却有深沉懷舊之情。此雖是孤調，但爲夢窗詞名篇，後世詞人有用此調者。

綺寮怨

雙調，一百四字。前段八句，四平韻；後段九句，七平韻。

周邦彥

上馬人扶殘醉句曉風吹未醒韻映水曲讀翠瓦朱簷句垂楊裏讀乍見津亭韻當時曾題敗壁句蛛絲罥讀淡墨苔暈青韻念去來讀歲月如流句徘徊久讀嘆息愁思盈韻　去去倦尋路程韻江陵舊事句何曾再問楊瓊韻舊曲凄清韻斂愁黛讀與誰聽韻尊前故人如在句想念我讀最關情韻何須渭城韻歌聲未盡處讀先淚零韻

北宋新聲，屬中吕調。周邦彦詞題爲《思情》，詞意悲切，結構謹嚴，乃創調之作，亦爲宋詞名篇。綺寮，雕畫美觀之小窗。東漢張衡《西京賦》：「何工巧之瑰瑋，交綺豁以疏寮。」寮，小窗也。調名本此。此調今存七詞，周詞外之六詞均是宋季作品，且均是佳篇。石正倫《宮人斜吊古》：「緑野春濃停騎，暖風飄醉襟。漸觸目、景物凄悲，花無語、曲徑沉沉。重簷繚垣静鎖，丹青暗、斷軸塵半侵。嘆絳紗、玉臂封時，何期掩、夜泉流恨深。　已矣霜凋蕙心。蘭昌舊事，雲容好信難尋。佇立孤吟，怕鳳履、有遺音。今宵珮環奏月，知倦客、苦登臨。驚飛翠禽。松杉弄碎影，晴又陰。」宮人斜乃唐代埋葬宮女之處，此詞甚爲哀怨凄涼。劉辰翁《青山和前韻憶舊時學館因復感慨同賦》：「漫道十年前事，悶懷天又陰。何須恨、典了西湖，更笑君、宴罷瓊林。閑時數聲啼鳥，凄然似、上陽宮女心。記斷橋、急管危弦，歌聲遠、玉樹金縷沉。　看萬年枝上禽。徘徊落月，斷腸理絶弦琴。魂夢追尋。揮淚賦、白頭吟。當年未知行樂，無日夜、望鄉音。何期至今。緑楊外芳草、庭院深。」詞寓亡國之悲痛。趙文題寫韻軒詞：「絳闕珠宮何處，碧梧雙鳳吟。爲底事、一落人間，輕題破、隱韻天音。當時點雲滴雨，匆匆處、誤墨沾素襟。算人間、最苦多情，争知道、天上情更深。世事似晴又陰。羅襦甲帳，回頭一夢難尋。虎嘯嵚嵚。護遺迹、尚如今。斜陽落花流水，吹紫宇、澹成林。霜空月明。天風響環佩、飛翠禽。」此詞含蓄，寄意深遠。趙功可於晚年抒寫人生之感慨：「忽忽東風又老，冷雲吹晚陰。疏簾下、茶鼎孤烟，斷橋外、梅豆千林。一扇凉風，看平地、落花如雪深。千曲囊中古琴。平泉金谷，不堪舊事重尋。當日登臨。都化作、夢銷沉。元龍丘壙無恙，誰唤起、共論心。哀歌怨吟。問何似啼鳥、枝上音。」此調句式複雜，前後段句群組合變化很大。前段三個上三下四句法之七字句，兩個上三下五句法之八字句；後段兩個折腰之六字句，結句爲上五下三之八字句。故頓之處較多，而又歸於流暢。此調自周邦彦起，多表達悲切之情，調之音節瀏亮而優美，甚有特色。

花心動

雙調，一百四字。前段十句，四仄韻；後段八句，五仄韻。

阮逸女

仙苑春濃句小桃開讀枝枝已堪攀折韻乍雨乍晴句輕暖輕寒句漸近賞花

時○節●韻柳●搖○臺○樹●東○風○軟●句簾櫳靜●讀幽禽○調○舌●韻斷●魂○遠●句閑○尋○翠●徑●句頓●成○愁○結●韻此●恨●無○人○共説●韻還○立盡●讀黃○昏○寸●心○空○切●韻強整●繡衾○句獨掩●朱○扉○句簟枕●爲●誰○鋪○設●韻夜長○更漏●傳○聲○遠●句紗窗映●讀銀釭○明○滅●韻夢●回處●讀梅梢○半●籠○淡●月●韻

北宋新聲，屬夾鍾商。阮逸女，北宋景祐初年典樂事，其《春詞》爲此調之始詞，詞存《唐宋諸賢絶妙詞選》卷十。《詞譜》以爲此調之始詞爲周邦彦作，乃誤。《詞譜》於此調列十體，通行之正體應爲阮詞之體。此調亦名《花心動慢》，作者頗衆，佳作亦多。潘汾抒寫春愁：「啼鳥驚心，怨華年、羞看杏梢梅萼。映柳小橋，芳草閑庭，處處舊游如昨。斷腸人在東風裏，遮不盡、幾重簾幕。舊巢穩，呢喃燕子，笑人漂泊。應是素肌瘦削。空望斷、天涯音信難托。半污淚痕，重整餘香，夜夜翠衾寒薄。倦游只怕春歸去，怎忍見、水流花落。夢魂遠、韶華又還過却。」吴文英詠柳而有寓意：「十里東風，嫋垂楊、長是舞時腰瘦。翠館朱樓，紫陌青門，處處燕鶯晴晝。乍看摇曳金絲細，春淺映、鵝黃如酒。嫩陰裏，烟滋露染，翠嬌紅溜。此際雕鞍去久。空追念、郵亭短枝盈首。海角天涯，寒食清明，淚點絮花沾袖。去年折贈行人遠，今年恨、依然纖手。斷腸也、羞眉畫應未就。」蔣捷《南塘元夕》：「春入南塘，粉梅花、盈盈倚風微笑。虹暈貫簾，星球攢巷，遍地寶光交照。湧金門外樓臺影，參差浸、西湖波渺。暮天遠，芙蓉萬朵，是誰移到。鬟鬟雙仙未老。陪玳席、佳賓香暖雲繞。

翠篝叩冰，銀管嘘霜，瑞露滿鍾頻釂。醉歸深院重歌舞，琱盤轉、珍珠紅小。鳳州柳、絲絲淡烟弄曉。」無名氏《連昌宮有感》表現歷史之滄桑：「碧瓦朱甍，鎖千門、沉沉麗日初旭。畫棟暗塵，錦瑟空弦，窈窕故窗紅緑。御柳宮花依然好，春不管、爲誰妝束。翠華遠，風光盡屬，野樵夷牧。　指似行人痛哭。尚能道、先朝聖游不足。鳳輦路荒，龍沼波乾，猶有棄珠遺玉。禁廊人静風琴響，衹疑是、霓裳遺曲。斷魂晚、寒鴉又啼古木。」此調爲換頭曲，但前後段第二、三、四、五、六、七句之句式相同，共有三個九字句，句式較複雜，調勢宛轉而流美。此調適於抒情、寫景、詠物、節序，而以寫春景最宜。

向湖邊

雙調，一百四字。前段十句，四仄韻；後段十句，六仄韻。

江緯

退處鄉關句幽棲林藪句舍宇第須茅蓋韻翠巘清泉句啟軒窗遥對韻遇等閑讀鄰里過從句親朋臨顧句草草便成歡會韻策杖攜壺句向湖邊柳外韻旋買溪魚句便斫銀絲鱠韻誰復欲痛飲句如長鯨吞海韻共惜醺酣句恐歡娱難再韻矧清風明月非錢買韻休追念讀金馬玉堂心膽碎韻且鬥尊

前○句有●阿誰○身○在●韻

江緯自題讀書堂，以表現閑適情趣，因詞前段結句有「向湖邊」，遂以爲調名。江緯乃北宋後期人。南宋中期張拭有和詞一首，亦寫閑適之趣，詞云：「萬里烟堤，百花風榭，游女翩翩羽蓋。彩挂秋千，向花梢嬌對。矧門外、森立喬松，日花争麗，猶若當年文會。廊廟夔龍，暫卜鄰交外。共講真率，玉糝金虀膾。同蕭散寄傲，尊罍傾北海。佳處難忘，約追歡須再。况風月不用一錢買，但回首、七虎堂中心欲碎。千里相思，幸前盟猶在。」此調僅存兩詞。

霜花腴

雙調，一百四字。前後段各十句，五平韻。　　吴文英

翠●微○路●窄●句醉●晚●風○句憑○誰○爲●整●敧○冠○韻霜○飽●花○腴○句燭●消○人○瘦●句秋○光○作●也●都○難○韻病●懷○强●寬○韻恨●雁●聲○讀偏○落●歌○前○韻記●年○時○讀舊●宿●凄○凉○句暮●烟○秋○雨●野●橋○寒○韻

妝○靨●鬢●英○争○艷●句度●清○商○一●曲●句暗●墜●金○蟬○韻芳○節●多○陰○句蘭○情○稀○會●句晴○暉○稱●拂●銀○箋○韻更●移○畫●船○韻引●佩●環○讀邀○下●嬋○娟○韻算●明○朝○讀未●了●

重陽句紫萸應耐看韻

吴文英自度曲，屬無射商，詞題爲《重陽前一日泛石湖》。詞有「霜飽花腴」，因以爲調名。此調聲情和婉，平緩而略流美，詞甚雅致，極有章法。吴文英甚愛此調，因以名其詞集。周密有《玉漏遲》「題吴夢窗《霜花腴詞集》」。張炎有《聲聲慢》「題吴夢窗自度曲《霜花腴》卷後」。此調乃孤調，然是夢窗詞名篇。

愛月夜眠遲

雙調，一百四字。前後段各十句，四平韻。

無名氏

禁鼓初敲句覺六街夜悄句車馬人稀韻暮天澄淡句雲收霧卷句亭亭皎月如珪韻冰輪碾出遥空句照臨千里無私韻最堪憐讀有清風句送得丹桂香微韻

惟願素魄長圓句把流霞對飲句滿泛觥卮韻醉凴欄處句賞玩不忍句辜負好景良時韻清歌妙舞連宵句踟躕懶入羅幃韻任佳人讀儘嗔我句愛月每夜眠遲韻

北宋新聲，曾傳入鄰邦高麗，見存於《高麗史·樂志》。此詞乃詠中秋之詞。宋季仇遠一詞詠元宵，句式略有差異，詞云：「小市收燈，漸柝聲隱隱，人語沉沉。月華如水，香街塵冷，闌干瑣碎花陰。羅幃不隔嬋娟，多情伴人孤枕，最分明、見屏山，翠疊遮斷行雲。因記款曲西廂，趁凌波步影，笑拾遺簪。元宵相次近也，沙河簫鼓，恰是如今。行行舞袖歌裙。歸還不管更深。黯無言，新愁舊月，空照黃昏。」此調僅存此兩詞。

綺羅香

雙調，一百四字。前後段各九句，四仄韻。　　史達祖

做冷欺花句將烟困柳句千里偷催春暮韻盡日冥迷句愁裏欲飛還住韻驚粉重讀蝶宿西園句喜泥潤讀燕歸南浦韻最妨他讀佳約風流句鈿車不到杜陵路韻

沉沉江上望極句還被春潮晚急句難尋官渡韻隱約遥峰句和淚謝娘眉嫵韻臨斷岸讀新綠生時句是落紅讀帶愁流處韻記當日讀門掩梨花句剪燈深夜語韻

南宋新聲，始詞爲史達祖作，題爲《春雨》，工巧纖細，乃宋詞詠物之名篇。史達祖以此詞爲其《梅溪詞》之壓卷，或以爲是其自度曲。綺羅乃素地起花之絲織物。北宋黄裳《宴瓊林·上元》「愛東風已暖綺羅香」，調名本此。此調今存十四詞，史詞爲通行之正體。此調爲换頭曲，但前後段自第四句起至第七句之句式相同，五、六、七句連續三個上三下四句法之七字句爲突出之特點。調勢柔美而含蓄，南宋婉約詞人喜用此調。陳允平《秋雨》：「雁字蒼寒，蛩疏翠冷，又是凄凉時候。小揭珠簾，夜潤唾花羅皺。饒曉鶯、獨立衰荷，溯歸燕、尚棲殘柳。想黄花、羞澀東籬，斷無新句到重九。孤衾清夢易覺，腸斷唐宫舊曲，聲迷宫漏。滴入愁心，秋似玉樓人瘦。烟檻外、催落梧桐，帶西風、亂捎鴛甃。記晝檐、燈影沉沉，共裁春夜韭。」此詞亦工巧。張磐是不知名的詞人，但其《漁浦有感》抒寫懷舊情緒，甚爲婉約；詞云：「浦月窺檐，松泉漱枕，屏裏吴山何處。暗粉疏紅，依舊爲誰匀注。都負了、燕約鶯期，更閑却、柳烟花雨。縱十分、春到郵亭，賦懷應是斷腸句。青青原上薺麥，還被東風無賴，翻成離緒。望極天西，唯有隴雲江樹。斜照帶、一縷新愁，盡分付、暮潮歸去。步閑階、待卜花期，落花空細數。」王沂孫三詞皆工穩，其詠紅葉尤佳，詞云：「玉杵餘丹，金刀剩彩，重染吴江孤樹。幾點朱鉛，幾度怨啼秋暮。驚舊夢、緑鬢輕凋，訴新恨、絳唇微注。最堪憐、同拂新霜，繡蓉一鏡晚妝妒。千林摇落漸少，何事西風老色，争妍如許。二月殘花，空誤小車山路。重認取、流水荒溝，怕猶有、寄情芳語。但凄凉、秋苑斜陽，冷枝留醉舞。」諸家之作於連用之四字句與七字句，多爲對偶以見工緻。

送我入門來

雙調，一百四字。前後段各十句，四平韻。　胡浩然

荼○壘●安○扉○句靈○馗○挂●户●句神○儺○裂●竹●轟○雷○韻動●念●流○光○句四●序●式●週○回○韻須○知○今○歲●今○宵○盡●句似●頓●覺●明○年○明○日●催○韻向●今○夕●句是●處●迎○春○送●臘●句羅○綺●筵○開○韻

今○古●偏○同○此●夜●句賢○愚○共●添○一●歲●句貴●賤●仍○偕○韻互●祝●遐○齡○句山○海●固●難○摧○韻石●崇○富○貴●箋○鏗○壽●句更●潘○岳●儀○容○子●建●才○韻仗●東○風○盡●力●句一●齊○吹○送●句入●此●門○來○韻

此調創自胡浩然，因結句有「一齊吹送，入此門來」遂以名調。此詞詠除夕，詞語通俗而有情致，道盡古今之意，自收入《草堂詩餘後集》而廣爲流傳。此爲孤調。

西湖月

雙調，一百四字。前後段各十句，四仄韻。　黄子行

初弦月挂林梢句又一度西園句探梅消息韻粉牆朱户句苔枝露蕊句淡勻輕飾韻玉兒應有恨句爲悵望東昏相記憶韻便解佩讀飛入雲階句長伴此花傾國韻　詩腰瘦損劉郎句記立馬攀條句倚欄横笛韻少年風味句拈花弄蕊句愛香憐色韻揚州何遜在句試點染吟箋留醉墨韻漫贏得讀疏影寒窗句夜深孤寂韻

此調爲宋季黄子行所創，僅存黄詞兩首。此詞題爲《探梅》。其另一首寫西湖月夜感懷，標明「自度商調」。詞云：「湖光冷浸玻璃，蕩一餉薰風，小舟如葉。藕花十丈，雲梳霧洗，翠嬌紅怯。壺觴圍坐處，正酒醁吹波紅映頰。尚記得、玉臂生凉，不放汗香輕浹。　殢人小摘牆榴，爲碎掐猩紅，細認裙褶。舊游如夢，新愁似織，淚珠盈睫。秋娘風味在，怎得對銀釭生笑靨。消瘦沈約詩腰，彷彿堪捻。」此詞後段第九句少一字。

陽春曲

史達祖

雙調，一百五字。前段九句，五仄韻；後段八句，六仄韻。

杏花烟句梨花月句誰與暈開春色韻坊巷曉愔愔句東風斷讀舊火銷處近寒食韻少年蹤迹韻愁暗隔讀水南山北韻還是寶絡雕鞍句被鶯聲讀喚來香陌韻　記飛蓋西園讀寒猶凝結韻驚醉耳讀誰家夜笛韻燈前重簾不挂句殢華裾讀粉淚曾拭韻如今故里消息韻賴海燕讀年時相識韻奈芳草讀正鎖江南夢句春衫怨碧韻

此調創自南宋初年楊无咎，調名《陽春》，描寫春景，詞云：「蕙風輕，鶯語巧，應喜乍離幽谷。飛過北窗前，遞清曉、麗日明透翠幃縠。篆臺芬馥。初睡起、橫斜簪玉。因甚自覺腰肢瘦，新來又寬裙幅。　對清鏡、無心忺梳裹。誰問著、餘酲帶宿。尋思前歡往事，似驚回、好夢難續。花亭遍倚檻曲。厭滿眼、争春凡木。儘憔悴、過了清明時候，愁紅慘緑。」此詞前段結兩句之句式略異，後段第一句少一字。此調僅存此兩詞，當以史達祖詞爲式。《詞譜》以史詞爲一百四字體，蓋於後段首句落一韻字「結」，今據《梅溪詞》補正。

合歡帶

柳　永

雙調，一百五字。前段九句，五平韻；後段十句，四平韻。

身材兒讀早是妖嬈韻算風措讀實難描韻一個肌膚渾是玉句更都來讀占了千嬌韻妍歌艷舞句鶯慚巧舌句柳妒纖腰韻自相逢讀便覺韓娥價減句飛燕聲消韻　桃花零落句溪水潺湲句重尋仙境非遥韻莫道千金酬一笑句便明珠讀萬斛須邀韻檀郎幸有句凌雲詞賦句擲果風標韻況當年讀便好相携句鳳樓深處吹簫韻

北宋新聲，屬林鍾商。柳永酬歌妓一詞爲創調之作。宋季仇遠亦是贈歌妓，效柳體：「令巍巍、一段風流。看情性、忒温柔。記得河橋曾識面，兩凝情、欲問還羞。沉吟半晌，蟬敧舞鬢，鶯澀歌喉。到黄昏、飲散雖然未語，心已相留。紗窗低轉，紅袖同携，隨花歸去秦樓。酒力難禁花易軟，聚眉峰、點點清愁。嗔人笑語，朦朧嬌眼，鬖髿扶頭。醉來時、月轉西廂，隔窗猶聽箜篌。」合歡帶，以繡帶結成雙結。梁武帝《秋歌》：「繡帶合歡結，錦衣連理文。」合歡以示兩情相好。杜安世一詞寫離情，但前後段第一、二句之句式相異。此調共存三詞，當以柳詞爲式。

尉遲杯

柳　永

雙調，一百五字。前段八句，六仄韻；後段九句，六仄韻。

寵佳麗韻算九衢紅粉皆難比韻天然嫩臉修蛾句不假施朱描翠韻盈盈秋水韻恣雅態讀欲語先嬌媚韻每相逢讀月夕花朝句自有憐才深意韻綢繆鳳枕鴛被韻深深處讀瓊枝玉樹相倚韻困極歡餘句芙蓉帳暖句別是惱人情味韻風流事讀難逢雙美韻況已斷讀香雲爲盟誓韻且相將讀盡意平生句未肯輕分連理韻

北宋新聲，屬夾鍾商，俗名雙調。柳詞爲創調之作。尉遲杯，楊慎《詞品》卷一：「尉遲敬德飲酒必用大杯，故以名曲。」尉遲恭，字敬德，朔州善陽人。隋末從軍高陽，以武勇著稱。唐代初年封吴國公，後封鄂國公。此調共存九詞，又名《尉遲杯慢》。賀鑄詠東吴：「勝游地。信東吴絶景饒佳麗。平湖底見層嵐，凉月下聞清吹。人如穠李。泛襟袂、香潤蘋風起。喜凌波、素襪逢迎，頷略當歌深意。鄂君被雙鴛綺。垂楊蔭、夷猶畫舲相艤。寶瑟弦調，明珠輕委。回首碧雲千里。歸鴻後、芳音誰寄。念懷縣、青鬢今無幾。枉分將、鏡裏華年，付與樓前流水。」周邦彦詞宫調爲大石調，即黄鍾商，詞題爲《離恨》，詞云：「隋堤路。漸日晚密靄生深樹。陰陰淡月籠沙，還宿河橋深處。無情畫舸，都不管、烟波隔南浦。等行人、醉擁重衾，載將離恨歸去。　因念舊客京華，長偎傍、疏林小檻歡聚。冶葉倡條俱相識，仍慣見、珠歌翠舞。如今向、漁村水驛，夜如歲、焚香獨自語。有何人、念我無聊，夢魂凝想鴛侶。」此詞後段首句不用韻，第三、四句之句式異。吴文英詞之宫調與柳詞同，但句式同周詞，題爲《賦楊公小蓬萊》，詞云：「垂楊徑。洞鑰啟時見流鶯迎。涓涓暗谷流紅，應有緗桃千頃。臨池笑靨，春色滿、銅華弄妝影。記年時、試酒湖陰，褪花曾采新杏。　蛛窗繡網玄經，纔石硯開匳，雨潤雲凝。小小蓬萊香一掬，愁不到、朱嬌翠靚。清尊伴、人間永日，斷琴和、棋聲竹冷。笑從前、醉卧紅塵，不知仙人在境。」此調諸家之作句式互有小異，《詞譜》列爲七體，但實爲仄韻與平韻兩體。仄韻體當依柳詞爲式。

又一體

雙調，一百六字。前段八句，五平韻；後段九句，五平韻。

晁補之

去年時韻正愁絶過却紅杏飛韻沉吟杏子青時句追悔負好花枝韻今年又春到句傍小欄讀日日數花期韻花有信讀人却無憑句故教芳意遲遲韻

及至待得春融怡韻未攀條拈蕊句已嘆春歸韻怎得春如天不老句更教花

與●月●相○隨○韻都○將○命●讀拚●與●酬○花○句似●峴●山○讀落●日●客●猶○迷○韻儘●歸●路●讀拍●手●
攔○街○句笑●人○沉○醉●如○泥○韻

詞題爲《亳社作惜花》。此詞改用平韻，前段第五句多一字。此體僅一詞。

花發沁園春

雙調，一百五字。前後段各十句，四平韻。　王詵

帝●里●春○歸○句早●先○妝○點●句皇○家○池○館●園○林○韻雛○鶯○未●還○句燕●子●乍●歸○句時○節●戲●
弄●晴○陰○韻瓊○樓○朱○閣●句恰●正●在●讀柳●曲●花○心○韻翠●袖●艷●讀依○憑○闌○干○句慣●聞○弦○
管●新○音○韻　此●際●相○攜○宴●賞●句縱●行○樂●隨○處●句芳○樹●遥○岑○韻桃○腮○杏●臉●句嫩●英○
萬●葉●句千○枝○緑●淺●紅○深○韻輕○風○終○日●句泛●暗●香○讀長○滿●衣○襟○韻洞●户●醉●讀歸○訪●
笙○歌○句晚●來○雲○海●沉○沉○韻

沁園乃東漢明帝沁水公主之園。後世泛稱公主之園林爲沁園。王詵字晋卿，太原人。尚宋英宗魏國大長公主，爲附馬都尉，能詩善畫。此詞即描述皇家公主之園林春景。此調與

《沁園春》音譜不同，體制亦異。王詵詞爲創調之作。此調共存三詞，另兩詞乃仄韻體。

又一體

雙調，一百五字。前段十句，五仄韻；後段十句，六仄韻。

黃昇

曉燕傳情句午鶯喧夢句起來檢校芳事韻荼蘼褪雪句楊柳吹綿句迤邐麥秋天氣韻翻階傍砌韻看芍藥讀新妝嬌媚韻正鳳紫勻染綃裳句猩紅輕透羅袂韻

晝暖朱闌困倚韻是天姿妖嬈句不減姚魏韻隨蜂惹粉句趁蝶棲香句引動少年情味韻花濃酒美韻人正在讀翠紅圍裏韻問誰是讀第一風流句折花簪上雲髻韻

此詞改用仄韻。黃昇詞題爲《芍藥會上》。劉子寰《呈史滄州》詞與黃詞格律相同。兩詞相校，僅有六字之字聲平仄異移，可見詞體格律之嚴。

南浦

雙調，一百五字。前段九句，四仄韻；後段九句，五仄韻。

張炎

波暖綠粼粼句燕飛來句好是蘇堤纔曉韻魚沒浪痕圓句流紅去讀翻笑東風難掃韻荒橋斷浦句柳陰撑出扁舟小韻回首池塘青欲遍句絶似夢中芳草韻　和雲流出空山句甚年年浄洗句花香不了韻新綠乍生時句孤村路讀猶憶那回曾到韻餘情渺渺韻茂林觴詠如今悄韻前度劉郎歸去後句溪上碧桃多少韻

唐代教坊曲有《南浦子》，北宋依舊曲製新聲《南浦》。始詞爲周邦彦作，屬中吕調。南浦，泛指面南水邊。屈原《九歌·河伯》：「子交手兮東行，送美人兮南浦。」南朝江淹《別賦》：「送君南浦，傷如之何？」後世借指送別的地方。張炎詞題爲《春水》。鄧牧《伯牙琴》云：「玉田（張炎）《春水》一詞，唱絶今古，人以『張春水』目之。」張炎詞集《山中白雲詞》即以此詞壓卷。詞後段「甚年年浄洗，花香不了」，依《詞律》、《全宋詞》及吴則虞點校《山中白雲詞》斷句，《詞譜》作「甚年年、浄洗花香不了」。此調《詞譜》列五體，當以張詞爲正體。此調共存九詞，各家之作，句式互有小異。周邦彦抒寫旅情：「淺帶一帆風，向晚來、扁舟穩下南浦。迢遞阻瀟湘，衡皋迥、斜艤蕙蘭汀渚。危檣影裏，斷雲點點遥天暮。菡萏裊斜風，偷送清香，時時微度。吾家舊有簪纓，甚頓作天涯，經歲羈旅。羌管怎知情，烟波上，黄昏萬斛愁緒。無言對月，皓彩千里人何處。恨無鳳翼身，只待而今，飛將歸去。」此詞前後段結兩句之句式異。史浩《四月八日》詠佛祖生日，乃是一首俗詞：「天氣正清和，慶西乾、釋迦如來出世。毓質向金盆，祥雲布、層霄九龍噴水。東傳震旦，正令此日人人記。露盤百卉擁金容，香湯争來拂洗。　誰知這個因緣，化衆生令求，塵埃脱離。一點本昭昭，當須向、茲時便瞥地。何煩費手，自然作個惺惺底。若猶未悟且管令，師僧八丈十二。」王沂孫兩詞皆詠春水，其一云：「柳下碧粼粼，認麴塵、乍生色嫩如染。清溜滿銀塘，東風細、參差縠紋初遍。別君南浦，翠眉曾照波痕淺。再來漲緑迷舊處，添却殘紅幾片。　葡萄過雨新痕，正拍拍輕鷗，翩翩小燕。簾影蘸樓陰，芳流去、應有淚珠千點。滄浪一舸，斷魂重唱蘋花怨。采香幽徑鴛鴦睡，誰道湔裙人遠。」此詞後段第六句不用韻。此調前後段各有兩個五字句，兩個七字句，有兩句連用韻，其餘韻位適當，故調勢頗爲流暢，因用仄韻，兩結爲六字句而又含蓄能留。此調音韻諧美，最宜於表述離情。此調有仄韻與平韻兩體。

又一體

雙調，一百二字。前段九句，四平韻；後段八句，四平韻。

孔夷

風悲畫角句聽單于讀三弄落譙門韻投宿駸駸征騎句飛雪滿孤村韻酒市漸闌燈火句正敲窗讀亂葉舞紛紛韻送數聲驚雁句乍離烟水句嘹唳度寒雲韻　好在半朧淡月句到如今讀無處不銷魂韻故園梅花歸夢句愁損緑

羅裙韻爲問暗香閑艷句也相思讀萬點付啼痕韻算翠屏應是句兩眉餘恨倚黄昏韻

此詞用平韻，字數與句式頗異。此詞作者爲北宋中期之孔夷，見《唐宋諸賢絶妙詞選》卷八。《詞譜》誤以爲魯逸仲作。此體僅此一詞。

西河

三段，一百五字。前段六句，四仄韻；中段七句，四仄韻；後段六句，四仄韻。　周邦彦

佳麗地韻南朝盛事誰記韻山圍故國繞清江句髻鬟對起韻怒濤寂寞打孤城句風檣遥度天際韻　斷崖樹句猶倒倚韻莫愁艇子曾繫韻空餘舊迹鬱蒼蒼句霧沉半壘韻夜深月過女牆來句傷心東望淮水韻　酒旗戲鼓甚處市韻想依稀讀王謝鄰里韻燕子不知何世韻入尋常讀巷陌人家句相對如説興亡句斜陽裏韻

唐代教坊曲有《西河獅子》、《西河劍器》，宋詞西河當從唐人舊曲改製。王灼《碧鷄漫志》卷

五：「《西河長命女》，崔元範自越州幕府拜侍御史，李訥尚書餞於鑒湖，命盛小叢歌，坐客各賦詩送之。有云：『爲公唱作西河調，日暮偏傷去住人。』《理道要訣》：『《長命女西河》在林鍾羽，時號平調。』今俗呼高平調也。……按此曲起開元以前，大曆間樂工加減節奏，(張)紅紅又正一聲而已。《花間集》和凝有《長命女》曲，僞蜀李珣《瓊瑤集》亦有之，句讀各異。然皆今曲子，不知孰爲古製林鍾羽並大曆加減者。近世有《長命女令》，前七拍，後九拍，屬仙呂調，宫調、句讀並非舊曲。又別出大石調《西河》，慢聲犯正平，極奇古。」王灼所説北宋出現之大石調《西河》，正是周邦彦《金陵》詞，乃據唐人金陵懷古詩檃栝而成，是宋詞名篇。詞體長調之三段者，又稱三叠。此調第一、二段，第一段自第三句、第二段自第四句之句式相同；第三段句式自異。此調穩重古奇，句式多變化，適用於懷古、登臨、叙事。因周詞是名篇，用其韻者五詞。吴潛亦寫懷古，用舊韻：「都會地。東南盛府堪記。蓬萊縹緲十洲中，雉城擁起。憑高一盼大江横，遥連滄海無際。　壁衕衆，山倚翠。赤龍白鷁争繫。風帆指顧便青齊，勢雄萬壘。越棲吴沼古難憑，興亡都付流水。　畫堂綺屋錦繡市。是洛陽、耆舊州里。富貴榮華當世。問昔年、賀老疏狂，何事輕寄平生，烟波裏。」張炎一詞題爲《依緑莊賞荷》，詞云：「花最盛。西湖曾泛烟艇。鬧紅深處小秦箏，斷橋夜飲。鴛鴦水宿不知寒，如今翻被驚醒。　那時事，都倦省。闌干來此閑憑。是誰分得半機雲，恍疑畫錦。想當飛燕皺裙時，舞盤微墮珠粉。　軟波不剪素練净。碧盈盈、移下秋影。醉裏玉書難認。且脱巾、露髮飄然，乘興一葉浮香，天風冷。」吴文英《陪鶴林登袁園》，自注宫調爲中吕商，即俗名小石調，與周詞宫調異，故第三段結尾句式異，其詞云：「春乍霽。清漣畫舫融洩。螺雲萬疊暗凝愁，黛蛾照水。漫將西子比西湖，溪邊人更多麗。　步危徑，攀艷蕊。掬霞到手紅碎。青蛇細折小回廊，去天半咫。畫欄日暮起東風，棋聲吹下人世。　海棠藉雨半繡地。正殘寒、初到羅綺。除酒銷春何計。向沙頭、更續殘陽一醉。雙玉杯和流花洗。」黄昇《己亥秋作》，後段結句同吳文英詞，其詞云：「天似洗。殘秋未有寒意。何人短笛弄西風，數聲壯偉。倚欄感慨展雙眸，離離烟樹如薺。　少年事，成夢裏。客愁付與流水。筆床茶具老空山，未妨肆志。世間富貴要時賢，深居宜有餘味。　大江東去日西墜。想悠悠、千古興廢。此地閲人多矣。且揮弦、寄興氛埃之外。目送飛鴻歸天際。」此調共存十四詞，諸家之作偶有句式差異，當以周詞爲式。

秋霽

雙調，一百五字。前段十句，六仄韻；後段十一句，四仄韻。　無名氏

虹影侵階句乍雨歇長空句萬里凝碧韻孤鶩高飛句落霞相映句遠狀水鄉秋色韻黯然望極韻動人無限愁如織韻又聽得韻雲外讀數聲新雁正嘹嚦韻　當此暗想句畫閣輕拋句杳然殊無句些個消息韻漏聲稀讀銀屏冷

落句那堪殘月照窗白韻衣帶頓寬猶相隔韻算此情苦句除非宋玉風流句共懷傷感句有誰知得韻

此詞題爲《秋晴》，乃詠調之本意。此詞或以爲李煜作，或又爲胡浩然作。此調共存詞十一首，《詞譜》列五體。無名氏詞爲此調通行之正體。諸家之作多抒寫悲秋情緒。史達祖詞：「江水蒼蒼，望倦柳愁荷，共感秋色。廢閣先涼，古簾空暮，雁程最嫌風力。故園信息。愛渠入眼南山碧。念上國。誰是、鱠鱸江漢未歸客。還又歲晚，瘦骨臨風，夜聞秋聲，吹動岑寂。露蛩悲、清燈冷屋，翻書愁上鬢毛白。年少俊游渾斷得。但可憐處，無奈冉冉驚魂，采香南浦，剪梅烟驛。」周密亦寫悲秋，詞序云：「乙丑秋晚，同盟載酒爲水月游。商令初肅，霜風戒寒。撫人事之飄零，感歲華之搖落，不能不以之興懷也。酒闌日暮，憮然成章。」其詞云：「重到西泠，記芳園載酒，畫船橫笛。水曲芙蓉，渚邊鷗鷺，依依似曾相識。年芳易失。段橋幾換垂楊色。謾自惜。愁損、庾郎霜點鬢華白。殘蛩露草，怨蝶寒花，轉眼西風，又成陳迹。嘆如今、才消量減，尊前孤負醉吟筆。欲寄遠情秋水隔。舊游空在，憑高望極斜陽，亂山浮紫，暮雲凝碧。」胡浩然用此調寫春晴，因改調名爲《春霽》，詞云：「遲日融和，乍雨歇東郊，嫩草凝碧。紫燕雙飛，海棠相襯，妝點上林春色。黯然望極。困人天氣渾無力。又聽得。園苑、數聲鶯囀柳陰直。當此暗想，故國繁華，儼然游人，依舊南陌。院深沉、梨花亂落，那堪如練點衣白。酒量頓寬洪量窄。算此情景，除非殢酒狂歌，有誰知得。」以上數詞格律均嚴，即景抒情，極有章法。此調用韻時稀時密，前段四句連用韻，後段起數句與結數句皆韻稀。全詞共有三個七字句，一個九字句，故調勢甚爲流暢而富於變化。諸家之作多用入聲韻，聲韻甚爲諧美，乃很有特色之調。

春從天上來

雙調，一百六字。前段十六句，六平韻；後段十二句，六平韻。　張　炎

海上回槎韻認舊時鷗鷺句猶戀蒹葭韻影散香消句水流雲在句疏樹十里寒沙韻難問錢塘蘇小句都不見讀擘竹分茶韻更堪嗟韻似荻花江上句誰弄琵琶韻

烟霞韻自延晚照句盡換了西林句窈窕紋紗韻蝴蝶飛來句不知是夢句猶疑春在鄰家韻一掬幽懷難寫句春何處讀春已天涯韻減繁華韻是山中杜宇句不是楊花韻

張炎詞序云：「己亥春，復回西湖，飲静傳董高士樓，作此解以寫我憂。」此詞音節瀏亮婉美，詞意含蓄而寄慨深微，是張炎佳作。此調之始詞乃北宋後期嗣漢三十代天師張繼先《鶴鳴奉旨》，描述道教奇迹，此詞前後段各少一字，其餘可與張炎詞相校。宋季周伯陽《武

昌秋夜》，句式與張炎詞之句式相異，且少四字。此調僅存此三詞，當以張炎詞爲式。

解連環

雙調，一百六字。前段十一句，五仄韻；後段十句，五仄韻。

周邦彥

怨懷無托韻嗟情人斷絶句信音遼邈韻縱妙手讀能解連環句似風散雨收句霧輕雲薄韻燕子樓空句暗塵鎖讀一床弦索韻想移根換葉句盡是舊時句手種紅藥韻　汀洲漸生杜若韻料舟移岸曲句人在天角韻漫記得讀當日音書句把閑語閑言句待總燒却韻水驛春回句望寄我讀江南梅萼韻拚今生讀對花對酒句爲伊淚落韻

北宋新聲，屬夷則商，俗名商調。始詞爲周邦彥作，因詞中有「縱妙手、能解連環」以爲調名。《戰國策・齊策》：「秦昭王嘗遺使者遺君王后以玉連環，曰：『齊多智，而能解此環不？』君王后以示群臣，群臣不知解。君王后引椎破之，謝秦使曰：『謹以解矣。』」周詞爲感舊之作，以連環比喻情感糾結，難以解開。此詞在民間傳唱不衰，爲周詞名篇。宋人用此調皆以周詞爲範式。此爲换頭曲，前後段起句、前段結尾三句、後段結尾兩句之句式均異；此外前後段中四五七五四七四句式相同，故此調聲韻句式前後段首尾相異而中段相同。調中韻位配置匀稱，其中五個五字句均爲上一下四句法，五個七字句均爲上三下四句法，故最具宋詞句法特點。調勢頓挫之處較多，變化而回環，若用入聲韻則音節沉重而特别諧美。張炎在友人陳允平亡後作《拜陳西麓墓》：「句章城郭。問千年往事，幾回歸鶴。嘆貞元、朝士無多，又日冷湖陰，柳邊門鑰。向北來時，無處認、江南花落。縱荷衣未改，病損茂陵，總是離索。山中故人去却。但碑寒硯首，舊景如昨。悵二喬、空老春深，正歌斷簾空，草暗銅雀。楚魄難招，被萬疊、閑雲迷著。料猶是、聽風聽雨，朗吟夜壑。」吴文英感舊之作是懷念蘇州之戀人，詞云：「暮檐凉薄。疑清風動竹，故人來邈。漸夜久、閑引流螢，弄微照素懷，暗呈纖白。夢遠雙成，鳳笙杳、玉繩西落。掩練帷倦入，又惹舊愁，汗香闌角。銀瓶恨沉斷索。嘆梧桐未秋，露井先覺。抱素影、明月空閑，早塵損丹青，楚山依約。翠冷紅衰，怕驚起、西池魚躍。記湘娥、絳綃暗解，褪花墜萼。」劉之才表述離情：「晚雲黏濕。正吴峰慘澹，雨迷烟接。早陡頓、秋事分携，甚連苑暮牆，菊荒苔匝。空闊愁鄉，更天外、怨鴻聲黠。怕吟肩易瘦，料理篝衣，細認香褶。銀缸半明半滅。念花營柳陣，何日消歇。可是又、凝黯蘭成，爲情潤才鬆，麗賦多愜。洛浦溟濛，漫佇想、明璫鈎襪。告梧桐、夜深略住，夢時一霎。」黄廷璹抒寫旅懷：「乍寒簾幕。愁燈花正結，又還輕落。弄瘦影、瓶裹梅梢，爲誰綴隴頭，向來新萼。萬古千今，算惟有、别情難托。把潘郎鬢緑，盡付雁聲，幾度寥寞。扁舟暮江舊泊。記携觴就折，烟翠猶弱。漫過却、歌夕吟朝，問天道何時，素纖重握。想得文姮，近更苦、雲衣香薄。待更闌、試尋夢境，夢回更惡。」以上諸詞皆用入聲韻。劉克莊以此調爲豪氣詞，風格恣肆狂放，四詞皆然，如其《戊午生日》：「旁人嘲我。甚鬢毛却禿，齒牙頻墮。不記是、何代何年，盡元祐熙寧，儂常喑麽。退下驢兒，今老矣、豈堪推磨。要挂冠神武，幾番説了，這回真個。親朋紛紛來賀。況弟兄對榻，兒女團坐。願世世、相守茅檐，便宰相時來，二郎休作(佐)。白苧烏巾，誰信道、神仙曾過。揀人間、有松風處，曲肱高卧。」此是别調，用仄韻。姜夔亦用仄韻，抒寫離情，多用白描，插入情節與對話，詞意清空騷雅，詞云：「玉鞭重倚。却沉吟未上，又縈離思。爲大喬、能撥春風，小喬妙移筝，雁啼秋水。柳怯雲鬆，更何必、十分梳洗。道郎携羽扇，那日隔簾，半面曾記。西窗夜凉雨霽。嘆幽歡未足，何事輕棄。問後約、空指薔薇，算如此溪山，甚時重至。水驛燈昏，又見在、曲屏近底。念唯有、夜來皓月，照伊自睡。」此調作者頗衆，佳作甚多。以上諸詞皆同周詞之格律，足資參考。

内家嬌

雙調，一百六字。前段十句，四仄韻；後段十句，七仄韻。

柳　永

煦景朝升句烟光晝斂句疏雨夜來新霽韻垂楊艷杏句絲軟霞輕句繡出芳

郊明媚韻處處踏青鬥草句人人睠紅偎翠韻奈少年讀自有新愁舊恨句消遣無計韻　帝里韻風光當此際句正好恁携佳麗韻阻歸程迢遞韻奈何好景難留句舊歡頻棄韻早是傷春情緒韻那堪困人天氣韻但贏得讀獨立高原句斷腸一餉凝睇韻

唐代樂曲，屬林鍾商。柳永據舊曲改製，詞詠京都郊野春游情景。《詞譜》以此調爲孤調，僅柳詞一首。宋詞另有平韻兩詞，而始詞則是敦煌曲子詞兩首。柳詞此體無他詞可校。

又一體

雙調，九十六字。前段十一句，四平韻；後段八句，三平韻。　無名氏

兩眼如刀句渾身似玉句風流第一佳人韻及時衣著句梳頭京樣句素質艷麗情春韻善別宮商句能調絲竹句歌令尖新韻任從説洛浦陽臺句謾將比並無因韻　半含嬌態句逶迤緩步出閨門韻搔頭重慵憁不插句只把同心句千遍撚弄句來往中庭韻應是降王母仙宮句凡間略現容真韻

內家指皇宮，皇宮稱大內，亦稱內家。又以內家借指宮女，唐人薛能《吴姬》：「身是三千第

一名，内家叢裏獨分明。」敦煌《雲謡集雜曲子》存此調始詞兩首。此詞原題《御製林鍾商内家嬌》，「御製」或以爲是唐玄宗製曲，内廷樂工作辭；又以爲是後唐莊宗李存勖所作。詞乃描述宫女之情態。另一詞亦寫宫女，但句式略異；詞云：「絲碧羅冠，搔頭墜髻鬟，寶裝玉鳳金蟬。輕輕傅粉，深深長畫眉緑，雪散胸前。嫩臉紅唇，眼如刀割，口似朱丹。渾身挂異種羅裳，更薰龍腦香烟。屐子齒高，慵移步兩足恐行難。天然有靈性，不娉凡間。交招事無不會，解烹水銀，鍊玉燒金，别盡歌篇。除非却應奉君王，時人未可趨顔。」此兩詞宫調同柳詞，俱爲林鍾商，但用平聲韻，句式亦與柳詞異。

又一體

劉弇

雙調，一百九字。前段十二句，四平韻；後段十句，四平韻。

綽約群芳裏句陽和意讀偏向一枝濃韻南國驟驚句動人奇豔句未饒西洛句百本千叢韻暫新弄讀曉來無比格句半坼斷腸紅韻三月洞天句又還疑是句賦情楚客句窺見牆東韻

朱欄干讀遍倚生愁句怕無計讀奈雨經風韻别有瑞烟幕幕句時與遮籠韻便縱使當日句文忠品第句趙昌模寫句難更形容韻應念故園桃李句羞怨春工韻

此詞北宋中期劉弇作，詠牡丹，用平韻，但與敦煌曲子詞字數、句式均異。宋季劉辰翁《壽王城山》，一百一十字，與劉弇詞句式略異，亦用平韻，應是同體者。此調三體當以柳詞體制爲式，内容則參考此調之各詞。

夜飛鵲

雙調，一百六字。前段十句，五平韻；後段十句，四平韻。　　周邦彦

河橋送人處句良夜何其韻斜月遠墮餘輝韻銅盤燭淚已流盡句霏霏涼露沾衣韻相將散離會句探風前津鼓句樹梢參旗韻華驄會意句縱揚鞭讀亦自行遲韻

迢遞路回清野句人語漸無聞句空帶愁歸韻何意重經前地句遺鈿不見句斜徑多迷韻兔葵燕麥句向殘陽讀影與人齊韻但徘徊班草讀欷歔酹酒句極望天西韻

北宋新聲，屬仲吕宮，俗名道宮。周邦彦詞《別情》爲創調之作。三國曹操《短歌行》：「月明星稀，烏鵲南飛。繞樹三匝，何枝可依？」表現孤獨無依之意象。調名取此。此調又名

《夜飛鵲慢》，存九詞。周詞善於鋪叙，爲此調之法式。盧祖皋表述凄苦之離情：「驕嘶破清曉，分恨臨期。花下恁月明知。餘光四處散離思，最憐香靄霏霏。牽衣揾彈淚，問凄風愁露，剗地東西。留鞭换佩，怕匆匆、已是遲遲。涼怯幾番羅袂，還燕别文梁，螢點書幃。一自秋娘迢遞，黄金對酒，争忍輕揮。新來院落，雁難尋、簾幕長垂。怕凋梧敲徑，驚回舊夢，應也顰眉。」劉辰翁詠七夕，别有感悟：「何曾見飛渡，年又年癡。今古相望猶疑。朱顔一去似流水，斷橋魂夢參差。何堪更嗟遲暮，聽旁人説與，此夕佳期。深深代籍，盼悠悠、北地胭脂。誰寄揚州破鏡，遍海角天涯，空待人歸。自小秦樓望巧，吴機回錦，歌舞爲誰。星萍耿耿，算歡娱、未省流離。但秋衾夢淺，雲間曲遠，薄命同時。」張炎詞序云：「大德乙巳中秋，會仇山村於溧陽。酒酣興逸，各隨所賦。余作此詞，爲明月明年佳話云。」詞云：「林霏散浮暝，河漢空雲。都緣水國秋清。緑房一夜迎向曉，海影飛落寒冰。蓬萊在何處，但危峰縹緲，玉籟無聲。文簫素約，料相逢、依舊花陰。登眺尚餘佳興，零露下衣襟，欲醉還醒。明月明年此夜，頡頏萬里，同此陰晴。霓裳夢斷，到如今、不許人聽。正婆娑桂底，誰家弄笛，風起潮生。」此調爲换頭曲，前後段句式頗異，音節較爲流暢，適用於離情、寫景、詠物、叙事。

楚宮春慢

雙調，一百六字。前段九句，五仄韻；後段九句，四仄韻。　仲殊

輕盈絳雪韻乍團聚同心千點珠結韻畫館繡幄句低舞融融香徹韻笑裏精神放縱句斷未許讀年華偷歇韻信任芳春句都不管讀淅淅南薰句別是一家風月韻　扁舟去後句回望處娃宮凄凉凝咽韻身似斷雲句零落深心難説韻不與雕欄寸地句忍覷着讀漂流離缺韻盡日懨懨句總無語讀不及高唐句夢裏相逢時節韻

此詞詠楚宮本事。仲殊詞爲創調之作。此詞前後段句式相同，僅前段首句用韻略異。此調僅存兩詞，另詞爲宋季周密詠牡丹，題爲《爲洛花度無射宮》，詞云：「香迎曉白。看烟佩霞綃弄妝金谷。倦倚畫欄，無語深情嬌足。雪擁瑶房翠暖，繡帳捲、東風傾國。半捻愁紅，念舊游、凝佇蘭翹，瑞鸞低舞庭緑。猶想沉香亭北。人醉裏芳筆曾題新曲。自剪露痕，移取春歸華屋。絲障銀屏静掩，悄未許、鶯窺蝶宿。絳蠟良宵，酒半闌、重繞鴛機，醉靨争妍紅玉。」此詞後段首句用韻並多兩字，其餘句式與仲殊詞同。此調當以仲殊詞爲式。

泛清波摘遍

雙調，一百六字。前段十一句，五仄韻；後段十句，六仄韻。 晏幾道

催花雨小句著柳風柔句却似去年時候好韻露紅烟緑句儘有狂情鬥春早韻長安道韻秋千影裏句絲管聲中句誰放艷陽輕過了韻倦客登臨句暗惜光陰恨多少韻　楚天渺韻歸思正如亂雲句短夢未成芳草韻空把吴霜點鬢華句自悲清曉韻帝城杳韻雙鳳舊約漸虚句孤鴻後期難到韻且趁朝花夜月句翠尊頻倒韻

此調爲大曲《泛清波》之一段。《宋史》卷一四二《樂志》十七記燕樂四十大曲内有林鍾商《泛清波》。宋人沈括《夢溪筆談》卷五言及大曲：「凡數十解。每解有數叠者，裁截用之，則謂之摘遍。今人大曲皆是裁用，悉非大遍也。」《泛清波摘遍》之存在，可證沈括所述。此雖孤調，但在詞調中有其意義。

望海潮

雙調，一百七字。前段十一句，五平韻；後段十一句，六平韻。　柳　永

東南形勝句三吴都會句錢塘自古繁華韻烟柳畫橋句風簾翠幕句參差十萬人家韻雲樹繞堤沙韻怒濤卷霜雪句天塹無涯韻市列珠璣句户盈羅綺競豪奢韻

重湖叠巘清嘉韻有三秋桂子句十里荷花韻羌管弄晴句菱歌泛夜句嬉嬉釣叟蓮娃韻千騎擁高牙韻乘醉聽簫鼓句吟賞烟霞韻異日圖將好景句歸去鳳池誇韻

北宋新聲，屬仙吕調。柳永詠杭州西湖繁盛之景爲創調之作。此詞流傳極廣，爲宋詞名篇。因柳詞之影響，此調多用於詠都會及地方風物。晁端禮詠河北高陽，其西有三關之一的草橋關；詞云：「高陽方面，河間都會，三關地最稱雄。粉堞萬層，金城百雉，樓横一帶長虹。烟素斂晴空。正望迷平野，目斷飛鴻。易水風烟，范陽山色有無中。　安邊暫倚元戎。看綸巾對酒，羽扇摇風。金勒少年，吴鈎壯士，寧論衛霍前功。乃眷在清衷。恐鳳池虛久，歸去匆匆。幸有佳人錦瑟，玉筍且輕攏。」此詞全依柳詞之思路。秦觀詠揚州，純寫

感受，而非祝頌之詞；其詞云：「星分牛斗，疆連淮海，揚州萬井提封。花發路香，鶯啼人起，珠簾十里東風。豪俊氣如虹。曳照春金紫，飛蓋相從。巷入垂楊，畫橋南北翠烟中。追思故國繁雄。有迷樓挂斗，月觀橫空。紋錦製帆，明珠濺雨，寧論爵馬魚龍。往事逐孤鴻。但亂雲流水，縈帶離宫。最好揮毫萬字，一飲拚千鍾。」以上兩詞及柳詞均氣勢雄偉，意境開闊。張元幹《癸卯冬爲建守趙季西賦碧雲樓》：「蒼山烟澹，寒谿風定，玉簪羅帶綢繆。輕靄暮飛，青冥遠浄，珠星璧月光浮。城際踴層樓。正翠簾高捲，绿瑣低鉤。影落尊罍，氣和歌管共清游。使君冠世風流。擁香鬟憑檻，霧鬢凝眸。銀燭暖宵，花光照席，譙門莫報更籌。逸興醉無休。賦探梅芳信，翻曲新謳。相見疏枝冷蕊，春意到沙洲。」史雋之《浮遠堂》乃登臨懷古之詞：「危岑孤秀，飛軒爽豁，空江泱漭黄流。吴札故邱，春申舊國，西風吹換清秋。滄海浪初收。共登高臨眺，尊俎綢繆。鳳集高岡，駒留空谷接英游。八窗盡控瓊鈎。送帆檣杳杳，潮汐悠悠。千古興懷，關河極目，愁邊滅没輕鷗。淮岸隔重洲。認澹霞天末，一縷青浮。未許英雄老去，西北是神州。」此調一般用於地方風物之宏大題材，石孝友一詞則抒寫婉約之離情：「離情冰泮，歸心雲擾，黯然凝佇江臯。柳色摇金，梅香弄粉，依稀滿眼春嬌。常記極游遨。更與持玉斝，因解金貂。郎去瞿塘，妾家巫峽水迢迢。別來暗減風標。奈碧雲暗斷，翠被香消。春草生池，芳塵凝榭，凄凉月夕花朝。千里夢魂勞。但烏啼渡口，猿響山椒。擬把無窮幽恨，萬叠寫霜綃。」此調作者甚衆，柳詞爲通用之正體，亦有少數詞前後段結句之句式略異，但當以柳詞爲式。此調爲換頭曲，用平韻，調勢流美；凡出現兩個四字句，或一字領兩個四字句，兩個五字句，皆以對偶爲工。

青門飲

雙調，一百七字。前段十二句，四仄韻；後段十一句，五仄韻。　秦　觀

風起雲間句雁橫天末句嚴城畫角句梅花三奏韻塞草西風句凍雲籠月句窗外曉寒輕透韻人去香猶在句孤衾擁讀長閑餘繡韻恨與宵長句一夜熏爐句添盡香獸韻　前事空勞回首韻雖夢斷春歸句相思依舊韻湘瑟聲沉句庾梅信斷句誰念畫眉人瘦韻一句難忘處句怎忍辜讀耳邊輕咒韻任人攀折句可憐又學句章臺楊柳韻

北宋新聲。秦觀晚年重經長沙爲懷念一位義妓而作，寓悼亡之意。事見《夷堅志補》卷二一。

此調存五詞，秦詞爲式。此調爲换頭曲，但前段自第五句、後段自第四句，句式相同。前段第九句「孤衾擁、長閑餘繡」與後段第八句「怎忍辜、耳邊輕咒」爲對應之上三下四句法之七字句，此調諸家之作皆如此，而《全宋詞》與整理本《淮海居士長短句》於前段此句少一「擁」字而作六字句，乃誤；當從《詞譜》。黄裳《社日游雲門》：「鴻落寒濱，燕辭幽館，西成萬

室，鬘眉人少。自古雲隮，洞門何處，南望數峰秋曉。千騎旌麾遠，去尋真、忙中心了。佩聲盤入，烟霞絶頂，誰聞歡笑。　當候青童相報。因待訪仙人，長生微妙。置俎争來，四鄉宴社，且看翠圍紅繞。似可捫青漢，到北扉、兩城斜照。醉翁回首，丹臺夢覺，鈞天聲杳。」黄裳此詞調名作《青門引》，與小令之《青門引》相混。其餘四詞之調名俱作《青門飲》，故黄裳乃誤。時彦《寄寵人》：「胡馬嘶風，漢旗翻雪，彤雲又吐，一竿殘照。古木連空，亂山無數，行盡暮沙衰草。星斗横幽館，夜無眠、燈花空老。霧濃香鴨，冰凝淚燭，霜天難曉。長記曉妝纔了。□一杯未盡，離懷多少。醉裏秋波，夢中朝雨，都是醒時煩惱。料有牽情處，忍思量、耳邊曾道。甚時躍馬，歸來認得，迎門輕笑。」此詞後段第二句落一字，其餘格律同秦詞。此調以四字句爲主，共有十五句，但與其他句式相組合，調勢和婉而較流暢。

落梅花

雙調，一百七字。前段十二句，四仄韻；後段十句，五仄韻。　王詵

壽●陽○妝○晚●句慵○匀○素●臉●句經○宵○醉●痕○堪○惜●韻前○村○雪●裏●句幾●枝○初○綻句正冰○姿仙○格●韻忍被●東○風○句亂●飄滿●地●句殘○英○堆○積●韻可●堪○江○上●起離○愁○句憑誰説●

寄句腸斷未歸客韻　流恨聲傳羌笛韻感行人讀水亭山驛韻越溪信阻句仙鄉路杳句但風流塵迹韻香艷濃時句未多吟賞句已成輕擲韻願身長健且憑欄句明年還放春消息韻

王詵詞賦此調本意，爲始詞。無名氏一首調名爲《落梅慢》前段起三句與王詞句式同，此下句式異，少一字；後段第四句爲五字，其餘句式同王詞。無名氏詞當與王詞同調，二詞平仄可以互校。此調僅存此兩詞，皆賦落梅。無名氏詞云：「帶烟和雪，繁枝澹佇，誰將粉融酥滴。疏枝冷蕊壓群芳，年年常占春色。江路溪橋謾倒，裹裹風中無力。暗香浮動冰姿，明月裏，想無花比高格。　争奈光陰瞬息。動幽怨、潛生羌笛。新花鬥巧，片片飛上，舞筵歌席。斷腸忍淚念前期，經歲還有芳容隔。」此調當以王詵詞爲式。

飛雪滿群山

蔡　伸

雙調，一百七字。前段十一句，四平韻；後段十句，四平韻。

冰結金壺句寒生羅幕句夜闌霜月侵門韻翠筠敲竹句疏梅弄影句數聲雁過南雲韻酒醒敧粲枕句愴猶有讀殘妝淚痕韻繡衾孤擁句餘香未減句猶

是那時熏韻　長記得讀扁舟尋舊約句聽小窗風雨句燈火昏昏韻錦茵纔展句瓊籤報曙句寶釵又是輕分韻黯然携手處句倚朱箔讀愁凝黛顰韻夢回雲散句山遥水遠空斷魂韻

此調之始詞爲北宋後期蔡伸兩首感舊之作。蔡伸於調名下自注「又名《扁舟尋舊約》」，乃因此詞後段首句有「扁舟尋舊約」。南宋張榘《次趙西里崙行喜雪詞》，調名爲《飛雪滿堆山》，詞之格律與蔡詞相同。其詞云：「愛日烘晴，梅梢春動，曉窗客夢方還。江天萬里，高低烟樹，四望猶擁螺鬟。是誰邀滕六，釀薄暮、同雲沍寒。却元來是，鈴閣露熏，俄忽老青山。　都盡道、年來須更好，□無緣農事，雨澀風慳。鵝池夜半，銜枚飛渡，看樽俎折衝間。儘青油談笑，瓊花露、杯深量寬。功名做了，雲臺寫作畫圖看。」此詞後段落一字。此調共存三詞，當以蔡詞爲式。

一寸金

雙調，一百八字。前段十句，五仄韻；後段十一句，四仄韻。

周邦彦

州夾蒼崖句下枕江山是城郭韻望海霞接日句紅翻水面句晴風吹草句青

搖山腳韻波暖鳧鷖作韻沙痕退讀夜潮正落韻疏林外讀一點炊烟句渡口參差正寥廓韻　自嘆勞生句經年何事句京華信漂泊韻念渚蒲汀柳句空歸閑夢句風輪雨楫句終辜前約韻情景牽心眼句流連處讀利名易薄韻回頭謝讀冶葉倡條句便入漁釣樂韻

北宋新聲，屬中呂商，俗名小石調。柳永詞爲創調之作。一寸金，喻光陰之寶貴。《淮南子·原道》：「故聖人不貴尺之璧，而重寸之陰，時難得而易失也。」唐宋以來民間俗語即有「一寸金」之説。故元人同恕《送陳嘉會》詩云：「盡歡菽水晨昏事，一寸光陰一寸金。」調名以此。此調共存八詞，以周邦彦詞爲通行之正體。周詞題爲《新定作》。唐代改睦州爲新定郡，北宋末又改睦州爲嚴州，治所在今浙江建德縣。周邦彦晚年作此詞。前段第七句「波暖鳧鷖作」，「作」韻字；《詞譜》作「泳」，非韻字。吴則虞《清真集》校云：「此上下闋五字句在四字對仗下者並無夾協之例。此詞上闋『作』字叶韻，下闋『眼』字不叶，則『作』乃撞韻耳。」宋季陳允平和周詞以「作」字爲韻：「吾愛吾廬，雨水東南半村郭。試倚樓極目，千山拱翠，舟横沙觜，江迷城腳。水滿蘋風作。闌干外、夕陽半落。荒烟暝、幾點昏鴉，野色青蕪自空廓。　浩嘆飄蓬，春光幾度，依依柳邊泊。念水行雲宿，栖遲羈旅，鷗盟鷺伴，歸來重約。滿室凝塵澹，無心處、宦情最薄。何時遂、釣笠耕蓑，静觀天地樂。」吴文英《贈筆工劉衍》乃詞題與意象俱奇之作：「秋入中山，臂隼牽盧縱長獵。見駭毛飛雪，章臺獻穎，臞腰束縞，湯沐疏邑。篋管刊瓊牒。蒼梧恨、帝娥暗泣。陶郎老、憔悴玄香，禁苑猶催夜俱入。　自嘆江湖，雕龍心盡，相携蠹魚篋。念醉魂悠颺，折釵錦字，黠鬟掀舞，流觴春帖。還倚荆溪楫。金刀氏、尚傳舊業。勞君爲、脱帽篷窗，寓情題水葉。」此調亦有用於作壽詞者。

擊梧桐

雙調，一百八字。前段十句，四仄韻；後段九句，四仄韻。　　柳永

香靨深深句姿姿媚媚句雅格奇容天與韻自識伊來句好好看承句會得妖嬈心素韻臨期再約同歡句定是都把平生相許韻又恐恩情易破難成句未免千般思慮韻　近日書來句寒暄而已句苦没忉忉言語韻便認得讀聽人教當句擬把前言輕負韻見説蘭臺宋玉句多才多藝善詞賦韻試與問讀朝朝暮暮句行雲何處去韻

北宋新聲，屬中吕調。擊梧桐，唐人畫宮中行樂，即已有《明皇擊梧桐》圖，後世倣作極多。

柳詞爲創調之作。關於此詞之本事，《緑窗新話》卷上引宋人楊湜《古今詞話》：「柳耆卿嘗在江淮眷一官妓，臨別，以杜門爲期。既來京師，日久未還，妓有異圖，耆卿聞之怏怏。會朱儒林往江淮，柳因作《擊梧桐》以寄之……妓得此詞，遂負愧竭産，泛舟來輦下，遂終身從耆卿焉。」無名氏詠梅詞一首與柳詞格律相同，字聲平仄可校；其詞云：「雪葉紅凋，烟林翠減，獨有寒梅難並。瑞雪香肌，碎玉奇姿，迥得佳人風韻。清標暗折芳心，又是輕洩江南春信。最好山前水畔幽閑，自有横斜疏影。盡日憑欄，尋思無語，可惜飄瓊飛粉。但悵望、王孫未賞，空使清香成陣。怎得移根帝苑，開時不許衆芳近。免教向、深巖暗谷，結成千萬恨。」此調共存四詞，分兩體。

又一體

雙調，一百十字。前段十句，五仄韻；後段十句，四仄韻。　　李　甲

杳杳春江闊韻收細雨讀風蹙波聲無歇韻雁去汀洲暖句岸蕪静讀翠染遥山一抹韻群鷗聚散句征航來去句隔水相望楚越韻對此凝情久句念往歲上國句嬉游時節韻　鬥草園林句賣花巷陌句觸處風光奇絶韻正恁濃歡裏句悄不意讀頓有天涯離別韻看那梅生翠實句柳飄狂絮句没個人共

折韻把而今讀愁煩滋味句教向誰説韻

此詞之字數、句式均與柳詞相異，當是另據音譜而製。宋季李珏《別西湖社友》與李甲詞格律相同，字聲平仄可以互校。李珏詞云：「楓葉濃於染。秋正老、江上征衫寒淺。又是秦鴻過，霽烟外、寫出離愁幾點。年來歲去，朝生暮落，人似吴潮展轉。怕聽陽關曲，奈短笛喚起，天涯情遠。雙屐行春，扁舟嘯晚。憶昔鷗湖鶯苑。鶴帳梅花屋，霜月後、記把山扉牢掩。惆悵明朝何處，故人相望，但碧雲半斂。定蘇堤、重來時候，芳草如剪。」前段第九句李甲爲「念往歲上國」，李珏作「奈短笛喚起」；此五字句全爲仄聲，兩詞相同。此調兩體之格律均極爲嚴整，用此調者選擇任何一體均可。

折紅梅

雙調，一百八字。前段十句，四仄韻；後段十句，六仄韻。

吴感

喜冰澌初泮句微和漸入句東郊時節韻春消息讀夜來頓覺句紅梅數枝争發韻玉溪仙館句不是個讀尋常標格韻化工別與讀一種風情，似匀點胭脂句染成香雪韻

重吟細閱韻比繁杏夭桃句品格真別韻只愁共讀彩雲

易散句冷落謝池風月韻憑誰向説韻三弄處讀龍吟休咽韻大家留取讀時

倚闌干句聞有花堪折句勸君須折韻

北宋吴感《梅花館小鬟》爲此調之始詞。此調共存五詞。無名氏四詞皆詠梅，其一云：「倚花欄清曉，徘徊探得，南枝初綻。通春意、漏巧鬥奇，東君首先回暖。盈盈素面，剛强點、胭脂深淺。是他自有、標格清香，恣千種妖嬈，萬般閑散。移時細看。算濃雪嚴霜，怎生拘管。也擬是、小桃未蕊，依約杏添清伴。笛聲休怨。怕恐使、群芳零亂。待須把酒、守着花枝，願期與花枝，長久相見。」此詞與吴詞格律相同。此調用於詠梅。

薄倖

賀鑄

雙調，一百八字。前段九句，五仄韻；後段十句，五仄韻。

艷真多態韻更的的讀頻回眄睞韻便認得讀琴心先許句與綰合歡雙帶韻

記畫堂讀斜月朦朧句輕顰淺笑嬌無奈韻向睡鴨爐邊句芙蓉帳掩句羞把

香羅偷解韻　自過了讀收燈後句都不見讀踏青挑菜韻幾回憑雙燕句丁

寧深意句往來翻恨重簾礙韻約何時再韻正春濃酒暖句人間晝永無聊賴韻厭厭睡起句猶有花梢日在韻

北宋新聲，賀鑄詞爲創調之作。薄倖，即薄情。唐人杜牧《遣懷》：「十年一覺揚州夢，贏得青樓薄倖名。」調名取此。此調爲换頭曲，前後段句式頗異；調勢較爲流美，多用以寫閨情或離情。毛幵寫離情：「楊柳南畔。駐驄馬、尋春幾遍。自見了、生塵羅襪，爾許嬌波流盼。爲感郎、松柏深心，西陵已約平生願。記別袖頻招，斜門相送，小立釵横鬢亂。　恨暗寫如蠶紙，空目斷、高城人遠。奈當時消息，黄姑織女，又成王謝堂前燕。托琴心怨。怕嬌雲弱雨，東風驀地輕吹散。傷春病也，狼藉飛花滿院。」仇遠寫春愁：「眼波横秀。乍睡起、茸窗倦繡。甚脈脈、闌干憑曉，一握亂絲如柳。最惱人、微雨慳晴，飛紅滿地春風驟。記帕褶香綃，簪敲涼玉，小約清明前後。　昨夢行雲何處，應只在、春城迷酒。對溪桃羞語，海棠貪困，鶯聲喚醒愁仍舊。勸花休瘦。看釵盟再合，秋千小院同携手。回文錦字，寄與知他信否。」吕渭老如杜牧一樣寫青樓薄倖：「青樓春晚。晝寂寂、梳匀又懶。乍聽得鵶啼鶯弄，惹起新愁無限。記年時、偷擲春心，花間隔霧遥相見。便枕角題詩，寶釵貰酒，共醉青苔深院。　怎忘得回廊下，携手處、花明月滿。如今但暮雨，蜂愁蝶恨，小窗閑對芭蕉展。却誰拘管。儘無言、閑品秦箏，淚滿參差雁。腰肢漸小，心與楊花共遠。」此詞後段第七、八句之句式異。此調共存六詞，賀鑄詞爲正體。此調後段起句或作折腰之六字句，前後段共有四個上三下四句法之七字句，又另有兩個七字句，兩結尾均是六字句，故句法富於變化，音節甚諧美。

惜黃花慢

雙調，一百八字。前段十一句，五仄韻；後段九句，五仄韻。　田爲

雁空浮碧句印曉月露洗句重陽天氣韻望極樓外句淡烟半隔疏林句掩映斷橋流水韻黃金籬畔白衣人句更誰會讀淵明深意韻晚風底韻落日亂鴻句飛起無際韻　情多對景凄涼句念舊賞讀步屧登高迢遞韻興滿東山句共携素手持杯句勸泛玉漿雲蕊韻此時霜鬢欲歸心句謾老盡讀悲秋情味韻向醉裏韻免得又成憔悴韻

北宋新聲，田爲重陽詞爲創調之作。楊无咎亦詠重陽：「霽空如水，襯落木墜紅，遥山堆翠。獨立閑階，數聲笛度風前，幾點雁横雲際。已涼天氣未寒時，問好處、一年誰記。笑聲裏。摘得半釵，金蕊來至。　横斜爲插烏紗，更揉碎、泛入金尊瓊蟻。滿酌霞觴，願教人壽百年，可奈此時情味。牛山何必獨沾衣，對佳節、惟應歡醉。看睡起。曉蝶也愁花悴。」此

調共存五詞，但有仄韻與平韻兩體。

又一體

吴文英

雙調，一百八字。前段十二句，六平韻；後段十一句，六平韻。

送客吴皋韻正試霜夜冷句楓落長橋韻望天不盡句背城漸杳句離亭黯黯句恨水迢迢韻翠香零落紅衣老句暮愁鎖讀殘柳眉梢韻念瘦腰韻沈郎舊日句曾繫蘭橈韻　仙人鳳咽瓊簫韻悵斷魂送遠句九辯難招韻醉鬟留盼句小窗剪燭句歌雲載恨句飛上銀霄韻素秋不解隨船去句敗紅趁讀一葉寒濤韻夢翠翹韻怨紅料過南譙韻

此詞序云：「次吴江小泊，夜飲僧窗惜別。邦人趙簿携小妓侑尊，連歌數闋，皆清真詞。酒盡，已四鼓，賦此詞餞尹梅津。」吴文英此體兩詞，自注「夷則羽」。此體與仄韻體前後段起結數句之句式同。吴文英另一詞詠菊，寄寓懷舊之情深微，乃此調之佳作；詞云：「粉靨金裳。映繡屏認得，舊日蕭娘。翠微高處，故人帽底，一年最好，偏是重陽。避春只怕春不遠，望幽徑、偷理秋妝。殢醉鄉。寸心似剪，飄蕩愁觴。　潮腮笑入清霜。鬥萬花樣巧，深染蜂黄。露痕千點，自憐舊色，寒泉半掬，百感幽香。雁聲不到東籬畔，滿城但、風雨淒涼。

最斷腸。夜深怨蝶飛狂。」此體兩詞格律謹嚴，可爲此調之法式。

一萼紅

雙調，一百八字。前段十一句，五平韻；後段十句，四平韻。　姜　夔

古城陰韻有官梅幾許句紅萼未宜簪韻池面冰膠句牆腰雪老句雲意還又沉沉韻翠藤共讀閑穿徑竹句漸笑語讀驚起臥沙禽韻野老林泉句故王臺榭句呼喚登臨韻　南去北來何事句蕩湘雲楚水句目極傷心韻朱户黏鷄句金盤簇燕句空嘆時序侵尋韻記曾共讀西樓雅集句想垂柳讀還裊萬絲金韻待得歸鞍到時句只怕春深韻

北宋新聲，始詞爲無名氏作，因詞有「未教一萼，紅開鮮蕊」而以名調。此調之平韻體乃姜夔所創，其詞亦有「紅萼未宜簪」句。姜夔詞作於長沙定王臺。此調最爲宋季詞人所喜用，存詞十七首，其中佳作頗多。鄭熏初抒寫燕臺感舊之情：「憶燕臺。正倚簾吹絮，小立望郎來。攧管調絲，塗妝綰髻，密意曾托蜂媒。空恁誤、湔裙暗約，最無奈、好夢易驚回。想

見而今，淺顰雙翠，沁破妝梅。　沈帶悄然寬盡，恨年時行處，紅糁蒼苔。　前事重尋，幽歡難偶，鈿合空委鸞釵。　這一點、相思清淚，做心下、煩惱幾時灰。　數叠蠻箋怨歌，忍對花裁。」尹濟翁《和玉霄感舊》：「玉搔頭。　是何人敲折，應爲節秦謳。　棐几朱弦，剪燈雪藕，幾回數盡更籌。　草草又、一番春夢，夢覺了、風雨楚江秋。　却恨閑身，不如鴻雁，飛過妝樓。　又是山枯水瘦，嘆回腸難貯，萬斛新愁。　懶復能歌，那堪對酒，物華冉冉都休。　江上柳，千絲萬縷，惱亂人、怎更忍凝眸。　猶怕月來弄影，莫上簾鉤。」此詞情感强烈，語意流美。

王沂孫四詞，四首皆詠梅。　其《丙午春赤城山中題花光卷》寓意尤深。　南宋初僧超然居衡陽花光山，以畫墨梅稱著。　王沂孫即題墨梅卷，詞云：「玉嬋娟。　甚春餘雪盡，猶未跨青鸞。　疏萼無香，柔條獨秀，應恨流落人間。　記曾照、黄昏淡月，漸瘦影、移上小闌干。　一點清魂，半枝空色，芳意班班。　　重省嫩寒清曉，過斷橋流水，問信孤山。　冰粟微消，塵衣不浣，相見還誤輕攀。　未須訝、東南倦客，掩鉛淚、看了又重看。　故國吴天樹老，雨過風殘。」

張炎題詞人周密新居，詞題爲《弁陽翁新居堂名志雅詞名蘋洲漁笛譜》，詞云：「製荷衣。傍山窗卜隱，雅志可閑時。　款竹門深，移花檻小，動人芳意菲菲。　怕冷落、蘋洲夜月，想時將、漁笛静中吹。　塵外柴桑，燈前兒女，笑語忘歸。　　分得烟霞數畝，乍掃苔尋徑，撥葉通池。　放鶴幽情，吟鶯歡事，老去却願春遲。　愛吾廬、琴書自樂，好襟懷、初不要人知。　長日一簾芳草，一卷新詩。」此調爲换頭曲，前後段第四、五、六、七、八句之句式相同。　此調諧婉而較流暢，宜於詠物、寫景、抒情、懷古等題材。

又一體

雙調，一百八字。前段十一句，四仄韻；後段十句，五仄韻。　無名氏

斷●雲○漏●日●句青○陽○布●句漸●入●融○和○天○氣●韻糝●綴●夭○桃○句金○妝○垂○柳●句妝○點●亭○臺○
佳○致●韻曉●露●染●讀風○裁○雨●暈●句是●絶●艷●讀偏○稱●化●工○美●韻向●此●際●會●句未●教○一●
萼●句紅○開○鮮○蕊●韻

迤○邐●漸●成○春○意●韻放●妖○容○秀●色●句天○真○難○比●韻粉●沾○蝶●
翅●句香○上●蜂○鬚○句忍●把●芳○心○縈○碎●韻争○似●便●讀移○歸○深○院●句將○緑●蓋●讀青○幃○護●
風○裏●韻恁●時○節●占●斷●與●句偎○紅○倚●翠●韻

此詞乃詠牡丹。此體僅此一詞。

杜韋娘

雙調，一百九字。前段九句，四仄韻；後段十句，五仄韻。　杜安世

暮春○天○氣●句鶯○兒○燕●子●忙○如○織●韻間●嫩●葉●讀枝○亞●青○梅○小●句乍●遍●水●讀新○萍○圓○

碧韻初牡丹謝了句秋千搭起句垂楊暗鎖深深陌韻暖風輕句盡日閑把讀榆錢亂擲韻　恨寂寂韻芳容衰減句頓攲玳枕困無力韻爲少年讀狂蕩恩情薄句尚未有讀歸來消息韻想當初讀鳳侶鴛儔句喚作平生句更不輕離拆韻倚朱扉句淚眼滴損讀紅綃數尺韻

唐代教坊曲。北宋杜安世據舊曲改製，詞寫春愁。杜韋娘，唐代歌妓，後遂以爲曲名。唐人孟棨《本事詩·情感》：「劉尚書禹錫罷和州，爲主客郎中、集賢學士。李司空（紳）罷鎮在京，慕劉名，嘗邀至第中，厚設飲饌。酒酣，命妙妓歌以送之。劉於席上賦詩曰：『鬖鬌梳頭宮樣妝，春風一曲杜韋娘。司空見慣渾閑事，斷盡蘇州刺史腸。』李因以妓贈之。」調名本此。此調僅存兩詞，另一詞爲無名氏作，抒寫離情：「華堂深院，霜籠月采生寒暈。度翠幄、風觸梅香噴。漸歲晚、春光將近。惹離恨萬種，多情易感，歡難聚少愁成陣。擁紅爐、鳳枕慵攲，銀燈挑盡。　當此際，爭忍前期後約，度歲無憑準。對好景、空積相思恨。但自覺、懨懨方寸。擬蠻箋象管，丹青好手，寫出寄與教伊信。儘千工萬巧，唯有心期難問。」此詞前段多一韻，後段句式頗異，多一字。此調當以杜安世詞爲式。

大聖樂

雙調，一百十字。前段十一句，一叶韻，三平韻；後段十一句，四平韻。　無名氏

千朵奇峰句半軒微雨句曉來初過叶漸燕子讀引教雛飛句菡萏暗熏芳草句池面涼多韻淺斟瓊卮浮緑蟻句展湘簟讀雙紋生細波韻輕紈舉句動團圞素月句仙桂婆娑韻　臨風對月恣樂句便好把讀千金邀艷娥韻幸太平無事句擊壤鼓腹句携酒高歌韻富貴安居句功名天賦句爭奈皆由時命呵韻休眉鎖句問朱顏去了句還更來麼韻

無名氏詞寫初夏感懷，爲此調始詞。《宋史》卷一四二《樂志》十七：道調宫有《大聖樂》。大聖，佛家稱佛或菩薩爲大聖。《華法經・方便品・偈言》：「慧日大聖尊。」《無量壽經》卷上：「一切大聖，神通已達。」調名本此。此調存七詞，諸家之作，字數、句式略異。無名氏此詞爲正體。蔣捷一首壽詞《陶成之生日》與無名氏詞格律相同，詞云：「笙月涼邊，翠翹雙舞，壽仙曲破。更聽得、艷拍流星，慢唱壽詞初了，群唱蓮歌。主翁樓上披鶴氅，展一笑、微微紅透渦。襟懷好，縱炎官駐繖，長是春和。　千年鼻祖事業，記曾趁、雷聲飛快梭。但

也曾三徑，撫松采菊，隨分吟哦。富貴雲浮，榮華風過，淡處還他滋味多。休辭飲，有碧荷貯酒，深似金荷。」此調有平韻與仄韻兩體。

又一體

雙調，一百十字。前段十一句，五仄韻；後段九句，六仄韻。

張　炎

●隱●市○山○林句●傍○家○池●館句●頓○成○佳●趣韻●是●幾○番讀○臨●水○看○雲句●就●樹●攬○香句○詩

●滿○闌○干○橫●處韻●翠●徑●小○車○行○花●影句●聽●一●片○春○聲○人●笑●語韻○深○亭●宇韻●對○清●晝

●漸○長句○閑○教○鸚●鵡韻

○芳○情●緩○尋●細●數韻●愛●碧●草○如○烟○紅●自●雨韻●任●燕○來○鶯

●去句○香○凝●翠●暖句○歌●酒○清○時○鐘●鼓韻●二●十●四○簾○冰○壺●裏句●有○誰●在讀○簫○臺○猶●醉

●舞韻○吹○笙●侶韻●倚○高○寒讀●半○天○風●露韻

張炎詞題爲《華春堂分韻同趙學舟賦》。

江城子慢

田　爲

雙調，一百十字。前段九句，七仄韻；後段十句，六仄韻。

玉臺掛秋月韻鉛素淺讀梅花傳香雪韻冰姿潔韻金蓮襯讀小小淩波羅襪韻雨初歇韻樓外孤鴻聲漸遠句遠山外讀行人音信絶韻此恨對語猶難句那堪更寄書説韻　教人紅銷翠減句覺衣寬金縷句都爲輕別韻太情切韻銷魂處讀畫角黄昏時節韻聲嗚咽韻落盡庭花春去也句銀蟾迥讀無情圓又缺韻恨伊不似餘香句惹鴛鴦結韻

北宋新聲，田爲寫離情一詞爲創調之作，又名《江神子慢》。此調與《江城子》音譜、體制迥異。此調多用長句，又雜以四個三字句之韻句，故甚有特點。此調僅兩詞，另一詞爲吕渭老作，亦寫離情；詞云：「新枝媚斜日。花徑霽、晚碧泛紅滴。近寒食。蜂蝶亂、點檢一城春色。倦游客。門外昏鴉啼夢破，春心似、游絲飛遠碧。燕子又語斜檐，行雲自没消息。當時烏絲夜語，約桃花時候，同醉瑶瑟。甚端的。看看是、榆莢楊花飛擲。怎忘得。斜倚紅樓回淚眼，天如水、沉沉連翠壁。想伊不整啼妝，立影簾側。」此兩詞字聲平仄可對校，格律極爲嚴整。

八寶妝

雙調，一百十字。前段十句，四仄韻；後段九句，五仄韻。

劉燾

門掩黃昏句畫堂人寂句暮雨乍收殘暑韻簾卷疏星庭户悄句隱隱嚴城鐘鼓韻空階烟暝句半開斜月朦朧句銀河澄淡風淒楚韻還是鳳樓人遠句桃源無路韻　惆悵夜久星繁句碧空望斷句玉簫聲在何處韻念誰伴讀茜裙翠袖句共攜手讀瑶臺歸去韻對修竹讀森森院宇韻曲屏香暖凝沉炷韻問對酒當歌句情懷記得劉郎否韻

此調之始詞爲北宋後期劉燾之作。宋季陳允平題爲《秋宵有感》之《八寶妝》迥異，陳詞調名實爲《新雁過妝樓》而誤者。今存標調名爲《八寶妝》者尚有無名氏《壽節推權教》一詞，亦在格律方面與劉詞異。晁端禮有《百寶妝》一詞，一百四字。《高麗史·樂志》存《百寶妝》一詞，一百七字。此二詞均與《八寶妝》之格律異，故非同一詞調。與劉詞格律相同者惟宋季仇遠之《八犯玉交枝》，「八寶」或即「八犯」之意。仇遠詞題爲《招寶山觀月上》，詞云：「滄島雲連，緑瀛秋入，暮景欲沉島嶼。無浪無風天地白，聽得潮生人語。擎天孤柱。

翠倚高閣憑虛，中流蒼碧迷烟霧。惟見廣寒門外，青無重數。遥想貝闕珠宮，瓊林玉樹。不知還是何處。倩誰問、凌波輕步。謾凝睇、乘鸞秦女。想庭曲、霓裳正舞。莫須長笛吹愁去。怕喚起魚龍，三更噴作前山雨。」此詞前段第六句，後段第二句、第四句，用韻，皆非韻位所在。此外兩詞對校，字聲平仄之規定極嚴，顯爲同調之詞。此調當以劉燾詞爲式。

疏影

雙調，一百一十字。前段十句，五仄韻；後段十句，四仄韻。　　姜夔

苔枝綴玉韻有翠禽小小句枝上同宿韻客裏相逢句籬角黃昏句無言自倚修竹韻昭君不慣胡沙遠句但暗憶讀江南江北韻想佩環讀月夜歸來句化作此花幽獨韻　猶記深宮舊事句那人正睡裏句飛近蛾緑韻莫似春風句不管盈盈句早與安排金屋韻還教一片隨波去句又却怨讀玉龍哀曲韻等恁時讀重覓幽香句已入小窗橫幅韻

姜夔自度曲，與《暗香》皆同時作，賦梅，屬仙呂宮。此調爲換頭曲，前後段自第四句起句式

相同。此調與《暗香》之音譜俱存，兩相比較，則《疏影》之音節較爲低緩而沉重。宋人多用以詠物。王夢應詠落梅：「瞢騰曉被。聽墮冰屋角，晴哢仍未。土濕烟生，庭揜寒青，障泥懶爲春試。東風料與花飛去，料記得、年年沙際。忍落梅、萬點苔根，化作一窗離思。　猶憶薦紅穉緑，斷橋雪未掃，天近春易。老對荒寒，事舊人新，雁後不成情味。人間解有花如海，待一片、不教隨水。但玉香、酥影玲瓏，逐日暖紅雪裏。」劉辰翁題爲《催雪》，詞云：「香篝素被。聽花犯低低，瑶花開未。長記那時，熾炭圍爐，瘦妻换酒行試。黨家人在銷金帳，約莫是、打圍歸際。又誰知、别憶烹茶，冷落故家愁思。　聞道滕驕巽懶，今朝待檄與，翻雲須易。白白不成，又不教晴，做盡黄昏情味。銀河本是冰冰底，怎忍向、東風成水。待滿城、玉宇瓊樓，却報卧廬人起。」趙文賦聽琴：「寒泉濺雪。有環佩隱隱，飛度霜月。易水風寒，壯士悲歌，關山萬里離别。楊花浩蕩晴空轉，又化作、雲鴻霜鶻。耿石壕、夜久無言，寂歷如聞幽咽。　雲谷山人老矣，江空又歲晚，相對愁絶。玉立長身，自是胎仙，舞我黄庭三疊。人間只慣丁當字，妙處在、一聲清拙。待明朝、試拂梨花，老我一簪華髮。」張炎詠荷葉，將調名改爲《緑意》，詞云：「碧圓自潔。向淺洲遠渚，亭亭清絶。猶有遺簪，不展秋心，能卷幾多炎熱。鴛鴦密語同傾蓋，且莫與浣紗人説。恐怨歌、忽斷花風，碎却翠雲千疊。　回首當年漢舞，怕飛去、謾皺留仙裙褶。戀戀青衫，猶染枯香，還嘆鬢絲飄雪。盤心清露如鉛水，又一夜、西風吹折。喜静看、匹練秋光，倒瀉半湖明月。」此調存詞二十一首，個别詞句式稍異，當以姜詞爲式。

慢卷紬

柳永

雙調，一百十一字。前段十三句，四仄韻；後段十一句，五仄韻。

閑窗燭暗句孤幃夜永句攲枕難成寐韻細屈指尋思句舊事前歡句都來未盡句平生深意韻到得如今句萬般追悔句空只添憔悴韻對好景良宵句皺著眉兒句成甚滋味韻　紅茵翠被韻當時事讀一一堪垂淚韻怎生得依前句似恁偎香倚暖句抱著日高猶睡韻算得伊家句也應隨分句煩惱心兒裏韻又争似從前句淡淡相看句免恁縈繫韻

北宋新聲，屬夾鍾商，俗名雙調。柳詞爲創調之作，此詞乃俗詞，但構思纖細綿密，表現心理甚細緻。紬，或同綢，李甲詞調名《幔捲綢》，音義皆同。李甲詞乃悼亡之作，詞情悲切沉痛，固爲佳篇；詞云：「絶羽沉鱗，埋花葬玉，杳杳悲前事。對一盞寒燈，數點流螢，悄悄畫屏，巫山十二。蕣臉星眸，蕙情蘭性，一旦成流水。便縱有、甘泉妙手，洪都方士何濟。香閨寶砌。臨妝處、迤邐苔痕翠。更不忍看伊，繡殘鴛侣，而今尚有，啼紅粉漬。好夢不來，斷雲飛去，黯黯情無際。謾飲盡香醪，奈向愁腸，消遣無計。」此詞前段結尾三句，後段第四、五句之句式與柳詞異，其餘句式相同。兩詞之字聲平仄可以對校。此調多用四字句，用韻較稀，和婉而紆徐，宜於叙事。此調僅此兩詞，當以柳詞爲式。

過秦樓

周邦彦

雙調，一百十一字。前段十二句，四仄韻；後段十一句，四仄韻。

水浴清蟾（句）葉喧涼吹（句）巷陌馬聲初斷（韻）閑依露井（句）笑撲流螢（句）惹破畫羅輕扇（韻）人静夜久憑欄（句）愁不歸眠（句）立殘更箭（韻）嘆年華一瞬（句）人今千里（句）夢沉書遠（韻）

空見説（讀）鬢怯瓊梳（句）容銷金鏡（句）漸懶趁時勻染（韻）梅風地溽（句）虹雨苔滋（句）一架舞紅都變（韻）誰信無聊（句）爲伊才減江淹（句）情傷荀倩（韻）但明河影下（句）還看稀星數點（韻）

北宋新聲，屬黄鍾商，俗名大石調。周邦彦詞寫夏夜感懷，乃宋詞名篇。秦樓，秦穆公女弄玉之樓。唐人李商隱《無題》：「豈知一夜秦樓客。」宋元時之「秦樓謝館」又指娱樂冶游之地。調名當出自宋元俗語。此調之始詞爲李甲寫春游情景，其結句有「何尊前擬問，雙燕來時，曾過秦樓。」因以名調。鄧有功抒寫春愁：「燕蹴飛紅，鶯遷新緑，幾陣晚來風急。謝家池館，金谷園林，還又把春虛擲。年時恨雨愁雲，物換星移，有誰曾憶。把一尊試酹，落花芳草，總成塵迹。頻自笑、流浪孤萍，沾泥弱絮，有底困春無力。銀屏香暖，寶簟波寒，又負月明今夕。往事夢裏，沉思惟有羅襟，淚痕猶濕。奈垂楊萬縷，不繫西風白日。」吳文英詠芙蓉，穠摯艷麗，深有寄意，其詞云：「藻國淒迷，麴瀾澄映，怨入粉烟藍霧。香籠麝水，賦漲紅波，一鏡萬妝爭妒。湘女魂歸，佩環玉冷無聲，凝情誰訴。又江空月墮，凌波塵起，彩鴛愁舞。還暗憶、鈿合蘭橈，絲牽瓊腕，見的更憐心苦。玲瓏翠屋，輕薄冰綃，穩稱錦雲留住。生怕哀蟬，暗驚秋被紅衰，啼珠零露。能西風老盡，羞趁東風嫁與。」此詞前段第七、八句作四六句式，略異。利登抒寫感舊之情：「眉黛山分，靨朱星合，鬱鬱夜堂初見。芙蓉寄隱，荳蔻傳香，便許翠鬟偷剪。迎夜易羞，欲晨先怯，風流楚楚未慣。正流蘇帳掩，緑玉屏深，紅香自暖。誰信道、媚月難留，鶩雲易散，從此三橋路遠。巢燕春歸，剪花詞在，難寄紅題一片。料想伊家，如今羞傍琴窗，慵題花院。但碧桃影下，應對流紅自嘆。」此詞前段第七、八句之句式略異。此調作者頗衆，又名《選冠子》，劉壎《送歌者入閩》與周邦彦詞格律相同：詞云：「暝靄迷紅，水天籠曉，帆去野潮聲急。離鸞獨倚，巧燕雙飛，忍向東風飄拆。塵銷紫曲闌干，箏雁成聲，頓成孤臆。嘆舟迴人遠，鈿花薌澤，悄無痕迹。憔悴損、俊賞杜郎，多情荀令，欲寫別愁無力。閩星南轉，江月西沉，空擬夢來今夕。古驛荒村，誰憐膩粉風侵，鬆蟬雲濕。但斷魂烟浪，癡看橋西落日。」此調爲换頭曲，前後段句式甚異，但韻位適當，以四字句與六字句爲主，音節低沉而和諧，宜用於寫景、抒情、詠物。

霜葉飛

雙調，一百十一字。前段十句，六仄韻；後段十句，五仄韻。

周邦彦

露迷衰草韻疏星挂句凉蟾低下林表韻素娥青女鬥嬋娟句正倍添凄悄韻漸颯颯讀丹楓撼曉韻横天雲浪魚鱗小韻似故人相看句又透入讀清輝半晌句特地留照韻

迢遞望極關山句波穿千里句度日如歲難到韻鳳樓今夜聽秋風句奈五更愁抱韻想玉匣讀哀弦閉了韻無心重理相思調韻見皓月讀牽離恨句屏掩孤顰句淚流多少韻

北宋新聲，屬黄鍾商，俗名大石調。霜葉，楓葉經霜而紅，故名。唐人杜牧《山行》：「停車坐愛楓林晚，霜葉紅於二月花。」調名以此。始詞爲北宋初年沈唐作，因詞有「霜林凋晚」、「亂紅初墜」，以爲調名。此調共存十二詞，諸家句式略有差異，《詞譜》列七體，但當以周詞爲正體。吴文英詞題爲《重九》，實爲感舊之作，乃是此調之佳篇。其詞云：「斷烟離緒。關心事，斜陽紅隱霜樹。半壺秋水薦黄花，香噀西風雨。縱玉勒、輕飛迅羽。凄凉誰弔荒臺古。記醉踏南屏，彩扇咽、寒蟬倦夢，不知蠻素。聊對舊節傳杯，塵箋蠹管，斷闋經歲慵賦。小蟾斜影轉東籬，夜冷殘蛩語。早白髮、緣愁萬縷。驚飆從卷烏紗去。漫細將、茱萸看，但約明年，翠微高處。」張炎《毗陵客中聞老妓歌》，感慨甚深：「繡屏開了。驚詩夢，嬌鶯啼破春悄。隱將譜字轉清圓，正杏梁聲繞。看帖帖、蛾眉淡掃。不知能聚愁多少。嘆客裏凄凉，尚記得、當年雅音，低唱還好。　同是流落殊鄉，相逢何晚，坐對真被花惱。貞元朝士已無多，但暮烟衰草。未忘得、春風窈窕。却憐張緒如今老。且慰我、留連意，莫説西湖，那時蘇小。」張炎《春感》，爲傷故園荒没而作，因周詞有「素娥青女鬥嬋娟」句，遂改調名爲《鬥嬋娟》。其詞云：「舊家池沼。尋芳處，從教飛燕頻繞。一灣柳護水房春，看鏡鸞窺曉。暈宿酒、雙娥淡掃。羅襦飄帶腰圍小。盡醉方歸去，又暗約、明年鬥草，誰解先到。　心緒亂若晴絲，那回游處，墜紅爭戀殘照。近來心事漸無多，尚被鶯聲惱。便白髮、如今縱少。情懷不似年時好。謾佇立、東風外，愁極還醒，背花一笑。」此調前段兩個七字句，又兩個上三下四句法之七字句；後段兩個七字句，又一個上三下四句法之七字句：故調勢流暢而又有所頓挫。調名以紅葉飄零作爲荒凉凄苦之意象，以上周邦彥、吴文英及張炎之詞皆能體現調情特點。

五彩結同心

無名氏

雙調，一百十一字。前段九句，五仄韻，後段八句，六仄韻。

珠簾垂户韻金索懸窗句家接浣紗溪路韻相見桐陰下句一鉤月讀恰在鳳凰棲處韻素瓊碾就宮腰小句花枝裊讀盈盈嬌步韻新妝淺讀滿腮紅雪句綽約片雲欲度韻　塵寰豈能留住韻唯只愁讀化作彩雲飛去韻蟬翼衫兒薄句冰肌瑩讀輕罩一團香霧韻彩箋巧綴相思苦韻脈脈動讀憐才心緒韻好作個讀秦樓活計句要待吹簫伴侶韻

此詞見存於《樂府雅詞拾遺》卷上。此調共存兩詞，此詞用仄韻；另一詞用平韻，南宋趙彥端作，題爲《爲淵鄉壽》。兩詞除用韻異而外，其餘字數、句式、字聲平仄均同，可以對校。無名氏詞結句「要待吹簫伴侶」，《全宋詞》及《樂府雅詞拾遺》無「要待」二字，但此兩詞格律一致，結句俱應爲六字句，故從《詞譜》補入。此調長句較多，流暢而優美，甚有特色。

女冠子慢

雙調，一百十二字。前段十一句，六仄韻；後段十二句，七仄韻。

蔣　捷

蕙花香也韻雪晴池館如畫韻春風飛到句寶釵樓上句一片笙簫句琉璃光

射韻而今燈謾挂韻不是暗塵明月句那時元夜韻況年來讀心懶意怯句羞與蛾兒争耍韻　江城人悄初更打韻問繁華誰解句再向天公借韻剔殘紅灺韻但夢裏隱隱句鈿車羅帕韻吴箋銀粉砑韻待把舊家風景句寫成閑話韻笑緑鬟鄰女句倚窗猶唱句夕陽西下韻

北宋新聲，柳永詞爲創調之作。柳詞兩首，一百十一字者屬仙吕調，一百十三字者屬大石調；兩詞句式相異。此調有唐人小令，長調音譜、體制與之迥異。茲爲與小令之《女冠子》區别，謹標爲《女冠子慢》。宋人此調均爲長調，共存詞七首，除蔣捷兩詞可以對校而外，其他諸詞字數與句式互有參差，以致《詞譜》列爲六體。此調當以蔣詞爲法式。此詞題爲《元夕》，詞人作於宋亡之後，詞情悲凉，有歷史滄桑之感，乃宋詞名篇。蔣捷另詞題爲《競渡》，詞云：「電旂飛舞。雙雙還又争渡。湘灘雲外，獨醒何在，翠藥紅蘅，芳菲如故。深衷全未語。不似素車白馬，捲潮起怒。但悄然、千載舊迹，時有賢人吊古。生平慣受椒蘭苦。甚魄寒浪，更被饞蛟妒。結瓊紉璐。料貝闕隱隱，騎鯨烟霧。楚妃花倚暮。□□瓊簫吹了，泝波同步。待月明洲渚，小留旌節，朗吟騷賦。」此詞脱兩字。

透碧霄

雙調，一百十二字。前段十二句，六平韻；後段十二句，五平韻。

柳　永

月華邊韻萬年芳樹起祥烟韻帝居壯麗句皇家熙盛句寶運當千韻端門清晝句觚稜照日句雙闕中天韻太平時讀朝野多歡韻遍錦街香陌句鈞天歌吹句閬苑神仙韻　昔觀光得意句狂游風景句再睹更精妍韻傍柳陰讀尋花徑句空恁嚲轡垂鞭韻樂游雅戲句平康艷質句應也依然韻仗何人讀多謝嬋娟韻道宦途踪迹句歌酒情懷句不似當年韻

北宋新聲，屬南吕調。柳永晚年京都之作爲此調之始詞。碧霄，天空。唐人李白《酬岑勛以詩見招》：「中逢元丹丘，登嶺宴碧霄。」錢起《田鶴》：「田鶴望碧霄，無風亦自舉。」調名本此。此調存三詞，查荎一詞寫離情，格律同柳詞；另曹勛一首頌詞則字數、句式頗異。查荎詞云：「艤蘭舟。十分端的載離愁。練波送遠，屏山遮斷，此去難留。相從争奈，心期文要，屢更霜秋。嘆人生、杳似萍浮。又翻成輕别，都將深恨，付與東流。想斜陽影裏，寒烟明處，雙槳去悠悠。愛渚梅、幽香動，須採掇倩纖柔。艷歌粲發，誰傳餘韻，來説仙游。

念故人、留此遐洲。但春風老後，秋月圓時，獨倚西樓。」此調當以柳詞爲法式。

輪臺子

雙調，一百十四字。前段十句，五仄韻；後段九句，五仄韻。　柳　永

一枕清宵好夢句可惜被讀鄰鷄喚覺韻匆匆策馬登途句滿目淡烟衰草韻前驅風觸鳴珂句過霜林讀漸覺驚棲鳥韻冒征塵遠況句自古凄凉長安道韻行行又歷孤村句楚天闊讀望中未曉韻　念勞生讀惜芳年壯歲句離多歡少韻嘆斷梗難停句暮雲漸杳韻但黯黯銷魂句寸腸憑誰表韻任驅馳讀何時是了韻又爭似讀却返瑶京句重買千金笑韻

北宋新聲，屬中呂調。柳詞爲創調之作，乃羈旅行役之名篇。輪臺，土名玉古爾，或作布古爾。漢武帝時曾遣戍屯田於此。唐代貞觀中置縣，治所在今新疆米泉縣。唐代詩人岑參《輪臺歌奉送封大夫出師西征》：「輪臺城頭夜吹角，輪臺城北旄頭落。羽書昨夜過渠黎，單于已在金山西。戍樓西望烟塵黑，漢兵屯在輪臺北。」漢唐時中國與西域交通，輪臺爲軍

事重地。《輪臺子》乃該地之歌曲流傳於中原者。此調僅柳永兩詞，而體制却相異。

又一體

柳永

雙調，一百四十一字。前後段各十三句，八仄韻。

霧斂澄江句烟銷藍光碧韻彤霞襯遥天句掩映斷續句半空殘月韻孤村望處人寂寞韻聞釣叟讀甚處一聲羌笛韻九疑山畔纔雨過句斑竹作讀血痕添色韻感行客韻翻思故國句恨因循阻隔韻路久沉消息韻　正老松枯柏青如織韻聞野猿啼讀愁聽得韻見釣舟初出句芙蓉渡頭句鴛鴦灘側韻干名利禄終無益韻念歲歲間阻句迢迢紫陌韻翠娥嬌艷句從別後經今句花開柳坼傷魂魄韻利名牽役韻又争忍讀把光景抛擲韻

柳永此兩詞皆屬中吕調，雖同宫調而不同音譜，故體制相異。

小梅花

賀鑄

雙調，一百十四字。前後段各十三句，五仄韻，六平韻。

縛虎手仄韻懸河口韻車如雞棲馬如狗韻白綸巾平韻撲黃塵韻不知我輩句可是蓬蒿人韻衰蘭送客咸陽道換仄韻天若有情天亦老韻作雷顛換平韻不論錢韻誰問旗亭句美酒斗十千韻　酌大斗換仄韻更爲壽韻青鬢常青古無有韻笑嫣然換平韻舞翩翩韻當壚秦女句十五語如弦韻遺音能記秋風曲換仄韻事去千年猶恨促韻攬流光換平韻繫扶桑韻爭奈愁來句一日却爲長韻

此調爲北宋後期賀鑄所創，乃將小令《梅花引》五十七字體雙調，合爲單調，再重疊爲一百十四字之雙調。如此組合之後，音節效果與體制皆迥異於小令之《梅花引》。賀鑄作詞習慣於突出題材，而將調名注於詞題之下。此詞標題爲《行路難》抒寫游俠之豪放氣度；另一詞標題爲《將進酒》，格律與《行路難》相同，詞云：「城下路。凄風露。今人犁田古人墓。岸頭沙。帶蒹葭。漫漫昔時，流水今人家。黃埃赤日長安道。倦客無漿馬無草。開函關。掩函關。千古如何，不見一人閑。　六國擾。三秦掃。初謂商山遺四老。馳單車。致緘書。裂荷焚芰，接武曳長裾。高流端得酒中趣。深入醉鄉安穩處。生忘形。死忘名。誰論二豪，初不數劉伶。」賀鑄在此詞題下注「《小梅花》二首」，可見此兩詞之調名實爲《小梅花》。賀鑄遺詞一首見存於《陽春白雪外集》，調名亦爲《小梅花》。此調共存七詞，但除賀鑄標調之外，其餘四首仍標調名爲《梅花引》，故當從賀鑄所定調名以免與小令之體相混同。向子諲詞題爲《戲代李師明作》，詞云：「花如頰。梅如葉。小時笑弄階前月。最盈盈。最惺惺。閑愁未識，無計定深情。十年空省春風面。花落花開不相見。要相逢。得相逢。須信靈犀，中自有心通。同杯勺。同斟酌。千愁一醉都推却。花陰邊。柳陰邊。幾回擬待，偷憐不成憐。傷春玉瘦慵梳掠。抛擲琵琶閑處着。莫猜疑。莫嫌遲。鴛鴦翡翠，終是一雙飛。」朱雍抒寫離情：「梅亭別。梅亭別。梅亭回首都如雪。粉融融。月濛濛。江上小車，歸去小樓空。當時曾傅新妝薄。而今一任花零落。朝隨風。暮隨風。竹外孤根，猶與幽徑通。　長相憶。無消息。庾嶺沉沉雲暗碧。玉痕驚。對離情。無奈水遥，天闊隔瓊城。年來素袂香不滅。此心無限憑誰説。夜綿綿。路漫漫。愁聽枕前，吹徹笛聲寒。」此調僅此一體，句式組合極有規律，可平可仄之字較多，多用三字句與七字句，韻密而頻繁换韻，故音韻響亮，節奏快速而跳躍，因頻繁换韻而致詞意不斷變化，調勢奔放而難於控制。此調最適於抒寫豪放之情，亦適於抒寫强烈多變之複雜心情，是宋詞中特色顯著的詞調之一。用此調者需有用韻及填詞之嫻熟技巧，尤需有奔放熱烈之情緒。

長壽樂

柳　永

雙調，一百十四字。前段十句，六仄韻；後段十句，七仄韻。

尤紅殢翠韻近日來讀陡把狂心牽繫韻綺羅叢中句笙歌筵上句有個人人可意韻解嚴妝巧笑句取次言談成嬌媚韻知幾度讀密約秦樓盡醉韻仍攜手句眷戀香衾繡被韻　情漸美韻算好把讀夕雨朝雲相繼韻便是仙禁春深句御爐香裊句臨軒親試韻對天顏咫尺句定然魁甲登高第韻待恁時讀等著回來賀喜韻好生地韻剩與我兒利市韻

北宋新聲，屬平調。柳詞爲創調之作。《詞譜》録此詞僅八十三字，脱落之字句甚多，今據《樂章集》補正。

又一體

雙調，一百十三字。前段十一句，五仄韻；後段十句，五仄韻。　柳永

繁紅嫩翠韻艷陽景讀妝點神州明媚韻是處樓臺句朱門院落句弦管新聲騰沸韻恣游人讀無恨馳驟句驕馬如流水韻競尋芳選勝句歸來向晚句起通衢近遠句香塵細細韻　太平世韻少年時讀忍把韶光輕棄韻況有紅

妝句楚腰越艷句一笑千金何啻韻向尊前讀舞袖飄雪句歌響行雲止韻願長繩讀且把飛鳥繫住句好從容痛飲句誰能惜醉韻

此詞之宮調爲南吕調，與平調之詞句式頗異，蓋因音譜不同。此調共存三詞，另一詞爲李清照作，題爲《南昌生日》，亦一百十三字，但句式與柳詞又異。此調當以柳詞兩體爲式。

沁園春

雙調，一百十四字。前段十三句，四平韻；後段十二句，五平韻。

蘇軾

孤館燈青句野店鷄號句旅枕夢殘韻漸月華收斂句晨霜耿耿句雲山摛錦句朝露漙漙韻世路無窮句勞生有限句似此區區長鮮歡韻微吟罷句憑征鞍無語句往事千端韻　當時共客長安韻似二陸讀初來俱少年韻有筆頭千字句胸中萬卷句致君堯舜句此事何難韻用舍由時句行藏在我句袖手何妨閑處看韻身長健句但優游卒歲句且鬥尊前韻

北宋新聲，蘇軾此作爲始詞，題爲《赴密州早行馬上懷子由》。宋人吳曾《能改齋漫録》卷十六：「今世樂府，傳《沁園春》詞。案《後漢書》：『竇憲女弟立爲皇后，憲恃宮掖聲勢，遂以縣直請奪沁水公主園。』然則沁水園者，公主之園也。故唐人類用之。崔湜《長寧公主東莊侍宴》詩云：『沁園東郭外，襄駕一游盤。』李適《長寧公主東莊侍宴》詩云：『歌舞平陽地，園亭沁水林。』李義府《長寧公主東莊》詩云：『平陽館外有仙家，沁水園中好物華。』」漢代沁水園早已無存，但北宋真宗時附馬都尉李遵勖府第「沁水東北濱於池」，則此宋代初年之沁園。李遵勖於大中祥符間尚萬壽長公主。《宋史》卷四六四記李氏「所居地園池冠京城。嗜奇石，募人載送，有自千里至者。構堂引水，環以佳木，延一時名士大夫與宴樂。」詞調當以北宋京都之沁園爲名。此調以蘇詞爲正體，作者極衆，名篇甚多。此調爲換頭曲，但前段自第四句、後段自第三句則句式相同。蘇詞中「漸」、「有」爲領字，領以下四個四字句，可兩句爲一對偶，可四句爲兩個對偶，亦可前兩句對偶，後兩句不對偶，但以對偶爲工。此調以四字句爲主，多用對偶，配以八字、七字、六字、五字等句，用平韻，調勢活潑生動，可平可仄之字極多，較爲自由，有和諧婉轉而又流暢之特點，適用於言志、議論、諧謔、叙事、酬贈、祝頌等題材。從諸名篇可以領悟此調之語勢、對偶及章法特點。辛棄疾詞十三首，其《將止酒戒酒杯勿使近》：「杯汝來前，老子今朝，點檢形骸。甚長年抱渴，咽如焦釜，於今喜睡，氣似奔雷。汝説劉伶，古今達者，醉後何妨死便埋。渾如此，嘆汝於知己，真少恩哉。　更憑歌舞爲媒。算合作、人間鴆毒猜。况怨無大小，生於所愛，物無美惡，過則爲災。與汝成言，勿留亟退，吾力猶能肆汝杯。杯再拜，道麾之即去，招則須來。」此詞不用對偶，以古文筆法入詞，發表議論，風格恣肆。劉過詞十六首，其詠美人指甲與美人足兩首體物細緻，風格婉約，但其《寄稼軒承旨》則甚狂放，詞云：「斗酒彘肩，風雨渡江，豈不快哉。被香山居士，約林和靖，與東坡老，駕勒吾回。坡謂西湖，正如西子，濃妝淡抹臨鏡臺。二公者，皆掉頭不顧，只管銜杯。　白云天竺飛來。圖畫裏、崢嶸樓觀開。愛東西雙澗，縱横水繞，兩峰南北，高下雲堆。逋曰不然，暗香浮動，争似孤山先探梅。須晴去，訪稼軒未晚，且此徘徊。」劉克莊詞九首，風格更爲粗豪，其《癸卯佛生翌日將曉夢中有作》：「有個頭陀，形同枯株，心猶死灰。幸春山笋濺，無人争吃，夜爐芋美，與客同煨。何處幡花，忽相導引，莫是天宫迎赴齋。又疑道，何毗耶城裏，講席初開。　這邊尚自徘徊。笑那裏、紛紛早見猜。有尊神奪杵，拳粗似鉢，名緇竪佛，喝猛如雷。老子無能，山僧不會，誰誤檀那舉請哉。山中去，便百千億劫，休下山來。」以上三詞皆氣勢奔放，才氣横溢，最能體現此調特點。趙必瑑《歸田作》，風格曠達：「看做官來，只似兒時，擲選官圖。如瓊崖儋岸，渾麽便去，翰林給舍，喝采曾除。都一擲間，許多般樣，輸了還贏贏了輸。回頭看，這浮雲富貴，到底花虛。　吾生誰毀誰譽。任荆棘、叢叢滿仕途。嘆塞翁失馬，禍也福也，蕉間得鹿，真歟夢歟。何怨何尤，白歌自笑，天要吾儕更讀書。歸去也，向竹松深處，結個茅廬。」此詞於自然粗率中見工巧。宋末陳人傑《龜峰詞》存詞三十一首，專用《沁園春》，藝術水平極高，以抒寫不平之氣爲主，如《丁酉歲感事》：「誰使神州，百年陸沉，青氈未還。悵辰星殘月，北州豪傑，西風斜日，東帝江山。劉表坐談，深源輕進，機會失之彈指間。傷心事，是年年冰合，在在風寒。　說和說戰都難。算未必、江沱堪宴安。嘆封侯心在，鱣鯨失水，平戎策就，虎豹當關。渠自無謀，事猶可做，更剔殘燈抽劍看。麒麟閣，豈中興人物，不畫儒冠。」此詞對現實的政治批判極爲深刻。此調有少數作品亦寫婉約之情，如趙崇嶓表述感舊之情：「紫陌芳塵，烟縷收寒，雨絲過雲。羨交陰桃葉，窗前曲檻，認巢燕子，柳底朱門。回首年時，霧鬟風袖，嫋嫋娉娉嬌上春。逢迎處，儘芳華繾綣，玉佩殷勤。　誰知此際消魂。漫隱約、人前笑語温。記掌中纖細，真成一夢，花時怨憶，應爲雙文。載酒心情，教眉詩句，空悔風流曾誤人。憑誰去，待寄將恨事，兩處平分。」雁峰劉氏宋末被掠，題詞於長興酒庫云：「我生不辰，逢此百罹，况乎亂離。奈惡因緣到，不夫不主，被擒捉去，爲妾爲妻。父母公姑，弟兄姊妹，流落不知東與西。心中事，把家書寫下，分付伊誰。　越人北向燕支。回首望、雁峰天一涯。奈翠鬟雲軟，笠兒怎戴，柳腰春細，馬性難騎。缺月疏桐，淡烟衰草，對此如何不淚垂。君知否，我生於何處，死亦魂歸。」此乃民間婦女於亂世留下之血淚文字。此調《詞譜》列七體，各體之間字數與句式小異。蘇軾詞爲兩宋通用之體，當以爲式。

丹鳳吟

周邦彦

雙調，一百十四字。前段十二句，四仄韻；後段十一句，五仄韻。

迤邐●春○光○無○賴●句翠●藻●翻○池○句黃○蜂○游○閣●韻朝○來○風○暴●句飛○絮●亂●投○簾○幕●韻生○
憎○暮●景●句倚牆○臨○岸●句杳●靄●天○斜○句榆○錢○輕○薄●韻晝●永●惟○思○傍●枕●句睡●起●無○

聊句殘照猶在庭角韻　況是別離氣味句坐來但覺心頭惡韻痛飲澆愁酒句奈愁濃如酒句無計銷鑠韻那堪昏暝句簌簌半檐花落韻弄粉調朱柔素手句問何時重握韻此時此意句長怕人道著韻

北宋新聲，屬越調。周詞爲創調之作，抒寫離別前夕之煩亂心情。鳳，別名丹鳥。南朝徐陵《丹陽上庸路碑》：「天降丹鳥，既序《孝經》；河出應龍，乃弘《周易》。」唐代長安大明宮前有丹鳳門。丹鳳城借指京都。周詞有方千里等三家和詞。南宋後期陳起字宗之，開書肆於杭州，刊有《江湖集》。吴文英《賦陳宗之芸居樓》，詞云：「麗景長安人海，避影繁華，結廬深寂。燈窗雪户，光映夜寒東壁。心雕鬢改，鏤冰刻水，縹簡離離，風籤索索。怕遺花蟲蠹粉，自采秋芸熏架，香泛纖碧。更上新梯窈窕，暮山澹著城外色。舊雨江湖遠，問桐陰門巷，燕曾相識。吟壺天小，不覺翠蓬雲隔。桂斧月宫三萬手，計元和通籍。軟紅滿路，誰聘幽素客。」此調共存五詞，吴詞前段結句句式略異，當以周詞爲式。諸家之作皆用入聲韻。

瑶臺月

無名氏

雙調，一百十四字。前段十三句，六仄韻；後段十二句，七仄韻。

嚴風凜冽句萬木凍句園林肅静如洗韻寒梅占早句争先暗吐香蕊韻呈素容讀探暖欺寒句偏妝點讀亭臺佳致韻通一氣句超群卉韻值臘後句雪清麗韻開筵共賞句南枝宴會韻　好折贈讀東君驛使韻把隴頭信息遠寄韻遇詩朋酒侶句尊前吟綴韻且優游讀對景歡娱句更莫厭讀陶陶沉醉韻羌管怨句瓊花墜韻結子用句調鼎餌韻將軍止渴句思得此味韻

無名氏詠梅詞爲此調之正體。黄裳兩詞描寫道家生活，調名《瑶池月》，與無名氏詞格律同，惟前後段各多一個兩字句。張繼先與葛長庚各一詞，皆詠道家情趣，字數與句式皆與無名氏詞頗異。此調僅存五詞。

八歸

雙調，一百十五字。前段十句，四仄韻；後段十一句，四仄韻。　姜夔

芳蓮墜粉句疏桐吹緑句庭院暗雨乍歇韻無端抱影銷魂處句還見篠牆螢暗句蘚階蛩切韻送客重尋西去路句問水面琵琶誰撥韻最可惜讀一片江

山句總付與啼鴂韻　長恨相從未款句而今何事句又對西風離別韻渚寒烟淡句棹移人遠句縹緲行舟如葉韻想文君望久句倚竹愁生步羅襪韻歸來後讀翠尊雙飲句下了珠簾句玲瓏閑看月韻

姜夔詞題爲《湘中送胡德華》，乃此調之始詞。此調共存三詞。高觀國一詞題爲《重陽前二日懷梅溪》，改用平韻，後段結句之字句有脱落，難以校勘。史達祖一詞寫離情，格律與姜詞相同，詞云：「秋江帶雨，寒沙縈水，人瞰畫閣愁獨。烟蓑散響驚詩思，還被亂鷗飛去，秀句難續。冷眼盡歸圖畫上，認隔岸微茫雲屋。想半屬、漁市樵村，欲暮競然竹。須信風流未老，憑持尊酒，慰此凄凉心目。一鞭南陌，幾篙官渡，賴有歌眉舒緑。只匆匆眺遠，最覺閑愁挂喬木。應難奈、故人天際，望徹淮山，相思無雁足。」此調當以姜詞爲式。

摸魚兒

雙調，一百十六字。前段十句，六仄韻；後段十一句，七仄韻。　晁補之

買陂塘讀旋栽楊柳句依稀淮岸湘浦韻東皋嘉雨新痕漲句沙嘴鷺來鷗聚韻堪愛處韻最好是讀一川夜月光流渚韻無人獨舞韻任翠幕張天句柔

茵藉地句酒盡未能去韻　青綾被句莫憶金閨故步韻儒冠曾把身誤韻弓刀千騎成何事句荒了邵平瓜圃韻君試覷韻滿青鏡讀星星鬢影今如許韻功名浪語韻便做得班超句封侯萬里句歸計恐遲暮韻

唐代教坊曲有《摸魚子》，北宋初年據舊譜製詞名《摸魚兒》。晁補之詞題爲《東皋寓居》，寫閑適生活情趣。此調作者極衆，名篇亦多，《詞譜》列九體，晁詞爲通行之正體。萬樹《詞律》卷十九：「《摸魚兒》調最幽咽可聽，然平仄一亂，便風味全減。」此調晁詞標調爲《摸魚兒》，但因首句後有詞人名《買陂塘》，另又名《摸魚子》，辛棄疾又改名《山鬼謡》。此調前後段自第二句起句式相同，共有三個七字句，兩個十字句爲上三下七句法，四個六字句，尤其嵌入兩個三字之韻句，結尾爲五字句。前後段各有兩韻密，並用短韻。因而此調頗爲流暢，音節起伏變化，凡寫景、抒情、詠物、酬贈、祝頌之題材皆適用，然以表現幽咽之情最能體現此調特點。辛棄疾《淳熙己亥自湖北漕移湖南同官王正之置酒小山亭爲賦》是此調典範之作，聲情幽咽諧美而詞意含蓄，詞云：「更能消、幾番風雨。匆匆春又歸去。惜春長怕花開早，何况落紅無數。春且住。見説道、天涯芳草迷歸路。怨春不語。算只有殷勤，畫檐珠網，盡日惹飛絮。　長門事，準擬佳期又誤。蛾眉曾有人妒。千金縱買相如賦，脈脈此情誰訴。君莫舞。君不見、玉環飛燕皆塵土。閑愁最苦。休去倚危欄，斜陽正在，烟柳斷腸處。」此詞首句用韻，亦可不用韻。朱嗣發感舊一詞，甚爲婉約：「對西風、鬢摇烟碧，參差前事流水。紫絲羅帶鴛鴦結，的的鏡盟釵誓。渾不記。漫手織、回文幾度欲心碎。安花著蒂。奈雨覆雲翻，情寬分窄，石上玉簪脆。朱樓外，愁壓空雲欲墜。月痕猶照無寐。陰晴也只隨天意，枉了玉消香碎。君且醉。君不見、長門青草春風淚。一時左計。悔不早荆釵，暮天修竹，頭白倚寒翠。」趙必岊抒寫離情：「倚西風、招鴻送燕，年華今已如客。青奴一餉貪凉夢，昨被酒紅無力。愁似織。聽鳴時、寒蟬話到情無極。舞衣春入。嘆帶眼偷移，琴心不斷，襟袖舊時窄。　紅塵陌，誰寄佳人消息。任他蛛網瑶瑟。金釵兩鬢霓裳曲，總是浪歌閑拍。長夜笛。且慢折、輕句留醉酒壚側。烟青霧白。望殘照關河，晴雲樓閣，何處是秋色。」以上兩詞皆甚幽咽。孫吴會《題甘露寺多景樓》乃登臨懷古之詞，沉鬱而雄渾，詞云：「八窗空、展寬秋影，長江流入尊俎。天圍紺碧低群岫，斜日去鴻堪數。沉別浦。但目斷、烟蕪莽蒼連平楚。晨鐘暮鼓。算觸景多愁，關人底事，倚檻聽鳴櫓。　英雄恨，贏得名存北府。寄奴今寄何所，西風依舊潮來去，山海頡頏吞吐。霜月古。直耐冷、相隨燕我瑶芝圃。掀髯起舞。看獺伏蒼苔，龍吟翠葆，天籟奏韶舞。」劉辰翁此調二十首，多感時傷事之作，其《和巽吾留別韻》：「懶能看、海桑世界，風花過眼如傳。月明昨夜庭流水，天色朝來都變。塵石爛。銖衣壞、和衣減盡誰能怨。秦亡楚倦。但剪燭西窗，秋聲入竹，點點已如霰。　當年事，本是泗亭沛縣。却教緜蕝成殿。暮年八陣那曾用，付與江流石轉。前楚辯。今哨遍、是烏烏者燈前勸。乾坤較健。嘆君已歸休，吾方俯仰，種種未曾見。」宋亡後姚雲文《艮嶽》寫盡歷史滄桑之感：「渺人間、蓬瀛何許，一朝飛入梁苑。輞川梯洞層瑰出，帶取鬼愁龍怨。窮游宴。談笑裏、金風吹折桃花扇。翠華天遠。悵莎沼沾螢，錦屏烟合，草露泣蒼蘚。　東華夢，好在牙檣雕輦。畫圖歷歷曾見。落紅萬里孤臣淚，斜日牛羊春晚。摩雙眼。看塵世、鰲宮又報鯨波淺。吟鞘拍斷。便乞與媧皇，化成精衛，填不盡遺憾。」北宋政和七年宋徽宗於京都建艮嶽，集花木奇石，都人稱爲萬壽山。姚詞所感嘆之歷史教訓至爲深刻。劉壎《兵後過舊游》抒寫宋亡後之悲涼情感：「倚樓西、西風驚鬢，吹回塵思蕭瑟。碧桃花下驂鸞夢，十載雨沉雲隔。空自憶。漫紅蠟、香箋難寫舊凄惻。烟村水國。欲閑却琴心，畫殘篋面，老盡看花客。　河橋側，曾試雕鞍玉勒。如今已忘南北。人間縱有垂楊在，欲挽一絲無力。君莫拍。渾不似、年時愛聽酒邊笛。湘簾巷陌。但斜照斷烟，淡螢衰草，零落舊春色。」以上諸詞皆有濃重之真情實感，能切實把握此調之聲情，堪爲宋詞之佳篇。其中朱嗣發、趙必岊、孫吴會皆非詞人，偶然僅留下一詞而爲絶唱，於此可見宋詞之成爲時代文學乃有深廣之社會基礎。

賀新郎

雙調，一百十六字。前後段各十句，六仄韻。

辛棄疾

緑樹聽鵜鴂韻更那堪讀鷓鴣聲住句杜鵑聲切韻啼到春歸無尋處句苦恨芳菲都歇韻算未抵讀人間離別韻馬上琵琶關塞黑句更長門讀翠輦辭金

闕韻看燕燕句送歸妾韻　將軍百戰身名裂韻向河梁讀回頭萬里句故人長絶韻易水蕭蕭西風冷句滿座衣冠似雪韻正壯士讀悲歌未徹韻啼鳥還知如許恨句料不啼讀清淚長啼血韻誰共我句醉明月韻

北宋新聲，蘇軾詞爲創調之作，但蘇詞後段第八句少一字。宋人胡仔《苕溪漁隱叢話後集》卷三十九：「《賀新郎》，乃古曲名也。」北宋當據古曲改製而成。因蘇詞有「乳燕飛華屋」句，此調又名《乳燕飛》；因有「晚涼新浴」句，又名《賀新涼》。葉夢得詞（睡起流鶯語）結句有「誰爲我，唱金縷」，調名又作《金縷曲》。葉詞與辛詞同格律，爲通行之正體。此調爲換頭曲，前後段首句之句式異，以下句式相同。全調有五個七字句，另有四個上三下四句法之七字句，結尾數句由一個上三下四之七字韻句，接以一個七字句和一個八字韻句，繼以「平仄仄」、「仄平仄」兩個三字句爲結，使每段調勢由流暢而趨於奔放激烈，將情緒推向高潮。過變之後，音節重復，有回環效果，又再次逐漸將詞情衍爲激烈。此調雖用仄聲韻，但氣勢流動而抑揚有致，句式多長句而又富於變化，自南渡以來豪放詞人喜用此調，每以表達悲壯激烈之情與憤懣不平之氣。此調作者極衆，名篇尤多，最能體現時代之强音。南渡詞人張元幹《送胡邦衡待制》開創了激昂慷慨的風格，詞云：「夢繞神州路。悵秋風、連營畫角，故宮離黍。底事崑崙傾砥柱，九地黄流亂注。聚萬落、千村狐兔。天意從來高難問，况人情、老易悲如許。更南浦，送君去。　涼生岸柳催殘暑。耿斜河、疏星淡月，斷雲微度。萬里江山知何處，回首對床夜語。雁不到、書成誰與。目盡青天懷今古，肯兒曹、恩怨相爾汝。舉大白，聽金縷。」辛棄疾與陳亮唱和詞往來數首，將此調悲憤之情推向極致，如陳亮《酬辛幼安再用韻見寄》：「離亂從頭説。愛吾民、金繒不愛，蔓藤累葛。壯氣銷盡人脆好，冠蓋陰山觀雪。虧殺我、一星星髮。涕出女吴成倒轉，問魯爲齊弱何年月。丘也幸，由之瑟。　斬新換出旗麾别。把當時、一樁大義，拆開收合。據地一呼吾往矣，萬里摇肢動骨。這話霸、只成癡絶。天地洪爐誰扇鞴。算於中、安得長堅鐵。淝水破，關東裂。」劉克莊此調四十二首，佳作極多，其《送陳真州子華》爲充溢愛國熱情之名篇，詞云：「北望神州路。試平章、這場公事，怎生分付。記得太行山百萬，曾入宗爺駕馭。今把作握蛇騎虎。君去東京豪傑喜，想投戈、下拜真吾父。談笑裏，定齊魯。　兩河蕭瑟惟狐兔。問當年、祖生去後，有人來否。多少新亭揮淚客，誰夢中原塊土。算事業、須由人做。應笑書生心膽怯，向車中、閉置如新婦。空目送，塞鴻去。」吴文英《陪履齋先生滄浪看梅》是《夢窗詞》中流暢而感慨幽微的名篇，履齋即吴潛；詞云：「喬木生雲氣。訪中興、英雄陳迹，暗追前事。戰艦東風慳借便，夢斷神州故里。旋小築、吴宫閑地。華表月明歸夜鶴，嘆當時、花竹今如此。枝上露，濺清淚。　遨頭小簇行春隊。步蒼苔、尋幽别隖，問梅開未。重唱梅邊新度曲，催發寒梢凍蕊。此心與、東君同意。後不如今今非昔，兩無言、相對滄浪水。懷此恨，寄殘醉。」李演《多景樓落成》亦深寓國勢之感慨：「笛叫東風起。弄尊前、楊花小扇，燕毛初紫。萬點淮峰孤角外，驚下斜陽似綺。又婉娩、一番春意。歌舞相繆愁自猛，捲長波、一洗空人世。閑煞我，醉時耳。　緑蕪冷葉瓜州市。最憐予、洞簫聲盡，闌干獨倚。落落東南牆一角，誰護山河萬里。問人在、玉關歸未。老矣青山燈火客，撫佳期、漫灑新亭淚。歌哽咽，事如水。」文及翁《西湖》是對南宋朝廷宴安江左的政治批判：「一勺西湖水。渡江來、百年歌舞，百年酣醉。回首洛陽花世界，烟渺黍離之地。更不復、新亭墮淚。簇樂紅妝摇畫艇，問中流、擊楫誰人是。千古恨，幾時洗。 余生自負澄清志。更有誰、磻溪未遇，傅巖未起。國事如今誰倚仗，衣帶一江而已。便都道、江神堪恃。借問孤山林處士，但掉頭、笑指梅花蕊。天下事，可知矣。」劉辰翁此調二十三首，其感念北方一詞，語意晦澀而思想深刻：「絶北寒聲動。渺黄昏、葉滿長安，雲迷章貢。最苦周公千年後，正與莽新同夢。五十國、紛紛入中。摇颺都人歌郿塢，問何如、昨日崧高頌。臚九錫，竟誰諷。 當初共道擎天重。奈天教、垓下風寒，滹沱兵凍。寂寞放翁南園記，帶得園柑進奉。悵回首、何人修鳳。寄語權門趨炎者，這朝廷、不是邦昌宋。真與贋，可能共。」宋末蔣捷《兵後寓吴》抒寫苦難與落魄之情景，表達極度之悲辛與絶望：「深閣簾垂繡。記家人、軟語燈邊，笑渦紅透。萬叠城頭哀怨角，吹落霜花滿袖。影廝伴、東奔西走。望斷鄉關知何處，羡寒鴉、到著黄昏後。一點點，歸楊柳。 相看只有山如舊。嘆浮雲、本是無心，也成蒼狗。明日枯荷包冷飯，又過前頭小阜。趁未發、且嘗村酒。醉探枵囊毛錐在，問鄰翁、要寫牛經否。翁不應，但摇手。」此調宜於抒情、言志、議論、酬贈，主體風格豪放雄健，但亦可寫閨情，而以悲怨爲主。劉過云：「壬子春，余試牒四明，賦贈老娼，至今天下與禁中皆歌之。」其詞流傳甚廣，詞云：「老去相如倦。向文君、説似而今，怎生消遣。衣袂京塵曾染處，空有香紅尚軟。料彼此、魂銷腸斷。一枕新凉眠客舍，聽梧桐、疏雨秋聲顫。燈暈冷，記初見。 樓低不放珠簾卷。晚妝殘、翠鈿狼藉，淚痕盈臉。人道愁來須殢酒，無奈愁深酒淺。但托意、焦琴紈扇。莫鼓琵琶江上曲，怕荻花、楓葉俱淒怨。雲萬叠，寸心遠。」以上諸詞可供理解調情與章法之參考。

金明池

雙調，一百二十字。前段十句，四仄韻；後段十一句，五仄韻。　無名氏

瓊苑金池句青門紫陌句似雪楊花滿路韻雲日淡讀天低晝永句過三點讀兩點細雨韻好花枝讀半出牆頭句似悵望讀芳草王孫何處韻更水繞人家句橋當門巷句燕燕鶯鶯飛舞韻　怎得東君長爲主韻把綠鬢朱顏句一時留住韻佳人唱讀金衣莫惜句才子倒讀玉山休訴韻況春來讀倍覺傷心句念故國情多句新年愁苦韻縱寶馬嘶風句紅塵拂面句也則尋芳歸去韻

金明池在北宋京都開封。《東京夢華録》卷七：「三月一日，州西順天門外，開金明池、瓊林苑。每日教習車駕上池儀範。雖禁從士庶許縱賞，御史臺有榜不得彈劾。池在順天門外

街北，周圍約九里三十步，池西直徑七里許。入池門内南岸西去百餘步，有面北臨水殿，車駕臨幸觀争標，賜宴於此。」無名氏詞題爲《春游》，乃游金明池之作，首句有「瓊苑金池」。此調前後段各連用三個上三下四句法之七字句，特點顯著。北宋中期劉弇一詞描述太守游金明池之宴樂。南宋後期趙崇嶓一詞詠素馨花。北宋僧人仲殊《傷春》，調名《夏雲峰》，但其體制格律則與《金明池》同，而與《夏雲峰》迥異，當是一時誤記調名之故。仲殊詞云：「天闊雲高，溪横水遠，晚日寒生輕暈。閑階静、楊花漸少，朱門掩、鶯聲猶嫩。悔匆匆、過却清明，旋占得、餘芳已成幽恨。都幾日陰沉，連宵慵困，起來韶華都盡。怨入雙眉閑鬥損。乍品得情懷，看承全近。深深態、無非自許，厭厭意、終羞人問。争知道、夢裏蓬萊，待忘了餘香，時傳音信。縱留得鶯花，東風不住，也則眼前愁悶。」此調僅存四詞，當以無名氏詞爲式。

笛家弄

雙調，一百二十二字。前段十四句，五仄韻；後段十三句，五仄韻。

王質

凌亂敗荷句既是沙莞句又如淝水韻顛倒旌旗都靡韻餘花敧謝句又似烏江句騅兮不逝句虞兮奈爾韻凋柳蕭騷句又如軹道句故老何顔對韻因緣斷讀時節

轉自然如彼句自然如此韻　水邊沙際句蘆花搖曳韻喚住行人句蓼花嫵媚句引翻游子韻又似江都酣夜延秋句建業望仙結綺韻月下心飛句風前骨醉句共蘋花得意韻今看昔讀後看今句未一回頭句已百彈指韻

北宋新聲，屬仙吕宮。柳永詞爲創調之作。王質詞題爲《水際閑行》、詞中有數處非韻位所在而偶用韻字者，今參柳詞已校正。此調共存三詞，朱雍詞標明「用耆卿韻」，詞云：「瓌質仙姿，縞袂清格，天然疏秀。靜軒烟銷黄昏後。影瘦零亂，艶冷瓏璁，雪肌瑩暖，冰枝縈繡。更賦風流，幾番攀贈，細撚香盈手。與東君、叙睽遠，脈脈兩情有舊。立久。閬苑凝夕，瑶窗淡月，百琲尋芳，醉玉談群，千鍾酹酒。向此是處難忘瘦花，送遠何勞隨柳。忍聽高樓，笛聲凄斷，樂事人非偶。空餘恨，惹幽香不滅，尚沾春袖。」此詞雖標明用柳永詞韻，但字數略有不同，前後段兩結句亦與柳詞異。《詞譜》録柳詞前後段兩結句各脱落兩字。此調三詞，句式互有差異，當以王質詞爲式。

白苧

無名氏

雙調，一百二十五字。前段十二句，六仄韻；後段十五句，六仄韻。

繡簾垂句畫堂悄句寒風淅瀝韻遥天萬里句暗淡同雲冪冪韻漸紛紛讀六花零亂散空碧韻姑射宴瑤池句把碎玉零珠抛擲韻林巒望中句高下瓊瑤一色韻嚴子陵讀釣臺歸路迷蹤迹韻　追惜韻燕然畫角句寶鑰珊瑚句是時丞相句虛作銀城換得韻當此際偏宜句訪袁安宅韻醺醺醉了句任金釵舞困句玉壺頻側韻又是東君句暗遣花神句先報南國韻昨夜江梅句漏泄春消息韻

白苧，苧麻的一種，可製成衣料。古樂府有《白苧歌》，吴之舞曲，盛稱歌者舞態之美；現存有晋代《白紵舞歌》。《宋書·樂志》：「又有《白紵舞》，按舞詞有巾袍之言，紵本吴地所出，宜是吴舞也。」紵同苧。此詞或誤爲柳永詞。王灼《碧鷄漫志》卷二：「正宫《白苧》曲賦雪者，世傳紫姑神作。寫至『追昔燕然畫角、寶鑰珊瑚，是時丞相，虛作銀城換得』。或問出處，答云：『天上文字，汝那得知。』末後句『又恐東君，暗遣花神，先到南國。昨夜江梅，漏泄春消息』，殊可喜也。」由此可知此詞曾在北宋民間流行，曲調乃據樂府古曲改製爲新聲者。此調共存三詞，其餘史浩一首詠梅句式頗異，蔣捷詠梅一首則脱落字句，故此調當以無名氏詞爲式。

翠羽吟

雙調，一百二十六字。前段九句，六平韻；後段十五句，八平韻。　蔣　捷

紺露濃韻映素空韻樓觀峭玲瓏韻粉涷霽英句冷光搖蕩古青松韻半規黃昏淡月句梅氣山影溟濛韻有麗人讀步倚修竹句翩然態若游龍韻

綃袂微皺水溶溶韻仙莖清瀣句净洗斜紅韻勸我浮香桂酒句環佩暗解句聲飛芳靄中韻弄春弱柳垂絲句慢按翠舞嬌童韻醉不知何處句驚翦翦讀凄緊霜風韻夢醒尋痕訪蹤韻但留殘月挂遥穹韻梅花未老句翠羽雙吟句一片曉峰韻

蔣捷詞序云：「響林王君本示予越調《小梅花引》，俾以飛仙步虛之意爲其辭。予謂泛泛言仙，似乎寡味，越調之曲與梅花宜。羅浮梅花，真仙事也。演而成章，名《翠羽吟》。」此詞乃據越調《小梅花引》倚聲而制者，可表明南宋末年宋人猶有倚聲製詞之習慣。蔣捷詞之本事見舊題柳宗元《龍城録》所記羅浮夢。隋代開皇中，趙師雄遷羅浮，日暮於松林酒肆旁，見一美人，淡妝素服出迎，與語，芳香襲人，因與扣酒家共飲。師雄醉寢，比醒，起視乃在梅

花樹下，上有翠羽啾嘈相顧。月落參橫，但惆悵而已。後世因以羅浮夢比喻梅花。此乃孤調，但音節甚美。

十二時

三段，一百三十字。前段十一句，五仄韻；中段八句，三仄韻；後段八句，三仄韻。

柳永

晚晴初句淡烟籠月句風透蟾光如洗韻覺翠帳讀涼生秋思韻漸入微寒天氣韻敗葉敲窗句西風滿院句睡不成還起韻更漏咽讀滴破憂心句萬感並生句都在離人愁耳韻

天怎知句當時一句句做得十分縈繫韻夜永有時句分明枕上句覷著孜孜地韻燭暗時酒醒句元來又是夢裏韻

睡覺來句披衣獨坐句萬種無聊情意韻怎得伊來句重諧雲雨句再整餘香被韻祝告天發願句從今永無抛棄韻

漢代太初改朔後，分一日夜爲十二時，以干支爲紀。《左傳》昭五年「故有十二時」杜預注有夜半、鷄鳴、平旦、日出、食時、隅中、日中、日昳、晡時、日入、黄昏、人定等名目，雖不立十二支之目，但已分十二時。《隋書・禮儀志》：「煬帝令樂正白明達造新聲，有《長樂花》及《十二時》等曲。」《唐會要》於林鍾商内列有《十二時》，爲太常供奉之曲。敦煌文獻中存佛教韻文《十二時》多種。《十二時》之長短句詞體最初見於宋初和峴所作用於郊廟祭祀之詞，存於《宋史・樂志》内多首。柳永所作俗詞屬中吕調，傳唱於民間，爲此調之正體。詞調中三段者有雙拽頭，即第一、二段之字數，句式相同。《十二時》則中段與後段之字數、句式相同，是爲雙尾體。柳詞爲代言體，擬托市民婦女抒發離情别緒。《詞譜》卷三十七以爲柳詞之「後段第五句，《花草粹編》作『重諧雲雨』，雨字不押韻」，遂擅改「雲雨」爲「連理」，兹比勘中段與後段，則此句不當押韻。宋人多用此調爲郊廟頌辭，歌頌皇朝熙盛及文治武功，體式亦雜。此調當以柳詞爲正體。

蘭陵王

三段，一百三十字。前段十句，六仄韻；中段八句，五仄韻；後段十句，六仄韻。　周邦彦

柳陰直韻烟裏絲絲弄碧韻隋堤上句曾見幾番句拂水飄綿送行色韻登臨望故國韻誰識京華倦客韻長亭路句年去歲來句應折柔條過千尺韻　閑

尋舊蹤迹韻又酒趁哀弦句燈照離席韻梨花榆火催寒食韻愁一箭風快句半篙波暖句回頭迢遞便數驛韻望人在天北韻淒惻韻恨堆積韻漸別浦縈回句津堠岑寂韻斜陽冉冉春無極韻念月榭携手句露橋聞笛韻沉思前事句似夢裏句淚暗滴韻

北宋新聲，屬越調。王灼《碧雞漫志》卷四：「《蘭陵王》，北齊史及《隋唐嘉話》稱：齊文襄之子長恭封蘭陵王，與周師戰，嘗著假面對敵，擊周師金墉城下，勇冠三軍。武士共歌謡之，曰《蘭陵王入陣曲》。今越調《蘭陵王》凡三段二十四拍，或曰遺聲也。此曲聲犯正宫，管色用大凡字、大一字、勾字，故亦名大犯。」《蘭陵王》爲唐代教坊曲，宋人據舊曲改製爲新聲。王灼所説越調三段二十四拍者即此。始詞爲秦觀所作。周詞題爲《柳》，乃此調之正體，爲宋人所通用，格律極嚴，是宋詞聲情極美之典範。《詞苑萃編》卷二十四引宋人毛幵《樵隱漫録》：「紹興初，都下盛行周清真詠柳《蘭陵王慢》，西樓南瓦皆歌之，謂之「渭城三疊」。以周詞凡三換頭，至末段聲尤激越，惟教坊老笛師能倚之以節歌者。」此調上段第七句「誰識京華倦客」萬樹《詞律》以爲「誰識」是短韻，但核以宋人大多數作品，此實爲六字句。此調作者頗衆，佳作甚多。高觀國《爲十年故人作》乃抒發感舊之情：「鳳簫咽。花底輕寒夜月。蘭堂静，香霧翠深，曾與瑶姬恨輕别。羅巾淚暗滴。情入歌聲怨切。殷勤意，欲去又留，柳色和愁爲重折。十年迴淒絶。念髻怯瑶簪，衣褪香雪。雙鱗不渡烟江闊。自春來人見，水邊花外，羞倚東風翠袖怯。正愁恨時節。　南陌。阻金勒。甚望斷春禽，難倩紅葉。春愁欲解丁香結。整新歡羅帶，舊香宮篋。凄涼風景，待見了，盡向説。」辛棄疾夜夢石研屏一牛磨角作鬥狀，牛乃張難敵與人鬥敗，投河而死所化；爲此作了一首奇詞，爲戰敗英雄之頌；詞云：「恨之極。恨極銷磨不得。萇弘事，人道後來，其血三年化爲碧。鄭人緩也泣。吾父攻儒助墨。十年夢，沉痛化余，秋柏之間既爲實。　相思重相憶。被怨結中腸，潛動精魄。望夫江上巖巖立。嗟一念中變，後期長絶，君看啓母憤所激。又俄頃爲石。　難敵。最多力。甚一忿沉淵，精氣爲物。依然困鬥牛磨角。便影入山骨，至今雕琢。尋思人世，只合化，夢中蝶。」陳韡回顧一生事功而無限感慨：「角聲切。何處梅梢弄雪。還鄉夢，玉井樓前，千朵芙蕖插空碧。鄰翁問消息。爲説紅塵倦客。應憐笑，弓劍旌旗，底事留人未歸得。　淮山舊相識。記急處笙歌，静裏鋒鏑。隋堤楊柳猶春色。嗟十載人事，幾番棋局，青油年少已鬢白。漫惆悵京國。　朱墨。困無力。似病鶴樊籠，老驥羈勒。夕陽不繫棲林翼。待添竹東圃，種松西陌。功名休問，吾老矣，付俊傑。」李昴英抒寫離情：「燕穿幕。春在深深院落。單衣試，龍沫旋薰，又怕東風曉寒薄。別來情緒惡。瘦得腰圍柳弱。清明近，正似海棠，怯雨芳踪任飄泊。　釵留去年約。恨易老嬌鶯，多誤靈鵲。碧雲杳渺天涯各。望不斷芳草，更迷香絮，回文强寫字屢錯。淚欲注還閣。　孤酌。住春脚。便彩局誰忺，寶軫慵學。階除拾取飛花嚼。是多少春恨，荅閑吞却。闌干猛拍，嘆命薄，悔舊諾。」劉辰翁《丙子送春》表現深深的絶望情緒：「送春去。春去人間無路。秋千外，芳草連天，誰遣風沙暗南浦。依依甚情緒。漫憶海門飛絮。亂鴉過，斗轉城荒，不見來時試燈處。　春去誰最苦。但箭雁沉邊，梁燕無主。杜鵑聲裏長門暮。想玉樹凋土，淚盤如露，咸陽送客屢回顧。斜日未能度。　春去。尚來否。正江令恨別，庾信愁賦。蘇堤盡日風和雨，嘆神游故國，花記前度。人生流落，顧孺子，共夜語。」此調用仄聲韻，但諸家多用入聲韻，以其有激越之音響效果。此調共用六個三字句，一個短韻，五個七字句，韻位時稀時密，三段句式組合各異，句式變化極大，故音節由紆徐而逐漸急促，結句爲兩個三字句「仄仄仄，仄仄仄」使全調激越之情達於頂點。萬樹《詞律》卷二十：「平仄如此，無字可移。如以爲不便，而欲出己意改之，則奉勸不須作此調可也。」杜文瀾補注云：「此調後結，必用六仄聲，以『仄去仄，去去入』爲最合。」此調適用於詠物、節序、敘事、抒情、贈酬，宜於表達複雜、纏綿而又激烈之情。

大酺

雙調，一百三十三字。前段十五句，五仄韻；後段十一句，七仄韻。

周邦彥

對●宿●烟○收○句春○禽○靜●句飛雨●時鳴○高○屋●韻牆○頭○青○玉●旆●句洗●鉛霜○都盡●句嫩梢○相○觸●韻潤逼●琴○絲○句寒○侵○枕障●句蟲網●吹粘○簾竹●韻郵○亭無○人處●句聽●檐○聲不斷句困●眠○初○熟●韻奈●愁極●頻○驚○句夢輕○難記●句白●憐○幽○獨●韻

行人歸意●速●韻

最先念讀流潦妨車轂韻怎奈向讀蘭成憔悴句衛玠清羸句等閑時讀易傷心目韻未怪平陽客句雙淚落讀笛中哀曲韻況蕭索讀青蕪國韻紅糝鋪地句門外荆桃如菽韻夜游共誰秉燭韻

唐代教坊曲有《大酺樂》，北宋依舊曲製新聲，周詞爲創調之作，題爲《春雨》，體物細膩，抒寫旅愁，乃宋詞名篇。大酺，古代帝王爲表示歡慶，特許民間舉行大會飲。《史記·秦始皇紀》：「二十五年五月，天下大酺。」《正義》：「天下歡樂大飲酒也。秦既平韓、趙、魏、燕、楚五國，故天下大酺也。」此調以四字句、五字句、六字句爲主要句式，穿插上三下四之七字句，調勢紆徐流動，適於寫景、詠物、節序、祝頌。此調存十五詞，以周詞爲正體。陳允平《元夕寓京》：「漸入融和，金蓮放，人在東風樓閣。天香吹輦路，净無雲一點，桂流霜魄。雪霽梅飄，春柔柳嫩，半捲真珠簾箔。迢迢鳴鞘過，隘車鈿轡玉，暗塵輕掠。擁瓊管吹龍，朱弦彈鳳，柳衢花陌。　鼇山侵碧落。絳綃遠、春靄浮鳷鵲。民共樂、金吾禁静，翠蹕聲閑，遍青門、盡停魚鑰。祓禊寒初覺，方怪失、繡鴛弓窄。誤良夜、瑶臺約。漸彩霞散，雙闕星微烟薄。洞天共誰跨鶴。」顔奎《和須溪春寒》：「唱古荼蘼，新荷葉，誰向重簾深處。東風三十六，向園林都過，餘寒猶妒。公子狐裘，佳人翠袖，怎見此時情否。天上知音杳，怪參差律吕，世間多誤。記畫扇題詩，單衣試酒，夢歸泥絮。　嗟春如逆旅。送無路、遠涉前無渡。回首住、凌波亭館，待月樓臺，滿身花、氣凝香霧。度入南薰去。留燕伴、不教遲暮。

但一點、芳心苦。生怕摇落、分付荷房收貯。晚妝又隨過雨。」趙文《感春》是此調繼周邦彦後之佳作：「正寶香殘，重簾静，飛鳥時驚花鐸。沉思前夢去，有當時老淚，欲彈還閣。太一宫牆，菩提寺路，誰管紛紛開落。心情渾何似，似琵琶馬上，曉寒沙漠。想筝雁頻移，釧金度瘦，青肌清削。相思無奈著。重訪舊、誰遣車生角。暗記省、劉郎前度，杜牧三生，爲何人、頓乖芳約。試把菱花拭，愁來處，鬢絲先覺。念幽獨、成荒索。何日重見，錯擬揚州騎鶴。緑陰不妨細酌。」此調諸家所作多用入聲韻。

破陣樂

柳　永

雙調，一百三十三字。前段十四句，五仄韻；後段十六句，五仄韻。

露花倒影句烟蕪蘸碧句靈沼波暖韻金柳摇風樹樹句繫彩舫龍舟遥岸韻千步虹橋句參差雁齒句直趨水殿韻繞金堤讀曼衍魚龍戲句簇春嬌羅綺句喧天絲管韻霽色榮光句望中似睹句蓬萊清淺韻

時見韻鳳輦宸游句鸞觴禊飲句臨翠水句開鎬宴韻兩兩輕舠飛畫楫句競奪錦標霞爛韻聲歡娱句歌魚藻句徘徊宛轉韻別有盈盈游女句各委明珠句争收翠羽句相將

歸去句漸覺雲海沉沉句洞天日晚韻

唐代法部大曲。唐太宗貞觀七年製《秦王破陣樂》，使吕才協音律，李百藥、虞世南、褚亮、魏徵等製辭。包括三變（大段）、十二陣、五十二遍，以討叛爲主題，歌頌唐太宗之武功。此調乃摘自唐代大曲之某一遍而爲詞調者。柳詞屬林鍾商，叙述北宋三月一日京都開金明池，車駕觀水軍奪標之盛況。此調僅存兩詞，另一詞爲張先《錢塘》，描述西湖春游情景：「四堂互映，雙門並麗，龍閣開府。郡美東南第一，望故苑樓臺霏霧。垂柳池塘，流泉巷陌，吴歌處處。近黄昏，漸更宜良夜，繁星燈燭，長衢如畫。暝色韶光，幾許粉面，飛甍朱户。和煦。雁齒橋紅，裙腰草緑，雲際寺、林下路。酒熟梨花賓客醉，但覺滿山簫鼓。盡朋游，同民樂，芳菲有主。自此歸從泥詔，去指沙堤，南屏水石，西湖風月，好作千騎行春，畫圖寫取。」此調以柳詞爲式。

瑞龍吟

三段，一百三十三字。前兩段各六句，三仄韻；後段十七句，九仄韻。

周邦彦

章臺路韻還見褪粉梅梢句試花桃樹韻愔愔坊陌人家句定巢燕子句歸來舊處韻

黯凝佇韻因念個人癡小句乍窺門户韻侵晨淺約宫黄句障風映

袖句盈盈笑語韻　前度劉郎重到句訪鄰尋里句同時歌舞韻唯有舊家秋娘句聲價如故韻吟箋賦筆句猶記燕臺句韻知誰伴讀名園露飲句東城閑步韻事與孤鴻去韻探春盡是句傷離意緒韻官柳低金縷韻歸騎晚句纖纖池塘飛雨韻斷腸院落句一簾風絮韻

北宋新聲，屬黄鍾商，俗名大石調，犯正平調。　龍吟，《周易·乾·文言》：「雲從龍，風從虎。」孔穎達疏：「龍吟則景雲出……虎嘯則谷風生。」宋人《續墨客揮犀》卷八：「（唐）盧藏用隱終南山，或夜聞龍吟聲，明日雨必至。　後還，數語人云：『其聲清越，殆難比擬。』坐有蜀僧，云：『某舊在五臺，亦嘗聞此，戛銅盤以效其聲，往往相亂。』因取銅盤試使戛之，藏用撫掌曰：『真龍吟也。』」此曲因其聲清越，遂名《瑞龍吟》。　南宋黄昇《花庵詞選》云：「今按此詞，自『章臺路』至『歸來舊處』是第一段，自『黯凝佇』至『盈盈笑語』是第二段，此謂之『雙拽頭』，屬正平調。　自『前度劉郎』以下即犯大石調，是第三段。　至『歸騎晚』以下四句再歸正平。」周邦彦詞爲此調之始詞，抒寫重到京都之感舊情緒，爲《清真集》壓卷之作，固是宋詞名篇。　今音譜無存，據黄昇所言，此調兩次轉調，音樂性很豐富。　此調今存十一詞。　吴文英三詞，其題蓬萊閣云：「墮紅際。　層觀翠冷玲瓏，五雲飛起。　玉虬縈結城根，澹烟半野，斜陽半市。　瞰危睇。　門巷去來車馬，夢游宮蟻。　秦鬟古色凝愁，鏡中暗換，明眸皓齒。　東海青桑生處，勁風吹淺，瀛洲清泚。　山影泛出瓊壺，碧樹人世。　槍芽焙緑，曾試雲根味。巖流濺、涎香慣攬，嬌龍春睡。露草啼清淚。酒香斷到，文丘廢隧。今古秋聲裏。情漫黯、寒鴉孤村流水。半空畫角，落梅花地。」劉辰翁《王聖與壽韻》，王聖與即王夢應，劉辰翁之同窗好友。劉詞云：「老人語。曾見昨日開壚，墜天花否。生年不合荒荒，枯根薄命，嬋娟誤汝。那知許。女樂如烟點點，江南處處。何時重到湖堧，淋灕載酒，依稀吊古。終待胭脂露掌，弄鷗招鶴，憑君畫取。萬柳漫堤，一絲一淚垂雨。濛濛絮裏，又送金銅去。漫腸斷、王孫望啼，嘔心囊句。市隱今成趣。袖回地狹，天吳鳳舞。莫是青州譜。怎不早，翩翩向青州住。回顧蜃海，已沉花露。」周詞爲此調之典範，亦是通行之體，格律極嚴；若用此調，必須嚴遵定格。第一段與第二段字數、句式相同，似一調之兩個頭，故稱雙拽頭；第三段篇幅較前兩段大，在章法結構方面應考慮此特點。此調以四字和六字句爲主，偶插入五字句。縱觀全調之各句式，均多用律句，故調勢紆徐和婉而又波瀾起伏，音節諧美。此調以叙事與抒情結合之結構爲宜。凡是長調最講究章法結構，周詞善於將寫景、叙事、抒情、往昔、現實、時間、空間等要素以網狀組織，形成複雜之結構，但因章法謹嚴，故層次清楚，是爲長調之典範。《詞律》卷二十：「此調以清真『章臺路』一曲爲鼻祖，向讀千里和詞，愛其用字相符。今此蜕巖（張翥）詞亦和周韻者，平仄亦復字字俱合。信知樂府之調板如鐵，古賢之心細如髮也。」

浪淘沙慢

雙調，一百三十三字。前段九句，六仄韻；後段十五句，十仄韻。

周邦彦

曉陰重句霜凋岸草句霧隱城堞韻南陌脂車待發韻東門帳飲乍闋韻正拂面垂楊堪攬結韻掩紅淚讀玉手親折韻念漢浦離鴻去何許句經時信音絶韻

情切韻望中地遠天闊韻向露冷風清無人處句耿耿寒漏咽韻嗟萬事難忘句唯是輕別韻翠尊未竭韻憑斷雲留取句西樓殘月韻羅帶光消紋衾疊韻連環解讀舊香頓歇韻怨歌永讀瓊壺敲盡缺韻恨春去讀不與人期句弄夜色句空餘滿地梨花雪韻

此調有小令和長調兩類，柳永與周邦彦之長調均標明爲《浪淘沙》，爲與小令相區別，兹從吴文英標調爲《浪淘沙慢》。柳詞爲創調之作，屬歇指調，周邦彦之作屬商調，二者皆俗名，實爲林鍾商。此調之音譜與體制迥異於小令《浪淘沙》。柳詞之字數與周詞同，但句式頗異。此調以周詞爲通行之正體。此調格律極嚴，字聲平仄宜遵從。此調前後段極不對稱，有前輕後重之勢，長句甚多，韻位較密；「念漢浦」、「弄夜色」、「羅帶光消紋衾疊」等皆是拗句，由此形成精湛悠揚而又悲咽之聲情，音節較爲響亮，是爲宋詞絶調之一。《清真集補遺》存此調寫旅情一詞，是否爲周邦彦作，可以存疑；詞云：「萬葉戰，秋聲露結，雁度沙磧。細草和烟尚緑。遥山向晚更碧。見隱隱雲邊新月白。映落照、簾幕千家，聽數聲何處倚樓笛。裝點盡秋色。　脈脈。旅情暗自消釋。念珠玉臨水猶悲感，何况天涯客。憶少年歌酒，當時踪迹。歲華易老，衣帶寬、懊惱心腸終窄。飛散後風流人阻，藍橋約、悵恨路隔。馬蹄過、猶嘶舊巷陌。嘆往事、一一堪傷，曠望極。凝思又把闌干拍。」此詞後段用韻與個别句式略異。吴文英詞題爲《賦李尚書山園》，詞云：「夢仙到，吹笙路杳，度巘雪滑。溪谷冰綃未裂。金鋪晝鎖乍掣。見竹静梅深春海闊。有新燕、簾底低説。念漢履無聲跨鯨遠，年年謝橋月。　曲折。畫閣盡日憑熱。半蜃起玲瓏樓閣畔，縹緲鴻去絶。飛絮颺東風，天外歌闋。睡紅醉纈。還是催寒食，看花時節。花下蒼苔盛羅襪。銀燭短、漏壺易竭。料池柳、不攀春送别。倩玉兔、别擣秋香，更醉踏、千山冷翠飛晴雪。」此調有方千里等三家和周詞，共存詞六首，當以周詞爲式。

玉女摇仙佩

柳　永

雙調，一百三十九字。前段十四句，六仄韻；後段十三句，七仄韻。

飛瓊伴侶句偶別珠宮句未返神仙行綴韻取次梳妝句尋常言語句有得幾多姝麗韻擬把名花比韻恐旁人笑我句談何容易韻細思算讀奇葩艷卉句惟是深紅淺白而已韻爭如這多情句占得人間句千嬌百媚韻　須信畫堂繡閣句皓月清風句忍把光陰輕棄韻自古及今句佳人才子句少得當年雙美韻且恁相偎倚韻未消得讀憐我多才多藝韻願嬭嬭讀蘭心蕙性句枕前言下句表余深意韻爲盟誓韻今生斷不孤鴛被韻

北宋新聲，屬正宮。柳詞爲創調之作。此調存三詞。玉女，神女。漢代賈誼《惜誓》：「建日月以爲蓋兮，載玉女於後車。」柳詞乃爲民間歌妓而作。朱雍詠梅詞：「灰飛嶰谷，解佩江干，庾嶺寒輕梅瘦。水面吞蟾，山光暗斗。物色盈枝依舊。憑暖危欄久。有清香旖旎，却沾襟袖。賦多情、窺人艷冷，更是殷勤忍重回首。誰知道春歸，院落繽紛，雪飛鴛甃。須謝化機愛惜，碎璧鋪酥，肯把飛英僝僽。念念瑶珂，乘飆烟浦，送別猶携纖手。馥郁盈芳酒。臨妝罷、一點眉峰傷皺。又只恐、收夢斷管，凄風怨曉，早催銀漏。殘金獸。參橫月墮歸時候。」此調以柳詞爲式。

多麗

雙調，一百四十字。前段十四句，六仄韻；後段十二句，五仄韻。

聶冠卿

想人生句美景良辰堪惜韻向其間讀賞心樂事句就中難是并得韻況東城讀鳳臺沙苑句泛清波讀殘照金碧韻露洗華桐句烟霏絲柳句緑陰摇曳句蕩春一色韻畫堂迥讀玉簪瓊佩句高會盡詞客韻清歌久讀重燃絳蠟句別就瑤席韻　有翩若驚鴻體態句暮爲行雨標格韻逞朱唇讀緩歌妖麗句似聽流鶯亂花隔韻慢舞縈回句嬌鬟低軃句腰肢纖細困無力韻忍分散讀彩雲歸後句何處更尋覓韻休辭醉句明月好花句莫漫輕擲韻

聶冠卿詞爲創調之作。《能改齋漫録》卷十六：「翰林學士聶冠卿，嘗於李良定公席上賦《多麗》詞……蔡君謨時知泉州，寄定公書云：『新傳《多麗》詞，述宴游之娱，使病夫舉首增嘆耳。』」杜甫《麗人行》：「三月三日天氣新，長安水邊多麗人。」調名本此。此調晁端禮又名《緑頭鴨》，有仄韻與平韻兩體，仄韻體甚少用。

又一體

雙調，一百三十九字。前段十四句，六平韻；後段十二句，五平韻。　嚴仁

最無端句官樓畫角輕吹韻一聲來讀深閨深處句把人好夢驚回韻許多愁讀儘教奴受句些個事讀未必君知韻淚滴蘭衾句寒生珠幌句翠雲撩亂枕頻攲韻窗兒上讀幾條殘月句斜玉界羅帷韻更堪聽句霜摧敗葉句靜扣朱扉韻　念別離讀千里萬里句問何日是歸期韻關情處讀魚來雁往句斷腸是讀兔走烏飛韻美景良辰句賞心樂事句風流孤負縷金衣韻謾贏得讀花顏玉骨句瘦損爲相思韻歸須早句劉郎雙鬢句莫遣成絲韻

此調作者頗衆，此體爲通行之正體。此調爲換頭曲，但自前段第三句起則與後段句式相同，前後段各有四個上三下四之七字句，頓挫與回環之處較多，調勢凝澀而諧美，適於抒情、詠物、寫景、祝頌。嚴仁詞題爲記恨，能體現此調聲情，可以爲式。周格非寫悼亡之情，甚爲真摯：「隴頭泉，未到隴下分。一聲聲、凄凉嗚咽，豈堪側耳重聞。細思量、那時携手，畫樓高、簾幕黃昏。月不長圓，雲多輕散，天應偏妒有情人。自別後、小窗幽院，無處不消魂。羅衣上，殘妝未減，猶帶啼痕。自一從、瓶沉簪折，杳知欲見無因。也渾疑、事如春夢，又只愁、

人是朝雲。破鏡分來，朱弦斷後，不堪獨自對芳尊。試與問、多才誰更，匹配得文君。須知道，東陽瘦損，不爲傷春。」利登抒寫懷舊之情：「晚春天，柳絲初透晴烟。黯離懷、綠房深處，艷游曾記當年。襯龍綃、亭亭玉樹，步鴛褥、窄窄金蓮。燒蜜調蜂，剪花挑蝶，香雲微濕綠彎鬟。嬉游困、倚郎私語，還愛撫郎肩。共携手，海棠院左，翡翠簾邊。恨無情、錦籠鸚鵡，等閑輕語花前。昔相憐、關山咫尺，今相望、咫尺關山。是妾心闌，是郎意懶，是郎無分妾無緣。都休問、金枝雲裏，何日跨金鸞。深盟在，香囊暗解，終值雙鴛。」無名氏詠楊花，甚爲生動有趣：「日初長，寶爐一縷沉烟。綠陰新、垂楊亭榭，知誰巧擘香綿。有時共、落紅零亂，有時共、芳草留連。只道無情，那知有意，幾回飛過綺窗前。人爭訝、艷陽三月，乾雪舞晴天。游絲外，不堪燕掠，無奈蜂黏。那小鬟、忒瞰嬌劣，鎮日地倚闌干。輕吹處、櫻桃的的，閑拈處、笋指纖纖。愛點猩羅，裝成粉纈，嗔人不許放朱簾。端相好、驀然風起，特送上秋千。明朝看，池塘雨過，萍翠應添。」以上諸詞，皆此調之佳作，而且皆是不知名詞人所作。

六　醜

雙調，一百四十字。前段十四句，八仄韻；後段十三句，九仄韻。

周邦彦

正●單○衣○試●酒●句恨●客●裏●讀光○陰○虛○擲●韻願●春○暫●留句春○歸○如○過●翼●韻一●去●無○

迹韻爲問花何在句夜來風雨句葬楚宮傾國韻釵鈿墮處遺香澤韻亂點桃蹊句輕翻柳陌韻多情爲誰追惜韻但蜂媒蝶使句時叩窗隔韻　東園岑寂韻漸朦朧暗碧韻静繞珍叢底句成嘆息韻長條故惹行客韻似牽衣待話句别情無極韻殘英小讀强簪巾幘韻終不似讀一朵釵頭顫裊句向人攲側韻漂流處讀莫趁潮汐韻恐斷紅讀尚有相思字句何由見得韻

北宋新聲，周詞爲創調之作，屬中吕調，原題《薔薇謝後作》，一題《落花》。關於《六醜》，宋人周密《浩然齋雅談》卷下：「朝廷賜酺，（李）師師又歌《大酺》、《六醜》二解，上（宋徽宗）顧教坊使袁綯問，綯曰：『此起居舍人新知潞州周邦彦作也。』問《六醜》之義，莫能對，急召邦彦問之。對曰：『此犯六調，皆聲之美者，然絶難歌。昔高陽氏有子六人，才而醜，故以比。』上喜。」由此可知此調轉調多次，音節複雜多變，故難於歌唱。周詞爲宋詞絶作，亦此調之正體。此調格律極嚴，須嚴遵句法與字聲平仄之規定。詞中「正單衣試酒」、「葬楚宮傾國」、「但蜂媒蝶使」、「漸朦朧暗碧」、「似牽衣待話」等句皆爲上一下四句法。詞中「恨客裏」、「多情更誰追惜」、「東園岑寂」等句爲拗句。詞中以五字句和四字句爲主，穿插六字句和七字句。全調聲韻瀏亮而和諧，調勢平緩而多變，爲宋詞優美雅致之調。吴文英《壬寅歲吴門元夕風雨》：「漸新鵝映柳，茂苑鎖、東風初掣。館娃舊游，羅襦香未滅。玉夜花節。

記向留連處，看街臨晚，放小簾低揭。星河瀲灩春雲熱。笑靨敧梅，仙衣舞纈。澄澄素娥宮闕。醉西樓十二，銅漏催徹。　紅消翠歇。嘆霜簪練髮。過眼年光，舊情盡別。泥深厭聽啼鴂。恨愁霏潤沁，陌頭塵襪。青鸞杳、鈿車聲絶。却因甚、不把歡期，付與少年華月。殘梅瘦、飛趁風雪。向夜永，更説長安夢，燈花正結。」此調後段第三、四，第九、十句之句式略異。劉辰翁《春感和彭明叔韻》：「看東風海底，送落日、飛空如擲。醉游暮歸，怕西州墮策。歸路偏失。記上元時節，千門立馬，望金坡殘雪。素娥推下團圞轍。塞草驚塵，河水渡楫。悠悠雨絲風拂。但相隨斷雁，時度荒澤。　回頭紫陌。夢歸歸未得。憔悴江南，秋風舊客。去年説著今日。漫故人相命，玳筵鳴瑟。愁汗漫、全休杯窄。況飄泊相遇，當時老叟，梨園歌籍。高歌爲我幾回闋。似子規、落月啼烏悄，傍人淚滴。」此詞後段第三、四句、第九、十句之句式略異。此調共存七詞，有方千里等三家和周詞，當以周詞爲式。

六州歌頭

雙調，一百四十三字。前後段各十九句，八平韻。　張孝祥

長淮望斷（句）關塞莽然平（韻）征塵暗（句）霜風勁（句）悄邊聲（韻）黯消凝（韻）追想當年事（句）殆天數（句）非人力（句）洙泗上（句）弦歌地（句）亦膻腥（韻）隔水氈鄉（句）落日牛

羊下句區脱縱橫韻看名王宵獵句騎火一川明韻笳鼓悲鳴韻遣人驚韻念腰間箭句匣中劍句空埃蠹句竟何成韻時易失句心徒壯句歲將零韻渺神京韻干羽方懷遠句靜烽燧句且休兵韻冠蓋使句紛馳騖句若爲情韻聞道中原遺老句常南望讀翠葆霓旌韻使行人到此句忠憤氣塡膺韻有淚如傾韻

北宋新聲，《逸周書・程典》：「惟三月既生魄，文王合六州之侯，奉勤於商。」此指中國古代九州之荆、梁、雍、豫、徐、揚六州。宋人程大昌《演繁露》卷十六：「《六州歌頭》本鼓吹曲也，近世好事者倚其聲爲吊古詞，如『秦亡草昧，劉項起吞并』者是也。音調悲壯，又以古興亡事實之。聞其歌使人悵慨，良不與艷詞同科，誠可喜也。本朝鼓吹曲止有四曲：《十二時》、《導引》、《降仙臺》并《六州》。爲曲，每大禮宿齋或行幸遇夜，每更三奏，名爲警場。」鼓吹曲乃軍中樂。此調乃取自大曲《六州》之「歌頭」部分而爲詞調。此調之始詞爲宋初李冠《項羽廟》吊古之作。張孝祥此詞作於南宋初年，時在建康留守席上即興而成，中興名將張浚聞之甚爲感動，遂罷席而入。此詞乃此調最有影響之名篇，南宋以來豪放詞人多用此體。辛棄疾於病中以文爲詞，戲作以自釋，詞云：「晨來問疾，有鶴止庭隅。吾語汝，只三事，太愁予。病難扶。手種青松樹，礙梅塢，妨花徑，纔數尺，如人立，却須鋤。秋水堂前，曲沼明於鏡，可燭眉鬚。被山頭急雨，耕壠灌泥塗。誰使吾廬。映汙渠。嘆青山好，檐外竹，遮欲盡，有還無。删竹去，吾乍可，食無魚。愛扶疏。又欲爲山計，千百慮，累吾軀。

凡病此，吾過矣，子奚如。口不能言臆對，雖扁鵲、藥石難除。有要言妙道，往問北山愚。庶有瘳乎。」劉過《題岳鄂王墓》是張孝祥之後極悲壯激烈之詞：「中興諸將，誰是萬人英。身草莽，人雖死，氣填膺。尚如生。年少起河朔，弓兩石，劍三尺，定襄漢，開虢洛，洗洞庭。北望帝京，狡兔依然在，良犬先烹。過舊時營壘，荆鄂有遺民。憶故將軍。淚如傾。說當年事，知恨苦，不奉詔，僞耶真。臣有罪，陛下聖，可鑒臨，一片心。萬古分茅土，終不到，舊奸臣。人世夜，白日照，忽開明。衮佩冕圭百拜，九泉下、榮感君恩。看年年三月，滿地野花春。鹵簿迎神。」中興名將岳飛死後，於淳熙六年謚武穆，嘉定四年追封爲鄂王。岳珂、黃機等均用此調悼念岳飛。黃機《岳總幹隱括上吴荆州啓以此腔歌之因次韻》：「百年忠憤，無淚灑江濆。曹劉事，埋露草，鎖烟榛。哭英魂。此恨誰知者，時把劍，頻看鏡，徒自苦，拳破裂，眼眵昏。從古時哉去速，鄹人子、反袂傷麟。望家山何在，衮衮已鞶纓。欲剗還生。猛堪驚。膏肓病危，寧有藥，鍼匕具，獻無門。荆州啓，條舊畫，漢將軍。已不存。便合囊封去，倉庾地，尚問關。此不用、心漫有，恐無干。人世歡哀數耳，天或者、又假人言。又一番春盡，高柳暗如雲。夢斷重閽。」此詞前段第十三、十四句之句式略異。劉克莊《客贈牡丹》，詞意甚悲慨：「維摩病起，兀坐等枯株。清晨裏，誰來問，是文殊。遺名姝。奪盡群花色，浴纔出，酲初解，千萬態，嬌無力，困相扶。絶代佳人，不入金張室，却訪吾廬。對茶鐺禪榻，笑殺此翁臞。珠髻金壺。始消渠。憶承平日，繁華事，修成譜，寫成圖。奇絶甚，歐公記，蔡公書。古來無。一自京華隔，問姚魏，竟何如。多應是，彩雲散，劫灰餘。野鹿銜將花去，休回首、河洛丘墟。漫傷吊古，夢繞漢唐都。歌罷欷歔。」此調韻位時稀時密，以三字句爲主，共有三字句二十三個，每三或四個連用爲一韻，前段甚至出現一個五字句與五個三字句爲一韻，故音節急促，調勢奔放而雄壯，宜於表達悲壯感慨之情，爲詞調中最激烈弘偉之長調。此調作者頗衆，《詞譜》列九體，當以張孝祥詞爲通行之正體。此外賀鑄平韻與仄韻互叶之體亦爲宋人所用。

又一體

雙調，一百四十三字。前段十九句，八平韻，八叶韻；後段二十句，八平韻，十叶韻。

賀鑄

少年俠氣句交結五都雄韻肝膽洞仄叶毛髮聳叶立談中平韻死生同韻一諾千金重仄叶推翹勇叶矜豪縱叶輕蓋擁叶聯飛鞚叶鬥城東平韻轟飲酒壚句春色浮寒甕仄叶吸海垂虹平韻閒呼鷹嗾犬句白羽摘雕弓韻狡穴俄空韻樂匆匆韻

似黃粱夢仄叶辭丹鳳叶明月共叶漾孤篷平韻官冗從叶懷倥偬叶落塵籠平韻簿書叢韻鶡弁如雲衆仄叶供粗用叶忽奇功平韻笳鼓動仄叶漁陽弄叶思悲翁韻不請長纓句繫取天驕種仄叶劍吼西風平韻恨登山臨水句手

寄七弦桐韻目送歸鴻韻

此詞用東冬本部平韻，用本部仄聲董腫宋送相叶，是爲定格。若用其他韻部亦仿此。南宋韓元吉以此調作春詞，情意婉約，但與此調之音節及聲情特點不甚相合。此調仍以表達悲壯之情爲宜。

夜半樂

三段，一百四十四字。前段十句，五仄韻；中段九句，四仄韻；後段七句，五仄韻。　柳　永

凍雲黯淡天氣句扁舟一葉句乘興離江渚韻渡萬壑千巖句越溪深處韻怒濤漸息句樵風乍起韻更聞商旅相呼句片帆高舉韻泛畫鷁讀翩翩過南浦韻

望中酒旆閃閃句一簇烟村句數行霜樹韻殘日下讀漁人鳴榔歸去韻敗荷零落句衰楊掩映句岸邊兩兩三三句浣紗游女韻避行客讀含羞笑相語韻

到此因念句繡閣輕拋句浪萍難駐韻嘆後約讀丁寧竟何據韻慘離懷讀空恨歲晚歸期阻韻凝淚眼讀杳杳神京路韻斷鴻聲遠長天暮韻

唐代教坊曲，屬中吕調。《碧鷄漫志》卷四：「《夜半樂》，唐史云：『民間以明皇自潞州還京師，夜半舉兵，誅韋皇后，製《夜半樂》、《還京樂》二曲。』《樂府雜録》云：『明皇自潞州入平内難，半夜斬長樂門關，領兵入宫。後撰《夜半樂》曲。』今黄鍾宫《三臺夜半樂》，中吕調有慢、有近拍、有序，不知何者爲正。」柳詞即屬中吕調之慢，當是據唐人舊曲而改製者。柳詞兩首，宫調相同，但另一首前段起三句，後段結句與柳永此詞之句式相異，共多一字，其餘之句式相同，字聲平仄可以互校。此調當以此詞爲式。宋詞此調僅存柳詞兩首。

寶鼎現

三段，一百五十七字。前段九句，六仄韻；中段八句，八仄韻；後段八句，五仄韻。

劉辰翁

紅妝春騎（韻）踏月影（句）竿旗穿市（韻）望不盡（讀）樓臺歌舞（句）習習香塵蓮步底（韻）簫聲斷（讀）約彩鸞歸去（句）未怕金吾呵醉（韻）甚輦路（讀）喧闐且止（韻）聽得念奴歌起（韻）

父老猶記宣和事（韻）抱銅仙（讀）清淚如水（韻）還轉盼（讀）沙河多麗（韻）滉漾明光連邸第（韻）簾影動（讀）散紅光成綺（韻）月浸葡萄十里（韻）看往

來讀神仙才子韻肯把菱花撲碎韻　腸斷竹馬兒童句空見説讀三千樂指韻等多時讀春不歸來句到春時欲睡韻又説向讀燈前擁髻韻暗滴鮫珠墜韻便當日讀親見霓裳句天上人間夢裏韻

北宋新聲，始詞爲劉弇詠梅之作。寶鼎，古代多以爲王朝相傳之重器，故稱爲寶。《史記・封禪書》：「黄帝作寶鼎三，象天地人。」寶鼎又爲漢代郊祀歌之名。《漢書・武帝紀》元鼎四年：「六月得寶鼎后土祠旁。秋，馬生渥洼水中。作《寶鼎》、《天馬》之歌。」調名本此。此調存二十詞，但各家字數與句式頗相異，《詞譜》共列八體。此調多用於節序、慶賀、祝頌、詠物等題材。劉辰翁詞題爲《春月》，寄意幽微，乃此調之佳篇，可以爲法式。

箇儂

雙調，一百五十九字。前段十六句，六仄韻；後段十二句，八仄韻。　廖瑩中

恨箇儂無賴句賣嬌眼讀春心偷擲韻沙軟芳堤句苔平蒼徑句却印下讀幾弓纖迹韻花不知名句香纔聞氣句似月下箜篌句蔣山傾國韻半解羅襟句

蕙熏微度句鎮宿粉讀棲香雙蝶韻語態眠情句感多時讀輕留細閲韻休問望宋牆高句窺韓路隔韻　尋尋覓覓韻又暮雨讀遥峰凝碧韻花徑横烟句竹扉映月句儘一刻讀千金堪值韻卸襪熏籠句藏燈衣桁句任裏臂金斜句搔頭玉滑韻更怪檀郎句惡憐深惜韻幾顫裊讀周旋傾側韻碾玉香鈎句甚無端讀鳳珠微脱韻多少怕曉聽鐘句瓊釵暗擘韻

宋季廖瑩中創調，首句有「恨箇儂無賴」，因以爲調名。清初賀裳《皺水軒詞筌》録此詞並云：「賈循州雖負乘，處非其據。然好集文士於館第，時推廖瑩中爲最。其詩文不傳，惟《西湖游覽志》載數篇，皆諛佞語耳，不爲工也。偶見鈔本有《箇儂》一詞，頗富艷。」賀裳所録少六字，《詞譜》所録當别有所據，從之。此爲孤調，但可見宋季尚有創新調者。

三臺

三段，一百七十一字。每段各八句，五仄韻。　万俟詠

見梨花初帶夜月句海棠半含朝雨韻内苑春讀不禁過青門句御溝漲讀潛

通南浦韻東風静讀細柳垂金縷韻望鳳闕讀非烟非霧韻好時代讀朝野多歡句遍九陌讀太平簫鼓韻　乍鶯兒百囀斷續句燕子飛來飛去韻近緑水讀臺榭映秋千句鬥草聚讀雙雙游女韻餳香更讀酒冷踏青路韻曾暗識讀夭桃朱户韻向晚驟讀寶馬雕鞍句醉襟惹讀亂花飛絮韻　正輕寒輕暖漏永句半陰半晴雲暮韻禁火天讀已試新妝句歲華到讀三分佳處韻清明看讀漢宮傳蠟炬韻散翠烟讀飛入槐府韻斂兵衛讀閶闔門開句住傳宣讀又還休務韻

唐代教坊曲，經北宋大晟府改製。三臺，古代有靈臺、時臺、囿臺，合稱三臺。《太平御覽》卷一七七引《五經異義》：「天子有三臺：靈臺以觀天文，時臺以觀四時施化，囿臺以觀鳥獸魚鱉。」又爲漢、魏、北齊宮殿名。漢代樂府雜曲有《三臺》爲三十促拍曲。唐代以來此調有聲詩與長短句兩類。聲詩《三臺》有韋應物六言二十四字體。長短句有《三臺令》三十八字體，即《古調笑》，爲小令；長調則僅存万俟詠此體一詞。王灼《碧鷄漫志》卷二：「崇寧間建大晟樂府，周美成作提舉官，而製撰官又有七。万俟詠雅言，元祐詩賦科老手也，三舍法行，不復進取，放意歌酒，自稱大梁詞隱。每出一章，信宿喧傳都下。政和初召試補官，置大晟府製撰之職。」此詞即万俟詠在大晟府時依舊曲而製之新聲，題爲《清明應制》。此調凡三段，每段之字數、句式皆相同，實爲一段之兩次重疊。《詞譜》以爲第一段九句，乃將第五句之「東風静、細柳垂金縷」八字句誤爲兩句，此可比勘第二、三段可證《詞譜》之誤。三疊而三段皆格律相同者甚爲罕見，此調其例也。每段自第三句起共六句皆爲折腰句法，此亦詞調罕有者。此調甚有特點，惜乎乃孤調。

哨遍

雙調，二百三字。前段十七句，五仄韻，四叶韻；後段二十句，五叶韻，八仄韻。　蘇軾

爲米折腰句因酒棄家句口體交相累仄韻歸去來句誰不遣君歸平叶覺從前皆非今是仄韻露未晞平叶征夫指予歸路句門前笑語喧童稚仄韻嗟舊菊都荒句新松暗老句吾年今已如此韻但小窗容膝閉柴扉平叶策杖看孤雲暮鴻飛叶雲出無心句鳥倦知還句本非有意仄韻　噫平叶歸去來兮叶我今忘我兼忘世仄韻親戚無浪語句琴書中有真味韻步翠麓崎嶇句泛溪窈窕句涓

涓暗谷流春水韻觀草木欣榮句幽人自感句吾生行且休矣韻念寓形宇内復幾時平叶不自覺皇皇欲何之叶委吾心讀去留誰計仄韻神仙知在何處句富貴非吾志韻但知臨水登山嘯詠句自引壺觴自醉韻此生天命更何疑平叶且乘流讀遇坎還止韻

北宋新聲，蘇詞爲創調之作，櫽栝晋人陶淵明《歸去來兮辭》。蘇軾《與朱康叔書》云：「舊好誦陶潛《歸去來》，常患其不入音律。近輒微知增損，作般涉調《哨遍》，雖微改其詞，而不改其意。」《哨遍》乃摘自大曲之一段。宋人沈括《夢溪筆談》卷五：「所謂大遍者，有引、歌、歙、嗺、哨、催、攧、衮、破、行、中腔、踏歌之類，凡數十解。」大遍，即大曲，其中有一部分爲「哨」，調名本此。李曾伯感慨時事之作：「天限長江，雲擾中原，一局持棋勢。漢將誰，盍爲掃清之。彼伎猶黔驢而止。客亦知。何材不生斯世。丁寧屢費君王旨。向馬首論詩，燈前觀劍，豈無差强人意。幸崆峒麥熟且休師。又焉用陳琳檄書飛。一笛樓頭，萬柳營間，從容麾幟。噫。代有戎夷。時賢患乏經綸志。紫巖公一出，敵當驚見花字。謾被髮憂鄰，汗顔笑齗，客邪終豈嬰元氣。待拜表箋天，移文問隱，老夫行且歸矣。怕胡雛穴隙尚相窺。有洍水兒曹舉兵麾。看中興、雋烈堪繼。隨世樣多能底。卿自爲卿計。不妨老子婆娑矍鑠，從渠屨盈户外。何須峴萬勒豐碑。有天知、方寸餘地。」方岳兩詞其一爲《問月》，第二首爲《用韻作月對和程申父國録》。後一詞云：「月曰不然，君亦怎知，天上從前事。吾語汝，月豈有弦時。奈人間井觀乃爾。休浪許。曆家繆悠而已。誰云魄死生明起。又明死魄生，循環晦朔，有老兔自熙熙。妄相傳月遡日光餘。嗟萬古誰知了無虧。玉斧修成，銀蟾奔去，此言荒矣。噫。世已堪悲。聽君歌復解人頤。桂魄何曾死，寒光不減些兒。但與日相望，對如兩鏡，山河大地無疑似。待既望觀之，冰輪漸側，轉斜纔一鈎耳。論本來不與中秋異。恐天問靈均未知此。又底用、咸池重洗。乾坤一點英氣，寧老人間世。飛上天來摩挲月去，纔信有晴無雨。人生圓缺幾何其。且徘徊、與君同醉。」此調共存詞十七首，蘇詞兩首已句式頗異，其他諸家之作更是字句參差，故《詞譜》列九體。蘇軾此詞乃名篇，亦爲此調之正體，李曾伯與方岳詞同蘇詞格律。諸家之作多呈散文化傾向，字聲平仄已多不拘；若用此調參蘇詞此體即可。《詞譜》「富貴非吾願」，「願」乃「志」之誤，今改，並於後段增一韻。

戚氏

三段，二百十二字。前段十五句，九平韻；中段十二句，六平韻；後段十六句，六平韻，兩叶韻。

柳永

晚●秋○天○韻 一霎微○雨●灑●庭○軒○韻 檻●菊●蕭○疏○句 井●梧○零亂●惹●殘○烟○韻 凄○然○韻 望●江○

闕韻飛雲黯淡夕陽間韻當時宋玉悲感句向此臨水與登山韻遠道迢遞句行人凄楚句倦聽隴水潺湲韻正蟬鳴敗葉句蛩響哀草句相應喧喧韻　孤館度日如年韻風露漸變句悄悄至更闌韻長天净讀絳河清淺句皓月嬋娟韻思綿綿韻夜永對景句那堪屈指句暗想從前韻未名未祿句綺陌紅樓句往往經歲遷延韻　帝里風光好句當年少日句暮宴朝歡韻況有狂朋怪侶句遇當歌對酒競留連韻別來迅景如梭句舊游似夢句烟水程何限仄叶念利名憔悴長縈絆叶追往事讀空慘愁顏韻漏箭移句稍覺輕寒韻聽嗚咽讀畫角數聲殘韻對閑窗畔句停燈向曉句抱影無眠韻

北宋新聲，屬中呂調，柳詞爲創調之作。《碧鷄漫志》卷二談到柳詞，王灼引述前輩語云：「《離騷》寂寞千載後，《戚氏》凄涼一曲終。」以爲柳詞之凄涼悲苦情緒可以上繼《離騷》。當時人們對柳永晚年之作評價極高。此詞章法結構甚爲謹嚴，是長調之典範作品。蘇軾於元祐九年在定州歌筵間作詞以叙述周穆王見西王母之神話故事：「玉龜山。東皇靈姥統群仙。絳闕岧嶢，翠房深迴倚霏烟。幽閑。志蕭然。金城千里鎖嬋娟。當時穆滿巡狩，翠華曾到海西邊。風露明霽，鯨波極目，勢浮輿蓋方圓。正迢迢麗日，玄圃清寂，瓊草芊綿。　爭解繡勒香韉。鸞輅駐蹕，八馬戲芝田。　瑶池近、畫樓隱隱，翠鳥翩翩。　肆華筵。間作脆管，鳴弦宛若，帝所鈞天。　稚顔皓齒，緑髪方瞳，圓極恬淡高妍。　盡倒瓊壺酒，獻金鼎藥，固大椿年。　縹緲飛瓊妙舞，命雙成奏曲醉留連。　雲璈韻響(瀉)寒泉，浩歌暢飲，斜月低河漢。　漸綺霞天際紅深淺。　動歸思、回首塵寰。　爛漫游、玉輦東還。　杏花風、數里響鳴鞭。　望長安路，依稀柳色，翠點春妍。」此乃依柳詞體制格律而作，僅後段第六句多一字並用韻。　此調只此兩詞，當以柳詞爲式。

鶯啼序

四段，二百四十字。第一段八句，四仄韻；第二段十句，四仄韻；第三段十四句，四仄韻；第四段十四句，四仄韻。

吴文英

殘寒正欺病酒句掩沉香繡户韻燕來晚讀飛入西城句似説春事遲暮韻畫船載讀清明過却句晴烟冉冉吴宮樹韻念羈情游蕩句隨風化爲輕絮韻

十載西湖句傍柳繫馬句趁嬌塵軟霧韻溯紅漸讀招入仙溪句錦兒偷寄幽素韻倚銀屏讀春寬夢窄句斷紅濕讀歌紈金縷韻暝堤空句輕把斜陽句總還

鷗鷺韻　幽蘭旋老句　杜若還生句　水鄉尚寄旅韻　別後訪讀　六橋無信句　事往花委句　瘞玉埋香句　幾番風雨韻　長波妒盼句　遥山羞黛句　漁燈分影春江宿句　記當時讀　短楫桃根渡韻　青樓彷彿句　臨分敗壁題詩句　淚墨慘淡塵土韻　危亭望極句　草色天涯句　嘆鬢侵半苧韻　暗點檢讀　離痕歡唾句　尚染鮫綃句　嚲鳳迷歸句　破鸞慵舞韻　殷勤待寫句　書中長恨句　藍霞遼海沉過雁句　漫相思讀　彈入哀箏柱韻　傷心千里江南句　怨曲重招句　斷魂在否韻

南宋中期新聲，始詞爲高似孫作，其詞序云：「屈原《九歌·東皇太一》，春之神也。其詞凄婉，含意無窮。略采其意，以度春曲。」從序來看，高似孫當是此調樂曲之作者。調中凡稱「序」，皆是從唐宋大曲中摘出者，因「序」乃大曲之起始部分。《碧鷄漫志》卷三云：「凡大曲皆有散序。」王灼同書又引唐人白居易《和元微之霓裳羽衣曲歌》自注云：「散序六遍無拍，故不舞，中序始有拍，亦名拍序。」唐代教坊曲有《喜春鶯》，《鶯啼序》當是宋人從舊曲改製而爲新聲者。吴文英此詞或題爲《春晚感懷》，爲宋詞最長之調之名篇，乃宋詞絶作。吴詞三首，句數略同，唯《荷和趙修全韻》增加兩韻。宋季詞人劉辰翁三首、趙文兩首，黄公紹與江元量各一首均寫國家多難，民族危亡，世事滄桑，抒發感慨悲苦之情，深寓愛國之思，但字句與吴詞略有差異。徐寶之詠春歸亦流露對國家現實局勢之感慨，但却化爲個人情緒，故是佳作；詞云：「荼蘼一番過雨，灑殘花似雪。向清曉、步入東風，細拾苔砌餘靨。有數片、飛粘翠柳，縈回半著雙歸蝶。悄無人、共立幽禽，呢呢能説。因念華年，最苦易失，對春愁暗結。嘆自古、曾有佳人，長門深閉修潔。寄幺弦、千言萬語，悶滿眼、欲彈難徹。靠珠櫳，風雨微收，落花時節。春工漸老，緑草連天，别浦共一色。但暮靄、朝烟無際，盡日目極，江北江南，杜鵑叫裂。此時此意，危魂黯黯，渭城客舍青青樹，問何人、把酒爲看别。思量怎向，遲回獨掩青扉，夕陽猶照南陌。春應記得，舊日疏狂，等受今磨折。便永謝，五湖烟艇，只有吟詩，曲塢煎茶，小窗眠月。春還自省，把融和事，長留芳晝人間世，與羈臣、恨妾消離惻。自題蕙葉回春，坐聽蓬壺，漏聲細咽。」此詞與吴詞格律相同。劉辰翁抒寫悲秋情緒：「愁人更堪秋日，長似歲難度。相攜去、晼晚登高，高極正犯愁處。常是恨，古人無計，看今人癡絶如許。但東籬半醉，殘燈自修菊譜。歸去來兮，怨調又苦。有寒蛩余賦。湖山外、風笛闌干，胡床夜月誰據。恨當時、青雲跌宕，天路斷、險艱如許。便橋邊，賣鏡重圓，斷腸無數。是誰玉斧，驚墮團團，失上界樓宇。甚天誤、嬋娟余誤。悔却初念，不合夢他，霓裳楚楚。而今安在，楓林關塞，回頭憶著神仙處。漫斷魂、飛過湖江去。時時説與，地上群兒，青瑣瑶臺，閬風懸圃。琵琶往往，憑鞍勸酒，千載能胡語。嘆自古、宫花薄命，漢月無情，戰地難青，故人成土。江南憔悴，荒村流落，傷心自失梨園部。渺空江、淚隔蘆花雨。相逢司馬風流，濕盡青衫，欲歸無路。」此詞第三段結句之句式略異。此調爲詞體最長之調，共四段，第一、二段間有三句之句式相同；第三、四段結三句之句式相異，其餘十一句之句式相同。因篇幅較長，處理四段之間詞意關係至爲重要，必須層次清楚，富於變化，當以所録三詞爲式。此調結構與句式極複雜，除第三、四段兩個句群韻稀之外，其餘韻位適度，故調勢宛轉起伏，波瀾變化，時流暢，時低咽，而極爲和諧柔婉。此雖長調之最難者，但自來常有詞人試以展示詞藝之水平。此調共存十五詞，《詞譜》列五體，當以吴文英詞爲正體。

附
録

詞韻

南宋詞人朱敦儒曾擬《詞韻》十六條。茲據朱氏詞集《樵歌》之用韻，將其所擬之韻詞復原，參照《廣韻》音系之《佩文詩韻釋要》按十六部分列出常用韻字，以供填詞及研究詞韻之參考。

第一部

平聲　東冬

東同銅桐筒童僮瞳中衷忠蟲冲終戎崇嵩
弓躬宮融雄熊穹窮風楓豐充隆空公功工攻
蒙濛籠聾瓏洪紅鴻虹叢翁蔥聰驄通蓬烘朧
礱峒曈忡崧瞢逢朦絨冬農宗鍾龍舂松衝容
蓉庸封胸雍濃重從縫蹤茸峰蜂鋒烽蛩筇慵
恭供琮淙儂凶溶穠邕縱龔匈洶彤橦

仄聲　董腫送宋

董動孔總籠桶空洞懂種踵寵隴壟擁壅冗重家奉捧勇涌俑恐拱蛬悚送夢鳳衆弄貢凍痛棟仲中諷慟控哢哄宋用頌誦統訟綜俸共供

第二部

平聲　江陽

江杠扛窗邦缸降雙龐撞幢樁淙陽楊香鄉光昌堂章張王房芳長塘妝常凉霜藏塲央泱鴦秧嬙狼床方漿鶬粱娘莊黃倉皇裝襄相湘緗箱廂創忘芒望嘗檣槍坊郎唐狂强腸康岡蒼匡荒遑行妨棠翔良航倡羌姜僵繮韁糧將牆桑剛祥詳洋佯粱量羊傷湯璋鋩商防筐煌篁凰徨惶廊浪滄網亢鋼喪簧忙茫傍汪臧琅

當瑲裳昂障鏘杭邙滂蝱亡殃薌孀彷

仄聲　講養絳漾

講港棒蚌項養痒怏像象仰朗獎槳敞昶氅
枉沆放仿兩帑讜杖響掌黨想榜爽廣享丈仗
幌晃莽漭紡攘盎長上網蕩賞往罔滉搶廠慷
絳降巷撞幢漾望相將狀帳浪唱讓曠壯向暢
量葬匠謗尚漲餉樣訪貺醬抗當纊諒亮妄喪
悵伉忘恙行廣悢炕

第三部

平聲　支微齊

支枝移爲垂吹陂碑奇宜儀皮兒離施知馳
池規危夷師資遲眉悲之芝時詩旗辭詞期祠
基疑姬絲司帷思滋持隨癡維墀慈遺肌籬茲

騎歧誰斯私欺羈饑衰錐涯伊追尼漪灕池微
薇揮翬韋圍違霏菲妃緋飛非扉肥威祈機幾
譏磯稀希衣依歸齊黎犁妻萋凄凄題提荑蹄
啼鷄兮奚蹊霓西栖嘶撕梯鼙批迷泥溪圭閨
畦

仄聲　紙尾薺寘未霽

紙只咫是氏靡彼毀委詭髓妓綺咀此徙屣
爾邇婢弛紫箠企旨指視美否幾姊比軌水止
市喜己紀跪技子梓矢死履壘誄芷以已似祀
史使駛耳里理李起士仕始峙矣擬耻址你尾
鬼葦卉亹偉斐豈匪薺禮米啟洗底抵遞弟涕
寘置事地意志治思淚吏賜字義利器位至次
累僞寺瑞智記異致備翠試類棄易墜醉議避
幟粹侍誼寄睡忌貳二臂四驥季刺識寐邃食
積被芰冀愧秘漬穉示自莉譬值未味氣貴費

畏慰蔚魏緯諱毅既暨誹霽制計勢世麗歲衛
濟第藝惠慧桂滯際厲契帝蔽敝銳戾袂系祭
閉逝綴替砌細婿例誓蕙詣瘞繼憩逮

第四部

平聲　魚虞

魚漁初書舒居裾車渠余予譽輿餘胥鋤疏
梳虛徐閭諸除如墟與於沮袪淤妤紓躇居歔
盧虞愚娛隅無蕪巫于盂臞儒濡襦須株誅蛛
殊瑜榆腴愉諛區驅軀朱珠趨扶符雛夫膚紆
輸樞廚俱駒模胡湖瑚乎壺狐孤辜姑徒途塗
圖奴乎吾梧吳租盧蘆蘇酥烏汙枯粗都鋪誣
竽吁瞿需逾萸臾渝迂姝躕糊沽壚毋句

仄韻　語麌御遇

語呂侶旅杼貯與渚煮汝茹暑黍鼠杵處女

許拒距炬所楚礎阻沮舉敘序緒嶼墅著巨詎
去雨羽禹宇舞父府鼓虎古股賈土吐圃譜户
樹煦努肚嫵乳補魯睹腐數簿姥普侮五斧聚
伍午部柱矩武苦取主杜祖堵愈父俯估怒滸
栩賭御馭曙助絮翥恕庶預除

第五部

平聲　佳灰

佳街鞋牌柴釵差階偕諧排乖懷淮埋齋皆
槐灰恢隈回徊枚梅媒煤瑰雷催摧堆陪杯推
開哀埃台苔該才材財裁來菜栽哉災猜胎腮
孩莓崔裴培皚

仄聲　蟹賄泰卦隊

解駭買楷騃矮賄悔改采彩海在宰載愷待

怠殆倍猥隗塊蕾儡欸每乃泰會帶外蓋大賴
蔡害最貝艾奈繪膾儈太汰霈蜕酹狽挂懈賣
派債怪壞戒界介拜快邁敗稗曬湃憊祭喟隊
內塞愛輩佩代退碎態背穢菜對廢海晦昧封
戴貸配妹黛逮岱肺慨績賽耐悖曖在再

第六部

平聲　真文元侵

真因茵辛新薪晨辰臣人仁神親申伸紳身
賓濱鄰麟珍塵陳春津秦頻蘋顰銀垠筠巾民
貧淳蒓純脣倫輪淪匀旬巡馴鈞均臻姻宸寅
嬪彬皴遵循甄椿詢莘屯粼瀕湮氤文聞紋雲
氛分紛芬焚墳群裙君軍勤斤勛薰葷耘芸氳
員欣芹殷昕雯元原源園垣煩繁蕃樊翻暄萱
喧冤言軒藩魂渾褌温孫門尊存敦屯村盆奔

論坤昏婚痕根恩吞媛援爰蘩幡番騫鴛宛掀
昆捫蓀掄蘊噴侵尋林霖臨針箴斟沉砧深淫
心琴禽擒欽衾吟今金音陰岑簪琳任愔森參
芩淋

仄聲　軫吻阮寢震問願沁

軫敏允引尹盡忍準隼笋盾憫泯菌診哂賑
窘蜃殞蠢緊吮吻粉憤隱謹近槿阮遠本晚返
苑反損飯偃堰衮遁穩畹很墾懇混沌棍寢飲
錦品枕審甚廩衽稔稟沈凜荏恁嬸震信印進
潤陣鎮刃順慎鬢晉駿閏峻振俊舜吝燼訊仞
殯迅瞬饉殉覲擯僅認櫬瑾趁汛躪引問運暈
韻訓忿郡分紊汶慍願恨寸困頓鈍悶遜嫩沁
禁任蔭浸鴆枕衽噤

第七部

平聲　寒刪先覃鹽咸

寒韓翰丹殫單安難餐灘壇彈殘乾肝竿蘭
欄瀾蘭看刊丸桓紈端湍酸團官觀冠鸞欒巒
歡寬盤蟠漫汗嘆掀姍珊玕奸棺鑽瘢瞞潘攔
完般曼禪刪潸關彎灣還鬟寰班斑頒般蠻顏
攀頑山閑艱慳潺斕先前千阡箋天堅肩賢弦
烟燕憐田填鈿年巔牽妍研眠淵涓邊編玄懸
泉遷仙鮮錢煎然延筵氈蟬纏連聯漣篇偏綿
全宣鐫穿川緣鳶鉛捐旋船鞭專乾權拳傳焉
芊濺咽闐鵑翩扁嬋嫣棉覃潭曇參南枏男諳
含涵函嵐蠶探貪眈湛龕堪談甘三酣籃柑慚
藍擔泔憨婪暗庵頷澹鹽檐廉簾嫌嚴占髯謙
奩纖瞻蟾粘淹箝甜恬拈黔鈐厭沾咸緘讒婪
帆衫杉監凡喃嵌摻攙

仄聲　旱潸銑感儉豏翰諫霰勘艷陷

旱暖管滿短館緩碗款懶散伴誕罕斷瀚侃
但坦袒悍濾潸眼簡版産限綰剗柬揀銑善遣
淺典轉衍犬選冕輦免展繭辯辨篆勉剪卷顯
踐餞眄喘蘚軟棧扁闡鮮辮件畎忝湎緬撰宴
感覽膽澹坎慘敢萏撼毯槧菡儉焰斂險檢臉
染掩點簟貶冉苒陝諂奄漸玷瀲閃歉檻範減
犯斬黯喊濫翰岸漢難斷亂散畔旦玩算爛貫
半案按炭汗贊漫竄幔粲換喚憚段判叛腕絆
諫雁患澗宦辦盼慣串綻幻瓣扮霰殿面縣變
箭戰扇見硯院練宴掾甸便眷綫倦羨堰奠遍
戀囀釧蒨倩拚片諺顫擅澱茜濺揀勘暗啗瞰
暫艷念驗店墊欠釅砭饜陷鑑監汎梵懺站欠

第八部

平聲　蕭肴豪

蕭簫挑貂刁凋雕迢條蜩苕調梟澆聊遼寥

撩僚寮堯幺宵消霄綃銷超朝潮囂樵譙驕嬌
焦蕉椒饒橈燒遥姚摇謡瑶韶昭招飈標瓢苗
描腰邀鴞喬橋妖夭漂飄翹飖瀟摽逍肴巢交
郊茅嘲鈔包膠苞梢蛟敲胞拋鮫捎淆教姣豪
操條刀匋褒挑糟袍蒿濤號陶翱敖曹遭篙羔
高嘈搔乇滔騷韜膏牢逃槽濠勞洮叨熬淘

仄聲　篠巧皓嘯效號

筱小表鳥了曉少擾繞嬈紹杪秒沼矯蓼皎
瞭杳窅苭嫋窕掉縹巧飽卯狡爪攪絞拗佼炒
皓寶藻早棗老好道稻造腦惱倒禱搗抱討考
燥掃嫂槁潦葆保堡草浩顥皂襖澡杲縞嘯笑
照廟妙詔召要耀釣吊叫少眺料肖效教貌校
孝鬧淖豹爆罩覺號帽報導盜噪灶奥告誥暴
好到蹈傲躁造冒悼倒慥靠

第九部

平聲 歌

歌多羅河戈阿和波科柯娥蛾鵝蘿荷何過
磨螺禾窠哥娑沱峨那苛訶珂軻莎蓑梭婆摩
魔訛坡酡俄哦呵麼渦窩磋跎蹉

仄聲 哿個

哿火舸嚲沱我娜可坷左果裹朵鎖瑣墮垛
惰妥坐裸跛頗叵禍夥顆個賀佐作坷馱大餓
過和挫課播唾座坐破臥貨涴左

第十部

平聲 麻

麻花霞家茶華沙車牙蛇瓜斜邪芽嘉瑕紗

鴉遮叉葩奢琶衙賒誇巴加耶嗟遐笳差蛙嘩
蝦葭呀枷爬杷爺芭娃哇洼丫裟些椏杈笆

仄聲 馬禡

馬下者野雅瓦寡社寫瀉夏冶也把賈假赭
厦惹若姐啞灺且奼禡駕夜下謝榭罷暇霸嫁
借藉炙蔗假化舍價射罵稼架詐亞婭麝跨咤
怕訝詫蠟帕柘卸砑乍壩

第十一部

平聲 庚青蒸

庚更羹坑橫棚亨英烹平評京驚荊明盟鳴
榮瑩兵兄卿生甥笙檠鯨迎行衡耕萌氓宏莖
鶯櫻泓橙争箏清情晴精菁晶旌盈楹瀛嬴營
嬰纓貞成盛城誠呈程酲聲正輕名令并傾縈

瓊蘋蘅丁嶸嚶錚怦絣轟訇頃青經涇形刑型
陘亭庭廷霆停寧玎仃馨星腥惺俜娉靈櫺齡
鈴苓伶泠零玲舲翎聆聽廳瓶屏萍熒螢扃町
暝蒸承丞懲陵凌綾冰膺鷹應繩乘塍升勝興
繒恁仍兢矜征凝稱登燈僧增曾憎層能稜朋
鵬

仄聲　梗迥敬徑

梗影景井嶺領境警請屏餅永騁逞穎頃整
靜省幸頸猛炳杏哽綆秉耿憬靚冷靖迥炯茗
挺艇剄鼎頂肯拯敬命正令政性鏡盛行聖詠
姓慶映病柄鄭勁竟凈競迸聘泳請倩硬更徑
定磬媵贈佞罄剩

第十二部

平聲　尤

尤優憂流留劉由油游猷悠牛修羞秋揪周

州洲舟酬仇柔疇稠邱抽收遒鳩不愁休囚求
裘球浮謀牟眸侔矛侯猴喉謳鷗甌樓偷頭投
鈎溝幽綢猶酋蹂揉搜搊裯逑篌歐惆繆

仄聲　有宥

有酒手首口後柳友斗狗久厚走守綬叟又
否醜受牖耦阜九咎吼帚垢舅紐藕朽肘韭剖
誘酉扣瓿苟某玖瀏壽宥候就授售秀繡奏獸
鬥漏陋晝寇茂舊胄宙袖岫柚覆救臭幼佑祐
右侑囿豆逗構媾購透瘦漱咒鏤走詬究湊驟
首皺

第十三部

入聲　屋沃

屋木竹目服福禄谷熟肉族鹿腹菊陸軸逐

牧伏宿讀轂復粥肅育六縮哭幅斛僕畜蓄叔
淑菽獨卜馥沐速祝麓蹙築穆睦覆秃縠撲輻
瀑竺簇暴掬鞠郁矗塾樸蹴碌舳夙髑孰沃俗
玉足曲粟燭屬録辱獄緑毒局欲束鵠蜀促觸
續督贖篤浴酷縟躅褥旭欲幞跼醁淥

第十四部

入聲　覺藥

覺角珏榷岳樂捉朔數卓諑剥駁邈璞確濁
擢濯幄藥握渥犖學薄惡略作落閣鶴爵弱約
脚雀幕洛壑索郭博錯若縛酌托削鐸灼鑿却
絡鵲度諾萼橐漠鑰著虐掠獲泊搏鍔杓勺謔
廓綽爍莫籜鑠諤恪箔涸鶚粕礴拓昨摸寞瘼
箬魄噩各

第十五部

入聲　質陌錫職緝

質日筆出室實疾術一乙吉密率律逸佚失
漆栗畢恤蜜橘溢瑟匹黜弼七叱卒悉軼帙戌
昵必苾蟀嫉唧茁汨尼陌石客白澤伯迹宅席
策碧籍格役帛璧驛麥額柏魄積脈夕液册尺
隙逆百辟赤易革脊屐適幘劇磧隔益窄核鶂
擲責惜僻癖掖釋拍擇摘繹斥奕迫疫譯昔瘠
謫藉亦隻珀借擘汐歷擊績笛敵滴檄激寂析
晳溺覓狄荻戚滌的吃瀝惕汩嫡闃職國德食
色力翼墨極息直得北黑賊刻則塞式域植棘
惑默織匿億臆特慝仄識逼克即測抑惻實穡
或緝輯戢立集邑急入泣濕習給十拾什襲及
級澀粒揖汁笠執吸汲葺裛浥揖挹

第十六部

入聲　物月曷黠屑合葉洽

物佛拂屈鬱乞掘弗佛勿熨厥怫屹尉月骨
發闕越没謁伐卒竭窟笏歇突忽襪蹶勃厥歿
粵兀碣羯惚杌曰曷達末闊活脱奪褐割沫拔
葛闥渴撥括抹秣遏薩掇喝刺辣潑越黠札八
察殺剎軋戛秸茁刮刷滑屑節雪絶列烈結説
穴血舌潔別缺裂熱决鐵滅折拙切悦轍訣泄
咽傑徹別哲設劣碣竊綴閲鴂契涅擷撤跌蔑
浙澈揭闋迭洌合塔答納榻閣雜臘蠟匝闔衲
鴿踏颯搭盍葉帖貼牒接獵妾蝶疊篋涉捷頰
楫攝諜協俠莢愜睫蹀挾屧接褶靨摺捻婕霎
洽狹峽法甲業匣壓鴨乏怯劫脇押狎袷掐夾
恰眨呷

後記

我治詞學始於一九五九年之初，那時在西南師範學院中國語文系學習，即有計劃地讀了《詞律》等詞籍。此年暑假回成都，在舊書店購得堆絮園原刻之《詞律》，它相伴我多年。一九八一年春，我到四川省社會科學院文學研究所從事中國古代文學專業研究工作，以詞學爲研究方向，經多年對宋詞和詞學史研究之後，遂致力於詞體研究，試圖爲重建詞體規範進行準備工作。這涉及諸多困難的詞學問題，我以律詞觀念爲指導，分別探討了詞調分類、別體、詞韻，檢討《詞律》、《詞譜》，核實唐宋詞調，考察詞的定體，在此基礎上完成此編。它雖非完備的詞譜，但可爲建立詞體規範提供學理與體例的參考，并對填詞者有所助益。此稿於二〇一一年元月動筆，以繁體漢字手書，慘淡經營，所幸家藏詞籍足供使用，故可在八個月内如期完成，於二〇一二年出版。今此編問世已十年，上海古籍出版社擬將再版，兹謹對全書排誤之字及符號進行清理訂正，可能尚有疏漏與失誤，敬祈詞學界師友及讀者教示。

謝桃坊二〇二〇年九月十七日

於成都百花潭側之奭齋